LE CONCERT

Ismail Kadaré est né en 1936 à Gjirokastra, dans le sud de l'Albanie. Il parachève à Moscou, à l'Institut Gorki, pépinière d'auteurs et de critiques, des études commencées à la faculté des lettres de Tirana. De retour dans son pays, après la rupture avec l'Union soviétique (1960), il se lance dans le journalisme et publie simultanément ses premiers poèmes. Il écrit ensuite une nouvelle, qu'il remanie plusieurs fois, et qui finira par devenir son premier roman, Le Général de l'Armée morte, *celui aussi qui le fera connaître en dehors de l'Albanie. Ismail Kadaré devient alors « écrivain à temps complet ». Parallèlement, il dirige la revue littéraire* Les Lettres albanaises *(publiée simultanément en français).*
Treize romans, deux recueils de nouvelles et un recueil de poésies ont jusqu'à présent été publiés en France. En outre, la Librairie Arthème Fayard a édité un long essai sur Eschyle, *une longue préface à l'œuvre de* Migjeni *et l'*Anthologie de la prose albanaise. *Ses œuvres sont à présent traduites dans une douzaine de pays et Ismail Kadaré est considéré depuis quelques années comme l'un des très grands écrivains d'aujourd'hui auxquels le Nobel devrait apporter sa consécration.*
Ayant rompu avec le régime de Tirana, Ismail Kadaré à obtenu l'asile politique en France en octobre 1990. Il est membre correspondant de l'Académie des Sciences morales et politiques.

Roman total, *Le Concert* l'est dans le sens où le théâtre de Shakespeare peut être qualifié ainsi, mettant en œuvre le plus tragique et le plus burlesque, le psychologisme raffiné et la farce, le tellurique et le métaphysique, le poétique et le trivial. A sa manière, ce que nous révèle Kadaré, c'est que Shakespeare, s'il vivait encore, n'irait plus chercher aujourd'hui le canevas de ses pièces dans les royaumes d'Ecosse ou de Danemark, mais à l'Est, où l'Histoire charrie encore son bruit et sa fureur. Et qu'y a-t-il de plus à l'Est du monde – de plus non occidental et de plus totalitaire – que la Chine des dernières années de Mao ?
Les différents « cercles » du roman embrassent cette époque, qui est aussi celle de la rupture des relations entre Tirana et Pékin. Qu'on y repense une seconde : cet « axe » entre une puissance d'un milliard d'hommes et un canton des Balkans regroupant trois millions de descendants d'Illyriens n'était-il pas déjà une de ces facéties absurdes, grandioses et dérisoires de l'Histoire telles qu'aimait à en faire revivre l'auteur de *Macbeth* ?...

Paru dans Le Livre de Poche :

LE GÉNÉRAL DE L'ANNÉE MORTE.
AVRIL BRISÉ.
QUI A RAMENÉ DORUNTINE ?
INVITATION À UN CONCERT OFFICIEL ET AUTRES RÉCITS.
LA NICHE DE LA HONTE.
L'ANNÉE NOIRE suivi de LE CORTÈGE DE LA NOCE S'EST FIGÉ DANS LA GLACE.

ISMAIL KADARÉ

Le Concert

ROMAN

TRADUIT DE L'ALBANAIS
PAR JUSUF VRIONI

FAYARD

Titre original :
« Koncert në fund të dimirit ».

CHAPITRE PREMIER

De la fenêtre, le regard plongeait sur la rue où les passants, peut-être parce qu'ils étaient emmitouflés, paraissaient presser le pas. Un triporteur à moteur se gara le long du trottoir devant un débit de tabac où les automobilistes descendaient souvent faire provision de cigarettes.

La vieille Hasiyé eut l'impression que le véhicule avait attiré l'attention des badauds et elle essuya la buée des carreaux pour mieux voir.

C'était vrai : trois ou quatre personnes s'étaient arrêtées et contemplaient avec curiosité son chargement, un fût dans lequel était planté un citronnier. Elle imagina les questions posées au chauffeur tandis que celui-ci revenait vers son triporteur : Où livres-tu ce citronnier ? dans quel endroit vend-on ce genre d'arbustes ?

Brusquement, parmi les gens attroupés, elle crut reconnaître Ana et fut même sur le point de taper du doigt contre la vitre pour l'appeler, mais elle se souvint alors qu'il y avait longtemps qu'Ana n'était plus de ce monde.

Elle soupira. Ces derniers temps, il lui arrivait de plus en plus souvent de s'embrouiller dans la chronologie des événements et de confondre par-dessus le marché les faits réels avec ceux qu'elle avait vus en rêve. Vivants et disparus s'entremêlaient aussi, mais cela lui était plutôt égal. Elle était d'ailleurs persuadée que toutes les femmes de son âge étaient sujettes à ce genre de troubles : sinon, se disait-elle, on ne les traiterait pas en vieilles. Elle pensait même parfois que là était précisément la cause du respect qu'on leur témoignait.

Elle jeta un nouveau coup d'œil dans la rue. Ana était encore là. Toujours aussi belle, elle se tenait un peu en retrait, considérant avec une sorte de sourire mélancolique les badauds qui tournicotaient autour du citronnier. Pourquoi ne restes-tu pas couchée tranquillement sous terre, là où on t'a ensevelie ? songea Hasiyé.

De l'autre pièce lui parvenait la voix de son petit-fils qui étudiait ses leçons à voix haute : *Chante, ô déesse, la colère d'Achille, fils de Pelée* !... On n'en finira donc jamais avec ces colères ! marmonna-t-elle. Ces derniers temps, au lieu de s'apaiser, elles n'avaient fait que s'exacerber davantage.

Elle souleva sa tasse de café de la soucoupe où elle l'avait retournée et en examina longuement le fond. Le marc lui parut opaque, indéchiffrable, mais cela non plus n'était point fait pour la surprendre : qu'attendre d'autre de la tasse d'une vieille femme comme elle ?

Chante, ô déesse, la colère... Au diable ! eut-elle envie de crier à son petit-fils et à la planète entière. Au diable avec vos colères, on en a vraiment par-dessus la tête !

Assez, assez ! répéta-t-elle encore au bout d'un instant. Vous nous rompez les oreilles ! De nouveau elle lança un regard dans la rue, mais elle n'y vit plus cette fois ni triporteur, ni citronnier, ni badauds qui parussent s'intéresser à quelque spectacle de ce genre. Sans doute ai-je eu des visions, se dit-elle. A moins que je n'aie dormi un brin.

Elle céda de nouveau à la somnolence, mais elle eut cette fois l'impression de contempler les entrailles de la terre. Non pas les cavités laissées vacantes par l'évaporation des eaux ou la désertion des morts, mais les sombres strates truffées de caillasse, étroitement tassées, sans le moindre interstice entre elles, et pour cela même à jamais indistinctes à l'œil humain. Non loin gisaient les séismes assoupis, tout aussi indiscernables, et d'autres choses sans nom ni forme, plus torturantes pour l'esprit les unes que les autres.

Un roulement sourd se fit entendre dans le lointain, à l'autre bout de l'horizon. Puis un grondement traînant, souffreteux, traversa le ciel de part en part.

Frappe, frappe ! dit-elle sans trop savoir à qui elle s'adressait, ni pourquoi.

En ouvrant la porte de son appartement après l'interminable et opiniâtre tintement de la sonnette, le sourire que Silva se préparait à ébaucher pour accueillir ses premiers hôtes se figea sur ses lèvres. En lieu et place d'un de ses invités lui apparut un homme portant sur l'épaule un fût coupé à mi-hauteur, d'où émergeaient les branches d'un citronnier.

– C'est bien ici qu'habite la famille de Gjergj Dibra ? demanda-t-il.

– Oui, répondit-elle, un peu décontenancée. Ah, vous avez apporté ce citronnier pour nous ?

– Vous l'avez bien commandé, non ?

Sans plus attendre, il pénétra dans le vestibule.

– Où est-ce que je le mets ? interrogea-t-il d'un ton où perçait une certaine impatience.

Le fût paraissait fort lourd.

– Attention ! s'écria-t-elle, et, ouvrant la porte d'une des pièces : Par ici, je vous prie.

L'homme traversa la chambre d'un pas pesant et atteignit la porte-fenêtre du balcon que Silva, entre-temps, avait ouverte.

– Mettez-le où vous pourrez, on lui trouvera un meilleur endroit plus tard.

L'homme posa le fût, se redressa et poussa un soupir.

Dans le vestibule, le téléphone sonnait. Eh bien, se dit-elle, il ne me manquait plus aujourd'hui que ce citronnier !

D'une voix monocorde, l'homme se mit à dispenser ses recommandations :

– Vous devez l'asperger une fois tous les trois mois d'un produit qui le protège des parasites ; changer la terre tous les six mois ; et puis, en cas de gelée blanche, l'envelopper de cellophane, autrement il peut se ratatiner en une nuit.

Elle l'écoutait sans trop avoir la tête à ce qu'il disait. Ses invités pouvaient survenir d'un moment à l'autre et il lui restait encore à préparer la salade, à découper le rôti, sans compter tout un tas d'autres petites tâches à terminer. En outre, elle devait changer de robe et faire un brin de toilette.

Elle eut un geste d'impatience qu'apparemment l'autre intercepta, car il lui dit :

– Excusez-moi, je ne suis peut-être pas venu au bon moment.

– Non, non, ça ne fait rien.

Elle avait aussitôt regretté son mouvement. L'homme s'était coltiné ce pesant fardeau jusqu'au troisième étage, et elle-même n'avait pu s'empêcher de manifester son agacement.

– Vous prendrez bien quelque chose ? fit-elle dans le couloir, soudain confuse de sa conduite.

– Non, merci.

– Je vous en prie, insista-t-elle, ne me refusez pas ça, c'est l'anniversaire de ma fille.

La porte une fois refermée sur l'inconnu, Silva retourna à la table dressée et fut tentée d'y apporter encore quelque menu arrangement, mais elle se borna en fait à contempler un moment les assiettes et les verres dans leur froid scintillement. Une nouvelle sonnerie l'arracha à son hébétude. Cette fois, elle reconnut le coup de sonnette de sa fille.

– Tu veux être gentille ? Prépare la salade et découpe le rôti, le temps que je prenne une douche et me change. J'ai la sensation de répandre une odeur de fricot.

– Je m'en charge, maman.

En se dévêtant dans la salle de bain, elle s'examina dans la glace et eut l'impression que ses hanches s'étaient un peu épaissies. Elle resta un moment immobile, songeuse, comme si elle avait oublié pourquoi elle était venue là. Puis, du vestibule, lui parvint la sonnerie du téléphone et, comme subitement réveillée, elle souleva la poignée de la douche.

Elle fit vite, anxieuse à l'idée que ses hôtes pouvaient débarquer d'un instant à l'autre. S'agissant de proches, à l'exception des deux institutrices de Brikena, elle ne leur avait pas fixé d'heure et s'en repentait à présent.

Ayant regagné sa chambre, elle resta plantée un long moment, hésitant sur le choix de la robe à mettre. Mais elle eut bientôt froid et, sans plus attendre, passa une robe mauve qui plaisait à Gjergj. Elle lui allait toujours aussi bien et Silva se dit que sa crainte d'avoir pris du poids n'était guère justifiée. Je ne comprends pas que tu t'en fasses pour ta ligne, lui reprochait parfois son mari. Tu es à l'âge de l'épanouissement de la femme (Silva n'ignorait pas que, s'il employait le mot *épanouissement* au lieu de *maturité*, c'était par délicatesse, et, à part soi, elle lui en était reconnaissante). J'ai peut-être des goûts rétrogrades, mais je ne vois pas pourquoi une femme qui est à la fleur de l'âge devrait être maigre comme un clou.

Devant son miroir, Silva eut un sourire intérieur. Elle sentit que la robe qu'elle venait de passer avait soudain coupé la journée en deux. Coupure fréquente en de semblables circonstances, anniversaires ou autres célébrations. Alors que l'agitation des préparatifs semblait ne devoir jamais finir, brusquement venait un moment où cette journée de tintouin se métamorphosait en jour de fête, et, en boutonnant le col de sa robe, Silva sentit que ce moment-là était arrivé.

Le peigne à la main, elle ne réfléchit pas longtemps à sa coiffure. Bien qu'il ne pût la voir, elle choisit d'arranger ses cheveux d'une manière qui plaisait à Gjergj. Mais peut-être était-ce précisément parce qu'il était loin, en voyage, qu'elle se coiffa ainsi.

– Maman, comme tu es belle ! s'écria Brikena lorsque sa mère déboucha dans le couloir.

Silva lui sourit, décocha un regard à la table qui lui parut maintenant ne plus beaucoup la concerner, et, sans savoir elle-même pourquoi, se mit à déambuler sans but dans l'appartement. D'ordinaire, elle avait plaisir à attendre ses invités, assise dans un fauteuil. Mais, cette fois-ci, le fait d'avoir omis de leur fixer une heure gâchait cette satisfaction.

De la cuisine lui parvint la voix de sa fille :

– J'ai découpé le rôti, maman, tu veux le voir ?

Elle avait fini par s'installer, les yeux mi-clos, dans un des fauteuils de la pièce de séjour. Son mari absent n'ayant pu pour une fois lui prêter main-forte, la journée avait vraiment été éreintante. J'ai bien fait de prendre une douche, se dit-elle. Le demi-jour du crépuscule d'octobre baignait de sa grisaille les rayonnages de la bibliothèque où les statuettes disposées contre certains livres, souvenirs de l'époque où elle travaillait à des fouilles archéologiques, faisaient songer à une rangée de revenants qui se rapprochaient subrepticement comme pour se communiquer quelque message. Mais il suffisait d'un bruit, de l'irruption de quelqu'un, pour les priver sur l'instant de ce ressort mystérieux qui les animait et les rendre à leur état de terre cuite ou de simple pierre.

La silhouette de Brikena, qui était mince et élancée pour son âge, se découpa dans l'encadrement de la porte.

– Maman, tout est prêt. Tu n'as plus à te déranger.

– Merci. Viens t'asseoir, toi aussi.

Brikena prit place en face d'elle.

– Dieu sait où est papa, en ce moment, dit-elle.

Silva haussa les épaules.

– En plein ciel ! Au-dessus de quelque désert, ou bien dans un aéroport à attendre un autre avion.

Brikena fut sur le point de poser une autre question, mais sa mère, la tête calée contre le dos du fauteuil, semblait, au terme de cette journée harassante, chercher un moment de repos.

La jeune fille s'approcha de la bibliothèque, en tira un des albums de photos de famille, et, s'étant rassise, se mit à le feuilleter.

Silva écoutait le bruissement des pages tournées et, bien qu'elle s'efforçât de faire le vide dans son esprit, elle ne pouvait s'empêcher d'imaginer sur quelles photos s'arrêtait le regard de sa fille. Des années, des saisons, des étés surtout revivaient dans sa mémoire au gré d'un montage confus. Chez eux, on avait toujours aimé faire des photos, et il lui plaisait, par un après-midi tranquille, de s'asseoir, justement comme Brikena en ce moment, sur le canapé, à feuilleter l'un des albums.

Le bruissement des pages tournées s'était interrompu et Silva crut deviner sur quel cliché les yeux de sa fille s'étaient arrêtés.

– Quelle photo es-tu en train de regarder? demanda-t-elle sans rouvrir les siens.

– Celle de tante Ana.

Elle était tombée juste... A l'instant de poser sa question, elle en avait été presque sûre. Silva se figea au-dedans d'elle-même. Le mal lancinant qu'elle ressentait encore, onze ans après la mort de sa sœur, chaque fois que quelqu'un évoquait son souvenir, la traversa douloureusement.

Elle perçut enfin le froissement du feuillet de l'album et, sans trop savoir si c'était pour se libérer de l'étau dans lequel sa fille l'avait involontairement maintenue, elle inspira profondément.

On sonna de nouveau. Cette fois, c'étaient bien des invités. La première à entrer fut la mère de Silva, suivie de son frère et de sa belle-sœur. Déjà peu loquace, sa mère, depuis la mort d'Ana, ne parlait presque plus. Lors d'un dîner ou d'une réception intime, elle pouvait rester des heures entières sans proférer un mot, mais sans importuner non plus qui que ce soit avec son chagrin. A la différence des deuils habituels, il y avait dans le sien quelque chose de grisâtre qui semblait le rendre aisément supportable, car il s'étendait uniformément sur toutes ses journées. Parfois, songeant au comportement de sa mère, Silva se disait que c'était bien le genre de deuil qui seyait à Ana.

La mère de Silva embrassa Brikena, lui remit un paquet, puis donna l'accolade à Silva et, sans mot dire, se dirigea vers la pièce de séjour pour gagner le fauteuil où elle avait coutume de s'installer.

– Silva, je peux t'aider en quelque chose ? lui demanda sa belle-sœur.

– Non, merci. Brikena et moi avons tout préparé.

Son mari et elle allèrent s'asseoir sur le canapé. Silva prit place sur un siège qui leur faisait face.

– Il fait un froid de loup, dit sa belle-sœur.

– Vraiment ? fit Silva, et elle se leva pour enfourner une bûche dans le poêle en céramique.

Suivit un silence au cours duquel Silva, observant à la dérobée le beau visage de son frère, crut y déceler du souci. Ayant deviné que son regard ne lui avait pas échappé, elle le détourna de lui, mais, au bout de quelques instants, remarquant chez lui les mêmes traces de contrariété, elle se demanda pourquoi, dans leur petit cercle d'amis, son frère était toujours passé inaperçu, comme l'aurait sans doute été tout autant son air contrarié de ce soir. Il était diplômé de l'École de guerre, et à présent officier dans les blindés ; pourtant, les gens étaient en général surpris de découvrir que Silva avait un frère. Ç'avait surtout été le cas autrefois, du vivant d'Ana, quand les deux sœurs, que tout le monde appelait les sœurs Krasniqi, semblaient monopoliser l'attention de tout un chacun, sans en laisser la moindre part à aucun autre membre de la famille. En fait, chaque fois que la conversation portait sur lui, chacun écarquillait les yeux : Comme ça, vous avez un frère ? C'est vraiment votre frère, je veux dire : vous êtes nés de la même mère ? – Oui, oui, répondaient-elles en riant de bon cœur, car ces questions les amusaient.

Même à présent qu'Ana n'était plus, beaucoup continuaient à les associer dans leur souvenir, comme au début des inoubliables années soixante où elles se montraient rarement l'une sans l'autre, bien qu'Ana fût mariée et Silva pas encore. Mais leur frère, tous le tenaient obstinément pour quantité négligeable.

– Quand Gjergj est-il parti ? demanda-t-il pour se dérober à son regard inquisiteur.

– Il y a quatre jours.

– C'est bien mal tombé ! fit sa femme.

– On n'y peut rien, dit Silva.

Elle savait que tous ses invités, à l'exception de sa mère, auraient fait la même réflexion.

On entendit encore sonner à la porte. C'étaient deux institutrices de Brikena, avec leurs enfants. Elles tenaient entre leurs mains des cadeaux empaquetés. Tout en ôtant leurs manteaux dans l'entrée, elles aussi posaient les mêmes questions sur le départ de Gjergj, et elles étaient en train de dire : Oh, comme c'est mal tombé !, quand on entendit de nouveau sonner, mais timidement cette fois.

– Brikena, qui est-ce ? demanda Silva, n'entendant pas de bruit dans le vestibule.

– C'est Veriana, répondit sa fille depuis l'entrée.

Silva se dressa. Dans l'entrée, les joues rougies par le froid, frêle, l'image même d'Ana, Veriana se débarrassait de son imperméable.

Silva embrassa tendrement sa jeune nièce, la seule qu'elle eût.

– Tante Silva, vous excuserez papa, mais il a été empêché de venir.

– Quel dommage ! Mais toi, tu es venue seule ?

– Oui, en autobus.

Silva la prit par la main et la conduisit dans la pièce de séjour.

– Bonjour ! fit la jeune fille à la cantonade.

Tous la regardèrent avec des yeux où curiosité et compassion se mêlaient.

– Comme elle tient de sa pauvre mère ! murmura l'une des femmes.

Veriana se dirigea droit vers sa grand-mère, qui s'écarta pour lui faire un peu de place sur son fauteuil et se mit à lui caresser tendrement les cheveux.

– Besnik a été retenu à l'improviste et ne peut pas venir, répondit Silva à la question non formulée des invités.

Quelqu'un lança un *Quel dommage* !, ou peut-être Silva crut-elle l'entendre dans la mesure où c'est ce qu'elle pensait.

De fait, elle regrettait beaucoup son absence. C'est à cause de lui qu'elle s'était gardée d'inviter Skënder Bermema. En dépit de l'égale sympathie qu'elle vouait à l'un et à l'autre, elle avait toujours eu soin d'éviter qu'ils ne se retrouvent en même temps chez elle. Besnik Struga, son beau-frère, demeuré veuf d'Ana, lui était naturellement plus proche, mais, d'un autre côté, Skënder Bermema était étroitement lié au souvenir de leurs années de jeunesse, ces années comme remplies d'ivresse, antérieures au divorce d'Ana et de son premier mari, d'autant plus qu'avant de connaître et d'épouser Besnik Struga, sa sœur avait entretenu avec Skënder Bermema des relations d'amitié qui, même à présent, longtemps après, restaient aux yeux de tous, y compris de Silva elle-même, une sorte d'énigme.

Une fin de journée idéale pour remâcher tous ces souvenirs, s'était dit Silva une heure auparavant. En de tels après-midi d'automne, surtout à la veille de fêtes ou d'anniversaires, l'envie la prenait de laisser tomber tout travail en cours et, assise sur le rebord de la fenêtre, avant que le crépuscule ne tombât comme un rideau de scène, d'évoquer ce passé : le retentissant divorce d'Ana et de Frédéric, les conjectures sans fin des uns et des autres sur les motifs de leur séparation, l'attitude mystérieuse de Skënder Bermema dont le nom avait été intimement mêlé à cette affaire, jusque devant le tribunal qui, aux dires de certains, avait failli tourner au jury littéraire, le juge s'étant escrimé des jours durant, à la demande du mari dont le ridicule n'avait fait que redoubler, à déchiffrer certaines pages de l'œuvre de Skënder Bermema que, dans son obstination, Frédéric prétendait dédiées à Ana. Puis le tour inattendu qu'avait pris l'affaire quand il fut établi que la décision d'Ana n'était nullement liée à Skënder Bermema, dont le foyer avait connu lui aussi quelques frictions, mais à ses rapports avec Besnik Struga et à leur soudaine intention de convoler au plus tôt. On n'aurait su dire si la rancœur de Frédéric s'en trouva quelque peu atténuée, toute sa jalousie des dernières années ayant eu pour cible Skënder Bermema, qu'il considérait comme le principal responsable de la versatilité de sa femme, ou si, au contraire, l'entrée en scène d'un troisième homme accrut encore son dépit de mari trompé. Silva n'avait jamais cherché à sonder plus avant une affaire qu'elle avait toujours préféré voir tenue dans l'ombre. Outre le divorce d'Ana, ce qui l'avait le plus affectée, dans toute cette histoire, c'était le froid qui s'était installé entre Besnik et Skënder Bermema. Silva en avait conçu beaucoup de peine : non seulement parce qu'elle les aimait et les estimait l'un et l'autre, mais surtout parce qu'après la mort d'Ana, l'un comme l'autre restaient à ses yeux les êtres le plus intimement liés au souvenir de sa sœur disparue.

Bizarrement, cela s'était produit au moment même où l'on aurait eu le moins de raisons de s'y attendre : après la mort d'Ana. Était-ce cette disparition qui en avait été la cause ? Silva aurait jugé ce refroidissement normal s'il avait été provoqué par Ana, tout comme elle eût trouvé naturel qu'il le fût par la rupture entre Besnik et sa fiancée, laquelle n'était autre que la nièce de la femme de Skënder Bermema. Mais ces deux hypothèses étaient réfutées par le fait que Besnik et Skënder avaient continué de se fréquenter après que le premier eut rompu avec Zana, et même après sa liaison scandaleuse avec Ana, qui avait aussitôt suivi cette séparation.

Bien que, selon toute vraisemblance, ni l'un ni l'autre de ces faits n'eût été à l'origine de leur brouille, Silva avait le sentiment qu'il était vain de lui chercher ailleurs un autre motif. Elle s'était longtemps creusé la cervelle à ce sujet et avait fini par conclure que sa propre sœur et l'ancienne fiancée de Besnik, tout en n'en étant point responsables séparément, l'étaient conjointement. Car si, prise isolément, chacune représentait quelque chose de supportable, elles avaient fait à elles deux déborder la coupe. L'épouse de Skënder Bermema aurait plus ou moins toléré la vague rumeur courant sur les relations entre son mari et Ana, de même qu'elle eût pu admettre, plus tard, que son mari continuât de fréquenter Besnik longtemps après que celui-ci eut rompu avec sa propre nièce. Mais dès lors que ces deux circonstances s'étaient conjuguées et que Besnik Struga, après avoir rompu avec sa nièce à elle, eut précisément épousé cette femme dont le nom était depuis longtemps accolé à celui de son mari, l'épouse de Skënder Bermema avait estimé, peut-être non sans raison, que la pilule était cette fois devenue trop difficile à avaler. C'était apparemment ce qui avait consommé la rupture.

Brusquement, Silva se rappela qu'elle avait laissé ses invités en plan dans la pièce de séjour, mais, s'étant approchée de la porte, elle s'aperçut qu'une conversation animée s'y était engagée et que nul ne paraissait avoir relevé son absence. A pas légers, elle gagna la porte-fenêtre donnant sur le balcon, derrière laquelle la nuit tombait rapidement. Le citronnier dans son fût, que l'inconnu avait apporté d'on ne sait trop quelle pépinière, était là, passant sa première soirée sur un balcon qui lui était étranger. La sonnette de l'entrée finit d'arracher Silva à ses méditations. C'étaient les sœurs de Gjergj, le *troupeau*, comme lui-même appelait ses quatre sœurs, dont trois étaient mariées ; la quatrième, encore célibataire, faisait sa médecine.

Le couloir s'anima d'échos de voix, de gesticulations pour se débarrasser des manteaux, des va-et-vient turbulents des enfants, les bras chargés de paquets-cadeaux.

– Brrr ! Il fait un de ces froids ! s'exclama l'une des sœurs.

– Vraiment ?

– La température a brusquement baissé. Mais, ici, il fait bon.

– Quel dommage que Gjergj ne soit pas parmi nous ! Il ne pouvait pas remettre son départ ?

– Impossible, répondit Silva. Ça ne dépendait pas de lui.

– Évidemment, fit la plus jeune des sœurs. D'ailleurs, à bien des égards, les choses avec la Chine ont pris une telle tournure que…

– Passez donc par ici, dit Silva en désignant la porte de la pièce de séjour.

Dans l'appartement s'était subitement installée une ambiance intime et joyeuse. En revenant dans l'entrée, Silva eut envie de sourire à la vue de l'amoncellement de vêtements sur le porte-manteau. Elle prit quelques fourrures d'enfants qui semblaient être montées à califourchon sur les pardessus et les imperméables des grands, et les porta dans la chambre de sa fille où elle les jeta sur un divan.

Puis elle repassa dans la salle à manger, inspectant la table sur laquelle le tranquille éclat des couverts et des verres paraissait on ne peut plus étranger au tohu-bohu qui avait envahi l'appartement. Entre-temps, courant de la pièce de séjour à la chambre de Brikena, en passant par le vestibule, les petits avaient tracé le premier circuit de leurs vaines poursuites. Dans la plus grande pièce, la conversation s'était si bien animée que toute crainte de voir cette petite réunion sombrer dans l'ennui semblait écartée. Depuis le seuil, le regard de Silva s'arrêta sur son frère, qui était le seul à ne pas prendre part à la discussion. Elle s'avança et approcha un tabouret de lui.

– Qu'est-ce qui ne va pas, Arian ? s'enquit-elle d'une voix douce. Tu n'as pas l'air dans ton assiette.

– Mais non, Silva, ce n'est rien.

De près, elle lui trouva les traits tirés.

– Comment, ce n'est rien ? Je vois bien que quelque chose ne tourne pas rond.

Il leva la tête vers elle et lui sourit avec un certain étonnement mêlé de tristesse, d'une façon tout à fait particulière, qui lui sembla vouloir dire : depuis quand tu t'occupes de... ? C'est presque physiquement que Silva sentit sa conscience la ronger. Elle s'apercevait bien qu'il était à son tour en proie à quelque gros souci, lui qui, nanti de deux sœurs perpétuellement submergées de tracas et de problèmes personnels, semblait s'être vu dénier le droit d'avoir également les siens.

On appela Silva au téléphone et elle se leva.

Quand, après qu'ils eurent tous pris place à table, on entendit enfin le cliquetis continu des couteaux et des fourchettes, attestant que le dîner avait vraiment commencé, Silva poussa un soupir de soulagement. Elle s'aperçut alors qu'elle était assise à côté d'Arian. Peut-être ferait-elle mieux de ne plus l'interroger sur ce qui le rendait si maussade ? Au reste, maintenant qu'un certain temps s'était écoulé depuis qu'elle l'avait remarqué, cet air sombre lui semblait presque naturel (les hommes ont-ils si peu de motifs d'être contrariés ?). Elle n'y aurait sans doute plus fait allusion, à plus forte raison ce soir-là, si, du coin de l'œil, elle n'avait involontairement relevé que son frère, contrairement à son habitude, avalait coup sur coup deux rasades de raki sans prendre le temps de respirer. Ce ne fut pas tant le fait de boire ainsi qui attira l'attention de Silva, que le mouvement de sa main, la manière dont il rejeta la tête en arrière après avoir vidé son verre, et surtout la façon dont il le reposa sur la table. Dans toute son attitude, il y avait quelque chose de résolu, de tranché, qui semblait s'accompagner des mots : au bout du compte, advienne que pourra !

– Quelque chose te tracasse, Arian ? murmura Silva à son oreille.

– Et après ? fit-il d'un ton placide. En admettant que j'aie vraiment un gros problème, tu voudrais que je te le confie, à toi, sœurette, justement un soir comme celui-ci ?

Plus que par sa réponse, Silva fut désarçonnée par la lueur trouble et ironique qui émanait de ses yeux. Mélange de sarcasme et d'irritation qui, tout en n'étant pas dirigé contre l'interlocuteur, ne le blesse pas moins.

– Et pourquoi pas ?

Elle sentit davantage d'irritation dans ses yeux maintenant qu'il ne la regardait plus.

Qu'est-ce qui a bien pu lui arriver ? se demanda-t-elle, et, à nouveau, elle sentit sa conscience la ronger. Il avait donc fallu qu'un malheur vînt peut-être l'atteindre pour qu'elle se montrât sensible pour de bon à l'existence de son frère ?

– Je ne veux pas t'embêter avec mes histoires, lâcha-t-il enfin. C'est quelque chose dont je n'ai parlé à personne.

Avec la rapidité de l'éclair, le regard de Silva se porta sur sa femme qui trinquait gaiement avec la plus jeune des sœurs de Gjergj. S'agissait-il d'une affaire la concernant ? Elle la dévisagea un moment. Oui, oui, bien sûr, se dit-elle. Une affaire de jalousie, mais elle-même ne se doute probablement de rien. Sinon, comment expliquer qu'elle ne trahisse aucune contrariété quand son mari fait la tête ?

– Ça n'aurait pas quelque chose à voir avec Sonia ? demanda-t-elle en se repentant aussitôt, sans trop savoir pourquoi, de sa question.

– Sonia ? s'exclama-t-il d'un air stupéfait. En voilà une idée !

C'est donc quelque chose d'autre et de plus sérieux, se dit-elle, s'étonnant elle-même de considérer que cette autre raison pouvait être plus sérieuse, alors qu'elle avait grandi dans une famille où les complications avaient toujours été provoquées par les femmes.

La table fut balayée par une rafale de toasts.

– Quoi qu'il en soit, tu ne dois rien me cacher, dit Silva en approchant la tête de l'épaule de son frère.

La peine qu'elle éprouvait pour lui augmentait dans des proportions insolites.

Il tourna la tête et ses yeux, frôlant ses tempes à elle, lui transmirent comme une décharge de douleur.

– Puisque tu y tiens, je vais te le dire, malgré la décision que j'avais prise de n'en parler à personne…

Il fit tourner un moment son verre dans sa main, sans le lâcher des yeux, comme si la vue de cet objet en verre poli le plongeait dans l'émerveillement.

– … Il est probable, pour ne pas dire certain, que je vais être exclu du Parti dans les jours qui viennent. De l'armée également, cela va de soi.

Silva faillit laisser tomber la fourchette qu'elle tenait à la main.

– Est-ce possible ? bredouilla-t-elle. Mais pourquoi donc ?

– Je t'en prie, ne me pose pas de questions. C'est une histoire très compliquée.

– Comment cela se peut-il ? fit-elle à nouveau, comme s'adressant à elle-même.

– C'est une affaire très complexe, répéta-t-il. De toutes

façons, on n'y peut rien. Mais il n'y a rien là qui puisse vous valoir des ennuis.

– Comment peux-tu croire que nous songions à nous ? s'insurgea Silva. Tu n'as pas honte ?

Il eut un sourire amer, tout en essayant de saisir avec sa fourchette un morceau de viande qu'il avait pris et reposé dans son assiette à plusieurs reprises.

– Mais pourquoi ? reprit Silva. Qu'est-ce encore que ce malheur ?

Il resta un long moment sans desserrer les lèvres, les yeux rivés sur son assiette presque intacte, comme s'il s'attendait que la décision de se confier ou non à sa sœur lui vînt de là.

– Au cours des dernières manœuvres, lâcha-t-il finalement, j'ai enfreint, ou, plus exactement, j'ai refusé d'exécuter un ordre important de l'état-major.

Voilà donc de quoi il retourne ! se dit Silva. De prime abord, cela lui parut moins terrible que ce qu'elle avait redouté, mais lui, comme s'il eût saisi sa pensée, enchaîna :

– En état de guerre, pour un pareil acte de désobéissance, on est bon pour le peloton d'exécution. Comme nous sommes en temps de paix, je serai radié de l'armée. Du Parti aussi, bien entendu. C'est tout. Je ne pense pas qu'il y ait d'autres conséquences.

Silva poussa un gros soupir. De fait, que pouvait-on attendre de plus ?

A nouveau, il s'évertua à saisir un peu du contenu de son assiette, mais, face au morceau de viande, sa fourchette semblait ne lui être d'aucun secours. Silva se sentit meurtrie au plus profond d'elle-même.

– D'autres seront également sanctionnés ?

– Quatre des six officiers de l'unité de blindés. Ceux qui ont refusé d'obtempérer.

Il tenta encore de piquer quelque chose dans son assiette, mais y renonça et remplit son verre.

– Et pourquoi as-tu fait ça ? demanda Silva.

– Quoi donc ?

– Cet ordre, pourquoi ne l'as-tu pas exécuté ?

Il tourna brusquement la tête et ses yeux s'éclairèrent d'une lueur de colère.

– Ne m'interroge pas là-dessus. Je ne t'en dirai rien.

– Bon, bon, acquiesça Silva. Ce qui est fait est fait. Ne te tourmente pas.

Il leva son verre et but.

– Je voudrais te poser une dernière question, reprit Silva. Tu te sens coupable ?

– Absolument pas.

Silva laissa son regard errer un moment sur la table. Elle ne parvenait pas à décider si c'était bien ou mal qu'il ne se sentît pas fautif.

– Oublie cela, maintenant, dit-il en levant son verre. A votre santé à tous, à la santé de Brikena, tous mes vœux !

– A la tienne aussi ! répondit Silva.

Il eut un geste de la main comme pour dire : pour moi, les choses sont réglées, pensez plutôt aux autres.

Silva lâcha son verre et jeta un regard circulaire sur la tablée. Le dîner continuait comme au moment où son attention s'en était détachée. Peut-être n'est-ce pas si grave, se dit-elle, et elle fit effort pour chasser le problème de son frère de son esprit. Tout le monde était d'excellente humeur, le vin rouge brillait dans les verres comme du vernis à ongles, rires et commentaires étouffés créaient un agréable fond sonore chaque fois qu'on décapsulait les bouteilles d'eau gazeuse. On avait peine à croire que le mal pût continuer à faire des siennes après un pareil festin.

Silva se réveilla brusquement. Elle crut d'abord que c'était le petit jour, puis elle remarqua que la clarté diffusée par sa fenêtre était celle de la lune. C'était une lumière uniforme et glacée. Brrr, quel froid !, et elle se rendit compte que c'était précisément ce froid qui l'avait réveillée. Elle tendit la main vers sa table de nuit, y trouva le commutateur de la lampe de chevet et l'alluma. Il était quatre heures un quart. Elle resta ainsi quelques instants, les yeux rivés sur la surface nue du plafond. Puis elle eut de nouveau une sensation de froid. Dans la pièce, les objets en verre étaient tout couverts de buée. Dehors, il devait geler à pierre fendre. Elle songea à Brikena et à Veriana qui dormaient toutes deux dans la chambre voisine.

Elle se leva aussitôt, jeta sur ses épaules un paletot de laine et sortit sans bruit dans le couloir. La porte de l'autre chambre était entrouverte. Silva la poussa avec précaution et entra. Dans la clarté bleuâtre qui filtrait du dehors, elle distingua leurs chevelures mêlées sur le même oreiller. Dans la nuit, sans doute à cause du froid, Veriana avait abandonné le divan où Silva l'avait installée pour venir se fourrer dans le lit de sa cousine. Silva sourit intérieurement, puis elle s'approcha, restant là à contempler ces deux visages sereins, mais elle se souvint alors de la recommandation de sa mère : il ne faut jamais regarder quelqu'un qui dort. Elle remonta la couverture sur leurs épaules, puis prit l'une de celles restées sur le divan et les en recouvrit avec douceur.

Elle sortit à pas feutrés dans le couloir, mais, au lieu de regagner sa chambre, quelque chose la poussa à retourner jeter un coup d'œil là où ils avaient dîné. Dans l'éclat de l'éclairage électrique, qui lui parut soudain plus violent, comme c'est le cas quand on émerge de l'obscurité, elle contempla la table dans l'état où elle était restée à l'issue du festin. Plats, assiettes et verres gisaient là, certains vides, d'autres à moitié seulement, comme les avaient laissés les convives avant de se lever pour aller prendre le café dans la pièce de séjour. Silva considéra un moment la table comme si elle cherchait à se remémorer la place occupée par chacun des invités. Dans son esprit, ce dîner lui paraissait quelque chose d'assez lointain. Elle remarqua l'assiette d'Arian, avec son contenu presque intact, et poussa un soupir. Bien qu'elle n'eût plus du tout sommeil, elle se sentait incapable de se concentrer sur quoi que ce fût. En passant en revue les assiettes et les verres, elle se souvenait de bribes de conversation, entrecoupées de plaisanteries et de rires, franchissant d'une extrémité à l'autre cet amoncellement de faïence et de verrerie. Une partie de la discussion, justement celle où le rire n'avait été que le masque extérieur de l'inquiétude, avait porté sur les relations avec la Chine. D'après l'un, ces derniers temps, on avait observé à nouveau un certain durcissement, comme quelques années auparavant, pendant la Révolution culturelle, mais ce n'était que provisoire et les sombres nuées se dissiperaient derechef. Quelqu'un d'autre avait répondu que, cette fois, les choses paraissaient plus sérieuses, et que la crise ne serait pas surmontée aussi aisément. Nous autres, Albanais, ne pouvions d'aucune manière approuver le rapprochement sino-américain. Il fallait donc s'attendre à une certaine tension. Silva balaya du regard toute la longueur de la table comme pour figurer la trajectoire des répliques. Elles avaient été rapides, rasantes ; à deux ou trois reprises, elle avait happé le regard d'Arian qui accompagnait cet échange d'un sourire voilé d'une nuance de condescendance. C'était le sourire de celui qui en sait long et qui, justement pour cette raison, ne souhaite pas se mêler à la conversation.

Il fallait s'attendre à cette crise, répétait le mari d'une de ses belles-sœurs. Mais son interlocuteur de lui rappeler qu'à la différence des relations avec les Soviétiques, remises en cause une bonne fois pour toutes, celles avec la Chine avaient ainsi connu par intervalles des phases délicates, de sortes que ce dernier accroc ne faisait que s'ajouter aux précédents et n'avait rien de bien surprenant. Tu te rappelles, nous en avons parlé quand le Théâtre national allait donner *la Mouette* de Tchekhov, à l'époque où la Révolution culturelle battait son plein ? Elle s'en souvenait fort bien. C'était un après-midi d'hiver, on aurait dit qu'il allait neiger. Dans Tirana, parcouru d'une sorte d'excitation générale, tout le monde n'avait que cette représentation à la bouche. Les gens se préparaient fébrilement à se rendre au théâtre, les téléphones sonnaient : la première aura-t-elle bien lieu l'après-midi ? on a parlé d'une annulation... Puis l'entrée dans le théâtre, et à nouveau les discussions avec certaines connaissances devant les vestiaires. Les Chinois, disait-on, avaient tenté de faire suspendre la représentation (en Chine, Tchekhov, tout comme

Shakespeare, était interdit) et des fonctionnaires du ministère de l'Éducation et de la Culture abondaient dans leur sens. Malgré cela, à la satisfaction de tous, le spectacle avait eu lieu... A partir de là, on s'est aperçu que nos idées se démarquaient de celles des Chinois, avait conclu Sonia. S'il ne dépendait que de moi, avait lancé la plus jeune sœur de Gjergj, on aurait tôt fait de rompre avec eux ; je ne peux plus supporter de voir leurs têtes ! Ce n'est pas si simple, avait répondu l'un des hommes ; leurs têtes n'ont rien à voir là-dedans... Tout à fait d'accord, leur tête n'est pas en cause, était intervenu un autre ; ce qui me choque, c'est que trop de gens ont pris l'habitude de leur témoigner à tout propos une sorte de mépris. On ne saurait nier que c'est un grand peuple, doté d'une culture admirable... Eh oui, on aura beau dire, la Chine reste un mystère, avait poursuivi l'autre. Si vous voulez comprendre quelque chose à la politique de la Chine, a dit un jour Zhou Enlai, allez donc au théâtre de Pékin... Mais il est truffé de symboles indéchiffrables, de singes, de serpents...

Silva se mit à débarrasser la table comme si, en même temps qu'elle ramassait les assiettes et les verres, elle avait voulu la nettoyer des reliefs de cette discussion. Elle en eut promptement libéré une partie. Mais, en s'emparant de l'assiette d'Arian, elle eut un nouveau pincement au cœur à la vue du morceau de rôti presque intact dont sa fourchette n'avait retranché qu'un menu morceau. Ah, si seulement il pouvait s'en tirer sans trop de mal ! se dit-elle.

Le bruit familier de l'eau dans l'évier désassombrit quelque peu ses pensées. Machinalement, elle s'était mise à faire la vaisselle, mais elle se dit soudain que c'était pure folie que de s'atteler à pareille tâche à quatre heures et demie du matin, et elle y renonça.

La sensation de froid la reprit et elle boutonna son paletot de laine. Dans la cuisine aussi, les vitres étaient couvertes de buée. Il doit geler, se dit-elle, et elle se rappela subitement le citronnier livré l'après-midi, en même temps que les propos de l'homme de la pépinière : en cas de gelée blanche, il faut le couvrir, autrement il risque de se ratatiner en une nuit. L'idée de sortir sur le balcon par un tel froid lui parut insensée ; pourtant, lorsqu'elle éteignit la lumière du couloir, s'apprêtant à entrer dans sa chambre, elle s'arrêta sur le seuil. Après tout, elle pouvait bien le faire. Ce n'était pas une corvée surhumaine que d'aller couvrir un petit citronnier. Sans plus attendre, elle pénétra dans sa chambre, ouvrit à deux battants le haut de son armoire pour y chercher un grand sac en cellophane qu'elle se rappelait y avoir rangé depuis l'été. Tiens, le voici ! fit-elle tout en tirant dessus, mais elle se souvint alors qu'il était rempli d'effets de toutes sortes, de ceux qu'on ne remettra probablement jamais plus, mais qu'on hésite encore à jeter. Légèrement irritée par ce contretemps imprévu, elle se mit à extraire les hardes l'une après l'autre. Il y avait là des robes et des corsages de Brikena, devenus trop justes pour elle, une ample robe en jersey que Silva avait portée pendant sa grossesse, des dentelles, des écheveaux de fil à broder, des pelotes de laine de différentes couleurs, restes du tricotage d'on ne sait plus quels chandails, ainsi que d'autres fanfreluches douces et agréables au toucher, un peu oubliées, qui n'étaient pas sans éveiller une diffuse nostalgie.

Silva déversa le tout sur le tapis en se promettant de le ranger le jour même, puis sortit dans le couloir et, avant d'ouvrir la porte-fenêtre donnant sur le balcon, jeta un manteau sur ses épaules.

Il faisait vraiment très froid. La clarté ivoirine de la lune, épandue comme dans un silence de désert, aiguisait encore cette sensation. Les feuilles du citronnier lui parurent succomber elles aussi à l'envoûtement de cette luminosité cireuse qui déversait partout un engourdissement fatal. Interdite, elle leva la tête. Qu'était-ce donc que ce ciel effrayant dans ce qu'il avait précisément de lisse, et qui semblait appartenir à un autre univers ? Elle sentit un frisson la parcourir à l'idée que Gjerdj, en ce moment même, sillonnait peut-être à bord d'un avion cette uniformité perfide.

Le citronnier aurait à coup sûr crevé dans la nuit si je

n'avais songé à le recouvrir, se dit-elle. Elle arrangea avec soin le sac de cellophane en coiffant la petite couronne comme d'un capuchon et constata avec satisfaction que le sac avait recouvert non seulement l'arbuste en son entier, mais une partie du fût. Sous l'enveloppe de plastique, le citronnier se fit nébuleux, comme dans une semi-inconscience.

Elle s'apprêtait à rentrer, mais quelque chose la retenait sur le balcon. C'était le masque de cire du ciel, à l'attraction duquel elle avait du mal à s'arracher.

Une fois rentrée et à nouveau glissée dans son lit, qui avait conservé un reste de la tiédeur de son corps, elle sentit qu'elle tremblait encore, moins de froid qu'à cause de ce vide terrifiant. Elle ne parvenait pas à trouver le sommeil. Dans un désordre grandissant lui revenaient en mémoire des bribes de phrases prononcées durant la soirée, les conjectures émises sur l'avenir des relations avec la Chine, le problème qui affectait son frère. Si vous voulez comprendre quelque chose à la Chine, allez donc au théâtre de Pékin... Mais il est truffé de symboles effrayants, de singes, de serpents... Silva se retourna dans son lit. Des singes, des serpents..., se répéta-t-elle, sentant que quelque souvenir enfoui cherchait à refaire surface en elle. Ah oui, c'était un récit qu'elle avait entendu, plusieurs années auparavant, de la bouche de Besnik Struga. Il y était question de serpents que, de même qu'ils apparaissent en rêve comme un présage de malheur, il avait aperçus dans le marais de Butrint, peu avant la rupture avec les Soviétiques. Tu penses bien que je ne suis ni n'ai jamais été superstitieux, lui avait-il dit, mais, par la suite, quand les choses ont mal tourné avec l'Union soviétique, ces serpents n'ont cessé de me revenir à la mémoire. Ah, j'oubliais : sais-tu ce qui m'est arrivé un jour, quelques mois après que la rupture a été consommée ? Et Besnik avait raconté à Silva que, lors d'une fête, plus précisément le soir de la première réception après cette rupture, alors que tous s'apprêtaient à contempler le feu d'artifice donné avec des fusées tout juste arrivées de Chine, dont on ne faisait que parler depuis plusieurs jours, il s'était trouvé dans la rue au moment où le ciel s'en était soudain constellé. Les gens avaient levé la tête, à la fois ravis et étonnés par ce feu d'artifice ; il convient de souligner qu'il était différent de ceux auxquels ils avaient assisté jusqu'alors, s'agissant de fusées étrangères, pour ainsi dire, qui exhalaient en retombant une sorte de sifflement à donner le frisson, comme pour s'exclamer : qu'est-ce qui m'a fichu une terre comme celle-ci, là en bas... Et, comme si ce n'était pas suffisant, après ces explosions successives se déployèrent finalement dans le ciel des fusées épousant la forme des serpents mythiques chinois. Elles dessinaient une sorte de frange pendillante, décrivaient quelques ondoiements avant de s'éteindre l'une après l'autre, laissant le firmament noir comme de la poix. Les gens commencèrent à se récrier : Des serpents ! des serpents !, et moi-même, le cœur battant la chamade, je me dis : Qu'est-ce que cette apparition de mauvais augure ? encore des serpents ? Songe, Silva, que c'était la première fête que l'on célébrait après toute cette période de tension difficile à oublier...

Pelotonnée sous ses couvertures, elle se remémora tous ces épisodes et, pour la énième fois, s'interrogea : pourquoi fallait-il que ce voyage tombât juste à ce moment ? Elle revit la serviette noire de Gjergj contenant la documentation secrète qu'il devait acheminer, à laquelle ils devaient d'être séparés, cette nuit, aux antipodes l'un de l'autre. Qu'était-ce donc que cette serviette que Gjergj portait à travers ciel sans même en connaître le contenu ? De toute façon, ce voyage... Elle ne put aller jusqu'au bout de sa pensée, car lui revinrent en mémoire la brusque notification de l'ordre de départ, la convocation de Gjergj chez le ministre, la rapidité avec laquelle lui avait été délivré son visa. L'idée qu'on lui avait confié quelque mission spéciale n'était pas faite pour la réconforter. Il aurait mieux fait de ne pas partir, se répétait-elle, et, alors qu'elle sentait enfin le sommeil s'emparer d'elle, roulèrent de plus belle, emmêlés dans son esprit, les fusées-serpents de Besnik Struga, la radiation prochaine du Parti de son propre frère, et l'énigmatique serviette de Gjergj. Elle se réveilla encore à deux ou trois reprises, mais ces images paraissaient toujours liées entre elles par des fils invisibles dans la pénombre de la pièce où, par la fenêtre, l'aube automnale jetait ses premières lueurs.

CHAPITRE II

En cette nuit de fin octobre, le vide du ciel passait tout ce qu'on peut imaginer. Plusieurs centaines d'avions atterrissant sur les aérodromes ou en décollant, des milliards d'oiseaux, trois météorites esseulés tombés dans l'immensité océane sans que personne les eût remarqués, quelques satellites-espions tournant en solitaires à distance respectueuse l'un de l'autre, tout cela mis ensemble était bien peu au regard de l'espace infini du ciel. Il était vide et désolé. Les volatiles, si on les avait entassés, auraient sans doute dépassé en poids et en volume les avions, mais oiseaux, avions, météorites et satellites ajoutés les uns aux autres n'eussent pas même suffi à remplir un petit coin du firmament. Il était pour ainsi dire vide. Nulle queue de comète, de celles qui, dans l'esprit des hommes, laissent augurer un malheur, ne le sillonnait en cette fin d'octobre. Mais, même dans un cas pareil, si d'aventure une comète était venue à le traverser, l'histoire du ciel, enrichie non seulement de la vie des oiseaux, des avions, des satellites et des comètes, mais également des coups de tonnerre et des éclairs de tous les temps, n'en fût pas moins restée indigente au regard de celle de la Terre.

Dans un ciel d'une telle vacuité, les signaux d'un satellite-espion paraissaient d'autant plus empreints de désolation. L'engin retransmettait la liste des membres du Bureau politique du Parti communiste chinois dans l'ordre le plus récent, énoncé à l'occasion d'une cérémonie officielle : Mao Zedong, Zhou Enlai, Wang Hongwen, Ye Jianying, Deng Xiaoping, Zhang Chunqiao, Wei Guoqing, Liu Bocheng, Jiang Qing, Xu Shiyou, Hua Guofeng, Ji Dengkui, Gu Mu, Wang Dongxing, Chan Yongui, Chen Xilian, Li Xiannian, Li Desheng, Yao Wenyuan, Wu Guixian, Su Zhenhua, Ni Zhifu, Saifudin, Song Qingling. Rapportés aux dimensions du ciel qu'ils parcouraient, ces noms, en dépit de leurs efforts pour se muer en noms de divinités, n'étaient qu'une misérable poignée de poussière, et tout aussi minable paraissait la liste complète de hauts dirigeants ondoyant dans l'espace désert. Pourtant, scrutant cette liste comme on le faisait jadis des comètes à la queue terrifiante, des étoiles doubles ou autres signes célestes, des centaines d'individus, dans des dizaines de bureaux archisecrets, s'évertuaient à percer quelque mystère. Penchés sur cette poignée d'idéogrammes tout juste descendus du froid de la nuit, ils s'efforçaient de déceler dans leur ordre (confronté à celui de la liste précédente) quelque signe annonciateur, prophétie ou avertissement pour l'avenir d'une portion de l'humanité, voire de l'humanité entière.

Entre-temps, la Terre et ce qui gravitait autour roulaient sans se douter de rien. Comme s'ils s'étaient pris en chasse, les deux-trois météorites tombèrent quelque part dans un coin d'océan sans laisser la moindre trace. En diverses parties du ciel, des éclairs déchargeaient leur électricité par centaines, des oiseaux s'abattaient, à bout de forces, et, traversant tout cela, voguait la lettre d'un petit État à un grand.

Cette lettre se trouvait dans la serviette du courrier diplomatique Gjergj Dibra qui voyageait cette nuit-là sur le vol Paris-Pékin. Il survolait depuis pas mal de temps les déserts d'Arabie. Si la nuit avait été vraiment noire et qu'on n'y eût rien vu, Gjergj Dibra aurait trouvé ce sentiment de perdition plutôt supportable. Mais le ciel était clair et la lune découvrait malencontreusement le vide abyssal au-dessous de l'appareil, un vide d'autant plus lugubre que, tout en bas, en commençait un autre, celui des sables arides.

A plusieurs reprises, Gjergj Dibra détourna la tête du hublot, décidé à ne plus répondre du regard à l'appel de ce gouffre lunaire, mais, au bout de quelques instants, il ne pouvait s'empêcher d'approcher le front de la vitre. En bas, à plus d'une dizaine de milliers de mètres, la lune errait à la surface du désert comme un œil sans vie. Dans cet œil dont la rétine avait gardé le ciel prisonnier, à l'instar de celle de la victime dont on dit qu'elle retient l'image de son assassin (au fond, c'était le ciel qui avait donné la mort à cette zone terrestre en la transformant en désert), luisait une sorte d'ironie glacée.

D'un mouvement presque violent, Gjergj Dibra écarta sa tête du hublot et, ne sachant trop quoi faire, demanda à l'hôtesse de lui apporter un café. C'était déjà le quatrième qu'il prenait, mais peu lui importait. Au bout du compte, il n'avait nulle intention de dormir.

Ayant avalé son café, il dut se retenir pour ne pas tourner à nouveau les yeux vers le hublot. Malgré cela, même sans regarder en bas, il sentait l'attraction du désert. Afin d'y échapper, pour la dixième fois peut-être, il chercha à se transporter mentalement dans l'appartement familial, au milieu de la petite réception que sa femme avait organisée pour l'anniversaire de leur fille, parmi les invités. Il consulta sa montre. Ils doivent avoir quitté la table, se dit-il. Cela ne l'empêcha pas d'imaginer diverses séquences du dîner, les va-et-vient de Silva et de Brikena d'une pièce à l'autre, le bouquet de fleurs sur la nappe, l'arrivée enjouée des invités, l'entrechoquement des verres. Ils avaient certainement pensé à lui. Il essaya d'imaginer leurs propos, mais c'était difficile, il éprouvait moins de mal à se représenter leurs rires et leurs sourires. Il passa en revue les invités éventuels : ses sœurs, leurs maris, les enfants, le frère de Silva, sa propre mère, sa nièce Veriana, Besnik Struga... ou bien

Skënder Bermema. Il passa un bon moment à se demander lequel de ces deux derniers devait se trouver là. L'absence de l'un et de l'autre à la fois lui semblait impossible. Peut-être étaient-ils venus tous les deux, se dit-il, et, sans avoir le temps de refréner son mouvement, il pencha la tête vers le hublot. Le gouffre de la nuit, rendu à présent lugubrement laiteux par la clarté lunaire, comme un cliché aux rayons X, béait au-dessous de lui. Oui, ils étaient probablement venus tous les deux, songea-t-il dans une semi-léthargie. Toutes les passions humaines paraissaient amenuisées, dénuées de gravité au regard de l'ampleur de ce vide.

Il demeura quelques secondes les yeux clos. Sa main effleurait tantôt la poignée de sa serviette, tantôt sa serrure métallique portant le sceau rougeâtre du ministère des Affaires étrangères. Durant les longues heures de ce sinistre voyage, il ne l'avait pas lâchée d'un seul instant. Il savait que s'y trouvait un document officiel de la plus haute importance mais dont il était bien incapable d'imaginer la teneur.

Dans cet état de somnolence, il s'efforça à nouveau de se représenter cette soirée donnée pour l'anniversaire de sa fille, mais quelque chose l'empêchait de pénétrer chez lui. Chaque fois, un peu intimidé comme l'eût été un étranger, le regard empreint d'une tiède nostalgie, il s'immobilisait devant la porte. A s'imaginer son apparition inopinée sur le seuil de l'appartement où les gens mangeaient, buvaient, causaient, à l'idée des gestes familiers qu'il aurait à faire pour presser le bouton de sonnette, embrasser Silva et leur fille, saluer ensuite les invités, ses doigts se paralysaient et quelque chose l'empêchait d'accomplir tous ces gestes. Il se rendit compte alors que c'était sa serviette qui lui occupait toujours la main. Qu'est-ce que cette serviette, Gjergj ? semblaient interroger leurs yeux à tous. Que tiens-tu enfermé là-dedans ?

Gjergj secoua la tête et rouvrit les yeux. Il s'était assoupi. La main qui, durant son sommeil, avait étreint encore plus fortement la poignée de la serviette, était tout engourdie. Il resta un moment immobile sur son siège, faisant effort pour ne pas regarder en direction du gouffre, puis il retomba un moment dans sa somnolence antérieure, plus légère cette fois. Le même montage qu'auparavant, mais composé de séquences plus morcelées, le reconduisit à la soirée d'anniversaire de sa fille.

De nouveau sa serviette l'empêcha d'entrer et de se mêler aux convives. Je n'aurais pas dû l'apporter, se dit-il fugitivement, mais il se rappela aussitôt la règle de fer qui lui faisait obligation de ne jamais la lâcher, où que ce fût. Il remarqua alors pour lui-même que sur toute cette planète, il était dit que cette serviette ne pouvait trouver nulle place ailleurs qu'entre ses mains.

Ayant rouvert les yeux, il nota que dans le même plan que l'avion, au loin, tout au loin, peut-être au-dessus du cœur de l'Asie, se découpait dans le ciel comme une échancrure. C'était l'aurore.

Il demanda à l'hôtesse où ils se trouvaient et elle lui apprit qu'ils survolaient déjà la Chine. Le jour se levait. Au-dessous d'eux, masqué par une couche de brume, s'étendait le plus vaste et le plus ancien État du monde. Gjergj garda les yeux fixés sur le vide, mais sans rien distinguer. Là-bas, une tache rougeâtre, étrangement semblable au cachet de cire de sa serviette, le soleil, pouvait-on penser, s'évertuait à percer l'horizon. A deux ou trois reprises, il lui sembla discerner la terre, mais il n'aurait pu en jurer. Les moteurs de l'avion bourdonnaient laborieusement. Sans détacher les yeux du hublot, il se dit : comment porter une lettre à un État pareil ? Étonné lui-même par sa question, il resta un moment comme interdit, antique courrier mythologique porteur d'un message à un empire sourd, cherchant en vain la terre du regard comme si semblait-il, il avait cessé de croire à son existence.

Onze cent mètres au-dessous du ventre de l'avion s'étendait en effet la terre de Chine, avec le milliard d'habitants, ou presque, qui vivaient sur elle. Plusieurs autres milliards reposaient sous terre, la plupart transformés depuis longtemps en petits tas de boue. Sur le milliard de vivants, un seul, sans aucun motif plausible, séjournait sous terre, tapi dans une grotte en cette matinée d'automne. C'était le chef de l'État chinois, Mao Zedong en personne.

Il s'était à nouveau établi là depuis quelques jours, dans une solitude complète, éloigné de tout et de tous. Il n'ignorait pas que, chaque fois qu'il allait ainsi se terrer dans une grotte, les gens finissaient toujours par l'apprendre et n'avaient de cesse d'en connaître l'explication. C'est la trouille qui le fait s'y tapir, disaient ses ennemis, de même qu'il s'est tenu planqué au fond de son trou durant la Révolution culturelle. A l'époque, c'était compréhensible, objectaient certains autres, mais à présent que la situation s'est tassée, pourquoi ferait-il encore de même ? Peut-être bien pour s'accoutumer à la mort, répondaient les troisièmes. Ne la sentait-il pas venir depuis déjà longtemps ? D'aucuns haussaient les épaules : il se peut que ce soit la bonne explication, mais il se peut tout aussi bien qu'il y en ait une autre qu'il est seul à connaître…

Ce qui était sûr, c'est que depuis un certain temps, sans trop savoir lui-même pourquoi, il avait renoué avec cette habitude. Il dévorait le rapport spécial sur les rumeurs circulant à propos de sa retraite au fond d'une grotte avec une curiosité telle qu'on l'eût dit assuré d'y trouver ses motivations réelles, qu'il avait lui-même oubliées depuis bien longtemps. Il s'était en fait persuadé que, pour un chef d'État, les actions les plus fécondes sont celles qui restent incompréhensibles non seulement aux autres, mais encore à soi-même. Elles offraient une infinité d'explications possibles. Il se trouverait toujours des gens pour prêter une signification à tel ou tel comportement énigmatique, tout comme il s'en trouverait d'autres pour contredire l'interprétation des premiers et lui en substituer une autre. Puis viendraient les troisièmes, qui ne partageraient l'avis ni des premiers ni des deuxièmes, et qui n'en prétendraient pas moins remettre les choses à leur place, suivis par d'autres encore qui s'inscriraient en faux contre tout le reste, et l'histoire se renouvellerait ainsi à l'infini. Entre-temps, l'acte en question, protégé par le voile de son obscurité, continuerait de vivre, quand des centaines d'autres, limpides, logiques et utiles, ceux-là, seraient totalement relégués dans l'oubli.

Les rapports lui révélaient que nombre de rumeurs concernant sa retraite dans cette grotte la rattachaient à des motifs d'ordre religieux et mythologique. On murmurait que, sachant tout ce qu'on disait de lui sur terre, il désirait savoir ce qu'on chuchotait sur son compte sous la surface du sol, là où ses partisans n'étaient plus la majorité. Dans l'ensemble, les conjectures ayant quelque rapport avec la mythologie lui plaisaient davantage que celles qui se raccrochaient à la réalité des choses. Il aimait à s'imaginer endormi pour quelque temps sous la croûte terrestre, puis se réveillant au printemps tout comme les divinités antiques resurgissaient après l'hiver quand pointait l'herbe nouvelle.

A dire vrai, l'état de demi-mort dans lequel il se sentait plongé au fond de cette grotte était celui qui paraissait le mieux convenir à sa personne. Écartelé entre l'inexistence et l'existence, mais profitant des avantages de l'une et évitant les chausse-trapes de l'autre, il passait ainsi des journées incomparables, au goût de paradis et d'enfer mêlés. Ses pensées se décantaient, s'efforçant d'atteindre de la sorte aux tréfonds de la conscience. Il n'y avait plus que la boue et les pierres qui l'entouraient, il n'y avait plus que la terre et lui, chef du plus grand État de la planète, en contact direct, sans plus d'intermédiaires, ni théories, ni livres, ni fonctionnaires s'immisçant entre eux. En quel autre endroit les mots *Empire du Milieu* pouvaient-ils être mieux appréciés qu'ici même ? Les jours se succédaient, matinées et soirées se chevauchant confusément, des journées réduites au seul après-midi, ou bien des nuits amputées des douze coups de minuit, ou encore, au contraire, des minuits qui s'offraient à vous comme ces plats où l'on ne sert que le cœur des fruits. Il dormait et se réveillait, somnolait puis se rendormait. Il se réveillait, se rendormait pour se réveiller encore. Il avait tantôt l'impression d'être mort, tantôt d'être ressuscité, drogué, ou sanctifié.

Il avait ordonné qu'on ne le dérangeât sous aucun prétexte, mais voici que, dans son demi-sommeil, il percevait une sorte de chuchotement à l'entrée de la grotte. C'étaient sûrement les gardes qui avaient quelque communication à lui faire. Qu'a-t-il bien pu encore se produire ? se demanda-t-il. La guerre? un tremblement de terre? Le murmure se rapprochait. Pour qu'on osât venir troubler sa tranquillité, il fallait que ce fût important. Qu'est-ce que c'est? demanda-t-il sans rouvrir les yeux. Il les entendit bredouiller quelque chose à propos d'une lettre. Ignoraient-ils que, dans sa grotte, il ne recevait pas de courrier? Mais ils continuaient de marmonner, et dans ce marmonnement il distingua le nom de Jiang Qing. Le message était donc d'elle. Posez la lettre ici, crut-il leur avoir répondu; en fait, il s'était borné à formuler ces mots dans sa tête.

Une lettre de *là-bas*, songea-t-il, comme si cette missive provenait de l'autre monde. Qu'est-ce qu'ils fabriquent, ils ne se sont donc pas encore fatigués?

Au milieu de la terre et des pierres de la grotte avait fait irruption cette lettre étrangère qui lui parut chargée d'hostilité. Si elle n'avait pas été de sa femme, jamais il ne l'aurait ouverte. Un certain temps s'écoula avant qu'il ne s'y décidât. Le message était bref. On l'informait des derniers événements de la capitale, de la maladie de Zhou Enlai, et, pour finir, on ajoutait que le chef de l'Albanie lui avait écrit...

Femme à l'esprit léger, se dit-il en détournant les yeux des idéogrammes. A-t-on jamais entendu parler de lettres adressées sous terre?

Courent les lettres vers tous les coins de l'Univers
Mais oncques n'en a vu descendre sous la terre...

Il ne savait trop s'il avait lu ces vers quelque part ou s'ils lui étaient venus spontanément à l'esprit.

Je vous ai tant de fois répété qu'une des choses que je déteste le plus, quand je suis ici, ce sont les lettres! Et vous, non contents de m'en envoyer, voici que vous m'en écrivez une pour me parler d'une autre... Ça ne tourne vraiment plus rond, là-haut!

Le bruissement du papier qu'il tenait à la main réveilla son attention et l'incita à y jeter un nouveau coup d'œil.

Le chef de l'Albanie lui avait donc expédié une lettre. Hum ! Un courrier officiel dans lequel il ne lui adressait aucun vœu particulier… Au contraire, il lui écrivait quelque chose de méchant, de franchement ignoble…

Les derniers idéogrammes étaient aussi les plus acerbes. L'Albanie se déclarait hostile à la prochaine visite en Chine du président des États-Unis et en demandait quasi ouvertement l'annulation.

Mao Zedong sursauta. Quelle dinde ! fit-il à part soi. Voilà ce qu'elle aurait dû m'écrire d'entrée de jeu ! La colère qui, en d'autres circonstances, l'eût immédiatement envahi, voltigeait autour de lui sans trop savoir par où l'investir. On sentait seulement son souffle froid, rien de plus. La terre et les pierres de la grotte avaient fait leur œuvre.

Une lettre d'Albanie, remâcha-t-il à deux ou trois reprises. Autrement dit, une lettre qui a fait du chemin. Hum ! Il sentait qu'il lui faudrait au moins trente-six heures avant de se fâcher pour de bon. Cela lui donnait tout le temps de réfléchir posément à la question. Ainsi donc, cette lettre vient d'Albanie, se dit-il comme pour remettre un peu d'ordre dans ses idées. Il s'efforçait de penser les choses le plus simplement possible ; au demeurant, eût-il voulu procéder différemment, cela lui eût été impossible durant ce séjour au fond de sa grotte. Parfois, il formulait ses pensées à voix haute, comme pour les expliquer à la terre et aux pierres. C'était d'ailleurs une des satisfactions qu'il trouvait à descendre ici-bas. Il allait expliquer les choses à cette grotte le plus élémentairement possible, de sorte à lui faire comprendre les affaires du monde. Ainsi donc, cette lettre vient de loin, se dit-il. D'Albanie. C'est un petit pays d'un continent honni qu'on appelle l'Europe. Sur ce continent vivent des gens au teint blanc que nous n'aimons pas plus qu'ils ne nous aiment. Une exception : l'Albanie, qui est notre alliée. La seule alliée dont nous disposions sur ce continent malfaisant. Or voici que cet État, qui ne représente que le millième de la Chine, a le toupet de m'écrire une lettre. Pas une lettre banale, mais un message agressif. Non seulement cet État refuse de m'obéir, mais il cherche à m'imposer ses volontés. Il mérite un châtiment. Je le lui infligerai.

Mao Zedong sentit une douleur gagner ses tempes. Un tel effort de réflexion, après plusieurs jours de quasi-inconscience, paraissait l'avoir épuisé. J'aurais dû déchiffrer sa lettre avec moins de hâte, se dit-il. Il s'efforça d'en détacher son esprit et de se transporter mentalement sur le plateau du Tibet, qui lui semblait d'autant plus inhabité que lui-même n'y avait jamais mis les pieds. Ça te siérait bien d'aller en visite sur le Toit du Monde, lui avait à plusieurs reprises suggéré sa femme. Oui, vraiment, tu devrais y faire un saut. Il avait plaisanté avec elle, l'avait traitée de vaniteuse, mais, dans son for intérieur, il songeait à cette visite. A tel point qu'il s'était plongé quelque temps dans la lecture des œuvres de l'ermite tibétain Milarepa dont les chants, remplis de la terreur qu'inspirait l'Himalaya, lui revenaient à présent confusément en mémoire, de même que les noms des grottes où il s'abritait. Il se rappelait encore quelques termes tibétains qu'il y avait puisés en prévision de ce voyage: *Shos dbying*, ainsi désignait-on l'état primordial, au-delà de l'être et du non-être, sorte de chaos qui l'avait toujours fasciné; *dge-be*, les dix bienfaits, et *mi-dge-beu*, les dix maux, que, plus tard, pour les employer à quelque chose, il introduisit, les premiers, dans ses recommandations aux jeunesses communistes, les seconds, dans le règlement de l'armée.

Shi-gnas, fit-il à voix haute, mais il sentait que plus il s'évertuait à trouver la sérénité, conformément aux maximes du fameux ermite, plus la lettre mettait d'insistance à lui revenir à l'esprit. *Shi-gnas*, fit-il à nouveau, puis il répéta les mêmes mots en sanscrit: *samatha*, mais sans aucun effet. C'était un peu comme avec les comprimés de somnifère: ou bien ils vous faisaient tomber comme une masse, ou bien ils vous ôtaient définitivement le sommeil.

Ces tentatives s'étant révélées vaines, il finit par s'abandonner à sa mauvaise humeur. Cette lettre lui faisait de plus en plus l'effet d'une monstruosité. Depuis des années, les rapports avec l'Albanie n'étaient plus des meilleurs, par sa faute à elle, mais, jusque-là, il avait fermé les yeux. Jusqu'à quand allons-nous supporter leurs caprices? s'irritaient ses camarades. Il s'était pourtant montré patient. Il avait fermé les yeux sur leur bouderie pendant la Révolution culturelle, à propos des gardes rouges, de Shakespeare et de dizaines d'autres balivernes. Lorsqu'avait éclaté le conflit frontalier sino-soviétique, les camarades étaient venus le voir, le visage noir de colère: les Albanais ont adopté une attitude inqualifiable; au lieu de prendre parti sur-le-champ, sans la moindre hésitation, pour nous, leurs alliés, ils sont allés jusqu'à déclarer que la responsabilité du conflit incombait aux deux parties, ajoutant même que les revendications chinoises sur des territoires soviétiques s'inspiraient de mobiles chauvins. C'était un comble! En somme, ils entendaient montrer leur attachement aux principes, une fidélité digne de preux chevaliers! *La Chanson de Roland*, pouah, quelle horreur! Alors, tu as vu, maintenant? lui dirent les camarades. Mais, derechef, il avait fermé les yeux. Attendez donc, cela aussi, je l'inscris à leur compte. Le jour viendra où ils se chamailleront avec la Yougoslavie pour ce... comment l'appelle-t-on, déjà?... ah oui, le Kosovo, et nous leur rendrons alors la monnaie de leur pièce.

Il savait que l'Albanie continuerait longtemps encore à ruer dans les brancards, mais que les choses en fussent arrivées au point qu'elle lui donnât des ordres, à lui, cela passait l'entendement! Pourtant, c'est bien ce qui était arrivé, à moins que sa femme eût perdu la boule et que ce qu'elle lui avait écrit ne fût que le fruit de son imagination. Mais c'était impensable. Tout indiquait que cette lettre était bel et bien arrivée. L'événement s'était donc produit et, s'il venait à être porté à la connaissance du peuple chinois, le ferait se rouler par terre d'humiliation. Mao Zedong sentit qu'il était en train de se fâcher plus tôt que prévu. Je vais faire un malheur, se dit-il. Je vais flanquer à l'Albanie une leçon qui, rien qu'à s'en souvenir, la fera encore trembler dans mille ans ! Je vais jouer avec elle comme le chat avec la souris.

Il n'avait pas encore bien mûri la façon dont il allait procéder. Pour l'heure, tourbillonnait dans sa tête un seul mot : économie. Il sentait confusément que c'était là l'alpha et l'omega de toutes choses, et cela ne faisait qu'accroître son irritation. En fait, c'était lui qui, à l'occasion des dissensions antérieures, avait donné pour directive de jouer sur l'économie, mais les crétins qui s'occupaient de ce genre d'affaires avaient apparemment mal compris ses instructions. Leurs agissements étaient grossiers, leurs prétendues astuces, cousues de fil blanc. Ils estimaient ne pouvoir agir que sur un registre, en ralentissant la marche des navires qui transportaient les machines ou en coupant les aides. Que de fois n'étaient-ils pas venus lui dire : Ne leur livrons pas le complexe métallurgique, laissons-les tomber ! Mais lui leur répondait : Et pourquoi ne pas le leur livrer ? Pour qu'ils en fassent venir un de Suède et se félicitent ensuite de ne pas l'avoir reçu de chez nous ? Non, nous allons le leur expédier, mais *tel* qu'ils soient amenés à s'exclamer plus tard : maudit soit le jour où nous en avons pris livraison !

Il leur avait expliqué ce qu'il entendait par le mot *tel*, et tous avaient donné libre cours à une bruyante hilarité. En fait de complexe métallurgique, ça devait plutôt ressembler à un atelier de forgeron ! Puis il leur avait exposé que ce type de procédés ne devaient pas être employés isolément. Il fallait les accompagner d'autres mesures dans différents autres secteurs. Le but était de décerveler peu à peu ce pays. C'était précisément en ces termes que, bien des années plus tôt, il avait défini la politique à suivre à l'égard de l'Albanie, l'expliquant dans ses moindres détails, mais, visiblement, les idiots qui en étaient chargés n'avaient rien compris à ses directives. Et voici qu'à présent, au lieu que la Chine fût parvenue à atrophier le cerveau de l'Albanie, c'était cette dernière qui se mêlait de lui faire la leçon. Horrible ! s'écria-t-il. Il se sentait maintenant vraiment en colère. Par bribes lui revenaient en mémoire certains faits touchant les relations entre les deux pays, des entretiens avec certains de ses proches, des plans. Peu auparavant, en compagnie de Jiang Qing et de Lin Biao, il avait étudié avec attention la lettre d'un fonctionnaire chinois de rang moyen qui avait séjourné en Albanie. C'était une lettre remplie d'amertume et de tristesse. Là-bas, disait-il, le niveau de vie est bien supérieur au nôtre, les gens vivent dans des appartements ; dans les boutiques, on vend du rouge à lèvres, des fauteuils, toutes sortes d'autres objets qui sont autant de facteurs de dégénérescence ; jeunes filles et jeunes femmes fréquentent les cafés et y consomment ce dont elles ont envie ; les fenêtres sont pourvues de rideaux, les femmes sentent le parfum ; dans les magasins, on trouve des romans et du pain à volonté. Une question vient alors d'elle-même à l'esprit : pourquoi ce pays reçoit-il encore des secours de notre pauvre Chine ? Pour s'enfoncer encore plus profondément dans le luxe et l'opulence ? Coupez-lui toute aide, bien-aimé président Mao, disait le fonctionnaire en concluant sa lettre, ou bien usez d'un autre moyen pour mettre fin à ce scandale.

Samatha, murmura-t-il en son for intérieur. Tranquillise-toi, anonyme ! Mais il sentait que cette tranquillité lui faisait désormais à lui-même défaut. Après la première lettre, à laquelle il n'avait pas répondu, lui en était parvenue une seconde, encore plus sombre. Punissez-moi si j'ai tort, écrivait le fonctionnaire. Dénoncez-moi comme provocateur, semeur de désordre, traînez-moi dans la boue, crevez-moi les yeux, mais répondez-moi ! Il s'était bien rendu compte que sa première missive n'avait pas retenu l'attention, puisque l'aide chinoise à l'Albanie, loin de diminuer, s'était encore accrue. Dans cette seconde lettre, il s'efforçait de s'exprimer plus posément en brossant un tableau de la psychologie nationale albanaise. C'était, écrivait-il, un tout petit pays, très exigu, et il n'y a rien de plus terrible que de voir un pays de ce type saisi par le délire de l'expansion. Selon lui, incapables d'arracher fût-ce un pouce de territoire à leurs voisins, aussi coriaces qu'eux, les Albanais avaient découvert un biais original pour étendre leur influence : le flirt avec l'occupant ou le service de leurs alliés.

Après avoir été battus par les Turcs, ou plutôt quand ils se furent finalement persuadés de leur défaite, ils avaient proposé leurs services à l'État ottoman victorieux, rééditant ainsi l'attitude de leurs ancêtres illyriens vis-à-vis de Rome. (A ceux-ci également, emportés et brutaux, mais assez faibles d'esprit, il avait fallu quelque cent cinquante ans pour se persuader qu'ils avaient été vaincus par les Romains.)

Ah, ces petits pays, ces pays étriqués ! songea Mao. Que de fois ne s'était-il pas demandé quels auraient été ses conceptions, ses jugements, voire comment il aurait réagi à l'abattement qui s'emparait parfois de lui, si la Chine n'avait pas été telle qu'elle était, mais moins étendue ou bien en forme d'archipel, comme le Japon. Une fois déjà, alors qu'il se trouvait à Tchangsha, il avait été saisi d'un accablement mortel. Il y régnait un ennui si grand qu'il aurait débordé les limites non seulement d'un petit État européen, mais de la moitié de ce continent-ci. Ah, soupira-t-il encore, il était vraiment né à la mesure de la Chine, tout comme celle-ci avait été créée pour lui !

Il se souvint qu'il lui était arrivé de voir en rêve la Mongolie transformée en lac. Affolés, ses subordonnés allaient et venaient autour de lui, téléphonant, répercutant ses nouvelles décisions. Tout ce remue-ménage l'agaçait. Et quand bien même il en serait ainsi ? Ils avaient baissé la tête : ce n'est pas aussi simple que cela, Président ; de toute façon, ça pose des tas de problèmes, il va falloir procéder à certaines révisions dans les fichiers, les archives. Tenez, par exemple, l'affaire de l'avion de Lin Biao qui a été incendié dans le désert mongol... Ah oui, je vois, s'était-il rappelé. Eh bien, *incendié* deviendra *englouti*, il n'y a pas de quoi en faire un plat ! Malgré tout, ce n'est pas si simple, insistaient-ils. Il était de notoriété publique que Lin Biao, malade, avait en outre horreur de l'eau... Et puis, que faire avec la carcasse de l'avion calciné et les traces de balles sur son fuselage ? Suffit ! avait-il aboyé. A vous de vous occuper des détails. Et il leur avait tourné le dos.

Il en revint en pensée à la lettre du fonctionnaire. Pour

des raisons qui demeuraient obscures, écrivait celui-ci, les Turcs avaient accepté les services des Albanais et il s'était ainsi produit un des phénomènes les plus étranges de toute l'histoire de l'État ottoman : dès 1656, un Albanais avait été nommé Premier ministre, et, après lui, cinq autres s'étaient succédé à ce poste. On imagine la longue kyrielle de ministres, généraux et amiraux qui les accompagnaient. Ainsi, en se convertissant à l'islam, ils avaient troqué leur condition de chrétiens contre des postes éminents, sans remords, le plus allègrement du monde. Leurs possessions s'étendaient de la Hongrie jusqu'à la mer d'Azov. Ils avaient la haute main sur des provinces, des villes, des armées, des administrations, voire des peuples entiers. Certains étaient devenus si puissants qu'ils avaient eu le front de se poser en rivaux du sultan, de lui désobéir, de torpiller sa politique étrangère, et il s'en trouva même parmi eux pour fonder à sa barbe de vraies dynasties, comme ce fut le cas en Égypte.

Quel chaos ! se dit Mao non sans une pointe d'envie. A chaque fois qu'il entendait prononcer ce mot *chaos*, il faisait la moue. Situation chaotique au Cambodge, au Chili, en Irlande... Bah ! faisait-il avec dédain. De quelle espèce de chaos ces États minuscules, pas plus grands que la paume de ma main, peuvent-ils bien être le théâtre ? Les authentiques chaos n'étaient censés se produire que dans les grands États, et les plus amples, les super-chaos, qu'en Chine même.

Shos-dbying... Il avait toujours été fasciné par les grands chambardements. Des œuvres des poètes anciens il appréciait par-dessus tout celles qui décrivaient les convulsions chaotiques de l'État. Li Po ou Dou Fou, il ne se rappelait plus bien lequel des deux, en avait écrit de semblables. Les armées mongoles déferlant sur le pays. Les troupes impériales en déroute, les chevaux des messagers errant sans leurs maîtres. Des loups et des chacals avec des touffes de cheveux ou des morceaux de fourrure entre les crocs... Mais le plus grand bouleversement en ce bas-monde avait été son œuvre à lui. C'était le premier chaos où les deux camps en présence acclamaient l'un et l'autre le même nom : le sien. Ils s'empoignaient tout en rivalisant d'adoration à son égard. Ils s'entretuaient, se réduisaient en cendres, toujours pour lui, tandis que lui-même se tenait à l'écart. Terré dans sa grotte, il prêtait l'oreille au tumulte d'en haut. Il ne lui restait plus qu'à les familiariser à l'idée de sa mort…

Shos-dbying… Ah oui, cette fameuse lettre ! Dieu, quelle épître interminable ! Lui revenait-elle en mémoire au ralenti ou bien avait-elle vraiment été composée ainsi ? Les Albanais n'auraient eu qu'un geste à faire pour se détacher de l'empire ottoman, écrivait le fonctionnaire, mais, à partir d'un certain moment, ils ne le souhaitèrent plus eux-mêmes, car ils ne tenaient pas à perdre cet État colossal qu'ils avaient partiellement converti en leur propre domaine. De cette manière les gouvernés jouaient les gouvernants. A ce train, ils avaient pris goût au pouvoir, un pouvoir exercé non pas sur les deux pouces carrés de territoire de leur propre pays, mais sur les espaces euro-asiatiques. Inutile de préciser que tout cela, à quoi s'ajoutait encore l'exaltation où les plongeaient leurs origines illyriennes, allait de pair avec un orgueil aussi vain qu'insensé.

Baste ! fit Mao. La fin de la lettre était ce qui lui revenait le plus clairement à l'esprit. Au début du XXe siècle, les Albanais avaient effectivement conquis leur indépendance, mais ils restaient sur leur faim dans les limites de ce territoire qui leur paraissait aux dimensions d'un berceau de nouveau-né. Le rêve avait pris fin. Tant et si bien que cette cohorte de don quichottes, la tête farcie de fantasmes et le costume en loques, se mirent un peu partout en quête sinon d'un nouvel occupant, du moins de quelque autre grand allié qu'ils pourraient embobeliner. Autrement dit, feindre de s'y assujettir pour mieux l'exploiter. Et c'est ainsi que ces rêveurs que les Allemands, comme pour attiser leur fol orgueil, avaient proclamés race supérieure, après avoir fait de l'œil à leur voisinage immédiat, après l'échec de leurs manigances avec les Yougoslaves, puis avec les Soviétiques, ont jeté leur dévolu sur nous autres Chinois pour mener à bien leur rusé projet. Et il faut constater qu'ils y réussissent à merveille. Le monde entier considère l'Albanie comme un satellite de la Chine, et peut-être nous-mêmes, Chinois, nous sentons-nous flattés de l'entendre dire (ce n'est pas rien qu'un pays d'Europe soit présenté par tel ou tel comme notre satellite). Pendant ce temps, les Albanais peuvent se permettre de rire sous cape. Et ils ont toutes raisons de rire. Nos navires font queue dans leurs ports pour décharger leurs cargaisons. Notre existence est misérable, comparée à la leur. On continue à les traiter de peuple satellite, de laquais de la Chine, mais où a-t-on vu des serviteurs vivre mieux que leurs maîtres ? Tout cela n'est-il pas d'une bouffonnerie tragique ?

Mao Zedong gardait les yeux mi-clos. C'est presque mot pour mot qu'il se rappela non seulement la fin de la lettre, mais également la note que Zhou Enlai avait tracée en dessous : En ce qui concerne les rapports entre les Albanais et l'Empire ottoman, les faits évoqués sont exacts, mais cela ne reflète qu'un côté de la médaille (plus précisément celui qui a trait à leur vain orgueil). Quant à l'interprétation des faits par le signataire, elle est tout à fait naïve et fantaisiste. L'analogie entre les Soviétiques et nous ne me paraît pas convaincante. Quant au niveau de vie en Albanie, il n'est pas si enviable qu'il le paraît à ce provincial. Les choses sont beaucoup plus complexes. Malgré tout, cette lettre contient un petit quelque chose qui mérite d'être retenu.

Non pas un petit quelque chose, mais beaucoup ! s'exclama Mao. Zhou brillait par son intelligence, mais il arrivait que certains aspects d'une situation lui échappassent. Cette lettre était tout bonnement prophétique. Après avoir exploité la Chine comme leur propre pré carré, les Albanais ne se contentaient plus de cela, mais aspiraient ouvertement à dicter leurs appréciations. Si incroyable qu'elle eût paru aux yeux de qui que ce fût, la lettre du chef de l'Albanie avait bel et bien été envoyée. A moins que Jiang Qing n'eût perdu la raison et inventé de toutes pièces cette histoire. D'après elle, l'autre ne se bornait pas à formuler des jugements sur la visite du président américain, il en réclamait l'annulation pure et simple. Abomination ! hurla-t-il dans son for intérieur. Voici que le chef de l'Albanie lui donnait des ordres! Cela, le chef des Russes lui-même n'avait jamais eu l'audace de le faire. Attends un peu, grinça-t-il, je vais te faire voir de quel bois je me chauffe!

Un rire cherchait à se frayer un chemin dans sa colère, mais il était encore trop tôt pour qu'il pût y parvenir. Ce n'était pourtant pas faute d'insister. Tu vas voir ce dont le vieux est encore capable! se dit-il d'un ton raffermi. Quand je t'envoyais en cadeau des complexes industriels et des usines, ne crois pas que je n'aie pas déjà pensé à tout cela. Souvent, des camarades venaient me dire: tout de même, nous lui en donnons, des choses, à cette Albanie, alors qu'elle-même... Attendez, leur disais-je, prenez patience. Je les savais fort mécontents, et peut-être même que ces lettres ont en fait été rédigées par mes seconds, peut-être bien par Lin Biao, peut-être bien par Jiang Qing, ils ont toujours péché par là: l'impatience. Tandis que moi, suivant le vieux proverbe chinois: *Tiens-toi tranquille et attends sur la rive du fleuve, car il t'apportera lui-même la tête de ton ennemi*, j'ai attendu le moment propice. Et ce moment est arrivé. Ce n'est pas il y a plusieurs années, alors qu'on n'avait pas encore posé la première pierre des usines chimiques, du complexe sidérurgique ou des grandes centrales hydro-électriques, qu'on pouvait tenir la dragée haute aux Albanais, non, c'est aujourd'hui, à présent que leur construction est en cours, que le moment est venu de les faire chanter. Mais eux n'avaient pas la force d'attendre, à chaque nouvelle usine, à chaque nouvelle turbine fournies leur cœur saignait, et, dans leurs yeux, scintillait en permanence cette question: Qu'allons-nous leur demander en échange?... Attendez, leur disais-je, attendez que les travaux commencent, nous aviserons ensuite. Eux, sans certes me le montrer, étaient exaspérés. Peut-être même marmonnaient-ils: le vieux est ramolli, ou, pis encore: il est en train de brader le patrimoine de la Chine, alors que je pensais tout simplement: attendez donc encore un peu...

Le rire finit par se frayer un chemin à l'intérieur de sa colère. Mao s'appuya d'une main contre la paroi de la grotte et hocha la tête. Le moment est venu, se dit-il. A présent, ces chantiers sont en cours ; comme toutes les blessures ouvertes, ils sont particulièrement vulnérables. Un complexe métallurgique laissé en l'état, un barrage hydro-électrique abandonné à mi-parcours, autant parler de ruines. Tout est inachevé, tout est laissé en plan, c'est le bon moment pour réfléchir aux conditions à dicter. A présent, je vais pouvoir jouer avec eux comme le chat avec la souris. Pour chaque usine ou fabrique, je demanderai qu'une victime me soit offerte en sacrifice. Pour chaque cheminée, chaque turbine, le moindre crédit. Pour n'importe quoi, il vous faudra donner quelque chose. Vous vous dépouillerez de votre insupportable orgueil, de votre histoire, de votre art, de toute votre intelligentsia... L'intelligentsia fauchée, les écrivains supprimés d'un trait de plume, je sais que ces propos vous font peur. Vous vous sentez incapables d'anéantir votre littérature comme nous l'avons fait ? Il vous est pénible d'envoyer croupir ces gratte-papier dans les prisons et les rizières, de les humilier en les mettant à curer les latrines ? Le bon vieillard que je suis vous apprendra comment faire, en usant d'une tout autre manière, apparemment aux antipodes de celle-là : par une gigantesque floraison ! Créez des centaines de romanciers par an, des milliers de poètes, en qualifiant de roman tout compte rendu assaisonné de quelques dialogues, et de poème toute pétition rimée, et vous verrez qu'au bout de quelques années, il ne restera plus trace de votre littérature. Nul ne vous accusera d'agissements répréhensibles, bien au contraire, vous trouverez toujours des admirateurs pour s'écrier : des milliers de poètes, quel magnifique bouquet ! Quelle floraison sans pareille ! Et vous ferez de même pour tout le reste : donnez et vous recevrez. Pour chaque turbine, chaque crédit, donnez quelque chose ; pour chaque cerveau électronique, donnez de votre cerveau. Mais attendez, tout cela n'est rien encore au regard de ce que je vous demanderai ensuite. Car vous donnerez aussi... votre Parti ! Je sais à quel point cette idée pourra vous paraître inacceptable, barbare, sinistre. Je n'ignore pas que c'est ce que vous avez de plus cher, de plus inviolable, de plus incontesté, que vous avez fondé sur lui toute votre sécurité, tout votre présent et tout votre avenir. Je sais tout cela. Mais attendez : le vieillard que je suis n'est pas assez stupide pour vous demander de violer l'inviolable, de discuter l'indiscutable. Non ! Pas du tout. Loin de moi une idée pareille ! Du reste, je n'aurais aucun avantage à exiger cela de vous. Sans votre Parti, tout chez vous irait à vau-l'eau, et vous m'échapperiez à jamais. Vous vous éloigneriez, vous vous détacheriez... Donc, loin de moi de songer à une semblable éventualité. Avec le Parti, toujours avec le Parti, mes pigeons – seulement, avec un Parti un tantinet plus... ouvert ! Attendez, écoutez-moi donc jusqu'au bout. Ce n'est pas aussi terrible que ça peut le paraître à première vue. Si je ne me trompe, vous avez un drapeau arborant un aigle bicéphale, n'est-ce pas ? Alors, pourquoi l'idée de deux lignes dans le Parti vous semblerait-elle si terrible ? Inacceptable, barbare ? Bon, n'en parlons plus, on trouvera autre chose. Dieu soit loué, ce ne sont pas les symboles qui font défaut.

Il en avait discuté avec Zhou Enlai, lui avait fait quelques suggestions, et Zhou, de son côté, avait eu un entretien avec un de leurs ministres, un militaire, et il se préparait à nouer des contacts avec d'autres personnalités en vue dans leur secteur économique. Zhou s'était rangé à son avis. En Albanie, on ne pouvait rien entreprendre sans tenir compte du Parti. C'était même par là qu'il fallait commencer. Si l'on parvenait à le façonner, à le polir un tant soit peu, le reste viendrait tout seul. Les choses prendraient une autre tournure, les remparts de la citadelle, comme ils aimaient à appeler leur pays, ne seraient plus qu'un décor de carton-pâte, leur fierté se muerait en son contraire, leur désobéissance en docilité, et jusqu'à la fin des temps il ne leur viendrait plus jamais à l'esprit d'écrire une pareille lettre pour s'opposer à l'invitation d'un président américain.

L'espace de quelques instants, il perdit le fil de ses pensées. Puis il parvint à le ressaisir. Eh bien, gardez-le, votre Parti, fit-il à voix haute, mais à une condition : modifiez-le un brin. Je ne vous demande rien de bien difficile, n'est-ce pas, un changement de rien du tout, une petite mutation, comme on dit en langage scientifique... Vous refusez? Alors les usines cesseront de pousser, les hauts-fourneaux se refroidiront, les barrages s'émietteront, tout se ratatinera, réduit à l'état de squelette. En général, c'est à l'issue d'une guerre que les pays sont couverts de décombres; chez vous, ce seront des décombres de temps de paix, et il n'est rien de plus horrible: des cadavres non enterrés, des âmes en forme de ferrailles, des épidémies, la mort elle-même... Et les hordes tartares et les loups et les chacals courant avec des lambeaux de fourrures et des parures de femmes entre les crocs...

Mao Zedong se laissa enfin gagner par le rire. Il continuait de caresser de la main la paroi de la caverne comme s'il avait voulu l'amadouer. L'heure était venue de recourir au chantage. Nos gens, sur place, peuvent mettre à profit la situation. Selon des rapports dignes de foi, la Chine a des partisans déclarés ou camouflés jusqu'au sein du gouvernement, jusqu'à l'intérieur du Comité central. Les *dormants* allaient enfin sortir de leur torpeur. C'était maintenant que la véritable partie allait s'engager. Maintenant que vous allez payer tout l'arriéré de vos dettes. Je vais vous serrer lentement la vis, saison après saison, mois après mois, semaine après semaine. Parfois, je feindrai de la relâcher un peu pour que vous ayez encore plus mal quand je la resserrerai. Et il en ira ainsi jusqu'à ce que vous soyez réduits à la dernière extrémité et que vous veniez de vous-mêmes me donner davantage que je ne vous ai demandé, ha-ha!

Sans hâte, comme un bon vin qu'on aime à garder le plus longtemps possible en bouche pour mieux en apprécier le bouquet, il s'employa à imaginer le futur processus de sinisation de l'Albanie. Après la suppression de l'intelligentsia et la dégradation de l'école viendraient l'affadissement de l'histoire, les grands oublis, le remplacement des héros et l'apparition des premiers hommes nouveaux, les Lei Fen albanais (qu'était-ce que l'apparition des premiers tracteurs à côté de cela?). Déjà, disait-on, certains mouvements chinois s'étaient insérés dans leur chorégraphie. Ces signes étaient encore rares, comme les toutes premières fleurs à éclore, mais ils se multiplieraient peu à peu. Après les gestes viendraient les paroles, après les paroles les idées. Leurs réserves d'européanité se tariraient lentement comme l'eau dans une citadelle assiégée. Alors, un ultime assaut et l'Albanie se rendrait... Elle se rendrait immanquablement... Quelque sept siècles auparavant, l'Asie avait jeté pour la première fois son dévolu sur ce pays. Et elle était parvenue à l'intégrer dans son sein, pour l'y garder cinq cents ans. Au début du XXe siècle, pareille à un lynx, l'Albanie avait réussi à échapper à l'Asie. Mais c'était la dernière fois qu'elle lui avait filé entre les pattes. A présent, elle n'avait plus où aller. A petit feu, sans cliquetis d'épées, discrètement, elle reviendrait à l'Asie, cette fois pour toujours. Moment sublime dans l'histoire millénaire de la Chine. Le premier pays d'Europe à se siniser. Comme une plaque de vitiligo, la sinisation gagnerait progressivement vers le nord, l'Europe centrale, puis plus loin encore. Ce serait la première victoire, victoire d'une immense portée de l'Asie sur l'Europe. La revanche millénaire. Là gisait en réalité l'essence de son œuvre. Par malheur, trop peu d'yeux étaient en mesure de la percevoir. Mais les grandes œuvres ne se voient jamais bien de près. Il faut le recul des ans, voire des siècles, pour en saisir les véritables dimensions. Plaignez-vous, sombres idiots, écrivez des lettres anonymes ; vos yeux sont encore couverts d'un voile comme ceux d'un nourrisson d'un mois. Alors que moi, j'entre dans ma quatre-vingtième année !

Un moment, il perdit de nouveau le fil de ses pensées et il lui fallut un certain temps pour le retrouver. Il songea à la durée de ce processus. Peut-être n'en verrait-on les premiers fruits que lorsqu'il atteindrait quatre-vingt-dix ou cent quarante ans, mais cela n'avait guère d'importance. Quand bien même cette mutation dût s'achever plus tard encore, quand il aurait cent quatre-vingts ou trois cent vingt ans, peu importait. Il y avait belle lurette qu'il concevait la vie et la mort comme fondues l'une en l'autre. Ce qui les distinguait, à ses yeux, tenait à un petit détail banal : jusqu'à telle année, il continuerait de respirer et de se mouvoir, mais cela revêtait autant d'importance que peut en avoir, dans le curriculum d'un individu, un changement de domicile ou de lieu de travail. Il concevait sa vie, ou plutôt sa vie-mort, comme une et indivisible. Peut-être était-ce là la principale raison pour laquelle il allait de temps à autre s'enfouir sous terre.

De nouveau le fil de ses pensées lui échappa et, quand il finit par le ressaisir, c'est la lettre d'Albanie qui lui revint à l'esprit. Sa colère se concentra aux extrémités de son système nerveux, mais surtout dans ses mains. De celle qu'il tenait encore appuyée à la paroi il étreignit fortement la pierre, comme s'il avait voulu l'ébranler. En fait, chaque fois qu'il se laissait aller à pareil geste, il songeait à la manière dont on pouvait provoquer un tremblement de terre. Le Zeus des Grecs avait été bien sot de se croire capable d'ébranler la terre de loin, du haut des nuages. Le globe se secoue d'en bas, à partir de ses fondations.

Il avait toujours la main posée sur le roc, comme s'il ne doutait plus, eût-on dit, que la terre s'était mise à trembler et qu'à la surface, là-haut, se produisait un cataclysme.

Voilà en quoi gît toute la différence entre vous et moi, fit-il en tournant son regard dans la direction où, d'après lui, devaient se trouver l'Europe, les Grecs anciens et toute la race blanche.

CHAPITRE III

Silva eut beau marcher vite, en arrivant devant l'entrée du ministère où elle travaillait, elle était légèrement en retard. Sans ralentir l'allure, elle salua le fonctionnaire de garde dont les traits se distinguaient à peine derrière la vitre de la loge, et s'élança dans l'escalier. Dans le couloir du premier étage, elle faillit se heurter à une vieille connaissance, Victor Hila, qu'elle n'avait pas revu depuis longtemps.

– Ah, comment allez-vous ? lui dit-elle, encore essoufflée par sa course. Quel bon vent vous amène dans ces parages ?

Il la regarda d'un air plutôt ahuri, et c'est alors seulement que Silva remarqua l'air abattu et las de son visage mal rasé.

– Une affaire, marmonna-t-il entre ses dents tout en accompagnant ses mots d'un geste vague de la main. Où se trouve le bureau du premier vice-ministre ?

– Je vais vous y conduire. Suivez-moi.

Elle le précéda, contente de pouvoir lui rendre service. Bien qu'elle ne le rencontrât qu'en de rares occasions, maintenant qu'Ana n'était plus là, elle avait à cœur de se montrer prévenante avec lui, comme avec toutes les anciennes relations qu'elle avait partagées avec sa sœur et qui lui étaient comme de délicats et fragiles soutiens.

– Nous y voici, Victor, lui dit-elle avec douceur.

Il murmura une espèce de salut et, sans même lui tendre la main, frappa à la porte.

Il ne devait pas être dans son assiette, pensa-t-elle en se dirigeant vers son bureau. Venant de n'importe qui d'autre, elle se serait sentie offensée par un pareil comportement ; pas de lui.

– Bonjour, fit-elle en poussant la porte du bureau.

– Bonjour, Silva, répondit son chef.

Le fait d'énoncer son prénom après avoir dit bonjour attestait selon elle qu'il n'avait pas remarqué son retard. Malgré cela, tout en accrochant son imperméable à une patère, elle s'excusa :

– Je ne suis pas tout à fait à l'heure...

De sa table de travail, Linda, qui la suivait d'un regard espiègle, trouva bon de lui adresser un clin d'œil. Elle avait changé de coiffure, ce qui la rajeunissait encore. Elle n'a que vingt-trois ans, songea Silva en ouvrant ses tiroirs pour en extraire les dossiers dont elle avait besoin, pourquoi tient-elle à paraître encore plus jeune ?

Le silence s'installa dans la pièce. C'était le moment de la journée où ce mutisme était le moins supportable, les employés n'ayant encore pu échanger deux mots sur ce qu'ils avaient fait la veille ou sur quelque nouvelle qu'ils étaient impatients de commenter. Par les hautes fenêtres baroques se répandait une de ces clartés contenues qui semblent laisser derrière les vitres tous les excès et caprices du temps, n'admettant que la lumière indispensable au travail de bureau. Le front du chef, lisse, bien dégagé par ses cheveux rejetés en arrière, restait immobile au-dessus de sa table. A côté de Linda, c'est presque physiquement que Silva ressentait combien le profil de son amie brûlait de se tourner vers elle.

Au fur et à mesure que la matinée s'écoulait, elle finissait par communiquer son impatience à Silva, si bien que toutes deux attendaient fébrilement, après chaque sonnerie du téléphone, ou chaque fois qu'on venait frapper à la porte, que leur chef se levât en disant : on m'appelle.

Il y eut plusieurs coups de téléphone, mais en réponse à aucun elles n'entendirent le chef dire : je viens. Il se leva et sortit sans avoir été mandé, alors qu'elles avaient perdu tout espoir de le voir s'absenter.

– Ouf ! fit Linda dès qu'il eut disparu. Aujourd'hui, je n'ai pas du tout le cœur à travailler.

– Cette coiffure te va très bien.

Le visage de Linda s'illumina.

– Vraiment ?

– Quand je suis entrée, tout à l'heure, je me suis dit : quel besoin a-t-elle de vouloir paraître encore plus jeune qu'elle n'est ?

– Oh, je ne suis pas si jeune que ça.

– Mon Dieu, s'exclama Silva, comme tu apprécies mal ce que tu possèdes ! Si tu ne t'estimes pas jeune, que devrais-je dire ?

Linda la dévisagea.

– Eh bien, moi, je changerais volontiers avec toi.

– Quoi ? fit Silva qui, sans trop savoir pourquoi, se sentit vaguement rougir.

Linda sourit :

– J'ai dit que je changerais bien volontiers avec toi.

– Tout de même, tu exagères. Là, tu n'es pas sincère, Linda.

– Non, non, je le pense vraiment.

Silva sentit que le rouge qui lui était monté au visage ne s'était pas encore dissipé. Qu'est-ce que ces bêtises ? se dit-elle.

Par bonheur, la porte s'ouvrit sur une employée plutôt bien en chair, du service du protocole, qui s'exclama : Brrr, quel froid ! Elle posa la main sur le radiateur et hocha la tête :

– Ici, les radiateurs chauffent bien ; chez nous, on grelotte. Où est votre patron ?

Linda garda les yeux braqués sur la porte jusqu'à ce qu'elle se fût refermée sur l'intruse, puis, se tournant vers Silva :

– Si curieux que cela puisse te paraître, reprit-elle, je pense très sincèrement ce que je t'ai dit. Au fond, d'ailleurs, ce n'est peut-être pas si bizarre que ça.

– Allons, il vaut mieux ne plus en parler, lui lança Silva tout en ajoutant pour elle-même : Je ne sais même plus ce que je dis…

– Et pourquoi donc ? demanda Linda d'un ton câlin où perçait du regret.

On frappa de nouveau avec une certaine désinvolture et, sans même attendre qu'on lui eût dit d'entrer, quelqu'un poussa la porte :

– A dix heures, réunion des membres du Parti, lança une tête, le reste du corps masqué par la porte. Ah oui, c'est vrai, ici il n'y en a pas, excusez-moi.

La porte se referma tout aussi brusquement et l'on entendit dans le couloir la voix répéter : A dix heures, brève réunion des membres du Parti…

C'est ainsi qu'on annoncera la réunion au cours de laquelle Arian sera exclu, songea Silva, et elle se sentit aussitôt submergée par une vague de chagrin. Cette réunion, ainsi qu'il l'avait précisé, devait se tenir sans délai, et il ne voyait poindre aucun espoir à l'horizon. Tu dois bien comprendre, Silva, que l'exclusion du Parti, dans une affaire de ce genre, est la sanction la plus bénigne, avait-il ajouté. Elle n'avait décelé dans sa voix ni regret, ni révolte, et c'est surtout cela qui l'avait terrifiée. Dans une affaire de ce genre…, avait-elle répété pour elle-même. Mais qu'est-ce donc que cette affaire, qu'as-tu fait ? lui avait-elle demandé pour la dixième fois peut-être. Mais lui, comme précédemment, s'était montré tout aussi avare de précisions.

Du couloir lui parvenait un tapage assourdi de portes ouvertes et refermées. Peut-être était-ce le fonctionnaire chargé d'annoncer la réunion de l'organisation. Silva éprouva soudain un pincement au cœur. Et si la réunion où devait être examinée l'affaire d'Arian avait déjà eu lieu et qu'elle n'en eût rien su ? Non, impossible, se rassura-t-elle aussitôt. Si ce n'est lui, Sonia au moins l'en aurait informée. A moins que…

La porte s'ouvrit, laissant passer le chef, plus sombre que d'ordinaire. C'était la mine qu'il ne pouvait s'empêcher d'arborer chaque fois qu'on annonçait tout à trac une réunion de Parti pendant les horaires de travail. Lui-même n'était pas membre et nul n'ignorait qu'il s'en trouvait gêné aux entournures. Que voulez-vous, je n'ai pas la *rougeaude*, disait-il à ses amis, faisant ainsi allusion à la carte du Parti, chaque fois qu'il était question pour lui d'une éventuelle promotion. Dans le traintrain quotidien de la vie de bureau, emporté par le rythme du travail, par les ordres dispensés à ses subordonnés et sa propre position de chef, il en venait à oublier lui-même sa non-affiliation au Parti et s'imaginait que les autres l'oubliaient tout comme lui. Mais arrivait un moment où, comme cette fois-ci, quelqu'un venait annoncer: réunion des membres du Parti !, et il se sentait abominablement mal dans sa peau. Tout le temps que durait la réunion, il était plongé dans un embarras extrême, ayant l'impression que le premier venu, tombant nez à nez avec lui, ne manquerait pas de s'étonner (de fait, cela s'était déjà produit plusieurs fois): Comment, tu n'es pas à la réunion? Oh, pardon, j'oubliais: tu n'es pas membre…

Ces moments-là étaient vraiment pour lui les plus sombres. Il ne savait quoi faire. Pour éviter qu'on ne le trouvât dans son bureau, il s'en allait, errant dans les couloirs, disparaissant parfois pour se réfugier Dieu sait où. Il se sentait encore plus mal à l'aise à l'occasion des réunions élargies du Parti, quand, après la pause habituelle, le secrétaire de l'organisation déclarait: Maintenant, que les camarades sans-parti veuillent bien nous excuser, mais nous avons à discuter de quelques questions internes. Dans des moments pareils, il se serait fourré sous terre. Tête basse, il sortait en même temps que les autres, avec un air où l'abattement le disputait à l'humiliation, comme s'il avait voulu dire: vous auriez mieux fait de ne pas nous inviter du tout. Après une scène de ce genre, pendant au moins deux ou trois jours, il se sentait mortifié.

Pour l'instant, il était occupé à compulser avec agacement les papiers qui jonchaient sa table de travail.

– Où est passé le rapport du bureau de planification ? finit-il par demander.

– Vous devez l'avoir rangé quelque part, répondit Linda d'une voix amène.

On voyait bien qu'il ne cherchait aucun papier, car il ouvrait et refermait ses tiroirs sans que ses gestes eussent obéi à aucune logique. En désespoir de cause, il sortit de l'un d'eux son paquet de cigarettes et son briquet, qu'il avait l'étrange manie de garder ainsi au fond d'un tiroir, porta une cigarette à ses lèvres et, sans l'allumer, quitta la pièce.

– Il a l'air furieux, fit Linda.

Silva sortit à son tour pour aller porter quelques documents à la secrétaire du ministre. Dans le couloir, tout était calme. Personne ne se trouvant là pour décrocher, un téléphone sonnait sans désemparer derrière la porte d'un bureau. L'occupant devait sûrement être à la réunion. A nouveau, Silva songea fugitivement à celle dont l'issue ne pouvait qu'être fatale à son frère, mais elle se força à chasser cette idée de son esprit. Elle se borna à se promettre : il faut que je l'appelle aujourd'hui.

De retour à son bureau, elle y trouva Illyrian, du bureau voisin. Linda et lui souriaient de quelques propos qu'ils venaient d'échanger. Pourquoi ne se fréquentent-ils pas davantage ? se dit Silva. Ça ferait un beau couple.

– Je lui parlais du chef, fit Linda. Il a les nerfs en pelote chaque fois qu'il y a une réunion du Parti.

– Celle d'aujourd'hui risque de porter sur nos relations avec la Chine, déclara Illyrian.

– Vraiment ? dit Linda.

– J'en ai l'impression. Ça concerne la visite du président américain. Dans certains ministères, on en a parlé aux membres du Parti, et même aux cadres sans-parti.

– Notre position sur cette visite a tout de suite été limpide, intervint Silva. Il a suffi de feuilleter notre presse pour la comprendre.

– Exact, dit Illyrian. Les journaux et les radios du monde entier ont fait tout un battage autour de l'événement, alors que nos propres journaux se sont contentés de l'annoncer en cinq lignes. Quant à notre télévision, elle n'en a même pas montré un simple cliché.

Du couloir parvinrent, assourdis, des claquements de portes. Un téléphone, peut-être celui que Silva avait déjà entendu sonner, continuait de striduler dans le lointain.

– Autrement dit, tout ce qu'on a raconté dernièrement à propos de la Chine est vrai, observa Linda.

– Apparemment oui, opina Illyrian.

– Et ça pourrait aller jusqu'à la rupture ?

Linda avait posé la question, les yeux papillotant d'incrédulité.

Illyrian haussa les épaules et se tourna vers Silva comme pour recueillir son avis.

– Je ne sais qu'en penser...

Elle examinait le dessus de la table d'un air songeur.

–... une rupture tranquille, ajouta-t-elle, totalement différente de...

Elle ne put terminer sa phrase, car la porte s'ouvrit à cet instant, livrant passage à Simon Dersha, dont le bureau se trouvait dans la pièce attenante.

– Je peux téléphoner ? demanda-t-il. Notre appareil ne fonctionne pas.

– Bien sûr, fit Silva.

Elle fut sur le point de se retourner vers Illyrian pour poursuivre leur discussion, mais elle s'avisa qu'un entretien sur un pareil sujet ne pouvait se dérouler en présence du nouveau venu. Quoiqu'il fût leur voisin de bureau, il avait toujours été pour eux une sorte d'étranger dont ils ne remarquaient l'existence que le jour de la paie, quand, assis sur un siège jouxtant celui du comptable, il prélevait sur les versements la cotisation syndicale de chacun. Sa présence ne leur faisait ni chaud ni froid, mais, malgré tout, Silva répugnait à parler de quoi que ce fût devant lui. Pour l'heure, elle épiait sa main qui composait un numéro sur le cadran, et elle aurait juré que Linda et Illyrian avaient les yeux fixés dans la même direction.

– Tiens, Simon, tu as un costume neuf, il te va rudement bien ! lui dit Linda.

– Merci, fit l'autre, le récepteur collé contre la joue. Mais il y a longtemps que je l'ai.

– Je ne te l'ai pourtant jamais vu.

Il ébaucha un petit sourire tout en baissant la tête. Le bleu foncé de son costume semblait lui assombrir encore le visage.

C'était la première fois que Silva l'examinait avec attention. Il lui faisait l'effet d'un homme renfermé, mesquin, et elle s'étonna de voir affleurer par moments sur ces traits grisâtres, manifestement marqués par une nuit d'insomnie, comme une lueur de joie. L'amour? se demanda Silva presque avec dégoût, comme outragée à l'idée que l'amour et Simon Dersha pussent un jour avoir affaire l'un avec l'autre.

Dans le silence qui s'était à présent installé, on distinguait les appels réguliers du téléphone qui devaient retentir en vain, quelque part, dans une pièce vide. Simon finit par raccrocher, remercia et sortit.

– Il a fait de même chez nous il y a un quart d'heure, dit Illyrian, toujours planté dans le bureau.

– Il a sa vie, fit remarquer Silva.

– C'est en effet son droit. Mais de quoi parlions-nous? Ah oui, des Chinois... De la rupture tranquille...

– De fait, ça ne ressemble en rien à la rupture avec les Soviétiques.

– Pourquoi ? C'était plus dramatique ? interrogea Linda.

– Il n'y a pas de comparaison !

– Illyrian s'était approché de la fenêtre et regardait au dehors.

– Venez voir, dit-il au bout d'un instant.

– Qu'y a-t-il?

– Des Chinois, sur la place Skanderbeg.

Toutes deux se levèrent et se dirigèrent vers la fenêtre d'où l'on découvrait la grand-place. Sur les larges trottoirs, on remarquait effectivement de nombreux groupes de Chinois. Certains continuaient d'affluer, d'autres s'étaient arrêtés devant les colonnes de marbre du Palais de la Culture et, un peu plus loin, au pied du monument élevé à Skanderbeg.

– Je n'ai jamais vu autant de Chinois à la fois, fit Illyrian.

– Il en vient d'autres, observa Linda. Regarde du côté du Grand Boulevard.

– Ils ont peut-être une réunion à leur ambassade, suggéra Silva.

– C'est sûrement cela.

Ils restèrent un moment à contempler la scène en silence.

– Ils ont totalement rempli la place, remarqua Linda. C'est vraiment un spectacle peu ordinaire.

Sur les traits de Silva se peignait une sorte de malaise. Cette espèce de ballottement en contrebas, ces lents remous qui parcouraient la place, ce déferlement humain surgi mystérieusement, suscitaient en elle un sentiment de profonde angoisse.

– En voyant émerger la carcasse du nouveau bâtiment de l'ambassade de Chine, dit Linda, les gens pensent que l'histoire ne fait que se répéter. Il en était allé de même avec Moscou. A l'époque aussi, paraît-il, les relations s'étaient dégradées pendant la construction du nouveau bâtiment de l'ambassade soviétique. Tu t'en souviens ?

– Oui, fit Illyrian. C'est exact.

– Tout à l'heure, Silva, tu as dit qu'il s'agissait cette fois d'une rupture tranquille, observa Linda. En quoi l'autre était-elle différente ?

– Celle d'avec les Soviétiques ? Oh, on sentait alors planer partout une sorte de fièvre, de menace. C'était tout à fait autre chose.

– Et avec les Yougoslaves, comment cela s'est-il passé ? demanda encore Linda qui, l'instant d'après, se mordit la langue d'avoir posé une telle question : l'idée qu'en la formulant, elle eût pu paraître vouloir souligner leur différence d'âge, ces événements étant survenus un quart de siècle auparavant, la fit légèrement rougir. – A moins que tu ne t'en souviennes pas ? ajouta-t-elle pour rattraper un tant soit peu sa gaffe.

– Si, je m'en souviens, je m'en souviens même fort bien, répondit Silva, éclairée comme par un sourire intérieur. J'étais encore à l'école primaire. Je me rappelle : c'était un matin froid et pluvieux, et alors que nous étions déjà tous en rangs pour entrer en classe, la sonnerie tardait à retentir. Puis le directeur est apparu sur le seuil et nous a dit : Mes enfants, Tito a trahi !

– Avec les Soviétiques, ce fut la même chose, intervint Illyrian. Moi aussi, je me trouvais alors à l'école. Quant à toi, tu ne te souviens sûrement ni de la première ni de la seconde affaire, fit-il en se tournant vers Linda.

– Non, pourquoi ? répondit-elle, perplexe. Je me rappelle seulement quelque chose, à propos de Khrouchtchev…

– A l'époque, tu devais probablement être encore à la maternelle, répondit Silva en esquissant un petit sourire.

Linda dut en convenir et rougit, comme prise en faute.

– Oh, j'ai l'impression que vous me prenez encore pour une gamine, dit-elle. Je me souviens que nous avons décroché le portrait de Khrouchtchev du mur de la classe, que l'un de nous a même voulu le piétiner, mais la maîtresse est intervenue, disant qu'il ne fallait pas en rajouter.

– Tu t'en souviens ou tu as lu ça dans les livres ? la taquina Illyrian.

– Comme tu es méchant ! fit Linda sur le ton d'un enfant pleurnichard.

– En 1960, tu devais avoir sept ans, calcula Silva.

Linda secoua la tête :

– Un petit peu plus.

– Eh bien moi, c'est peu après ces événements que je me suis mariée, dit Silva.

– Vraiment ? s'étonna Linda.

Silva regarda par la fenêtre d'un air songeur.

– C'était juste le début du blocus, et c'est alors que j'ai quitté l'archéologie pour la construction.

– A l'époque, si je ne m'abuse, beaucoup d'ingénieurs ont été mutés dans le bâtiment ? rappela Illyrian.

– Oui, la construction fut le premier secteur touché.

Silva continuait de regarder à travers les vitres. Lointains, comme d'un autre monde, lui revenaient à l'esprit avec une froide netteté le théâtre antique de Pacha Liman, les fouilles abandonnées, sa jalousie envers une belle Russe dont s'était amouraché du jour au lendemain un archéologue de leur équipe. Rien de plus terrible que de souffrir de la jalousie quand on effectue des fouilles, avait-elle confié par la suite à Ana. Tu as l'impression que toutes ces fosses sont à présent creusées dans ta propre chair. Sa sœur l'avait écoutée d'une oreille distraite, mais Silva savait qu'Ana, ignorant elle-même la jalousie, ne croyait guère à la douleur que ce sentiment peut engendrer. Elle s'était néanmoins efforcée de la réconforter : maintenant que les Soviétiques vont décamper, tu seras délivrée de tes tourments. Mais, pour Silva, ce n'était là qu'une piètre consolation. Elle estimait même que cette séparation brutale ne ferait qu'attiser l'amour que l'archéologue portait à sa Russe... Il n'y a décidément pas moyen de te comprendre. Puisque tu y tiens, continue donc à souffrir... Mais, plus tard, quand Silva eut fait la connaissance de Gjergj et que son tourment se fut subitement éteint, Ana en éprouva une vive satisfaction. A l'époque, elle-même venait de rencontrer Besnik... Mais pourquoi, ces derniers jours, Silva pensait-elle de plus en plus souvent à lui ?

– Tout était donc différent, conclut Linda.

Silva acquiesça de la tête.

On entendit des pas dans le couloir, puis la porte s'ouvrit sur le chef. Malgré son regard toujours aussi sombre, ses traits reflétaient un certain soulagement. La réunion devait être terminée, et dans ces cas-là, comme se plaisait à le remarquer Linda, l'expression de leur supérieur se calquait sur celle de quelque membre du Parti qui en était sorti et qu'il venait tout juste de croiser. Le chef semblait avoir envie de dire quelque chose, mais en être empêché. Illyrian, qui n'ignorait pas que l'autre n'aimait guère le trouver dans son bureau, s'en fut alors sur la pointe des pieds.

– C'est bien à ce propos qu'a eu lieu la réunion, fit le chef sans lever la tête des papiers étalés sous ses yeux. Au sujet de la Chine...

– Ah oui ? dit Linda.

– Apparemment, ils dévient. Je pense que ton mari nous rapportera des informations de première main, ajouta-t-il en se tournant vers Silva. Quand sera-t-il de retour ?

Silva haussa les épaules.

– Je ne sais. Je n'ai reçu aucune nouvelle de lui.

Elle ne s'était pas encore rassise et, sans trop savoir pourquoi, elle revint vers la fenêtre pour contempler la place Skanderbeg.

– Linda ! murmura-t-elle en posant la main sur l'épaule de la jeune fille. Regarde en bas.

Linda se tourna vers la vitre et y colla le front.

– Bizarre ! s'exclama-t-elle.

– Que se passe-t-il donc ? s'enquit le chef.

– C'est curieux, il y a quelques instants, la place fourmillait de Chinois. A présent, ils ont tous disparu...

– Comme s'ils s'étaient tous engouffrés sous terre, renchérit Linda.

– Ils sont imprévisibles, fit le chef. C'est comme la visite de Nixon, qu'ils ont préparée aussi dans le plus grand secret...

– Avec des gens comme ça, dit Linda, on ferait mieux de rompre une fois pour toutes.

L'autre redressa la tête.

– Facile à dire. Ici, ma fille, les choses ne se passent pas comme en amour : tu me fais la tête, on aurait mieux fait de ne jamais se rencontrer... je ne sais trop comment on dit cela dans les romans à l'eau de rose...

– Je ne vois pas ce que vous voulez dire, fit Linda en le regardant droit dans les yeux.

– J'entends par là que les relations entre États sont difficilement assimilables aux rapports d'ordre privé : tu m'aimes, je ne t'aime plus, alors on se quitte... En ce domaine-là, les choses sont plus profondes, il y intervient des circonstances objectives et bien d'autres facteurs...

– Vous me croyez assez superficielle pour tout ramener à des scènes de ménage ? lança Linda d'un ton glacial.

Le chef la regarda, interloqué.

– Du calme, je n'ai pas dit ça !

– C'est pourtant bien ce que vous avez voulu insinuer, insista-t-elle, les yeux étincelant de dépit.

Le chef ébaucha un geste vague de la main. Il se tourna vers Silva comme pour solliciter son aide dans ce malentendu, puis, n'étant pas sûr qu'elle fût disposée à intervenir pour le dissiper, il ouvrit les bras comme pour dire : il ne manquait plus que ça !

Il s'affaira un moment à ouvrir et refermer ses tiroirs comme il le faisait généralement quand il était nerveux. Puis il alluma une cigarette, qu'il éteignit aussitôt.

– Bon, ça suffit, lâcha-t-il d'un air sombre. Je n'ai pas dit ça méchamment, que diable ! A la fin des fins, vous pouvez bien supporter que je plaisante un peu ! Ne suis-je pas votre chef ?

Il se leva comme un ressort, fourra son paquet de cigarettes dans sa poche et sortit.

– Il est vraiment bizarre, fit Linda, que l'irritation de l'autre avait calmée. Alors que c'est moi qui devrais être vexée...

Silva sourit avec indulgence.

– On descend à la buvette ?

– Je suis peut-être allée un peu loin ? lui demanda Linda comme elles dévalaient l'escalier.

Silva lui sourit à nouveau, l'esprit ailleurs.

La buvette se trouvait au sous-sol, et l'escalier qui y conduisait était encombré de gens qui montaient ou descendaient. C'était l'heure où les employés allaient prendre un café. A un bout du comptoir, Silva aperçut Victor Hila devant un verre de cognac. Il avait l'air accablé.

– Vous avez trouvé le vice-ministre ? lui demanda-t-elle après s'être approchée de lui.

L'autre esquissa un geste de la main.

– Oui, mais pour ce que ça sert...

– Vous vous connaissez ? dit-elle en le présentant à Linda.

– Très heureux, fit Victor, le regard toujours perdu dans

le vague. Puis-je vous offrir quelque chose? Aujourd'hui, je ne suis vraiment pas à prendre avec des pincettes…

– Qu'est-ce que vous avez? s'enquit Silva. Ce matin déjà, quand je vous ai rencontré…

– Au début, j'ai pris ça à la légère, mais voilà que je me retrouve dans de sales draps. Depuis ce matin, je cours de droite et de gauche, mais personne ne veut rien me dire de précis. Bon, qu'est-ce que vous prendrez?

– Il vaut peut-être mieux remettre ça à une autre fois, fit Silva. Vous n'avez pas l'air dans votre assiette…

– C'est justement parce que je broie du noir que vous devez m'aider à chasser mon cafard. Prenez quelque chose, je vous en prie. Vous me ferez vraiment plaisir.

Linda décocha un bref coup d'œil à Silva comme pour lui demander: ce type est-il normal?

– D'accord, nous prendrons un café, dit Silva.

Victor Hila vida son verre, puis expliqua:

– J'ai des ennuis avec un Chinois.

– Avec un Chinois? s'étonna Silva.

– Tout à l'heure, nous parlions justement d'eux, fit Linda en dévisageant Victor avec curiosité.

– Oui, avec un Chinois, et quelle saleté de Chinois! maugréa Victor Hila.

Linda se couvrit la bouche de la main pour ne pas pouffer de rire. Victor prit les cafés au comptoir et déposa une tasse devant chacune d'elles.

– Hier, on m'a annoncé que j'étais suspendu. Vous comprenez ce que ça veut dire? Je ne suis ni en fonction ni révoqué: suspendu! Tout ça, à cause de ce Chinois! J'ai passé toute la matinée à arpenter ce ministère pour résoudre l'affaire, sans succès. Vous entendez? J'en ai vraiment plein le dos. On dirait qu'ils sont tous devenus sourds.

– Mais que vous est-il donc arrivé avec ce Chinois? lui demanda Silva après avoir siroté sa tasse de café. Vous vous êtes disputé avec lui?

– Pire que ça: je lui ai marché sur le pied!

Cette fois, Linda ne fut pas la seule à céder à l'hilarité. Entre deux éclats de rire, elle demanda:

– Vous parlez sérieusement ?

– Ouais, grogna Victor Hila, moi aussi, comme vous, j'ai commencé par en rire, mais on m'a appris que le Chinois avait porté plainte, et le fait que j'aie rigolé se retourne maintenant contre moi.

Linda, elle, continuait à se tordre et dut reposer sa tasse sur le comptoir pour éviter que ses mouvements convulsifs ne lui fissent renverser son café.

– Et après, que s'est-il passé ? questionna Silva.

– Ne m'en parlez pas ! soupira l'autre. Dans sa plainte, le Chinois a prétendu que je lui avais marché intentionnellement sur le pied. Bien sûr, j'ai soutenu mordicus que je ne l'avais pas fait exprès. L'affaire est remontée jusqu'au ministère des Affaires étrangères. L'ambassade de Chine a exigé que je sois châtié. Quand ils ont appris qu'aucune sanction n'avait été prise contre moi, les Chinois ont renouvelé leur protestation. Il paraît qu'ils ont transmis le dossier à Pékin et qu'ils y ont envoyé par la même occasion une radio du pied de leur ressortissant. On attend une réponse. Vous vous rendez compte dans quels draps je me suis fourré ?

– Malgré tout, d'après ce qu'on entend dire, les relations avec la Chine ne baignent plus dans l'huile, observa Linda, les yeux encore larmoyants d'avoir tant ri. Cela peut ne pas être mauvais pour vous...

– Oh, je sais comment se passe ce genre d'affaires, dit Victor. Bien sûr des tas de choses peuvent se produire. Un jour, quelqu'un ira peut-être même jusqu'à mettre le feu à l'ambassade de Chine. N'empêche : on se souviendra toujours du pied que j'ai écrasé. Je n'ai vraiment pas de veine !

Il regarda tout autour de lui.

– Le pire, c'est que tout le monde me prodigue des conseils : contrôle-toi, Victor, ne dis pas de mal des Chinois, ça risque de te coûter plus cher... Le secrétaire du Parti, le directeur m'appellent, et c'est toujours la même rengaine : le peuple chinois est comme ci, le peuple chinois est comme ça... D'accord, je leur réponds, je n'ai rien contre le peuple chinois, franchement, je n'ai même rien du tout contre la Chine, seulement répondez-moi : qu'est-ce que va donner mon affaire ?

Toujours le même, songea Silva : impulsif, bouillant, une sorte d'aimant bon à attirer les ennuis, comme elle l'avait connu à l'époque de la rupture avec les Soviétiques, quand, en compagnie d'Ana, elle s'était rendue à diverses reprises aux fameux dîners qu'il donnait alors. Si sa mémoire ne la trompait pas, c'est même lors d'une de ces soirées qu'Ana avait rencontré Besnik...

– Radioscopie, radiographie du pied du Chinois, note gouvernementale, vous voyez le topo ? poursuivit Victor. Depuis une semaine, je me réveille en sursaut au beau milieu de la nuit. Et pourquoi ? – Victor Hila baissa à nouveau la voix. – A cause d'un sale Chinois ! D'un saboteur !

– Un saboteur ? s'étonna Linda. C'est bien la première fois que j'entends traiter ainsi un Chinois.

Victor Hila les considéra tour à tour.

– Bien sûr, je dois vous paraître un peu emporté. C'est bien possible, j'ai même fait un jour l'objet d'une remontrance à cause de ça. Peut-être ai-je tort, je le voudrais bien... L'État en sait plus long que moi sur ce genre de choses, mais, pour ce qui me concerne, les Chinois...

– Gardez-vous de ne pas vous attirer un nouveau blâme ! l'interrompit Linda d'un ton taquin.

Il sourit.

– Croyez-moi, je me rends bien compte que j'ai l'air un peu dérangé. Dès le matin, au lieu de penser aux choses sérieuses, je me répète : qui sait si cette foutue radio est arrivée à destination !

Le fou rire les reprit toutes les deux.

– Pourquoi redoutez-vous tellement cette radio ? demanda Silva en lui lançant un regard aigu. Si vous lui avez vraiment marché dessus par mégarde, la contusion ne peut être d'aucune gravité, et la radio...

Les yeux baissés, Victor sourit dans sa barbe.

– C'est bien là le *hic*. Je ne lui ai pas marché dessus involontairement, je lui ai écrasé le pied exprès.

Linda s'esclaffa encore plus fort, faisant se retourner deux ou trois personnes.

Victor Hila vida d'un trait son verre de cognac.

– Comment aurais-je pu ne pas le lui écrabouiller ? vociféra-t-il, la mine soudain rembrunie. Pendant tout un mois, cette ordure m'a fait tourner en bourrique en refusant de me remettre certains éléments de documentation. Chaque jour il me racontait une nouvelle blague, remettant à plus tard, me sortant un nouveau boniment, ajournant encore. Hier, je n'ai pas eu le temps, disait-il, j'ai été occupé à lire les œuvres du Président Mao... Aujourd'hui, je suis pris, je dois méditer sur ce que j'ai lu hier... Je ne sais comment j'ai pu me retenir de ne pas l'étrangler. Vous pouvez rire, ça se voit que vous n'avez jamais eu affaire à un Chinois !

Elles ne purent s'empêcher de rire de plus belle. Linda ne détachait pas son regard de ce visage aux traits tirés, mal rasé.

– Le Chinois Ping, poursuivit Victor, c'est ainsi que s'appelle ce fumier. Il vient désormais tous les matins à l'usine et y déambule de long en large avec son foutu pied bandé, ou plâtré, ou bien enduit d'on ne sait quel remède de bonne femme à la chinoise. Vous vous représentez le tableau ? Il fait les cent pas pour que tout le monde le voie. Qui sait ? Peut-être s'attend-il à ce qu'on lui érige un monument : Au héros Ping, massacré par le bandit albanais Victor Hila ! Vous riez ? N'empêche que je me retrouve suspendu. Vous entendez : suspendu ! Je ne suis ni sur terre ni au ciel. Et personne pour répondre à mes questions ! Après tout... – il poussa un profond soupir – ça n'est peut-être pas leur faute. J'imagine que les Chinois sont à l'affût et s'enquièrent quotidiennement de la sanction qu'on a prise contre moi. Il y a quelques jours, mon directeur m'a dit : Quelle mouche t'a piqué, Victor ? Ton geste nous vaut bien des ennuis...

Elles prirent enfin congé de lui et sortirent de la buvette.

– Il est sympathique, tu ne trouves pas ? fit Linda comme elles remontaient l'escalier.

Silva acquiesça de la tête.

– Il a toujours été comme ça depuis que je le connais. Il n'a presque pas changé.

Sur le visage de Linda s'esquissait un sourire hésitant.

– Vraiment très sympathique, répéta-t-elle comme pour elle-même.

Quand elles regagnèrent leur bureau, le chef n'y était pas encore revenu. Linda prit une liasse de feuillets et sortit les porter aux dactylos. Silva resta quelques instants immobile, les coudes appuyés sur la table. Elle n'était pas d'humeur à travailler. Elle se leva, s'approcha de la fenêtre et s'y attarda, embrassant du regard la place des ministères. C'était un jour humide et gris. Elle se dirigea vers le radiateur et posa la main dessus. Il lui parut plutôt tiède. Pourvu qu'il n'y ait pas de restrictions... Comment se faisait-il ?... de quel recoin de sa conscience lui était revenu ce souhait qu'Ana aimait à formuler, au début de ces années de sinistre mémoire, quand la tournure des événements demeurait encore confuse, un souhait qui, avec le temps, paraissait devoir être de moins en moins exaucé, car non seulement il y aurait des restrictions, mais elles allaient devenir un des fondements de leur mode de vie... Si la situation devait se renouveler, on assisterait en bonne logique à de nouvelles coupes sombres... Malgré tout, il était peu probable qu'elles apparussent aussi rapidement. Au demeurant, ce n'était un secret pour personne que la chaudière du chauffage central fonctionnait mal, ces derniers temps. A deux ou trois reprises, il avait même été question de la remplacer. Non, il n'était pas raisonnable de se faire ce genre d'idées, se dit-elle, et elle se rassit à sa table de travail. Cette fois, tout est si différent. Tout est si tranquille...

La porte s'ouvrit. Le chef entra, suivi de Linda. Curieusement, il avait l'air de bonne humeur. Linda ayant posé quelque question à Silva, il s'empressa d'y répondre lui-même, signe de leur réconciliation tacite. Il se mit à parler des Chinois, et Silva lui raconta l'affaire de Victor Hila. Le chef riait aux éclats, de son rire si particulier, entrecoupé d'exclamations qui étaient presque des cris, quand on frappa à la porte et que réapparut Simon Dersha.

– Je peux me servir un moment de votre téléphone? demanda-t-il.

Sans s'arrêter de rire, le chef lui désigna d'un signe de tête le combiné. L'autre s'approcha de la table sur laquelle était posé l'appareil, décrocha et composa un numéro. Silva et Linda s'entre-regardèrent. A chaque rotation du disque sur le cadran, le rire du chef avait tendance à s'éteindre. Finalement, comme l'autre fois, on entendit la sonnerie retentir à l'autre bout du fil, où personne ne répondit. Tendu par l'attente, le visage de Simon Dersha était toujours éclairé par le même air de béatitude qui paraissait y avoir été comme oublié. Nul ne répondant à l'appel, il raccrocha.

– Et alors, questionna le chef, qu'est-ce qu'il a fait, ce Victor? C'est bien comme ça qu'il s'appelle?

L'expression inhabituelle de Simon Dersha qui, après avoir raccroché, était resté planté là comme dans une ultime tentative pour se rapprocher de leur univers, empêchait Silva de parler librement. Elle s'y résolut pourtant, ajouta quelque développement sur l'affaire de Victor, et le chef se remit à rire de plus belle. Elle lança un regard à la dérobée vers l'intrus et eut cette fois l'impression de discerner sur son visage, en même temps que l'espèce de ravissement qu'elle y avait déjà décelé, une lueur d'ironie.

Sans mot dire, le plus tranquillement du monde, comme un individu qui profite de la confusion pour s'éclipser en douce de quelque lieu, il quitta la pièce au moment où le rire du chef s'élevait de nouveau avec force.

– Qu'est-ce qu'il a à errer ainsi comme un somnambule dès le matin? fit Linda sans prendre la peine de baisser la voix.

– Ne fais donc pas attention à lui.

– Non, mais tu l'as regardé? insista Linda. Il m'a paru plutôt bizarre dans ce costume bleu marine que je ne lui ai jamais remarqué.

Silva approuva de la tête.

Le chef poussa un soupir, comme il faisait habituellement après avoir beaucoup ri. Puis le bureau s'immergea de nouveau dans le silence.

Ah, fit à part soi Simon Dersha dans le bureau voisin, vous croyez mener je ne sais quelle vie ! Il sourit avec condescendance. Il gardait encore dans l'oreille leurs éclats de rire, qui, la veille encore, l'auraient plongé dans un sentiment de malaise et d'isolement. Alors qu'aujourd'hui, ce rire, de même que leurs gesticulations, leur tapage, qui, jusqu'à ce jour, l'avaient mis au supplice comme font les choses auxquelles on sait ne pouvoir accéder, lui paraissaient ternis, surfaits. Il se sentait totalement libéré du complexe d'infériorité dont il avait souffert vis à vis d'eux, et ce miracle s'était réalisé en une nuit, comme dans un conte de fées.

S'ils savaient où je me trouvais hier soir..., songea-t-il. En fait, tout au long de cette matinée, il avait balancé entre l'envie de leur raconter où il était allé dîner la veille au soir, et une sorte de retenue dont il ne comprenait pas lui-même la cause. Pourtant, dans leurs regards, il avait lu l'interrogation : Qu'est-ce qu'il a, Simon, aujourd'hui ? L'idée que ce qui lui était advenu dépassait de loin en importance tout ce qu'ils pouvaient s'imaginer, fit de nouveau monter en lui une bouffée de satisfaction.

La veille, il avait été convié à dîner chez un des membres les plus en vue du gouvernement. Par moments, lui-même ne parvenait pas à y croire, comme s'il y avait assisté en rêve. C'était peut-être la raison pour laquelle il avait tenté, ce matin-là, d'appeler à trois reprises l'ami qui l'avait présenté au ministre, puis emmené à ce dîner. Il lui avait téléphoné comme ça, pour rien, juste pour échanger quelques mots sur la soirée qu'ils avaient passée, afin de se persuader lui-même que le miracle avait réellement eu lieu. Par malchance, au numéro de l'autre, personne n'avait répondu à ses appels réitérés.

Le miracle avait comporté plusieurs phases. Il avait commencé une semaine auparavant, quand un ex-sous-directeur à lui, promu vice-ministre, avec lequel il avait maintenu des relations amicales depuis l'époque où ils avaient travaillé ensemble dans la même entreprise, quand ce nouveau vice-ministre, donc, lui avait téléphoné qu'un de ces soirs (il lui préciserait ultérieurement la date), il l'emmènerait dîner dans un lieu qu'il ne pouvait pas même concevoir. Puis, lorsqu'ils s'étaient rencontrés pour prendre un café et que l'autre lui avait précisé l'endroit où il escomptait l'emmener, Simon Dersha en avait eu le souffle coupé. Comment est-ce possible, avait-il bredouillé à deux ou trois reprises, moi, un simple rond-de-cuir, un type sans aucune importance... Justement, avait repris l'autre, les gens simples, les travailleurs honnêtes, qui ne se font pas remarquer, constituent le bien le plus précieux du Parti et de l'État. Tu comprends, Simon ? Puis, baissant la voix, il avait ajouté : je t'avoue que je ne comprends pas moi-même pourquoi le ministre s'est senti soudain l'envie, ou le besoin, tu prendras ça comme tu voudras, de nouer de nouvelles relations, plus directes, en dehors de la routine bureaucratique, avec des travailleurs de divers secteurs. A ce que je crois deviner, ce genre de contacts directs sont très utiles aux dirigeants pour tâter le pouls de l'opinion, sonder les esprits, tu vois ce que je veux dire ? Il y a seulement quelques jours, quand il m'a déclaré : j'aurais envie de connaître quelque fonctionnaire du ministère de la Construction, quelque simple travailleur, sans poste important ni grade, car j'en ai par-dessus la tête, des postes et des grades, bref, quand il m'a confié qu'il souhaitait apprendre comment marchaient les choses de la bouche d'un travailleur de rang modeste, mais honnête, c'est à toi que j'ai tout de suite pensé.

Au souvenir de ces paroles, Simon Dersha avait l'impression d'avoir encore les yeux embués de larmes. Il avait passé toute cette journée-là dans l'attente angoissée d'un coup de téléphone du vice-ministre. A certains moments, cet entretien lui semblait n'avoir jamais eu lieu. Puis s'étaient insinués les doutes. Et si le ministre avait changé d'avis ? S'il avait effectivement émis une opinion sur le travail des gens simples, etc., mais que ce n'eût été là qu'un jugement de portée générale que son ami avait interprété à sa façon, embarquant en pure perte l'infortuné Simon dans cette affaire ? Vint un moment où il se dit que tout cela n'était que pure extravagance de la part de son ami le vice-ministre, et plus grande absurdité encore de sa part à lui, Simon, d'avoir été assez naïf pour le croire. Il avait quasiment perdu tout espoir quand l'autre finit par lui téléphoner. Non seulement il l'appelait comme promis, mais il lui fixa la date, et même l'heure exacte à laquelle ils devaient se rencontrer pour se rendre ensemble à ce dîner. Maintenant encore, au bout de plusieurs jours, rien qu'à se remémorer ce coup de téléphone, Simon sentait comme un vide agréable se former dans sa poitrine.

Il était seul dans son bureau. On entendait dans le couloir des portes s'ouvrir et se refermer, mais elles lui paraissaient très éloignées. Il repensa à ses collègues du bureau voisin et l'idée que c'était désormais sa vie à lui, et non la leur, qui recélait quelque chose d'exceptionnel, lui procura un contentement teinté d'ironie. De fait, c'était à présent à lui de regarder de haut l'existence courante qu'ils menaient avec leurs bavardages quotidiens, leurs plaisanteries, leurs rires bruyants lorsqu'ils prenaient leur café du matin. Jusque-là, quand ils le croisaient, le saluant in extremis comme quelqu'un que l'on remarque à peine, ils se disaient probablement : comment diantre ce malheureux peut-il faire sans aucun but dans la vie ? Et c'était si manifeste que, comparant son destin au leur, il s'en était fait lui-même la remarque à maintes reprises : en fin de compte, ils n'ont pas tort, je me demande bien pourquoi je vis. Il l'avait pensé sans aigreur, humblement, avec résignation, acceptant placidement en ce monde une place effacée d'où il assistait en spectateur à la vie des autres. Parfois, quand il les voyait faire irruption dans les bureaux les uns des autres avec tant d'animation et de joyeuse humeur, il s'occupait à échafauder des suppositions sur leurs liens éventuels. Tout éclat ou au contraire toute fatigue dans leurs regards matinaux revêtait pour lui une signification particulière, comme en prenait également chacune de leurs intonations sciemment étouffées au téléphone. Parfois, son imagination le conduisait plus loin encore et il se les représentait, nus, dans les bras l'un de l'autre, le visage enfoui dans l'ombre et le mystère. Dans ce cas, il laissait échapper un profond soupir et se répétait presque à voix haute : il faut croire que je ne suis pas fait pour ce genre de vie. Oui, mais la situation était à présent inversée. Il avait suffi d'un dîner pour que tout fût chamboulé comme par un séisme, et maintenant, en même temps que l'euphorie et le sarcasme, il sentait monter confusément en lui les premières manifestations d'un aveugle courroux. C'était une rancœur dont lui-même n'aurait su dire contre qui elle était dirigée : sa propre personne ou les autres. C'était une colère sourde, provoquée par le si long oubli où avait été maintenue son existence, par sa soumission, son absence de jalousie. Avec cette colère, un désir de revanche cherchait à se frayer une place tout au fond de sa conscience. Mais il était encore ténu : étranger en somme à sa nature, il avait du mal à s'y enraciner.

Ils parlent de la Chine, songea-t-il. Lui aussi en avait entendu discuter ces jours derniers, y compris là-bas, à cette soirée, où on y avait fait allusion, mais il n'était pas parvenu à concentrer suffisamment son attention pour bien saisir ce qu'on en avait dit. Tout lui semblait terne au regard de ce qui lui était personnellement arrivé. Son esprit s'y raccrochait en permanence. Sans doute en va-t-il ainsi en amour, pensa-t-il. Lui-même n'avait jamais éprouvé un tel sentiment, mais puisqu'on en dissertait tant, puisqu'on allait jusqu'à s'en pâmer, il fallait bien que ça sorte de l'ordinaire ! Il n'en était pas moins convaincu que ce qu'il ressentait était encore plus exceptionnel. Naturellement au-dessus, parce que plus rare.

Car l'amour, la plupart, sinon tous, en avaient fait l'expérience. Alors qu'un dîner chez un ministre, bien peu nombreux étaient ceux qui avaient eu la chance d'en connaître le goût.

Une fois de plus lui revinrent à l'esprit les instants qui

avaient précédé l'heure de partir pour cette soirée, le moment où il avait mis le costume bleu marine qu'il s'était fait faire plusieurs années auparavant dans un tissu polonais de prix, qu'il gardait pour les grandes occasions et dont la coupe, après avoir cessé d'être à la mode, l'était redevenue ; le choix de sa chemise, sa femme qui tournicotait autour de lui d'un air qui, sans qu'il comprît pourquoi, lui avait paru dépourvu d'aménité. Il s'était fait la barbe avec soin devant le miroir de son cabinet de toilette ; il y avait, lui avait-il semblé, quelque chose de pitoyable dans la couperose de ses joues irritées par le feu du rasoir, dans son cou rougi par le col amidonné de sa chemise. Au moment de sortir, sa femme lui avait demandé pour la énième fois s'il s'était souvenu de prendre un mouchoir, et, durant tout le trajet, comme pour l'agacer, la question de la contenance à adopter s'il venait brusquement à éternuer pendant le dîner n'avait cessé de le hanter. Il s'efforçait de chasser cette idée saugrenue de son esprit, mais en vain. A l'école, ils avaient commenté un jour quelque récit sur un petit fonctionnaire qui avait éternué devant un personnage important. Des sornettes, s'était-il dit en pressant le pas, comme pour laisser derrière lui une pareille éventualité. Lui était fonctionnaire d'un pays socialiste, il n'avait rien à voir avec ce petit employé bourgeois qui avait succombé à l'émotion après son éternuement.

Le trouble de Simon Dersha s'était quelque peu atténué dès qu'il eut rejoint le vice-ministre, puis il s'était réveillé, au cours du trajet qu'ils avaient fait de conserve pour gagner la résidence du ministre, lorsqu'il avait remarqué que son protecteur perdait à son tour l'assurance qu'il semblait avoir affichée jusque-là. Plus ils approchaient de la demeure et plus leurs propos s'espaçaient, jusqu'au moment où ne se fit plus entendre que le bruit de leurs pas. A deux ou trois reprises, ils s'étaient demandé : Comment ?, bien que ni l'un ni l'autre n'eussent posé de question. La rue était faiblement éclairée, l'asphalte humide paraissait d'autant plus noir, tout comme les grilles des jardins entourant les maisons. Voilà, c'est ici, avait dit le vice-ministre d'une voix à peine audible ; c'est cette villa à deux étages.

La remémoration a ses lois. La portion de temps comprise entre le moment où avaient été prononcés les mots *c'est ici, c'est cette villa à deux étages*, et celui où ils étaient entrés, s'était trouvé gommée de la mémoire de Simon Dersha. Le dîner, au contraire, lui revenait à l'esprit avec netteté ; certaines phases semblaient d'ores et déjà s'être définitivement gravées dans son souvenir, d'autres restaient confinées dans leur brouillard originel, en suspens dans cette nébulosité qui vous arrachait malgré vous des soupirs.

Il y avait là quatre ou cinq invités, tous personnages en vue, titulaires de hauts postes, lesquels auraient concentré sur eux l'attention dans n'importe quel dîner ou cérémonie, mais qui, en la circonstance, par rapport au maître de maison étaient ravalés au rang de pâles figurants.

Seul dans son bureau, Simon Dersha alluma une cigarette. Non, il n'était décidément pas en mesure de se rappeler ce miracle dans son intégralité. C'était comme quelque chose qu'on est contraint de fragmenter pour pouvoir l'avaler. Autrement, on risque de s'étouffer. Simon Dersha poussa un soupir. Heureusement que tout s'était passé sans qu'il commît la moindre gaffe, se dit-il. Et c'est vrai qu'il en avait bien été ainsi. Le ministre avait à plusieurs reprises porté son attention sur lui, lui demandant comment marchait la construction des grandes usines et surtout celle des centrales du Nord où travaillaient les Chinois.

Simon lui avait répondu de son mieux. A vrai dire, il eût été incapable de soutenir une attention plus marquée du maître de céans. D'autant qu'il avait dû prendre garde à certaines choses, notamment au cours du dîner, quand il avait eu l'impression que chaque plat dissimulait un piège. Il ne s'était senti apaisé qu'au moment où on leur avait servi une espèce de *burek* tout sec, après quoi était venu le tour des fruits, tant et si bien qu'il n'y avait plus eu aucun mets à poser problème, surtout pas, Dieu merci, de plat en sauce avec lequel on risquait, d'un geste maladroit, de s'éclabousser. Il n'eut pas l'occasion de se servir de son mouchoir. Il l'avait sorti par deux fois de sa poche, l'avait porté machinalement à ses narines, avait humé l'agréable odeur de linge frais repassé, ce qui lui avait infusé une certaine assurance. Oui, vraiment, les choses n'auraient pu mieux se passer: pas l'ombre d'un détail, rien n'était advenu qui eût donné matière à se dire avec regret, comme il est fréquent en pareilles circonstances: si seulement telle chose ne s'était pas produite, ou bien: j'aurais pu répondre différemment... Il n'y avait eu qu'un incident, mais il ne le concernait en rien, et, loin d'avoir quelque rapport avec sa présence, c'était un événement dont, même à présent, il n'aurait pu décider s'il avait été heureux ou malheureux. Il s'agissait d'un coup de téléphone. Vers dix heures et demie, alors qu'ils venaient de terminer le second plat, justement celui qui, plus que les autres, comportait des risques d'éclaboussures, l'un des téléphones s'était mis à sonner... Bien que pas mal de temps se fût écoulé depuis lors, Simon Dersha, chaque fois qu'il se rappelait cet entretien téléphonique, comme s'il avait gardé un dernier espoir de pouvoir en corriger quelque chose dans sa mémoire, se répétait que cette conversation aurait dû constituer le couronnement de la soirée. Aurait dû, mais, dans les faits, il n'en avait pas du tout été ainsi. L'épisode était resté comme un corps étranger, distant... La sonnerie ayant retenti, le maître de maison s'était levé de table, emportant avec lui la fin d'un rire. Il avait soulevé le combiné. Allô, oui, camarade Enver... Les convives s'étaient entreregardés. Ce ne pouvait être que *lui*. Lui et personne d'autre. Ils se trouvaient vraiment à un dîner important, de ceux qu'on se plaît à évoquer plus tard en les qualifiant d'inoubliables. Or ce coup de téléphone, à cette heure tardive, en doublait, en décuplait l'importance. A ce dîner mémorable au cours duquel le camarade Enver a appelé... Encore maintenant, au souvenir de cet instant, Simon sentait sa poitrine se creuser, et il se demandait s'il s'était réellement produit alors quelque chose de préoccupant ou bien si son souci n'avait été que le résultat de son naturel inquiet. Mais non, cette inquiétude était née en dehors de lui, il n'avait fait que s'en imprégner aussitôt... Elle s'était d'abord fait jour dans l'élocution du ministre. Au début, sa voix était calme, puis elle avait subitement marqué un temps d'arrêt. Une sorte de cassure qui parut s'accompagner, nota Simon, d'une certaine lividité dans le regard de l'autre, de celles que cause un choc soudain. Cette cassure dans la voix approfondit le silence des convives, au point que l'ultime tintement d'une fourchette heurtant la porcelaine d'une assiette fit tourner la tête de l'un d'eux du côté d'où était venu le bruit. Quant à l'entretien téléphonique lui-même, il portait apparemment sur un sujet des plus banals: on demandait des explications sur l'exclusion du Parti de certains officiers des blindés. C'était une question d'importance mineure, qui ne justifiait pas l'extinction de voix du ministre. Pourtant, on pouvait trouver assez étonnant que le chef du Parti en personne téléphonât à pareille heure pour une affaire aussi négligeable, avait réfléchi Simon un peu plus tard, en rentrant chez lui. Mais, après tout, ce n'était pas si surprenant. Le fait qu'il eût précisément téléphoné si tard pouvait indiquer aussi bien, au contraire, qu'il s'agissait d'une affaire vénielle qu'il avait mise de côté pour la fin de journée, comme toutes les questions subalternes; peut-être même ne s'en était-il brusquement souvenu qu'après dîner.

Durant le reste de la soirée, Simon s'était évertué à chasser ce coup de téléphone de son esprit. Il avait l'impression que les autres, à commencer par le maître de maison, faisaient de même. Ce dernier se montrait toujours fort chaleureux, devisait d'un ton enjoué, mais, par moments, dans le cours de la conversation, son regard paraissait se figer. Ses yeux avaient perdu de leur éclat, de même que quelque chose s'était terni dans le rêve de Simon Dersha. Quand il se donnait la peine d'y réfléchir quelques secondes, Simon finissait par se rassurer. La conversation téléphonique et l'ombre d'inquiétude du ministre lui paraissaient on ne peut plus normales. Ce sont des choses qui arrivent, se répétait-il, il faut avoir l'esprit tarabiscoté pour les trouver insolites.

C'est à cette conclusion qu'il aboutissait chaque fois qu'il se concentrait un tant soit peu sur cet épisode. Mais le tout premier moment où il se reprenait à y songer n'en avait pas moins un arrière-goût d'amertume. Puis, passé ces premières secondes, tout s'édulcorait.

Rentrant chez lui, comme il marchait côte à côte avec le vice-ministre, son euphorie avait été à nouveau perturbée à deux ou trois reprises par le souvenir du coup de téléphone. Il s'y permit même une allusion, mais le vice-ministre se borna à répondre : oui, en effet... Ce n'est donc pas une impression purement subjective, se dit alors Simon, il a eu la même. Mais, au bout d'un instant, il était parvenu à la balayer de son esprit.

De même, à présent, dans son bureau, il finit par gommer cet épisode. Je suis indécrottable, se dit-il. J'ai eu cette chance inouïe, cette occasion magnifique, et voilà que je cherche midi à quatorze heures ! Tout ce qu'il avait supputé à propos de ce coup de téléphone lui parut le comble de l'absurdité. Des vagues d'exaltation recouvrirent à nouveau ce soupçon d'inquiétude et il se mit à penser au bureau voisin dont les occupants n'échangeaient que des futilités, puis aux autres bureaux, et jusqu'à ses chefs qui lui parurent dans leur ensemble encore moins importants qu'auparavant. L'onde d'ivresse qui l'avait transporté à plusieurs reprises au cours de la matinée se prolongea cette fois plus longtemps. C'était comme un bain de félicité où tout était devenu plus facile, plus accessible. Une seule fois son regard fut comme happé par le téléphone qui, ce matin-là, ne fonctionnait pas. Il se souvint des appels sans réponse retentissant dans le bureau du vice-ministre et poussa un soupir.

La journée de travail touchait à sa fin. Il s'approcha de la fenêtre et resta un long moment à contempler les allées et venues sur la place. Il faisait humide, mais la lumière du jour était assez claire pour écarter toute idée de pluie.

Il entendit, venant du bureau voisin, une clef tourner dans une serrure. Le couloir retentit de bruits de pas. Il consulta sa montre, plongea sa main dans sa poche et en sortit ses clefs. Quelques instants plus tard, avec son allure habituelle de piéton anonyme, il déambulait sur la place des ministères au milieu de la foule des employés.

CHAPITRE IV

Le retard des premières pluies n'empêchait pas l'automne d'affirmer partout sa présence. Chaque matin, les nuages apparaissaient à l'horizon, remplissaient le ciel de vains coups de tonnerre, puis, en fin d'après-midi, disparaissaient sans avoir laissé tomber la moindre goutte de pluie. Le phénomène s'étant renouvelé pendant toute une semaine, les gens se firent à l'idée que l'automne serait sec. Entre-temps, tous les autres symptômes saisonniers – jaunissement des feuilles, refroidissement de la température, et surtout, ce qui retenait moins l'attention, départ des oiseaux – se manifestaient normalement. Comme chaque année, au siège de l'Union des Écrivains et Artistes, les peintres attachés à divers établissements venaient retirer les rituelles permissions accordées aux créateurs et artistes afin de se consacrer aux thèmes automnaux.

Mais alors qu'aucun signe de chute des feuilles et de raréfaction des oiseaux n'était encore noté, un fait d'une tout autre nature avait commencé d'être relevé par la plupart des gens : le niveau des délégations respectives dans les rencontres sino-albanaises avait notablement baissé. Les fêtes nationales des deux pays tombant l'une et l'autre en automne, c'était la période de l'année où l'échange de délégations était le plus intense. C'est pourquoi, même si le niveau de ces délégations avait peut-être déjà baissé auparavant, il avait fallu l'arrivée de l'automne pour qu'on le remarquât nettement.

Incontestablement, leur niveau avait dégringolé. Presque toutes étaient conduites par des seconds couteaux : vice-ministres, commandants en second de région militaire, sous-directeurs de départements techniques, vice-présidents de commune, etc. Il va de soi que, pour accueillir ces délégations, la partie albanaise se faisait également représenter à l'aéroport de Tirana par des substituts qu'on n'avait même jamais aperçus jusque-là dans aucune cérémonie officielle. Et comme si ce n'était pas suffisant, ces délégations étaient de moins en moins bien définies, pour ne pas dire composées de bric et de broc. C'est ainsi qu'après la délégation des orchestres populaires des provinces de Chine du Sud-Est, présidée par le vice-rédacteur en chef de la section agricole de la Radiodiffusion, débarqua une délégation de la céramique, conduite par un sous-directeur, et, dans la foulée de celle-ci, une autre qui fut tout bonnement qualifiée de délégation de paysans.

Comme on avait du mal, dans tous les cas, à trouver en Albanie les institutions correspondant aux chinoises pour y sélectionner des délégations homologues, on dépêchait pour les recevoir des responsables-adjoints d'autres institutions qui n'avaient pratiquement rien à voir avec les visiteurs. Tant et si bien qu'on se vit d'abord contraint de faire accueillir une délégation des travailleurs d'élite du collectif de direction des usines de fabrication d'insignes à l'effigie de Mao Zedong par le sous-directeur de l'usine de ferro-nickel, ce qui suscita une certaine irritation chez les Chinois, lesquels eurent tôt fait de souligner que les fabriques d'insignes à l'effigie de Mao n'avaient strictement rien de commun avec les usines ordinaires et que leur production était la plus précieuse qui fût. A la suite de cette démarche, on se mit en quête d'un autre fonctionnaire pour présider au moins le banquet d'honneur, et, à défaut d'une meilleure solution, ce dîner fut donné par le sous-directeur de la banque d'émission de la monnaie nationale.

Une autre difficulté tenait au contenu des toasts portés au cours des réceptions et banquets. Pas mal de modifications avaient été introduites dans leur formulation et il devenait de plus en plus malaisé de trouver des réponses équivalentes aux toasts de l'autre partie. Outre une diminution des épithètes et une augmentation des adverbes, ces brèves allocutions comportaient pas mal d'autres changements. Les convives étaient constamment sur le qui-vive; c'était surtout le cas des interprètes, qui tendaient bien l'oreille de crainte de susciter quelque malentendu. Les choses devenaient encore plus compliquées lorsqu'il s'agissait de rendre compte de ces rencontres dans les colonnes des journaux. A la direction de la Presse, chaque fois qu'un banquet était donné en l'honneur d'une délégation chinoise, le chef devait rester à attendre qu'on lui téléphonât jusque tard dans la nuit. Et comme il observait un régime rigoureux, ses collègues se payaient sa tête en faisant remarquer que ces banquets, qu'il y participât ou non, étaient tout aussi nocifs pour son foie.

Dans les communiqués relatifs aux réceptions et banquets donnés en l'honneur des délégations, les Chinois furent les premiers à modifier la formule: *La réception s'est déroulée dans une atmosphère très chaleureuse et amicale*. Ils se bornèrent d'abord à biffer l'adverbe *très*, puis ils ôtèrent l'épithète *chaleureuse*, enfin ils remplacèrent en totalité la formule finale du communiqué qui se terminait désormais par ces mots: *Au cours de la réception, les participants se sont mutuellement souri*.

La presse albanaise, elle, conserva l'ancienne formule, à cette seule différence près qu'aux épithètes *chaleureuse* et *amicale* fut substitué un adjectif unique, *cordiale*.

Rien de cela n'échappait aux lecteurs, ce qui n'empêchait pas certains de pronostiquer que cette période de gel finirait à son tour par passer, comme étaient passées quelques années auparavant des vagues analogues. C'était comme le jaunissement et la chute des feuilles; de même qu'après la saison froide, avec l'arrivée du printemps, les arbres refleuriraient, de même les délégations croîtraient et se revivifieraient.

Cependant, on parlait partout d'un ralentissement dans l'édification de nombreuses grandes usines, notamment des centrales hydro-électriques du Nord. La cause en était le retard des fournitures d'équipements chinois. A présent, les cargos faisaient route avec une extrême lenteur ; parfois, à la place des marchandises attendues en arrivaient d'autres, et à deux reprises les bateaux durent rebrousser chemin sans même pénétrer dans le port de Durrës. C'était, disait-on, le fameux *serrage de vis à la chinoise*, à propos duquel des dizaines d'anecdotes couraient les cafés de Tirana sans que personne réalisât qu'un beau jour, le pays entier aurait à en souffrir.

De tout cela, pas la moindre trace dans les journaux chinois. Depuis des semaines, presse et radio diffusaient les épisodes d'un reportage consacré à l'existence dépouillée de deux dirigeants. L'un n'avait pas porté d'habits neufs depuis la libération de la Chine, l'autre, pour épargner toute dépense superflue à son peuple, n'avait chez lui pour tout mobilier que deux tonneaux dont le premier lui tenait lieu de couche, le second étant rempli de pois chiches, sa seule pitance. Apparemment, le premier de ces dirigeants, aisément reconnaissable sur les photos des magazines à cause de la serviette dont il s'enturbannait la tête, entretenait avec le second une certaine controverse théorique dont il était difficile, pour l'heure, de savoir sur quoi elle roulait. D'après certaines rumeurs, la rivalité d'accoutrement des deux dirigeants, bien qu'elle pût sembler comique au regard extérieur, n'était pas à prendre au premier degré et n'avait d'ailleurs aucun rapport avec eux, car il était probable que l'homme à la tête enturbannée d'une serviette et celui aux deux tonneaux faisaient office de symboles derrière lesquels se cachaient deux importantes factions en lutte pour le pouvoir. Si incroyable que cela pût paraître, il se trouvait des gens pour prendre ces choses au sérieux et les décortiquer longuement. Le soir, la télévision annonçait par exemple l'arrivée d'une délégation chinoise au Mexique, et la caméra du reporter, comme pour sonder l'énigme, s'arrêtait quelques instants sur le friselis de la serviette ceignant le crâne du membre du Bureau politique qui conduisait la délégation.

Tout cela avait si peu de rapport avec le retard des navires que les ministres albanais intéressés par l'arrivée de leurs cargaisons hochaient la tête sans trop savoir quoi dire. Entre-temps, les agences de presse étrangères annonçaient que Mao Zedong était gravement malade, s'il n'était pas encore raide mort, et que l'homme qu'on avait aperçu ces derniers temps dans les réceptions n'était que l'un de ses sosies. Il se trouvait même des gens pour prétendre qu'en réalité, Mao avait trépassé depuis belle lurette et que tout ce qu'on voyait se produire en Chine n'était que la conséquence des querelles opposant deux de ses sosies, chacun prétendant être le vrai Mao.

Certains établissaient un lien entre les informations relatives à la maladie de Mao Zedong et la récente détérioration des relations sino-albanaises, espérant malgré tout qu'avec sa guérison ou sa mort, ou avec celle d'un de ses sosies, voire des deux, on y verrait à nouveau plus clair, que, comme les fois précédentes, les choses finiraient par reprendre leur cours normal et que de cette période ne resterait qu'un souvenir amer. C'est ainsi que, cet automne-là, les délégations, quoique de rang subalterne, continuaient d'aller et venir, et même, pour la première fois au bout de tant d'années, une délégations d'écrivains, événement rarissime, avait fait l'objet d'une invitation. Cependant, tombant comme une douche froide sur ces derniers espoirs, le bruit courait que l'ambassadeur chinois avait demandé à être reçu par le ministre albanais des Affaires étrangères à propos d'une affaire de radiographie; s'il ne s'agissait pas à proprement parler d'une rixe avec un Chinois, du moins était-il question d'un pied chinois broyé par un pied albanais.

Après avoir pris un bain, Linda se mit à errer dans son appartement sans trop savoir quoi faire. Depuis qu'elle avait rompu avec un ingénieur de la Télévision avec qui elle avait eu une liaison l'année précédente, les après-midi lui paraissaient terriblement longs. A deux ou trois reprises, elle ramassa sur le canapé un livre qu'elle avait lu à moitié, puis l'y laissa retomber. Passant dans le couloir, elle s'arrêta devant la glace, s'y contempla un moment, puis, sans avoir encore décidé où elle irait, chez la couturière où elle devait essayer une robe, ou bien chez une de ses amies qui travaillait dans les bureaux de la société Makina-import, elle se coiffa.

Dieu sait pourquoi, elle ne parvenait pas à chasser de sa mémoire le quatrain d'un poème qu'elle avait lu quelques jours auparavant dans une revue littéraire, alors qu'elle attendait son tour chez le coiffeur :

Depuis que je ne te vois plus je sens
que je t'oublie peu à peu,
que ton regard en moi se meurt,
et tes cheveux, et tout de toi...

Elle ôta son épingle à cheveux et fixa à la place qui leur revenait deux petits peignes. Des cheveux que l'on oublie..., songea-t-elle en déplaçant légèrement l'un des peignes. Jamais je ne pourrai t'oublier, lui avait-il écrit dans sa dernière lettre, laquelle avait été aussi son ultime tentative pour redonner vie à leur liaison ; de ma mémoire je ne puis rien arracher de toi, ni tes paroles, ni tes yeux, ni tes cheveux... Et voilà que dans cette revue, il s'était trouvé quelqu'un d'assez fort pour prétendre qu'il était capable d'oublier... Que ton regard en moi se meurt... et tes cheveux...

Les cheveux, disait-on, étaient ce qui mourait en dernier chez l'homme. Linda sourit malgré l'épingle qu'elle tenait encore pincée entre ses lèvres. Puis elle l'en laissa tomber, endossa son imperméable et ouvrit la porte sans savoir encore où elle allait diriger ses pas. Sous le morne ciel d'automne, l'après-midi déclinante était néanmoins encore douce, comme si le respect des saisons n'était pas son affaire. A maintes reprises, Linda fut sur le point de pénétrer dans un magasin de tissus, mais, à chaque fois, elle se ravisa. Elle se sentait détendue, bien dans sa peau. Sans aucune raison, elle se remémora les paroles de Silva : je me suis mariée pendant le blocus. En fait, ces derniers temps, sa pensée se portait de plus en plus fréquemment sur des choses qui se rattachaient de quelque manière à Silva. Ce sentiment de joie qu'elle avait éprouvé huit mois auparavant, lorsqu'elle avait fait sa connaissance, resurgissait de plus en plus souvent en elle. A présent, elle tenait pour une chance de travailler dans le même bureau que Silva, et c'était le cœur serré, presque avec le sentiment d'effroi qui vous envahit à l'idée d'un accident possible, qu'elle songeait à l'éventualité d'un transfert dans quelque autre bureau. De temps à autre, elle se surprenait à épouser une expression ou un geste des mains de Silva, et, bien qu'elle s'astreignît à ne pas la singer, elle n'en éprouvait nul remords. Tout lui plaisait en elle, son visage, sa façon de s'habiller, sa coiffure, la manière dont elle s'exprimait au téléphone, le climat et les rapports qu'elle savait créer avec les êtres qui l'entouraient, depuis ses collègues de bureau jusqu'à ses supérieurs. Elle goûtait aussi le type de relations qu'elle avait avec son mari, et lui-même lui avait bien plu, les rares fois où elle avait eu l'occasion de l'apercevoir, avec ce visage à l'air sévère qu'on hésitait pourtant à juger tel, et ses rides toutes droites, comme creusées au canif sur son front, qui semblaient des marques de jeunesse plutôt que de maturité.

Je me suis mariée pendant le blocus, répéta-t-elle pour la seconde fois, reprenant les paroles de Silva et souriant aux anges. Elle-même se marierait-elle durant ce second blocus ? Elle tourna la tête vers une vitrine pour qu'on ne la vît pas sourire toute seule. C'était vrai, elle aimait tout faire à l'exemple de Silva, quitte à être prise pour une pâle imitatrice. Au demeurant, pendant un blocus, tout ne pouvait-il pas arriver ? Ainsi Silva s'était mariée alors que sa sœur, aujourd'hui disparue, avait au contraire divorcé pour épouser Besnik Struga, de même que celui-ci, qui restait aux yeux de Linda un personnage auréolé de mystère, avait rompu avec sa fiancée. Elle n'avait croisé l'ex-beau-frère de Silva qu'une seule fois, par hasard, dans les couloirs du ministère, alors qu'il demandait à voir Silva; peut-être parce qu'elle en avait tellement entendu parler, il lui avait fait une forte impression. En général, les êtres composant l'entourage de Silva avaient quelque chose qui sortait de l'ordinaire : son frère, officier dans les blindés, qui était venu la voir deux jours auparavant, le visage défait; l'écrivain Skënder Bermema, vieil ami de la famille, qui avait entretenu des rapports assez énigmatiques avec la sœur de Silva; d'autres cousins et connaissances que Linda avait rencontrés lorsqu'ils étaient passés au bureau, ou bien dont elle avait entendu la voix au téléphone quand ils demandaient à parler à son amie. Tous étaient intéressants et, chez presque tous, une part de leur existence, un acte ou un épisode marquant avait à voir avec les années du blocus imposé par les Soviétiques. Linda se sentait de plus en plus fascinée par cette période et par les êtres qui y avaient été directement mêlés.

A ce qu'il semble, moi aussi, je suis bonne pour me marier durant un blocus, se répéta-t-elle d'un air moqueur, alors qu'elle se dirigeait vers l'immeuble abritant les bureaux de la société Makina-import. C'est comme ça ! s'exclama-t-elle à part soi. Encore devrait-elle se trouver un partenaire, et, au surplus, s'agissait-il d'un authentique blocus ? D'après ce qu'on racontait, l'autre avait pesé comme une chappe de plomb; d'une extrême âpreté, la période avait été traversée par une sorte de grande crevasse hivernale. La gravité de celui-ci était encore difficile à jauger. Il fallait être ferré en symbolique pour déduire quelque chose de précis des articles de presse. Après tout, les événements pouvaient ne pas en arriver là... jusqu'au blocus, compléta-t-elle, et, de nouveau, elle sourit intérieurement, car elle s'était surprise, de manière absurde, à le regretter, comme si une situation de blocus pouvait seule favoriser son mariage.

Si les gens se doutaient des bêtises qui me passent par la tête ! se dit-elle. Heureusement que Tirana s'est étendue à tel point qu'on peut rêvasser en paix tout en marchant sans risquer de tomber à chaque pas sur quelque connaissance. Mais, comme pour réfuter aussitôt ce jugement, elle sentit à ses côtés quelqu'un qui ne la quittait pas des yeux. Elle tourna la tête et crut reconnaître ce visage. L'autre hocha la tête en guise de vague salut. Où donc ai-je déjà vu ces traits tourmentés? se demanda-t-elle, mais elle s'en ressouvint aussitôt: à la buvette du ministère.

Linda lui sourit. Ils firent ensemble quelques pas sur le trottoir, puis il osa lui adresser la parole:

– Vous êtes l'amie de Silva, n'est-ce pas? Vous vous rappelez? On s'est déjà vu.

– Oui, oui, fit Linda avec vivacité.

Sa main dessina un geste qui resta en suspens.

– Comment s'est réglée cette histoire de radiographie? questionna-t-elle en riant.

Il ne se laissa pas dérider.

– Il n'y a rien de neuf, lâcha-t-il. Rien du tout.

– Vraiment?

Du coin de l'œil, elle l'observa de profil et son propre sourire s'éteignit. En n'importe quelle autre circonstance, elle aurait pris congé de toute personne rencontrée ainsi dans la rue par hasard, mais il y avait dans son air renfrogné quelque chose qui le singularisait.

– Les choses s'arrangeront peut-être plus vite que vous ne pensez.

Victor Hila esquissa un geste comme pour dire: il vaut mieux de ne plus en parler. Ils cheminaient ainsi côte à côte depuis un certain moment, et cela semblait les mettre tous deux mal à l'aise. Linda avait remarqué qu'il n'est rien de plus désagréable que de rencontrer dans la rue une connaissance qui ne vient pas à vous de face, mais qui vous emboîte le pas et prend la même direction que vous. Bien qu'il arborât un air encore plus maussade que l'autre jour à la buvette du ministère, elle résolut de le plaquer dès l'entrée du premier magasin à apparaître sur leur route. Et lui, comme s'il avait lu dans ses pensées, lui demanda de but en blanc:

– Vous êtes pressée?

– Oui, fit Linda, mais d'un ton peu assuré. J'allais chez une amie.

Il la dévisagea un moment avec attention.

– Vous ne le prendrez pas en mauvaise part si je vous demande quelque chose ?

– Pas du tout, répondit Linda en regardant droit devant elle.

– Je vous prie de ne pas vous méprendre sur mes intentions, reprit-il. Je me sens si abattu, cet après-midi, que vous me feriez vraiment un grand plaisir en acceptant de boire quelque chose avec moi.

Linda s'arrêta un instant, hésitante, sentant à ses côtés l'attente de l'autre dressée comme un mur.

– D'accord, fit-elle d'une voix dont la faiblesse la laissa elle-même décontenancée.

– Vous êtes compréhensive, murmura-t-il. Merci.

Linda ne savait trop quoi dire. Ils traversèrent une petite place pour gagner un café qui se trouvait de l'autre côté. De toute façon, j'ai bien fait d'accepter, songea-t-elle en franchissant le seuil. Il avait vraiment l'air au trente-sixième dessous.

Les consommateurs étaient rares.

– Qu'est-ce que vous prendrez ? demanda-t-il.

– Un café, répondit Linda.

Ils restèrent un moment silencieux, les coudes appuyés sur la table.

– Cela fait une heure que j'erre sans but, dit-il. Vous vous représentez : un vrai chômeur. Le jour où je vous ai rencontrée, c'était un peu moins dur ; bien que suspendu de mes fonctions, j'allais au moins à l'usine, je pouvais voir les copains, je m'occupais à quelque chose. Maintenant, à cause de la surveillance des Chinois, je ne peux même plus m'approcher des portes de l'usine. Vous ne pouvez imaginer ce que c'est quand ces démons vous ont à l'œil.

Linda estima qu'elle pouvait se permettre de sourire. Les traits tirés de Victor s'animèrent.

– A présent, je suis devenu un personnage absurde, reprit-il. Vous voyez ce que je veux dire ? Un type laissé sur le bas-côté du temps. Hier mon geste pouvait être blâmé, demain il pourra être loué mais aujourd'hui, dans la situation qui s'est instaurée entre nos deux pays, il ne peut être ni l'un ni l'autre. C'est ce qu'il y a de pire. Je suis un homme en suspens, un hiatus entre deux époques. Ce qui revient à n'appartenir à aucune, vous comprenez?

– C'est peut-être justement ce qui fait de vous l'homme de notre temps, fit Linda.

Victor hocha la tête.

– Vous voulez dire par là que j'incarne notre époque?

– Qui sait? répondit Linda en riant. Peut-être bien... Un héros de notre temps!

L'espace de quelques secondes, Victor la dévisagea comme s'il avait mis à profit cet instant pour prendre une décision: accepter son rire et y mêler le sien, en oubliant sa souffrance, ou bien ne pas franchir ce pas. Un obscur pressentiment lui dit que l'importance qui lui était accordée tenait à son chagrin, et non pas à quelque accès de gaieté, que c'était son chagrin qui, l'impressionnant, avait amené Linda à dévier de son chemin et à venir s'asseoir en sa compagnie dans ce café, et que la dissipation de sa peine libérerait cette agréable jeune fille de toute obligation morale à son endroit, qu'elle partirait la conscience tranquille, convaincue que sa mission était terminée, et le laisserait seul à nouveau.

Rien de tel ne s'inscrivit aussi nettement dans l'esprit de Victor, tout cela ne fit que sous-tendre l'idée plus simple qu'elle l'avait accompagné au café parce qu'elle l'avait pris en pitié, et qu'elle s'en irait dès qu'elle le verrait un tant soit peu remis. En fait, hormis le plaisir qu'il éprouvait à être installé là en compagnie de cette fille charmante, Victor Hila ne ressentait aucun soulagement; au contraire, sa présence, lui rappelant que la vie poursuivait normalement son cours en dehors de sa détresse à lui, l'aiguisait par intervalles d'élancements insoutenables. Ce ne fut donc aucunement pour garder la pose qu'après la plaisanterie qu'elle avait émise, il garda son air renfrogné.

Le sourire de Linda s'éteignit d'abord sur ses lèvres, puis sur ses joues, enfin dans ses yeux, pour céder la place à un sentiment de faute. Elle approcha sa tasse de ses lèvres et ce n'est qu'au tout dernier moment qu'elle se rendit compte qu'elle ne contenait plus de café.

– Il y a des mots d'esprit qui pimentent la conversation et qu'on se plaît à citer plus tard en s'en amusant beaucoup, mais le tribut payé pour cet humour ou cet amusement différé est parfois très lourd, dit Victor.

– Je n'avais pas la moindre intention de faire de l'esprit, répliqua Linda. Je comprends fort bien votre souci, et c'est même…

Elle faillit ajouter : et c'est même pour cela que je vous ai accompagné dans ce café, mais, un peu vexée, peut-être aussi sous l'effet d'une forme d'inhibition, elle ne termina pas sa phrase.

– Ce n'est pas à vous que je faisais allusion, se récria Victor. Croyez-moi, cette idée ne m'a même pas effleuré. Je vous suis au contraire très reconnaissant d'avoir bien voulu me tenir compagnie un jour comme celui-ci. Ce serait vraiment mesquin de ma part de prêter attention à de pareilles vétilles…

– Finalement, ça n'a aucune importance, conclut Linda.

A nouveau s'instaura un silence que ne parvinrent à rompre ni l'entrechoquement des tasses vides déplacées sur la table ni le bruit du briquet que Victor dut battre à quatre ou cinq reprises avant de pouvoir allumer sa cigarette.

– Il y a longtemps que vous travaillez avec Silva ? demanda-t-il enfin.

Au bout de quelques minutes passées en cet endroit, Linda se persuada que placer la conversation sur une tierce personne était vraiment la meilleure solution pour sortir de cette tension qui s'était installée. Elle évoqua Silva avec une chaleur, presque avec une passion qu'elle-même ne parvenait pas à s'expliquer.

– Et vous, il y a longtemps que vous la connaissez ?

– Oui, fort longtemps, répondit Victor.

Ses yeux suivirent quelques instants les spirales de fumée bleutées.

– En fait, j'étais plus lié avec sa sœur qui est morte. Peut-être Silva vous en a-t-elle touché un mot ?

– Oui, fit Linda.

– C'était une femme exceptionnelle. Nous nous connaissions depuis l'époque de son premier mariage. Puis elle a divorcé et épousé un de mes amis, Besnik Struga, dont vous avez sans doute entendu parler.

– Oui. Celui qui servit d'interprète à Enver Hoxha à Moscou, en 1960 ?

– Exact. Lui aussi est un garçon bourré de qualités. C'est la vie : leur bonheur a été de courte durée...

– Ainsi, Besnik Struga était un de vos amis ? questionna Linda.

Victor acquiesça d'un hochement de tête.

– Je l'ai connu à son retour de Moscou, reprit-il, pensif. En fait, c'est par pur hasard que j'ai été l'un des tout premiers à avoir eu vent, par lui, du drame qui s'était déroulé là-bas.

Linda était à présent suspendue à ses lèvres.

– Il n'a rien voulu raconter, pas même à sa fiancée, poursuivit-il. Certains prétendent que ce mutisme fut l'une des causes de leur rupture.

Linda eût aimé en entendre davantage sur cette histoire, mais, de peur de paraître se complaire dans les ragots, elle n'osait plus lui poser de questions.

Placée comme elle était, elle pouvait suivre le ballet plus ou moins nerveux de ses mains sur la table. L'homme qui lui faisait face appartenait lui aussi au petit groupe de ceux qui avaient quelque chose à voir avec le premier blocus. Et il était l'un des premiers, peut-être même le tout premier à avoir été mêlé de près au nouveau blocus.

– Voilà, fit-il brusquement. Un Chinois débarque de l'autre bout du monde et vous flanque votre existence par terre.

Il attendit deux ou trois secondes pour voir si elle allait se remettre à rire, puis, constatant qu'elle n'avait pas même souri, il enchaîna :

– Le pire, ce sont les explications qu'il faut fournir aux gens. Tous prennent ça à la rigolade, comme une bonne blague. Et personne ne vous comprend, pas même l'être le plus proche.

A peine avait-il dit *et personne ne vous comprend*, qu'elle avait entrouvert la bouche pour protester qu'elle-même le comprenait à présent fort bien, mais les mots *pas même l'être le plus proche*, qu'il avait ajoutés, la retinrent d'exprimer sa pensée.

– Vous vouliez dire quelque chose ? lui demanda-t-il.

– Non... rien.

– C'est ainsi, continua-t-il en faisant passer son briquet d'une main dans l'autre. Pas même l'être le plus proche, en l'espèce votre propre femme...

Linda le regardait fixement.

– Ces derniers temps, expliqua-t-il, je la trouve de plus en plus excédée. Cette affaire traîne en longueur, dit-elle, rien ne laissait prévoir que les choses prendraient cette tournure. Et elle me fait la tête comme si c'était moi qui exagérais, comme si nous étions convenus que cette histoire resterait dans les limites de la comédie, alors que maintenant, c'est par ma faute qu'elle aurait dégénéré en drame.

– Peut-être y a-t-il les problèmes de fin de mois...

Il sourit amèrement.

– Bien sûr, fit-il, c'est vrai. Nous avons perdu plus de la moitié de nos revenus mensuels. Je ne plaisante pas !

– Je vous crois, fit Linda.

– Enfin, excusez-moi de vous embêter avec tout cela. Au bout du compte, personne ne vous oblige à écouter ma triste histoire. Je pense sincèrement avoir fait une bêtise en vous priant de m'accompagner ici pour me confier à vous. Mais, croyez-moi, j'avais besoin de m'épancher. Depuis quelques jours, ma femme est partie en mission dans le nord du pays. Je me sentais si seul...

– Vous n'avez pas à vous excuser, dit Linda. Je serais heureuse d'avoir pu vous consoler un tant soit peu. Après tout, c'est humain...

Elle se sentit les joues en feu et détourna la tête vers la vitre afin qu'il ne pût remarquer qu'elle avait rougi.

Dehors, c'était toujours la même grisaille d'un après-midi automnal à l'heure où tout paraît étale. Elle garda un long moment son regard tourné vers la baie vitrée. Elle est bien nettoyée, songea-t-elle dans une sorte de torpeur.

– Je vous ai peut-être retenue trop longtemps, dit-il. Nous pouvons partir dès que vous le désirez.

Linda sourit et acquiesça de la tête.

– En effet, il se fait un peu tard pour moi.

Victor héla le garçon. Elle eut beau se retenir, elle ne put s'empêcher de jeter à la dérobée un coup d'œil sur son portefeuille qui contenait quelques billets de cent leks. La pensée qu'il était désormais sans travail l'incita à vouloir régler leurs deux consommations, mais la crainte de l'offenser par un tel geste, mêlée à un nouvel élan de compassion à son endroit, provoquèrent dans sa poitrine une sensation de trop-plein, suivie au contraire, au bout de quelques secondes, par un manque d'air. Sans trop savoir pourquoi, à le voir tendre l'argent au garçon, elle se sentit coupable et elle aurait été disposée à lui dire : Restons encore un peu, si ça vous fait envie, si elle n'avait craint que sa proposition ne fût mal interprétée. Pourtant, bien qu'elle n'eût pas ouvert la bouche et se fût levée la première pour partir, tous ses mouvements, dans lesquels on sentait une absence de hâte, reflétèrent d'une certaine manière ce qu'elle avait souhaité dire.

Ils déambulaient à présent dans une rue qui n'était sûrement pas la sienne à lui, encore moins celle de Linda, et elle se surprit encore à tergiverser : fallait-il lui dire maintenant qu'elle entendait se rendre chez son amie ou plus simplement qu'elle souhaitait rentrer chez elle, ou bien devait-elle se laisser ainsi conduire sans but au long de cette rue, ce qui pour l'heure ne l'engageait à rien ? Elle se sentit incapable de prendre une décision et, comme pour balayer ses propres hésitations, elle l'interrogea de nouveau sur le Chinois.

– Comment ? lui lança-t-il.

– Je parlais de cette radiographie : qu'arrivera-t-il quand elle reviendra de Chine ?

Victor haussa les épaules et sourit.

– Est-ce que je sais ? On y aura sûrement joint l'analyse

des médecins chinois. A moins qu'on ne réclame une nouvelle radio... J'ignore moi-même comment les choses vont se passer.

– Quelle sale histoire ! s'exclama-t-elle.

Elle sentait son regard oblique peser sur son épaule gauche.

– Un pied de Chinois radiographié vole en avion d'un pays à l'autre, fit-il. Plutôt macabre, vous ne trouvez pas ?

Elle leva machinalement les yeux vers le ciel. L'espace d'un instant, l'homme qui marchait à ses côtés lui parut relié à cette masse anonyme du ciel à travers lequel voguait l'image d'un pied dont l'arrivée était attendue. Spontanément s'imprima dans son esprit une radio que son propre père avait dû se faire faire deux ans auparavant, les empreintes laiteuses des os sur un fond nébuleux... Le sort de l'homme qui marchait à ses côtés se trouvait dépendre d'une pareille image.

Linda ne put s'empêcher de pousser un soupir. Un pied de Chinois, se répéta-t-elle, comme engourdie. Les vitrines de part et d'autre de la rue, les passants, tout conspirait à s'écarter d'elle pour faire place à cette image macabre volant d'un continent à l'autre, sortie tout droit du fonds commun des mythes eurasiatiques... L'homme qui avait partie liée avec ce pied fantôme devait décidément sortir de l'ordinaire.

– Ah, nous voici devant chez moi, l'entendit-elle prononcer, mais d'une voix qui lui parut lointaine.

Il s'était arrêté et indiquait de la main le troisième ou quatrième étage d'un immeuble. Linda leva les yeux dans cette direction, mais distraitement. Elle se sentait encore envahie par la même indolence que tout à l'heure.

– On monte un moment chez moi ? demanda-t-il sans grande conviction. Il est encore tôt pour rentrer, vous ne pensez pas ?

En fait, l'après-midi semblait vouloir s'éterniser. L'esprit de Linda expulsait toute nouvelle pensée. Elle contemplait nonchalamment le jardinet qui s'étendait devant l'immeuble, où l'herbe avait commencé de sécher et où on avait installé une balançoire badigeonnée au minium.

– Bavarder avec vous est si agréable, si apaisant pour moi, fit-il. Ne pourrions-nous pas rester encore un petit moment ensemble ?

Son esprit n'était pas encore parvenu à se détacher de la nature morte avec ciel et radiographie de pied, et, sur un pareil arrière-plan, Linda trouva sa proposition des plus naturelles. Au fond, pourquoi pas ? se dit-elle. Cet homme est si malheureux !

– Pourquoi pas ? murmura-t-elle, et, sans le regarder, la tête légèrement baissée, elle s'avança dans la direction qui lui semblait devoir être la leur.

Qu'est-ce que je suis en train de faire ? se dit-elle à deux ou trois reprises. Elle acceptait de monter chez un homme qu'elle connaissait à peine en début d'après-midi. Elle se reposa la question, mais elle se sentait déjà happée dans un espace immense où elle ne tarderait pas à se dissoudre.

Linda quitta Victor une heure plus tard. La nuit était tombée ; dans les vitrines qui, sans raison, n'étaient pas illuminées, elle chercha vainement à vérifier si elle n'était pas décoiffée. En fait, sa coiffure n'avait en rien été dérangée et elle le savait fort bien. Le désordre était ailleurs, et, reconstituant en esprit ce qui venait de se produire, amorcé par ce brusque enlacement qui, au fur et à mesure que les minutes passaient, lui paraissait de plus en plus insensé, sans compter qu'il avait probablement surpris aussi son partenaire, elle se demandait pour quel genre de fille celui-ci avait dû la prendre.

– Bonsoir, lui dit-elle de but en blanc lorsqu'ils furent parvenus à un croisement. Je suis presque arrivée chez moi.

Il faillit lui répondre quelques mots, mais il se borna à répéter son *bonsoir*, et encore, d'une voix à peine audible, comme s'il se le fût adressé à lui-même.

Je n'aurais jamais dû lire de littérature russe, se dit Linda en couvrant les quelques pas qui la séparaient de chez elle, pressant l'allure comme si elle n'avait eu qu'une hâte, s'éloigner au plus tôt. Tout était venu de sa maudite compassion, songea-t-elle en portant à nouveau la main à ses cheveux, comme si le malentendu – elle était à présent persuadée qu'il ne s'agissait de rien d'autre – se trouvait là dans sa chevelure, fiché comme une épine qu'elle s'efforçait en vain d'extraire.

La sonnerie du téléphone, prolongée, peu naturelle (depuis sa suspension, il avait l'impression que même ce bruit-là s'était fait méprisant, empreint de sécheresse), réveilla Victor. On le demandait à son travail. Comment ? pourquoi ? interrogea-t-il. Pour une bonne ou pour une mauvaise nouvelle ? Viens toujours, tu le verras bien, lui répondit le chef du personnel.

En s'habillant, il faillit se demander à voix haute : pourquoi suis-je aussi calme ? Aussitôt, comme on s'allège tout à coup d'un pesant fardeau, il se remémora cet après-midi avec Linda, leur promenade, puis, chez lui, la façon si surprenante dont elle-même l'avait d'emblée enlacé. Étendu sur son lit, jusqu'à minuit, il y avait longuement repensé, grillant cigarette sur cigarette, comme s'il se hâtait d'envelopper de fumée ce qui, même sans cela, restait nébuleux, inexplicable, aussi flou qu'un rêve. Étrangement, davantage que tout ce qui s'était passé ensuite, ce qui était resté le plus profondément gravé en lui, c'était ce premier geste de sa part. Tantôt il avait l'impression qu'il s'était agi d'une sorte d'accolade fraternelle, tantôt d'un élan d'une tout autre nature. Il se souvint d'avoir appris à l'école que dans les vieilles ballades albanaises, on appelait *sœur* sa bien-aimée, et il se demanda si ce n'était pas son infortune qui l'avait rendu aussi sentimental. Naguère, jamais je n'aurais songé à cette liaison avec autant de délicatesse, se dit-il. Mais il se fit aussitôt la remarque que, naguère, celle-ci n'aurait même pas pu voir le jour. Ces doux cheveux sur sa joue, ce léger contact des lèvres, et surtout ces bras autour de son cou, tout cela était fragile et éphémère autant qu'un arc-en-ciel, et semblait pouvoir être brisé d'un simple mot ou geste vulgaire. Pourtant, bien que ce qu'on qualifiait de vulgaire se fût produit, rien de l'arc-en-ciel initial n'avait été altéré...

Il sentit que la seule façon de préserver ce souvenir consistait pour lui à disparaître. C'était ce qu'il lui restait à faire.

Il ne téléphonerait pas à Linda, il laisserait ce moment se sublimer dans l'oubli, en le maintenant hors de la réalité. Même s'il venait à la rencontrer par hasard dans la rue, il ferait semblant de ne se souvenir de rien, voire même de ne pas la connaître.

Il couvrit la distance qui le séparait de l'arrêt d'autobus en repensant tantôt à l'événement de la veille, tantôt à la raison qui motivait sa convocation à l'usine. Devant le portail, le gardien lui adressa un joyeux clin d'œil.

– Alors, mon garçon, te voilà revenu ? A la bonne heure !

– Je ne sais pas encore, père Jani. Tout dépend de ce qu'on va me dire au bureau du personnel.

– Tu peux y aller, il n'y a pas de Chinois dans les couloirs, fit le vieil homme. Ils sont dans les ateliers.

Victor eut un sourire mélancolique. Comment en était-on arrivé au point qu'il dût entrer presque clandestinement sur son lieu de travail ? Les derniers temps, avant sa suspension, ses copains, plaisantant encore sur ce qui lui était arrivé, lui recommandaient même, pour ne pas être reconnu des Chinois, de venir masqué, avec perruque et moustache postiches, de celles dont se servait la troupe de théâtre amateur pour les rôles de bourgeois.

Quand il ressortit du bureau du personnel, Victor ne parvenait pas à comprendre s'il avait lieu de se réjouir ou de s'affliger. On lui avait annoncé qu'il devait partir sur-le-champ prendre ses nouvelles fonctions à l'aciérie d'Elbasan. Autrement dit, je dois quitter Tirana pour faire plaisir à ce salaud ? s'était-il exclamé, lui-même étonné par la vague de colère qui l'avait subitement envahi. Mesure tes propos, camarade, avait sévèrement répliqué le chef du personnel. Des centaines de cadres et de membres du Parti se font un honneur de travailler à l'aciérie d'Elbasan. Et puis, n'oublie pas que tu es fautif. Le Parti nous a recommandé de nous dérober à toute provocation de leur part, et toi, tout ce que tu as trouvé à faire... Idiot que je suis, s'était alors dit Victor; au lieu de me réjouir que cette histoire prenne fin de quelque manière... Tu as raison, camarade, avait-il répondu au chef qui le toisait encore d'un œil noir.

Pourtant, à peine dans le couloir, il sentit comme un grand vide dans sa poitrine. Il lui fallait quitter à jamais ces lieux. Il eut beau se répéter que non, ce n'était peut-être pas pour toujours, qu'on ne savait jamais, les Chinois finiraient par décamper à leur tour et lui-même pourrait revenir, il n'en fut aucunement apaisé. Il traversa la cour sans se soucier de ne pas attirer l'attention des Chinois. Désormais, son affaire était réglée et il n'avait aucune raison de raser les murs. Il aurait même eu plaisir à les rencontrer pour leur dire en face : Voilà, je m'en vais, vous êtes contents ?

Dans la cour, puis à la buvette où il s'arrêta pour prendre un café, tous l'accueillirent par ces mots : Tu es enfin revenu ? Mais il secouait la tête en signe de dénégation.

Avant de s'en aller, il fit encore une fois le tour de la grande usine où il avait passé une partie de sa vie. Te voici de retour, ingénieur ? lançaient des voix ; ou bien il leur faisait *non* de la tête, ou bien il souriait sans fournir d'explication. Pesant de tout son poids sur sa poitrine, le regret de quitter ces lieux lui devenait de plus en plus douloureux. Les journaux muraux auxquels il ne prêtait guère attention jusque-là, les tableaux de l'émulation socialiste, les photos des plus méritants, jusqu'aux simples annonces épinglées çà et là – *Demain, 16 heures, réunion des syndicats de l'atelier, Aujourd'hui, répétition de la chorale* –, tout cela lui apparaissait sous un jour différent.

Tout au long de sa déambulation, il sentit de nombreux regards se poser sur lui. On raconte des tas de choses sur ton compte, lui confia un ingénieur électricien en lui faisant un bout de chemin. Une vraie légende, que dis-je, ça dépasse même la légende ! On parle de manifestations dirigées contre toi qui auraient eu lieu sur la place Tien Anmen, de protestations à l'O.N.U., que sais-je encore ! Débordement de l'imagination populaire ou bien... ?

Victor écoutait avec le sourire. En fait, l'épisode de la radiographie n'était pas si éloigné de toutes ces affabulations. De droite et de gauche, dans les ateliers, les jeunes ouvrières et techniciennes le regardaient avec admiration. Par moments lui revenait en mémoire l'étreinte de Linda, et son corps échappait alors à toute pesanteur pour s'élancer en avant, comme porté par une vague invisible. Puis il reprenait consistance et sentait de nouveau le sol sous ses pieds.

Voici enfin l'endroit où il avait écrasé le pied du Chinois. Il secoua la tête pour chasser la vision de ces pieds emmitouflés dans des espèces de chaussures en tissu, mi-escarpins, mi-pantoufles, qui semblaient souligner la fourberie du Chinois quand il s'approchait à pas feutrés. Ces godasses molles contrastaient avec le cynisme dont il faisait preuve, un cynisme sauvage qui avait entraîné un arrêt de travail dans deux ateliers et risqué de paralyser la production de l'usine entière. L'espace d'un instant, Victor avait eu le sentiment que toute l'hypocrisie du monde s'était condensée dans ces chaussures-chaussons, et, poussé non seulement par la colère, mais aussi par le désir de lacérer ce masque trompeur, brusquement, il s'était approché du Chinois, et, comme par mégarde, lui avait écrabouillé le pied.

– Une véritable légende, ma foi ! Te voici le héros du jour, poursuivait l'ingénieur. Sais-tu ce que dit tante Nasta ? Quel dommage de perdre un si bon garçon à cause d'une de ces demi-portions de Chinois !

L'ingénieur s'esclaffait bruyamment tout en égrenant ses commentaires, mais Victor éprouvait de plus en plus de difficulté à s'associer à son rire.

Une heure plus tard, il sortit de l'usine et, toujours perdu dans ses réflexions, le regard absent, se dirigea vers l'arrêt d'autobus. Il tourna la tête une dernière fois, levant les yeux vers les cheminées qui crachaient une fumée noire. Quelque temps auparavant, il avait vu en rêve des cheminées en tous points semblables, sauf qu'elles avaient la tête en bas... Peut-être qu'avec cette mutation, sa vie allait reprendre un cours plus favorable ? Ce n'était pas pour rien que le proverbe disait : à quelque chose malheur est bon... Il continuait à rouler ces pensées dans son esprit, le regard braqué sur les cheminées de l'usine. Il se ressouvint des propos amusants de l'ingénieur, mais ne parvint toujours pas à en rire. Les yeux levés vers les hauts tuyaux dressés dans le ciel, il crut remarquer, dans la façon dont la fumée s'en échappait, quelque chose de mauvais, d'étranger, de souverainement méprisant pour l'homme. Ce n'était pas sans raison que la clé des songes faisait de la fumée un signe de mauvais augure…

CHAPITRE V

Au-dessus du monde, le ciel continuait invariablement à traîner ses maigres traces de vie. Dans le froid automnal de plus en plus vif, les satellites-espions se transmirent les uns aux autres la liste des membres du Bureau politique du P. C. chinois dans l'ordre selon lequel elle avait été établie à l'occasion de la désignation d'une commission en charge d'un cas récent de funérailles nationales. Par rapport à l'ordre datant de trois semaines auparavant, on ne relevait qu'un seul changement, quasi imperceptible : le membre du Bureau à la serviette enroulée autour de la tête, dit l'Enturbanné, comme le surnommaient à présent entre eux les sinologues, était passé de la trente-quatrième à la trente-troisième place, faisant rétrograder d'une case son collègue aux deux tonneaux. Bien que ce recul parût dénué d'importance, les experts, qui déjà se ruaient probablement sur les signaux envoyés, allaient y chercher un indice, si infime fût-il, que le fléau de la balance, fût-ce provisoirement, penchait en faveur d'une faction aux dépens de l'autre. Le malheur était qu'en dépit de leurs inlassables efforts, lesdits experts n'avaient pu encore déterminer à quelle tendance appartenait l'un des deux membres, ni ce que représentait l'autre.

Un esprit peu exercé aurait pu penser, en regardant les choses par le petit bout de la lorgnette, qu'il était question de la rivalité entre deux lignes portant sur le développement respectif des industries textile et alimentaire (la serviette et les pois chiches), la première s'étant vu reconnaître la priorité sur la seconde, mais il s'agissait plus vraisemblablement de quelque chose de plus profond, concernant peut-être l'économie chinoise dans son ensemble, voire des choses plus importantes encore, comme, par exemple, l'atténuation ou le durcissement de la lutte des classes à l'intérieur, ou tel infléchissement de la politique étrangère du pays. Entre-temps, d'autres experts non moins zélés s'absorbaient dans l'étude des encyclopédies chinoises de l'époque Ming et de savants traités de symbolique poétique pour découvrir ce que pouvaient représenter la serviette et les pois chiches, et davantage encore ce qu'ils pouvaient bien vouloir dire, ainsi placés dans un rapport dialectique.

Les satellites-espions ne mentionnaient pas d'autres événements. Peu avant l'aube, l'un d'eux transmit simplement ce texte: *D'après ce qu'on croit savoir, il n'a pas encore été envoyé de réponse à la lettre des Albanais. La source est fiable. Peut-être même n'y a-t-il pas eu de lettre du tout.* Au matin, le satellite répercuta cet autre message: *La lettre des Albanais existe bel et bien. Insistez pour vous procurer la réponse.* En fait, il n'y avait pas de réponse. L'attaché-case de Gjergj Dibra, qui se trouvait à ce moment-là sur le vol Pékin-Karachi-Paris, contenait bien certains papiers importants, mais aucune réponse à la lettre. Il était maintenant onze heures. Le lourd appareil survolait les plaines de Chine méridionale au-dessus de quelques nuages qui paraissaient ébouriffés par l'éclat du soleil automnal. Par moments, le vrombissement des rotors parvenait jusqu'en bas, au ras du sol. N'aurait-on pas pu dérouter un peu cet avion? ronchonna Mao Zedong, qui se promenait au même instant, quelques milliers de mètres au-dessous, au milieu de la plaine.

Il était absolument seul (les gardes rampaient presque à plat-ventre parmi la végétation afin de ne pas se faire voir) au milieu de cette plaine immense dont les confins étincelaient de reflets rougeâtres, vacillants. Il leva la tête pour tenter d'apercevoir l'avion dans le ciel. Il n'avait pas seulement le souci de sa propre tranquillité, il s'agissait avant tout du secret. Ces plaines étaient semées de marihuana et les services secrets étrangers en avaient apparemment subodoré quelque chose, car toutes les compagnies internationales semblaient tenir à ce que leurs appareils survolassent cette zone, si possible à très basse altitude, prétendument à cause des conditions atmosphériques. Or ses deux benêts de ministres, celui des Affaires étrangères et celui de l'Intérieur, ne comprenaient goutte à tout cela, ils consacraient tous leurs soins à la préservation des secrets atomiques, comme si les plantations qui jonchaient ces plaines avaient moins d'importance. Naturellement, l'électronique, le nucléaire, ces sciences sophistiquées, monopolisaient l'attention, alors que ce qui poussait ici n'était que de banales cultures, du travail de paysans. Ahhh ! lâcha-t-il. Une rancœur aveugle, qui s'emparait de lui chaque fois qu'il avait l'impression qu'on osait sous-estimer ou, à plus forte raison, mépriser les travaux qui avaient quelque rapport avec la campagne, l'envahissait peu à peu. Il jugeait toujours cette indifférence ou ce dédain comme une attitude visant directement son propre côté paysan, que les mécanismes de son vieux cerveau détachaient aussitôt du domaine du goût ou de l'éthique pour l'imputer à l'ambition de le remplacer.

Ils n'avaient qu'à monter la garde devant leurs petits secrets aristocratiques. Quant à lui, il croyait davantage à l'effet de ces champs semés de chanvre indien qu'à tous les trucs nés de l'électronique, de l'atome ou de toutes ces satanées autres sciences.

C'était le quatrième jour qu'il se promenait à travers champs et il s'était rarement senti dans une telle disposition d'esprit. Il avait bien fait d'y venir sitôt après avoir quitté sa grotte. Les yeux mi-clos à cause de l'éclat du jour, il contemplait toute l'étendue de la plaine, avec ce rougeoiement fébrile en surface comme une légère inflammation.

Les drapeaux rouges des cérémonies, les pancartes, les banderoles... l'hymne *L'Orient est rouge*... ces petits livres rouges brandis par des millions d'hommes... vous croyez peut-être que je prends tous ces trucs rouges au sérieux ? Il rit à part soi au souvenir de cette question, puis son rire tourna court et il s'efforça de se remémorer où et à qui il avait bien pu décocher cette phrase, mais il ne parvenait pas se le rappeler. Vous croyez que je prends tout ça au sérieux ?... Ah oui, ça lui revenait maintenant. C'était une de ces questions qu'il s'était mentalement posées en imaginant certains dialogues possibles avec diverses personnalités : hommes politiques, monarques, présidents, ses propres collègues, des adversaires. Dans un recoin de son être se trouvaient ainsi accumulées des centaines de ces formules qui attendaient leur tour pour émerger, ou bien qui avaient perdu tout espoir de jamais voir le jour, qui étaient peut-être tout à fait mortes et dont il ne sentait plus désormais que le poids des cadavres.

La phrase qui venait de lui traverser l'esprit, elle, était bien vivante, de celles qui peuvent être rapidement revêtues de mots pour passer des ténèbres à la vie. Vous croyez que je prends tout ce vermillon au sérieux ? Il s'efforça d'imaginer l'hilarité de son auditeur dont la physionomie s'esquissa dans son esprit telle qu'il l'avait découverte dans un récent journal. Des yeux rieurs, une mâchoire puissante... Cette tête était celle du président américain. La phrase qui avait pris corps on ne sait trop quand dans sa conscience à l'intention d'on ne sait trop qui, peut-être de Tchang Kai-shek, de Tito, de Haïlé Sélassié ou du pape, était échue en lot à l'Américain.

Vous croyez que... Non, il ne croyait pas tant que ça à tout ce rouge. Pour ce qui est du rouge, il se fiait davantage au rougeoiement de la marihuana qu'à cette débauche de drapeaux. Naturellement, il était encore trop tôt pour en faire état. Mais s'il était prématuré de le dire, il n'était pas trop tôt pour le penser. Peut-être même était-il un peu tard.

Sans marquer de temps d'arrêt, il promena son regard tout autour de lui. Les gardes n'apparaissaient nulle part, il n'était pas loin de penser qu'ils n'existaient pas vraiment et que c'étaient les plantes, le maïs, les choux, le soja, qui veillaient sur sa vie de paysan.

Des champs semés de rêves, d'inepties… Rien de plus faux, messieurs ! s'écria-t-il à part soi. En cas d'insomnie, on recourt bien aux somnifères. Cependant, ici, il s'agissait du cerveau détraqué de toute une planète. On racontait un tas de sornettes sur la façon dont devaient être réglées les affaires de l'humanité, mais personne ne s'en occupait sérieusement. Ayant embrassé toutes sortes de doctrines, les gens oubliaient que ce qui est nécessaire à un homme l'est tout autant à un millier, un milliard, voire aux cinq milliards qui peuplaient le globe. Ils admettaient que pour soigner un esprit trop excité, on devait lui prescrire des tranquillisants, mais quand il s'agissait du cerveau de tous, ils vitupéraient ces champs qu'ils disaient semés de rêves, d'inepties…

Lui-même ne se laissait pas aisément impressionner par toutes ces doctrines en *-isme*. Il avait son propre jugement sur l'évolution des choses, sur l'avenir du monde. Contrairement à l'opinion de la majorité des gens, et même à l'opposé de ce qu'il avait lui-même pensé quelques années auparavant, il estimait ces derniers temps que le globe terrestre s'était développé plus qu'il n'aurait dû le faire, que c'était là une des causes des malheurs actuels de l'humanité et de ses maux futurs, qui se révéleraient catastrophiques si l'on ne s'employait à les prévenir. Il fallait d'urgence arrêter des mesures pour faire revenir le cerveau en arrière, aux anciennes limites qu'il avait outrepassées. Il fallait élémentariser le cerveau de l'homme afin de l'empêcher de conduire le monde à sa perte. C'était là une des vérités universelles qu'il avait découvertes.

Un jour qu'il prenait le thé avec Guo Mozo, celui-ci lui avait expliqué que la polémique sur l'intellect humain avait été l'une des plus anciennes de l'humanité. Les antiques légendes grecques ne racontaient-elles pas que ç'avait été précisément l'origine de la querelle entre Zeus et Prométhée ?

On peut donc dire, était-il intervenu d'un ton presque badin, qu'il y avait dans l'Olympe deux lignes sur cette question.

Justement, Président, avait répondu Guo Mozo. Zeus entendait substituer à l'espèce humaine une autre espèce au cerveau moins complexe, bref, créer un homme nouveau, comme nous disons aujourd'hui. (Dans l'esprit de Mao s'était fugitivement découpée la silhouette de Lei Fen.) Prométhée, lui, était pour une thèse opposée.

Que ceux qui en ont envie suivent Prométhée, avait rétorqué Mao. Nous, nous sommes du côté de Zeus.

Guo Mozo l'avait regardé avec vénération. Et à qui le rôle de Zeus conviendrait-il mieux qu'à toi, Président? disaient ses yeux.

Son regard aplati entre ses paupières ne rencontrait aucun obstacle dans l'étendue sans relief. Ces plaines rougeoyantes constituaient une partie de l'arsenal qui serait utilisé pour cette opération d'envergure. Les rapports sur les exportations secrètes de marihuana, qu'il avait feuilletés quatre jours auparavant, étaient encourageants. Des centaines de tonnes avaient été expédiées en Europe, des centaines d'autres étaient en train d'y être acheminées. Néanmoins, il fallait encore augmenter la dose. Combien de tonnes faudrait-il pour étourdir une journée entière l'ensemble du globe terrestre? Pour l'heure, nul n'aurait su le dire. Abrutis d'abord l'Europe, lui avait conseillé voici quelque temps Jiang Qing, et le monde entier en sera comme hébété; c'est le cerveau de l'Europe qui est le plus pernicieux. C'est bien ce que j'essaie de faire, avait-il répondu, mais ce n'est pas si simple qu'il y paraît. Lancées sur un terrain fait de sobriété ou de sagesse, des centaines de tonnes de rêves ou d'inepties, appelle-les comme tu voudras, fondraient comme neige au soleil si on ne les assortissait d'autres mesures plus détournées, mais non moins efficaces. La lutte pour le lavage du cerveau humain était une entreprise titanesque. Si l'on ne supprimait les sources qui alimentaient et stimulaient ses mécanismes, cette lutte serait tout aussi vaine que de vouloir assécher un lac sans avoir préalablement tari les cours d'eau qui s'y jettent. Et il lui avait exposé son plan de destruction du système scolaire en vigueur, la suppression des universités, la réduction du nombre des livres en circulation, jusqu'à revenir à celui du temps où ils étaient recopiés à la main. L'homme n'avait nul besoin de lire plus d'une dizaine de livres dans toute son existence, et encore devait-il s'agir pour la plupart d'ouvrages politiques. Au cours de la Révolution culturelle, il y était parvenu en Chine même, mais à quoi bon : il n'avait pas réussi à pousser plus loin son action. A la vérité, il l'avait fait au Cambodge, il avait également tenté de le faire, sans succès, à Ceylan, mais il s'agissait encore de contrées asiatiques. Alors que son rêve avait été de porter cette vague plus... Oui, plus loin : en Europe.

Il n'aurait pas voulu penser à l'Albanie par un jour pareil, mais elle lui revint d'elle-même à l'esprit. Il avait fondé tellement d'espoirs sur elle ! Mais patience, se dit-il, tu ne perds rien pour attendre... Il ne fallait pas désespérer si vite. Il avait distribué de nouvelles instructions, l'attitude à l'égard de ce pays serait revue de fond en comble, il était nécessaire de faire quelque chose, oui, il fallait intervenir à tout prix. Le lynx serait bientôt apprivoisé... Au Cambodge, en revanche, les choses allaient assez bien, et même plutôt mieux qu'il ne l'avait prévu. Et partout dans le monde, ses disciples le soutenaient. Ils étaient passés à l'attaque. Pour la première fois, les trônes de maîtres souverains comme Shakespeare et Beethoven vacillaient. Quelqu'un avait suggéré que l'on coupât les bras du pianiste chinois qui avait interprété une sonate de Beethoven. Une telle mesure risquait de passer pour barbare, mais il n'en était rien. Des monstres comme Cervantès ou Shakespeare étaient bien plus nocifs que tous les empereurs. Ils exerçaient sans quartier leur pouvoir absolu, c'étaient de véritables tyrans de l'esprit, des colonisateurs du cerveau. Les monarques étaient aisément renversés, décapités, relégués dans l'oubli, alors que ces fléaux trouvaient moyen de survivre à toutes les époques en conservant leur pouvoir intact, voire même en l'élargissant. Aujourd'hui, pourtant, leur domination touchait à sa fin. Lui, Mao Zedong, était venu au monde pour les défier. Il ne leur restait plus qu'à numéroter leurs abattis. Tout comme les rois, les tsars, il les dégommerait l'un après l'autre par petits tas : le président Cervantès, le prince Beethoven, le généralissime Shakespeare, le comte Tolstoï, et ainsi de suite... Comparés à lui, quelle pâle figure faisaient les auteurs de menus chambardements : ils avaient renversé quelque roi, quelque premier ministre, quelque tigre de papier, quand lui seul, Mao, avait poussé l'audace jusqu'à se mesurer à ces titans malfaisants et délivrerait le globe, le cerveau de l'humanité entière de l'envoûtement malsain de l'art.

Il avait fait condamner des dizaines et des dizaines de milliers d'individus, mais il n'était pas encore satisfait. On en avait expédié dans les communes, jeté dans la boue des fossés, les rizières, on les avait battus, couverts de crachats, on leur avait fait oublier qu'ils avaient été un jour des écrivains pour mieux les terroriser au rappel de quelque roman qu'ils avaient écrit jadis, comme à l'évocation d'un crime qu'ils auraient commis ; quant à ceux qui ne parvenaient pas à oublier, il les avait acculés au suicide. Pourtant, il sentait que rien de cela ne suffisait.

De temps à autre se mettait en scène dans son esprit une réunion qui tantôt ressemblait à celles des divinités grecques sur l'Olympe, tantôt à celles de son propre Bureau politique. Sur le point de l'ordre du jour que nous venons d'évoquer, écoutons à présent Prométhée... Après lui, la parole sera à Chen Pota.

De toute façon, Zeus avait commis une erreur en enchaînant Prométhée à un roc. De lui-même, il en avait fait un martyr. Marx en personne l'avait qualifié ainsi, semant du coup la confusion au sein du prolétariat mondial.

A la place de Zeus, lui, Mao, n'aurait pas chargé Prométhée de chaînes, il ne l'aurait pas non plus frappé par la foudre. Il l'aurait expédié dans les rizières, plongé dans la fange et le peuple...

Les anciens Grecs avaient beau savoir beaucoup de choses, ils ne connaissaient pas les pouvoirs de la rizière.

La rizière, sa vase, sa gadoue… Oui, elle avait vite fait de vous décomposer un homme, de le supprimer sans en laisser subsister la moindre trace…

Il possédait chez lui un dossier, peut-être celui qui lui était le plus cher, portant sur sa couverture les mots *Lettres des rizières*. Au cours de ces dernières années, il avait reçu des missives en tout genre émanant de toutes sortes d'individus : détenus à la veille de leur exécution, veuves, ministres destitués sollicitant sa clémence, embaumeurs au chômage, etc., mais les lettres en provenance des rizières étaient les seules qu'il aimait refeuilleter de temps à autre. C'étaient des messages d'écrivains déportés pour une période de rééducation dans des communes ou des villages reculés. Nous nous trouvons ici des milliers, ô Dieu, dans l'eau et la boue, qui te sommes reconnaissants de nous avoir délivrés du démon de l'écriture…

Au fil des saisons, il se plaisait à rouvrir ce dossier pour confronter les dernières lettres aux précédentes. Il constatait qu'elles se faisaient de plus en plus rudimentaires, les phrases s'effilochaient, on y sentait la surdité du sol. Seigneur ! se dit-il un jour. Bientôt je ne recevrai plus d'eux qu'un interminable salmigondis pareil à un bredouillement d'apoplectique. Plus tard encore, songea-t-il, il ne serait pas étonnant que l'un d'eux, en guise de lettre, lui envoyât un simple bout de papier portant quelques signes tracés avec de la boue, quelques idéogrammes semés çà et là comme des grains de riz surnageant par miracle au lendemain d'une inondation…

Il souriait rien que d'y penser. Alors oui, on pourrait dire qu'il était venu à bout des écrivains ! Il avait toujours éprouvé une profonde aversion à leur encontre, mais, après son mariage avec Jiang Qing, surtout depuis que celle-ci avait commencé à prendre un coup de vieux, ce sentiment avait grandi au point de le faire presque suffoquer. Il savait Jiang Qing animée par des mobiles mesquins tenant à sa vie passée de cabotine de cinéma de troisième ordre, ainsi que l'avait récemment rappelé la presse étrangère, à ses jalousies, ses insuccès, les humiliations permanentes qu'elle avait subies et dont elle n'avait probablement jamais confié, fût-ce à lui-même, les plus cuisantes. Il connaissait ou imaginait les véritables raisons qui faisaient que ce règlement de compte tardif tournait chez elle à l'obsession, mais, en dernière instance, comme sa rancœur à elle coïncidait avec ses propres idées, il ne la jugeait pas déplacée. Un jour, il était allé jusqu'à le lui dire. Ce sentiment t'est inspiré par des raisons personnelles, tu n'es qu'une fieffée égoïste. Moi-même, je suis poète, mais ma haine des poètes n'est en rien motivée par des considérations mesquines. Si je ne peux pas les encaisser, c'est parce que je suis convaincu de leur malfaisance, mais je ne suis animé d'aucune animosité particulière à leur égard. Et même, si tu veux savoir, quand je les aurai extirpés, ce ne sera pas sans un certain regret, comme on arrache une plante de grande beauté, mais nuisible. Tandis que toi... Mais tu es une femme et on ne peut sans doute trop t'en vouloir.

Il se souvenait fort bien de cette inoubliable nuit de juillet, à Shaoshan, quand ils avaient veillé jusqu'à l'aube, devisant de l'avenir du monde.

C'était une nuit éprouvante, la moiteur de l'air vous étouffait, transformait vos fins de phrases en gémissements. Tous deux s'étaient exaltés à imaginer la pureté du monde à venir, débarrassé de l'art et de la littérature. Purger le monde de ces visions fallacieuses, de ces angoisses malsaines, quelle merveille ! s'exclamait-elle en faisant craquer les jointures de ses doigts avec une sorte d'appréhension. Elle n'ignorait pas que c'était une tâche fort ardue, et, comme quelqu'un qui sollicite un surcroît d'assurances sur l'accomplissement d'un rêve ardemment caressé, elle ne cessait de l'interroger sans relâche sur les chances de la mener à bien. Il la rassurait et elle lui murmurait alors comme en état d'ébriété : la musique aussi, par une nuit comme celle-ci, nous en priverons le monde, et le globe restera sourd comme un pot. Et de la sorte s'éteindraient tour à tour le théâtre, le roman, la poésie. L'imagination ne trouverait plus à se concentrer que sur leur propre destin – elle ne le lui disait pas expressément, mais il n'avait aucun mal à le deviner : en fait, sur son seul destin à elle. Et pourquoi aurait-il fallu considérer un tel projet comme délirant ? Quelle autre femme, dans les siècles des siècles depuis la création du monde, avait eu pour époux le guide d'un milliard d'hommes ?

Rien de cela qu'on ne pût réaliser d'une manière ou d'une autre. Les autodafés étaient déjà pratique courante dans l'histoire de l'humanité, et fermer les théâtres, défoncer les pianos, traîner des milliers d'écrivains dans la boue des rizières était parfaitement faisable, de même que la décomplexification du cerveau et le tarissement de l'imagination ; tout cela allait de pair, la disparition d'un de ces éléments contribuait à l'anéantissement de tel ou tel autre, tout comme dans l'effondrement d'une toiture la chute d'une poutre entraîne celle d'un grand nombre de ses semblables, mais il demeurait quelque chose de plus difficile encore à extirper. Par cette nuit chaude, c'est presque en frissonnant qu'elle lui avait posé à deux reprises la question : mais la vie, qu'est-ce qu'on ferait de la vie ? celle qu'on appelait la belle vie, avec ses conversations d'après-dîner, l'amour... Par crainte plus que pour toute autre raison, elle avait eu besoin de s'y reprendre à deux fois pour lui expliquer ce qu'elle entendait par amour. Tournant en rond, phrase après phrase, elle avait fini par mettre sa pensée à nu : elle parlait bien de l'amour au sens usuel du mot, du rapport ainsi nommé entre homme et femme. Il l'avait écoutée en silence, puis, avec la même pondération, il lui avait exposé que tous ces aspects de la vie qu'elle venait de mentionner, y compris même l'amour, après avoir perdu leurs supports, finiraient par s'étioler lentement. Les conversations d'après-dîner disparaîtraient, si elles n'avaient pas déjà tourné court, pour la simple raison que les dîners eux-mêmes auraient disparu (pouvait-on parler de dîner avec un simple bol de riz ?) ; quant à l'amour, ce n'était qu'une question de temps...

Dans la période récente, leurs idées avaient de plus en plus tendance à se rejoindre, à cette nuance près que, chez lui, elles n'étaient inspirées par aucune sorte d'ambition personnelle. Il avait certes beaucoup aimé sa première femme, et il lui avait même dédié un de ses poèmes les plus émouvants, ce qui n'avait pas manqué de provoquer une crise de larmes hystérique chez Jiang Qing. Pourtant, au cours de ces dernières années, son jugement sur l'amour, comme sur beaucoup d'autres sujets, s'était modifié.

Heureuse de l'avoir enfin vu ranger l'amour au nombre des autres fléaux, elle s'était remis à parler avec plus de passion encore, comme en état de transes, durant ces heures qui resteraient comme *sa* nuit. Elle lui susurrait à l'oreille que l'amour était leur ennemi personnel (elle négligeait désormais de dire *de la Chine* ou *de la Révolution*), qu'il était donc leur adversaire, tout aussi implacable que les autres, voire, à bien des égards, plus acharné qu'eux, car plus insatiable, plus dévorant que tous les autres réunis. Elle avait continué de lui insinuer que ce maudit rapport entre les deux sexes consommait une part notable des réserves mondiales d'amour, qu'il leur ôtait même une part de l'amour qui était censé leur revenir, avait-elle poursuivi, des sanglots dans la voix, tu comprends, cet amour détourne au passage celui qui devrait affluer vers nous, il nous le rogne, nous le vole. De nouveau, il l'avait interrompue avec la même pondération. Ne t'en fais pas, Jiang Qing, l'amour aussi sera aboli. Et il lui avait expliqué que l'amour n'était pas aussi puissant qu'il pouvait sembler, dans la mesure où son apparition dans l'histoire du monde était relativement récente. Aux époques barbares, il se réduisait aux relations sexuelles, et même dans les temps antiques, son contenu affectif était plutôt limité. C'est la Renaissance européenne qui avait développé ce mal en en faisant l'épidémie la plus répandue sur la planète. Mais de la même façon qu'il avait pris son essor, ce monstre ailé finirait peu à peu par retomber après avoir fait son deuil des nourrices qui l'avaient tenu dans leur giron : les arts, la littérature et toutes ces autres balivernes. Il lui avait exposé les phases successives de la lutte à mener contre lui : la première consisterait à ramener l'amour à son niveau antérieur à la Renaissance. Durant la seconde, on lui porterait le coup fatal en réduisant purement et simplement son ressort aux rapports sexuels, ce qui reviendrait pratiquement à écarter tout danger. Combien de temps faudra-t-il, ô mon Dieu, combien de temps pour en venir à bout ? avait-elle demandé avec impatience, presque avec angoisse. Il lui avait fixé un certain délai, il ne se rappelait plus exactement lequel, mais il se souvenait qu'elle avait alors soupiré, doutant qu'ils vivraient assez vieux pour le voir. Si bien qu'un peu plus tard, quand du Cambodge lui étaient parvenues les premières nouvelles d'exécutions sommaires frappant des amants surpris à parler d'amour au lieu de politique, il lui avait rappelé son soupir sceptique par cette nuit chaude et moite... Tout au long de cette extraordinaire nuit d'été, ils avaient ainsi disserté jusqu'à l'aube de sujets que personne au monde n'avait sans doute jamais abordés depuis sa création. Il fallait bannir tout ce qui pouvait constituer une incitation à l'amour, susurrait-elle : chaussures de femme, bijoux, robes, coiffures... Mais nous y sommes presque ! répliquait-il. Il y a longtemps qu'en Chine de pareilles fantaisies n'existent plus. En Chine, je sais bien, gémissait-elle, mais il faut aller plus loin, plus loin, car le monde entier en est rempli.

Elle s'était brusquement levée et était passée dans une autre pièce. Au bout d'un moment, elle était revenue attifée d'une sorte d'uniforme mi-administratif mi-militaire. L'espace d'un instant, il dut fermer les yeux, incapable de soutenir le spectacle de sa femme ainsi fagotée, avec cette misérable casquette couvrant ses cheveux clairsemés, ce pantalon noyant les formes du corps, quelle horreur, on aurait dit qu'il ne restait plus rien d'elle, pas même les os. Il n'ignorait pas ce qui l'incitait à épouser avec une telle ardeur ses vues sur la réforme de l'homme, mais à la voir reparaître dans cette tenue, il se convainquit définitivement qu'elle n'aurait de cesse, jusqu'à sa mort, de concrétiser ce rêve. Désormais, s'était-elle remise à susurrer, ce n'est pas seulement devant toi, ni même seulement aux réunions du Bureau politique, mais partout que je me présenterai ainsi vêtue, en public, lors des grandes revues sur la place Tien

Anmen, et jusqu'aux réceptions officielles, au nez des étrangères. Ses propos achevèrent de le persuader que son sacrifice serait total, mais ils le convainquirent également que la récompense qu'elle en attendrait serait sans limites. Je dois faire attention, se dit-il, cette femme est dévorée d'ambition. Pourtant, elle l'aurait, sa récompense ! Il ne se rappelait plus très bien ce qu'il lui avait effectivement dit, ni ce qu'il n'avait fait que penser sur l'instant. Des réflexions mi-plaisantes, mi-sérieuses : la beauté s'est fanée en même temps que toi ; le monde doit porter le deuil de ta jeunesse perdue ; ce n'est pas toi qui as vieilli, c'est lui... On m'a parlé d'un livre sur un jeune homme : ses traits n'accusent les ans que sur son portrait, alors que lui-même reste toujours aussi fringant... Il faut bien que quelqu'un paie pour ta jeunesse enfuie, Jiang Qing. Toutes les femmes de Chine ne te suffisent pas ? Je savais bien que c'est ce que tu me dirais. Eh bien, que paient pour elle les femmes du monde entier !

Il lui rappela incidemment qu'il y avait aussi des femmes en Europe qui pensaient comme elle.

Elle l'écoutait avec avidité, comme dans un état de fièvre. Il y a des femmes qui n'ont pas attendu pour embrasser mes idées, et cela au cœur même de l'Europe, à Paris, on les appelle des maoïstes, tu ne trouves pas ça magnifique ? Bien sûr, répondait-elle, mais elles sont trop peu nombreuses, alors que toutes les autres forment autour d'elles comme un océan. Quels efforts ne faudrait-il pas déployer pour les transformer ! Peut-être serait-il avisé de commencer par les femmes albanaises ? En fin de compte, là-bas, notre tâche serait plus aisée, du fait de notre alliance. Tu as raison, approuvait-il, oui, tu as raison. On le fera sans faute : les Albanaises seront les premières de ce continent à se déféminiser. D'après ce que j'ai entendu dire, l'islam les a tenues voilées pendant cinq siècles, ce qui ne les a pas empêchées de s'en libérer. Mais nous sommes plus forts que l'islam !

A l'approche de l'aube, leur conversation était devenue de plus en plus confuse : tantôt lui-même cédait à la somnolence, tantôt il avait l'impression de l'entendre parler dans un cauchemar éveillé. Elle tombait en transes, mais, l'instant d'après, elle ne pouvait empêcher le doute de se déverser comme une douche glacée. Dénature les femmes blanches, mon maître ! lui dit-elle une fois comme en rêve. Puis elle redevenait angoissée à l'idée de tout le temps qu'il faudrait. Lui disparu, elle redoutait que tout ne restât en carafe. Elle craignait aussi qu'il n'eût pas le cœur assez inflexible. Il la rassura du mieux qu'il put. N'aie pas peur ! Attends que cette opération soit engagée, tout marchera comme sur des rails. S'il avait alors disposé de l'exemple du Cambodge, il lui aurait dit : regarde, au Cambodge, ça a commencé par la haine de la culture et ça s'est terminé par la haine de tout le reste ; à présent, ils ne supportent même plus les bâtiments des villes, ils y sont devenus allergiques. Cela, il ne put le lui dire que plus tard, tandis que cette nuit-là, il l'entendait ressasser sempiternellement son inquiétude dans un léger halètement : en admettant que ça se fasse, à supposer que ça se fasse vraiment...

Le jour se levait quand il se mit à parler de la marihuana. Peut-être fut-ce les lueurs rougeoyantes de l'aube qui l'y firent penser, peut-être estima-t-il le moment venu de mettre fin à ce cauchemar, toujours est-il qu'au petit matin il soupira : je dispose d'un autre moyen pour atteindre tout cela. Et il lui exposa ce que ses adversaires appelaient sa dernière lubie, ses plans fondés sur la marihuana. Quand, il y a deux mois, j'ai donné l'ordre d'en cultiver, tous ont cru que j'en avais après les quatre ou cinq milliards de dollars que l'affaire pourrait rapporter. Mon Dieu, quelle bêtise crasse ils se tiennent ! Je l'ai fait dans un tout autre but... Elle l'écoutait bouche bée... Je t'en aurais bien parlé avant, lui dit-il, mais j'attendais une occasion comme cette nuit-ci. Il épilogua longuement sur l'espèce de réverbération rougeâtre qui finirait par couvrir l'ensemble de la planète, sur les hallucinations de toutes ces méninges progressivement ramollies. Quelques années d'accoutumance à la drogue entraînaient un certain taux d'affaiblissement des facultés mentales, puis, au bout de quelques années supplémentaires, on enregistrait une nouvelle baisse, et ainsi de suite jusqu'à l'amputation d'une bonne moitié du quotient intellectuel. Voilà la clé, lui avait-il murmuré à l'oreille. Cela facilitera tout le reste, tu comprends maintenant ? Ils étaient ainsi parvenus jusqu'à l'aube, flottant entre le sommeil et l'état de veille au fil de ce dialogue cauchemardesque, et il n'aurait plus manqué que le cri du hibou pour qu'on la surnommât, elle, lady Jiang Qing, cependant que, dans la pièce attenante, gisaient égorgés Shakespeare, la Neuvième Symphonie, la Joconde, ainsi que les gouvernements avinés, semblables aux chambellans ivres du roi Duncan qui s'étaient révélés incapables d'empêcher quoi que ce fût...

Mao Zedong souffla profondément comme pour chasser de ses poumons jusqu'au souvenir de cette nuit. Pas mal de temps s'était écoulé, et ce qui n'avait été qu'un rêve était depuis belle lurette entré dans les faits. A tel point même que les étrangers avaient fini par flairer quelque chose. Il s'immobilisa de nouveau, car il avait eu l'impression d'entendre le vrombissement d'un autre avion. Il leva la tête, mais le ciel était vide, semé çà et là des mêmes nuages depuis le matin. J'ai dû rêver, se dit-il. Ils tournent autour de ma marihuana comme des hyènes, grogna-t-il l'instant d'après. Mais ils auraient beau descendre de plus en plus bas avec leurs avions, réussir à photographier, à filmer, voire même à prélever des mottes de terre pour les analyser dans leurs laboratoires, jamais ils ne parviendraient à entrevoir son objectif final. Leur esprit est trop rassis pour percer à jour nos secrets. Marx lui-même en aurait été bien incapable, lui qui expliquait tout par l'économie, la politique, comme si cela suffisait ! Il eût aimé lui citer un simple exemple : Gengis Khan. Ni économie, ni politique, ni quête de plus-value dans son déferlement, rien que la destruction, l'anéantissement, la réduction de toutes choses en poussière. Comment expliquez-vous ça, Herr Marx ? Votre esprit a bien du mal à rendre compte de nos élans asiatiques. Voilà pourquoi, d'emblée, vous avez partie perdue avec nous.

Il sentit qu'une rupture s'était produite dans le fil de ses réflexions. Il avait à l'esprit l'Europe, la marihuana, la dose à augmenter encore, mais ces thèmes s'étaient coupés les uns des autres sans éprouver le besoin de se regrouper. Marihua-na, bégaya-t-il. Mao-mari-huana. Il s'esclaffa. La pensée-marihuana ! Riez, riez, il n'empêche que vous serez les premiers à venir me supplier à genoux, à implorer pitié. Ave Mao-Maria ! Il rit encore à part soi, mais, cette fois, d'un ricanement glacial.

Ils qualifieraient tout cela de délire, ils avaient un faible pour ce mot-là. C'est qu'ils avaient hâte d'étiqueter de la sorte maintes notions que leur esprit rassis ne parvenait pas à appréhender, tout concept un tant soit peu global. Délire cosmique ! Évidemment, quand un esprit n'est pas capable de prendre un minimum de recul par rapport à ce bas monde, tout lui paraît délirant. Son esprit à lui en était capable. Il pouvait s'éloigner d'un millier de pas sur la tangente du globe, le scruter avec attention, minuscule miette en regard du Cosmos. Il n'était pas pour rien le pasteur d'un milliard d'hommes. C'était cette multitude qui lui conférait, à lui, son guide, le don d'embrasser le monde dans ses véritables dimensions. Il n'était que de le regarder, ce petit globe: un globule qui tournoyait à l'image de millions d'autres et où vivaient au plus quatre ou cinq êtres humains : un blanc, un jaune, un rouge et un noir. Le blanc est physiquement le plus fort, son cerveau est bien alimenté, c'est pour cela qu'il domine les trois autres. Impuissants face à cet état de choses, ils se soumettent à lui, ils ne sont de taille à l'affronter ni par la force, ni par l'esprit. Ainsi passent les jours (les siècles), jusqu'à ce que d'aventure le jaune découvre une plante, la fasse perfidement bouillir et la donne à boire au blanc. Le blanc l'avale, fait de beaux rêves, son esprit s'affaiblit. Il s'adonne à cette boisson des années durant. Ainsi vient le jour (le siècle) où le jaune, voyant le blanc au bout du rouleau, saisit l'occasion de lui ravir le pouvoir. A présent, dit-il, c'est mon tour de diriger cette planète, dommage seulement qu'elle ne soit pas un peu plus grosse !

C'est tout. Le reste n'était que calembredaines. En cela tenait l'histoire passée et contemporaine du globe. En disserter plus gravement était peine perdue. Vouloir la compliquer n'était que pure sottise. Désormais, il préparait ce breuvage à l'intention de l'humanité entière.

Il cligna des yeux avant de porter son regard au loin. Voilà le chaudron où se concoctait ce philtre. La vapeur rougeâtre y montait à ras bord. Le monde était troublé ? Il fallait au plus tôt faire baisser sa fièvre. C'est ce à quoi il travaillait depuis longtemps ; il allait lui refiler un somnifère de sa composition.

Lui-même avait sommeil. Il eut une nouvelle fois l'impression d'entendre le grondement d'un avion et il leva la tête, mais le ciel était vide. Voilà, c'est ainsi que pourraient se régler les affaires de cette planète, songea-t-il. Elle était trop petite pour qu'on s'en préoccupât davantage. J'aurais même pu en mater une plus grande.

Le vrombissement, en provenance d'on ne sait trop où, se fit de nouveau entendre, mais, cette fois, Mao ne leva pas la tête. J'ai sûrement des bourdonnements dans les oreilles, se dit-il.

L'avion dans lequel se trouvait Gjergj Dibra survolait depuis un bon moment les déserts d'Arabie. Ce vol de retour lui paraissait si long qu'il eût été tout disposé à croire que le désert, depuis la dernière fois qu'il l'avait survolé, s'était encore étendu davantage. Cela faisait longtemps qu'il avait cessé de regarder par les hublots, l'uniformité du relief, en bas, rendant encore plus pénible le lent défilé des heures. Du bout des doigts, il tripotait nerveusement les ferrures de la serviette noire qu'il tenait comme toujours sur ses genoux. La serviette était un peu plus gonflée qu'à l'aller. Elle était fermée du même sceau que la dernière fois, et pourtant, bien qu'il ne sût rien de son contenu, une intuition qu'il estimait infaillible lui soufflait que, même si elle paraissait cette fois plus lourde, son poids était en fait inférieur à ce qu'il était à l'aller.

A dire vrai, c'était bien le cas. La serviette ne contenait

aucune réponse à la lettre adressée par l'Albanie à la Chine. Les documents qui y étaient enfermés n'avaient à première vue aucun rapport avec cette note. Une partie d'entre eux concernaient l'économie. Il s'agissait de quatre rapports qui s'efforçaient de justifier le retard des cargos. Le cinquième document consistait en un long mémoire, assorti de cartes et de croquis et signé par sept experts chinois qui mettaient en garde contre la rupture possible, en cas de secousse sismique, du principal barrage de retenue des centrales hydro-électriques du Nord. En conséquence, on était prié d'interrompre aussitôt les travaux afin de prévenir à temps une catastrophe éventuelle. Les documents sept et huit constituaient les procès-verbaux d'une longue série de pourparlers entre les deux délégations économiques, émaillés de malentendus dont une bonne part tenaient à la langue. Le neuvième document était la radio du pied d'un Chinois, accompagnée des deux lectures qui en avaient été faites, l'une paraphée par un groupe de praticiens de l'hôpital ostéologique de Pékin, l'autre par un groupe de médecins aux pieds nus, auxquelles était jointe une note du ministère des Affaires étrangères. Le dernier document était un rapport circonstancié faisant état des éléments recueillis et des diverses hypothèses formulées sur l'assassinat de Lin Biao. C'était le seul dont Gjergj Dibra connût peu ou prou la teneur, dans la mesure où, au cours de ses fastidieuses soirées à Pékin, il avait maintes fois discuté avec les camarades de l'ambassade des rumeurs courant sur cette disparition. Pendant le vol de retour, Gjergj avait tourné et retourné dans sa tête tout ce qu'on en disait, car ces commentaires l'avaient fortement ébranlé, à moins que ce ne fût parce que l'équipée de Lin Biao se rattachait à un funeste voyage en avion. A peine avait-il posé le pied sur la passerelle d'embarquement qu'il n'avait pu s'empêcher d'imaginer le maréchal, dans quelque aérodrome secret, se dirigeant à pas pressés vers un appareil que la mort couvrait déjà probablement de son ombre. Il était suivi de sa femme et de son fils. Tous trois se hâtaient, et ils paraissaient si terrifiés qu'au tout dernier moment, sur le seuil de la cabine, Lin Biao était resté comme pétrifié, au point qu'il avait fallu le tirer à l'intérieur... Vol étrange, insensé, à bord d'un appareil sans équipage (était-il possible que le fils, par ailleurs commandant en second de l'armée de l'air chinoise, eût choisi un avion pareil, *a fortiori* avec une réserve de carburant insuffisante?). Tout cela était peu croyable, tout comme le prétendu appel téléphonique de la fille de Lin Biao, qui avait trahi son père en prévenant Zhou Enlai de sa fuite cinq heures à l'avance, puis le mot de Mao Zedong: *laissez-le partir*, la proposition de l'un des conjurés du maréchal d'abattre l'avion à coups de roquettes de façon à effacer toutes traces du complot, de nouveau les propos de Mao: *il vaut mieux que vous le laissiez partir, afin qu'on n'aille pas dire que nous l'avons assassiné*, enfin l'avion qui s'écrase et prend feu comme un jouet d'enfant en territoire mongol...

Gjergj Dibra secoua la serviette qu'il tenait sur ses genoux, scrutant ses ferrures, sa serrure percée de minuscules orifices. Il était probable que les choses ne s'étaient pas passées de cette manière. Au cours de ses longues soirées en compagnie des camarades de l'ambassade, ce doute avait été exprimé plus d'une fois. Tous les diplomates étrangers à Pékin ne parlaient pas d'autre chose. La plupart penchaient pour une tout autre version.

Avant de s'assoupir dans sa chambre d'hôtel, ce qu'il avait entendu, au lieu de s'estomper, se ravivait dans sa mémoire. Qu'est-ce que j'en ai à faire, s'était-il dit à maintes reprises, ils peuvent aller au diable avec leurs énigmes! Pourtant, malgré lui, les hypothèses les plus variées affluaient à son esprit, chassant le sommeil.

Lin Biao n'était sûrement pas monté à bord de cet avion pour prendre la fuite. Il l'avait tout simplement pris pour se rendre à Pékin, et on l'avait supprimé en cours de route. Il avait dû se chamailler avec eux sur quelque point. Peut-être à propos de la visite du président américain... Et ils avaient ourdi ce complot contre lui. On l'avait convoqué d'urgence. Dans l'avion, constatant que le vol se prolongeait anormalement, il avait été pris de soupçons et s'était enquis : Où nous dirigeons-nous ? Par le hublot on distinguait quelque chose comme le désert mongol...

Bien qu'il eût décidé de ne pas regarder au dehors, Gjergj Dibra ne put s'empêcher d'approcher le front de la vitre. Tout en bas, plongées dans le crépuscule, on discernait encore les étendues arabiques. Le genre d'endroit qui rappelle la Mongolie, pensa-t-il. Alors, où nous dirigeons-nous ? avait demandé Lin Biao, et, se rendant compte alors de la région qu'ils survolaient, ses hommes et lui avaient dégainé leurs armes et s'étaient donné la mort.

Le jour s'effritait rapidement, comme attiré par le sable en contrebas. Par une fin de journée toute pareille à celle-ci, avançant péniblement dans le désert, quelques soldats soviétiques s'étaient approchés de la carcasse de l'avion abattu. Parmi les restes, ils avaient retrouvé le cadavre carbonisé de celui qui avait été la seconde gloire de la Chine, le successeur présumé de Mao, l'homme des présidiums, des meetings, des reportages télévisés en couleur, réduit désormais en cendres, fantôme noirâtre, comme sur un négatif de film. A l'issue d'une enquête approfondie au cours de laquelle on avait trouvé des douilles dans les décombres consumés de la carlingue, la question s'était aussitôt posée : qui a bien pu tirer, et pourquoi ? Question qui avait ébranlé la thèse de la fuite.

Gjergj continuait de frotter du bout des doigts les anneaux de la poignée de sa serviette. Peut-être les Soviétiques détenaient-ils la clé de l'énigme ? Mais comment auraient-ils pu en savoir davantage ? Qui avait tiré à l'intérieur de l'appareil, et pourquoi ? Était-ce Lin Biao qui avait fait feu le premier, dès qu'il eut réalisé qu'on l'expédiait de force hors de Chine, les autres ayant ensuite riposté ? Ou bien les autres avaient-ils tiré sur lui après qu'il eut demandé : où nous dirigeons-nous ? Ou peut-être encore l'un et l'autre groupes (s'il y en avait réellement eu deux) avaient-ils ouvert le feu en même temps ? Gjergj Dibra ne tentait même plus de s'extraire de ce tourbillon d'hypothèses dans lequel il s'était à nouveau plongé comme durant ses nuits d'insomnie à l'hôtel. Il continuait de maugréer de temps à autre :

qu'ils aillent au diable, mais machinalement, par routine. Il n'ignorait pas que ce cauchemar ne le quitterait pas de tout le vol.

On avait donc tiré à l'intérieur de cet avion. Après quoi l'appareil s'était abattu. Pourquoi ? A la suite des coups tirés ? (Quelque mécanisme vital avait peut-être été atteint par les balles. Ou bien les pilotes avaient été tués ?) Bref, le drame s'était dénoué prématurément, de manière inattendue.

Mais que se serait-il passé si l'on n'avait pas tiré ? Où serait allé l'avion – et l'essentiel : de quelle façon et en quel endroit le drame se serait-il consommé ?

Comme il arrive souvent quand on dort et qu'on rêve que l'on vole, l'imagination de Gjergj était comme aspirée par le sol.

Apparemment, il avait été prévu que tout devait se régler à terre. Sur un sol étranger, à l'évidence, afin de faire croire que Lin Biao avait tenté de s'enfuir. Sinon, la Chine manquait-elle de déserts où il aurait pu être liquidé sans encombres ?

Ainsi donc, Lin Biao devait être retrouvé en terre étrangère (soviétique, en l'occurrence). A côté de l'appareil à bord duquel il s'était enfui. Mort.

Dans cette hypothèse, le plan était clair : il fallait que l'avion atterrisse quelque part en Mongolie. Avant que ne rappliquent les gardes-frontières soviétiques, les tueurs auraient tout le temps d'abattre le maréchal. (A l'intérieur de l'appareil – on pourrait maintenant percer tout à loisir des trous dans sa carcasse, le vol serait terminé – ou plus simplement dehors, à terre.)

On aurait donc fait descendre le maréchal et ceux qui l'accompagnaient, et on les aurait passés par les armes à côté de l'appareil. Quand les Soviétiques se seraient approchés, on leur aurait déclaré : C'est notre ministre, Lin Biao ; il a voulu s'enfuir, et nous, ses gardes, fidèles à Mao, l'avons abattu.

Tout ce beau plan avait été déjoué par Lin Biao : voir la question *Où nous dirigeons-nous ?*, les coups tirés, etc...

A moins que ce ne fût la tentative des sbires de le désarmer (Attention, sitôt la frontière franchie, confisquez-lui son arme !).

Gjergj hocha la tête. Se pouvait-il que les Chinois, si minutieux en toute chose, eussent monté un plan aussi grossier ? La négligence était patente. Même sans négligence, le risque était énorme. A bord de l'appareil se trouvaient deux groupes armés. L'escorte de Lin Biao avait autant de chances, sinon plus, de l'emporter. Ainsi le maréchal aurait pu réellement réussir à s'enfuir.

Pas possible ! se dit-il. Un plan aussi bancal n'avait pu être monté que par quelqu'un qui avait une autre certitude – la certitude absolue que, quel que fût le déroulement des événements à l'intérieur de l'appareil (donc même si Lin Biao prenait le dessus), la fin de l'histoire n'en serait aucunement modifiée. Pour la simple raison que l'une et l'autre parties seraient réduites en cendres.

L'avion serait abattu... Quelqu'un le savait en toute certitude.

Gjergj colla son front à la vitre du hublot, mais les vibrations ne firent qu'accentuer son trouble.

A bord de l'avion se trouvaient deux groupes dont chacun croyait détenir la vérité, une vérité différente de celle de l'autre : le groupe de Lin Biao, qui croyait qu'on le conduisait à Pékin ; ses assassins en puissance, qui savaient qu'ils l'exécuteraient en Mongolie. Mais, hormis eux tous, il était encore quelqu'un, hors de l'avion, et même loin, fort loin, qui connaissait le fin mot de l'histoire : que l'avion serait incendié.

Hum..., réfléchit Gjergj. On avait donc projeté d'abattre l'avion. Facile à dire, mais pas si simple à faire. A supposer que le maréchal eût été convoqué à Pékin, il aurait voyagé, sinon à bord de son avion personnel, du moins sur un appareil gouvernemental ou de l'état-major général. Quoi qu'il en eût été, il était peu probable que sur des avions de ce genre, gardés jour et nuit, on pût à loisir placer une bombe ou saboter le train d'atterrissage. Quand bien même on y serait parvenu, il aurait été difficile aux tueurs de s'introduire à son bord. A la vue de ces visages inconnus, la première chose qu'auraient faite ceux qui escortaient Lin Biao aurait été de dire : Qui sont ces types ? – et de les faire évacuer sur-le-champ.

Hum... Franchement peu vraisemblable. Au demeurant, même si ce plan avait pu être partiellement mené à bien, comment s'y serait-on pris pour déterminer le moment exact de l'explosion après le passage de la frontière ? Le maréchal était le numéro deux chinois. Il fixait et modifiait les horaires à sa guise. Il aurait pu retarder son départ d'une heure, de deux heures. Non, il avait dû se produire autre chose. Ou encore toutes ces hypothèses correspondaient bien à la réalité, mais dans un ordre différent et à une tout autre fin.

Au bout du compte, que m'importe ! se dit-il dans un ultime effort pour chasser cette histoire de son esprit. Il était tout à fait inutile qu'il se creusât la cervelle à propos d'un événement qui, de quelque manière qu'on l'expliquât et le réexpliquât, demeurerait un mystère. Au cours de son séjour, il avait déjà été suffisamment déprimé par ces visages semblables à des masques et par cette absence de vie tout autour de lui. Au fil des jours, il avait senti son être se dévitaliser. A présent qu'il s'éloignait, il entendait oublier au plus vite ces faciès, cette angoisse. Au diable leurs énigmes ! Peut-être était-ce d'ailleurs le dernier voyage qu'il accomplissait dans ce pays.

Il chercha à se transporter en esprit chez lui, parmi les siens, mais quelque chose y faisait obstacle. Une légère modification dans la largeur du couloir de l'appartement, des portes des pièces qui y donnaient. Le pas familier de Silva allant de leur chambre à coucher à la salle de bains avait quelque chose d'insolite. Et jusqu'à leurs visages, le sien et celui de Brikena, étaient comme estompés, voilés par un nuage de poudre. Que se passe-t-il donc ? sursauta-t-il. Le magnétisme de l'Asie semblait encore agir autour de lui.

Il fit signe à l'hôtesse qui arpentait l'étroit passage entre les sièges et lui commanda un café.

– Où sommes-nous ? lui demanda-t-il lorsqu'elle revint le lui servir.

Avec son sourire stéréotypé, elle lui cita un nom qu'il ne parvint pas à comprendre ; le temps d'un éclair, son esprit y avait substitué une autre réponse : au-dessus de la Mongolie.

Où nous dirigeons-nous ? avait donc demandé Lin Biao à bord de l'avion de la mort filant vers une destination inconnue. Que le diable l'emporte ! s'écria Gjergj Dibra, sentant qu'il lui était devenu impossible de détacher sa pensée de cet appareil. Il en avait tellement entendu parler, au long de ces mortelles soirées à Pékin, qu'il allait lui falloir un certain temps pour évacuer tout cela de son cerveau.

A compter de cet instant, il ne chercha plus à s'en éloigner en esprit, il s'évertua simplement à mettre au clair, du mieux qu'il put, ses idées sur le sujet, comme s'il avait eu à faire le point lors d'une conférence de presse. Il lui semblait que, de cette façon, son agitation finirait par s'apaiser.

Il était donc limpide qu'il ne s'agissait en aucune façon d'une tentative de fuite. Pas davantage l'appareil n'était-il piloté par le fils de Lin Biao. Certes, l'épouse et le fils du maréchal se trouvaient avec lui (peut-être l'invitation avait-elle été adressée à eux trois), mais on avait organisé les choses ainsi pour rendre la thèse de l'évasion plus plausible. Et l'on y aurait absolument ajouté foi s'il n'y avait eu les coups de feu. Qui avait tiré, et contre qui ? Le fils sur son père ? Tous deux l'un contre l'autre ? (Était-il pensable que la trahison attribuée à la fille eût été commise par le fils ?) Peu vraisemblable.

Il était manifeste qu'à bord de l'avion se trouvaient d'autres personnes. Mais qui étaient-elles ? Qu'elles fussent hostiles à Lin Biao ne faisait aucun doute, dès lors qu'il y avait eu des coups de feu (peu importait ici qui avait tiré le premier, il suffisait, pour l'établir, qu'on y eût fait feu). Il y avait donc deux groupes adverses à bord de l'appareil. Tous deux s'étaient envolés, mais l'un ne devait plus revenir sur terre. C'est du moins ce dont était persuadé l'un de ces groupes, celui qui avait pour mission de supprimer Lin Biao. L'avion décolle. Une heure, deux heures passent. Pékin, où Lin Biao croit être convoqué d'urgence, n'est toujours pas en vue. C'est alors qu'il demande : Où nous dirigeons-nous ?

Jusqu'ici, les choses sont plus ou moins claires, mais c'est après cette question fatidique que tout s'enfonce soudain dans le brouillard. Dans le brouillard aussi, les coups de feu.

Mais tu viens de prétendre qu'il était quasiment impossible aux assassins présumés de s'introduire à bord de cet avion, qu'il se soit agi d'un appareil personnel ou gouvernemental ! Hein, que dis-tu ? Ah, quelle torture ! gémit en lui-même Gjergj Dibra, puis il se ressaisit tout à coup. Il se représenta clairement l'homme qui pouvait lui poser cette question, et jusqu'au lieu où il le ferait : à une table du café Riviera où lui-même allait parfois s'asseoir en compagnie de Skënder Bermema. Je crois bien avoir trouvé ! se dit-il. C'était lui qui était cause de ce tourment qu'il éprouvait. C'était à cause de lui qu'il tournait et retournait dans sa tête toutes ces insanités. Il n'ignorait pas qu'à son retour, celui-ci l'assaillirait d'une rafale de questions. Notamment sur la liquidation du maréchal. Avant même son départ, ils en avaient discuté à deux ou trois reprises. Probablement entendait-il écrire quelque chose là-dessus.

Cette découverte ne le tranquillisa guère. De nouveau il se sentit incapable d'endiguer le flot des conjectures. Il se laissa absorber par ce tourbillon, ce rabâchement mortel. Tout était plongé dans les ténèbres, à peine une petite partie en émergeait-elle qu'elle y resombrait aussitôt... Un raté dans le scénario prévu ? Peut-être le plan avait-il été mis en échec par le *Où nous dirigeons-nous* ? du maréchal ? Il avait dû consulter fébrilement sa montre. Les soupçons, l'angoisse des derniers temps avaient dû jouer. Ses nerfs étaient à vif. Il avait dû s'interroger des dizaines de fois : pourquoi me demande-t-on de manière si urgente ? Si bien que, ne voyant pas Pékin apparaître à l'horizon...

Ou peut-être rien de tout cela ne s'était-il produit, il

n'avait ni consulté sa montre ni posé de question. On l'avait tout bonnement exécuté dans son fauteuil, tandis qu'il somnolait. (En cas d'imprévu, supprimez-le dans l'avion.) En fait, les tueurs avaient pris ce parti sans même attendre qu'advînt la moindre anicroche, simplement pour parer à toute éventualité. Tout s'était ainsi trouvé réglé plus tôt que prévu et un silence de plomb était tombé à l'intérieur de l'appareil. Ils accompagnaient à présent le cadavre peu à peu refroidi de leur maître, sans savoir que, bientôt, tous allaient finir carbonisés, à cette nuance près que, s'agissant de son corps à lui, la mort par le feu serait en quelque sorte superfétatoire après celle, par balles, intervenue peu avant.

Mais tu viens de me dire... Que se serait-il passé si... Je sais, je sais ce que tu vas m'objecter. Ce scénario est assez bizarre. Dans ses détails, on remarque comme un surcroît de complications. En fait, la proposition la plus rationnelle avait été émise par l'un des hauts fonctionnaires qui avait suggéré d'abattre l'appareil au moyen de roquettes. Ç'aurait vraiment été du travail bien fait. Or, voici que d'après les porte-parole officiels, cette proposition avait été faite par l'un des conjurés du maréchal afin *d'effacer les traces* ! On était en droit de se demander de quelles traces il pouvait bien s'agir. Mais suffit ! lança Gjergj à son interlocuteur (c'était toujours Skënder Bermema, ils étaient toujours attablés au café Riviera).

Gjergj essaya de se cramponner à ce cadre. Il se représenta les banquettes basses non loin des grands vitrages embués, la pluie sur le trottoir qui semblait si proche, la serveuse à la mince silhouette qui lui paraissait encore plus frêle depuis qu'il avait appris par hasard qu'elle vivait avec un lutteur. Depuis l'époque où Silva avait fait la connaissance de Skënder Bermema, ils venaient de temps à autre y prendre un café ensemble, habituellement dans le même coin de la salle d'où l'on apercevait les bureaux de la compagnie aérienne. Plusieurs années auparavant, une lettre anonyme avait peut-être été à l'origine de leurs relations. Il avait reçu cette lettre tout de suite après ses fiançailles avec Silva.

L'inconnu lui écrivait (c'était le genre de choses auxquelles on pouvait s'attendre en pareil cas) que Silva était une jeune femme au comportement très fantasque, sans doute agréable comme maîtresse, mais bien peu faite pour partager la vie de quelqu'un. Les deux sœurs Krasniqi, exposait-il, avaient des mœurs très libres (on sentait qu'après coup, l'épithète *relâchées* avait dû être remplacée un peu partout par le mot *libres*) ; nombre de rumeurs, peut-être non fondées, couraient même à leur sujet, comme quoi elles s'échangeaient par exemple leurs amants, ou au contraire se montraient excessivement jalouses l'une de l'autre, etc., mais tout cela était probablement exagéré. Ce qui est vrai et de notoriété publique, en revanche, poursuivait l'inconnu, c'est que l'une des deux sœurs a une liaison avec le célèbre écrivain S. B... Ce n'est d'ailleurs un secret pour personne que son récit *Pour oublier une femme* lui est dédié.

C'est par ces mots que se concluait la lettre. Ce qui avait décontenancé Gjergj, c'était que l'inconnu ne disait rien de précis sur Silva. Il avait même retourné le feuillet avec rage pour voir ce qu'il y avait au verso, comme s'il s'était attendu à y découvrir quelque chose à son sujet, par exemple sur sa liaison avec un archéologue au cours des fouilles de Pacha Liman, histoire dont elle lui avait fait elle-même le récit. Mais l'inconnu n'en disait rien, et Gjergj sentit que ce qu'il avait omis l'inquiétait davantage que ce qu'il avait écrit noir sur blanc. L'ordure, fut-il sur le point de hurler, pourquoi ne parle-t-il pas de ce que tout le monde sait ? Jamais on n'avait écrit lettre plus infâme. Prévoyant le soupir de soulagement qu'aurait poussé Gjergj à la lecture du paragraphe concernant l'aventure bien connue de sa fiancée, et sa réaction – Voilà donc ce que tu crois nous apprendre, la belle révélation ! –, le corbeau s'était bien gardé d'y faire allusion, pour ne pas lui procurer cette satisfaction. D'un autre côté, en ne mentionnant pas cette aventure de Silva, il donnait l'impression de ne pas jouer les méchants colporteurs de ragots, voire, bon prince, d'avoir fait la sourde oreille à certaines rumeurs.

L'ensemble de sa lettre en devenait plus crédible. Dans le même temps, après avoir craché son venin sur l'*échange d'amants*, il se bornait à évoquer la liaison Ana-Skënder Bermema, certain que les conclusions se tireraient d'elles-mêmes : Ana-Skënder Bermema, pourquoi pas Silva-Skënder Bermema...

Gjergj était resté un certain temps sans en toucher mot à sa fiancée. Un jour, cependant, il lui demanda si elle connaissait Skënder Bermema. Il s'était préparé à cette minute de vérité, afin de guetter sa réaction. Mais, au lieu de le rasséréner, sa réponse n'avait fait que le troubler davantage. Je le connais, avait-elle répondu ; nous le connaissons toutes deux, Ana et moi. Ah, toutes les deux ? Dans ses yeux, pas le moindre indice ni de culpabilité ni d'innocence. Plutôt quelque chose d'intermédiaire, de flou. Il lui avait alors montré la lettre anonyme. Silva l'avait lue posément. Seules ses pommettes s'étaient quelque peu empourprées, probablement quand elle en était arrivée au passage où il était question de l'échange d'amants. Mais elle n'avait pas bronché. Elle était d'abord restée un moment songeuse, puis elle avait relevé la tête : qu'attends-tu de moi, que je te dise que ce ne sont que des calomnies, des saloperies, etc ? Gjergj n'avait rien trouvé à répliquer. Évidemment, c'est une méchante lettre, avait-elle poursuivi ; n'empêche qu'elle contient un peu de vrai.

Gjergj s'était senti la bouche amère. A propos d'Ana, avait-elle enchaîné, ce qui se trouve écrit là est peut-être exact, mais si cela te semble assez immoral et honteux pour jeter également une ombre sur moi... Silva, qu'est-ce que tu vas chercher ? l'avait-il interrompu. Je n'ai rien dit de pareil. Je t'ai seulement montré une lettre. Une immonde lettre anonyme...

Elle lui avait ensuite raconté qu'elle-même avait interrogé Ana à propos de Skënder Bermema, mais sa sœur s'étant bornée à lui répondre de manière évasive, elle ne lui en avait plus reparlé. Ç'avait été la seule fois qu'Ana ne s'était pas confiée à elle. Mais mon jugement sur elle n'en a été modifié en rien, avait tenu à préciser Silva. Le mien non plus n'en sera pas affecté, avait-il répondu.

Plus tard, au théâtre, durant un entr'acte, Silva l'avait présenté à Skënder Bermema... Elle était alors avec Ana... Puis ils s'étaient croisés à diverses reprises, par hasard, mais ils n'avaient pris leur premier café ensemble qu'après l'enterrement d'Ana... Étrange, avait fait remarquer Silva. Avec sa beauté, sa sœur semblait être venue sur terre pour exciter les hommes les uns contre les autres. Or, étonnamment, c'est le contraire qui se produisait... Comme s'ils eussent respecté quelque pacte mystérieux, ceux qui l'avaient convoitée évitaient au contraire tout ce qui pouvait envenimer leurs rapports.

La mémoire de Gjergj s'évertuait à camper le plus longtemps possible autour de ces réminiscences, mais c'était un effort peu sûr de lui, presque panique. Une sorte de maëlstrom avait tôt fait de balayer ces évocations pour lui farcir la tête de tout autre chose : de la sinistre affaire Lin Biao. Il porta ses mains à ses tempes. Vivement que j'arrive, se dit-il, plus vite, mon Dieu !

A peine débarqué à Tirana, il rencontrerait Skënder Bermema pour déverser sur lui cette fièvre qui le consumait. Il était désormais convaincu que la seule manière de s'en délivrer était de la communiquer à un autre.

Mais, pour l'heure, il devait l'affronter seul.

Sa tension nerveuse se traduisait de fait par une sorte d'état fébrile que le ronronnement monotone des moteurs ne faisait qu'entretenir... Un des conjurés du maréchal avait proposé de descendre l'avion à coups de roquettes... Mon Dieu, voilà que ça me reprend ! murmura-t-il. Mais il n'y pouvait rien. Un des conjurés, donc, encore non identifié, avait suggéré d'abattre l'avion. Pour effacer les traces, avaient déclaré les porte-parole officiels chinois. Mais cela n'avait aucun sens ! De quelles traces se préoccupait le conjuré resté à terre ? Que le maréchal parvînt à s'enfuir ou qu'il fût abattu, le complot, de toutes façons, était éventé. Dans un cas comme dans l'autre, les conjurés seraient découverts. On arrêterait l'un après l'autre tous les partisans du maréchal, il suffisait de tirer un fil pour dévider tout l'écheveau. Personne ne pourrait sauver personne.

C'est pourquoi la proposition d'abattre l'avion, et à plus forte raison la finalité de cet acte (effacer les traces), n'avaient aucun sens dans la bouche d'un des conjurés. Mais, d'un autre côté, une telle proposition était parfaitement cohérente, de même que les mots *pour effacer les traces*, pourvu qu'ils eussent été prononcés par d'autres, et dans un tout autre sens. Ils avaient pu l'être non par les conjurés eux-mêmes, mais par ceux-là mêmes qui avaient étouffé le complot. Alors que l'avion de la mort sillonnait encore le ciel, les mots *abattons-le à coups de roquettes, sinon, comment effacerons-nous les traces* ?, devaient être revenus à maintes reprises sur le réseau téléphonique secret, dans les messages-radio, au cours des conversations entre ceux qui suivaient l'évasion. L'idée était dans l'air, partout présente. Préoccupation normale après tout massacre de ce genre : effacer les traces. En l'occurrence, effacer toutes traces du piège : de l'invitation du maréchal à Pékin, du sabotage de l'avion, sans oublier les témoins. Durant ces heures fébriles, l'expression *effacer les traces* avait donc été employée à tire-larigot, tant et si bien qu'il fallait faire quelque chose pour justifier l'emploi d'une formule aussi compromettante. C'est ainsi qu'on avait démasqué un des conjurés à qui on l'avait attribuée. Tous ceux qui avaient entendu revenir cette expression en ces heures d'angoisse pouvaient se rassurer : elle avait bel et bien été prononcée, mais il s'agissait de la proposition d'un traître.

La suggestion, on le sait, avait été écartée. Mao n'avait pas accepté que l'avion fût abattu depuis le sol. Pourquoi ? La réponse allait de soi : il ne partageait pas l'inquiétude des autres, pour la simple raison qu'il en savait bien plus long qu'eux. Mais se posait alors l'autre question : eux, les autres, que savaient-ils, ou plutôt que ne savaient-ils pas ? Autrement dit, ceux qui avaient suggéré d'abattre l'avion à coups de roquettes étaient-ils si mal informés pour abonder dans le sens d'une telle solution ? Ignoraient-ils que l'avion du maréchal prétendument invité à Pékin n'atterrirait jamais ? Il fallait être bien naïf pour s'imaginer qu'ils pussent l'ignorer. Tous en étaient informés, car c'étaient eux, au bout du compte, qui avaient monté tous les éléments du piège : le décollage de l'appareil, son détournement vers la frontière mongole, la bombe à bord ou le sabotage du train d'atterrissage qui devaient provoquer l'incendie. Ils ne méconnaissaient rien de tout cela, mais ils n'en avaient pas moins suggéré de le descendre à coups de roquettes.

De temps à autre, l'idée qu'il n'était pas le premier à se torturer les méninges à cause de cet avion de mort finissait par soulager Gjergj. Des centaines de gens avaient à coup sûr suivi ce vol. Afin de rendre la thèse de la fuite plus plausible, tous les aéroports chinois avaient été placés en état d'alerte. Mais, de même qu'à bord de l'appareil, ceux qui partaient ou croyaient partir imaginaient des réalités différentes, de même, en bas, à terre, les vérités qu'estimaient connaître leurs poursuivants étaient elles aussi dissemblables. La plupart, commandants d'aérodromes militaires, d'unités de lance-missiles, pilotes prêts à décoller, techniciens de radars, etc., étaient au courant de la fuite du maréchal. Une seule chose les laissait interdits : pourquoi, de Pékin, l'ordre ne venait-il pas de le prendre en chasse, voire de l'abattre ? Alors que l'avion apparaissait sur les écrans-radar, l'ordre n'était toujours pas donné et les pilotes se retenaient à grand'peine de foncer sur lui pour l'étriper comme un vulgaire volatile. Ils rongeaient leur frein, et, jaloux à l'idée que ceux d'un aérodrome voisin auraient probablement cette chance, ils ne pouvaient s'empêcher de soupirer. Bientôt, pourtant, par un canal ou un autre, arrivait l'explication : le président Mao n'a pas permis que l'avion soit abattu. Il aurait dit : *laissez-le partir, puisqu'il y tient* ! Cette information suscita l'admiration de certains (le grand Mao ne fait pas plus cas du traître que d'une simple mouche), la stupéfaction d'autres (quoi qu'il en soit, on ne plaisante pas avec ce genre d'affaires, sans compter que le ministre n'a tout de même rien d'une mouche, il est au courant des secrets de l'État, etc…).

Un cercle beaucoup plus restreint était au fait d'une réalité bien différente : la convocation à Pékin, la fuite vers la Mongolie, mais surtout – l'essentiel – l'incendie de l'appareil au moyen d'une bombe ou du sabotage du train d'atterrissage. Ils avaient également eu vent de la possibilité d'une exécution du maréchal en plein vol. En cas d'imprévu, supprimez-le dans l'avion !

Au moment où ils apprennent que l'appareil a décollé, ils poussent un soupir de soulagement. Heureusement que cette affaire va prendre fin. C'est ce qu'ils pensent d'abord, mais, bientôt, tandis que le vol se poursuit, ils sentent germer en eux un doute : ne serait-il pas plus efficace de l'abattre à coups de roquettes ? De toute façon, imaginons que, le moment venu, la bombe à retardement n'explose pas, ou que le pilote, en dépit du sabotage du train d'atterrissage, parvienne à poser son appareil (n'avait-on pas déjà vu une foule d'exemples semblables ?), que fera-t-on alors ? Pouvait-on laisser l'oiseau vous échapper des mains ?

Ils sont probablement allés trouver Mao et lui ont fait part de leurs inquiétudes. L'un d'eux a même ajouté : Supposons qu'on ait déjà supprimé Lin Biao ; les témoins doivent-ils demeurer en vie ?

Mao les écoute patiemment, sans donner aucun signe de vouloir revenir sur sa décision. Il finit par leur déclarer d'un ton tranchant : Je vous l'ai déjà dit, laissez-le partir. S'il a la chance de pouvoir filer en dépit de la bombe et du sabotage, cela signifie que le destin l'a voulu : qu'il vive !

Ils échangent des regards. C'est son nouveau style, on ne s'y est pas encore fait. L'effet de ces retraites au fond de sa grotte, dont ils plaisantaient parfois.

Leur angoisse ne cesse de croître. Mao leur a garanti que l'appareil avait été doublement saboté : par la pose d'une bombe et par le sabotage du train d'atterrissage, mais ils ne peuvent réprimer leurs doutes. Pas si facile de saboter l'avion de Lin Biao !

Mao, lui, est absolument tranquille. Pour la simple raison qu'il en sait bien plus long qu'eux. Outre l'explosif introduit à bord et le sabotage des roues, il détient un autre secret : Lin Biao est déjà mort. Tué non pas en plein ciel, comme pouvait se le figurer leur esprit papillonnant, ni dans le désert de Mongolie, mais sur le sol chinois.

Comme ils tournicotent autour de lui pour lui faire part de leurs inquiétudes, il les considère non sans une certaine ironie. Ils oublient toujours qu'il est d'origine paysanne – et un paysan, plus qu'au ciel, se fie à la terre ferme. Aurait-il pu se montrer assez léger pour permettre que Lin Biao se promène un bout de temps dans le ciel avant d'être supprimé ? Il ne pouvait s'offrir un tel luxe. Lorsqu'il avait dit : *laissez-le partir*, ç'avait été le plus placidement du monde, car il savait que ces mots s'appliquaient à un cadavre.

Ainsi Lin Biao, sa femme et son fils étaient morts, comme l'immense majorité des êtres en ce monde, sur terre. Sur la piste ou dans le hangar de quelque aérodrome perdu. Ou bien ils avaient été liquidés plus froidement encore dans l'enceinte de sa résidence ministérielle, après avoir pris leur petit déjeuner, alors qu'ils se promenaient au jardin. On les avait abattus au fusil-mitrailleur à travers la grille du jardin, puis on avait chargé leurs corps sur une fourgonnette pour les transporter jusqu'au petit aérodrome militaire. Là, on avait sorti leurs dépouilles, et, ensanglantées comme elles étaient, on les avait arrimées aux sièges de l'avion qui attendait.

Si Mao était si tranquille, c'est qu'il n'ignorait rien de tout cela. Il ne s'en était ouvert à personne, sauf à Zhou Enlai. La raison de son silence était simple : son propre prestige. Il avait le sentiment que la pose d'une bombe ou le sabotage du train d'atterrissage l'eussent rabaissé, alors qu'il en allait tout autrement d'une exécution à terre. Il n'en avait même pas parlé à Jiang Qing. Zhou, lui, était gravement malade et n'en avait plus pour longtemps. Le secret ne risquait pas d'être divulgué. Quant aux tueurs, ils ne tarderaient pas à suivre leurs victimes dans l'autre monde.

Entre-temps, le petit appareil militaire survolait la Chine du Nord. A bord régnait un profond silence. On n'entendait ni questions, ni coups de feu, seulement le ronronnement monotone des moteurs. Les balles qui allaient bientôt mettre le monde entier en émoi étaient déjà logées dans les corps. Les cadavres, qui avaient commencé à se refroidir, glissaient par moments des sièges. Un des tueurs avait sans doute cru bon de les arrimer avec les ceintures de sécurité.

Gjergj sentit le gros avion osciller imperceptiblement et approcha la tête du hublot. A l'intérieur de l'appareil s'étaient allumés les signaux conviant les passagers à attacher leurs ceintures. Apparemment, ils amorçaient leur descente vers un aéroport. La nuit tombait et on distinguait au loin l'éclat violet de petites fenêtres qui semblaient appartenir à une autre planète. Les secousses se faisaient de plus en plus fortes. Gjergj éprouva une sensation douloureuse dans les oreilles. Le sol se rapprochant de plus en plus, il se surprit à diriger son regard sous les grandes ailes, là d'où, dans un faible grondement qui se communiquerait à tout le corps de l'appareil, allait émerger le train d'atterrissage.

Il ressentit un certain soulagement et, sur le moment, pensa : j'ai l'impression que cette torture touche à sa fin ! Il avait l'intuition qu'à peine l'avion aurait-il touché le sol, il se retrouverait vraiment coupé de tout ce chaos. Mais l'atterrissage tardait. Les lumières violettes de l'aérodrome se perdirent sur la droite, comme basculant dans un abîme. Il eut le sentiment qu'on le contraignait à malaxer dans son crâne, quelques moments encore, tout cet embrouillamini de pensées. Alors qu'au bout du compte, tout l'événement se résumait à l'histoire d'un cadavre jeté par-dessus la frontière chinoise…

Oui, c'est bien ça, se répéta-t-il tout en sentant ses tempes battre plus fort sous l'effet de la dépressurisation. Une histoire de cadavre qu'on a balancé, rien de plus. Les bandits avaient jadis coutume de déposer les dépouilles haïes aux portes de leur ennemis ; Mao, lui, les jetait aux portes de la superpuissance limitrophe. Projeter des cadavres à l'intérieur des citadelles antiques pour y semer la terreur était une coutume vieille comme le monde. Il se souvenait aussi de la façon dont les cendres du faux Dimitri de Russie avaient été lancées dans un boulet de canon par-dessus la frontière polonaise. Tout cela était bien dans le style de ces contrées-là. Mao ne les avait-il pas précisément menacés de la sorte : c'est ainsi que je disperserai vos cadavres à la volée ?

Tout en descendant dans la semi-obscurité, la carcasse de l'appareil craquait lourdement. Gjergj avait toujours sa serviette posée sur les genoux. Les boucles métalliques lançaient un faible éclat. Les Soviétiques n'avaient pas été moins mystérieux, avec leur Béria. Près de vingt ans s'étaient écoulés depuis lors, et sa disparition demeurait une énigme. On racontait qu'il n'y avait même pas eu de procès, pas plus que de peloton d'exécution ; on l'avait tué avant, en pleine réunion du Bureau politique. Certains prétendaient que quelqu'un l'avait étranglé de ses propres mains. Puis qu'on avait ensuite enterré son cadavre à la sauvette. Alors que celui-ci, l'étonnant Mao, prenait plaisir à lancer les cadavres d'un État à l'autre comme avec une fronde.

Pourquoi donc n'arrivait-il pas à chasser toutes ces images de son esprit ? Il approcha la tête du hublot, mais n'entrevit que l'obscurité dense et humide. Où était passée la terre ? Pendant combien de temps encore leur faudrait-il errer dans cet espace sens dessus dessous ? Il tint son front appuyé contre la vitre froide, sentant les vibrations de l'avion se communiquer à tout son corps. Subitement, loin devant lui, lui apparut une multitude de petites lumières, cette fois non plus seulement violettes, mais rouges, vertes et bleues, clignotant et tremblotant dans la nuit. Il sentit son cœur se réchauffer, une agréable langueur l'envahir. L'aile de l'avion masqua quelques instants ces points brillants, mais il resta le front collé contre le hublot, les yeux braqués devant lui, comme s'il les distinguait encore. Son esprit avait de nouveau vogué là-bas, vers les siens. Leurs visages comme lavés avec une émulsion de sourires défilèrent tour à tour dans sa mémoire, jusqu'au moment où celle-ci, Dieu sait pourquoi, s'arrêta sur un épisode sur lequel elle n'était pas revenue depuis bien longtemps. Il se rappela ses premiers moments d'intimité avec Silva, dans une allée jonchée de feuilles mortes entre le Grand Boulevard et la rue d'Elbasan (aujourd'hui encore, il ne connaissait pas son nom), où ils s'étaient retrouvés tous les deux, à l'issue d'une agréable soirée dont ils étaient sortis ensemble, alors qu'ils se connaissaient encore à peine. L'allée était tapissée de feuilles jaunies qui, dans l'éclat des lampadaires, semblaient y dérouler comme une somptueuse dorure patinée par le temps. Au milieu d'elles, ils remarquèrent un bout de partition déchirée sur laquelle les notes se distinguaient encore. Voici du Mozart, avait-il dit en lui désignant du doigt le feuillet. Elle avait ri ; levant la tête vers les sombres immeubles qui bordaient l'allée, il avait précisé : je crois qu'il y a tout près d'ici l'internat d'un conservatoire de musique.

C'est presque douloureusement que Gjergj se sentit de nouveau envahi par cette vague de nostalgie. Il se représenta le moment d'avant l'amour, quand ses yeux à elle se préparaient à se dépouiller de la vue, comme son corps de ses vêtements. Puis celui où il se penchait sur son ventre blanc au bas duquel, trouble, d'une insoutenable intensité, était l'attente...

La lourde carcasse de l'avion tressauta au contact de la piste. Les moteurs gémirent sous l'effet du freinage. La multitude de lumignons multicolores trémulaient de chaque côté, comme en état de transes. Quelle joie de rentrer ! s'exclama-t-il. D'ici trois jours, il serait à Tirana. L'avion ralentissait en haletant pesamment. Qu'était-ce donc que cet aéroport ? Il promena son regard dans l'espoir d'en découvrir peut-être le nom parmi les lumières, mais celles-ci étaient comme soûles et ne lui fournirent guère de réponse. Au fond, quelle importance cela avait-il ? L'essentiel était qu'il rentrait de ce désert. Soudain, il se rappela qu'il n'avait pas même envoyé de télégramme aux siens. Comment n'y avait-il pas songé ? Ça ne fait rien, se dit-il, il n'est pas trop tard. Il approcha de nouveau la tête du hublot comme s'il avait cherché à lire le nom de l'endroit où ils étaient parvenus. Les hôtesses venaient bien d'annoncer quelque chose... Dieu sait de quels caractères on se servait ici pour libeller le texte des télégrammes : latins ou arabes ?

Il sourit à part soi tout en se levant pour sortir. De toute façon, il expédierait ce télégramme, fût-ce en hiéroglyphes égyptiens, si nécessaire.

L'avion s'était enfin immobilisé, les passagers se préparaient à descendre.

Silva reçut le télégramme le lendemain. Le soir tombait, elle était occupée à mettre de l'ordre dans son réfrigérateur, quand on sonna à la porte. L'instant d'après, du couloir lui parvint la voix de Brikena :

– Maman, un télégramme ! C'est de papa, je crois...

Elle resta un moment interdite, puis se redressa brusquement et se précipita vers l'entrée. Brikena avait déjà ouvert le pli et elles rapprochèrent leurs deux têtes pour lire à mi-voix, presque au même rythme : *Arrive jeudi avion allemand, vous embrasse tendrement, très très tendrement. Gjergj.*

– Quelle joie ! fit Brikena en battant des mains.

Pendant un moment, elles ne furent plus occupées que par ce message, le lisant et le relisant, examinant attentivement le cachet indiquant l'heure de réception, l'heure et le lieu d'expédition, puis se hâtant ensemble d'aller feuilleter l'atlas de géographie de Brikena pour trouver la ville d'où il avait été envoyé :

– Comme il est encore loin ! s'écria Brikena quand elles eurent fini par la dénicher.

Quelques instants plus tard, leur appartement, plutôt calme durant toutes les journées écoulées, avait soudain repris vie. Toutes les pièces étaient éclairées. Silva allait et venait du réfrigérateur au poêle, puis au placard à vaisselle, oubliant aussitôt ce qu'elle était venue faire là. Quel gâteau allons-nous lui confectionner ? demandait Brikena. Ah, voilà justement pourquoi Silva avait ouvert le placard ! Mais il était encore tôt, il n'arriverait que dans deux jours et demi, elles avaient grandement le temps de tout préparer. Au fond, pour faire plaisir à Brikena, elles pourraient se mettre au gâteau dès aujourd'hui. Silva ne savait plus où donner de la tête. Elle se prit un moment à déambuler joyeusement, sans but, dans l'appartement, puis, au lieu d'une de ces tâches possibles qu'elle ébauchait dans son esprit pour les abandonner aussitôt, elle se contenta de ramasser le télégramme qu'elle avait posé sur la table, et, lentement, comme pour chercher à y découvrir quelque chose de plus que ce que mentionnait le texte, elle le relut. Avec un sourire figé, elle s'arrêta sur les mots *tendrement, très très tendrement*, sans trop savoir quelle vague inquiétude ils avaient suscitée en elle. Qu'est-ce que cela veut dire? était-elle en train de se demander quand, au même moment, elle s'écria, comme s'adressant à ses propres entrailles: Qu'est-ce qui me prend? Rien, lui répondit ce gouffre en elle. Pourtant, l'alarme gisait bien là au fond d'elle-même, voilée, brouillée par la distance. De toute façon, cet excès de sentimentalité n'était pas bon signe… L'abîme avait fini par livrer sa réponse. Silva n'avait pu refouler le souvenir d'une cérémonie funèbre extrêmement pénible. Un avion venant de Chine s'était écrasé. La femme de l'homme tué dans cet accident avait répété à deux ou trois reprises: je ne sais pas, mais sa toute dernière lettre m'a fait une impression étrange, elle était empreinte d'une émotion si débordante… Bêtises! se fit Silva. C'est un télégramme, et il arrive souvent que la poste redouble les mêmes mots. Elle savait bien qu'en l'espèce, il n'en était pas ainsi, qu'on ne répétait que les chiffres ou bien les dates, mais pourquoi eût-elle laissé succomber son esprit à un pareil délire?

– Qu'est-ce que tu as, maman? s'enquit Brikena.

Elle se ressaisit.

– Rien, ma chérie. J'étais en train de penser à un bon petit plat, sortant un peu de l'ordinaire, que nous pourrions préparer pour ton père.

Et, de nouveau, elles se mirent à aller et venir dans l'appartement.

Le jeudi, bien que l'avion n'arrivât qu'à quinze heures, Silva demanda à son chef l'autorisation de partir dès onze heures. En fait, ce matin-là, elle se sentait incapable du moindre travail. De temps à autre, Linda la contemplait avec des yeux où brillait une lueur singulière.

– Il t'a beaucoup manqué ? interrogea-t-elle la première fois que le chef sortit du bureau.

– Oui, beaucoup, répondit Silva sans détourner son regard de la surface de la table.

Elle sentait que Linda n'avait pas cessé de l'observer. Dans le bureau, on étouffait ; ce jour-là, on avait dû pousser le chauffage plus que de raison, à moins que ce ne fût là une impression à elle.

– Qu'est-ce que tu ressens quand il revient de l'étranger ? lui demanda sa jeune amie d'une voix hésitante. Tu es vraiment très heureuse ?

– Bien sûr, répondit Silva en relevant la tête.

Sur les pommettes de Linda s'était formée une très légère rougeur qui s'estompait autour des yeux.

–... Bien sûr, répéta-t-elle, et elle se sentit à son tour les joues en feu.

Se peut-il qu'elle ne parvienne pas à le concevoir ? se dit-elle. Elle lui donna pourtant raison. Dans le mariage, tout était différent ; surtout l'émotion après une séparation.

On frappa à la porte. C'était Illyrian. Lui aussi avait appris que Gjergj arrivait ce jour-là. Silva éprouva une certaine gêne. Elle avait le sentiment que tous, ce matin-là, cherchaient seulement à imaginer l'après-midi et la soirée qu'elle allait passer en compagnie de son mari. En fait, elle aussi ne cessait d'y songer. Par moments, elle pensait aux dessous qu'elle choisirait ; parfois, à l'instant où elle les ôterait lentement, comme il aimait la voir faire.

Elle en vint à se demander si ce n'était pas elle-même qui, ayant l'esprit à cela, les incitait à leur tour à se l'imaginer en proie au désir. Elle n'était même pas loin de croire que si elle cessait d'y penser, ce courant trouble qu'elle sentait s'établir entre elle et eux s'interromprait lui aussi. Mais, d'un côté comme de l'autre, ça paraissait impossible. Son chef de service lui-même ne s'était pas privé de lui lancer, ce matin-là, quand elle lui avait demandé l'autorisation de s'absenter: Alors, aujourd'hui, on fait la fête, pas vrai? Et il avait ri avec un air malicieux que faisait pardonner son caractère bonhomme.

Illyrian, lui, ne se permit rien de tel. Vêtu avec élégance, comme toujours, mais plus sérieux qu'à son habitude, voire presque solennel, il était venu lui demander si elle avait appris la modification intervenue dans l'horaire du vol, et elle, bien qu'elle fût informée de ce changement, le remercia sans lui dire qu'elle était au courant.

Voilà en tout cas qui est d'une grande dignité, se dit-elle lorsqu'il eut refermé la porte.

Près d'un an auparavant, peu après qu'il eut été nommé au ministère, au cours d'une soirée dansante, Illyrian lui avait fait des compliments qui ne masquaient guère ses intentions. Habituée à être encensée par les hommes, Silva n'y avait pas prêté attention, mais quand, un peu plus tard, il était revenu à la charge, cette fois avec plus d'insistance, elle lui avait riposté d'un ton dont la rudesse l'avait surprise elle-même. L'idée que l'image qu'il s'était naguère forgée d'elle, et surtout de sa sœur Ana, avait pu lui inspirer cette audace, l'avait fait sortir de ses gonds. Par la suite, elle s'était attendue qu'il lui témoignât de la rancœur, mais, se sentant apparemment coupable, il avait avalé l'offense avec une étonnante dignité.

A onze heures, comme elle descendait l'escalier pour sortir, elle tomba sur Simon Dersha. Il arborait encore son costume bleu marine, et ses traits étaient à nouveau comme figés. Un beau jour, ce type-là va perdre la raison, se dit Silva tout en le saluant. La préposée à l'enregistrement du service de la planification, dont l'œil et l'ouïe ne laissaient rien échapper, racontait que Simon avait été convié à dîner, un soir, chez le ministre D..., et que, depuis ce jour-là, il portait régulièrement son seul costume habillé dans l'espoir d'être invité à nouveau.

A peine passé le seuil du ministère, Silva, aspirant l'air frais du dehors, se sentit plus légère. Il lui sembla que la place Skanderbeg se prêtait bien à une humeur aussi allègre que la sienne, surtout par un jour brouillasseux comme celui-là. On pouvait se promener sur les trottoirs longeant le ministère ; en face, la vue était agrémentée par un jardin en cuvette ; le surplombant, la chaussée toujours mouillée en cette saison, couverte d'un voile de vapeur. Mais elle n'avait pas de temps à perdre. A une heure et demie, deux heures au plus, elle devait partir avec Brikena pour l'aéroport ; aussi lui fallait-il se hâter afin de liquider quelques ultimes petites tâches. A dire vrai, elle n'avait plus grand'chose à faire. Peut-être acheter encore deux ou trois bouteilles de vin et quelques poignées de sucreries, pour parer à toute éventualité, car des amis pouvaient débarquer à l'improviste dans la soirée. Elle avait préparé tout le reste depuis la veille.

En passant devant chez le marchand de fruits et légumes de sa rue, elle remarqua de très belles pommes à l'étalage et entra dans le magasin. Le marchand, un grand escogriffe à la voix bien timbrée et pleine de trémolos comme celle d'un speaker de la radio, ne cessait, à son habitude, de pérorer tout en servant les chalands. Il y avait là quatre ou cinq clients et autant de clientes qui attendaient leur tour. Le marchand était en train de déverser des pommes dans le filet à provisions d'un homme vêtu avec une certaine distinction.

– Comment avance le chinois ? s'enquit-il en farfouillant dans son tiroir-caisse pour lui rendre la monnaie.

– Pardon ? fit l'acheteur en écarquillant les yeux.

– Je vous ai demandé comment allait le chinois, répéta le marchand.

– En voilà une façon d'interroger les gens ! répliqua l'autre en le considérant d'un air pincé, comme pour lui dire : tu n'as pas trouvé d'autre endroit pour me poser une pareille question ?

– J'ai l'impression que tout le mal qu'il s'est donné pour apprendre le chinois ne lui servira à rien, fit le marchand quand l'autre eut repassé le seuil de son magasin. Il habite près d'ici, c'est un de ces anciens bourgeois qui se sont assagis, continua-t-il d'expliquer tout en pesant les pommes d'une cliente. Il était auparavant traducteur de russe, qu'il avait appris en prison. Quand on s'est brouillé avec Moscou, il a abandonné le russe pour le chinois, et c'est comme je vous le dis : en deux ans, il a réussi à l'apprendre ! Mais à quoi bon ? Tout laisse penser que le chinois ne lui sera plus d'une grande utilité.

– Eh, ces démons-là sont capables d'apprendre la langue des gargouilles s'ils y trouvent leur intérêt, fit un vieil homme à la voix éraillée.

– Tout de même, reprit le marchand, voilà un malheureux bougre qui s'échine des années à apprendre cette satanée langue, et du jour au lendemain ça ne lui sert plus à rien. Il doit crever de rage !

– C'est ce qui arrive quand on croit pouvoir jouer au plus malin, dit le vieil homme du même ton enroué. Quel besoin avait-il d'apprendre le chinois !

– Il s'est dit qu'il y aurait un tas de trucs à traduire, intervint un jeune homme.

– Alors c'est bien fait pour ses pieds, conclut le vieux.

Deux ou trois des personnes qui se trouvaient là s'esclaffèrent.

Le marchand avait laissé tomber les pommes dans le filet de Silva et elle le régla. Elle sortait du magasin quand elle entendit à nouveau la voix du vieux, mais elle ne put distinguer ce qu'il disait, elle n'entendit que les rires des clients restés à l'intérieur.

Étrange, songea Silva. Dans cette boutique, des gens qui ne se connaissaient guère s'exprimaient presque ouvertement sur ce sujet. Elle hâta le pas. Ces derniers jours, toute à l'attente du retour de Gjergj, elle n'avait prêté aucune attention à ce qui se disait des relations avec la Chine. Aussi cette conversation chez le fruitier l'avait en quelque sorte prise au dépourvu. Au début de la rupture avec les Soviétiques, de tels commentaires eussent été inconcevables. Tant mieux, se dit-elle en passant son filet alourdi d'une main dans l'autre. Un pareil calme… Nul doute que cela vaut mieux, se répéta-t-elle au bout d'un instant, et elle se remit à songer au retour de Gjergj.

A la maison, Brikena l'attendait avec impatience. Silva la pria de rester près du téléphone pendant qu'elle prenait un bain. Immergée dans l'eau chaude, elle ne put empêcher que lui reviennent fugitivement à l'esprit les propos malicieux de son chef de service, les pommettes empourprées de Linda, ses questions sur la joie éprouvée au retour de son homme, tous rappels qui se mêlaient en elle au sentiment aigu du bonheur proche.

A l'aéroport se pressait une petite foule composée presque pour moitié d'étrangers.

– Maman, tu as vu tous ces Chinois ! s'exclama Brikena, stupéfaite, lorsque leur taxi se fut garé devant le bâtiment de la douane.

Le chauffeur sourit.

– Ces derniers jours, l'aéroport a grouillé de Chinois, dit-il. Il paraît qu'ils procèdent à une sorte de relève.

– Comment ça ? fit Silva en lui tendant un billet de cinquante leks.

– Eh bien, comme toujours en pareil cas, les anciens partent et il en vient de nouveaux, expliqua le chauffeur en cherchant de la monnaie dans sa poche.

Silva le remercia et descendit du véhicule. Dans la salle d'attente, elle découvrit encore une grande affluence de Chinois.

– Nous sommes en avance, murmura-t-elle. Nous aurons à patienter un bon bout de temps.

– Ça ne fait rien, maman, j'aime bien cet endroit.

Elles finirent par trouver une table libre et s'assirent. En fait, entre cet instant et celui où une voix féminine annonça dans le haut-parleur que l'arrivée du vol Berlin-Budapest-Tirana n'était plus que l'affaire de quelques minutes, le temps passa plus vite qu'elles ne l'avaient imaginé. Debout derrière les baies vitrées de la salle d'attente, elles suivirent des yeux la descente de l'appareil sur la piste, l'approche de la passerelle, l'apparition des premiers passagers. Voilà papa ! s'écria Brikena qui avait été la première à le distinguer parmi la petite troupe des voyageurs, pour la plupart encore des Chinois. Gjergj s'approchait de sa démarche bien reconnaissable, le corps droit, le pas lourd, sa serviette noire à la main. Il ne les avait pas encore aperçues, sans doute les reflets des vitres l'en empêchaient-ils, et il ne les remarqua qu'une fois parvenu tout près ; il leur adressa alors un signe de la main.

– Comment s'est passé ton voyage ? lui demanda Silva alors qu'il les tenait encore toutes deux dans ses bras.

– Bien. Et vous, ici ?

– Très bien. Nous étions seulement inquiètes à ton sujet.

– Pourquoi donc ?

– Eh bien..., fit Silva en désignant la foule de Chinois qui semblait ne jamais devoir se tarir.

Il rit.

– Tu as l'air fatigué, lui dit-elle lorsqu'ils furent montés en voiture.

Il lui caressa la joue du dos de la main.

– Comment te dire... Le voyage, je dois le reconnaître, a été éreintant. Et puis le décalage horaire... Vous avez reçu mon télégramme ?

– Oui.

Il sourit à part soi, comme à l'évocation de quelque souvenir.

– Ici, tout le monde parle ouvertement de ces problèmes avec Pékin, dit Silva.

– Oui ? Je m'en doutais un peu.

– C'est le sujet du jour !

– Où habitez-vous ? demanda le chauffeur au moment où le taxi entrait dans Tirana.

Silva s'apprêtait à donner leur adresse, mais Gjergj la devança :

– Conduisez-nous d'abord au ministère des Affaires étrangères.

Il montra en souriant sa serviette. Silva appuya sa tête contre son épaule.

Il les laissa à l'entrée, mais leur attente fut de courte durée. Dix minutes plus tard, ils étaient chez eux. Tandis qu'elles dressaient la table, il se mit à déambuler à travers l'appartement.

– Tiens, le citronnier a fleuri ! l'entendirent-elles s'exclamer depuis la porte-fenêtre du balcon.

– Il te plaît ? questionna Silva.
– Beaucoup.
Quand, peu après, Silva déboucha de la cuisine pour lui annoncer que le repas était prêt, elle le trouva planté dans leur chambre à coucher, l'air un peu distrait, en train de contempler les rideaux.
– A quoi songes-tu ? lui demanda-t-elle.
D'un mouvement de tête, il lui indiqua les fenêtres.
– Je regarde les rideaux, fit-il, et je n'en reviens pas... Là-bas, il n'y a pas de rideaux aux fenêtres.
– Vraiment ?
– Curieusement, ça faisait un grand vide..., reprit-il. On aurait dit des fenêtres aveugles. Oui, des fenêtres mortes... Mais ce n'est pas tout. Un jour, un Chinois m'a expliqué : si nous avons supprimé les rideaux, c'est que c'est par eux que commence le mal : le secret de la vie privée.
Silva l'embrassa.
– N'y pense plus, lui dit-elle d'une voix caressante, et elle l'entraîna. Viens, le repas est servi.
– Tu as raison, dit-il en lui emboîtant le pas, il faut que je m'en débarrasse l'esprit au plus vite.
Quand ils eurent terminé de manger, le soir était déjà presque tombé. C'était un de ces crépuscules où le jour et la nuit se fondent dans une bienheureuse harmonie.
– Tu as envie de prendre un peu de repos ? demanda Silva après lui avoir décoché un bref regard.
– Oui, je ne demande pas mieux.
– Brikena, va t'allonger, toi aussi.
– Mais je ne suis pas fatiguée !
– Va te reposer quand même...
– D'accord.
Leur fille se leva, vint embrasser son père entre la joue et le cou, puis s'éclipsa.
Ils se regardèrent dans les yeux avec un sourire vaporeux, trouble comme cette fin de journée. Sans un mot, ils se levèrent l'un après l'autre, et, par le couloir maintenant plongé dans une obscurité totale, ils gagnèrent leur chambre.

De loin, comme d'un autre monde, on entendait le téléphone sonner sans désemparer. Qu'est-ce que ça peut bien être ? fit Silva d'une voix plaintive. Si Brikena ne décroche pas, c'est qu'elle a dû s'endormir, pensa-t-elle. Elle finit par se lever et, sans se couvrir, gagna le couloir.

– Qui était-ce ? demanda Gjergj quand elle revint.

– Tes sœurs. Elles ont demandé de tes nouvelles. Elles passeront peut-être ce soir.

Le téléphone sonna de nouveau.

– Laisse donc, ils finiront bien par se lasser, gémit-il.

Elle fut tentée de laisser sonner, puis, comme si elle s'y fût sentie poussée, elle se leva une seconde fois. C'était son autre belle-sœur. Tout en lui parlant, l'idée que Gjergj venait peut-être de la mettre enceinte la fit bafouiller. En général, c'est dans des occasions de ce genre que ça arrive, lui avait soufflé une amie.

– Pourquoi n'as-tu pas débranché l'appareil ? lui dit-il lorsqu'elle fut de retour.

– Non, ce ne serait pas poli, répondit Silva en se blottissant contre sa poitrine, encore frissonnante d'avoir pris froid dans le couloir. Les gens ont envie de te souhaiter la bienvenue.

Il ne répondit pas.

Le téléphone sonna de nouveau à plusieurs reprises et ils finirent par se lever tous les deux. Silva posa la cafetière sur le poêle. Brikena, qui s'était assoupie dans sa chambre, se réveilla à son tour. L'arôme du café rendait la tiédeur de l'appartement plus agréable encore.

– Comme tout cela m'a manqué..., dit-il en promenant son regard autour de lui.

Sitôt pris leur café, Silva se mit à faire la vaisselle qu'elle avait laissée dans l'évier. Sur le coup de sept heures arrivèrent deux des sœurs de Gjergj. A leur suite débarquèrent d'autres visiteurs, surtout des proches, mais, opportunément, au bout d'un moment, tous répétaient les mêmes mots : Maintenant nous vous laissons, Gjergj doit être exténué par ce long voyage.

Vers dix heures, ils se retrouvèrent à nouveau seuls. Ils

dînèrent tous les trois. Brikena s'affairait autour du magnétophone en demandant par intervalles à son père : Tu aimes cette musique, papa, ou tu préfères autre chose ? – cependant que lui-même n'arrêtait pas de porter son regard tantôt sur un objet, tantôt sur un autre, une expression étrange flottant sur son visage, comme s'il découvrait toutes choses pour la première fois.

– Ça me fait un drôle d'effet de me retrouver à la maison, répéta-t-il à plusieurs reprises et sur un tel ton qu'elles se regardèrent toutes deux à la dérobée.

Passé minuit, Brikena alla se coucher et ils gagnèrent leur propre chambre à coucher. De la rue montaient les voix de passants attardés.

– Comme je m'ennuyais de toi ! murmura-t-il en lui caressant les hanches.

Ils restèrent longuement enlacés. Dans ce silence entrecoupé de soupirs, elle songea de nouveau au fait qu'il avait pu la mettre enceinte, mais elle chassa aussitôt cette idée de son esprit. Au bout du compte, ce ne serait pas un grand malheur. Dans un tourbillon léger redéfilèrent dans son esprit tous ceux qui étaient passés ou qui avaient téléphoné. Son frère Arian, lui, n'avait pas donné signe de vie. Insensiblement, il allait commencer à s'éloigner de son entourage, comme faisaient généralement les exclus du Parti. Le pincement au cœur qu'elle ressentit la fit soupirer. Elle hésita un moment. Allait-elle en parler à Gjergj ? Il était deux heures du matin. L'oreiller sur lequel leurs cheveux s'entremêlaient incitait au sommeil. Elle lui effleura la joue comme pour vérifier si ses yeux étaient encore ouverts.

– Gjergj, lui dit-elle à voix basse, d'un ton singulier, chacune de ses syllabes semblant se noyer dans une profonde expiration, je ne voulais pas t'en parler ce soir, pourtant je ne peux m'en empêcher. Il y a une semaine, Arian a été exclu du Parti.

– Quoi ?

Elle répéta ses derniers mots. Il resta un moment immobile, les yeux braqués vers les ténèbres du plafond.

– Mais pour quelle raison ?

– Je ne sais. Lui-même n'en dit rien.

– Bizarre, fit-il au bout d'un instant. Ça n'aurait pas quelque chose à voir avec les Chinois ?

– Avec les Chinois ? Tu plaisantes !

– Pas du tout.

Il dégagea son bras pour mieux se tourner vers elle.

– Même si cela peut paraître absurde, je voulais dire qu'au moment où surviennent certains tournants politiques, des choses de ce genre peuvent se produire. Tu me comprends... Comme autrefois, avec les Soviétiques... Çà et là, il y avait des gens qui n'étaient pas très chauds pour rompre... Il est vrai que, dans ce cas précis, il serait fou de penser...

– Quoi, de la sympathie pour les Chinois? s'exclama Silva. Tu peux être bien certain que non ! L'idée ne m'effleure même pas. Je suis convaincue qu'il s'agit d'autre chose. Ça n'a probablement rien à voir avec eux.

– Peut-être s'agit-il en effet d'autre chose, fit-il.

– Gjergj, pardonne-moi de t'en avoir parlé. Je n'aurais sans doute pas dû, surtout ce soir. Mais comprends-moi : depuis des jours et des jours, je me fais un tel mauvais sang...

– Mais non, mais non, l'interrompit-il, tu as fort bien fait de m'en parler.

Le carillon d'une horloge qu'ils n'avaient jusque-là jamais entendue retentit quelque part dans le lointain. Des horloges de bronze au fond d'appartements remplis de souvenirs humains..., songea-t-il.

Il ajouta au bout d'un moment :

– Non, ça n'a sûrement rien à voir avec les Chinois.

CHAPITRE VI

Ekrem Fortuzi écarta le rideau pour regarder au-dehors. C'était une journée grise et humide. Je devrais mettre mes galoches, se dit-il. Il hésita un moment devant l'amoncellement de chaussures qu'il gardait dans une espèce de débarras, à droite de la porte de la salle de bains, puis il se pencha et, pendant quelques instants, farfouilla parmi une multitude de sandales, de souliers, de bottes dont la plupart avaient soit la semelle percée, soit une lanière rompue ou un talon décollé. Il finit par trouver ses galoches, les laissa choir par terre et il se préparait à les chausser quand il entendit la voix de sa femme s'élever depuis la chambre à coucher :

– Ekrem, où vas-tu si tôt ?

– Il n'est pas tôt, Hava, il va bientôt être dix heures. Je vais jusqu'aux ministères, demander s'il y a quelque chose pour moi.

– Tu espères encore ?

Il ne répondit pas.

– J'ai allumé le poêle, dit-il au bout d'un moment. Le lait aussi est bouilli. A tout à l'heure, ma chérie.

– A tout à l'heure, mon lapin…

En sortant dans la rue, il éprouva une sensation de soulagement. Il faisait froid. Les volets de la maison d'en face, gondolés et écaillés par la pluie, étaient clos. Dimanche, pensa-t-il, les gens font la grasse matinée. Alors que lui-même devait courir les permanences des ministères pour voir si on lui avait laissé quelque texte à traduire. Pour ne pas se faire repérer, il avait pris l'habitude d'aller quérir les dossiers contenant des textes à traduire du chinois après la journée de travail, ou bien le dimanche. On les lui laissait à la permanence, en général avec un petit mot fixant les délais – habituellement très brefs – qui lui étaient impartis. Jamais il ne se présentait non plus pour percevoir ses honoraires ; il attendait qu'on les lui envoyât par la poste. Ces précieux conseils lui avaient été dispensés par son ami Musabelli du temps des Soviétiques, quand il avait commencé à traduire du russe : évite de te montrer, ne te fais pas trop voir dans les ministères, les communistes n'aiment pas beaucoup nous rencontrer, nous autres anciens bourgeois, dans les couloirs de leurs administrations.

Ekrem n'avait pour ainsi dire jamais dérogé à cette règle. Quand, la journée de travail terminée, il apercevait des gens devant l'entrée d'un ministère ou de quelque autre institution, il rebroussait chemin et ne revenait que lorsque tout le monde était parti. Le dimanche était en général le jour le plus indiqué. Ce jour-là, il pouvait non seulement retirer les dossiers en toute quiétude, mais même échanger quelques mots avec les préposés à la permanence. Tous le connaissaient désormais. C'étaient pour la plupart des anciens combattants et Ekrem éprouvait vis-à-vis d'eux une timidité particulière, mêlée à une certaine gratitude pour l'amabilité qu'ils lui témoignaient, voire pour l'espèce d'étonnement, pour ne pas dire d'admiration qu'il croyait lire parfois dans le regard de certains. T'es fort, y a pas à dire, lui avait déclaré un jour le fonctionnaire de service à l'Albimpex, comment t'as fait pour apprendre si bien le chinois ? – Que veux-tu, avait-il répondu, il fallait bien que quelqu'un s'y mette, pas vrai ? – C'est juste, avait acquiescé l'autre en le considérant avec respect, c'est juste, camarade, bravo!... Confus, Ekrem était devenu cramoisi, mais le malaise où le mettait ce genre de simagrées l'avait incité à s'éloigner sans demander son reste.

C'est presque avec émotion qu'il se souvenait à présent de ces après-midi-là, des bribes de conversation échangées à travers la vitre de la loge, de l'arôme des châtaignes que les employés de garde faisaient griller sur un petit réchaud électrique. Plus récemment, les commandes de traductions s'étaient raréfiées, pour s'interrompre presque complètement ces derniers temps.

Ekrem était parvenu sur la place des ministères. Le gris des larges trottoirs, rendu plus foncé par la pluie, le plongea dans un profond désarroi. Ornés de lourdes poignées de bronze, les hauts vantaux du ministère de la Construction étaient entrouverts. Ekrem lança un coup d'œil dans la portion du vestibule froid et désert qui se laissait entrevoir derrière le portail, chichement éclairée par une seule lampe, et il obliqua pour s'y engouffrer. Le fonctionnaire de permanence était à sa place, paumes tendues au-dessus d'un réchaud.

– Bonjour, fit Ekrem. Il fait frisquet, pas vrai?

– Bonjour, répondit l'autre. C'est la saison qui veut ça. Est-ce qu'il pleut?

– Quelques gouttes par-ci par-là.

– On n'a rien laissé pour vous. – Ekrem sentit comme une morsure dans sa poitrine. – Je vais tout de même jeter un coup d'œil dans le tiroir, mais je crois bien qu'il n'y a rien.

Pendant quelques secondes, Ekrem suivit d'un regard glacé le tiroir qui s'ouvrait et la main de l'employé qui remuait quelques feuillets laissés là pour une raison ou une autre.

– Non, il n'y a rien, murmura son interlocuteur.

– Bon, au revoir, fit Ekrem.

– Au revoir, ce sera pour une autre fois.

Une autre fois..., se répéta Ekrem en débouchant sur la place. Il marcha quelques instants, l'esprit absent. Où allait-il à présent diriger ses pas : vers l'Agroexport ou vers le ministère du Commerce ? Mais, minute ! Est-ce que tu n'exagères pas en te rendant et à l'une et à l'autre de ces deux administrations ? Ne risque-t-on pas de prendre cela pour une manière d'investigation, une façon de venir *tâter le pouls* ? Comme dans un éclair défilèrent dans sa tête la cour de la prison, le jour de la remise des colis, et, Dieu sait pourquoi, le chant traînant d'un droit-commun condamné pour inceste. Absurde ! se dit-il au bout d'un instant. Quel pouls y avait-il désormais à tâter ? Cela faisait des jours que tout un chacun en parlait presque ouvertement. Au diable toutes ces précautions ! Il irait demander s'il y avait du travail pour lui à ces deux administrations, et pas seulement là, mais également à Makina-import et à l'Albimpex, voire à la Commission du Plan. Il boirait le calice jusqu'à la lie. Il avait pressé le pas. Peut-être remettrait-il de quelques jours sa visite à la Commission du Plan, rectifia-t-il quand il se fut quelque peu calmé, mais il irait voir sans faute dans les autres services.

Quelle poisse, je ne suis vraiment pas verni ! se répétait-il en se dirigeant vers le bâtiment de l'Agroexport. Il se sentait très abattu, bien qu'il se donnât du cœur en cherchant à se persuader que tout n'était pas encore cuit. En fait, il était convaincu qu'il ne se trouvait personne pour jouer autant que lui de malchance. Il venait tout juste de s'entendre avec la direction de l'Opéra pour se faire confier une nouvelle traduction, de l'original cette fois, du livret de la *Prise par la ruse de la Montagne du Tigre*, quand s'étaient répandues les premières rumeurs du désastre. Avec le russe aussi, ç'avait été pareil : c'est au moment où les choses marchaient mieux que jamais que s'était produite la catastrophe. Mais le regret de voir gaspiller son chinois était sans commune mesure, pour la simple raison qu'ils étaient des milliers à connaître le russe, alors qu'il était l'un des rares Albanais à posséder le chinois et qu'il s'était affirmé peu à peu comme le meilleur. La traduction de ce livret d'opéra à partir de l'original lui aurait ouvert de nouvelles possibilités dans son travail. A présent, tout s'effondrait. Après les premiers chuchotements sur une rupture des relations avec la Chine, comme il confiait à Hava ce qu'il en avait entendu dire, celle-ci lui avait répliqué avec nonchalance : Pourquoi attacher la moindre importance à ce genre de racontars ? Les désillusions qui ont suivi la rupture avec les Russes ne t'ont pas suffi ? – Ce n'est pas cela qui me préoccupe, lui avait-il répondu. Je ne suis pas assez fou pour entretenir des *espoirs pareils* ! Ce qui me ronge, c'est ce chinois qui ne me servira plus de rien ! C'est lui que je regrette, mon chinois !

Avec ses persiennes hermétiquement closes, le bâtiment de l'Agroexport avait un air peu avenant. Ekrem poussa le haut battant du portail et s'arrêta un moment sur le seuil.

– Non, il n'y a rien pour vous, lança à son intention, derrière la vitre de la loge, la voix presque guillerette du préposé à la permanence.

– J'ai songé à venir faire un tour, juste pour demander, dit Ekrem d'un ton timide, comme pour s'excuser.

– Non, il n'y a rien, répéta l'autre.

– Oui, bien sûr, fit Ekrem. J'avais même pensé... (quel crétin tu fais, se dit-il, voilà que tu ne peux pas t'empêcher de dégoiser !)... je voulais dire que je n'étais pas du tout sûr de trouver quelque chose pour moi, mais je suis passé à tout hasard, car il arrive qu'au moment précis où est demandée une traduction d'urgence, personne ne se présente, alors qu'au contraire, quand on passe, on ne trouve rien ! Ha-ha !

Plutôt surpris, l'employé de garde l'écoutait rire. Ekrem s'efforça d'afficher un air désinvolte, presque enjoué.

– Au revoir, dit-il en forçant la voix.

– Au revoir, répondit l'autre.

Une fois dehors, il céda au découragement. Il n'y a rien, constata-t-il. Inutile que j'aille demander ailleurs. Tout à fait inutile... Il n'en sentait pas moins ses jambes le ramener vers la place des ministères. Je tourne en rond comme le bourricot sur son aire.

L'employé de service au ministère du Commerce était

nouveau, mais Ekrem n'eut pas même le temps d'inventer quelque pieux mensonge pour éviter d'avoir à se justifier auprès de lui, ce qui le morfondit cruellement. Parvenant à grand'peine à comprendre ce qu'il voulait, le fonctionnaire de permanence lui déclara que personne n'avait laissé de texte à traduire en aucune langue, et Ekrem eut même l'impression que l'autre l'avait considéré avec une certaine suspicion. Il ne manquait plus que ça ! pensa-t-il en sortant. Il réfléchit qu'il avait sans doute eu tort de repartir si vite, sans expliquer qu'il venait là régulièrement retirer des textes, afin que le fonctionnaire n'allât penser Dieu sait quoi sur son compte. Mais il ne revint pas sur ses pas. A quoi bon, se dit-il, il n'a qu'à penser ce qu'il veut ! Malgré tout, l'idée que l'autre avait pu aussitôt décrocher son téléphone et appeler par exemple son collègue du ministère de la Construction le fit frémir... Allô, un individu à l'air louche est-il venu chez vous demander si l'on continuait à traduire du chinois ? – autrement dit, procéder à quelques coups de sonde pour vérifier dans quelle mesure rejaillissaient sur le plan des relations d'État à État ces rumeurs qui couraient depuis déjà pas mal de temps et qui, nul ne l'ignorait, relevaient principalement de l'agitation idéologique... ?

Il frissonna. Il se figea même sur place, hésitant à rebrousser chemin, mais, l'instant d'après, il avait repris sa marche. Au bout du compte, réfléchit-il, tant mieux s'il appelle son collègue ! Il tirera l'affaire au clair et en sera tranquillisé. Comme je suis bête ! J'aurais tout à gagner à ce qu'il lui téléphone !

Les immeubles de l'Albimpex et de Makina-import étaient situés dans la même rue. Il n'avait pas encore décidé dans lequel il entrerait pour en avoir le cœur net sur toute cette histoire. Il sentait l'humidité le pénétrer jusqu'à la moelle des os. Jamais l'idée ne l'avait effleuré qu'il lui faudrait un jour courir d'une administration à l'autre pour mendier ainsi un bout de traduction. Il aurait eu beau tout imaginer, jamais il n'aurait pensé qu'il lui serait donné d'assister ainsi à la fin de son chinois – jamais ! Tous ces meetings d'amitié, ces slogans sur les pancartes, ces échanges de délégations n'avaient laissé augurer que du contraire.

Son chinois... Que de railleries, de ricanements, de rosseries ne l'avait-il pas obligé à supporter de la part de son entourage ! Tu ne fais pas mal de l'étudier, lui avait dit un jour Hava Preza, mais je regrette de te voir consumer tout ton temps libre à étudier ce baragouin, car je ne sais comment te dire, mais si, à Dieu ne plaise, on te fourre à nouveau en taule, comme la fois où tu y as appris le russe, à quoi tueras-tu le temps? – Méchante langue! lui avait répliqué sa Hava à lui. Mon Ekrem ne sera plus envoyé au trou, ça non ! – On ne sait jamais, avait répondu Hava Preza. Comme disait la malheureuse Nurihan, n'importe qui peut y retourner, aussi bien ceux qui en ont déjà tâté que nous autres qui n'y avons encore jamais mis les pieds... Après ce genre de déclaration, elle avait coutume de soupirer, puis ajoutait: Dieu soit loué, ce ne sont pas les langues à apprendre qui manquent!...

Au début, sa Hava aussi s'était moquée de lui, mais au moins avait-elle été la première à comprendre les avantages d'un tel travail, et elle avait même commencé de l'y encourager. Lorsqu'il était parvenu à retenir les huit cents premiers idéogrammes, ils avaient fêté l'événement en allant souper au restaurant. Là, comme elle le contemplait avec une exaltation mêlée d'une certaine nostalgie, Ekrem, les joues un peu rosies par le vin, avait déroulé devant elle tout leur avenir sous la nouvelle étoile du chinois : le succès de ses premières traductions, sa renommée de meilleur spécialiste en la matière, ses rémunérations élevées, la retraduction des poèmes de Mao Zedong qu'on ne manquerait pas de lui confier; après quoi, les invitations à l'ambassade chinoise, et, pourquoi pas, un beau jour, à l'occasion de quelque traduction particulièrement importante, par exemple des œuvres complètes de Mao, quelque voyage en Chine avec escale – ô mon Dieu! – à Paris ou à Rome... Elle continuait à le considérer avec les mêmes yeux abattus auxquels ses cils alourdis de rimmel et ses paupières gonflées, peinturlurées à l'excès, conféraient un air presque tragique, et il avait ajouté : Pourquoi me regardes-tu ainsi, ma chérie ? Tu ne me crois pas ? – Je te crois, lui avait-elle répondu ; je regrette seulement que tout cela ne nous vienne pas d'une langue plus civilisée, l'anglais ou l'espagnol, par exemple, mais de celle-ci qui me fait l'effet, comment te dire… d'une langue de rebut. – Peu importe, lui avait-il répliqué d'un air jovial, on peut atteindre à la félicité même avec la langue du diable !

Par la suite, lorsqu'il s'était mis effectivement à traduire et à toucher ses premiers émoluments, Ekrem comprit qu'en sus des avantages matériels, le chinois lui garantissait, sous l'angle politique, une relative assurance. Cela le rapprochait un tant soit peu des institutions officielles et, plus généralement, du régime. Ce n'était pas pour rien la langue de l'amitié. Dès qu'on apprenait de quoi il s'occupait, automatiquement, non plus seulement en lui, mais chez les autres, se créait un sentiment de confiance qui le lavait en quelque sorte de son passé bourgeois. Pour son malheur, tout cela se muait à présent en son contraire. On lui ferait payer double ce léger blanchiment de sa vie. La perfection de son chinois, dont il tirait fierté, cet antidote à ses antécédents allait se transformer, si ce n'était déjà fait, en quelque chose de néfaste qui noircirait d'autant plus son passé de *ci-devant*. Désormais, il serait doublement indésirable, survivance honnie de deux époques à la fois, celle de la bourgeoisie et celle des Chinois. On se le montrerait du doigt avec dégoût : tiens, c'est lui, le type le plus empressé à ramper devant tout le monde, le plus servile, le roi des lèche-cul. Seigneur, il ne manquait plus que ça ! gémit-il. Soudain, il vit tout en noir, toutes les portes lui étaient fermées – et dire qu'il avait encore le courage d'aller quémander des traductions de cette langue maudite ! Il ferait mieux de courir se calfeutrer chez lui, de ne plus même sortir de sa maison pour qu'on le laissât tranquille, qu'on l'oubliât à jamais.

Il devait s'interdire d'aller de porte en porte comme un curé quêtant les aumônes, et il aurait été même plus avisé d'agir à l'inverse : même si l'on venait lui proposer quelques dernières traductions que la négligence avait fait omettre, quelques vieux protocoles oubliés, il lui faudrait répondre : Excusez-moi, mais je ne m'occupe plus de cela, il y a belle lurette que j'ai renoncé à ce genre de travail, je ne me sens plus assez sûr de moi, et, de surcroît, les idéogrammes ont beaucoup affecté ma vue ; bien que, selon les recommandations de l'oculiste, j'aie changé par deux fois de verres, ces maudits signes se brouillent sous mes yeux.

Voilà ce qu'il devrait dire, même si l'on venait le supplier, et non pas aller lui-même au-devant des complications. Éloigne-toi au plus vite, dérobe-toi tant qu'il en est encore temps, ferme-leur ta porte ! s'exhorta-t-il. La rupture avec la Chine a marqué ta propre rupture.

Il se sentait sur le point d'éclater en sanglots. Au demeurant, une pareille journée était de celles qui tirent des larmes alors même qu'on n'en a plus. Les arbres dénudés, alignés le long des trottoirs, rendaient encore plus mornes les façades grisâtres des bâtiments gouvernementaux à l'intérieur desquels Ekrem imaginait les préposés de permanence, paumes tendues au-dessus de leurs poêles. Il s'aperçut qu'il longeait l'immeuble massif de la société Makina-import et il pressa le pas comme s'il s'était lui-même pris en faute. Éloigne-toi ! s'adjura-t-il. Éloigne-toi, malheureux !

Il marchait, emmitouflé dans le col de fourrure de son manteau, quand un symbole familier, sur une affiche, attira son attention. Ou plutôt non, pas un symbole, mais toute une rangée d'idéogrammes. Il ralentit et se mit à déchiffrer : *Exposition de porcelaine*. Qu'est-ce que ça peut bien être ? se demanda-t-il. Il fit encore deux pas et lut plus attentivement. C'était bien ça, même qu'en dessous des idéogrammes, le texte était rédigé en albanais. C'est une affiche qui doit remonter à quelque temps mais que la pluie, le vent ou les employés de la voirie ont négligé d'arracher.

Pourtant, elle ne paraissait pas si ancienne, tout au contraire. Devant s'étaient arrêtés un homme et une femme vêtus avec élégance. L'homme, qu'Ekrem crut avoir déjà entr'aperçu quelque part, s'adressait avec un sourire à la femme tout en regardant précisément le texte de l'affiche.

Ekrem observa le couple. Il eut l'impression que ce sourire l'engageait à prendre part à leur conversation, comme il arrive fréquemment entre badauds anonymes que le hasard rassemble devant quelque spectacle insolite ou à l'occasion d'un événement frappant. Lui vint alors un désir irrépressible de leur parler, de leur dire par exemple : vous voyez cette affiche qu'on a laissée là, hé-hé... quel canular, vous ne trouvez pas ? En dépit de sa timidité foncière, Ekrem se serait peut-être enhardi à le faire s'il n'avait eu l'intime conviction d'avoir déjà rencontré ce visage. Oui, il l'avait remarqué quelque part, peut-être en montant au premier étage de la villa des Kryekurt, ou encore ailleurs, pourquoi pas sur l'écran de son téléviseur ?

Ekrem avança d'un pas vers l'affiche. Si je regardais la date ? se dit-il. Oubliant toute précaution, il approcha sa tête, la collant presque à l'affiche. Il crut avoir la berlue. Était-ce possible ? Il ôta ses lunettes, en tira de sa poche une autre paire, lut la date en chinois, puis en albanais, puis de nouveau en chinois. Pas de doute : c'était bien le jour même. S'y trouvait également indiqué le lieu de l'exposition : le Palais de la Culture. Pas possible !

– Aujourd'hui ? demanda-t-il en s'adressant à l'homme d'une voix altérée par l'émotion.

– Oui, aujourd'hui, lui répondit l'autre en le regardant droit dans les yeux. Justement aujourd'hui.

Ekrem crut discerner dans son regard et sa voix une sorte de raillerie amusée qui ne s'adressait pas qu'à lui. Mais, à présent, peu lui importait.

– Merci, lâcha-t-il – et il s'en revint vers la place des ministères pour gagner le Palais de la Culture. La vague de plaisir, comme si elle avait d'abord déferlé contre ses jambes, le fit trébucher. Au même moment, il eut la sensation qu'à sa poitrine subitement dilatée, ses vieux poumons ne pouvaient plus suffire. Ainsi, tout n'est donc pas si noir, s'empressa-t-il de penser. Un air qui lui venait généralement à l'esprit dans ses moments d'euphorie cherchait à faire entendre ses notes en lui. Mais, à la différence des autres fois où il s'agissait d'*O Sole mio*, cette fois-ci, bizarrement, c'était *L'Orient est rouge*. Comme il approchait du Palais de la Culture, il s'en répétait en chinois les paroles.

Skënder Bermema suivit quelques instants des yeux l'inconnu.

– Tu vois ! dit-il à Silva qu'il venait de rencontrer par hasard, une minute auparavant, sur ce même trottoir. Une pareille exposition en ce moment, voilà vraiment quelque chose d'excitant ! A la veille de grands événements, des épisodes de ce genre font mes délices. Viens, on va y aller...

– D'accord, fit Silva. En réalité, je suis déjà très en retard, mais je ne peux pas te refuser ça.

Le Palais de la Culture qui abritait l'exposition n'était guère éloigné et Silva raconta en chemin à Bermema quelques détails du dernier voyage en Chine de Gjergj. Il ne cessait de rire.

– Il brûle de te voir, lui dit Silva. Il t'a téléphoné, mais ne t'a pas trouvé.

– Oui ? Moi aussi, je suis impatient de le rencontrer... Tiens, voici l'entrée, ajouta-t-il en lui montrant à distance l'une des portes du Palais. Quelle animation !

De fait, l'atmosphère était bien telle qu'il l'avait imaginée. On avait l'impression que cette exposition avait attiré beaucoup plus de visiteurs que ce n'eût été le cas six mois plus tôt. Un sourire de curiosité désorientée éclairait la plupart des visages, un sourire spécial, différent du sourire naturel, non pas fondu dans les traits mais légèrement détaché d'eux, autonome, qui n'en accompagnait pas moins le visage comme un masque. Çà et là on remarquait des Chinois et des fonctionnaires des ambassades étrangères.

– J'ai relevé qu'à la veille d'une rupture, on organise toujours une exposition, dit Skënder Bermema en tournant vers Silva son masque souriant. Mieux qu'une exposition : une mystification, ajouta-t-il l'instant d'après.

Incapable de se concentrer, Silva examinait la kyrielle

de terres cuites disposées le long d'interminables stands sans attrait. Dans la salle se faisait entendre de la musique chinoise. Au milieu du brouhaha, Silva perçut la voix de basse au timbre chaleureux de Skënder Bermema :

– Quelqu'un m'a dit que, conformément à leur habitude d'envoyer des messages politiques par le biais de symboles, dans cette exposition aussi les Chinois ont placé deux pots dans une position qui revêt, paraît-il, une signification toute particulière…

– Ah, tiens ? fit Silva. Et où sont-ils ?

Skënder Bermema se mit à rire.

– Voilà le *hic* ! Il s'agit de découvrir ces deux pots et, à supposer que nous les trouvions, de deviner les sens qu'on peut prêter à leur disposition.

– Ce ne seraient pas ceux-ci ? interrogea bientôt Silva en désignant deux vases de tailles inégales sur lesquels un homme maigrichon semblait concentrer toute son attention.

Tous deux éclatèrent de rire et se laissèrent porter par le flot des visiteurs.

– Voilà aussi les jobards de jadis, lui indiqua-t-il en montrant deux visiteurs en imperméable mastic, teinte qui semblait se confondre avec celle de leur sourire. On ne saurait dire si l'un d'eux ne nourrit pas encore quelque petit espoir : et si nous renouions avec l'Union soviétique ? Bien qu'aucune comparaison ne soit jamais d'une fiabilité absolue, leur attitude n'est pas sans rappeler à certains égards celle des *ci-devant* à l'époque de la rupture avec Moscou. Tu t'en souviens, la plupart n'avaient alors à la bouche qu'une question : n'allons-nous pas renouer avec l'Ouest ?

– C'est vrai, dit Silva.

– Regarde leurs mines railleuses devant les vases chinois. Ils ont l'air de dire : c'est avec ces récipients que vous avez cru pouvoir remplacer Anna Karénine et Tolstoï ?

Silva eut du mal à réprimer un rire qu'elle étouffa sous sa main.

– Dans cette hypothèse, ils auraient parfaitement raison de le dire, tu ne trouves pas ?

– Évidemment.

– Regarde un peu la façon dont ils s'affublent – toujours dans les mêmes teintes qu'arboraient les Soviétiques pour leurs dimanches radieux : gris perle, mastic. Je ne sais si tu te rappelles le premier Nouvel An après la rupture. Certains d'entre eux se sont alors conduits comme des idiots, tu t'en souviens ?

– Bien sûr, fit Silva, songeuse.

Dieu sait pourquoi, elle pensa à Ana, et peut-être lui aussi se la rappela-t-il à cet instant, car il resta un long moment sans rien dire.

– Tiens, voilà un de nos amateurs de chinoiseries, s'écria-t-il, rompant leur silence. Ne t'avais-je pas dit que nous trouverions ici tous les spécimens voulus ?

– C'est étonnant, comment peut-il exister de pareilles gens ?

– Il y en a, fit-il d'une voix qui se durcit subitement. Certes, ils sont plutôt rares, mais il en existe. Tiens, celui-là, là-bas, tu le connais ?

– Non, fit-elle, la tête tournée vers un individu noiraud, court sur pattes.

– C'est le critique C.V…

– Ah oui, j'ai lu de ses articles dans certaines revues, mais c'est la première fois que je le vois en chair et en os. Il aime vraiment les Chinois ?

Le regard gris de Skënder Bermema se glaça.

– Après la rupture avec les Soviétiques, il fut le seul à vouloir répandre en Albanie les thèses chinoises sur la littérature et l'art, reprit-il. Puis il a été le premier à proposer, suivant l'exemple chinois, la suppression des noms d'auteurs sur les publications littéraires.

Silva eut l'impression que, depuis tout à l'heure, le nombre des visiteurs s'était encore accru. Se déplacer à travers la longue salle devenait de plus en plus malaisé. De temps à autre étincelaient les flashes des appareils-photo.

– Voici deux ans, raconta Skënder Bermema, quand dans cette même salle fut exposé le fameux ensemble sculptural *La Cour de la Recette-Perception* – une authentique ineptie, comme tu peux t'en douter –, l'échange de sarcasmes entre visiteurs ne passait pas inaperçu. Mais si certains arboraient déjà cette moue ironique, ceux qui aimaient en bloc le tout-venant de l'art chinois étaient encore en position de force.

Silva l'écoutait non sans laisser deviner, à travers son sourire, qu'elle n'était pas dupe et qu'il forçait un peu la note.

– Aujourd'hui aussi, poursuivit-il, regarde-les comme ils tournent autour des vases, ou le diable sait ce que sont ces machins-là, tout en se lançant à nouveau des allusions blessantes. Une froide querelle d'ombres… Il va de soi que les seconds, dans la conjoncture actuelle, sont désormais en position de faiblesse.

– Regarde là-bas, l'interrompit Silva.

Devant un stand s'était immobilisé un groupe plus nombreux. Un reporter photographe qui, à en juger par son accoutrement, devait être étranger, prenait cliché sur cliché, les genoux légèrement ployés.

– Ne crois-tu pas que c'est là que gît le lièvre ? lui lança-t-il.

Eux aussi s'approchèrent pour mieux voir, mais les vases avaient un aspect tout ce qu'il y a d'ordinaire.

– Excuse-moi de t'avoir interrompu, fit Silva. Tu disais que les partisans des Chinois sont sur le déclin…

– Ouais… Ils sont en baisse, mais cette racaille ne renonce pas facilement à ses thèses. D'abord, ils espèrent encore que les affaires avec la Chine pourront s'arranger ; ensuite, et c'est là l'essentiel, ils se figurent que, même partis, les Chinois nous laisseront bien derrière eux quelqu'une de leurs chinoiseries.

– Comment peuvent-ils espérer une chose pareille ? s'indigna Silva.

– Parce que ce sont des fumiers ! répliqua-t-il. Au demeurant, tu dois savoir qu'il existe une différence entre – comment dire ? – ces deux camps… Alors que l'amour des premiers pour le monde soviétique était dans une certaine mesure compréhensible, car il se rattachait à une part de leur vie passée là-bas, à la littérature russe, à l'hiver russe, etc. – et surtout aux jeunes filles russes, qui, comme tu peux l'avoir entendu dire, sont très douces –, la nostalgie des sinophiles est quelque chose d'abject, et même, en l'occurrence, le mot nostalgie n'a pas de sens, il vaudrait mieux parler d'enchinoisement. Or, cette inclination est monstrueuse, car elle n'a rien à voir avec la Chine, avec l'univers ou l'art chinois, ou ce qu'on voudra de ce genre ; non, elle est inspirée par de vils motifs qui ont leur origine dans leur être propre, tu comprends ?

Silva haussa les épaules – geste qu'il aimait, car il lui rappelait Ana – pour indiquer qu'elle ne parvenait plus très bien à le suivre.

– Je vais essayer de t'expliquer plus simplement, fit-il. Alors que les premiers, autrement dit ceux qui éprouvaient une certaine nostalgie pour l'univers russe, y restèrent fidèles par conviction, par incompréhension ou par attachement sentimental, les enchinoisés, eux, quoique plus rares, ont conçu cette passion non pas parce qu'ils aimaient la Chine, mais parce qu'ils ont trouvé dans les chinoiseries un palliatif à leurs carences, à leur incapacité, à leur absence de talent, à leur envie, à leur complexe d'infériorité, à leur indigence spirituelle, un exutoire à leur méchanceté foncière, et le diable sait quoi encore !

– Ouf ! Tu es terrible ! s'exclama Silva.

– Toujours est-il que c'est pour ce genre de motifs qu'ils s'y sont attachés, poursuivit-il. Et c'est pour cela qu'il sera difficile de les extirper, même après le départ des Chinois. Tiens, regarde C.V..., fit-il en tournant la tête vers celui-ci, c'est l'incarnation parfaite de...

Silva pivota sur elle-même pour contempler à nouveau le critique, mais les épaules des visiteurs lui en barrèrent la vue.

Skënder Bermema approcha son visage du sien.

– Tu penses sûrement de moi : quel maniaque de l'antichinoiserie ! Sois franche : c'est bien ce que tu te dis ?

Silva sourit.

– Plus ou moins, répondit-elle.

Il ravala un petit rire.

– Eh bien, crois-moi, tu n'y es pas du tout !

Elle leva les yeux avec un air taquin.

– Je parle sérieusement, fit-il en la dévisageant fixement, comme s'il attendait pour continuer que se fût éteint son sourire. Je puis même dire que je me jugerais barbare et ignare si j'étais mû par de pareils sentiments.

Deux ou trois personnes qui se trouvaient à proximité tournèrent la tête.

Ils s'imaginent que nous nous disputons pour Dieu sait quel motif, songea-t-elle, et, allongeant le pas, elle chercha à l'entraîner plus loin. Quelqu'un devait déjà avoir formulé ce reproche contre Skënder Bermema : sa soudaine irritation ne s'expliquait pas autrement.

– Comme tout homme normal, j'éprouve un grand respect pour leur culture, reprit-il. Nous en avons déjà parlé, n'est-ce pas ?

– Bien sûr.

– Cette culture et cette poésie, entre tant d'autres choses, qui les a créées, si ce n'est ce peuple que tu as cru que je dénigrais...?

– Bien sûr.

– Cette culture et cette poésie, entre tant d'autres choses, qui les a créées, si ce n'est ce peuple que tu as cru que je dénigrais... ?

Silva voulut lui faire remarquer qu'elle n'avait jamais cru cela de lui, mais, connaissant son caractère, elle se retint.

– Si je m'énerve et m'exprime ainsi, c'est parce que c'est là que le bât me blesse, poursuivit-il. Cette tragédie, c'est lui qu'elle touche en premier lieu.

– Je te comprends, Skënder, fit-elle d'un ton conciliant.

Il parlait maintenant sans même la regarder.

– Chez nous, il y a et on entendra encore colporter à l'avenir une foule d'anecdotes et d'histoires drôles à propos des Chinois, mais, crois-moi, tout cela n'a rien à voir avec le racisme, comme d'aucuns seraient tentés de le croire.

– Sans doute... On est vraiment serré comme des sardines, ici !

Les visiteurs évoluaient dans le plus complet désordre.

On avait l'impression qu'ils n'étaient pas venus là pour la poterie chinoise, mais seulement pour se rencontrer, affichant tous un air presque rayonnant, des sourires pleins de sous-entendus, si semblables d'un visage à l'autre qu'on eût dit que la foule s'était réparti en mille morceaux un commun sourire. A présent, ils allaient et venaient, les yeux pétillants, le cœur en fête, prêts à éclater de rire à la moindre incitation.

– Tiens; et voilà les *ci-devant*, fit Skënder Bermema.

– Et eux, où en sont-ils ?

– Ils sont devenus gâteux. Si leur cerveau n'était pas dérangé, à la place de l'exaltation que suscita chez eux la rupture avec les Soviétiques, c'est de la consternation qu'ils devraient maintenant éprouver. Mais il ne leur reste plus deux sous de jugeote, tu ne vois pas comme ils jubilent ?

– Mais pourquoi devraient-ils être si abattus ? interrogea Silva. Peut-être, comme alors, nourrissent-ils quelque espoir ?

– Ils n'ont aucune raison d'en avoir : nous nous éloignons de la Chine au moment même où elle se rapproche de l'Amérique. Par conséquent...

– De fait, tu as raison.

– Mais ils sont complètement ravagés et ne pigent rien à la situation. A moins qu'ils ne fassent semblant...

Silva se mit à rire.

Sur leur droite, on entendit soudain un bruit confus, puis les mots : Qu'est-ce que c'est ? que se passe-t-il ? Les gens tournèrent la tête, mais nul ne put fournir d'explication.

Tous se laissèrent entraîner par le flot de visiteurs vers l'endroit où quelque chose s'était apparemment produit. Les plus impatients se frayaient un chemin en jouant des coudes ; d'autres s'en revenaient avec ce sourire particulier qui va généralement de pair avec la curiosité satisfaite.

– Que s'est-il passé ? demanda Skënder Bermema à l'un de ceux-ci.

– On a brisé un vase.

– Tiens donc ! s'exclama Silva.

– C'est un Chinois qui l'a renversé par mégarde, poursuivit l'inconnu. Sinon, Dieu sait ce qui se serait passé !

Silva repensa fugitivement à Victor Hila. De toutes parts, on entendait des bribes de phrases échangées : Il a été réduit en miettes, un si beau vase de porcelaine ! Moi qui croyais que quelqu'un l'avait fait tomber… Comment ? Mais qui aurait osé ?… Sait-on jamais !… Fichtre, tu parles d'une casse !… Dommage, c'était une porcelaine de prix, ma foi… Enfin, c'est un heureux présage…

Silva se retourna pour voir qui avait prononcé ces derniers mots, et, à son étonnement, elle reconnut l'homme au chapeau mou qui avait attiré son attention, peu auparavant, devant l'affiche de l'exposition. Il se frottait les mains et avait le visage tout rouge d'excitation.

– Faufilons-nous par ici, dit Skënder Bermema.

Après y avoir déambulé encore une demi-heure, ils quittèrent les lieux. Puis Skënder fit un bout de chemin avec Silva. Au moment de se séparer, elle sentit sur ses propres traits comme un résidu du sourire collectif qu'arboraient les visiteurs de l'exposition. Le temps s'était encore refroidi et elle hâta le pas. Tout en marchant, elle se demanda si elle avait bien fait de ne pas avoir parlé à Skënder Bermema de l'exclusion de son frère du Parti. Peut-être aurait-il pu lui fournir quelque éclaircissement ? De toute façon, un autre jour, elle trouverait bien moyen de lui en toucher un mot.

Elle longeait le café Riviera, éclairé de l'intérieur à cause du temps couvert, quand, instinctivement, elle tourna la tête pour regarder à travers la vitre. Une secrète brûlure, pareille à une goutte qui, tombant sourdement dans une citerne, irradie en décrivant des cercles jusqu'aux parois, envahit tout son être. Enfoncé dans une banquette près de la devanture, Gjergj était assis aux côtés d'une jeune femme. Quoi de plus normal ? se dit-elle, puis, sur le moment, comme pour enrayer ces ondes lancinantes qui se répandaient dans tout son corps, elle ajouta : Et après ?… Et après, se répéta-t-elle, le voici attablé en compagnie d'une femme dans un café, ce n'est pas la fin du monde ! Mais une force aveugle, supérieure à sa volonté, la contraignit à faire quelque chose de contraire à son code de conduite aussi bien qu'à sa dignité. Elle tourna la tête pour regarder une deuxième fois. La jeune femme – ou la jeune fille – assise près de Gjergj était jolie. En l'espace des deux ou trois secondes où elle posa les yeux sur elle (si au moins je n'avais pas de nouveau tourné la tête ! devait-elle se dire un peu plus tard), l'esprit de Silva eut tout ramassé : leur attitude songeuse à l'un et à l'autre, ses doigts à elle jouant avec la tasse à café, la fumée de sa cigarette à lui, et, pire encore, ce dangereux mutisme entre eux deux. Quelle honte ! lâcha Silva en s'adressant à elle-même et en détournant aussitôt la tête. Quelle horreur ! Mais le mot *honte*, qui s'appliquait à elle, et le mot *horreur*, qu'elle avait prononcé à propos de ce qu'elle venait de voir, étaient comme séparés par une énorme distance. Quelle horreur ! répéta-t-elle, oubliant sur-le-champ l'inconvenance de sa conduite, qui lui parut une goutte d'eau au regard de cet océan de mal.

Elle s'était écartée du café, mais plus elle s'en éloignait, plus ce qu'elle avait vu lui paraissait irréparable. Ces longs cheveux noisette, cette fumée de cigarette dont les volutes, en s'entrelaçant, les attachaient confusément l'un à l'autre... Il fallait qu'elle fût bien sotte pour ne pas comprendre ce qu'il y avait entre eux deux. Elle marchait vite et s'en rendit compte aux claquements de ses talons sur les dalles du trottoir, qui semblaient s'entendre de loin. Puis elle sentit un certain calme s'installer provisoirement en elle, mais il ne lui échappait pas que c'était un calme de mauvais aloi, un simple aplanissement, aride, grisâtre, une étendue sans aspérités dont la lividité ne pouvait que mieux faire ressortir sa douleur profonde. De là venait donc tout cet excès de tendresse dans son télégramme. Ce *très, très* insistant. Naturellement, une part de cette effusion, pour ne pas dire l'essentiel, était destinée à l'autre. En un éclair redéfilèrent dans sa tête les moments intimes de leur première nuit après son retour, cruellement éclairés par l'idée que les mêmes gestes avaient été réédités dès le lendemain ou le surlendemain dans quelque chambre anonyme avec l'autre.

Un sentiment de jalousie, nullement émoussé par ces longues années de bonheur conjugal, l'avait submergée. Elle fit un dernier effort pour s'en dégager, le contenir : attends, peut-être les choses sont-elles tout autres, peut-être n'est-ce là qu'une coïncidence – mais une part dominante de son être, la plus puissante, étouffa aussitôt cet appel à la sagesse. Il fallait être bien candide pour ne pas deviner qu'il y avait quelque chose entre Gjergj et cette femme. Aveugle qu'elle était, elle s'était dit que tout cela ne risquait d'arriver qu'aux autres, jamais à Gjergj et à elle-même. Elle avait cru comme une idiote en son bonheur, alors qu'il était vermoulu. Face à tout péril éventuel, elle avait fermé les yeux avec une suffisance de petite dinde. En fait, tous les signes lui avaient été fournis, mais, avec un impardonnable manque de sagacité, elle ne les avait pas même relevés. Ne l'avait-elle pas trouvé à deux ou trois reprises, ces derniers jours, étendu sur le canapé à lire des poèmes d'amour ? Une fois même, elle lui avait posé la question : Qu'est-ce qui te prend de lire des poèmes ? Jusqu'ici, je t'ai rarement vu ouvrir un recueil... Il s'était borné à répondre : Je ne sais trop moi-même pourquoi... Comme ça, pour rien... Il fallait vraiment qu'elle fût écervelée pour ne pas avoir réfléchi davantage à ce qui pouvait motiver un tel changement. Et ce n'était pas tout : après son retour de Chine, non content de lire des poèmes, il avait beaucoup pris goût à la musique de chambre. Généralement des morceaux paisibles, propices à la rêverie. La veille encore, elle l'avait de nouveau trouvé allongé sur le canapé, la tête prenant appui sur son bras droit, en train d'écouter du Chopin. Que lui fallait-il faire de plus pour clamer l'aveu qu'il était tombé amoureux ? hurla-t-elle tout au fond d'elle-même. Il ne lui restait plus qu'à dessiner des cœurs percés d'une flèche sur les murs de l'appartement, et à elle, la gourde, qu'à demander : Gjergj, qu'est-ce que ces symboles bizarres, auraient-ils quelque chose à voir avec tes états d'âme ?

Si au moins tous les deux s'étaient rencognés à l'arrière du café, elle n'aurait rien vu, se dit-elle avec aigreur. Mais non, sans se soucier du qu'en dira-t-on, ils s'étaient installés en vitrine, comme s'ils avaient voulu s'exhiber devant tout Tirana. La colère qu'elle ressentait contre elle-même se retourna contre lui. Il aurait pu au moins s'abstenir de lui donner le change, avec sa placidité et sa tendresse feintes, ces télégrammes mielleux et tout ce qui avait suivi. Il aurait dû avoir le cran de lui montrer ouvertement son indifférence, voire d'exploser, de lui faire des scènes, d'ameuter tout le quartier, tout cela aurait été plus honnête que cette paix mensongère.

Comme si elle-même n'avait jamais eu l'occasion de le tromper ! A sa jalousie vint soudain se mêler un désir de vengeance. Tout en s'en défendant, elle s'imagina en train de se rendre en hâte à quelque rendez-vous. Par une journée perfide comme celle-ci, elle se dépouillerait de ses vêtements devant un homme, prestement, fougueusement, sans aucune pudeur, pour rendre sa vengeance encore plus cinglante. Les séquences se succédèrent dans son esprit, sans lui procurer la moindre satisfaction... Elle se savait incapable d'un tel comportement. Mais que pouvait-elle faire d'autre ?

Elle ne se dirigeait plus vers chez elle, elle avait changé d'itinéraire, comme si elle avait été en passe de trouver une autre manière, plus cruelle, de le punir ; en fait, elle avait désormais son idée en tête, il ne lui restait plus qu'à la traduire en actes. Elle se retrouva peu après à l'arrêt d'autobus. Elle était encore sous le choc ; elle ne se demanda pas pourquoi elle attendait là, ce n'est qu'une fois l'autobus arrivé, et quand elle y fut montée, qu'elle comprit où elle entendait aller. Au cimetière, sur la tombe d'Ana.

Ses yeux embués déformaient les images qui défilaient devant elle. Elle se sentit sur le point de fondre en larmes, non pas tant à cause de ce qui venait de se produire qu'à se trouver subitement sur un de ces tronçons de l'existence où l'absence d'Ana lui paraissait abominable. Comme Ana se serait révélée irremplaçable en de pareilles circonstances ! Elle s'imagina avec elle, tenant l'une et l'autre une tasse à la main dans quelque recoin d'un salon de thé, face à face, et elle s'épanchant auprès de sa sœur. Elle eût été prête à endurer des souffrances bien plus intolérables si seulement il lui avait été possible de les lui confier.

L'autobus était bondé et roulait à faible allure. Silva brûlait d'arriver au plus vite. Parmi la foule, il lui sembla distinguer un profil familier. Elle détourna la tête du côté de la vitre afin que personne ne lui adressât la parole. Pour nombre de ses connaissances, elle était encore l'une des sœurs Krasniqi, indissociable de l'autre, tout comme jamais Ana n'était séparée d'elle chaque fois que son souvenir revenait dans les conversations. Aujourd'hui, pourtant, Silva n'avait envie de parler à personne.

L'autobus arriva au terminus. Le cimetière n'était qu'à quelques minutes de marche. Après avoir franchi le portail métallique, elle parcourut rapidement, presque au pas de course, l'allée conduisant à la tombe d'Ana, comme si l'être auprès de qui elle se rendait avait pu s'impatienter à l'attendre. Le cimetière était peu fréquenté, mais Silva ralentit sa marche, craignant d'attirer l'attention par le claquement de ses talons. Elle parvint enfin devant la tombe de marbre clair, opalescent, de ceux qui semblent garder sur eux en permanence les derniers éclats du jour. Un bouquet de roses fraîches était posé à côté de celles, fanées, de la semaine précédente. Qui avait bien pu apporter ce bouquet dès le matin ? Silva se mordit les lèvres ; n'ayant plus sa tête à elle, elle avait oublié de prendre des fleurs. Elle poussa un lourd soupir. Quelques pétales de roses blanches, étiolés sur la dalle du tombeau, semblaient s'être fondus dans le marbre. Tout était calme alentour. Seule, à quelques pas sur la gauche, une vieille femme que Silva connaissait désormais pour l'avoir déjà remarquée en d'autres occasions, avait apporté, à son habitude, un café pour son mort. Elle avait posé la tasse à la tête du tombeau et l'on n'aurait su dire si elle sanglotait ou balançait sa tête d'avant en arrière. Silva inspira de nouveau profondément, se mit à genoux, et, comme elle souhaitait s'occuper à quelque chose, bien que tout fût en ordre sur cette tombe, elle se servit du mouchoir qu'elle tenait depuis longtemps au creux de sa main pour nettoyer le médaillon de porcelaine qui ornait la stèle. Sur cette photo, Ana la regardait en souriant, les cheveux légèrement gonflés par le vent de la mer dont les vagues dessinaient leurs crêtes en arrière-plan. C'était Besnik qui avait pris ce cliché d'elle, le premier été qu'ils avaient passé ensemble sur la plage de Durrës. Pour la dixième fois, Silva sentit ses yeux s'embuer. A présent, ce n'étaient plus seulement les pétales de roses, mais ses larmes qui semblaient sur le point de laisser leur empreinte sur la dalle de marbre. Elle ne parvenait pas à détacher son regard de ces pétales épars qui, sans qu'elle sût pourquoi, évoquaient pour elle, mieux que tout autre chose, le souvenir de l'idylle entre Ana et Besnik. Ana lui avait si souvent parlé de cette félicité parfaite, durant les après-midi exaltées qu'elles passaient ensemble à la pâtisserie du Palais de la Culture, au troisième étage, quand elle venait chercher Silva à la salle de lecture de la bibliothèque. Plus tard, après sa mort, quand Silva voyait Besnik si placide et indifférent face à quelque nouvelle vicissitude de son existence, elle se disait : peut-être est-il ainsi parce qu'il a épuisé toute la dose de bonheur dont un être puisse être assoiffé dans le cours de cette vie.

Chaque fois qu'elle se rendait sur la tombe de sa sœur, Silva se remémorait des bribes de l'histoire du second mariage d'Ana. Ce n'étaient pas la forme de la tombe ni le coloris des marbrures, en ce qu'ils évoquaient vaguement le voile nuptial, le diadème et les poignées de riz, qui éveillaient en elle pareil souvenir, car il s'agissait plutôt là des attributs de son premier mariage, alors que pour ses secondes noces, elle s'était mise très sobrement. Non, c'était autre chose, quelque chose qui, étrangement, gommait de la mémoire de Silva le lourd cortège de jours de la maladie d'Ana, les mois d'hôpital, l'angoisse de l'attente, l'opération. Son mariage avec Frédéric s'était maintenant amalgamé à ces tristes réminiscences, il s'était dépouillé de son voile, de ses lumières, de quoi que ce soit de joyeux, pour céder la place à son second mariage, comme une maison se dégarnit de ses meubles qui vont en orner une autre.

Silva, je vais divorcer d'avec Frédéric... Elle se rappelait fort bien le moment où elle avait entendu ces mots tomber de la bouche d'Ana. C'était par une froide journée couleur de plomb, toute pareille à celle-ci, qui n'accordait aucune clémence aux téméraires qui osaient transgresser la juste mesure. C'est par une journée aussi figée que celle-ci qu'Ana, le visage un peu plus pâle que d'habitude, avait répété ces mots : Je vais divorcer d'avec Frédéric... Silva n'était pas encore revenue de sa stupeur quand Ana avait proféré la phrase suivante, encore plus stupéfiante : Je vais en épouser un autre. – Tu vas te remarier ? s'était exclamée Silva avec une véhémence qu'elle s'employa aussitôt à étouffer. As-tu toute ta raison, Ana ? N'as-tu pas dit toi-même que les hommes ne te paraissaient intéressants qu'à distance, mais que, sitôt qu'ils se rapprochent, ils perdent presque tout... – Cette fois non, l'avait interrompue Ana. Il y a une huitaine, j'étais avec lui... ou plutôt, comme on dit, j'ai été à lui. – Comment est-ce possible ? avait redemandé Silva, et, l'espace d'un instant, elle avait eu l'impression qu'au long de toutes ces journées glaciales, elle n'avait fait que répéter ces mots : comment est-ce possible ? – Fred est convaincu que je l'ai trompé un tas de fois, lui avait dit Ana, mais tu sais bien qu'il n'en a jamais rien été. Jamais, répéta-t-elle, sauf peut-être une fois, dans des circonstances où je... où nous deux... Silva avait le regard rivé sur elle ; probablement faisait-elle allusion à ses relations avec Skënder Bermema qui défrayaient la chronique sans que personne n'en sût rien de bien précis, à commencer par Silva, et peut-être jusqu'à Ana elle-même. Silva fut tentée de lui demander : A moi au moins, tu peux le dire ! Qu'est-ce que tout ce mystère autour de Skënder Bermema ? On ne compte pas les fois où tu l'évoques de manière voilée, comme ferait une sibylle. A moins que tu ne l'aies vu en rêve, ou que lui-même n'ait rêvé de toi, ou encore qu'en aient rêvé ceux qui jasent sur votre compte... Mais, ce jour-là, il avait été question de quelqu'un d'autre, d'un troisième homme, et ce n'était pas le moment de solliciter des éclaircissements sur Skënder Bermema. Pas plus ce jour-là que plus tard, Ana ne lui dévoila ce secret qu'elle devait emporter avec elle dans la tombe. Pour l'heure, il s'agissait bel et bien d'un autre. Qui est-ce ? avait fini par interroger Silva. Et, pour la première fois, Ana avait prononcé le nom de Besnik Struga. Celui qui a été à Moscou, qui vient de rompre ses fiançailles ? s'était enquise Silva. Ana avait acquiescé d'un signe de tête : Justement, c'est lui. Tu te souviens peut-être qu'il y a quelques semaines, j'étais à dîner chez Victor Hila ; c'est là que je l'ai rencontré. – Et maintenant, que vas-tu faire ? avait questionné Silva. Elle lui avait répondu posément : Je te l'ai déjà dit, je vais l'épouser...

Assise sur un coin de la dalle polie où les feuilles des roses blanches semblaient attendre d'être à leur tour absorbées par le marbre, les genoux joints à cause du froid, Silva sentit comme un grand vide en elle-même. Des bribes de souvenirs tournoyaient autour d'elle, indécis, sans qu'aucune ne s'enhardît à viser la première place dans sa conscience. De manière un peu floue, lointaine, comme les plans de quelque téléfilm dont on aurait coupé le son, se juxtaposèrent dans sa mémoire l'esclandre qu'avait d'abord causé le divorce d'Ana, puis l'action en justice, l'attitude mesquine de Frédéric qui s'était présenté devant le juge avec un paquet de livres de Skënder Bermema dans lesquels il avait coché tous les passages évoquant, selon lui, la liaison de l'écrivain avec Ana, les cancans qui ne manquèrent pas alors d'aller bon train, le comportement très digne d'Ana tout au long du procès. Puis le calme plat après cette tempête qu'Ana, avec son don de rendre lumineux et éthéré tout ce qui l'entourait, eut tôt fait de transformer en simple giboulée printanière, son mariage avec Besnik Struga, le dîner en petit comité ne rassemblant que leurs intimes. Passé les premières semaines, quand ils se mirent, comme il arrive après une pareille secousse, à dresser un bilan des ravages que celle-ci avait causés parmi le cercle de leurs amis, ils se rendirent compte qu'il ne s'y était guère produit de grands bouleversements, hormis une perte qui les affecta profondément : ils ne pouvaient plus fréquenter les Bermema.

Silva se remémora cette joyeuse après-midi où il pleuvait à verse et où Ana, passant avec elle devant le Théâtre des marionnettes, lui avait pincé le coude tout en lui chuchotant : Regarde, Silva, l'ancienne fiancée de Besnik... La jeune fille avançait à pas pressés sous un parapluie transparent qui projetait de pâles reflets violets sur son visage. C'était la première fois que Silva la voyait et dans cette lumière mauve, son expression lui parut mystérieuse. Dans la voix d'Ana pas plus que dans son regard, tout le temps qu'il suivit l'ex-fiancée de son mari, ne se lisait la moindre trace de rancœur. Elle est jolie, n'est-ce pas ? avait-elle simplement murmuré à sa sœur dès que l'autre se fut éloignée. Silva n'avait su trop quoi lui répondre. En fait, c'était bien l'impression qu'elle lui avait également produite. Plus tard, lorsqu'elle l'avait revue, après son mariage avec un ingénieur, elle lui avait paru tout aussi mystérieuse que ce jour-là sous son espèce de voile mauve, mais cela tenait peut-être à ce qu'elle en avait entendu parler comme d'une jeune femme qui, en dépit de l'attrait qu'elle exerçait sur les hommes, savait garder sa dignité, encore que, d'après certaines rumeurs, elle se montrât bien froide envers son mari, ce qui laissait d'ailleurs Silva plutôt sceptique. En règle générale, peut-être à cause des ragots courant sur Ana elle-même, Silva ne croyait guère à l'infidélité des femmes : il y avait beaucoup plus à dire sur celle des hommes...

Silva poussa un profond soupir. Au bout du compte, que lui importait tout cela ? Elle était venue ici pour tout autre chose. Ses yeux endoloris par la fatigue contemplèrent longuement le marbre mouillé. Qu'aurait-elle dit à sa sœur si celle-ci avait été en vie : Ana, je vais divorcer d'avec Gjergj... Silva sentit ses épaules frissonner. Oh non, se dit-elle. Non, jamais ! Ces mots qu'elle lui avait entendu prononcer un jour à propos d'un autre, qu'elle semblait maintenant vouloir lui restituer, comme on rend un objet prêté, ne lui allaient décidément pas. Elle avait souvent imité Ana en bien des choses, comme une cadette son aînée, mais, à présent, cette sorte d'ajustement n'avait plus aucun sens.

Symétrie sororale… Elle n'avaient fait qu'une, comme dans les antiques ballades, et continuaient à ne faire qu'une, sauf qu'elles étaient désormais comme une même tige à demi immergée, une partie au-dessus de l'eau, l'autre ondulant sous la surface, sans vie. Même si l'on persistait à ne les évoquer qu'ensemble, comme autrefois, la symétrie avait été rompue. Les mots qu'elle avait été sur le point de proférer l'instant d'avant ne correspondaient pas à sa nature, lui étaient même tout à fait étrangers.

Elle promena son regard à la ronde. Elle n'aperçut plus personne. Elle consulta sa montre et n'en crut pas ses yeux : il était deux heures passées. A la maison, on devait l'attendre depuis un bon moment. Elle crut sentir aux commissures de ses lèvres l'amertume d'un sourire. Peut-être serait-ce celui dont elle accompagnerait ses premiers mots adressés à Gjergj. Il était si tard, et elle ne s'était pas encore donné la peine de penser à ce qu'elle lui dirait. Elle se leva, tira sa jupe sur ses genoux, puis se dirigea vers la sortie du cimetière. Le pire serait que lui-même, cherchant à dissimuler la vérité, recourût à de menus mensonges et se dépréciât ainsi à ses yeux. Quelle horreur ! gémit Silva comme si elle venait d'avoir la révélation d'un nouveau malheur. Cette perspective lui semblait la pire de toutes. Pourvu au moins que les choses ne se passent pas ainsi ! se dit-elle en montant dans l'autobus presque vide. Mais, au bout d'un moment, elle se demanda comment elles se passeraient, si elle-même se sentirait moins accablée au cas où il lui avouerait avoir une liaison avec une autre. Elle soupira : de quelque manière qu'elle considérât la situation, elle n'y voyait aucune issue. Quel odieux hasard m'a conduite à longer ce maudit café, pensa-t-elle. Il aurait mieux valu que je n'en sache rien. J'aurais cent fois préféré n'avoir rien vu, se répéta-t-elle encore au bout d'un moment.

Au fil des arrêts, l'autobus se remplissait. Lorsqu'elle en descendit, il était près de trois heures. Elle n'avait pas encore réfléchi à ce qu'elle dirait à Gjergj. Elle aurait dû au moins préparer une réponse à sa question : Où étais-tu passée pour rentrer si tard ? Mais elle se sentait si fourbue qu'elle n'avait plus la force de penser à rien. Devant un petit bar de sa rue, c'est presque avec étonnement qu'elle aperçut deux jeunes gens occupés à décharger quelques cageots de bouteilles d'eau minérale d'un camion garé contre le trottoir... Ils sifflotaient tout en se dirigeant lourdement vers le bar, les cageots tintinnabulants entre leurs bras. Se pouvait-il que la vie poursuivît aussi normalement son cours ?

Devant l'entrée de l'appartement, elle marqua un temps d'arrêt comme pour rassembler ses forces. Puis elle tira la clé de son sac, et, tout en s'évertuant – Dieu sait pourquoi – à faire le moins de bruit possible, elle ouvrit la porte. Une fois dans le vestibule, elle se défit de son manteau et s'attendait à ce que Gjergj vînt au-devant d'elle en disant : Que t'est-il donc arrivé ? mais, à l'intérieur, régnait une tranquillité suspecte. Et s'il n'était pas rentré ? L'idée qu'il pouvait se trouver encore là-bas, avec elle, ou en train de déjeuner en tête à tête dans quelque restaurant, lui vint obscurément à l'esprit. Comment n'y avait-elle pas songé plus tôt ? C'est presque avec violence qu'elle arracha le foulard qui lui paraissait adhérer à son cou, et, dans l'élan qu'avait imprimé à ses mouvements la dernière hypothèse, elle fit irruption dans la cuisine. Gjergj était là, campé près de la porte-fenêtre du balcon, et elle s'y attendait si peu qu'elle fut sur le point de s'écrier : Tiens, tu es rentré ? Il fumait ; le visage qu'il tourna vers elle, nullement surpris par son retard, était néanmoins rembruni. Elle resta un moment interdite. Pourquoi faisait-il cette tête ? Peut-être savait-il... peut-être l'avait-il aperçue à travers la vitre du café... et maintenant... passe le premier à l'attaque quand tu sens qu'on va te tomber dessus !... Tout cela se déploya dans l'esprit de Silva en moins d'une seconde. Quelque chose l'incita alors à tourner la tête vers Brikena qui s'affairait devant l'armoire et elle remarqua sur son visage le même air renfrogné. Il y a pire, se dit-elle, comme hébétée. Il y a pire, se répéta-t-elle, mais quoi, quoi donc ? Qu'il l'eût bel et bien aperçue, qu'il ne songeât nullement à se défendre en attaquant, mais que, calmement, cruellement, mortellement, il lui dît qu'il en aimait une autre et... et... qu'il s'en était même expliqué auprès de sa fille... de telle sorte que celle-ci pût choisir entre son père et sa mère... Il y avait donc pire, bien-bien pire ! (Je pense à toi très-très tendrement.) Jusqu'à... jusqu'à ce que... (le mot séparation se fit jour dans sa conscience sous la forme d'une sèche déchirure, analogue à celles qu'opèrent les marchands de tissus pour partager un coupon choisi par une de leurs clientes). Et tout cela n'avait pas pris plus d'une autre seconde...

– Qu'est-ce que vous avez donc ? parvint-elle enfin à articuler d'une voix nerveuse – précisément les mots qu'elle avait attendus d'eux.

Gjergj la regardait, lui aussi, fixement, non sans une certaine surprise, pour autant que le lui permettait son air consterné, comme s'il avait voulu lui dire : bon, ne parlons plus de nous, mais toi, qu'est-ce que tu as ? Son regard oblique vers le canapé et c'est alors que Silva se rendit compte qu'il y avait quelqu'un d'autre dans la pièce. Pâle comme un linge, le visage baigné de larmes qui semblaient s'être étalées jusque dans ses cheveux, sa belle-sœur Sonia se tenait assise sur le canapé.

– Sonia, dit Silva en faisant un pas vers elle. Qu'est-il donc arrivé ?

L'autre continuait de rouler les mêmes yeux mouillés qui semblaient avoir vieilli d'un seul coup dans son visage.

– Arian... dit Silva à voix très basse.

Sonia fit oui de la tête.

Mais quoi, quoi donc ? réfléchissait Silva dans un mélange de précipitation et de torpeur. Que lui est-il arrivé : a-t-il été victime d'un accident, s'est-il suicidé ? Un moment, elle pencha pour la dernière hypothèse, mais elle se dit aussitôt : impossible ! Si c'était cela, Sonia serait restée chez elle...

– Quoi ? parvint-elle enfin à demander.

– Arrêté, sanglota Sonia.

– Comment ?

Silva se tourna vers Gjergj, puis vers Brikena, comme pour les interroger : est-ce qu'elle a bien tous ses esprits ? De tous les malheurs possibles, en voilà un auquel elle n'avait pas songé. Quelle journée atroce !

– Quand ? questionna-t-elle en s'efforçant de garder son calme.

– Ce matin, à dix heures.

Juste au moment où elle riait des commentaires de Skënder Bermema, à l'exposition, tandis que Gjergj, lui...

Il continuait de fumer, debout près de la porte-fenêtre du balcon. Brikena s'affairait maintenant autour de la table. L'idée même de manger parut barbare à Silva. Pourtant, comme si elle avait dû trouver quelque salut temporaire dans ces préparatifs dont elle avait cru ne pas avoir à s'acquitter ce jour-là, c'est avec un empressement peu naturel qu'elle se mit à aller et venir entre la table, le placard et le réchaud sur les plaques duquel le repas avait tour à tour refroidi puis été réchauffé à plusieurs reprises.

– Sonia, tu n'as sûrement pas déjeuné ?

– Oh, je n'y pense même pas !

– De toute façon, assieds-toi et mange...

– Ç'a été affreux ! gémit Sonia. Heureusement que les enfants et maman n'étaient pas à la maison !

– Je voulais justement te demander où ils sont passés, fit Silva.

– Ils ignorent tout. Tante Uranie est venue chercher maman pour aller rendre quelque visite. Quant aux enfants, ils étaient sortis.

– Il ne faut pas qu'ils sachent ! intervint Gjergj. Dis-leur qu'il est parti en mission.

– Il ne manquait plus que ça ! laissa échapper Silva. Maintenant, venez manger, on causera de tout cela à tête reposée.

Cependant que Brikena déployait la nappe sur la table, Silva s'apprêtait à remplir les assiettes quand elle se rappela que la salade n'avait pas été préparée ; elle pria Brikena de s'en occuper, tandis qu'elle-même sortait du réfrigérateur le fromage, puis quelque chose d'autre d'une boîte qu'elle replaça à l'intérieur. Elle accomplissait tous ces gestes avec fébrilité, incapable de remettre de l'ordre dans ses idées. Dans ce genre d'assiettes, impossible d'aller porter aucune nourriture à la prison, songea-t-elle alors qu'elle disposait le couvert ; on n'y accepte que les récipients en aluminium… Mais assez ! s'adjura-t-elle en s'emparant dans le buffet d'une poignée de fourchettes…

Sur le canapé, Sonia continuait de pleurer sans bruit.

– Quand on l'a exclu du Parti, raconta-t-elle, je me suis dit qu'on s'en tiendrait à cette mesure. Qui aurait pensé que les choses iraient si loin ?

– Ne pleure pas, Sonia, fit une voix que Silva reconnut comme celle de Gjergj.

Elle avait l'impression de ne plus en avoir perçu le son depuis longtemps, depuis l'époque… avant… le désastre. Mais ce n'était plus le moment d'y revenir, ç'aurait même été ignoble.

– Je ne dis pas ça pour te consoler, reprit Gjergj, mais je suis convaincu qu'il s'agit d'un malentendu. D'ailleurs, Sonia, tu n'es pas sans savoir qu'une arrestation, dans l'armée, ce n'est pas comme dans le civil. Tu vois ce que je veux dire ? Dans l'armée, la mise aux arrêts n'a pas du tout la même gravité. Ça n'a rien d'une catastrophe. Pour acte de désobéissance ou quelque autre faute, tout soldat ou officier peut être mis aux arrêts, puis tout reprend comme devant, tu comprends ? C'est expliqué dans le règlement des armées, tu as dû en entendre parler, ou bien tu as vu comment ça se passe au cinéma, tu ne te rappelles pas ? Pour une vétille, cinq jours au trou, allez, rompez !…

– C'est vrai, dit Silva. Gjergj a tout à fait raison : dans l'armée, l'arrestation revêt un autre caractère. Lorsqu'ils reviennent d'une période d'entraînement réservée aux officiers de réserve, nos camarades du ministère n'ont que des histoires de ce genre à la bouche. C'est précisément ce qu'Arian a commis : un acte de désobéissance, que le règlement des armées, comme vient de le dire Gjergj, sanctionne par une mise aux arrêts.

– Mais ils sont venus l'arrêter à la maison ! s'exclama Sonia. Si c'était dans les règles, je ne saurais le dire. J'ignore comment on procède à une arrestation, je n'ai jamais assisté à rien de semblable, mais j'ai bien eu l'impression qu'il ne s'agissait pas d'une simple sanction disciplinaire.

– Ils sont venus avec un papier ?

– Oui, bien sûr. Ils avaient une espèce de mandat et l'un d'eux l'a exhibé non seulement à Arian, mais à moi aussi, bien que ma vue se soit troublée à tel point que je n'ai rien pu déchiffrer de ce qui s'y trouvait écrit. Il y avait également avec eux un membre du conseil du Front démocratique du quartier.

Gjergj et Silva échangèrent un regard furtif ; Sonia, à qui ce regard n'échappa point, ne parvenait toujours pas à comprendre si c'était bon ou mauvais pour son mari que les types venus l'arrêter fussent munis d'un document écrit et escortés d'un membre du conseil du Front démocratique.

Gjergj quitta enfin la porte-fenêtre du balcon, dont il semblait ne devoir jamais se détacher, et il le fit avec une vivacité telle que Silva, la jugeant affectée, n'en fut pas rassurée le moins du monde, mais sentit son inquiétude grandir. A son tour, il se mit à aller et venir dans la cuisine, cherchant à se rendre utile en aidant à mettre la table.

– Je suis persuadé que les choses sont bien comme je viens de te l'expliquer. Tranquillise-toi, Sonia. Assieds-toi et mange, dit-il en remuant bruyamment les chaises. Brikena, apporte un peu de poivre. Viens, Sonia… Au fait, toi, pourquoi as-tu tant tardé ? lança-t-il à Silva comme s'il avait voulu vérifier que l'on pouvait encore prononcer dans cet appartement des paroles aussi ordinaires.

Silva le regarda un moment avec fixité.

– Je te le dirai tout à l'heure, fit-elle en baissant la tête. Allez, Sonia, assieds-toi.

– Mais je n'ai aucune envie de manger ! s'écria-t-elle. Je ne pourrai vraiment rien avaler !

– Allons, ne dis pas de bêtises, lui murmura Silva. J'ai le pressentiment que tout va être tiré au clair. Il ne faut pas baisser les bras comme ça. Et puis, notre famille... tu comprends, Sonia, la plupart de nos proches sont membres du Parti, ils occupent de hautes fonctions... Ce n'est pas comme s'il s'agissait d'une famille de *ci-devant*...

Silva s'énervait, car il lui semblait que plus elle parlait, moins elle croyait à ce qu'elle disait. Là, par exemple, elle venait d'émettre quelques appréciations stupides sur leur famille tout en étant consciente que tout cela n'était d'aucun poids, car une arrestation au sein d'une famille de communistes n'était nullement moins grave que chez des *ci-devant*; bien au contraire, du fait même de son caractère exceptionnel, elle n'en était que plus sérieuse. Quant au mandat et à la présence d'un membre du conseil, ils montraient bien qu'il ne s'agissait pas d'une simple mise aux arrêts, mais de tout autre chose. C'était bien une arrestation, pensa-t-elle. Une arrestation en bonne et due forme.

Mais ce fut justement ce que déclara Silva sans y ajouter foi elle-même qui finalement persuada Sonia de prendre place à table.

Le déjeuner fut marqué par un commun effort pour ne pas laisser s'épaissir le silence ; à défaut de paroles pour le rompre, ils crurent en venir à bout en faisant s'entrechoquer cuillères et fourchettes contre les assiettes. Le déjeuner terminé, Silva prépara le café, la seule chose qui fût du goût de tous.

– Je m'en vais, dit Sonia. Dieu sait ce qui se passe à la maison !

– De toute façon, il convient de ne rien dire aux enfants ni à sa mère, recommanda Gjergj.

– Mais combien de temps pourra-t-on le leur cacher ? répliqua Sonia. C'est presque impossible !

Impossible..., pensa Silva. Gjergj, qui venait de formuler ce conseil, savait fort bien que lui-même, en sa qualité de membre du Parti, devrait, dès la première réunion de cellule, déclarer que son beau-frère avait été arrêté. Du coin de l'œil, Silva observait de temps à autre les cheveux de Brikena qui tombaient presque dans son assiette, car elle mangeait sans relever une seule fois la tête. Durant tout le déjeuner, on n'avait pas même entendu le son de sa voix : Dieu sait quels tourments elle pouvait ressentir... Ses manuels scolaires étaient truffés de récits sur les ennemis du peuple qu'on venait un beau jour à démasquer et qu'on... arrêtait, et voici que cet univers, pour elle aussi lointain que les mythes antiques, faisait brusquement irruption dans sa propre vie. Mais si ce n'était que cela ! Silva se mordit la lèvre inférieure à l'idée que, dès le premier formulaire que sa fille aurait à remplir, cette biographie jointe, comme il était de règle, à la demande d'adhésion à l'organisation des Jeunesses, puis, plus tard, dans sa demande d'admission à l'Université, puis à nouveau dans tous les documents ultérieurs, dans son dossier personnel, face à la question : *Quelqu'un de votre famille a-t-il été arrêté ou condamné sous le pouvoir populaire* ?, alors que la plupart de ses camarades écriraient *non*, elle, d'une main tremblante, noterait : *J'ai un oncle qui...*

– Il est temps que je me sauve, redit Sonia en se levant de table.

Ils la raccompagnèrent jusqu'à la porte tout en lui prodiguant un flot confus de paroles rassurantes qui, si elles eurent quelque effet apaisant sur Sonia, produisirent sur eux-mêmes le résultat exactement inverse, comme si ces mots avaient épuisé leur ultime réserve de sérénité, les précipitant désormais eux-mêmes dans l'angoisse.

Ouf ! fit Silva en se laissant tomber sur le canapé, une fois Sonia partie. Elle pleura un moment en silence, cependant que Gjergj s'approchait de la porte-fenêtre du balcon et, comme tout à l'heure, campé de dos devant elle, allumait une cigarette.

– Passe-m'en une, dit-elle entre deux sanglots avant de prier gentiment sa fille d'aller dans sa chambre.

Brikena s'éclipsa aussitôt sans mot dire.

– Tu crois vraiment à cette histoire de mise aux arrêts ? demanda Silva à son mari.

Gjergj gardait la tête tournée vers la porte-fenêtre.

– Je crois davantage à un malentendu, répondit-il sans diriger son regard vers elle. Un militaire veut n'en faire qu'à sa tête, un autre le sacque...

– Tu le penses vraiment ?

– Tout à l'heure, je n'ai cessé de me demander si cette affaire n'avait pas quelque rapport avec le problème chinois... Cela peut paraître absurde, mais, dans des périodes comme celle-ci, la clé de tout ce qui semble inexplicable est à rechercher dans l'événement principal... Pour en revenir à ce que je disais, si cette histoire a quelque lien même indirect avec la Chine, je serais alors tenté de croire qu'il s'agit de quelque chose de très sérieux. Mais je ne trouve rien de tel. D'autant que, comme on le sait, il a été exclu du Parti pour désobéissance, autrement dit pour avoir joué les fortes têtes. La cause de son arrestation doit être la même que celle de son exclusion du Parti.

– Ce pourrait n'être alors qu'une simple mise aux arrêts, comme tu le disais au début.

– L'exclusion du Parti aggrave son cas, répondit Gjergj. Mais d'autres motifs peuvent entrer en ligne de compte. Quand son affaire de désobéissance est passée devant le groupe d'officiers chargés de l'examiner, peut-être qu'en cherchant les causes de cet acte, on a découvert des circonstances aggravantes, une insubordination caractérisée envers ses supérieurs, quelque insolence...

Le téléphone sonna ; sur l'instant, Silva ressentit comme un frisson. Gjergj décrocha et, dès les premiers mots, Silva devina que l'appel n'avait rien à voir avec ce qui lui avait traversé l'esprit. Tandis qu'il répondait, elle se mit à penser que viendrait peut-être un jour où ils devraient espacer, voire interrompre totalement tous contacts téléphoniques avec son frère, et, bien entendu, cesser de le fréquenter. Mais ce n'était pas tout. Si l'incarcération se prolongeait, on ne pouvait exclure que Sonia divorçât. Il y avait des cas où non seulement l'épouse, mais tous les parents du condamné coupaient les ponts avec lui.

Gjergj raccrocha et s'en retourna devant la porte-fenêtre

du balcon. Tout deux restèrent ainsi un long moment silencieux. Derrière les vitres, l'après-midi semblait en suspens.

– Quand tu es entrée, tout à l'heure, j'ai pensé que tu étais au courant, murmura Gjergj. Tu étais toute pâle.

Silva releva la tête.

– Non. Je l'étais pour tout autre chose…

Elle jugea peu digne de placer la conversation sur son tourment de la matinée.

– Pour quoi ? s'enquit Gjergj.

Silva tenait serré entre deux doigts ce point du front où se rejoignent les sourcils. S'il insistait pour connaître la raison pour laquelle elle était rentrée avec ce visage défait, elle allait être bien obligée de lui répondre. Peut-être était-ce même le moment ou jamais d'avoir cette explication. Au bout du compte, cela détournerait leur esprit de cette malheureuse affaire.

– Je t'ai aperçu ce matin au Rivierà, finit par lâcher Silva en le regardant à la dérobée. Tu étais avec une jeune femme.

Il ne broncha pas. Il avait toujours la tête tournée vers les carreaux recouverts d'une fine buée qui rendait encore plus morne le gris de cette fin d'après-midi.

– Tu me diras peut-être que c'était une rencontre fortuite, ajouta-t-elle, ne supportant plus son silence.

Il fit attendre sa réponse.

– D'une certaine façon, non, lâcha-t-il enfin.

Silva sentit son cœur battre au ralenti. Ne poussait-elle pas trop loin ses coups de sonde ? Tout cela n'était-il pas trop pour une seule journée ? Elle s'était persuadée qu'il bafouillerait quelque chose pour nier les faits ou du moins les atténuer, ou bien encore… Mais voici qu'au lieu de tenter de se justifier, fût-ce en mentant, il lui répondait que ces moments passés avec cette femme-là, dans ce café-là, n'étaient en rien le fruit du hasard. Il ne me manquait plus que ça aujourd'hui, se dit-elle : mon mari m'avouant qu'il me trompe !

– Le moment n'est pas très bien choisi pour que je t'explique…, reprit-il.

– Peut-être cela n'en vaut-il pas la peine, fit Silva en se sentant envahir comme par un grand froid. Il vaut sans doute mieux remettre ça à une autre fois.

Elle avait prononcé ces mots le plus sincèrement du monde. Elle souhaitait à présent que cette histoire fût considérée comme classée, elle était même prête à le prier de ne plus en parler.

– Tu as raison, ajouta-t-elle, le moment n'est vraiment pas indiqué. J'ai eu tort.

– Pas du tout, lui répondit-il. Peut-être est-ce au fond justement le moment...

Justement le moment..., se répéta-t-elle, anéantie par ces mots. Qu'est-ce que cela voulait dire ?

– Gjergj, gémit-elle faiblement. Ce n'est pas bien... Je suis très, très lasse, crois-moi... Pourquoi veux-tu encore aggraver mon tourment ?

– Je veux précisément le contraire, t'ôter toute espèce de doute, t'expliquer...

Quelle journée terrible, d'une longueur insoutenable..., fit Silva en elle-même tout en éprouvant néanmoins comme une bouffée de soulagement.

– Ce n'est pas facile à t'expliquer ; malgré tout, je vais essayer..., fit Gjergj. Tout a commencé en Chine...

Qu'est-ce donc qui a débuté en Chine ? se demanda-t-elle. Est-ce qu'elle aussi y serait allée ? Ils se seraient connus dans un hôtel ? L'angoisse dont elle s'était sentie délivrée l'étreignit de nouveau.

– Je t'ai déjà dit deux mots de l'aridité spirituelle qu'un être humain peut éprouver là-bas, mais je me suis toujours montré laconique, je ne tenais pas à m'étendre là-dessus... – Il gardait les yeux dirigés vers la vitre. – On sentait une impression de vide, une panique difficiles à décrire. Impossible d'avoir un dialogue véritablement humain. On était pris d'une nostalgie de mots simples, authentiques, comme : *il pleut*, ou *comment vas-tu ce matin* ? Ça n'existait pas. Dès que tu disais : *il y a du vent*, le type qui t'accompagnait ajoutait aussitôt : *le vent d'Est l'emporte sur le vent d'Ouest* ; si tu t'écriais : *quel brouillard* !, il te répliquait :

le président Mao Zedong dit que le brouillard fait l'affaire des impérialistes et des révisionnistes...

Gjergj secoua la tête comme pour dire *non* à sa mémoire qui lui proposait peut-être d'autres exemples encore.

– Partout des mots stériles, des slogans assommants... *Bien qu'éloignés l'un de l'autre, nos peuples sont frères :* cette formule remplaçait le simple bonjour. Une rengaine monocorde semée de citations à n'en pas finir. N'importe où, des pancartes gribouillées d'idéogrammes... Cela fait plusieurs nuits que je vois en rêve ces myriades de caractères envahissant le monde comme des fourmis. J'ai éprouvé la nostalgie d'un soupir humain devant une tasse de café. Comment s'appelait celui qui déambulait de jour en plein marché, une lanterne à la main, en quête d'un homme ? Diogène, je crois... Eh bien, au milieu de cet océan de banderoles et de pancartes, on cherchait un homme... Pour sûr, ce n'étaient pas les gens qui manquaient, mais nous n'avions à proprement parler aucun contact avec eux. Nous en étions isolés par le cordon sanitaire de nos guides, des officiels, et par ces abominables formules toutes faites que je viens de mentionner. Les rares conversations normales avec les gens de notre ambassade se trouvaient aussitôt submergées par toute cette sloganomanie. Je me raccrochais en esprit à tout ce qui compose notre vie ici même. Je me disais : sitôt de retour, je ferai ceci, je ferai cela, et, par-dessus tout, je vivrai davantage au contact des gens. Quel supplice que cette soif éperdue de dialogues humains, même moroses, même exaspérants, mais humains ! C'est pour cela qu'à peine rentré, j'ai voulu rester le plus possible avec toi, avec notre fille. Tu te rappelles la première nuit de mon retour, quand je tombais de sommeil et que, malgré tout, je te disais : parle-moi encore un peu, au point que tu en as été surprise et que tu m'as répondu : tu fais l'enfant, tu veux peut-être entendre un conte de fées pour t'endormir ?

Si elle ne parvint pas tout à fait à sourire, à l'amollissement de la peau de son visage, Silva sentit qu'elle se déridait. Tout s'était bien passé comme il venait de le décrire, et c'était même ainsi qu'il s'était assoupi, tandis qu'elle lui parlait de quelque chose dont sa mémoire n'avait gardé aucune trace.

– Tu te souviens, je pense, reprit Gjergj, de m'avoir trouvé avant-hier avec un recueil de poèmes à la main, et, la veille, en train d'écouter de la musique. C'était le même besoin de chaleur. Le froid était entré si profondément en moi, jusqu'à la moelle des os, que j'avais l'impression, à ma grande terreur, que rien de cela ne suffirait à me réchauffer. Je voulais amasser des réserves, comme quelqu'un qui, ayant connu les affres de la faim, s'évertue à accumuler des stocks de pain. Voilà plus ou moins ce que j'éprouvais. Puis, ce matin...

Gjergj se tut quelques instants, alluma une cigarette et se mit à évoquer la matinée de ce jour-là, son premier dimanche depuis qu'il était rentré de Chine. Il était allé au café, puis s'était promené un moment sur le Grand Boulevard, jusqu'à l'endroit où il croise l'avenue Marcel-Cachin, près de l'hôtel Dajti, sur le pont dont le parapet constitue le lieu idéal pour contempler la chute des feuilles. Brusquement lui était venue l'envie de se rendre au cimetière. Sans raison aucune, il s'était fourré dans le crâne que les Chinois avaient supprimé les cimetières ! Il avait acheté un bouquet de fleurs pour le porter sur la tombe d'Ana, puis s'était mis en route.

– Des roses corail..., l'interrompit Silva.

– Oui, fit-il sans montrer la moindre surprise. Tu y es également allée aujourd'hui ?

Silva confirma d'un hochement de tête.

– Au cimetière, il y avait pas mal de monde, poursuivit-il. Je suis resté un long moment près de la tombe d'Ana à me remémorer des fragments de sa vie et de la nôtre. Puis je m'en suis revenu. De retour en ville, il était encore tôt. J'ai eu envie de prendre un second café, mais pas seul, ni avec une simple connaissance, mais avec quelqu'un à qui me lie un vrai rapport de sympathie. En Chine, j'avais fini par me convaincre que nul ne se souvenait de rien. Évidemment, ce ne pouvait être vrai, mais c'était l'impression qu'on en avait de l'extérieur. J'avais donc envie de prendre un café avec une personne qui remplît ce genre de conditions. (Silva revit la femme avec sa tasse de café près de la tombe d'Ana.) Je ne sais comment te dire, mais cela manquait à mon dimanche. J'ai fait alors ce qui ne m'était plus arrivé depuis bien longtemps ; j'ai téléphoné à une ancienne camarade de faculté que je n'avais pas revue depuis des années. J'ai essayé de lui expliquer en bafouillant ce qui me poussait à l'appeler, et elle-même, à travers ces mots décousus, est parvenue à me comprendre. C'était une fille très gentille, l'amie intime d'une condisciple avec qui j'avais eu un flirt en première année. Elle est mariée. Voilà, Silva, c'est tout : rien de plus, rien de moins. J'ai simplement voulu évoquer des jours différents de mon existence… J'étais comme un malade au seuil de sa convalescence… Je ne sais si j'ai réussi si peu que ce soit à te faire comprendre tout cela. J'ai bien peur que non.

Silva ne pouvait détacher ses yeux de son visage qui, subitement, lui parut défait. Son propre regard s'était rempli de tendresse.

– Comme tu as dû souffrir, là-bas, dit-elle d'une voix très douce, tout en ajoutant à part soi : Peut-être ce fléau tire-t-il à sa fin ?

Dehors, le jour tombait. Dans la brume du crépuscule, tout perdait insensiblement de sa substance, se faisait plus lointain, s'étirait : les terrasses des appartements, les premières lampes allumées qui scintillaient faiblement, comme agitées dans ces arrière-plans grisâtres, le vol des pigeons au-dessus des toits à l'heure où la couleur de leurs ailes se fond dans la lividité générale.

Le regard perdu, Silva contemplait cet homme debout devant la baie, qui n'était pas seulement son mari, mais le messager mythologique, promu à l'immortalité, celui qui avait acheminé une missive à un État terrifiant. Une lettre de rupture… Elle fut soudain prise d'un irrépressible désir de le rassurer après le voyage qu'il avait accompli dans cet univers.

Lui, comme s'il avait lu dans ses pensées, quitta enfin la porte-fenêtre et, à longues et tranquilles enjambées, vint s'asseoir près d'elle sur le canapé. Elle passa les doigts dans ses cheveux, sur sa nuque, et se mit à les lui caresser ; tous deux restèrent ainsi, silencieux, côte à côte, par cette fin de journée qui était de celles où l'on n'a aucune peine à imaginer le seuil d'une époque.

CHAPITRE VII

Silva connut cette nuit-là un sommeil agité, entrecoupé de rêves dont, au matin, elle n'avait gardé aucun souvenir. Quand elle se leva, elle avait les traits tirés. Gjergj était déjà debout. Par la porte entrouverte de la salle de bains, on entendait le bourdonnement de son rasoir électrique.

Une fois dans la cuisine, Silva fit machinalement couler l'eau dans l'évier, mais elle se rappela aussitôt qu'elle s'était déjà occupée de la vaisselle, la veille au soir, et elle referma le robinet. Derrière les vitres, la luminosité du ciel, d'un gris indélébile, ramena provisoirement une certaine paix dans son esprit. Ça va sûrement s'arranger, se dit-elle, le cerveau encore engourdi, ça finira bien par s'éclaircir un jour…

Jamais elle n'avait eu l'impression que Gjergj mettait aussi longtemps pour se raser. Le ronronnement de l'appareil finit par se taire et au bout d'un moment, Gjergj apparut dans l'encadrement de la porte.

– Bonjour, lui dit-il. Tu as bien dormi ?

Silva haussa les épaules.

– Comme ci, comme ça.

– Ne te ronge pas les sangs. Je suis sûr qu'il s'agit d'un malentendu.

– Il n'y a rien de plus affreux que de se réveiller le matin avec un pareil souci en tête.

– Moi aussi, mes premières pensées ont été pour lui.

– Vraiment ?

– Si je te le dis...

Silva en éprouva une sorte de soulagement.

– Au réveil, c'est particulièrement pénible...

– Oui, acquiesça-t-il. Surtout le premier matin.

Elle fut sur le point de lui demander : quand t'es-tu donc déjà trouvé dans une situation analogue ? – mais elle se retint. Peut-être faisait-il allusion à une douleur d'une tout autre nature. Elle-même avait éprouvé jadis quelque chose d'assez semblable à l'occasion d'un amour de jeunesse.

Les mains de Silva ouvrirent et refermèrent machinalement les battants du buffet. Tandis qu'elle coupait des tranches de pain, elle se souvint que Brikena dormait encore et alla la réveiller.

Tous trois prirent ensemble leur petit déjeuner en silence, et ce n'est que lorsque Brikena fut partie pour l'école qu'ils se remirent à parler. Mais ce qu'ils trouvèrent à se dire était plus ou moins ce qu'ils s'étaient déjà déclaré la veille, et Silva, tout en buvant son café, constata que les gens en proie à quelque lourd souci éprouvent apparemment le besoin de ressasser ainsi les mêmes mots, comme des gosses.

Ils firent ensemble le chemin jusqu'au ministère où elle travaillait. Le froid était vif. Comme à l'accoutumée, les gens se pressaient devant les kiosques pour acheter leur quotidien. Elle n'aurait su dire pourquoi, Silva avait toujours l'impression que, dès qu'il faisait froid, les gens achetaient davantage de journaux. Pareille idée n'avait aucun sens, mais on ne la lui eût pas ôtée de la tête. Gjergj prit lui aussi son journal et, l'ayant plié en quatre, le fourra dans la poche extérieure de son imperméable. Silva sentit soudain qu'elle ne pourrait supporter de reprendre la discussion sur la Chine, pourtant l'un des sujets de conversation qui lui semblaient le plus captivants, ces derniers temps. Comme s'il l'avait deviné, Gjergj s'était lui aussi abstenu d'en reparler depuis la veille. L'arrestation d'Arian avait-elle quelque chose à voir avec ces événements ? Même si, après s'être posé la question à plusieurs reprises, ils y avaient répondu par la négative, écartant cette éventualité comme fort peu plausible, un léger doute n'en était pas moins resté en chacun d'eux. Quoi qu'il en fût, qu'elle y accordât crédit ou non, Silva était sûre d'une chose : désormais, elle aspirait à ne plus entendre mentionner jusqu'au nom de la Chine.

Ayant quitté Gjergj, elle gravit le perron du ministère et, comme à son habitude, adressa un salut au concierge derrière la vitre de sa loge. Tout en avançant dans le hall, elle éprouva le besoin de se retourner du côté du gardien pour vérifier à son expression s'il ne s'était pas montré plus froid qu'à l'ordinaire, ou si ce n'était là qu'une impression à elle. Ça vire à l'obsession ! s'exclama-t-elle, et elle se mit à gravir prestement l'escalier intérieur.

Son chef et Linda venaient juste d'entrer dans leur bureau. Silva les salua, ôta son imperméable, puis s'installa à sa table en accomplissant certains gestes qui ne lui ressemblaient pas. Elle se dit que cette sorte de vertige allait sûrement lui passer rapidement. Par sa nature même, ce malheur était lié à la société, et sa première confrontation avec les autres, sitôt après qu'il eut éclaté, ne pouvait qu'être un peu malaisée. Silva n'arrivait pas à imaginer comment elle allait vivre ces heures de bureau sans s'ouvrir à qui que ce fût de cette affaire. Gjergj lui avait recommandé de n'en parler pour le moment à personne, mais elle sentait qu'elle aurait beaucoup de mal à s'en empêcher. Subitement, pour elle, les gens se divisèrent en deux groupes, ceux auprès de qui elle pouvait s'épancher et les autres, à qui elle ne pouvait rien dire. Ce n'était d'ailleurs nullement une question de confiance. Cela dépendait d'autre chose qu'elle-même eût été bien incapable de définir. Dans son esprit, Linda passa plusieurs fois d'un groupe à l'autre ; bizarrement, elle lui semblait aussi peu indiquée pour une conversation de ce genre qu'elle lui paraissait au contraire s'y prêter l'instant d'après.

Silva s'évertua à se concentrer sur son travail, mais c'était au-dessus de ses forces. Elle ne pouvait chasser cet événement de sa tête que pour un bref moment, il lui semblait faire corps avec elle. Elle mesura combien était pénible cette première phase, alors que personne n'était encore au courant de son malheur et qu'il lui fallait passer des heures en tête à tête avec lui. Non, il était préférable que les autres l'apprissent, quels que fussent les inconvénients d'une pareille situation. Peu à peu, Silva se convainquit qu'il lui fallait de quelque manière en parler, mais elle ne savait comment ni à qui. Pour Gjergj, les choses étaient plus simples : le Parti stipulait des règles bien définies en pareil cas. Un membre du Parti se devait d'aviser aussitôt son secrétaire de cellule, mais la vie des autres citoyens ne comportait aucune disposition de ce genre.

Ce que Silva redoutait par-dessus tout, c'était l'amorce en elle-même du processus aussi mystérieux qu'inexorable qui conduisait à retrancher quelqu'un de la masse des gens normaux pour le ranger parmi ceux dont la biographie est entachée. Ce processus, qui s'enclenchait chez l'individu concerné, se propageait ensuite sans coup férir à l'extérieur, chez les autres, et ceux-ci, remarquant le repli sur soi du premier, en venaient automatiquement à modifier leur comportement à son égard, ce qui suscitait un nouveau repli de sa part, et ainsi de suite, une chose entraînant l'autre, jusqu'à ce que, méconnaissable, il n'eût plus rien de commun avec ce qu'il avait été.

Sans jamais en faire étalage devant les autres, Silva n'en tirait pas moins fierté du passé de sa famille. Elle en avait toujours été consciente : dans leurs plus belles années, l'image qu'elle-même donnait, et surtout celle de sa sœur, leur liberté d'allure, leurs toilettes, leur désinvolture, etc., tout cela était mis en valeur par ce renom familial. Elle pressentait combien elle aurait de mal à s'habituer à sa perte. Me voici condamnée à devenir laide, se dit-elle, mais elle se hâta de se reprendre : quelle égoïste je fais ! mon frère est en prison, peut-être qu'il comparaît devant le juge d'instruction, et moi... Pourtant, elle ne parvenait pas à refouler l'idée que, désormais, elle ne pourrait plus porter ses plus belles robes.

– Eh bien, Silva, tu as la migraine ? interrogea Linda dans un murmure.

– Non, fit Silva avec un sourire de gratitude. En fait si, j'ai un peu mal à la tête…

– Tu veux une aspirine ?

– Merci, Linda. Tout à l'heure, peut-être.

– Tout à l'heure, Dieu sait ce qu'elle aurait encore à affronter : l'ironie de ceux qui ne l'aimaient guère, peut-être même leur vengeance – Ah, voilà la *Biografibukura* ! (Seigneur, comment cette expression avait-elle pu lui venir à l'esprit en lieu et place de la *Sybukura*[1] ?)

Elle secoua la tête comme pour se délivrer de cette angoisse. Elle sentait que, quand bien même il ne se produirait qu'une faible proportion de ce qu'elle venait d'imaginer, elle en deviendrait folle. Mais elle ne laisserait pas les choses en arriver là ! Elle se battrait, elle ferait l'impossible, elle expliquerait à tout le monde, et d'abord à elle-même, qu'elle… elle… mais quoi ? Elle fut sur le point de se le demander à voix haute : quoi donc ? Elle sentait une telle confusion régner dans sa tête qu'elle avait le plus grand mal à mettre un minimum d'ordre dans ses idées.

– Linda, dit-elle d'une voix faible, je t'en prie, passe-moi cette aspirine.

De toute façon, il lui fallait à tout prix faire quelque chose. Au plus vite, avant que ce tourment ne finisse par avoir raison d'elle. Voilà, elle allait raconter une fois pour toutes à Linda ce qui s'était produit, sans rien édulcorer. Puis elle verrait le parti à adopter. Elle pourrait même en discuter avec elle. Mais, pour cela, il fallait que le chef s'en aille, les laissant seules.

1. *Sybukura* : femme aux beaux yeux. *Biografibukura* : mot forgé sur le même modèle et signifiant « femme à la belle biographie » (plutôt politique). (*NdT*)

La perspective d'en parler à Linda l'apaisa quelque peu, mais, au moment même où elle s'attendait à voir le chef quitter le bureau, ce fut Linda qui se dirigea vers la porte. Silva regarda d'un air interdit la porte se refermer, puis l'idée qu'elle se retrouvait seule avec quelqu'un à qui elle pouvait parler, même si ce n'était pas la personne avec qui elle aurait souhaité le faire, l'idée que s'était ainsi créée une occasion qui risquait fort de ne pas se renouveler ce jour-là, dont elle pouvait profiter avant qu'il ne fût trop tard, la mit dans une profonde agitation.

– Camarade Defrim[1]..., dit-elle sans réfléchir davantage.

Mon Dieu, comment a-t-on pu l'affubler d'un prénom pareil ! Pour la première fois, elle remarqua combien le prénom de son supérieur, qu'elles prononçaient fort rarement, dissuadait de s'adresser à lui.

– Oui ? fit le chef en se bornant à hausser les sourcils, sans quitter des yeux ses papiers.

– Je souhaitais vous parler, fit Silva d'une voix si faible que l'autre releva la tête qu'il gardait jusque-là penchée sur sa table de travail. Hier, on a arrêté mon frère.

Elle le sentit se tasser de tout son poids contre son bureau, jusqu'à ne plus faire qu'un avec lui, et elle eut même l'impression que son corps avait émis un gémissement rappelant presque celui d'un billot de bois. Elle ne le quittait pas des yeux, comme si elle se fût attendue à voir s'inscrire sur ses traits toute la gravité de la situation de son frère. Après être demeuré un moment pétrifié, le front du chef se perla de minuscules gouttes de sueur. Il ne savait dans quelle direction porter son regard, tout son être paraissait geindre : quelle tuile ! A l'évidence, il aurait préféré n'avoir jamais entendu ces mots.

– Mais votre mari est membre du Parti, n'est-ce pas ?

– Oui, bien sûr, dit-elle – tout en ajoutant dans son for intérieur : pourquoi ce vouvoiement subit ? Au demeurant, qu'est-ce que mon mari a à voir dans cette affaire ?

1. En albanais, distraction, plaisir (*NdT*).

Silva ne le lâchait pas du regard, attendant qu'il ouvrît la bouche, qu'il dît quelque chose, peu importait quoi, mais qu'il parlât !

– Et ça s'est passé comment ? Je veux dire : pour quel motif ?

Il proféra ces mots avec réticence, comme pour bien lui faire comprendre que c'étaient les derniers, qu'il ne souhaitait pas s'étendre sur ce sujet, qu'elle pouvait penser de lui ce qu'elle voulait, qu'en fin de compte elle appartenait à une famille qui jouissait d'une très grande confiance, qu'elle était dotée d'un mari fonctionnaire au ministère des Affaires étrangères, chargé de missions secrètes, etc., etc., et qu'ils n'avaient donc qu'à se débrouiller et à le laisser tranquille, lui qui n'avait ni la carte du Parti, ni les avantages qui en dérivaient, donc aucune raison non plus d'en partager les inconvénients. Non, en aucune manière il ne désirait se mêler de cette affaire, il avait même eu grand tort de consentir à l'écouter.

– Pour quel motif ? répéta Silva. C'est ainsi, les choses sont comme ça, mais nous ne savons pas pourquoi.

Encore pire ! disait le regard du chef. Encore pire pour lui, encore pire aussi pour moi qui dois prêter l'oreille de si bon matin à une pareille mélasse ! Il se serait sans doute levé et serait sorti pour ne pas rester seul avec elle, mais, à ce moment précis, la porte s'ouvrit sur Linda. Le chef se rasséréna, et Silva eut même l'impression d'entendre craquer sa table, soudain allégée de son poids.

Ç'aurait pu se passer plus mal, songea-t-elle. Il aurait pu se mettre à lui faire la morale, ou bien lui prescrire de désavouer son frère, quand bien même elle ignorait encore ce qu'on lui reprochait.

Qu'avait-il fait au juste ?... Dieu sait combien de fois elle s'était posé la question ! Et si ce n'était vraiment qu'une simple mise aux arrêts, comme l'avait suggéré Gjergj, et que tout cet émoi se révélât injustifié ? Voilà, c'était de cela qu'elle avait envie de parler avec quelqu'un, mais elle avait eu tort de s'adresser à l'homme le moins indiqué pour une conversation de ce genre. En fait, c'était à partir de maintenant qu'elle allait pouvoir jauger les êtres.

Silva se leva et s'approcha du téléphone. A la dérobée, son chef regarda le disque tourner comme s'il cherchait à deviner quel était le malheureux dont Silva composait le numéro. Pour rien au monde il n'eût aimé être à sa place. Une conversation en tête à tête entre les quatre murs du bureau, sans témoins, passe encore; mais, par téléphone, les choses étaient toutes différentes. D'autres pouvaient être à l'écoute et, pis encore, aller jusqu'à déformer les propos échangés.

– Allô, le standard? demanda Silva. Je voudrais parler à Besnik Struga, s'il vous plaît. C'est le quatre cent quarante-cinq, si je ne me trompe... – elle avait le récepteur collé contre sa joue quand son regard vide croisa les yeux remplis de curiosité de Linda. L'idée que la personnalité de son ex-beau-frère pouvait l'intriguer lui effleura l'esprit. – Allô, Besnik? C'est moi, Silva.

C'est avec une envie minée par une certaine aigreur que Linda écoutait sa collègue de bureau prendre rendez-vous avec l'homme qu'elle aspirait tellement à connaître. Soudain, ses yeux captèrent le regard noir du chef. Mais lui, qu'est-ce qui lui prend? se demanda-t-elle. Sur le moment, elle fut tentée de s'esclaffer. Quel idiot, il pense peut-être à mal? Plus qu'à n'importe quoi d'autre, elle croyait à la respectabilité des êtres qui gravitaient autour de Silva. Même lui, Victor Hila, vis-à-vis de qui elle avait eu, poussée par la compassion, un moment de faiblesse, s'était montré très correct, et, loin de la relancer après ce qui s'était passé entre eux deux, n'y avait plus fait la moindre allusion. Une fois seulement, quelques jours plus tard, il lui avait téléphoné, tout en s'excusant dix fois de la déranger, pour lui expliquer en quelques phrases décousues, à cause de son trouble, qu'il l'appelait alors qu'il était sur le point de quitter Tirana à la suite de cette histoire de pied chinois, non point qu'il s'en sentît le droit, mais simplement pour lui dire ce qu'il pensait d'elle, qu'il la considérait comme un être merveilleux, qu'elle lui inspirait le plus profond respect – comprenez-moi : le plus grand respect qui se puisse imaginer –, qu'elle était en somme unique, sans pareille. A son tour, sincèrement touchée par son honnêteté empreinte d'une sorte d'abnégation, elle l'avait remercié.

Ah, mais qu'est-ce qu'elle venait d'entendre ? Besnik Struga allait passer ici ? Oui, c'était bien ça. Silva répétait : Alors je t'attends au bureau, dès que tu auras quitté ta réunion… Elle finit par raccrocher.

– Besnik Struga va venir ici ? interrogea Linda sans dissimuler son trouble. Tu vas me présenter à lui ?

– Bien sûr, fit Silva. Il part de chez lui pour se rendre à une réunion au ministère de l'Éducation, et, à peine cette réunion terminée, il passera ici.

Les mains de Linda se tendirent machinalement vers son sac pour en tirer son miroir, mais quelque chose la retint. La bouffée de plaisir qui l'avait envahie à l'idée de rencontrer l'homme qu'elle rêvait depuis si longtemps de connaître était d'une nature telle qu'elle semblait devoir être en partie dissimulée, comme toute chose à quoi l'on tient.

Bien que ce fût Silva qui consultât régulièrement sa montre, Linda n'était pas moins impatiente qu'elle de voir apparaître Besnik Struga. A un moment donné, elle faillit demander à son amie pourquoi elle semblait si anxieuse, mais elle craignit que cette question ne fît que révéler sa propre fébrilité.

Besnik Struga arriva peu après midi. A son chef comme à Linda, Silva le présenta par cette simple appellation : un ami à moi. Le chef lui décocha un regard particulier où se mêlaient de l'étonnement, une certaine contrition et un zeste d'ironie, tandis que Linda, elle, ne lui celait pas sa sympathie.

– J'ai beaucoup entendu parler de vous, lui dit-elle en lui tendant la main. Je suis bien contente de vous connaître.

– Moi aussi, fit Besnik en la dévisageant attentivement.

Aussitôt se noua entre eux deux un dialogue animé, pétillant, comme cela arrive fréquemment entre deux êtres qui se plaisent dès le premier coup d'œil. Elle lui confia le peu qu'elle savait de lui, autrement dit son voyage à Moscou en compagnie d'Enver Hoxha, à cette grande conférence des partis communistes qu'elle avait eu à traiter à son examen d'histoire, mais lui, l'interrompant, lui fit remarquer que cela ne faisait que souligner tout l'abîme (il entendait par là leur différence d'âge) qui les séparait. Rougissant légèrement, elle se hâta alors d'expliquer qu'elle n'avait pas du tout songé à cet écart, qu'au contraire il avait l'air fort jeune (en prononçant ces dernières paroles, elle piqua un nouveau fard qui se trouva opportunément résorbé, du moins en partie, par son sourire permanent), qu'il lui paraissait même si jeune qu'elle avait du mal à croire qu'il eût eu affaire à Khrouchtchev ; en fait, elle voulait précisément faire remarquer que, dans la situation nouvelle qui venait de se créer, lui qui avait pris part à la confrontation avec Khrouchtchev pouvait fort bien, à son avis, se retrouver un beau jour face à Mao Zedong. Tout en riant, Besnik lui répliqua que, comme elle devait le savoir, conformément au matérialisme historique – peut-être avait-elle même passé un examen là-dessus –, les situations ne se répètent jamais à l'identique, et Marx avait même indiqué que ce qui se manifeste une première fois sous la forme d'une tragédie risque fort de se rééditer un jour sous celle d'une farce.

– Vous pensez que cette affaire avec la Chine puisse être considérée comme une comédie ? l'interrompit-elle.

– Oh non, pas du tout. J'ai seulement dit cela pour ce qui concerne mon propre rôle.

Linda ne put s'empêcher de remarquer que Silva suivait leur dialogue avec un sourire glacé, presque contraint, pareil à un sourire de malade. Ce fut assez pour faire retomber aussitôt son exaltation, et ce geyser de paroles, comme une averse en plein mois de mai, se tarit brusquement.

– On y va, Silva ? fit Besnik Struga en tendant la main à Linda, puis au chef.

Tous deux sortirent, laissant, eût-on dit, le bureau sans vie. Les traits de Linda gardaient l'empreinte de son sourire.

– Quand on pense qu'il a assisté à cette conférence historique, cela fait un drôle d'effet, vous ne trouvez pas ? dit-elle en s'adressant à son chef, comme pour tenter de se justifier. Elle s'était sentie tenue de lui expliquer de quelque manière sa propre attitude, qui pouvait être pour le moins qualifiée de chaleureuse à l'égard de ce visiteur imprévu. Mais la figure du chef n'exprimait qu'un complet détachement. On voyait qu'il pensait à tout autre chose, et Linda en fut rassurée. Elle laissa son esprit s'attacher à l'homme dont elle venait de faire la connaissance. C'était le premier moment d'attirance, le plus beau, celui où, entre deux êtres qui viennent de se rencontrer, rien n'est encore joué : aucune décision, ni habitude, ni horaire – rien ne presse… Tout était neuf comme lors de la création de l'Univers, le temps était éternel, affranchi de la servitude des heures ; tout demeurait dans le vague, sans être assujetti à aucun calcul concret.

Pensive, Linda contemplait les reflets teintés de pourpre dispersés çà et là par un soleil chétif. L'impression que Besnik lui avait faite n'avait rien d'une foucade. Il lui plaisait déjà avant même qu'elle ne l'eût entrevu, un mois auparavant, dans les couloirs du ministère. Il était associé dans son esprit à cette époque pour laquelle elle nourrissait un étrange penchant, mieux même : il l'incarnait. Elle ouvrit son sac, et, voyant le chef plongé dans ses papiers, elle en tira son miroir. Elle s'y regarda un moment, s'efforçant de considérer son visage avec ses yeux à lui. Mais c'était impossible.

Avant même d'arriver au café le plus proche, Silva avait trouvé le temps d'exposer à Besnik le problème de son frère. Tous deux s'assirent dans un coin du Riviera. Silva scrutait la physionomie de son compagnon qui avait pris un air songeur.

– Étrange ! finit-il par lâcher. Vraiment étrange…

Elle se mit à lui raconter le détail de la conversation qu'elle avait eue avec son frère, quand on lui avait laissé entendre pour la première fois qu'il allait être probablement exclu du Parti, mais Besnik, au lieu de réclamer de plus amples explications à ce sujet, ainsi que Silva s'y attendait, se borna à répéter le mot *étrange*. Il ne fit pas davantage de commentaires sur l'espoir de Gjergj qu'il ne s'agît là que d'une simple mise aux arrêts sanctionnant un manquement à la discipline. Il laissa néanmoins entendre qu'il ne croyait guère à cette interprétation. Silva se sentit abattue. Elle avait l'impression que Besnik avait l'esprit ailleurs. Bien près de se sentir offensée, elle faillit se repentir de lui avoir téléphoné. Elle se tut et se contenta de le dévisager d'un œil inquisiteur. Se pouvait-il qu'il adoptât une attitude plus ou moins voisine de celle de son chef de bureau ? Elle réfléchissait déjà à la manière dont elle le prierait de l'excuser de l'avoir dérangé, elle le lui dirait du ton le plus ironique qui soit, afin de lui faire comprendre que c'était bien la dernière fois qu'elle lui demandait un service, quand, sans paraître descendre de ses nuages, à voix basse, comme s'il se parlait à lui-même, il dit :

– Un groupe d'officiers des chars... Je crois avoir entendu quelque chose à ce propos...

– Vrai ? s'écria presque Silva.

Elle fut sur le point de lui lancer : Mais alors, qu'est-ce que tu attends pour parler ? Qu'as-tu entendu dire, que va-t-on faire d'eux ? – mais elle se retint.

– Oui, j'en ai entendu parler, reprit Besnik, mais je ne pensais pas qu'Arian fût impliqué dans cette histoire. D'ailleurs...

Elle aurait souhaité ne pas l'interrompre, mais le silence au beau milieu de sa phrase se prolongea tant et si bien qu'elle eut l'impression qu'il avait oublié ce qu'il allait dire, à moins qu'il n'eût délibérément choisi de se taire.

– D'ailleurs... ? répéta-t-elle.

Besnik avala sa salive.

– D'ailleurs, leur affaire est très confuse, enchaîna-t-il. Personne n'en sait rien de précis.

Toujours le même ! pensa-t-elle. Incorrigible. Elle avait dans les yeux une lueur d'exaspération qui ne lui échappa point.

– Silva, je ne te cache rien qui ait trait à cette affaire, lui dit-il. Crois-moi, j'ai entendu fortuitement quelque chose là-dessus, mais je ne sais rien de concret. C'est une histoire assez mystérieuse.

– Mystérieuse ?

– Peut-être serais-je parvenu à en apprendre davantage, mais je dois malheureusement partir ces jours-ci en mission à l'étranger. Tu imagines bien qu'avec ce qui se passe en Chine, le mouvement communiste international est sens dessus dessous.

Il posa un moment son regard sur Silva.

– Quand pars-tu ? demanda-t-elle.

– Dans soixante-douze heures. En si peu de temps, je ne pourrai rien élucider, et tu devines à quel point sont occupés les derniers jours précédant un voyage de ce genre.

– Je sais. Tu as raison.

– Néanmoins, sitôt de retour – je ne pense pas demeurer longtemps absent – je me pencherai là-dessus.

– Merci, fit Silva.

– C'est vraiment incroyable, ajouta-t-il tout en continuant d'arborer le même air d'apparente distraction. Surtout pour ce qui concerne Arian...

– C'est bien ce que nous avons tous pensé.

– En fait, comme je te l'ai dit, il a été question d'une histoire de ce genre... Sur le coup, sans penser aucunement qu'Arian pouvait être impliqué, j'ai pensé... mais comme ça, en passant, comme on réfléchit à quelque chose qu'on a intercepté par hasard... Si j'avais su qu'il était concerné, j'aurais naturellement cherché à en apprendre davantage...

Plus Silva s'évertuait à saisir la moindre bribe de ce qu'il disait, plus elle avait le sentiment que cette attention portée aux détails lui faisait perdre le fil principal de son discours. Il en était bien ainsi : il venait de conclure une longue phrase et elle s'apercevait avec épouvante que sa signification lui avait complètement échappé.

– Écoute, Silva, lâcha-t-il avec vivacité, je ne dis pas ça pour te tranquilliser, mais j'ai le pressentiment – en fait, il ne s'agit pas d'un simple pressentiment, mais de quelque chose de plus, excuse-moi de ne pouvoir t'en dire davantage – que c'est un malentendu qui finira sûrement par être dissipé.

Brusquement, Silva se sentit délivrée d'un poids. Cet éclat dans ses yeux permettait de croire à ce qu'il disait.

– Merci, Besnik. Au vrai, connaissant Arian, je trouve moi aussi son emprisonnement si inconcevable que je m'attends à son élargissement dans les heures, au pire dans les jours qui viennent... Oui, mais d'ici là, il est *là-bas*, et tu peux te figurer à quel point tout cela est pénible pour nous tous.

– Je comprends, dit-il. Je le comprends parfaitement, Silva.

Au bout d'un moment, ils se levèrent et il la raccompagna jusqu'à l'entrée de son ministère. En chemin, elle se sentit rassurée, mais dès qu'elle l'eut quitté, l'angoisse la reprit. Elle eut le sentiment qu'elle avait toutes raisons de s'inquiéter plutôt que de se tranquilliser. En fin de compte, Besnik lui avait dit ce que tout être un peu prévenant peut raconter à un proche : qu'il était confiant que tout finirait bien, qu'il avait le pressentiment que... Bien sûr, que pouvait-il lui dire d'autre ? le contraire ?

Silva ouvrit la porte du bureau. Le chef et Linda étaient là l'un et l'autre. Ils la suivirent des yeux jusqu'à ce qu'elle eût regagné sa chaise – lui, d'un regard un peu trouble, elle, d'un œil interrogateur qui ne demandait qu'à sourire. Silva fit mine de ne rien remarquer, ouvrit son tiroir et en sortit un dossier. Jusqu'à la fin de la journée de travail, nul d'entre eux ne proféra un mot.

Quand Silva parvint chez elle, ni Gjergj ni Brikena n'étaient encore rentrés. Elle mit le déjeuner à cuire sur le réchaud, sortit la salade du réfrigérateur, mais, au moment où elle s'apprêtait à la préparer, elle laissa choir son couteau sur la table et se dirigea vers le téléphone. Par bonheur, Skënder Bermema était à son domicile. Elle lui dit qu'elle avait besoin de le voir de toute urgence.

– Quand tu voudras, lui répondit-il. Dès maintenant, si tu le peux.

– Je préfère cet après-midi. Es-tu libre ?

– Oui, bien sûr. A quelle heure veux-tu venir ?

Silva marqua une hésitation.

– Il faut que je vienne chez toi ?

Elle perçut sa respiration à l'autre bout du fil. Lui aussi savait qu'à cause de l'histoire d'Ana, elle évitait de rencontrer sa femme.

– Comme tu voudras, fit-il. On peut aussi bien se voir ailleurs, mais, cet après-midi, je serai seul à la maison.

– Alors je viendrai à cinq heures.

Elle reposa lentement le combiné comme si elle avait veillé à ne pas le briser.

A peine entrée dans son cabinet de travail, Silva se sentit envahie par un flot de nostalgie. Combien d'années s'étaient écoulées depuis qu'elle n'y avait plus remis les pieds, depuis cette époque où Ana et elle lui rendaient visite ? Les rideaux avaient été changés, une partie de la bibliothèque également, mais le siège où Ana aimait tellement s'asseoir pour feuilleter une revue ou un livre était toujours au même emplacement, de même que les tableaux sur les murs. Silva resta debout un moment, oubliant fugitivement ce pour quoi elle était venue. Lui aussi paraissait quelque peu distrait, peut-être pour la même raison : leurs vieux souvenirs communs.

– Assieds-toi, Silva, dit-il enfin d'une voix lasse.

Elle s'installa sur une chaise. Même après son appel téléphonique, elle avait encore hésité. Devait-elle ou non aller chez lui ? A deux ou trois reprises, elle avait décidé de n'en rien faire, afin de ne pas donner l'impression de ne penser à lui que du jour où elle avait des problèmes. Elle n'était pas du genre à faire ainsi du porte à porte. Mais, après Gjergj, Besnik Struga et Skënder Bermema étaient les êtres qui lui étaient les plus proches. Si elle ne s'ouvrait pas à eux, auprès de qui le ferait-elle ? C'est ce qu'elle s'était maintes fois répété. Malgré tout, quand, sur le coup de cinq heures moins le quart, elle sortit de chez elle, elle ne précisa pas à Gjergj où elle allait.

– De quoi s'agit-il? finit par demander Skënder Bermema. A midi, tu m'as paru assez secouée...

Elle sentit ses yeux s'embuer.

– Pour ne rien te cacher, je le suis.

Elle s'employa à lui raconter ce qui était advenu et, à son grand étonnement, peut-être parce que lui-même l'écoutait avec calme, elle parvint à s'exprimer très posément. Tandis qu'elle parlait, lui-même jetait des coups d'œil impatients et de plus en plus fréquents en direction du téléphone.

– Étrange, lâcha-t-il dès que Silva en eut terminé.

Dès lors que tous prononçaient le même mot en épilogue à cette histoire, elle en déduisit que les faits devaient être bien insolites.

D'un bond, comme si le téléphone sur lequel son regard était resté tout ce temps rivé avait été un objet susceptible de lui échapper, Skënder Bermema se retrouva à côté de l'appareil. Sa main s'empara nerveusement du combiné. Non moins nerveusement, l'index de l'autre main composa un numéro. Silva entendit à l'autre bout du fil les signaux étirés de la sonnerie qui lui vrillaient la poitrine. On ne répondait pas.

Il reposa le combiné, le souleva de nouveau puis composa un numéro, peut-être le même qu'avant, peut-être un autre, Silva n'était pas en mesure de le vérifier. Elle entendit comme un léger déclic, et, aussitôt après, sa voix à lui : Allô, ici Skënder Bermema.

Elle eut envie de fermer les yeux et de marquer une pause après toute cette tension. Elle ne perçut d'abord rien de ce qui se disait au téléphone. Le fait que quelqu'un s'intéressât à son frère et qu'un autre fournît des renseignements à son sujet suffisait à la réconforter. Qu'on en finisse au moins avec ce mutisme, ces haussements d'épaules, cette incapacité d'expliquer quoi que ce soit, qu'elle rencontrait chez tous ! Comme elle avait bien fait de venir chez Skënder Bermema ! Elle considéra avec gratitude le mouvement de sa mâchoire tandis qu'il parlait.

La conversation se prolongeait. Elle avait maintenant envie de savoir ce qu'ils se disaient. Sa fébrilité la reprit, plus forte encore que tout à l'heure. C'était vraiment de l'inconscience que de se laisser bercer par un échange de belles paroles. L'essentiel était ce qui se disait !

Tout en se mordillant les lèvres, Silva s'efforça de reconstituer l'entretien en tentant de deviner les reparties de l'autre.

– Comment ? fit Skënder Bermema en hurlant presque dans le téléphone. (Lui aussi paraissait aux cent coups.) Quoi ?

Qu'y a-t-il ? se demanda Silva. Le front de Skënder Bermema paraissait s'assombrir de plus en plus. Dieu sait ce que lui racontait l'inconnu à l'autre bout du fil ! Sûrement quelque chose de terrible. Elle sentit les battements de son cœur se ralentir à l'extrême.

– Comment ? s'écria de nouveau Skënder Bermema en ébauchant de sa main libre un geste d'impatience. Franchement, je ne te comprends pas... Non, vraiment... En tant que chef... Comment ? Non, pas du tout !... Sans vouloir t'offenser, je te le dis sincèrement, je regrette de m'être adressé à toi.

Silva se tranquillisa de nouveau quelque peu. Du moment que Skënder Bermema sortait de ses gonds, la situation ne pouvait être aussi tragique. Par ses derniers propos, il montrait explicitement qu'il souhaitait briser là au plus vite avec cet interlocuteur qui l'avait mis hors de lui. Il avait même éloigné le combiné de son oreille. Finalement, il raccrocha en considérant Silva avec une sorte de sourire distant.

– Bizarre, fit-il. Ce type commence par me servir des ragots de bonnes femmes, après quoi il s'évertue à me démontrer que c'est la façon correcte d'aborder le problème sur le plan théorique ! Dire que, par-dessus le marché, c'est un de mes anciens camarades !

– Il ne savait rien ?

Skënder Bermema haussa les épaules.

– Je l'ai autant compris que tu as pu le faire sans même pouvoir l'entendre. Il se tortillait comme une anguille !

Silva eut envie de lui demander qui c'était, mais Skënder

Bermema avait ouvert l'annuaire, et, du bout des doigts, en compulsait nerveusement les pages. Il s'arrêta un instant, puis se remit à le feuilleter jusqu'à ce qu'il parût avoir trouvé le numéro qu'il recherchait.

De cette seconde conversation téléphonique, Silva ne comprit rien de plus que de la première. Skënder Bermema appela alors quelqu'un d'autre, lequel était absent, mais la personne qui répondit à sa place lui indiqua, sembla-t-il, un autre numéro.

– Allô, la Direction politique ? fit Skënder.

A présent, Silva avait l'impression de ne plus pouvoir se dégager de ce tourbillon d'appels et qu'elle allait devoir attendre là des heures entières sans rien apprendre.

– Comment vas-tu ? demanda-t-il encore à quelqu'un. Tu sais pourquoi je t'appelle...

Retenant son souffle, Silva écouta sa brève entrée en matière. Elle put presque percevoir le silence qui suivit à l'autre bout du fil. Puis ce silence se rompit. Les yeux de Skënder Bermema regardaient obliquement la petite table sur laquelle reposait le socle de l'appareil.

– Pourquoi on se fait du mouron à leur sujet ? fit-il en répétant apparemment mot pour mot ce que venait de dire son interlocuteur. J'ignore ce que font les autres. Moi, je m'intéresse à celui-ci parce que c'est un de mes proches. Quelqu'un de très proche, tu piges ?... Ce sont des choses qui arrivent dans l'armée ? Qu'est-ce que tu veux dire par là ?... Parce que nous, civils, nous y attacherions plus d'importance qu'elles n'en ont ?... Non, je ne pense vraiment pas que ce soit le cas... De toute façon, j'ai compris. Toi non plus, tu n'as pas l'air très informé sur cette affaire... Non, non, inutile... Salut !

Il raccrocha de nouveau et regarda Silva avec le même sourire distant qu'au début.

– Une incertitude bizarre, fit-il comme s'il se parlait à lui-même. Je dirais même une certaine appréhension. Pourquoi, nous autres civils, nous nous occuperions de ce genre d'affaire... Oui, vraiment curieux... On ne peut s'empêcher de penser... On dirait que...

– Peut-être cela a-t-il quelque rapport avec la Chine ? dit doucement Silva, plutôt pour l'aider à finir sa phrase.

– Avec la Chine ? Non, non. Je pensais à autre chose... Enfin... De simples hypothèses, peut-être des balivernes...

Il alluma une cigarette et se mit à arpenter son studio à grandes enjambées. Son regard semblait dévier de son axe. Toujours le même, songea Silva. Mais c'était peut-être parce qu'ils étaient ainsi, immuables, lui comme Besnik Struga, qu'elle leur conservait son amitié.

Elle le regardait ainsi de dos, tandis qu'il se dirigeait vers la bibliothèque, quand Silva eut le sentiment qu'une scène d'explications analogue, dos tourné l'un à l'autre, à l'heure du crépuscule, dans ce studio silencieux, avait probablement eu lieu entre Ana et lui.

Pour oublier une femme... Silva savait presque par cœur un texte de lui portant ce titre, dont Frédéric avait demandé qu'il fût donné lecture durant le procès en divorce, et dont tout un chacun prétendait qu'il avait effectivement été dédié à Ana. Bien qu'il y fût question d'une chambre d'hôtel, Silva était convaincue que la scène s'était déroulée précisément dans ce studio.

Skënder Bermema revint sur ses pas, parut devoir chercher quelque chose sur son bureau, puis y renonça, et, les mains profondément enfoncées dans ses poches, se campa devant Silva.

– Quel dommage que je parte ces jours-ci pour l'étranger, je suis sûr que je serais venu à bout de cette énigme.

– Tu pars ? fit Silva, incertaine d'avoir bien entendu. Pour où ? Il eut un sourire presque coupable.

– Tu ne devines pas ? Pour la Chine.

– La Chine ! s'exclama Silva. Comment est-ce possible ?

– C'est ainsi. Apparemment, c'est la dernière délégation. Le tout dernier oiseau de la saison.

Silva contemplait les franges du tapis à ses pieds. Le tout dernier oiseau de la saison, se répéta-t-elle tandis qu'il lui expliquait quelque détail touchant la composition de la délégation. Ils s'en vont tous..., pensa-t-elle tristement, et elle poussa un profond soupir.

Le lendemain, quand, à peine arrivée au bureau, elle entendit son chef lui annoncer qu'elle devait partir en mission dans le nord du pays, Silva en déduisit aussitôt que c'était la première mesure de représailles a son encontre après l'affaire de son frère. Avec une hâte dont elle rougirait plus tard, chaque fois qu'elle se remémorerait cet épisode, elle considéra cette mission dans le Nord comme une mesure apparentée, fût-ce indirectement, à un licenciement ou à une mutation, prémisse à quelque sanction future.

– Moi... dans le Nord? fit-elle, le visage rembruni, d'un ton qui voulait dire: pourquoi, qu'est-ce que j'ai donc fait?

Le chef la considéra avec des yeux ronds.

– Pardon? s'exclama-t-il. Si cela ne t'est pas possible, ou si tu as une raison valable de...

– Non, répliqua-t-elle du même ton glacial, comme si elle avait souhaité qui signifier: Je peux tout à fait aller là-bas, mais je voudrais bien connaître les motifs de ma désignation.

Silva sentit que s'était subitement formée dans sa tête comme une grosse boule qui entravait le cours normal de ses pensées. Mais cette impression ne dura que deux ou trois secondes. Quelque chose en elle se débattait obstinément pour échapper à cet engourdissement passager. Ce n'était pas la première fois qu'elle était envoyée en mission... non, ce n'était pas la première fois... C'était peut-être même pour cela que...

– Si tu as quelque motif pour ne pas partir, tu peux rester..., entendit-elle dire la voix de son chef – elle aurait aimé l'interrompre: le motif, vous le connaissez parfaitement!, mais, d'emblée, ces mots lui parurent dénués de signification. Elle-même ne s'était jamais dit que l'affaire de son frère pouvait constituer une raison valable de ne pas être envoyée ne mission quelque part. Deux secondes auparavant, elle avait même imaginé l'inverse... – Comme tu voudras, poursuivit le chef ; moi, je pensais principalement à Linda, qui va s'ennuyer tout seule...

Ce n'est qu'à ce moment-là que Silva remarqua l'expression de sa compagne : elle ne la quittait pas des yeux, et on lisait sur ses traits l'embarras qu'y mettait l'incapacité de comprendre son comportement. Quelle honte ! se dit Silva. S'ils n'avaient été là, elle se serait pris la tête entre les mains. Quelle honte ! gémit-elle à nouveau. Qu'était-ce que cet emportement injustifié qu'elle n'avait pu réprimer quelques instants auparavant ? Au fur et à mesure que les secondes s'écoulaient, son attitude lui paraissait de plus en plus méprisable. C'est le plus naturellement du monde que l'autre lui avait annoncé qu'elle devait partir en mission, mais elle, les nerfs à vif, avait alors ruminé toutes ces idioties. En même temps que ce sentiment d'indignité, elle éprouvait une sorte d'autocommisération. A ce train, elle finirait par faire une dépression...

– Je vous prie de m'excuser, dit-elle au chef sans le regarder. Bien sûr que je peux partir ! Aujourd'hui même. Je n'ai aucun motif de ne pas le faire.

L'autre esquissa un geste des mains. Lui aussi paraissait plutôt embarrassé.

– Si tu n'y tiens pas, tu peux ne pas y aller. En réalité... peut-être que... A dire vrai, je n'avais pas du tout songé à cela...

– Non, fit-elle d'une voix ferme. Ce n'est pas une raison pour ne pas partir en mission. Peut-être même qu'au contraire... D'autant que Linda, elle, reste ici...

Elle tourna la tête vers son amie qui sourit pour la première fois, mais qui, apparemment, n'avait rien compris à ce qu'il y avait sous les propos qu'ils venaient d'échanger.

– Comme tu voudras, dit le chef. Personnellement, j'ai toujours trouvé de l'agrément à ces missions aux centrales hydro-électriques du Nord. On découvre un autre monde, on apprend un tas de choses. Vous aurez avec vous deux camarades de la direction de la Planification et un expert en sismologie...

De ses yeux dans lesquels était demeuré un éclat de

sourire, Linda observait tour à tour son chef et Silva comme si elle eût redouté que la conversation ne se glaçât de nouveau. Mais le regard de Silva était redevenu limpide et Linda respira, soulagée.

De retour chez elle, Silva revint plusieurs fois en pensée sur cette brève prise de bec avec son chef de bureau. C'était l'après-midi, elle repassait les draps à peine secs, mais cette occupation, au lieu de dissiper un tant soit peu ses sombres méditations, lui faisait l'effet contraire. Broderie ou crochet, disait-on, étaient plus apaisants.

– Brikena! appela-t-elle. Vérifie la tonalité du téléphone: il ne serait pas détraqué?

Les pas de sa fille se firent entendre dans le couloir, puis sa voix:

– Non, maman. Il fonctionne normalement...

J'en suis à croire aux fantômes..., se dit-elle. De fait, le téléphone avait sonné rarement depuis le dimanche précédent, mais il était stupide de penser que c'était à cause de cette affaire...

Dieu sait pourquoi, elle jeta un coup d'œil sur le calendrier: Mardi, 17, *Tuesday*. Puis elle consulta sa montre: cinq heures et demie. Gjergj aurait déjà dû être rentré. Elle imagina son coup de sonnette, les gestes familiers avec lesquels il se débarrasserait de son imperméable, puis sa question: quoi de neuf?

Elle hausserait les épaules: rien.

Le lendemain, Silva se sentit toute cotonneuse. Elle avait l'impression que le chef évitait de toutes les façons possibles de rester en tête à tête avec elle. Les deux fois que Linda sortit du bureau, il trouva quelque prétexte pour s'absenter lui aussi.

Il peut bien faire ce qui lui chante, se dit-elle. Pour moi, je ne veux plus y penser.

Dès la sortie des bureaux, elle prit l'autobus pour se rendre au cimetière. A demi fané, le bouquet de Gjergj était toujours là, sur la tombe d'Ana. Elle ne parvenait pas à croire qu'une centaine d'heures à peine s'étaient écoulées depuis le dimanche précédent.

Elle ne s'éternisa pas devant la sépulture de sa sœur, mais, de retour chez elle, elle se sentit mieux.

Le samedi, au moment même où elle se résignait déjà à passer seule cet après-midi qui s'annonçait ennuyeux (Gjergj était allé à une réunion de travail, Brikena à une petite fête donnée par une amie pour son anniversaire), Silva entendit sonner. Une visite ? se demanda-t-elle, prise aussitôt d'un doute, car, par tempérament, plus elle aspirait à quelque chose, moins elle croyait à sa réalisation.

Ce doit être la femme chargé de nettoyer la cage d'escalier, elle va demander, comme hier, à remplir son seau d'eau, pensa-t-elle. Ou bien quelque inconnu qui chercher à savoir si tel ou tel habite l'immeuble…

Elle ouvrit d'un geste sec, avec cette impatience excédée que l'on s'apprête à montrer en disant à l'intrus qu'il ferait mieux de commencer par s'adresser au bureau d'information avant de venir sonner au petit bonheur de porte en porte. Mais son exaspération s'évanouit sur-le-champ pour laisser place à un débordement de joie, lequel, hélas, ne dura guère plus de deux ou trois secondes, tournant court dès qu'elle eut discerné le visage des visiteurs.

Comment se fait-il… ? se demanda-t-elle, interdite, tandis que son esprit enchaînait aussitôt sur cette question : pourquoi ? C'était un *pourquoi* aigu, glacé, étincelant comme le tranchant d'une hache. Pourquoi cette visite au bout de tant d'années ?

Eux, comme s'ils avaient lu dans ses pensées, s'excusèrent de débarquer ainsi sans même l'avoir prévenue. Nous nous sommes dit : allons la voir, il y a si longtemps que nous ne nous sommes vus, les gens ne se séparent pas comme ça de leur vivant… Enfin, n'en parlons plus…

– Entrez donc, fit Silva d'une voix éteinte.

Elle avait encore l'esprit tout engourdi. Tout en se débarrassant de leurs manteaux, les autres péroraient sans la moindre gêne (mon Dieu, où puisent-ils une telle assurance ? finit-elle par se demander) : Alors, comment se porte Gjergj, et la fille, Dieu sait comme elle a dû pousser, vous n'avez pas d'autre enfant, n'est-ce pas ? excuse-nous encore d'avoir débarqué à l'improviste, peut-être Gjergj et toi aviez-vous fait quelque projet pour cet après-midi ? C'est vrai qu'on est samedi…

– Non, rien…, dit Silva à mi-voix.

En fait, ils venaient eux-mêmes de lui suggérer la meilleure façon de les mettre à la porte : Je vous remercie de votre visite, mais on nous attend dans vingt minutes chez un ami de mon mari…. Elle avait encore le temps de prononcer cette phrase. Non, attends, se dit-elle : l'essentiel n'était pas là, on pouvait toujours trouver quelque bon prétexte pour se débarrasser d'hôtes indésirables ; l'essentiel était ailleurs, précisément dans la nécessité de tirer au clair ce qui lui valait cette visite.

… La raison, tu la devines toi-même. Désormais, nous sommes logés à la même enseigne, nous pouvons nous rendre mutuellement visite : C'est donc ça ? s'écria-t-elle en elle-même. Ce pourrait être ça ?

Peu à peu, son cerveau sortait de sa léthargie. Elle allait s'employer à vérifier s'il en était bien ainsi. Ou si, pis encore, ils n'étaient pas venus l'épier dans son malheur, prendre leur revanche du leur, de ces longues années d'indifférence et d'oubli qu'elle leur avait témoignés… Elle aurait toujours le temps de s'en délivrer : Comme vous l'avez vous-mêmes rappelé, c'est samedi, Gjergj et moi nous avions pris un engagement…

Bien des années auparavant, quand l'une des deux tantes de Silva, au grand désespoir de son entourage, avait épousé un *ci-devant*, il n'avait pas été besoin de chercher quelque prétexte pour distendre les relations avec elle. Sitôt commis cet impair, elle-même s'était éloignée de ses proches, trouvant apparemment dans le milieu de son mari un univers à sa convenance, et elle ne revoyait les siens que de loin en loin, essentiellement à l'occasion des deuils.

– Venez par ici ! fit Silva en passant la première dans la pièce de séjour.

C'était la première fois qu'elle voyait de près le mari de sa tante. En l'examinant à la dérobée, elle cherchait à deviner ce que celle-ci avait bien pu lui trouver, à l'époque. Il avait un visage on ne peut plus commun, avec des rides d'une sorte particulière, de celles qui ne font pas paraître plus que son âge, mais semblent au contraire le fixer une bonne fois pour toutes. Silva se rappelait vaguement avoir entendu parler de lui : un emploi à la banque mixte italo-albanaise durant l'Occupation, un héritage en provenance d'Italie, puis quelques années de prison après la Libération. Quant à l'émoi qui s'était emparé de la famille à la suite de l'incartade de sa tante, elle s'en souvenait fort bien. D'interminables allées et venues de l'un à l'autre, des conciliabules après dîner, des plans d'intervention, des coups de téléphone, des entretiens harassants avec la fille prodigue. Tu nous as couverts de honte pour le restant de nos jours, comment allons-nous oser nous présenter devant les gens ? Bon, passe encore pour nous autres que tu as salis, mais la mémoire de ta sœur, tu y as seulement pensé ? comment as-tu pu la fouler ainsi aux pieds ? Le souvenir de cette autre tante de Silva, morte à la guerre, avait plus que jamais été appelé en renfort au cours de ces journées. D'une beauté rare (Ana surtout avait gardé quelque chose d'elle), c'était justement, semblait-il, à cause de cette beauté qu'elle s'était vu confier, par le groupe de résistance auquel elle appartenait, une mission très délicate : parée comme une jeune fille de la haute bourgeoisie, elle pouvait infiltrer des milieux auxquels les clandestins n'avaient pas accès. Elle s'était brillamment acquittée de ce rôle (ayant appris, disait-on, à se maquiller mieux que les mannequins professionnels qui rappliquaient de temps à autre de Rome), jusqu'au jour où, lors d'un bal d'officiers à l'hôtel Dajti, elle avait été démasquée dans des conditions restées mal élucidées. Tentant de s'enfuir par une ruelle adjacente au Grand Boulevard, elle avait été grièvement blessée. Elle était néanmoins parvenue à regagner la base clandestine où on l'attendait. Ses bijoux étaient encore éclaboussés de sang et tandis qu'on s'affairait autour d'elle pour lui porter secours, par deux ou trois fois, elle avait fait un signe pour dire Dieu sait quoi, peut-être à propos de ses lèvres et de ses cils encore maquillés, ou bien de sa robe trop élégante qu'elle souhaitait qu'on lui ôtât, mais tous ne pensaient qu'à sa blessure et n'avaient prêté aucune attention à ses signes. Ils ne s'en étaient pas même souciés après qu'elle eut rendu le dernier soupir, une heure plus tard, et ils l'avaient enterrée vêtue et parée comme pour une soirée de gala, sans lui ôter son rouge à lèvres ni les broches et autres bijoux de prix qu'elle portait.

Tu as foulé aux pieds la mémoire de ta sœur... Combien de fois Silva n'avait-elle pas entendu cette phrase ! Un jour, alors que cette scandaleuse union était désormais scellée et n'était plus évoquée qu'avec consternation, une de leurs vieilles parentes, tante Hasiyé, avait dit : Les voies du Seigneur sont impénétrables. Depuis que Marie s'était mis à s'attifer et à se coiffer comme une gourgandine, j'étais hantée par un mauvais pressentiment. Tout cela ne laisse rien présager de bon, me disais-je. C'est pourquoi, en apprenant les extravagances de sa sœur, j'ai aussitôt pensé : toutes ces fanfreluches et ces colifichets n'ont fait qu'annoncer le malheur, comme ce qu'on voit en rêve...

Quel fatalisme absurde ! avait objecté un de ses petits-neveux, mais tante Hasiyé ne voulait pas en démordre : Les fatalismes et les révisionnismes, c'est votre affaire, moi je n'y entends goutte, mais je sais lire dans les signes du Seigneur !

A la dérobée, par crainte d'être surprise, Silva contemplait le profil de sa tante. Sa ressemblance avec la disparue sautait aux yeux, mais, plus que par le dessin du visage, elle était accentuée par le genre de coiffure, ces cheveux lisses figés comme sur un vitrail. C'était la même coiffure qu'arborait la défunte telle qu'elle leur apparaissait sur une photo, vêtue à la mode bourgeoise de l'époque.

Silva se rappela soudain qu'il convenait de leur offrir quelque chose et se leva. Tout en versant du cognac dans les verres, elle songea de nouveau à ses visiteurs. Ils étaient quatre : sa tante, accompagnée de son mari et de leur fille, et cette autre femme qui, sauf erreur, devait être sa sœur à lui, autrement dit la belle-sœur de sa tante, qu'elle rencontrait pour la première fois.

Quand Silva revint dans la pièce, la belle-sœur, qui avait allumé une cigarette, était en train de parler. Elle avait une voix à la fois un peu rauque et roucoulante, ponctuée d'accents joyeux, de ceux qu'un rien sépare du rire sonore. On devinait d'emblée qu'elle s'entendait au mieux avec la tante.

– A ta santé ! dit-elle la première en levant son verre.

– A la vôtre ! répondit Silva.

La tante la considérait d'un air placide. Cela faisait trois ans, peut-être quatre, qu'elles ne s'étaient vues. La dernière fois, elles s'étaient croisées par hasard dans la rue. Jamais encore elle ne l'avait trouvée aussi sèche. Comme Silva lui avait demandé si elle avait quelque ennui, elle lui avait répliqué avec aigreur : Comme si mes ennuis t'intéressaient ! Toi, ma chère nièce, tu as ta vie, avec ton mari. Tout va pour vous comme sur des roulettes. Pourquoi d'ailleurs en serait-il autrement ? Votre époque est venue... Silva avait voulu l'interrompre, la reprendre : Mais c'est toi-même qui as voulu... (les verbes *en sortir, t'éloigner, changer d'air* s'étaient embrouillés dans sa tête et elle n'en avait prononcé aucun), c'est toi qui as tenu à... – Je sais, je sais ce que tu vas me dire, mais j'ai eu ma dose de reproches. Je n'ai nullement l'intention de t'entendre m'en adresser d'autres aujourd'hui !

Il avait fallu un certain temps à Silva pour cerner la cause de son dépit : son fils s'était vu refuser l'autorisation de poursuivre ses études à l'Université. Le motif était clair : le passé de son père.

Votre époque est venue..., se répéta Silva. Autrement dit, pour ce qui la concernait, l'époque avait de nouveau changé. Elle avait cessé d'être l'apanage d'un camp puis de l'autre, pour devenir leur commune époque à elles deux. Elles pouvaient donc désormais se rendre mutuellement visite... D'autant plus que personne des vôtres ne vient plus vous voir : depuis une semaine, n'es-tu pas obsédée en permanence par la sonnerie de l'entrée ou celle du téléphone ? Mais ça ne fait rien, s'ils ne viennent plus, nous, nous viendrons. Et tout à fait librement, à présent que toute barrière entre nous est levée. Vous comme nous sommes marqués, mais votre marque à vous est plus douloureuse, comme toute plaie plus récente...

Silva sentit son palais se dessécher. Pourquoi Gjergj ne rentrait-il pas ? Ou du moins Brikena...

La conversation était surtout alimentée par la belle-sœur. Pour elle, rien n'était moins pénible. C'était probablement la raison pour laquelle ils l'avaient amenée. Des bribes de ce qui se disait parvenaient confusément à la conscience de Silva. Une moto qu'ils venaient de retirer de la douane, pour leur neveu, mais qui n'était pas de la marque qu'il voulait : qu'y faire ?... Benedetto Croce ? De son temps à elle, les étudiants gardaient ses livres à leur chevet... Dans les restaurants de luxe, on se permettait parfois de manger le poulet rôti avec les doigts...

La conversation était comme enveloppée dans un voile de vétusté. Au lieu de se dissiper, il ne faisait encore que s'épaissir lorsqu'ils citaient des marques comme *Honda* ou *Vespa*, ou bien le mot *génétique* qui, dans l'esprit de Silva, Dieu sait par quelle absurde association d'idées, éveillait aussitôt la vision du profil de Greta Garbo...

Ils devisaient en passant en revue des petits dîners qu'ils se donnaient les uns aux autres, de menus événements dont la mélancolie était absente. Derrière son voile suranné, on devinait un monde qui ne semblait manquer de rien.

Brikena arriva au moment où Silva préparait le café.

– Tiens, mais te voici devenue une grande jeune fille, s'exclama la belle-sœur en l'embrassant. Vilma, fais connaissance avec ta cousine, dit-elle à sa nièce. Comme ça, vous ne vous étiez jamais rencontrées ?!

Rougissante, Brikena se tourna vers sa mère, comme en quête d'un conseil. Gauchement, à gestes gourds, les deux jeunes filles se donnèrent l'accolade.

Silva sentit de nouveau ce creux insoutenable au-dessus

de son estomac. A présent, elle comprenait pourquoi ils avaient également amené leur fille... Que les jeunes fassent eux aussi connaissance !

– Assieds-toi ici, à côté de Vilma, fit la belle-sœur, aux anges.

Les jeunes filles se dévisagèrent comme deux étrangères. Puis Brikena se tourna vers sa mère. Pourquoi donc Gjergj tardait-il tant à rentrer ! gémit Silva en elle-même.

Elle se leva pour servir le café. Elle avait attendu impatiemment son mari, mais, après tout, peut-être valait-il mieux qu'il ne fût pas là.

– Je vais retourner ma tasse, dit la belle-sœur en s'esclaffant bruyamment. J'ai un œil infaillible, ajouta-t-elle à l'adresse de Silva. Tu veux que je lise aussi dans le fond de ta tasse ?

Ça suffit, faillit hurler Silva, mettez un point final à toute cette comédie ! Mais une force implacable la laissait sans réaction, inerte. Elle voulait voir jusqu'où ils iraient dans leur provocation. Elle nourrissait même le secret espoir que l'autre allait s'emparer de sa tasse, puis, la faisant tourner avec soin, prononcerait les formules rituelles : une personne qui t'est proche va bientôt faire un long voyage (Gjergj, à l'évidence, encore que... serait-il de nouveau envoyé à l'étranger ?)... Tu vois ce dépôt noir au fond de ta tasse ? C'est une maladie ou un grand chagrin, plutôt un chagrin. Pourtant, regarde cette échancrure sur le côté. Ça veut dire que ce chagrin a commencé à s'apaiser...

Tandis que la belle-sœur commentait d'un ton mi-plaisant mi-sérieux ce qu'elle voyait au fond de sa propre tasse, les autres l'écoutaient avec le sourire.

– Elle a toujours été comme ça, prenant la vie du bon côté, fit le mari de la tante à l'intention de Silva, d'un ton où se décelait le souci de se disculper.

On a parlé de tout, sauf d'Arian, remarqua Silva. C'est comme s'il n'existait pas... Pourtant, vous avez beau le dissimuler, c'est bien à cause de lui que vous êtes venus ! se dit-elle avec lassitude, comme ils endossaient leurs manteaux dans l'entrée.

– Au revoir, Silva, fit sa tante en l'embrassant.

– Au revoir, ma chérie, fit la belle-sœur en l'embrassant à son tour.

Quand la porte se fut refermée, Silva se laissa tomber sur le canapé. Elle se sentait fourbue.

– Ça ne va pas, maman ? s'enquit Brikena.

Elle ne répondit pas, se bornant à contempler les verres et les tasses sur la table basse, comme si elle avait tenté de deviner, à leur disposition, le but recherché par ses visiteurs. A présent qu'ils étaient partis, il lui parut plus commode d'y réfléchir. A dire vrai, ils ne semblaient pas avoir été inspirés par quelque rancœur ou revanche à froid. Ni mus par la maligne satisfaction de la voir défaite. Mais pas davantage non plus par une simple commisération… Peut-être y en avait-il chez eux, mais plus proche d'une molle mansuétude que de la pitié. Pourtant, quand bien même il se fût agi de pitié, elle ne pouvait le supporter et avait du mal à retenir ses larmes. Leur bienveillance même avait quelque chose de repoussant : sois la bienvenue dans notre petit monde douillet, nous t'attendions, calme-toi, détends-toi…

C'est ainsi, la tête entre les mains, que la trouva Gjergj. Brikena, qui lui avait ouvert, l'avait déjà informé, semblait-il, de la visite qu'elles venaient de recevoir. Ses yeux s'arrêtèrent un moment sur la disposition des tasses, sombre horoscope avec la maîtresse tasse retournée au milieu d'elles, et, sans rien dire, sans même lui poser la question habituelle : ça ne va pas ?, il lui caressa les cheveux.

Comme si elle n'avait attendu que ce geste de tendresse qui semblait resurgir des plus heureux chapitres de leur existence, Silva éclata en sanglots.

Il lui permit de se laisser aller ainsi un long moment, puis, se penchant vers elle, il lui murmura dans le cou :

– Allons, ça suffit, maintenant. Tu veux bien me préparer un café à moi aussi ?

CHAPITRE VIII

Comme à tout passage d'une saison à l'autre, le ciel fut à ce moment de l'année le théâtre d'amples migrations d'oiseaux. Plusieurs milliards se déplacèrent dans les limites des continents, des myriades d'autres les franchirent. Au cours de ces mouvements, des millions perdirent la vie, beaucoup se noyèrent en traversant les océans, d'autres périrent d'épuisement, eurent les ailes gelées ou bien s'égarèrent. De tout cela, les milliers de quotidiens et périodiques de la presse mondiale, de journaux radiodiffusés ou télévisés, les instances, conférences et congrès internationaux en tous genres ne pipèrent mot. Peut-être n'en eût-il pas été ainsi si cette fin de saison n'avait été politiquement si tendue, faisaient remarquer deux vieux professeurs de zoologie un peu gaga en prenant leur café du matin au Bar de l'Horloge de Tirana. Mais la frontière entre les deux saisons était vraiment surencombrée. Les antennes de dizaines d'agences de presse transmettaient l'une après l'autre l'ordre des membres du Bureau politique chinois d'après la dernière liste qui venait d'être rendue publique à l'occasion de nouvelles obsèques : Mao Zedong, Zhou Enlai, Wang Hongwen, Ye Jianying, Deng Xiaoping, Zhang Chunqiao,

Liu Bocheng, Jiang Qing, Xu Shiyou, Hua Guofeng, Ji Dengkui, Wu De, Wang Dongxing, Chan Yongui, Chen Xilian, Li Xiannian, Li Desheng, Yao Wenyuan, Wu Guixian, Su Zhenhua, Saifudin, Song Qingling…

La liste à peine épuisée était suivie du premier commentaire : deux noms manquaient par rapport à la dernière. On y observait encore un autre changement : le membre du Bureau à la tête enturbannée et celui aux deux tonneaux voyaient de nouveau leurs places interverties sur la présente liste, chacun retrouvant celle qu'il occupait avant la liste précédente, autrement dit sur l'antépénultième. Mais ce n'était là qu'un changement mineur, comparé à la disparition totale de deux noms sur la même liste.

Coups de téléphone, radiogrammes chiffrés, pointages et vérifications fusèrent dans l'heure. Mais il ne s'agissait ni d'une omission, ni d'une négligence fortuite, ni d'une erreur due au décodage ou à la fatigue. Les funérailles étaient les occasions les plus sûres de surveiller l'ordre de la hiérarchie, et, par chance, la période récente n'en avait pas été avare. Il ne pouvait donc être question d'un simple hasard. Deux noms étaient bel et bien portés manquants, en l'occurrence ceux de Wei-Guoqing et de Ni Zhifu.

Les grandes agences de presse, les services secrets, les satellites-espions dans le ciel faisaient ronronner leurs signaux. On recherchait deux égarés, leurs noms étaient clamés à tous les échos comme ceux de disparus au fond d'une crevasse. Mais aucune réponse ne montait de nulle part.

Baste ! fit un observateur d'une station proche du pôle Nord en ôtant un instant son casque d'écoute de ses oreilles bourdonnantes. Deux corbeaux pareils ! Vaut-il vraiment la peine que nous nous affolions pour eux toute la nuit ?

Cela faisait plusieurs mois qu'il avait été nommé à cette station d'écoute et peut-être la longue coupure d'avec la vie normale, l'isolement prolongé, la cordillère de glace qui l'entourait et le ciel sans espoir qui la surplombait, aussi désolé que le sol en contrebas, l'un et l'autre tout aussi lisses, de sorte que la pensée ne pût nulle part y trouver prise mais ne fît que se dissiper, laissant le cerveau vide, ce paysage, donc, qui vous dépouillait sans rien vous dispenser que la solitude alentour et cet incommensurable éloignement de toutes choses, ces différents éléments avaient simplifié sa perception des faits, la réduisant souvent à une représentation primitive. Il n'était que de regarder là, en bas (c'est ainsi qu'il voyait le monde) : la plupart des États étaient criblés de dettes, et c'était la raison pour laquelle ils se chamaillaient, ronchonnaient, se calomniaient, se dénonçaient les uns les autres à n'en plus finir. Khrouchtchev était mort, Mao malade, Franco itou : à l'évidence, les rangs des tyrans se clairsemaient et peut-être la disparition de ces spectres allait-elle rendre plus fringante la course du globe. Mais, pour l'heure, d'en bas ne montait qu'un tissu d'âneries.

Il remit son casque. On continuait à rechercher les deux égarés. Voyez-vous ça, la grande perte ! Pour deux colombes, de celles avec lesquelles les enfants s'amusent à la belle saison, on ferait moins de tapage ! Mais qu'y faire ? Il allait lui falloir recommencer à prêter l'oreille à ce ronronnement d'idiots... Surtout d'ici deux heures, passé minuit, quand, une fois les réceptions diplomatiques terminées, les radiogrammes redoublaient d'intensité.

A Paris, en cette soirée de fin novembre, avaient lieu vingt-sept réceptions diplomatiques. Il était neuf heures. Sous la pluie fine, les phares des véhicules des invités les plus tardifs léchaient les grilles des ambassades qui recevaient ce soir-là. Rue de la Faisanderie, Juan Maria Krams trouva un étroit espace pour garer sa voiture, et, après en avoir claqué la portière, prestement, presque au pas de course, s'engouffra dans l'ambassade de Cuba. On devinait d'emblée que la réception était à son heure de pointe. Il fit le tour des deux salons sans rencontrer quelqu'un qui l'intéressât. Deux des serveurs, déduisant probablement des gouttelettes de pluie brillant dans ses cheveux qu'il venait d'arriver, lui proposèrent tous deux en même temps boissons et petits fours. Il prit un whisky, mais garda le verre à la main sans le porter à ses lèvres. Il avait perdu près d'une heure à l'ambassade du Cambodge, où la réception avait paru comme morte. Beaucoup de connaissances, mais pas une seule conversation du moindre intérêt. Les gens avaient l'air frappés de léthargie et il avait espéré en vain que la soirée s'animerait quelque peu. Or, elle n'avait fait que s'engourdir de plus en plus. Ici, les choses étaient bien différentes ; il s'étonna néanmoins de ne voir aucun visage connu. Peut-être en viendrait-il plus tard, mais on ne pouvait en jurer et il ne souhaitait en aucun cas gaspiller cette soirée.

Il était convié à trois autres ambassades, l'albanaise, la roumaine et la vietnamienne, et n'avait pas de temps à perdre. Il consulta sa montre. Neuf heures un quart. Sans plus attendre, il se dirigea vers la sortie. Dans le vestibule, il se rendit compte qu'il tenait toujours son verre de whisky à la main. Il le posa sur un guéridon, à côté d'un poste téléphonique, et s'en fut.

Il n'avait pas cessé de pleuvoir. En s'installant au volant de sa voiture, il se demanda où il convenait d'aller d'abord, à l'ambassade d'Albanie ou à celle de Roumanie. Les Albanais célébraient leur fête nationale, si bien que leur réception se prolongerait certainement davantage que les autres, tandis que chez les Roumains se passait quelque chose de plus banal, une sorte d'exposition, si sa mémoire ne le trompait point. Mais l'ambassade d'Albanie étant toute proche, c'est là qu'il choisit de se rendre d'abord. Même s'il ratait les deux autres soirées, il lui fallait de toute façon passer chez les Albanais, pour la bonne raison que ce qu'il était curieux d'apprendre avait principalement rapport à eux.

Ayant fait machinalement un détour par l'Étoile, il se retrouva avenue d'Eylau. En fait, il n'était pas rare qu'à l'ambassade d'un autre pays, vous réussissiez à en apprendre davantage qu'à celle du pays directement concerné par vos centres d'intérêt. Néanmoins, cette pensée n'incita pas Juan Maria Krams à rebrousser chemin. Parvenu à la petite place de Mexico où il hésitait toujours sur la rue à emprunter pour se rendre à l'ambassade albanaise, il ralentit. Il finit par trouver. La rue de Longchamp, étroite et mouillée, était déserte. En quelques instants, il eut atteint la rue de la Pompe. La réception était fort animée, mais d'une animation qu'il n'appréciait guère. Les gens avaient plutôt l'air insouciants, plus gais qu'il n'aurait convenu, ce qui les faisait passer du coq à l'âne. A plus d'une reprise, il voulut entamer une discussion avec ses connaissances albanaises sur certains problèmes relatifs au tiers monde – pardon, au *troisième monde* –, mais il eut l'impression qu'ils répugnaient à placer la conversation sur ce terrain. Si cette réticence avait eu pour origine quelque hésitation ou incertitude, la chose lui eût paru encore admissible, mais le malheur est qu'il avait un tout autre sentiment. Il crut comprendre que la raison en était l'agacement où les mettait un tel sujet, qu'ils ne prenaient guère la peine de dissimuler. L'un d'eux, après avoir difficilement réprimé un bâillement, lui lâcha même d'un ton badin :

– Camarade Krams, ne pourrions-nous pas parler de quelque chose de plus sérieux ? Ces questions-là sont d'un fastidieux... Je dirais que ce sont des discussions de Chinois !...

– Comment ça ? fit Juan Maria Krams, interdit. Vous pensez que les discussions peuvent se ranger en...

L'autre eut un large sourire tout en esquissant de la main un geste vague.

– Vaut-il la peine de se creuser autant la cervelle pour de pareilles questions ? Croyez-moi, cessez de vous faire du mauvais sang...

– Ah oui ? répliqua Krams avec froideur.

Voilà qui est clair, se dit-il. D'un certain point de vue, c'était limpide, en effet : ses derniers doutes se trouvaient dissipés. Cela faisait d'ailleurs quelque temps qu'il avait relevé certains signes...

Il s'éloigna pour gagner un angle de la pièce, mais le brouhaha de la fête, les scintillements des bijoux, les rires n'en parvenaient pas moins jusqu'à lui. Il suivit d'un regard absent les va-et-vient des invités, pour la plupart munis d'un verre qu'ils brandissaient comme une chandelle qui leur eût éclairé le chemin… vers l'abîme !

Une main posée sur son épaule le tira de son hébétude.

– Camarade Krams ? Bonsoir.

Sous la grosse tignasse noire et bouclée, le visage de l'autre paraissait encore plus rabougri et basané qu'il n'était.

Krams eut bien du mal à le restituer dans sa mémoire. Ils s'étaient connus deux ans auparavant lors d'une rencontre internationale où le Marocain représentait un mouvement impliqué dans la question sahraouie. Puis il l'avait de nouveau croisé dans un congrès où l'autre représentait cette fois une tendance qui, tout en ayant encore rapport au Sahara, soutenait des vues différentes et avançait de tout autres revendications.

– Comment vont les choses ? lui demanda Krams.

– Eh bien, pas pour le mieux… Ces derniers temps, nous avons connu des dissensions. A présent, nous reformons bloc.

En d'autres circonstances, Krams eût été intéressé par une telle conversation, mais en se penchant, il y avait environ un an, sur une liasse de documents relatifs au mouvement sahraoui, il s'était tant et si bien embrouillé qu'il avait pratiquement renoncé à y comprendre quoi que ce fût. De fait, on avait le plus grand mal à démêler les raisons et la logique auxquelles obéissaient ses changements de cap programmatiques, et Krams en était même arrivé à penser qu'il n'y avait là ni justifications ni cohérence, et que partir à leur recherche revenait à vouloir déceler un sens quelconque dans la trajectoire des vents du désert.

De crainte que l'autre ne se mît à lui fournir des explications sur ce qui paraissait si inexplicable, Krams lui demanda s'il avait entendu formuler quelque commentaire sur le projet de visite du président américain en Chine.

– Oui, fit le Marocain, j'ai entendu certaines rumeurs. Mais, à ce que j'ai cru comprendre, ce n'est que du bluff…

– Du bluff ?

L'autre eut un hochement de tête affirmatif.

– Oui, du bluff... Ça ne se dit pas en français ? Un énorme piège à cons, en somme, comme l'affaire de l'épanouissement des cent fleurs... Ha-ha !

– Qui vous a dit cela ?

– Un ami de confiance. Mao a l'intention de monter le même piège. Il souhaite repérer qui se félicite de cette nouvelle, qui se prépare à broncher, à relever la tête, et après... Boum ! Comme la dernière fois... On frappera sans merci, on éradiquera, on anéantira. La Révolution culturelle connaîtra une seconde édition encore plus terrible que la première. Et ce qui avait alors échappé au typhon ne pourra plus cette fois être sauvé.

– Ah ! bon ?... fit Krams d'un air songeur. Ainsi donc, il n'y aura pas de visite ?

– Là, je n'en sais trop rien, répondit le Marocain. Il se peut que la visite ait lieu, mais ça ne change rien à l'affaire. Le piège fonctionnera de toute façon.

Pour la première fois, Krams esquissa un sourire.

– Tu m'as donné une bonne nouvelle, *Shkretëtirs*[1].

– Comment ? Répète un peu..., fit le Marocain.

– Je t'ai appelé *Shkretëtirs* à cause du Sahara... Mais si cela t'a vexé, je te présente mes excuses... Il est arrivé à mes adversaires de me surnommer moi-même ainsi. Je dois dire que ça ne m'a fait ni chaud ni froid.

Il repensa à la réception donnée à l'ambassade roumaine et consulta sa montre. Il doutait de pouvoir y arriver à temps. Malgré tout, ayant salué le Marocain, il déambula encore un petit instant à travers le grand salon, puis sortit sans se faire remarquer.

Il continuait de pleuvoir. Avant qu'il eût retrouvé sa voiture, ses cheveux furent trempés. Sale temps ! bougonna-t-il. Il lui fallut une bonne dizaine de minutes pour atteindre la rue Saint-Dominique. Par le portail de l'ambassade de Roumanie sortaient les derniers invités. Lorsqu'il se fut

1. En albanais, homme du désert. (*N.D.T.*)

approché, ils se saluaient encore, mais à peine faisaient-ils deux pas pour s'éloigner qu'ils rebroussaient chemin, échangeaient encore quelque propos avant de refaire une tentative tout aussi infructueuse pour se séparer. Juan Maria avait remarqué combien les gens ivres sont tout aussi exaspérants par leurs débordements d'affabilité que par leur humeur ombrageuse. Aussi, quand l'un d'eux porta sur lui un regard radieux et fut sur le point de lui adresser la parole, il décampa, monta dans sa voiture et, sans trop savoir où il allait se diriger, mit son moteur en marche et démarra. L'ambassade vietnamienne, il n'en était plus question à cette heure. Au reste, même si la réception n'y avait pas pris fin, toute envie de s'y rendre s'était éteinte en lui. Sa soirée était vraiment gâchée.

Il roulait à faible allure, sans avoir décidé de l'itinéraire qu'il suivrait. Les feux de position des voitures qui le précédaient laissaient sur l'asphalte mouillé comme des taches de sang. Il avait perdu sa soirée. Alors qu'il en attendait justement beaucoup !

Il continua de rouler aussi vite que le lui permettait le flot de véhicules. Pestant contre cette contrainte, frappant le volant de la paume de la main, il trépignait sur son siège. Comment faire pour échapper à cette prison et se mouvoir librement sans être arrêté par les feux de signalisation ?

Il se sentait dans un de ces états d'exception où l'exaltation de l'esprit se trouve bridée par le carcan du corps. La longueur réduite de ses membres, l'impossibilité de voler, tout cela le contrariait, brisait son élan.

C'était, lui avait-on raconté, ce qui arrivait parfois en amour (au début, il avait été gêné d'avouer qu'il n'avait jamais éprouvé une chose pareille, mais, au bout du compte, peu lui importait), quand, astreint à quelque tâche triviale, on a près de soi la femme désirée que l'on ne peut malgré tout atteindre...

Toute cette soirée, il n'avait ainsi fait que courir d'ambassade en ambassade.

C'était la seconde fois qu'une telle sensation l'affectait

de manière si cuisante. La première remontait à ce fameux automne où l'on avait parlé de schisme à l'intérieur du camp socialiste. Dès les premières rumeurs, il avait senti que tout son être de militant progressiste y était préparé. Il l'avait attendu avec la même avidité que d'autres, dans leur imagination érotique, sous la poussée de sève de la puberté, etc., convoitent la femme. Il se souvenait à présent de toute cette période comme d'un état de semi-délire. Des jours et des nuits de conversations interminables dans les cafés, surtout au Madrid et au Cardinal, des débats animés, l'insomnie, les doutes, les hésitations, une visite éclair à Tirana, d'autres voyages à Moscou, à Pékin, puis retour au Cardinal, nouvelles nuits blanches et, pour finir, son choix : du même côté de la barricade que les Albanais et les Chinois, contre les Soviétiques.

Nombreux furent ceux qui, à l'époque, ne discernèrent pas les raisons de ce choix. Il donna d'abord lieu à toutes sortes de spéculations, puis certains en ricanèrent, tout en continuant à chercher ce qui avait bien pu le pousser à lâcher les Soviétiques pour se jeter du côté des Albanais et des Chinois. De viles questions d'intérêt ? Une telle explication tombait d'elle-même, car il était notoire que les Soviétiques disposaient de bien plus gros moyens pour attirer les individus intéressés que la petite Albanie et la Chine démunie. Les auteurs de telles insinuations étaient finalement contraints de reconnaître que le choix de Krams n'avait été dicté ni par un intérêt sordide ni par quelque attachement sentimental, mais par un tout autre motif.

A présent, tout va plus ou moins se répéter, songea-t-il avec le même sourire froid plaqué sur ses traits. Le schisme sino-albanais n'était plus un secret pour personne, et, comme la dernière fois, les mêmes, s'évertuant à percer les raisons qui le faisaient pencher d'un côté plutôt que de l'autre, allaient reprendre le vieil attirail de leurs supputations : l'intérêt, le romantisme, un certain faible pour le petit ou pour le pauvre, la fidélité au dogme…

L'éclairage des vitrines, tombant à l'oblique sur son visage, rendait son sourire énigmatique. Il n'avait encore confié sa pensée intime à personne, mais, cette fois-ci, il se sentait pencher du côté des Chinois. Ce choix ne tenait pas simplement à la logique des événements, pas plus qu'aux sentiments, encore moins aux calculs cyniques qu'avaient pu échafauder les politiciens, non, c'était quelque chose qui surclassait tout cela, qui transcendait même les principes et dépassait sans doute jusqu'à sa propre personne.

Le flot des voitures s'était immobilisé à un carrefour et leurs conducteurs, tassés sur les sièges avant, séparés les uns des autres par des vitres épaisses, le regard rivé sur le feu rouge, avaient un air lointain, hors du temps. Il songea aux interprétations, étayées sur toutes sortes de mobiles ridicules, que les gens allaient chercher à donner de sa préférence accordée aux Chinois; mais nul ne trouverait la vérité. Il en était certain dès lors que lui-même se sentait incapable de la traduire en mots.

A plus d'une reprise, en ces rares moments où sa pensée parvenait à pénétrer, encore que confusément, au plus profond de lui-même, il s'était demandé quand lui était né cet amour – si pareil sentiment pouvait être étiqueté ainsi – de ce qu'il désignait mentalement, Dieu sait pour quelle raison, sous l'appellation de *vie de comité*. Cela avait dû advenir alors qu'il n'était encore âgé que de dix-sept ou dix-huit ans (il avait à présent oublié le sigle du groupuscule qu'il lui était échu de rejoindre le soir après souper, et maints autres détails s'étaient effacés de sa mémoire), mais ce goût particulier, irréductible à tout autre, du débat, quand celui-ci portait sur l'éventualité d'une scission à l'intérieur du groupe, assorti de certains regrets à cette même idée, mais mêlé à la joie de voir surgir un nouveau mouvement, tout cela, joint à l'attrait du risque qui lui semblait parfois réel, parfois illusoire, était resté bien vivant dans son souvenir.

Ce n'avait été là qu'un début. Peu à peu, cette fascination tendit à s'accentuer; tout un univers qui lui était demeuré jusque-là inconnu commença à aspirer lentement son existence. Tout à tour, non seulement il laissa s'estomper puis se mit à effacer en lui les passions, mais il bannit tous autres objets de désir de sa vie : le goût des collections en tout genre de sa prime jeunesse, les sports d'hiver, la mer, le théâtre, la mélancolie automnale, les divinités grecques, l'astronomie, l'histoire, ses parents. Une partie de tout cela lui devint progressivement étrangère, l'autre finit par perdre à ses yeux toute signification. Désormais, d'autres intérêts occupaient son existence. Une déviation de la ligne générale d'un parti ou d'un groupe lui paraissait plus captivante que tous ses souvenirs de vacances d'été. Sa vie était à présent intégralement remplie par les congrès des nombreux partis, nouveaux groupes ou fractions qui avaient vu le jour après l'émiettement des partis communistes marxistes-léninistes, par leurs plénums, leurs programmes, les infléchissements de leur ligne générale, les deux, voire les trois voies qui se dessinaient en leur sein, les positions réformistes, les tendances syndicalistes, les voies de passage au socialisme, les points de vue sur le recours à la violence, sur les moyens pacifiques, sur la terreur, l'anarcho-syndicalisme, le compromis historique, le troisième monde…

Tu ne trouves pas ça barbant ? lui avait demandé un jour un camarade. Juan Maria s'était mis en colère comme il l'avait rarement fait dans sa vie. Ils avaient polémiqué jusqu'après minuit dans le café où se rassemblaient les gauchistes colombiens, près de la place de l'Opéra, puis dans la rue, puis dans un nouveau bistrot, et ainsi de suite jusqu'à l'aube. Ils s'étaient mutuellement lancé des accusations féroces, citant pêle-mêle Trotsky, Marx, Staline, Lénine, Che Guevara, Mao Zedong. Krams avait reproché à son camarade quelque sept déviations, tandis que l'autre, au petit jour, avait fini par lui lâcher : Tu sais ce que tu es, Krams ? Tu es l'antivie, le Diable personnifié ! – Oui, dans une certaine mesure, c'est bien ce que je suis, lui avait-il répondu, je renie cette vie au nom d'une autre qui sera instaurée un jour. – Et si jamais cette autre vie à son tour te rejette ? lui avait demandé son contradicteur. As-tu pensé que si tu t'éloignes à ce point de la simple vie humaine, de ce qu'avec mépris tu appelles *l'appétit de vivre*, tu risques de si bien te déformer que, pris du désir de revenir en arrière, elle-même te rejettera comme on chasse un fantôme ? – Sornettes, avait-il répliqué, verbiage petit-bourgeois !... Mais l'autre avait poursuivi : Une ombre, Krams, voilà ce que tu es !

Ils avaient continué à se disputer dans le petit matin humide, cependant que les silhouettes des passants semblaient en effet évoluer dans un autre monde que le leur, et au moment de se séparer, peut-être même après qu'ils eurent fait quelques pas en sens opposé, l'autre s'était retourné pour lui lancer : Krams, renonce à tout cela tant qu'il n'est pas encore trop tard ! Dans les pleurs des vieilles femmes des Balkans, tu trouveras plus d'histoire, de philosophie et peut-être même d'économie politique que dans tous tes plénums et tes résolutions centro-droito-gauchistes !

Un chant funèbre de pleureuses des Balkans..., s'était répété Krams sans détacher son regard de la chaussée mouillée. Probablement le type avait-il cueilli cette impression en Albanie lors de quelque voyage antérieur. Il avait dû assister à une de ces cérémonies funèbres à quoi Krams n'avait jusque-là jamais prêté la moindre attention.

Au bout de tant de temps, il conservait l'arrière-goût de désillusion que lui avait laissé ce pays. Il s'y était précipité, plein d'espoir d'y trouver un monde et des hommes nouveaux, mais il n'y avait rencontré que l'habituel train-train de la vie humaine : les gens touchaient des salaires, achetaient des meubles et des abat-jour, comme partout ailleurs ; ils mettaient leurs économies de côté à la caisse d'épargne, divorçaient, s'invitaient à dîner, s'enivraient, et il s'en trouvait même pour se suicider par amour.

Où était l'homme nouveau ? Le troisième jour, il avait posé abruptement la question à son guide. L'homme nouveau ? lui avait répondu l'autre, un peu surpris. Mais ce sont ces gens que vous voyez autour de vous, au café, dans la rue. Voilà les hommes nouveaux !

Ils déambulaient sur le grand boulevard de Tirana et Krams se sentait floué. Tu excuseras mon franc-parler, avait-il dit à son accompagnateur en lui désignant du menton les passants, mais ces gens-là peuvent être baptisés comme tu voudras, sauf d'hommes nouveaux ! – Ah? s'était borné à répondre l'autre. – Cette façon de s'habiller, avait poursuivit Krams, ces gestes des garçons, ces regards des filles, je ne sais comment les qualifier... L'autre avait ri : Ce sont des gestes humains, avait-il riposté, ce sont de simples regards humains. Pourquoi auraient-ils besoin d'une autre définition? – La question n'est pas là, l'avait interrompu Krams.

C'était donc sur ce boulevard qu'avait eu lieu leur première discussion sur l'homme nouveau. Krams ne lui avait pas déguisé sa façon de penser. L'homme nouveau était le fondement, la clé, l'alpha et l'oméga de tout le grand œuvre. Si l'on parvenait à le former, le socialisme pourrait être considéré comme victorieux ; autrement, tout risquait de s'effondrer. Il avait ressorti une idée qu'il avait entendu exprimer quelque part, selon laquelle il était vain de vouloir bâtir les édifices du socialisme avec de vieilles briques. Quoique conçus selon des plans nouveaux, ces édifices risquaient de renfermer encore de l'ancien dans chacune de leurs cellules. Ainsi, un palais de la Culture renfermerait l'église autrefois détruite ; l'Assemblée du Peuple, le Parlement de jadis ; le meeting prolétarien, la procession ; la marche militaire, la valse ; et ainsi de suite, indéfiniment. Alors que si l'on s'employait à fabriquer des briques nouvelles, les constructions, même si elles revêtaient parfois des formes anciennes, seraient nouvelles dans leur substance même, et donc prémunies contre les fantômes du vieux monde. Vous comprenez ce que je veux dire? avait-il demandé en se tournant vers son accompagnateur. Cette brique nouvelle, c'est l'homme nouveau. Si on l'obtient, tout le reste suivra. Sinon, un beau matin, l'hôtel pourra se retrouver subitement à l'état d'église, et l'orchestre, au lieu de L'*Internationale*, se mettra à jouer quelque musique liturgique...

Le guide avait hoché la tête d'un air songeur. En principe, il n'était pas contre ce que lui disait l'autre, mais il ne parvenait pas à comprendre quel aspect revêtirait cet homme. Les Chinois s'emploient à le modeler, lui avait dit Krams. – Ah, les Chinois..., avait-il répondu. J'en ai entendu parler. Vous faites allusion à ce Lei Fen, je pense? – Justement. Il n'a pas l'air de vous plaire? – Je ne saurais vous répondre, avait fait l'autre.

Par bribes revenaient à la mémoire de Krams d'autres discussions. Elles étaient devenues de plus en plus vives, jusqu'au jour où son accompagnateur lui avait lancé: Je n'arrive pas à vous comprendre, camarade Krams. J'ai remarqué que vous ne vous intéressiez guère à la vie que mène ce peuple, mais à certaines choses, des choses... je ne sais comment les qualifier: arides, théoriques... – Moi non plus, je ne vois pas ce que vous voulez dire, avait répliqué Krams. – Je vais m'efforcer de vous l'expliquer. Par choses arides, étrangères à la vie, j'entends par exemple que, lorsqu'il est question des ouvriers, vous ne prêtez attention qu'à leurs syndicats, nullement aux aspects de leur existence quotidienne, autrement dit à leurs salaires, à leurs conditions de logement, etc. Pour ce qui est de l'intelligentsia, vous ne voulez connaître que les diverses façons dont elle accomplit ses périodes de travail manuel. Je ne sais si je suis assez clair. Prenons la littérature: jamais vous ne m'avez demandé à quoi elle se consacre, alors que vous m'avez interrogé une vingtaine de fois sur la façon dont les écrivains descendent à la base pour se fondre avec les masses...

Ici, Krams l'avait interrompu pour lui dire sa conviction que le seul trésor créé à l'ère du socialisme en matière littéraire était précisément ce processus de rééducation des écrivains. Au point que lui-même, Krams, pensait qu'il serait merveilleux que l'Albanie parvînt à donner un pareil exemple au reste du monde. Une horreur semblable? avait répliqué son guide avec une grimace de dégoût. – Vous appelez ça une horreur?... – Peut-être le mot est-il faible! avait ajouté l'autre et, sans dissimuler son irritation, il s'était employé à lui expliquer que les Albanais n'entendaient nullement faire s'étioler de leurs propres mains cette vie qu'au prix d'efforts surhumains ils étaient parvenus à préserver, plus de vingt siècles durant, de la famine, des guerres et de la peste – et cela, pour le seul plaisir d'illustrer les théories de tel ou tel !

Krams s'était tu. Le fait est que c'était pourtant ce qu'il pensait, lui. Il avait même espéré que les Albanais se montreraient tout disposés à sacrifier leur pays sur l'autel de ces théories. Or, l'homme qui l'accompagnait lui clamait le contraire. Mais peut-être ne représentait-il pas l'opinion générale ? Au fil des jours, Krams acquit d'ailleurs de plus en plus la conviction que beaucoup en Albanie partageaient sa propre vision des choses.

Malgré tout, son arrière-goût de désillusion ne s'était pas tout à fait dissipé. Par la suite, chaque fois qu'il était question de ce qui se produisait là-bas, il éprouvait à nouveau la même amertume, jusqu'au jour où il entendit à la radio cette nouvelle ahurissante : l'Albanie avait interdit la religion !

Il en était resté médusé. Ce pays qui l'avait si fort déçu lui envoyait une joie inattendue. Il avait fait là un pas que personne avant lui n'avait encore osé franchir. Le rêve de Nietzsche ! Son Antéchrist ! Pendant des nuits entières, il ne vit en pensée que bulldozers renversant églises et cathédrales, campaniles décapités, croix culbutées. Et c'était advenu dans un pays qui avait été au Moyen Age l'un des avant-postes de la chrétienté ! N'était-ce pas sur lui qu'avait déferlé le premier raz de marée de la furie islamique ? Leur héros national, Skanderbeg, n'avait-il pas été présenté comme l'ultime rempart du christianisme en Europe ?

Ici les deux religions s'étaient percutées dans un entrechoquement infernal. Aucune n'avait reculé, jusqu'à ce que, sortant du chaos, l'Albanie finît par les faire siennes toutes deux, de même que son héros prit alors deux noms : l'un, chrétien, l'autre, islamique – Georges et Skënder.

A présent, tout cela touchait à sa fin. Les temples des deux camps seraient rasés comme par un tremblement de terre. A dire vrai, quand il assistait en imagination à leur effondrement, dans l'esprit de Krams ne se profilaient que des clochers d'églises, presque jamais des minarets. Sans doute était-ce dû chez lui à quelque secrète faiblesse pour ces derniers, vraisemblablement liée à ses nombreuses amitiés dans le tiers-monde, voire, tout au fond de lui, à une sympathie inavouée pour l'islam.

Mais la suppression de la religion n'aurait pas tant réjoui Krams si elle n'avait préludé à un autre processus. Il était convaincu que les églises entraîneraient dans leur chute toute la vieille culture : des siècles de littérature transcrite par les copistes des monastères, les icônes médiévales, les peintres, les poètes, les philosophes… Mais cela non plus n'était pas assez, il restait une multitude d'autres choses à abolir : cérémonies, modes de penser et façons de vivre, infinie collection d'us et coutumes, jusqu'à ces dîners traditionnels qu'il abhorrait particulièrement. Il avait étudié un certain temps ce phénomène, découvrant notamment que l'acte de manger tout en devisant, surtout le soir, autrement dit le dîner au sens que nous donnons aujourd'hui à ce mot, et qui, selon lui, constituait l'un des plus grands fléaux de l'humanité, avait été inventé par les Grecs anciens. Il était intimement convaincu que sans la suppression de ces agapes, ce qu'on appelait la création de l'homme nouveau était proprement inconcevable. Il avait même ébauché le canevas d'un essai à venir sur *Le dîner, ultime forme de résistance à la création du monde nouveau*, dans lequel il considérait les cérémonies d'anniversaires, les repas funèbres, les fêtes de Noël, le réveillon du Nouvel An, le Jeudi Saint, les conversations d'après-souper, etc., comme de simples variantes d'une seule et même institution décadente (selon lui, ce n'était pas un effet du hasard si le dîner suggérait d'emblée la tombée du jour) dont l'abolition aussi prompte que possible était la condition *sine qua non* d'un vigoureux progrès de l'humanité.

Mais tout cela pouvait encore attendre un peu. La première urgence, pour lui, était de se rendre sur place afin d'y vérifier de ses propres yeux l'incroyable.

Son premier réveil à Tirana sans le son des cloches lui avait paru tenir du prodige. L'idée que le ciel avait été débarrassé de cette nuisance s'emparait de lui par intervalles, le plongeant dans une espèce de vertige. Jamais il n'aurait imaginé que la grande mutation pût commencer par là.

Il brûlait d'impatience de rencontrer son guide pour lui dire : Alors, qui de nous avait raison, toi ou moi ? Mais, cette fois, ce n'était plus le même. Krams n'avait rien trouvé d'illogique à son remplacement. L'autre avait dû être victime de quelque dénonciation. Lui-même, Krams, n'avait jamais été tenté de se livrer à un pareil acte, mais quelqu'un d'autre s'en était apparemment chargé. De toute façon, son ancien accompagnateur n'avait eu que ce qu'il méritait. Du moins est-ce ce qu'il pensa, jusqu'à ce qu'il essuyât une nouvelle déconvenue. Son nouveau guide lui parut pire que le précédent. Leur première prise de bec survint lorsqu'il fut question entre eux des deux millions d'Albanais vivant en Yougoslavie. Ce débat sur le Kosovo lui semblait dépassé, relevant d'un nationalisme romantique (dans son esprit ne tardèrent pas à se dessiner les initiales N.R.), et il ne dissimula pas son étonnement de voir les communistes albanais, dont il imaginait qu'ils s'étaient élevés au-dessus de ce type de préjugés chauvins, s'occuper encore de pareilles choses. Son guide s'était emporté et la discussion était alors passée des conceptions bourgeoise et prolétarienne de la patrie aux idoles nationales surannées (I.N.S., avait épelé Krams à mi-voix) et au génocide des Albanais du Kosovo perpétré par le Grand-Serbe Ranković – génocide que Krams jugeait dénué de toute espèce d'importance, comparé à l'exploitation quotidienne de la classe ouvrière –, pour en arriver finalement aux événements du Cambodge. Nul ne peut savoir où commence le Cambodge, avait lancé d'un ton venimeux l'Albanais : sur le sol kmer, à Pékin, voire dans certains cafés parisiens ? Il avait braqué son regard sur Krams comme pour lui dire : peut-être même que le Cambodge commence en toi ? Juan Maria avait eu bien du mal à ravaler sa colère. Un peu plus tard, à l'hôtel, il avait recouvré son sang-froid. Au bout du compte, il n'avait pas lieu de se sentir froissé. Même s'il ne pouvait nier certains excès, il n'était pas, quant au fond, opposé à ce qui se passait au Cambodge. On pouvait bien le surnommer Juan l'Antivie, le traiter de fantôme, de démon, d'incarnation de la stérilité, peu lui importait du moment qu'à sa manière – tout comme à leurs yeux moutonniers – il était bel et bien ainsi. S'il devait avoir quelque motif de préoccupation, il ne résidait pas là, mais ailleurs, justement dans le fait que de telles appréciations le touchaient encore. Preuve que le processus suivi par son évolution intérieure était encore inachevé.

Un jour, il aperçut dans la rue un cortège funèbre et se ressouvint de cette évocation des pleureuses balkaniques...

Il ne se laissait pas facilement avoir par ce genre de croyances, et s'il pria alors son guide de le conduire à une cérémonie mortuaire, ce fut précisément pour pouvoir, à son retour, téléphoner à son ami et lui dire : Tu sais, j'ai assisté à l'un de ces fameux rites dont tu m'as parlé ; ce sont des pleurs tout ce qu'il y a d'ordinaires, rien de plus.

Mais son accompagnateur lui répondit qu'au lieu de le conduire à quelque cérémonie funéraire, il allait tout simplement l'emmener au cimetière. Mieux même : à deux sortes de cimetières, celui des martyrs de la nation et le cimetière commun de la ville.

Lors de son premier voyage, Krams avait déjà visité le cimetière des martyrs, mais, comparé maintenant à l'autre, il lui fit un effet différent. A l'opposé de l'infinie variété qui régnait parmi les tombes civiles, chez les martyrs, tout était régulier, égal : la manière dont étaient gravés noms, dates, formules, et les stèles mêmes. Chez les civils, au contraire, se mêlaient toutes sortes de styles, de symboles, d'épitaphes sentimentales. A l'évidence, c'est chez les morts que la distinction se révélait ainsi la plus nette. Peut-être est-ce par là que commence la mutation, se dit Krams. Elle opérait donc à partir du ciel – où l'on n'entendait plus le son des cloches – et de la mort. Oui, il en était peut-être bien ainsi, quoi qu'il n'eût encore jamais entendu parler de *morts nouveaux*.

Krams sentait ses idées s'embrouiller inextricablement dans son cerveau. Ce fut même un des très rares moments où il se départit de sa lucidité. Il fut tiré de son trouble par le guide qui lui désignait du menton une dalle de marbre clair :

– Le tombeau de ma femme.

– Hein ? fit Krams.

– Le tombeau de ma femme, répéta l'autre en lui indiquant une photo en médaillon apposée sur le marbre.

– Ah ?... Pardonnez-moi, je ne savais pas... Je vous prie de m'excuser...

– Vous n'avez pas à vous excuser, dit l'autre, les yeux rivés sur un bouquet de roses à demi fanées posées sur la dalle de marbre. Elle est morte voici quelques années, d'un cancer du sein.

Krams décrivit avec ses mains un geste qui ne voulait rien dire. Il se sentait très embarrassé et, bien qu'il s'efforçât de trouver autre chose à dire, il ne faisait que répéter : Excusez-moi...

Durant toutes ces journées, il s'était senti mal à l'aise. Les hommes ont bonne mémoire et c'est l'un des plus grands maux dont soit affligé l'espèce humaine, lui avait dit Mao Zedong au cours de leur seule et unique entrevue. Et comme Krams lui demandait s'il existait à son avis quelque procédé pour réduire à leur plus simple expression les mécanismes de la mémoire, Mao lui avait répondu : C'est précisément ce à quoi je me consacre, ces derniers temps.

Comme il le faisait souvent chaque fois que ses idées étaient battues en brèche ou subissaient une atteinte extérieure, ce soir-là, et même plus tôt que de coutume, il se cloîtra dans sa chambre d'hôtel et s'assit au milieu des nombreux documents qu'il avait apportés avec lui. Ce n'est qu'entouré de ces paperasses qu'il se sentait pleinement rasséréné. A l'écart des bruits, des parfums, des appels importuns, il s'y immergeait progressivement jusqu'à ce que son esprit eût recouvré ses assises. Car ses ennemis avaient beau traiter cet univers de *désert verbal*, de *royaume des formules creuses*, de *sahara de la politique*, etc., c'était à ses yeux le seul pour lequel il valût la peine de vivre et de lutter. Il aimait rester des heures entières penché sur ces papiers où il avait consigné tout ce qui y avait trait : partis, groupuscules gauchistes ou droitiers, trotskistes, communistes, eurocommunistes, marxistes-léninistes, maoïstes, leurs thèses, leurs tendances, leurs sous-tendances, leurs stratégies et leurs tactiques, leurs métamorphoses, leurs oppositions, leurs liens internationaux. Il connaissait ce petit monde comme sa poche, lui-même avait appartenu successivement à plusieurs de ces mouvements, y compris même à leur direction, mêlant sa voix à des discussions sans fin jusqu'à ce que, d'une fraction à l'autre, il eût échoué à l'*Humanité rouge*. Mais bien qu'affilié à un seul de ces groupes, il se sentait rattaché, ne serait-ce que par les liens que crée l'hostilité, à l'ensemble de cette galaxie qui gravitait en permanence autour de lui : le Comité d'Initiative pour un Mouvement Révolutionnaire (C.I.M.R.), de tendance trotskiste, avec une forte proportion d'Espagnols dans ses comités et un dense réseau de relations à l'étranger ; le Mouvement du 22 mars (M 22), à propensions anarchistes, hostile au centralisme démocratique et à la dictature du prolétariat ; la Ligue Communiste (L. C., trotskiste), grande organisatrice de manifestations semi-folkloriques, qui ne faisait guère de distinction entre staliniens et révisionnistes, considérant ces derniers comme des staliniens qui avaient changé d'étiquette pour être mieux à même de trahir le mouvement communiste, et qui, dans ses défilés, faisait scander *Ho-ho-ho-Ho-Chi-minh* quand ses adhérents vouaient un culte à Ho Chi Minh, *Che-che-che-Che-Guevara*, quand ils se prosternaient devant Guevara, en attendant de s'efforcer de ravir, comme maintenant, son *Ma-ma-ma-Mao-Zedong* à l'*Humanité rouge* ; Lutte Ouvrière (L.O.), également trotskiste, qui ne reculait pas à recourir de temps à autre aux violences fascisantes ; les Centres d'Initiative Communiste (C.I.C.) dont les militants, hélas, jouissaient d'une autorité acquise du temps de la Seconde Guerre mondiale ; la Gauche Prolétarienne (G.P.), qui se proclamait maoïste et commettait des sabotages afin de susciter des troubles, conformément à la formule guévariste

Provocation-Répression-Révolution ! ; sans oublier le Front Unique Ouvrier (F.U.O.), l'Alliance Marxiste-Révolutionnaire (A.M.R.), les Groupes Anarchistes d'Action Révolutionnaire (G.A.A.R.), la Fédération Anarchiste (F.A.), l'Internationale Situationniste (I.S.), etc., etc. Tous ces groupuscules, avec leurs plates-formes, leurs lignes, leurs positions sur la dictature du prolétariat, le Parti, l'État, l'avenir, composaient un microcosme bouillonnant de passions que Juan Maria Krams n'eût troqué pour rien au monde.

Son séjour en Chine l'avait beaucoup moins perturbé. Là-bas, aucune force extérieure n'était venue menacer son univers. Par milliers, par centaines de milliers l'entouraient des formules consacrées destinées à le prémunir contre les assauts triviaux de ce que l'on appelle la vie. Contre des paroles en apparence bénignes comme *le temps s'est rafraîchi aujourd'hui..., quel après-midi fastidieux..., nos bien-aimés...*, etc., montaient la garde tout un corpus de nouvelles locutions et de mots d'ordre, véritables patrouilles de deux, trois ou quatre éléments : les deux choses justes et les trois injustes, les quatre recommandations principales, les sept défauts, les cinq vertus et les dix maux, etc., etc., veillant en permanence à ce que son monde ne fût pas infecté.

Lorsqu'avait commencé à courir le bruit d'un refroidissement dans les relations entre Chinois et Albanais, la première question à venir tout naturellement à l'esprit de Krams et de ses camarades fut celle de savoir dans quel camp ils se rangeraient. L'origine de cette détérioration des rapports étant le rapprochement sino-américain, ils devaient en bonne logique se rallier aux Albanais, pour la simple raison que c'était de ce côté que les principes purs et intangibles, de même que le refus de tout dialogue ou compromis, paraissaient assurés.

Tel était le parti à prendre, mais une sorte de sixième sens dictait le contraire à Krams. Même si la Chine se rapprochait en effet de l'Occident, son univers à lui, le *Krams-world*, comme l'appelaient plaisamment ses contradicteurs, vivrait bien plus longtemps en Chine qu'en Albanie. Il n'avait pas encore cerné les raisons profondes qui le conduisaient à pareille conclusion (l'histoire, la situation géopolitique, les mentalités, les origines ethniques, peut-être même les caractéristiques raciales des Albanais), mais il était certain que son intuition ne le trompait pas. Cette visite au cimetière de Tirana, par ce dimanche mémorable, ne lui quittait plus l'esprit. Les Albanais ont une excellente mémoire. Alors que Mao l'avait dit très clairement : ceux qui ont trop bonne mémoire nous sont nocifs.

C'est ce qu'il lui avait confié, toujours lors de leur seule et unique entrevue en tête à tête, quand ils avaient longuement parlé de la possibilité de l'avènement mondial du communisme.

Subjugué, Krams avait entendu dire de la bouche même de Mao que le communisme pouvait mettre aussi bien dix mille ans à s'instaurer. Cette affirmation, venant après les déclarations de cet écervelé de Krouchtchev, selon lequel le communisme serait réalisé en U.R.S.S. vers l'an 1980, sonnait comme un défi titanesque. Que l'avènement du communisme fût fort lointain, nul ne l'ignorait, tout comme on savait que, tout éloigné et utopique qu'il fût, comme n'importe quelle grande espérance, il pesait de tout son poids sur le destin du monde. On était également conscient qu'avec l'avènement du paradis communiste au terme d'une tension millénaire, l'humanité risquait de se ramollir aussitôt, et, partant, de sombrer dans la dégénérescence. Or, rien de tout cela – notamment cette dernière crainte – n'était jamais formulé par les dirigeants communistes. Mao, lui, était le premier à avoir osé le faire. Dans son entretien avec Krams, il avait laissé clairement entendre que le communiste non seulement était, mais *devait être* inaccessible, qu'il ne devait donc pas se réaliser.

Le communisme est pareil à un astre, et compte même parmi les plus beaux, avait-il déclaré. Mais l'astre nous paraît tel parce qu'il est éloigné. T'es-tu jamais représenté le rapprochement d'un astre ? Sa venue, ou plutôt le télescopage avec lui, ne pourrait que constituer une formidable catastrophe…

L'astre devait donc rester hors d'atteinte. Tout ce qui

semblait contribuer à le rapprocher – bien-être, culture, émancipation – ne faisait que le mettre davantage en danger de mort. C'est pourquoi il fallait s'y attaquer sans merci. De même qu'il fallait frapper sans faire de quartier tous ceux qui œuvraient à son rapprochement. Les sacrifier au nom de l'éloignement de l'astre.

Cela peut paraître tragique, avait poursuivi Mao : frapper justement ceux qui, ardemment, voire avec un zèle excessif, se sont dévoués à votre idéal. Mais on n'y peut rien, il n'y a pas d'autre voie.

Et les ennemis ? avait été tenté de demander Krams. Ses adversaires ne seraient-ils pas plus bénéfiques au communisme que ses propres adeptes ?

Précisément, avait répondu Mao. Plus que de tout autre chose, le communisme a toujours eu besoin d'ennemis. Et il en aura toujours autant besoin. Au point que...

Il avait souri, mais sans finir sa phrase. Krams avait néanmoins saisi le sens de sa pensée : au point même que s'il venait à en manquer, il lui faudrait s'en créer...

Grandiose ! songeait Krams chaque fois qu'il se remémorait quelque fragment de cet inoubliable entretien. Et il ne se privait pas de pousser cette exclamation à voix haute, surtout à l'époque de la Révolution culturelle. C'est alors qu'il avait pu vérifier combien ses idées s'ordonnaient selon une harmonie parfaite : interruption du cours de la vie, destruction, lavage de cerveau... L'astre était plus loin que jamais, partant, mieux protégé que jamais.

Le Cambodge commence en toi... Ouais, fit-il à part soi. Le Cambodge, pour sûr, et probablement bien d'autres crimes à venir...

L'espace d'un instant, la pensée que lui aussi était un personnage profondément tragique le plongea dans une certaine euphorie.

Il avait débouché place de la Concorde, mais il était encore si profondément sous l'effet de ce vertige que si on lui avait soufflé à l'oreille : Attention, il y a des têtes de rois sur la place !, il n'en eût pas du tout été surpris, mais se serait mis à zigzaguer pour les éviter.

Il se prenait réellement pour une figure de tragédie, mais il assumait ce destin. En son for intérieur, il sentait bien qu'à l'occasion de ce nouveau schisme, il avait arrêté son choix. Même si les Chinois devaient un jour le décevoir, il était résolu à s'y tenir. Le tiers-monde – pardon, le troisième monde – était un terrain qu'il pouvait arpenter de long en large pour y semer ses idées. Et si son action devait se révéler un fiasco dans les villes et les campagnes, il irait jusque dans le désert, parmi les tribus primitives, là où il fallait au moins un millénaire avant de finir par faire comprendre un jour aux gens le sens des mots *tristesse d'automne* ! Le Cambodge commence en toi... Mais, chez vous, qu'est-ce qui commence ? s'exclama-t-il avec aigreur, évitant de justesse d'accrocher une voiture qui roulait à ses côtés et dont le conducteur portant son index à sa tempe, secoua la tête en l'injuriant : Hé, t'es pas un peu cinglé ? – C'est vous tous qui êtes cinglés ! riposta-t-il à voix haute. Tous sans exception ! Cinglés et d'une mesquinerie à vomir. Alors que lui n'avait jamais accompli aucun acte qui fût inspiré par quelque vil intérêt ! Même que, durant son séjour en Chine, quand la petite communauté des résidents européens s'était mise à bruire de rumeurs mi-amusées mi-sarcastiques selon lesquelles Mao Zedong allait faire de lui son *pao peï*, son filleul (rumeurs qui n'étaient pas tout à fait dénuées de fondement), une pareille éventualité n'avait suscité en lui ni rêves de pouvoir, ni espérances d'autres avantages vulgaires. En fait, tout au fond de lui, il lui était arrivé de rêver, et parfois même de penser qu'il pourrait accéder un jour au statut de dirigeant, oui, mais pas du tout comme les autres. Il était de l'avis de ceux pour qui le dirigeant authentique est un homme investi d'aucun pouvoir, mais il allait plus loin encore. Pour lui, il ne suffisait pas d'être sans pouvoirs : tels avaient été Marx, le Christ, le Bouddha, Che Guevara, et pourtant, d'une certaine manière, ils avaient régné par leurs livres, leurs idées ou leurs paroles. Krams était partisan d'un type de dirigeant qui fût même dépouillé de tout cela. C'eût été un véritable démiurge du mouvement ouvrier international, mi-déclaré mi-anonyme, sans livres, sans idées qui lui appartinssent en propre, si possible même sans nom. Mais cette perspective était encore bien éloignée... Pour l'heure, il était le militant gauchiste Juan Maria Krams, un ascète selon certains, pour d'autres le Don Quichotte du mouvement. Il bénéficiait même d'un troisième surnom, Huan Mao Maria, ou, pour faire plus court, Marihuana, dont on l'avait affublé depuis son séjour en Chine, quand avait été ébruité pour la première fois le plan de Mao visant à subvertir l'Europe par la drogue. C'était un sobriquet qu'on lui avait accolé avec malveillance, mais qui, en fin de compte, ne l'offusquait pas outre mesure.

Il roulait en direction des grands boulevards et n'avait pas encore décidé s'il irait au Café de Madrid, où se réunissaient habituellement les militants latino-américains, ou à celui où se retrouvaient les Portugais. Finalement, il trouva à se garer à proximité du café des Portugais et y entra. Il cherchait des yeux quelque visage connu aux rares tables occupées quand, sous le coup de la surprise, son regard se figea soudain. Quelle transmission de pensée ! remarqua-t-il en marchant vers l'une des tables. L'homme sur lequel il avait posé les yeux leva la tête et son regard s'éclaira de la même lueur d'étonnement, cependant qu'il quittait sa chaise pour venir au-devant de lui.

– Les grands esprits se rencontrent ! s'exclama Krams en lui tendant la main. Il y a un instant, je pensais justement à vous.

– Comment ça va ? fit l'autre. La santé est bonne ? Je croyais vous rencontrer à la réception de ce soir.

– Je suis passé chez vous, répondit Krams.

– Pas possible ?

– A dire vrai, je ne suis resté qu'un bref instant ; nous avons dû nous croiser.

– Possible.

– Je suis bien content de vous voir, camarade Struga, reprit Krams. Vous êtes à Paris depuis longtemps ?

– Depuis quelques jours. Et vous ? Si vous n'êtes pas trop pressé, prenez une chaise. Ce sont des camarades du Parti communiste portugais reconstruit. Peut-être connaissez-vous l'un d'eux ? Voici le camarade Juan Krams, dit-il en se tournant vers les Portugais. Je lui ai servi d'accompagnateur durant son séjour en Albanie.

Ce n'est qu'à ce moment-là que Krams dévisagea ceux qui l'entouraient. De fait, il avait déjà rencontré deux d'entre eux. Les autres ne lui disaient rien.

– Nous venons directement de la rue de la Pompe, précisa Besnik Struga.

– Dommage que je ne vous aie pas vu là-bas ! fit Juan Maria. Mais j'ai de la chance, puisque nous avons tout de même fini par nous rencontrer.

Ils lui firent place à leur table, mais lui, avant de s'asseoir, demanda :

– Je ne vous dérange pas ?

– Pas du tout, dit l'un des Portugais. Au contraire !

– Nous parlions du troisième monde, l'informa un autre.

– Du troisième monde ? Voilà qui est vraiment intéressant.

Dès qu'il se fut installé parmi eux, Juan Maria comprit que c'était précisément cette table qu'il avait en vain cherchée durant toute la soirée. La discussion eut tôt fait de tourner à la polémique, surtout entre Krams et Besnik Struga. Les Portugais n'intervenaient plus que de loin en loin, jusqu'à ce que tous deux restassent seuls à élever la voix.

– En fait, je m'y attendais, fit Krams après un moment de silence. Autrement dit, tous les bruits courant à propos de divergences de vues entre Albanais et Chinois sur toute une série de questions fondamentales correspondent bien à la vérité.

– Apparemment oui, répondit Besnik Struga. – Il contempla sa tasse de café, la leva, la reposa sur sa soucoupe, puis, regardant l'autre obliquement, enchaîna : Permettez-moi d'ajouter que les rumeurs selon lesquelles, dans toute cette... affaire, vous pencheriez du côté des Chinois, ont tout l'air de correspondre elles aussi à la vérité !

– Apparemment oui..., dit Krams d'un air amusé, en reprenant à son compte la réponse de Struga.

La discussion repartit de plus belle, mais, à la différence de leurs échanges de l'année précédente, leur ton était à présent débarrassé de tout souci de courtoisie excessif.

Krams persistait à soutenir que la négation de l'existence d'un troisième monde, le refus de voir cette réalité était une impardonnable insanité, tandis que Besnik Struga s'obstinait à répéter que cette division du monde en trois était contraire à toute objectivité scientifique, qu'il s'agissait plutôt d'un découpage mythique.

Krams le regardait fixement, non sans une pointe de jalousie. Cet homme a assisté à la Conférence de Moscou, se dit-il à deux ou trois reprises tandis que l'autre parlait. Krams eût aimé oublier ce fait qui conférait une certaine supériorité à son interlocuteur, mais impossible. Que n'eût-il donné pour y avoir pris part lui aussi ! Y en aurait-il d'autres du même genre à l'avenir ?... Du même genre : autrement dit, où tout serait réduit en miettes pour être recréé comme après une catastrophe cosmique, où la ligne de fracture traverserait tout de part en part, comme dans l'Apocalypse.

La discussion se poursuivit un bon moment sur le troisième monde, puis elle dériva sur le rapprochement sino-américain avant d'en revenir derechef au troisième monde. Krams faisait effort pour garder son flegme. Il pouvait tout supporter, sauf qu'on contestât l'existence du troisième monde. L'échange s'envenima de nouveau.

– C'est ce que déclare *votre* Mao Zedong ! l'interrompit à un moment donné Besnik Struga, et Krams leva sur lui des yeux surpris.

– *Notre* Mao Zedong ? fit-il avec un sourire amer. Autrement dit, ce n'est plus le vôtre... A moins que j'aie mal entendu ?

– Non, fit Besnik. C'est bien ça : le vôtre.

Krams hocha la tête.

– Étrange..., lâcha-t-il. Jamais je n'aurais pensé que les choses en arriveraient là.

– Qu'y a-t-il d'étonnant à cela ? intervint l'un des Portugais. Chacun prend son bien où il le trouve...

– Naturellement, naturellement, dit Krams d'un ton conciliant. Pour ma part, je prends volontiers Mao. Et avec joie !

Il leva sa tasse dans laquelle le café avait depuis longtemps refroidi et la vida en deux ou trois lampées.

Quel délire ! s'exclama le permanencier de la station proche du pôle Nord en se débarrassant un instant de son casque d'écoute. Mon Dieu, quel délire ! Il se frictionna les oreilles comme pour en expulser un bruit qui lui blessait les tympans, puis il remit son casque sur sa tête. C'était l'heure la plus chargée en messages et il ne pouvait ôter ses écouteurs plus de quelques secondes sans risquer de laisser passer un signal important. Les réceptions diplomatiques dans les diverses capitales européennes venaient de prendre fin et la plupart des radiogrammes reproduisaient les ratiocinations du gros des invités échangées dans le brouhaha, entre deux whiskies, ce qui ne manquait pas d'en accuser l'ineptie, laquelle eût d'ailleurs été tout à fait perceptible sans cela. Le veilleur se mettait à rire tout seul lorsqu'il lui arrivait de tomber sur une même conversation relatée de diverse façon par deux ambassades différentes. Plus généralement, tout ce salmigondis dont une notable part se trouvait répercutée par les messages-radio semblait s'être fait entendre non pas au cours de réceptions distinctes, mais lors d'une seule et même soirée qui se poursuivait depuis Dieu sait combien de temps et ne se terminerait qu'à la fin du monde… Vous pensez qu'après la mort de Tito, il n'y aura pas de bouleversements en Yougoslavie ?… Autant qu'il y en aura en Espagne à la mort de Franco… Tito, c'est tout de même autre chose !… Bien sûr, bien sûr… Avez-vous vu la composition de la commission chinoise pour les obsèques ?… La Roumanie… la politique de la Roumanie… Diable, ça m'a échappé ! maugréa l'observateur sans trop se frapper. Il savait qu'il finirait bien par retomber sur la même phrase, au point même d'en avoir les oreilles rebattues… Tiens, voilà de nouveau nos deux pigeons égarés… Aussitôt après, ce fut quelque chose sur le Portugal, apparemment dénué d'importance. Le Parlement européen… Les intérêts de l'OTAN en Méditerranée… L'Espagne n'entend pas… Si les cours du pétrole continuent de grimper… Mon Dieu, mais combien de fois leur faudra-t-il répéter les mêmes choses ?

Comme sa mission consistait à ne relever que les messages concernant le monde communiste, tout le reste lui paraissait d'autant plus banal et dépourvu d'intérêt. Il avait néanmoins pour consigne de ne négliger aucun signal. En dehors du fait que le monde communiste avait fourré son nez dans tous les problèmes de l'humanité, il arrivait que, dans un entretien en apparence anodin, par exemple sur les flambées religieuses en Irlande, l'on découvrît certaines indications se rapportant de près ou de loin aux bases de missiles soviétiques installées dans l'Arctique. Cette recommandation de ne tenir aucun signal pour négligeable était l'alpha et l'oméga du métier d'observateur : Ne te rassure pas à bon compte en te disant que le message qui t'a échappé sera capté par un de tes collègues. Agis comme si tu étais le seul et unique observateur au monde... En outre, il leur était bien précisé que les radiogrammes en clair, qu'ils avaient pour mission de capter, étaient souvent tout aussi intéressants que les messages chiffrés. Il y avait même des États, surtout parmi les petits, qui, craignant que leur chiffre ne fût aisément décodé par les grands, expédiaient en clair des messages de toute première importance dans l'espoir qu'ils n'attireraient pas l'attention en raison même de leur transparence.

Au Proche-Orient... les intérêts soviétiques, bien sûr, mais... Il apparaît ainsi que l'Albanie n'était pas un satellite de la Chine. Un rapprochement avec Moscou ne saurait être exclu... L'OTAN en Grèce... A présent que les bases du Groënland... Avez-vous vu la composition de la commission chinoise pour les obsèques ? Naturellement, mon cher, une commission chinoise en charge de l'organisation de funérailles est toujours passionnante à étudier... Et dans le golfe Persique, vous pensez que... Sur la mer Morte ?...

Dis-toi que tu es le seul être au monde à te tenir à l'écoute... Il secoua la tête pour chasser la torpeur qui s'insinuait en lui. Je finirai un jour par perdre la raison ! songea-t-il. Il suffisait de prêter l'oreille à ce que déblatérait un voisin à travers la cloison de la salle de bains pour risquer de devenir maboul, alors si vous vous mêliez d'écouter le monde entier ! *World's murmuring*... Il se souvint vaguement d'avoir lu – ou peut-être entendu raconter au cours d'une conversation – que certains écrivains s'étaient efforcés d'écrire le livre total où se fût trouvée rassemblée de la façon la plus condensée toute la vérité de ce monde. On citait même parfois des exemples où l'auteur avait pratiquement atteint son but, comme dans un certain roman intitulé *Finnegans Wake*, que lui-même n'avait pas lu.

Il fut pris d'un fou rire. Comment voulez-vous écrire le Livre du Monde au fond de votre deux pièces-cuisine ? s'exclama-t-il. Ce Livre du Monde, ou plutôt l'un de ses chapitres, il n'y avait que lui à pouvoir l'écrire dans la solitude de ce désert de glace où la nuit et le jour n'avaient pas encore été bien différenciés l'un de l'autre, comme au temps du Chaos. Dites plutôt le délire du monde : *World's delirium* !

Il continuait de percevoir ces signaux sans fin auxquels venaient parfois s'entremêler des émissions de variétés... L'Allemagne assumera ses devoirs envers l'Europe... Si les chars russes... Les Balkans, comme toujours agités... *Et si tu m'oublies, ah, si tu m'oublies, je n'en resterai pas moins ton amie*... Précisément sur la mer Morte...

Il n'y en a décidément ce soir que pour cette mer, se dit-il, et il leva le bras pour se débarrasser un instant de ses écouteurs, mais, au tout dernier moment, sa main resta en suspens... C'est ce que dit votre Mao Zedong, a déclaré le communiste albanais. Cette phrase a laissé interloqué le leader gauchiste européen : autrement dit, Mao n'est plus le vôtre ?...

Ça suffit comme ça, grommela le radio en transcrivant la phrase sur un bloc posé devant lui. Encore cette histoire de refroidissement entre l'Albanie et la Chine... Il finit par ôter ses écouteurs et, sur l'instant, s'imagina l'aspect que devait avoir sa tête une fois débarrassée de son casque : petite, sans importance.

Du dehors lui parvenait le hurlement du vent dans les congères, qui lui fit l'effet d'un cri primitif. Il resta quelques instants à contempler fixement son casque à écouteurs, d'un œil presque surpris, puis, à gestes lents, comme pour se coller de part et d'autre de la tête des oreilles de magicien, il le recoiffa et se remit à l'écoute.

CHAPITRE IX

Lorsque, après avoir frappé, Simon Dersha apparut dans l'encadrement de la porte de leur bureau, Linda et Silva s'entreregardèrent.

– Je peux téléphoner ? demanda-t-il. Notre appareil est en dérangement…

Il portait de nouveau son costume bleu marine, comme certain jour récent, quand il était déjà venu téléphoner et que nul n'avait répondu à son appel. Tandis qu'il composait son numéro, Silva eut l'impression de revivre ce jour-là. Comme le temps passe vite, pensa-t-elle.

– Mais vous n'avez fait que trois chiffres, dit Linda à l'autre, dont elle avait épié le geste de la main.

Il se retourna, le visage défait, à l'étonnement des deux jeunes femmes, et raccrocha.

– Tiens, c'est curieux, murmura-t-il en souriant d'un air presque coupable. Que voulez-vous, quand on est distrait !

– Mais vous pouvez retéléphoner, fit Linda.

– Comment ? Ah oui, bien sûr. Encore que… – il ébaucha un signe de la main comme pour dire : Inutile, maintenant.

Linda lança de nouveau un regard furtif en direction de

Silva. L'autre fit mine de sortir, mais, au dernier moment, il se ravisa et revint vers la table où se trouvait posé le téléphone. Sa main s'approcha précautionneusement de l'appareil, comme s'il se fût agi d'un fer rouge, et, marquant la même hésitation, son index était en train de faire tourner le disque quand la porte s'ouvrit, livrant passage au chef. Simon Dersha lâcha aussitôt le combiné.

– Continue, continue, lui dit le chef en tirant sa chaise pour s'asseoir, l'air de joyeuse humeur. Téléphone, je t'en prie, répéta-t-il en montrant du doigt l'appareil.

– Non, merci, balbutia Simon Dersha. Notre appareil ne fonctionne pas, c'est pour cela que je vous ai dérangé.

– Je t'en prie, fais comme chez toi, insista le chef. Tu peux venir téléphoner autant de fois que tu voudras. Nous aussi, quand notre appareil est détraqué, nous ne nous gênons pas pour aller dans les bureaux de nos camarades, pas vrai ?

– Oui, bien sûr, je vous remercie infiniment, dit Simon tout en se dirigeant néanmoins vers la porte.

– Mais tu n'as pas téléphoné ! C'est moi qui t'en ai empêché, ça saute aux yeux ! Ai-je l'air vraiment aussi méchant que ça ?

– Non, tout au contraire, mais c'est moi-même... Comment dire, un coup de fil sans importance... En somme, je pourrai appeler plus tard... Ça n'a rien d'urgent.

– Comme tu voudras, fit le chef.

Simon Dersha ouvrit doucement la porte et s'en fut. Linda et Silva sourirent.

– J'ai l'impression qu'il ne tourne pas rond, dit Linda en portant son index à sa tempe.

– Vous croyez ? demanda le chef. Je pensais que c'était moi qui le gênais.

– Pas du tout. Il y a une heure qu'il rôde autour de l'appareil sans oser téléphoner. Il fait semblant en ne composant que trois chiffres et en s'inventant un tas de prétextes pour se justifier.

– Bizarre, dit le chef. On ne peut pas se figurer comme les gens ont de drôles de manies !

– J'ai remarqué que quand il met son costume bleu, il devient un peu zinzin, ajouta Linda.

Le chef partit à rire.

– Tu en as de ces idées ! s'exclama-t-il tout en vérifiant du coin de l'œil les manches de son propre veston.

Il s'apprêtait à ajouter quelque chose quand la sonnerie du téléphone lui coupa le sifflet.

– Allô ! fit-il d'une voix dont l'entrain se refroidit aussitôt, comme c'était le cas chaque fois qu'à l'autre bout du fil on demandait Linda ou Silva. Oui, elle est ici – et il tendit le combiné à Silva.

C'était Besnik Struga. Le visage de Silva s'éclaira d'une joie dont une partie se communiqua à Linda dès qu'elle sut qui appelait. Sa voix était chaude, avec un timbre un peu plus grave que d'habitude, probablement dû à un léger rhume, mais qui la rendait plus prenante. Il lui expliqua qu'il était rentré la veille de l'étranger, mais qu'il ne pourrait la voir pendant ces deux ou trois prochains jours, étant occupé, complètement absorbé, même, par la préparation d'un rapport qu'il devait présenter de toute urgence. Ça ne fait rien, dit Silva, ça ne fait rien, Besnik, quand tu en auras terminé, que tu te seras reposé... Quelle tournure a prise cette... affaire ? demanda-t-il. Rien de neuf... Ah ?... Sa voix demeura en suspens. On en reparlera quand on se verra... Oui, oui..., fit-elle. Silva, j'espère que tu me comprends, mais je ne peux vraiment pas... Je te comprends tout à fait, Besnik, lui dit-elle, mais il insista encore, comme s'il doutait de s'être justifié vis-à-vis d'elle, surtout maintenant qu'il avait appris que la situation de son frère en était restée au même point... En fait, j'étais très impatient de te revoir ; là où je suis allé, j'ai pensé à toi, même que je te le prouverai !

Il m'a de nouveau rapporté un petit cadeau, songea Silva en souriant intérieurement. C'était une attention qu'il lui témoignait chaque fois qu'il accomplissait un voyage à l'étranger. Silva avait remarqué que nul ne veillait autant que lui à rapporter quelque souvenir de l'étranger à tout son entourage, notamment aux femmes.

– Il est rentré de Paris ? interrogea Linda dès que son amie eut raccroché.

Silva fit oui de la tête. Après qu'elle se fut rassise, la conversation qu'elle venait d'avoir avec Besnik resta un moment suspendue dans son esprit comme un petit nuage, y compris ses moindres inflexions : les mots, le souffle, un certain ton de culpabilité à propos de cette *affaire*. Puis, lentement, tout se dissipa pour ne laisser subsister que cette dernière impression. D'ores et déjà, Silva agençait le peu de mots dont elle aurait besoin pour lui exposer ce qui s'était passé après son départ, autrement dit : rien. Skënder Bermema, dont la délégation, après avoir dû ajourner par quatre fois son voyage, se trouvait encore à Tirana, lui avait téléphoné de son côté à plusieurs reprises pour lui dire qu'il avait eu beau faire, il n'avait rien pu apprendre de neuf sur le sujet.

Un jour, lui aussi rentrerait de Chine et lui téléphonerait, comme Besnik aujourd'hui, pour lui demander s'il s'était passé quelque chose en son absence, et elle lui répondrait : rien. Elle soupira.

– Qu'est-ce qu'il a dit ? questionna Linda. Que raconte-t-il de son séjour là-bas ?

Silva la regarda deux ou trois secondes comme si elle n'avait pas saisi le sens de sa question.

– Rien, finit-elle par lâcher.

Linda se sentit rougir. Naturellement, elle n'aurait pas dû se montrer aussi indiscrète. Au bout d'un moment, remarquant le visage encore empourpré de sa collègue, Silva craignit de l'avoir vexée par la froideur de ce *rien*, mais elle n'était pas d'humeur à se lancer dans des explications, d'autant plus qu'elle n'aurait pu lui en fournir sans l'avoir préalablement mise au courant de l'affaire de son frère.

Le chef ayant été appelé quelque part, à peine eut-il refermé la porte derrière lui que Silva s'apprêta à lancer quelque parole enjouée pour faire comprendre à Linda qu'elle n'était nullement froissée et n'avait pas même relevé sa question déplacée. Linda gardait les yeux rivés sur des papiers et Silva, à son grand dam, ne trouvait toujours rien d'approprié à lui dire, quand la porte se rouvrit et que Simon Dersha réapparut sur le seuil, l'air de celui qui tombe tête la première dans le piège qu'on lui a tendu.

– Linda, regarde qui rapplique..., murmura gaiement Silva. Entre donc, Simon, qu'est-ce qui ne va pas aujourd'hui ? lui dit-elle à voix haute.

– Rien, grimaça Simon, je voudrais téléphoner, si ça ne vous dérange pas...

– Tu n'as pas pu rappeler depuis tout à l'heure ? demanda Silva en adressant un clin d'œil à Linda dont la maussaderie s'effaça comme par enchantement.

– Les appareils sont tous occupés, fit Simon. Et puis...

– J'ai l'impression qu'au fond de toi-même, tu n'as pas très envie de téléphoner, observa Linda. La dernière fois, déjà, j'ai remarqué que tu étais plutôt hésitant...

– Oh..., lâcha Simon Dersha.

– Qu'est-ce qui t'arrive, Simon ? réinterrogea Silva.

– Il s'agit peut-être d'une affaire privée et nous pourrions sortir pour te laisser parler plus librement ? ajouta Linda.

– Je n'ai rien dit de pareil ! protesta Simon Dersha.

– J'ai également noté que l'autre jour, quand ton appareil était en panne et que tu as voulu téléphoner d'ici, tu portais déjà ce même costume bleu.

– Ah, vous êtes vraiment le diable en personne ! grommela Simon Dersha en se dirigeant vers la porte. Oui, le diable en personne ! répéta-t-il en sortant.

Elles passèrent un moment à rire à ses dépens.

– J'ai l'impression qu'il est un peu dérangé ! s'exclama Linda.

– Chut ! fit Silva. Il pourrait t'entendre...

De fait, Simon Dersha entendit fort bien ce que venait de dire Linda, mais, curieusement, ces mots, qui en toute autre circonstance l'eussent profondément vexé, ne lui firent cette fois ni chaud ni froid. La raison en était tout simplement qu'il les avait entendus proférer sur son compte à plusieurs reprises au cours des dernières vingt-quatre heures, et qu'il les avait lui-même employés tout autant, sinon plus, aussi bien à l'adresse d'autrui qu'à la sienne propre. Je crois que tu déraille ! lui avait d'abord lancé sa femme quand, la veille, il lui avait annoncé la fâcheuse nouvelle que sa belle-sœur – l'épouse de son frère – risquait de quitter Tirana pour rejoindre son mari, muté un an auparavant dans une autre ville, de sorte que sa mère, qui vivait jusque-là sous le toit de son frère, serait obligée de venir habiter chez eux. Tu es vraiment cinglé d'envisager une éventualité pareille ! l'avait rembarré sa femme. Nous sommes déjà serrés comme des harengs dans cet appartement, et voilà qu'à présent il nous viendrait une personne de plus dans les pattes ? – Et où faut-il qu'elle loge, d'après toi ? Dans la rue ? avait protesté Simon en haussant le ton. – Et pourquoi donc dans la rue ? avait riposté sa femme. Elle n'a qu'à les suivre là-bas. – Ah, c'est ce que tu as derrière la tête ? – Au reste, ni elle ni eux n'ont besoin de bouger de là où ils sont, avait poursuivi sa femme. Comme s'il était exceptionnel que des employés mutés ne puissent emmener leur famille avec eux ! – Mais, cette fois, c'est très sérieux..., avait objecté Simon. Tu as lu l'article dans *La Voix du Peuple* ? – C'est toujours sérieux ! Ça n'empêche pas les gens de se débrouiller pour laisser sur place leurs familles. – Cette fois, non, c'est très différent, avait répété Simon... Dieu sait combien de temps se serait prolongé cet échange si n'avait précisément débarqué sur ces entrefaites le frère de Simon, accompagné de son épouse. Tous deux avaient l'air profondément abattus.

Qu'est-ce qui nous tombe dessus ! gémit la belle-sœur avant de fondre en larmes. Son mari se laissa choir sur une chaise, la tête entre les mains. Simon demeurait interdit. Seule sa femme n'avait rien perdu de sa vitalité coutumière. Elle se cramponnait à l'idée qu'il ne fallait pas emmener avec soi sa famille, et plus les trois autres l'écoutaient par simple curiosité, sans exprimer aucun signe d'assentiment, comme si elle leur avait tenu un langage incompréhensible, plus elle s'animait, cherchant de nouveaux arguments pour emporter leur conviction, s'évertuant à citer des exemples, allant même par deux fois jusqu'à se référer au texte de la

Constitution. Tu vas bien te garder d'y aller! remontra-t-elle à sa belle-sœur. En fin de compte, tout ça n'est qu'une question d'attitude envers la société, qui dépend de la conscience socialiste et de je ne sais trop quoi encore. Reconnais que tu n'as pas la conscience aussi développée qu'il faudrait, et ne pars pas. Si tu étais membre du Parti, ce serait différent, mais, dans ton cas, rien ne t'y oblige. Pour Benjamin, les choses sont tout autres : il est muté par l'État et se trouve donc contraint d'obéir, comme il l'a fait jusqu'à présent. Son affaire à lui relève de l'État, c'est une question administrative, alors que le fait d'emmener les femmes avec soi est une tout autre affaire, une question idéologique, si je puis dire, pas vrai, Simon? L'exemple que doivent donner les cadres en allant s'installer à la base, sur le terrain, cela et tout ce qui s'ensuit, aucune loi ne t'en fait obligation, ce n'est qu'une affaire de conscience. Eh bien, notre conscience, elle est comme elle est, on n'y peut rien, elle se développe lentement : n'est-ce pas, Benjamin?

Elle continua de pérorer un bon moment, s'adressant tantôt à l'un, tantôt à l'autre, jusqu'à réussir finalement à forcer leur attention. Comme on pouvait s'y attendre, la première qu'elle parvint à persuader fut la belle-sœur de Simon. A partir de là, toutes deux n'eurent aucune peine à convaincre à son tour ce dernier que la solution de laisser sur place sa famille, si elle n'était pas idéale, n'en constituait pas moins une porte de sortie. Et trouver une issue à cette situation alors que toutes les voies semblaient bouchées n'était pas négligeable. Seul Benjamin ne s'y était toujours pas rallié et demeurait prostré, la tête entre les mains, sur le canapé.

L'épouse de Simon prépara les cafés et, tandis qu'on les sirotait, tout ce qui avait été dit précédemment fut ressassé presque dans les mêmes termes, mais avec une dose d'optimisme accrue. Plutôt que d'optimisme, c'était comme une vague d'espérance qui montait par intervalles pour refluer aussitôt et céder la place au découragement, jusqu'à la vague suivante. Ils évoquèrent divers cas de rotation des cadres où on avait commencé par avoir l'impression d'un naufrage au sein de la famille de la personne transférée, puis, à petits pas, imperceptiblement, les choses avaient retrouvé leur place, on était tombé sur des gens raisonnables qui avaient accepté d'entendre les justifications avancées, il avait naturellement fallu ne pas ménager les démarches en tout genre, tant et si bien qu'à la fin, ce qui avait d'abord paru irrémédiable s'était arrangé.

– Oui, mais c'est justement de ces cas-là que parlait l'article de *La Voix du Peuple* d'avant-hier, objecta le frère de Simon. Le malheur est qu'à présent, tous ces prétextes invoqués pour ne pas emmener votre famille avec vous, par exemple certaines maladies qui ne peuvent être bien soignées que dans les hôpitaux de Tirana, une mère qui a besoin d'être épaulée, un père paralytique, Dieu sait quoi d'autre encore, tous ont été dénoncés !

– Qu'est-ce que ça veut dire : *dénoncés* ? s'exclama l'épouse de Simon. Suffirait-il que le journal en parle pour que les gens renoncent à des motifs qui tiennent debout ? C'est moi qui te le dis, les choses ne se passeront pas du tout comme ça, ce sera peut-être même le contraire : à la lecture du journal, même ceux qui n'avaient pas songé à ces motifs vont se hâter précisément de les invoquer.

– Oui, cela ne fera justement qu'aggraver leur cas, répliqua Benjamin. Une telle attitude risque de déboucher sur l'adoption de mesures encore plus draconiennes, comme on l'a d'ailleurs vu récemment.

– N'empêche que les gens ne reculeront jamais devant rien pour essayer de se soustraire à la rotation, observa la belle-sœur.

Le frère de Simon haussa les épaules d'un air découragé. Le fait qu'il se fût retiré provisoirement de la conversation permit à celle-ci de passer ce mauvais cap. On se reprit à évoquer des dénouements heureux où la raison l'avait emporté et où des fonctionnaires obtus avaient été contraints de battre en retraite.

– C'est bien connu, beaucoup parviennent à tirer leur épingle du jeu ; il n'y a pour écoper que les pauvres types, ceux qui n'ont ni amis ni relations, disait la femme de

Benjamin en désignant du menton son mari. Nous, nous n'avons que vous, nous ne pouvons compter sur personne d'autre.

Ses paroles furent suivies d'un silence tendu. Simon Dersha se tenait toujours immobile, songeur, dans le fauteuil qui lui faisait face. Pendant toute cette discussion, c'est lui qui s'était le moins exprimé, non qu'il fût d'un naturel introverti, mais parce qu'il avait le sentiment que, dès l'instant où l'on commençait autour de lui à s'en prendre aux règlements administratifs, il n'entrait pas dans son rôle, étant le seul parmi ses proches à travailler dans un ministère, de mêler sa voix à ces sempiternelles récriminations, même si les règlements en question pouvaient n'être pas de son goût.

Dans leur famille relativement modeste, Simon Dersha était le personnage le plus en vue. C'est à lui que les cousins proches et lointains s'adressaient pour leurs divers problèmes : obtention de bourses pour les enfants, problèmes de logement ou d'emploi. Il sentait qu'à de très rares exceptions près, tous exagéraient l'importance de ses fonctions au ministère, et il avait maintes fois été tenté de leur expliquer qu'il n'était qu'un simple employé, et non pas Dieu sait quelle huile. Ils seraient sûrement tombés de haut, à moins qu'ils n'eussent accueilli ses dires avec un certain scepticisme, n'y voyant qu'un subterfuge pour se dérober à leurs sollicitations. S'il s'était abstenu de cette rectification pourtant nécessaire, qui l'aurait définitivement soustrait aux multiples tracasseries de son entourage, c'était précisément pour ne pas leur causer cette déception. Il préférait se voir accuser d'indifférence vis-à-vis de ses proches, traiter de lunatique, de bon à rien, d'égoïste, plutôt que de laisser entamer la fiction de son importance.

Et voici qu'une fois de plus, quand, aux mots de sa belle-sœur : *Nous, nous n'avons que vous*, succéda le silence, il sentit qu'avait fini par arriver ce moment que non seulement lui-même, mais tous les autres n'avaient fait qu'attendre, auquel tous les autres propos n'avaient en fait servi que de prélude. Il contemplait pensivement l'alliance à son annulaire. Le regard de sa femme finit par rencontrer le sien. Dans le silence général, elle lâcha :

– Et si toi, Simon, tu intervenais ? Je sais bien que ce n'est pas chose facile, mais, après tout, c'est toi que ça regarde : il s'agit de ton frère.

Simon haussa les sourcils. Autour de lui planait un silence si profond qu'il s'étonna que le mouvement de ses sourcils ne se fût pas entendu, comme se laisse percevoir le grincement des aiguilles d'une horloge mal huilée.

– Que voulez-vous, dit-il, il faudra bien que j'essaie.

Bien qu'aucun soupir de soulagement n'eût été poussé, il n'en fut pas moins enregistré aussitôt. Pour la première fois, le visage du frère de Simon s'éclaira.

– Tu pourrais en parler au ministre qui t'a invité à dîner ? lui suggéra son épouse. Un mot de lui suffirait...

– Il a dîné chez un ministre ? sursauta la femme de Benjamin. Et il ne nous en a rien dit ?

– Et pas chez n'importe quel ministre ! surenchérit sa femme en faisant de la main un geste qui voulait dire : si vous saviez !

Dès que la femme de Benjamin eut entendu prononcer le nom du ministre, elle en resta bouche bée, tandis que le visage de son mari, lui, s'assombrissait.

Ce renfrognement n'échappa pas au regard de Simon.

– Quoi ? lui lança-t-il. Tu n'es pas d'accord pour que...

– Mais si, mais si, fit l'autre. Simplement, je ne sais pas si... Aura-t-il assez de poids... ?

– Quoi ! – Cette fois, ce n'était pas Simon qui l'avait interrompu, mais son épouse. – Comment peux-tu émettre un pareil doute ? On n'écouterait pas un ministre de cette importance ? Ta niaiserie me laisse confondue, Benjamin. Qu'en dis-tu, Simon ?

Tous s'attendaient à le voir rire ou bien se fâcher de la nigauderie de son frère, mais il ne fit ni l'un ni l'autre. Son visage se rembrunit.

– Tu voulais dire quelque chose ? fit-il d'une voix traînante, sans détacher son regard de Benjamin qui restait là, tête basse, l'air coupable.

– Non, rien, finit par lâcher celui-ci. En fait, ce que j'ai dit peut bien n'être qu'une idiotie... – Il baissa encore la voix tout en rapprochant sa tête de celle de Simon, comme s'il avait souhaité poursuivre la conversation sans être entendu par les autres. – Il y a quelque temps, dans notre région, se sont déroulées des manœuvres. Là, certaines rumeurs ont couru... Ma foi, je ne saurais te rapporter exactement ce qui s'est dit, mais j'ai tout de même réussi à en capter quelques bribes, à propos d'une histoire qui se serait produite entre militaires : comme quoi ils se seraient rebiffés contre lui, ton ministre... Mais peut-être qu'il n'y a rien de vrai dans tout cela. Peut-être que ce ne sont que des racontars...

– Sûrement, fit Simon, de vulgaires commérages. Que veux-tu que ce soit d'autre ? Je m'étonne même que tu y prêtes l'oreille. Tu n'ignores pas que colporter ce genre de ragots est répréhensible...

– Quels ragots ? bondit la femme de Simon.

– Rien, rien, dit celui-ci. Des inepties.

C'était la seconde fois qu'il entendait insinuer quelque chose à propos du ministre, mais il n'en continua pas moins de considérer son frère d'un air réprobateur, comme pour lui dire : Passe encore que d'autres s'intéressent à de pareilles affaires, mais toi, malheureux, visé de surcroît par cette rotation des cadres, qu'est-ce qui te prend de vouloir y fourrer ton nez ? A moins que tes ennuis ne te suffisent pas ?

Une semaine auparavant, à la buvette, lorsque Simon Dersha avait entendu par hasard deux personnes parler de *son* ministre, comme il l'appelait à part soi, il avait failli avoir un coup de sang. Au début, il n'avait même pas songé qu'il pouvait s'agir de lui. Son oreille avait happé les mots *pour une pareille forfaiture, tu as beau être ministre, on ne te rate pas*, et bien qu'il ne fût nullement enclin à espionner les propos des autres, sans le vouloir, comme il s'était trouvé tout contre eux en attendant qu'on lui servît un café, il en avait entendu davantage. Ils avaient continué à épiloguer sur cette *forfaiture pour laquelle on ne vous rate pas*, tout en s'étonnant qu'un cadre aussi éminent que *lui* eût pu s'en rendre coupable, et comme ils répétaient *fût-il ministre*, et que l'un d'eux ajoutait : *y compris même d'un rang supérieur à celui de ministre*, Simon Dersha en déduisit qu'au pire, leur propre ministre avait dû commettre quelque impair. Mais voici que, le café tardant à lui être servi, et lui-même étant donc contraint de faire le pied de grue, il avait entendu prononcer les mots *manœuvres* et *ordre*, et c'est ainsi qu'il avait soudain compris avec effroi qu'ils ne parlaient nullement de leur ministre à eux, mais d'un autre, le *sien*...

Bien qu'il eût ensuite cherché à se rassurer en se disant qu'à l'occasion de critiques émises dans la presse ou au sein même du gouvernement, des rumeurs de ce genre pouvaient se répandre sur le compte de tel ou tel ministre, il ne lui en était pas moins resté un petit doute. Et ce doute tenait au comportement plutôt insolite de son ami le vice-ministre, celui qui l'avait emmené dîner chez ce très haut personnage, et qui, la première fois qu'ils s'étaient revus après cet épisode, au lieu d'évoquer ce merveilleux dîner, avait non seulement feint de l'avoir oublié, mais même donné à Simon l'impression d'éviter d'une certaine manière toute allusion à cette soirée, et plus généralement à ce qui se rapportait au dit ministre. En l'occurrence, Simon Dersha avait pris ce comportement pour de l'affectation, celle à laquelle succombent certains qui veulent faire croire qu'ils ne jugent pas importantes des choses qui le sont pour de bon, simplement pour montrer qu'eux-mêmes sont au-dessus de tout cela ; mais lorsque, après avoir entendu ces commentaires à la buvette, il les avait rapprochés du comportement du vice-ministre, celui-ci lui était apparu sous un tout autre jour. Il le rattacha au fait que, pendant plusieurs jours d'affilée, à la suite de ce dîner, le vice-ministre s'était abstenu de lui téléphoner, ou encore au dîner lui-même, plus précisément au moment du coup de téléphone d'Enver Hoxha qui avait paru tourner inexorablement une page, voire, encore auparavant, aux jours qui avaient précédé ce dîner, quand, après avoir reçu l'invitation verbale, dans l'ivresse de la joie,

Simon Dersha avait été transpercé par un doute insidieux: pourquoi l'invitait-on, lui, personnage dénué de toute importance, à un dîner de ce niveau? Cette question, il l'avait alors posée tout naturellement, sans aucune arrière-pensée, à son ami le vice-ministre, et l'explication que lui avait fournie ce dernier, selon laquelle les dirigeants ressentent parfois le besoin de nouer des contacts directs avec les gens du commun, les simples employés de ministères, qu'ils tirent fréquemment de tels contacts plus de profit que des rapports officiels, etc., lui avait paru sur l'instant tout à fait plausible. Mais, à la suite de ces rumeurs à la buvette, et s'étant remémoré cette explication, elle lui avait semblé non seulement incomplète, mais simplette, pour ne pas dire spécieuse. Il lui arriva même de pousser si loin ses soupçons qu'il se souvint d'un jugement qu'il avait entendu formuler, selon lequel, à l'heure de la disgrâce, les puissants tendent à se montrer plus prévenants envers les humbles. A l'évidence, il avait balayé ce raisonnement de son esprit en remarquant à juste titre que, si ç'avait été le cas, le ministre n'aurait eu aucun mal à trouver une foule de ses subordonnés envers qui déployer sa prévenance; le venin du doute n'en était pas moins resté en lui. Au point que même ainsi, sans bases, ce doute prenait plus de force que s'il en avait eu sur lesquelles se fonder.

Dieu sait jusqu'à quelles profondeurs Simon aurait poursuivi son investigation si, au journal télévisé du jeudi, il n'avait entrevu son ministre à l'occasion d'une cérémonie officielle. Sales ragots, grommela-t-il, vous m'avez fait tourner les sangs pour rien! Puis il se mit à s'injurier, à se traiter de psychopathe, de triple idiot: en fin de compte, pourquoi lui-même aurait-il dû se faire du mauvais sang? Comme si le ministre avait été un de ses proches, un cousin à lui, ou quelqu'un de la carrière duquel eût dépendu son propre avenir. Bien sûr, Simon avait lieu de regretter qu'il lui arrivât quelque chose de fâcheux, car il verrait s'évanouir du même coup toute une série de rêves liés à ce mémorable dîner; mais c'était tout. Au demeurant, il ne fallait pas tomber dans l'exagération en prenant pour un cataclysme n'importe quel ragot propagé par des sots. Plusieurs jours d'affilée, il avait véritablement été en proie à des inquiétudes sans fondement. Mais voici que, bizarrement, son frère n'eut pas plus tôt évoqué ces rumeurs relatives au ministre qu'il sentit renaître toute son angoisse, comme si ses raisonnements rassurants s'étaient volatilisés. Ce qu'il avait entendu dire à la buvette ne se réduisait donc pas à d'absurdes racontars, puisque son propre frère, dans cette bourgade reculée où on l'avait muté, en avait été informé lui aussi. Il est vrai que... C'était assurément un trou perdu, mais situé justement à proximité de l'endroit où avaient eu lieu ces manœuvres et où s'était produite cette forfaiture qu'on ne pouvait laisser passer... Seul un sentiment d'amour-propre retint Simon de demander à son frère quelque détail supplémentaire.

– Fais-le, je t'en supplie, Simon, fais-le pour nous, l'implora la femme de Benjamin, l'interrompant dans ses réflexions. Nous n'ignorons pas que cela t'est difficile, mais songe un peu au pétrin dans lequel nous nous trouvons ! Tu n'as qu'un frère, n'est-ce pas ?

– Je m'en occuperai, dit Simon, surpris par sa propre résolution.

De fait, il entendait bien s'en occuper. Si le ministre avait subi une certaine perte d'influence, lui-même, Simon, ne s'en sentirait que moins gêné dans sa démarche. N'avait-il pas toujours pensé que les gens en disgrâce se montrent plus amènes ? Sur l'instant, ce jugement lui sembla aussi pertinent qu'il lui parut injustifié l'instant d'après. Aller prier quelqu'un de vous rendre service alors qu'il a lui-même ses propres soucis, n'est-ce pas comme vouloir allumer sa cigarette à la barbe enflammée d'autrui ? Franchement, une telle démarche était absolument déplacée, et cependant... Les soucis des grands devaient revêtir de tout autres dimensions. Bien sûr, cela va de soi, se dit-il deux minutes plus tard : en ce bas monde, tout était relatif, et même si le ministre ne jouissait pas pour l'heure de tout le poids de son autorité, cela ne l'empêchait nullement de résoudre par un simple coup de fil un problème dont la solution eût sans doute requis des efforts surhumains de la part de petits fonctionnaires. Simon avait gardé en mémoire les dires d'un vieil employé du protocole sur un chef de division au ministère qui avait vu rabaisser par deux fois sa position personnelle, mais qui n'en était pas moins demeuré un chef : Même avec une seule dent, un lion est de force à te mettre en morceaux... Quand bien même il en eût été ainsi, ce que Simon se refusait à croire, si donc il n'était plus resté au lion qu'une seule dent, pourquoi lui, Simon, se serait-il abstenu d'en profiter ? Au bout du compte, il ne l'avait jamais sollicité, et, hormis ce service, il entendait bien ne plus jamais lui en demander d'autres.

– J'essaierai de prendre contact avec lui dès demain, dit-il en rompant le silence ; puis, s'adressant à sa femme, il ajouta : Sors-moi mon costume bleu.

– Il est prêt, répondit-elle en regardant tour à tour son beau-frère et sa femme d'un air ragaillardi, comme pour leur dire : Vous avez vu, il a fini par se décider. Simon va s'en occuper, ne vous en faites plus... – Ton costume est prêt, répéta-t-elle, je l'ai porté à la teinturerie il y a une semaine, comme si j'avais eu le pressentiment que tu en aurais besoin.

– Ah bon, fit Simon en se rappelant qu'au cours de ce fameux dîner, il s'était fait une tache sur son veston.

Le petit appartement avait soudain repris vie. L'allusion au costume bleu marine rendit encore plus tangible, dans l'esprit de tous, la future intercession de Simon Dersha. Ce costume en tissu polonais, fait sur mesures quinze ans auparavant, évoquait pour tout son entourage l'éclat d'un milieu bien précis dont leur propre vie ne recevait les rayons que réfléchis par Simon lui-même. Il évoquait des illuminations officielles, une atmosphère solennelle, des salles de réunions où se tenaient des meetings, étaient proclamés des résultats de concours, décorés des travailleurs. Lorsqu'il en revenait, plus que par l'expression de son visage, c'était par ce costume que Simon rapportait un petit échantillon de ces feux de meetings ou de présidiums, parfois rehaussés par la présence des caméras de télévision ou celle de délégués importants. Et l'usage en était si bien établi que, s'il était venu à endosser son costume bleu un jour ordinaire, sa femme, ceux de sa famille, tout son entourage n'eussent pas manqué de lui dire : Simon, tu t'es trompé de date, il n'y a rien aujourd'hui qui justifie…

L'épisode lui revint à l'esprit quand il se retrouva dans son bureau. Il ne datait que de la veille, mais comme il l'avait douloureusement marqué, il avait l'impression de s'y débattre depuis déjà une longue semaine.

Et voici que ces diablesses du bureau voisin avaient à leur tour remarqué l'histoire de son costume ! Mais Simon ne se laissait pas démonter pour si peu, pas plus que ne le tracassait cette réflexion – *J'ai l'impression qu'il est dérangé* – qu'il venait d'entendre proférer par l'une d'elles. Son seul souci, pour l'heure, était de savoir comment il allait téléphoner. Le soir du dîner, le ministre lui avait donné ses deux numéros, celui de son domicile et celui de son bureau, mais tandis que tout l'après-midi de la veille, après avoir promis à son frère d'intervenir, il s'était dit qu'il valait mieux appeler le ministre à son bureau, ce matin, au contraire, il lui avait paru plus avisé de le joindre chez lui. Il s'était dès lors persuadé qu'il risquait de passer toute la sainte journée à tergiverser, et de finir par ne lui parler ni à son bureau ni à son domicile. Cela l'avait décidé à tenter de le joindre sur-le-champ, mais c'est alors que, non sans un certain soulagement, il avait entendu son camarade de bureau lui déclarer que leur téléphone était de nouveau en dérangement. Simon ne se serait davantage soucié de cette affaire s'il n'avait su qu'à la maison, on brûlait d'impatience. Leur dire que le téléphone de son bureau était en panne et que c'était ce qui l'avait empêché de joindre le ministre, il ne fallait pas songer à leur faire gober une pareille excuse. Mieux valait appeler, se débarrasser de cette corvée, apaiser pour le moins sa conscience, et après, advienne que pourra !

Résolu, Simon s'était rendu dans le bureau voisin où il avait commencé à composer le numéro sur le cadran, quand il s'était avisé qu'il valait peut-être mieux que les deux femmes ne l'entendissent point, et il avait préféré raccrocher. Et il avait bien fait, car ces diablesses, déjà si promptes à remarquer son costume, n'auraient certainement pas perdu un traître mot de ce qu'il aurait dit, en dépit de l'attitude indifférente qu'elles affectaient. Non, il avait rudement bien fait de ne pas appeler depuis leur bureau. Mais ce n'était pas non plus une raison pour ne pas téléphoner du tout.

La journée de travail approchant de son terme, Simon fut pris d'un sentiment de panique, mais il se rassura sur le champ en se disant que même s'il ne trouvait pas le ministre à son bureau, il le joindrait certainement chez lui, d'autant plus qu'il était tout aussi justifié de l'appeler à sa résidence personnelle qu'à son ministère.

Sur le coup de quatorze heures, il ne l'avait toujours pas appelé et il se retrouva dans le couloir à regarder les employés partir. C'était maintenant le moment le plus propice pour lui téléphoner: tous ne songeaient qu'à s'en aller, les bureaux se vidaient. Il pourrait trouver un téléphone sans se faire remarquer. Hein? sursauta-t-il. Qu'entendait-il donc par les mots *sans se faire remarquer*? Il y avait quelques jours encore, il eût été fier de lui téléphoner, même au vu et au su de tous, et voici qu'à présent il se laissait envahir par de telles crétineries! Il était vraiment impardonnable! Si on avait lu dans ses pensées, on l'eût probablement cloué au pilori devant tout le collectif: Vous voyez ce type, il est obsédé par les rumeurs et les ragots, il sème le doute! Les types dans son genre n'ont pas leur place dans notre société. Sale petit-bourgeois, fomenteur de troubles! Brrrou…

Dans le couloir, il vit Silva et Linda fermer leur bureau à clé et il fut sur le point de faire un pas dans leur direction en s'écriant: hep, attendez, juste le temps de passer un coup de fil! Pourtant, non seulement il ne leur adressa pas la parole, mais il se planqua dans un renfoncement pour ne pas se faire remarquer. Je crois vraiment que je perds la boule! se dit-il. Il avait maintenant l'impression que les bureaux se fermaient l'un après l'autre à toute vitesse, que chaque minute qui passait diminuait d'autant ses chances de pouvoir téléphoner. Je n'ai aucune raison de m'en faire, se rassura-t-il à deux ou trois reprises, mais son inquiétude n'en cessait pas moins de grandir. A dire vrai, ce souci n'était guère fondé puisqu'en bas, chez le concierge, se trouvait un appareil qu'il pouvait utiliser à tout moment. Au demeurant, d'un certain point de vue, c'était même préférable. Il s'agissait en quelque sorte d'un téléphone public, anonyme, si bien qu'au cas où... Quelles idées malsaines commencent à me trotter dans le crâne ? Quelle honte ! gémit-il. Comment as-tu pu tomber si bas ?

Il était en haut du perron, juste devant la loge du concierge dont il poussa d'un geste ferme la porte vitrée.

– Vous voulez téléphoner ? s'enquit le portier. Voilà !

Simon Dersha décrocha et composa les premiers chiffres. Un des yeux du concierge lui fit une étrange impression : un peu rougi sur les bords, il ne lui en parut pas moins attentif. Le dernier chiffre qu'il composa était le 9, et son index fit tourner plus des trois quarts du disque. Il le maintint un moment ainsi, immobile, puis le laissa revenir en arrière. Le disque n'avait pas encore repris sa position initiale que Simon se dit : Et si jamais les choses allaient vraiment mal pour lui ? Alors que lui, Simon, choisissait ce moment pour lui téléphoner, et où ça ? Chez lui ! A peine la première sonnerie eut-elle retenti que, de sa main libre, il appuya sur les ressorts soutenant le combiné.

– Ça ne répond pas ? s'enquit le concierge. Vous auriez peut-être pu attendre un peu plus longtemps ?...

A d'autres ! fit Simon à part soi, et il s'en fut sans mot dire. L'air frais l'aida à y voir un peu plus clair. Au bout du compte, il ne regrettait pas d'avoir renoncé à téléphoner depuis la loge. Il se disait à présent que s'il avait appelé le ministre à son bureau, les choses auraient été plus simples ; chez lui, ça n'était pas pareil. Et puis, cet œil congestionné du concierge... En fait, l'idée de téléphoner d'un appareil n'appartenant en propre à personne était aussi excellente qu'élémentaire. Il pouvait appeler d'une cabine publique. Curieux qu'il n'y eût pas songé plus tôt !

La première cabine qu'il trouva sur son chemin lui fit aspirer une grosse goulée d'air. Il se sentait aux abois. Advienne que pourra ! se dit-il, et il fourra la main dans sa poche pour en extraire une pièce. Tous ses gestes étaient d'une étrange raideur, et ce n'est qu'en entendant : Allô ! à l'autre bout du fil qu'il tressaillit.

– Allô, c'est bien la résidence du camarade...

– Oui, c'est moi-même, répondit le ministre.

– Camarade ministre, je m'excuse de vous déranger, balbutia Simon Dersha. Surtout à une heure pareille...

Il débita un flot de paroles qu'il fut bien en peine de se répéter plus tard. L'espace d'un instant, il eut le sentiment qu'il ne parviendrait jamais à s'expliquer. Il avait certains obstacles à surmonter : d'abord, lui exposer qui il était, ensuite...

Mais le ministre, à l'étonnement de Simon, le remit aussitôt.

– Ah, c'est vous qui étiez chez moi à dîner avec... Oui, oui, je me souviens fort bien... Oui, bien sûr... Alors, de quoi s'agit-il ?

A la différence de ce qu'elle avait été lors de cette soirée, sa voix parut à Simon comme effilée, rétrécie...

Il parvint à proférer quelque chose sur l'objet de son appel, mais lorsque le ministre lui eut à nouveau demandé : De quoi s'agit-il ?, il réalisa qu'il n'avait rien expliqué du tout. Il reprit son exposé, tout en sentant qu'il s'embrouillait de plus belle. Deux jeunes filles avaient surgi d'on ne sait où, attendant probablement leur tour. C'est le bouquet ! s'exclama Simon. Si on ne peut même plus téléphoner tranquillement d'une cabine publique !

– Ah, vous souhaitez me rencontrer ? fit le ministre à l'autre bout du fil. Mais c'est simple, mon cher. Vous pouvez venir quand vous voudrez. Aujourd'hui même...

– Aujourd'hui même ? – Simon fut tenté de s'écrier : Non, non, pourquoi cette hâte ?, mais la voix de l'autre insistait.

– Inutile de remettre ça. Tiens, justement, cet après-midi,

je suis libre. Je vous attends chez moi à six heures. D'accord?

– Je ne sais comment vous remercier, mais... comment dirais-je?... Comme ça, tout à coup? Peut-être que...

– Pas la peine de te lancer dans des explications! répondit l'autre. Ce qui est dit est dit: je t'attends à six heures. A tantôt.

Fichtre! se dit Simon en raccrochant le combiné. On dirait qu'il brûle d'avoir de la visite...

En s'acheminant vers chez lui d'un pas hésitant, il ne parvenait pas à se sortir de l'idée qu'il risquait d'avoir commis une erreur en téléphonant. Cette voix rétrécie, puis cet empressement à le recevoir... Il avait la bouche amère. Évidemment, récapitula-t-il au bout d'un instant, c'est l'état d'esprit de quelqu'un que personne ne vient plus voir... Se peut-il que ce soit vraiment le cas? Que les choses en soient arrivées à ce point? Il s'efforça de se remémorer le cours de leur conversation, mais il en était bien incapable. A deux ou trois reprises lui revint à l'esprit la séquence télévisée du jeudi précédent, mais il n'en fut pas rasséréné pour autant. Pourquoi diable ce téléphone s'est-il trouvé en travers de mon chemin? maugréa-t-il.

– Alors, quoi de neuf? fit sa femme lorsqu'il rentra. Mais que t'est-il arrivé? Tu as les traits tout tirés.

– Rien, rien, dit-il. J'ai parlé au ministre, il m'attend à six heures.

– Vrai? s'exclama-t-elle. Mais c'est magnifique!

– Il y a quelqu'un?

– Bien sûr: Benjamin et sa femme. Qui d'autre veux-tu?

– Ah bon, bougonna-t-il.

– Je ne comprends pas pourquoi tu n'es pas content.

Il esquissa un geste vague de la main.

– Essaie au moins de cacher ta mauvaise humeur devant eux, souffla-t-elle. Ce n'est pas bien!

Il ôta son imperméable et l'accrocha au porte-manteau.

– Simon a parlé au ministre! annonça-t-elle lorsque tous deux eurent pénétré dans la pièce où les attendaient Benjamin et son épouse. Il va le recevoir aujourd'hui.

– Vraiment ? firent-ils tous deux d'une même voix.

Simon s'affaissa sur le canapé.

– Il m'attend aujourd'hui à six heures, lâcha-t-il sans regarder personne.

Exultants, son frère et sa belle-sœur ne savaient comment lui témoigner leur reconnaissance. Ils avaient les yeux brillants et tenaient des propos sans queue ni tête d'une voix amollie par l'émotion. Simon gardait son air renfrogné. La femme de Benjamin fit un signe à son époux et tous deux se levèrent.

– Eh bien, on s'en va, dit-elle. Je ne sais comment te remercier, Simon. Nous n'oublierons jamais ce que tu as fait pour nous.

– Ce n'est rien, ce n'est rien, répondit Simon.

L'épouse de Simon crut déceler une expression hagarde sur le visage de son beau-frère.

– Et où irez-vous comme ça ? lança-t-elle. Restez donc déjeuner ici, à la fortune du pot.

– Non, non, merci, répondirent-ils dans un filet de voix.

L'épouse de Simon regarda son mari avec un air de reproche.

– Restez donc, dit-il à son tour, on s'arrangera.

– Nous ne voudrions pas vous déranger, bredouilla la femme de Benjamin.

– Vous ne nous dérangez pas du tout, répondit la maîtresse de maison. Restez à déjeuner, puis nous attendrons ensemble que Simon revienne de là-bas. D'accord ?

Benjamin et sa femme se tournèrent vers Simon.

– Oui, c'est une bonne idée, approuva-t-il.

La femme de Benjamin murmura quelque chose à l'oreille de son mari. Celui-ci hocha la tête, se leva et se dirigea vers le couloir. On entendit la porte de l'appartement s'ouvrir, puis se refermer aussitôt.

– Où est allé Benjamin ? s'enquit l'épouse de Simon.

– En bas... Il remonte tout de suite.

Les deux femmes passèrent à la cuisine mettre la table. Quelques minutes plus tard, Benjamin revint avec quelques canettes de bière dans les mains.

– Ton comportement est très mal poli, fit l'épouse de Simon à son mari lorsqu'elle vint l'appeler dans la salle de séjour. Pourquoi leur fais-tu la tête ? A cause d'un service que tu leur rends ? N'oublie pas que pendant toutes ces années, c'est lui qui a eu ta mère sur les bras.

– Tu ne comprends décidément rien à ces affaires ! marmonna Simon, mais elle ne l'entendit pas.

Au cours du déjeuner, Simon s'évertua à se montrer un peu plus détendu, si bien qu'une joyeuse animation se créa à table. De temps à autre, les hôtes étaient pris d'un accès d'émotion qui dissolvait la conversation, non seulement en nappant comme un sirop brûlant la prononciation des phrases, mais en relâchant l'ordre des mots en chacune d'elles et en émoussant leur rigueur logique. A quoi n'avons-nous pas songé quand nous cherchions une porte de sortie ! raconta la femme de Benjamin. Nous n'en avons jamais parlé à personne, mais, à vous, nous pouvons le dire, surtout maintenant… Elle s'imagine déjà que tout est réglé ! constata Simon sans la quitter des yeux… Ainsi, nous avons pensé à une solution peu ordinaire, poursuivit la femme de Benjamin, même si, d'après ce que nous avons entendu dire, certains ne se sont pas privés d'y recourir, ces derniers temps. Pour ne pas emmener sa famille avec soi, le mari divorce d'avec sa femme devant le tribunal, si bien que celle-ci garde leur appartement à Tirana et celui-là vient la voir en cachette, comme un amant ! Ha-ha ! Vous n'aviez jamais eu vent d'un truc pareil ?

– On m'a bien parlé de quelque chose de ce genre, fit Simon d'un air sombre, mais je croyais que c'était une invention de sketch satirique.

– Pas du tout ! répliqua la belle-sœur. Par nécessité, les gens sont amenés à recourir à diverses astuces.

– Et vous étiez décidés à le faire ? s'enquit l'épouse de Simon.

– Pourquoi pas ? s'exclama l'autre. Avions-nous une autre solution ?

Tiens ! pensa Simon. Autrement dit, de faux divorces, puis des rencontres secrètes, comme entre amant et maîtresse.

Une fameuse trouvaille, ma foi ! Par la même occasion, on se débarrasse de la belle-mère, car celle-ci ne peut continuer à vivre avec sa bru divorcée, même s'il s'agit d'un semblant de séparation. Voilà une situation qui fait envie !

– Eh oui ! Les gens ne savent plus quoi imaginer ! conclut l'épouse de Simon.

Pendant quelques instants, le silence retomba autour de la table.

– Je vous sers le café ? fit la maîtresse de maison en emportant les canettes de bière vides.

– Pas pour moi, merci, dit Simon.

– Peut-être Simon a-t-il envie de se reposer un peu ? suggéra la belle-sœur.

– Qu'as-tu l'intention de faire à présent ? l'interrogea son épouse.

– Ne te gêne surtout pas pour nous, dirent en chœur les invités.

– D'autant plus que tu as ce rendez-vous en fin d'après-midi, ajouta sa femme. Va plutôt t'allonger, Simon.

– Bon, acquiesça ce dernier, je vais m'étendre un moment. J'ai l'impression que cette bière m'est un peu montée à la tête.

– Va faire une petite sieste, conclut Benjamin d'une voix attendrie.

Simon gagna sa chambre, se dévêtit et se coucha. Malgré le léger engourdissement dû à la bière, il sentit qu'il ne parviendrait pas à s'endormir. J'aurais mieux fait d'accepter un café, regretta-t-il. Enfin, je pourrai toujours en prendre un dès que je me lèverai. Il se sentait un poids sur l'estomac. Et comme si cela ne suffisait pas, lui revenaient en mémoire des bribes de la conversation qui s'était déroulée pendant le repas, et elles lui semblaient accroître cette pesanteur. Ainsi donc, se dit-il à deux ou trois reprises, voilà ce qu'ils ont derrière la tête : une comédie de divorce, puis des rendez-vous à la Roméo et Juliette, et, pour couronner le tout, adieu la belle-mère ! Il se demanda où caser chez eux sa mère si les deux autres venaient à quitter pour de bon la capitale, et cette éventualité le fit frémir. L'arrangement jusqu'ici en vigueur lui convenait parfaitement : il versait mille leks anciens par mois pour l'entretien de sa mère (au début, il n'en payait que cinq cents, mais il avait été obligé de doubler la somme depuis que son frère avait été muté) et il avait la paix. Maintenant, c'était tout cet équilibre familial qui allait se trouver rompu. Rajouter une personne sous son toit, surtout une vieille femme, c'est aller au-devant des difficultés, lui ressassait son épouse. Les vieilles ont des frais, elles aiment recevoir chaque jour leurs amies, à elle seule la consommation de café coûtera dans les mille leks par mois, pour ne pas parler du reste. Il était évident qu'entre sa femme et sa mère les frictions ne tarderaient pas à apparaître, après quoi Dieu sait quelle tournure prendraient les choses ! Il lui fallait à tout prix régler cette question. Il avait franchement été stupide, quelques instants auparavant, de s'être repenti d'avoir téléphoné au ministre. J'ai fort bien fait, conclut-il en enfonçant sa tête dans l'oreiller avec un faible espoir de parvenir à s'endormir. J'ai parfaitement bien fait. Pourtant, le sommeil ne voulait pas de lui.

Vers quatre heures et demie, il se leva, s'habilla et déboucha dans le couloir. De la cuisine parvenaient un agréable arôme de café et des chuchotements. Probablement attendaient-ils qu'il se réveillât. Lorsqu'il apparut, tous se trémoussèrent sur leur siège, prêts à redoubler d'empressement à son égard.

– Tu as un peu dormi ? s'inquiéta sa femme.

– Très peu.

– Tu voudrais du café ?

– Maintenant, oui, volontiers.

Il en prendrait avec plaisir, même si, une fois chez le ministre, on ne manquerait pas de lui en proposer à nouveau.

Le jour déclinait. La douce température régnant dans la pièce, le bruit du moulin à café, les propos bonnasses échangés à doses espacées en cet après-midi finissant, éveillèrent dans le cœur de Simon Dersha un sentiment de compassion envers son frère. Depuis qu'il avait été muté, il devait avoir été privé de toute cette chaleur familiale. Il fallait absolument tenter de le tirer de là, songea-t-il. Absolument.

Quand Simon sortit, le soir était tombé. Il faisait humide, la pluie menaçait. Rentre directement, lui avait recommandé sa femme ; n'oublie pas que nous t'attendons avec impatience.

Il fit une partie du trajet en s'efforçant de ne se concentrer que sur des aspects secondaires de cette affaire. Parfois, il modifiait quelque peu les phrases qu'il avait préparées : Comprenez-moi, camarade ministre, j'ai aussi sur le dos le problème de ma mère... Puis il s'évertuait de nouveau à détacher son esprit de cette histoire. Au fond, tout cela ne présentait guère de difficulté. Non, le point délicat était ailleurs... Quoi, mais quoi donc ? demandait avec de plus en plus d'insistance une voix au-dedans de lui, au fur et à mesure qu'il se rapprochait du quartier où résidait le ministre. Mais il faisait son possible pour ne pas répondre à ce petit cri qui s'employait à jeter l'alarme. Le coin a l'air sinistre, constata-t-il. Les vitrines y étaient plus sombres qu'ailleurs, l'humidité vous pénétrait jusqu'à la moelle des os. Sur les trottoirs, les passants se raréfiaient. Enfin apparut la rue du ministre. Il n'était que six heures moins le quart, Simon dut ralentir le pas pour ne pas arriver en avance. L'artère, bordée de part et d'autre de villas à un étage, était faiblement éclairée et paraissait pratiquement déserte. Simon sentit son cœur se serrer. Cet empressement à le recevoir sur-le-champ, songea-t-il, cette voix toute rétrécie... Voilà que ça te reprend ? Assez ! s'écria-t-il en son for intérieur. Il lui fallut fournir un gros effort pour chasser ces idées de sa tête, mais elles revenaient en force, l'assaillant de toutes parts. La seule chose qui lui restait à faire était de les battre comme des cartes de sorte qu'elles lui vinssent pêle-mêle à l'esprit : la crainte de commettre une bévue en entreprenant cette démarche et les disputes que provoquerait chez lui la venue de sa mère, le lion capable de mordre fût-ce avec sa dernière dent, les cafés maternels et les informations du jeudi précédent à la télévision...

Il était maintenant à deux pas de la résidence du ministre. Devant, la sentinelle enveloppée dans un imperméable noir paraissait statufiée. La façade était sombre; des ailes seules filtrait une faible lumière. Il ralentit en s'approchant du portail. L'imperméable noir du factionnaire émit un reflet glauque de caoutchouc mouillé.

Simon Dersha se rendit compte que le moment où son cerveau pouvait encore brasser à loisir des idées, fût-ce pêle-mêle, était passé, de sorte qu'il se préparait à aborder la sentinelle, qui avait l'air de ne pas le quitter des yeux, quand au tout dernier moment vint s'insinuer dans son esprit l'affaire chinoise... C'est en général à l'occasion de pareils retournements de situation que la lutte de classe à l'intérieur du Parti se durcit... Comment n'y avait-il pas songé plus tôt? Il avait pensé à des tas d'insanités, au marc de café des vieilles femmes, entre autres billevesées du même acabit, et il était passé à côté de ce phénomène aveuglant!

Il se surprit à passer devant la sentinelle sans marquer de temps d'arrêt. Que lui arrivait-il? Il fichait le camp? Ne t'inquiète pas, se dit-il, si tu souhaites revenir sur tes pas, ça ne dépend que de toi, nul ne t'en empêchera. D'autant qu'il n'était que six heures moins deux. Il longea la clôture sur une vingtaine de mètres, fit encore quelques pas, puis rebroussa chemin. Mais la pensée de la Chine ne voulait en aucun cas lâcher prise; pire même: plus il se rapprochait du portail, plus cette pensée prenait des proportions démesurées, comme si elle irradiait de l'intérieur de la villa. Dans de pareilles situations... de pareils retournements de situation... c'est alors que les déviationnistes pointent le nez... comme les rats avant un tremblement de terre... Il se trouvait à présent à quatre pas de la sentinelle et n'avait toujours pas décidé s'il entrerait ou non chez le ministre. Il ralentit, se tourna vers la grille et contempla la façade qui semblait encore plus lugubre derrière les arbres gorgés d'humidité. Il sentit à nouveau le regard de la sentinelle posé sur lui, puis entendit un froissement caoutchouteux et la voix étouffée du soldat:

– Vous… vous désirez voir le ministre ?

Simon se retourna avec stupeur. Comment le factionnaire était-il au courant de ses intentions ? Était-ce possible ? Sans répondre, il reprit sa marche le long de la grille. A quelque distance, il ralentit de nouveau l'allure, mais, cette fois, il ne rebroussa pas chemin.

Ce doit être quelqu'un d'autre, se dit la sentinelle, prévenue de l'arrivée d'un visiteur, tout en suivant des yeux la silhouette qui s'éloignait.

De l'intérieur de la villa, campé devant le vitrage glacé du grand salon du rez-de-chaussée, le ministre regarda disparaître la silhouette de Simon Dersha. Il s'en va, constata-t-il. A travers les jalousies, il avait suivi des yeux tous ses va-et-vient et il avait même tendu la main vers un timbre, mais il s'était aussitôt rappelé qu'il avait fait prévenir la sentinelle qu'un visiteur était attendu. Lorsque la silhouette, après s'être approchée du garde, s'était de nouveau éloignée, il avait failli s'exclamer : Mais que fait donc cet imbécile ? Pourquoi ne l'a-t-il pas laissé entrer ?… En toute autre circonstance, il eût instantanément envoyé quelqu'un lui demander ce qui s'était passé, pourquoi le visiteur était reparti, mais, ce soir-là, il s'en sentait incapable. En toute autre circonstance… Le ministre se mit à ricaner. En toute autre circonstance, songea-t-il, tu ne te tiendrais pas là derrière la vitre à attendre que vienne ou ne vienne pas un misérable employé dont tu te rappelles à peine le nom.

Entre-temps, la silhouette avait disparu à l'angle du mur d'enceinte. Autrement dit, le hasard n'y était pour rien. Car ce n'était pas non plus un hasard si les appels téléphoniques et les visites s'étaient espacés au cours de ces deux dernières semaines. Des dizaines de fois, ces jours-ci encore, il s'était répété : Tu déraisonnes… mais des dizaines d'autres, juste quand il pensait avoir échappé à ses doutes, ceux-ci revenaient à la charge, encore plus insistants.

Il avait passé toute la semaine précédente dans cet état,

hormis le jeudi soir, après le journal télévisé. Mais l'apaisement que celui-ci lui avait dispensé s'était vite dissipé. Y avaient de nouveau succédé ces journées à demi sourdes-muettes qu'il passait dans son vaste bureau à contempler les nombreux téléphones posés sur sa table de travail, tous ces boutons, ces voyants, son secrétaire qui entrait timidement pour prendre ses ordres, et il se répétait à lui-même : Je suis ministre comme par le passé, que diantre ! Rien n'avait changé, dans l'antichambre se tenaient toujours les gardes, plus loin ses adjoints, ses assistants, une foule de chefs de service qui n'attendaient que ses ordres, tout à fait comme auparavant... Pourtant, il sentait bien qu'il n'en allait pas vraiment ainsi. Ce n'était plus pareil. Il y avait eu un changement. Quant à préciser en quoi, lui-même n'en eût pas été capable, mais il n'en avait pas moins l'impression que rien n'était plus comme avant.

Il s'était demandé plus d'une fois s'il n'était pas atteint de quelque trouble psychique, mais il sentait bien qu'il n'était pas honnête avec lui-même. En fait, il aurait été fort content qu'il en fût ainsi, que tout cela ne fût que le fruit de son cerveau dérangé. Sûr que cela eût beaucoup mieux valu, mais le malheur était que lui-même n'en croyait rien.

Il avait les traits un peu tirés, mais ce genre de chose arrive à n'importe qui. Ce qu'il ne pouvait supporter, c'était l'espèce de rétrécissement de sa voix, qui ne lui avait pas échappé. Il avait l'impression que cette légère altération pouvait trahir son trouble dans l'opinion des autres. Il s'était efforcé de la dissimuler, de grossir sa voix quand il prenait la parole, mais il lui était impossible de le faire de façon continue. Tout au plus y parvenait-il quand il s'exprimait au téléphone. Il ne pouvait vraiment se faire à cette voix effilée. On eût dit que sa disgrâce avait précisément commencé par là. Dans ses efforts pour y remédier un tant soit peu, il avait fait des choses auxquelles jamais il n'aurait songé auparavant : il avait bu de l'eau glacée sortie du réfrigérateur, dans l'espoir que sa voix s'enrouerait, mais, comme pour le faire enrager, il ne s'était rien produit de tel. Sa gorge, naguère si sensible à l'humidité, avait fort bien supporté la glace.

Tout cela le faisait passer d'un état fébrile à une sorte d'autocommisération. Puis venait soudain une phase d'apaisement. Il réussissait alors à se persuader qu'il ne s'était rien passé et que, quand bien même il se fût produit quelque chose, la page aurait tôt fait d'être tournée. C'était plus ou moins un jour comme celui-ci qu'avait téléphoné Simon Dersha. Il s'était aussitôt remémoré son hôte, probablement parce que son souvenir se rattachait à cette soirée où avait eu lieu l'ineffaçable conversation téléphonique. A présent, il avait honte de lui-même et cherchait même à se dissimuler le fait que lui, membre du gouvernement et du Bureau politique, avait éprouvé cet après-midi-là une certaine joie à être appelé au téléphone par un individu aussi insignifiant. De fait, il avait déjeuné de meilleur appétit que les autres jours.

– Je te prépare un café, lui avait dit sa femme quand ils furent sortis de table.

Il avait gagné sa chambre, s'était étendu, mais sans parvenir à trouver le sommeil. Néanmoins, il ne pouvait se départir d'un certain sentiment de réconfort, quoique modéré et légèrement amer. Il se disait que s'il avait été contrarié de voir les appels téléphoniques s'espacer, il avait toutes raisons de se réjouir quelque peu de celui-ci. De surcroît, l'homme qui avait téléphoné n'était ni un péquenot ni un membre de son entourage. Il travaillait dans un ministère et il était bien connu que, pour ce qui était de flairer de tels... (il se refusa à employer même en pensée le mot *changements*), quand il s'agissait donc de..., ce genre de types étaient les premiers à les subodorer.

Il contemplait le plafond de sa chambre ; dans son esprit, ses pensées avaient du mal à s'enchaîner. Il s'était demandé à plusieurs reprises pourquoi cet homme, ce modeste employé tenait à le voir, mais il s'était aussitôt fait la remarque que cela n'avait guère d'importance. L'important était qu'il venait. Quand vous tombent dessus de pareils..., nul ne s'approche de vous, c'est comme si vous étiez un pestiféré.

Et si tout cela n'était qu'une inquiétude non fondée ? ressassa-t-il pour la énième fois. Si toutes ces idées noires, ce tourment avaient été en pure perte ? Il se retourna dans son lit. Ah, si seulement il en était bien ainsi, comme il ne regretterait pas son angoisse ! Il passerait l'éponge, pourvu seulement que tout cela eût été pour rien !

Désormais, il ne se dissimulait plus ses appréhensions. Ce qui n'était pas encore très clair dans son esprit, c'était le moment où tout avait commencé. Sans nul doute, lors de ce dîner mémorable, le coup de téléphone d'Enver Hoxha avait-il provoqué une cassure, coupant tout entre un avant et un après. A moins que cela n'eût commencé plus tôt, dès cette froide soirée dans la plaine morne d'où il dirigeait les grandes manœuvres, lorsqu'on l'avait avisé qu'une poignée d'officiers des blindés avaient ignoré un de ses ordres. Debout à l'entrée de sa tente, il scrutait le sous-officier de liaison qui venait de lui apporter le message, à vrai dire moins celui-ci, en fait, qu'un carré de son visage laissé découvert par le capuchon dégoulinant de pluie de son imperméable, réduisant ce visage anonyme à un regard, à la partie inférieure du front, à deux tranches de joue et à un menton lui aussi tronqué de sa partie inférieure. Les officiers des blindés ont désobéi à l'ordre d'encercler le comité de Parti de la ville, avait rapporté le sous-officier de liaison d'une voix lasse, atone, et il avait brusquement senti un creux se former à l'intérieur de lui-même. Comment ? s'était-il écrié. Ils osent enfreindre un ordre ? Et comme le sous-officier, toujours de la même voix éteinte, avait commencé à débiter quelque explication, il s'était mis à brailler de plus en plus fort, jusqu'à couvrir les paroles de l'autre qui lui semblaient à présent maléfiques. Aux arrêts ! beuglait-il. Pourtant, quelque chose de la brève explication du messager lui était parvenue aux oreilles… Les blindés… avaient déclaré les officiers… quelles que soient les circonstances… ne peuvent encercler un comité de Parti… car… car… Aux arrêts ! avait-il hurlé de plus belle. Aux arrêts !

L'estafette repartie, il était resté un long moment debout à l'entrée de sa tente avec un vide glacé dans la poitrine.

Sans doute son angoisse, en dépit de ses efforts pour se la dissimuler, avait-elle commencé dès l'instant où il avait donné cet ordre. Et peut-être tout cela avait-il même débuté bien avant, lors de cette soirée inoubliable, à Pékin, quand il était rentré d'une représentation théâtrale. C'était une fin de journée exceptionnelle, chaude et humide, et il se sentait dans un état d'exaltation extrême. Il avait envie de deviser avec quelqu'un, de rester éveillé, de s'épancher. Jamais il n'aurait pensé qu'un drame chinois eût pu le troubler à ce point. On n'avait pas tort d'affirmer que la ligne politique chinoise ressortait au théâtre avec plus de netteté que nulle part ailleurs. La pièce à laquelle il avait assisté était vraiment extraordinaire. Dans son final, la multitude victorieuse des personnages positifs traînait par les cheveux à travers la scène le premier secrétaire du Parti d'une province. Comment avez-vous trouvé la représentation ? lui avait demandé à la fin Zhou Enlai tout en se pressant vers la sortie avec un chef de gouvernement africain qu'il avait accompagné au théâtre. Il n'avait su quoi lui répondre, mais le regard de Zhou était plein de sous-entendus. Nous nous verrons peut-être après souper, lui avait-il dit, le temps de reconduire cet ami – et, du menton, il lui avait désigné le premier ministre noir.

Tandis que la voiture roulait dans la nuit sombre en direction de la résidence gouvernementale, il se sentait en proie à un trouble insolite, une sorte d'extase où entrait autant de joie que d'horreur, qu'il n'avait jusque-là jamais éprouvée. Il avait commencé à la ressentir dans la salle, au moment où la foule traînait le secrétaire du Parti d'un bout à l'autre de la scène. C'était l'excitation que suscite l'effondrement de quelque chose de sacré, d'inviolable. Il pouvait paraître surprenant que les Chinois, réputés pour la rigidité de leurs vues, leur dogmatisme, eussent permis une pareille représentation. Il mourait de curiosité d'entendre le commentaire qu'en ferait Zhou. Ses yeux pétillaient.

Aussitôt après souper, Zhou Enlai vint comme promis. A peine lui eut-il serré la main qu'il lui répéta sa question : Comment avez-vous trouvé le spectacle ? – Eh bien, comment vous dire, un peu étrange..., avait répondu le ministre. Zhou Enlai le transperça du regard : La représentation a été magnifique, dit-il. Le ministre se sentit à nouveau parcouru par un frémissement. Ils s'étaient retirés dans une des pièces de la résidence pour bavarder en tête à tête. Tout en prêtant l'oreille à son interlocuteur, le ministre s'efforçait tant bien que mal de s'expliquer comment il se faisait que Zhou Enlai osât s'exprimer de cette manière devant lui. On se confiait généralement ainsi à quelqu'un dont on tenait les convictions pour sûres. Aurait-on espionné ses conversations avec l'un de ses adjoints quand tous deux, transportés d'enthousiasme par ce qui se passait en Chine, avaient laissé échapper çà et là quelque critique sur la situation en Albanie ? Possible, d'autant que leur mécontentement tenait justement au contrôle tâtillon exercé par le Parti sur toutes choses. En Chine, en revanche, le Parti était devenu un véritable sac d'embrouilles. Que l'armée le dominât, c'était clair comme le jour, mais il y avait apparemment encore d'autres instances qui lui étaient supérieures. Eux-mêmes n'étaient évidemment pas partisans de telles exagérations, mais le moment était arrivé où un desserrement du contrôle du Parti ne s'en révélait pas moins indispensable. En fin de compte, on en avait plein le dos, pour s'exprimer poliment, de se voir convoquer pour un oui ou pour un non devant le Comité central et demander des comptes. Les Chinois, eux, avaient mis un point final à cette pratique. Chaque commandant de région militaire était maître chez soi et refusait d'entendre parler du comité régional du Parti aussi bien que du Comité central. La Chine y avait-elle perdu ? S'était-elle affaiblie ? Elle n'en était devenue au contraire que plus forte.

Voilà, c'était à peu près tout ce que son adjoint et lui-même s'étaient dit. Peut-être les Chinois avaient-ils surpris leur conversation. Peut-être même ne les avait-on conduits au théâtre qu'à cause de cela. Au fur et à mesure que Zhou Enlai parlait, le ministre avait acquis l'intime conviction que son invitation n'avait eu d'autre mobile. La révolution prime tout ! disait-il. C'est elle qui a tout bouleversé, pour elle rien n'est sacré, pas même le Parti !... Pas même le Parti ? avait interrogé le ministre avec un tressaillement d'extase mêlée d'épouvante qu'il ne lui avait jamais été donné jusqu'ici d'éprouver. Chez vous aussi, il faudra bien que ça se fasse, avait enchaîné Zhou Enlai. Chez nous, avait répondu le ministre, jamais une pareille... Eh oui, je sais, l'avait interrompu Zhou, en Albanie beaucoup de choses sont interdites, mais cela ne pourra continuer bien longtemps. La Chine s'apprête à opérer des changements considérables. Ces transformations vont ébranler l'équilibre du globe. La question qui se pose est la suivante : nous suivrez-vous ou non ? Dans l'affirmative, vous resterez nos amis ; dans le cas contraire, nous nous verrons contraints de vous lâcher. Pour l'instant, nous vous le disons en toute cordialité, ou, pour être plus exact, je vous le dis de vous à moi, tout à fait confidentiellement, en vous priant de n'en parler à personne. On va assister de par le monde à des bouleversements, des tempêtes imprévues, surtout dans les Balkans. Et en cas de gros temps, comme dit une vieille poésie chinoise, il revient à chacun de trouver au plus vite le havre où se mettre à l'abri. Il faut y songer dès maintenant ; après, il sera trop tard. Une telle conception du Parti, une pareille glorification étaient censées empêcher tout pas en avant. C'est pour cette raison que Mao a liquidé le culte du Parti. Chez vous aussi...

Zhou Enlai n'en finissait pas de parler. La conversation passait d'un sujet à l'autre pour en revenir invariablement au Parti. Désormais, on le désignait ouvertement comme le principal obstacle à toute marche en avant. Ce n'était pas un hasard si Mao Zedong avait autorisé deux lignes en son sein. Sans cela, jamais ils n'auraient assisté ce soir-là à la représentation de cette pièce. Mais, chez nous, jamais on ne permettra de jouer une œuvre pareille ! avait finalement soupiré le ministre. Je ne l'ignore pas, avait répondu Zhou Enlai. Mais vous pourriez faire bien d'autres choses. Vous avez jeté bas églises et mosquées, n'est-ce pas ? Vous qui avez rasé ces temples séculaires, pourquoi hésiteriez-vous à toucher à un autre culte ? Chez nous, rien n'est moins facile, avait objecté le ministre; c'est même pratiquement impossible... C'est l'impression qu'on a au début: impossible! mais il n'y a que le premier pas qui coûte... Brusquement, le ministre se ressaisit: ce petit jeu allait décidément trop loin. Comment osait-il... si ouvertement? De surcroît, sans le moindre égard pour lui, comme s'il s'adressait à un vassal... Attends un peu! se dit-il. Il serait bien avisé de lui faire comprendre que, malgré tout, il y avait certaines bornes à ne pas dépasser! Le ministre redressa l'échine et la plaqua contre le dos de son fauteuil. Je ne vous comprends pas bien, camarade Zhou Enlai, lui dit-il avec froideur, et il renversa même la tête en arrière comme pour prendre davantage ses distances. Mais cette bravade ne dura pas. Les yeux de Zhou Enlai le considérèrent avec fixité, sans le lâcher d'un seul instant, puis ils se mirent à rétrécir de plus en plus, comme pour le serrer dans un étau. Autrefois, vous montriez davantage de franchise, lâcha-t-il à voix basse. Nos amis yougoslaves nous ont raconté quelque chose qu'ils tiennent peut-être eux-mêmes des Soviétiques, à propos de certain entretien privé que vous avez eu avec eux, à la veille du différend albano-soviétique, en 1960. Vraiment, vous étiez alors plus ouvert!... Le ministre sentit sa vue se voiler. La muqueuse de son palais se dessécha, comme s'il eût mâché du soufre. Il avait pensé que cette histoire était oubliée depuis belle lurette. Vingt ans s'étaient écoulés depuis lors, et les Soviétiques, curieusement, n'en avaient soufflé mot. Il avait cru cette affaire enterrée, et voici que, brusquement, là où il s'y attendait le moins, en plein Pékin... Il était désarçonné. De même l'avait-il été en 1960, quand les Soviétiques, pour le contraindre à s'asseoir et à discuter avec eux, lui avaient rappelé une conversation qu'il avait eue jadis avec les Yougoslaves: Nous n'ignorons pas ce que vous avez dit aux Yougoslaves en 1947... Il en était resté pétrifié et, à peine remis du choc, la première question qui lui était venue à l'esprit avait été: pourquoi les Yougoslaves l'avaient-ils vendu? à quel prix? Peut-être en échange de la visite de Khrouchtchev à Belgrade, lorsqu'il était venu présenter ses excuses à Tito?

Peut-être pour autre chose, en rapport avec le Kosovo ? Où plus simplement l'avaient-ils vendu à tempérament ?

Et voici qu'on l'avait de nouveau trahi. Mais qui, et pourquoi ? A cause d'un entretien… Ah, si j'avais tenu ma langue à ce moment-là, dès 1960, ou même dès 1947 ! Maudit entretien : les années passaient, et lui, plus malfaisant que le bacille de la peste, ne voulait pas crever ! Nous savons ce que tu as dit aux Soviétiques en 1960… Nous savons ce que tu as dit aux Turcs en 1911… Et ce que tu as dit encore auparavant, en 999… sur la destruction future du camp socialiste… Sans compter ce que tu as dit en l'an zéro à Ponce Pilate, cette nuit-là, cette fameuse nuit…

Tout s'embrouillait dans sa tête. A y regarder de près, ce n'était pourtant qu'une simple conversation. N'empêche que vous vous êtes cramponnés à elle comme des crabes, et vous ne voulez plus la lâcher… Mais oui, une banale conversation : et que faisons-nous d'autre, au bout du compte, que bavarder entre hommes ?

… Il ne parvenait pas à se ressaisir. Jamais il ne s'était senti dans d'aussi mauvais draps. Et comme si l'embrouillamini qui occupait sa tête ne suffisait pas, les yeux de Zhou ne le lâchaient toujours pas. Après l'avoir maintenu cruellement serré dans leur étau, ces yeux desserraient à présent lentement leur prise. Le regard du Chinois s'adoucit. Telle une bande de magnétophone qui s'enroule à rebours, la conversation en revint au point où elle s'était interrompue peu auparavant : C'est l'impression que l'on a pour commencer en toute chose. Cela paraît d'abord impossible, mais il suffit de faire le premier pas… Par exemple, vous pourriez accomplir quelque chose d'apparemment tout simple mais qui aurait en réalité une portée symbolique. Vous voyez ce que je veux dire ?

Il ne parvenait plus à se concentrer. Son esprit voguait vers le prologue de cette histoire, ce jour venteux et pluvieux de février 1947 où, tout en se rongeant les ongles avec nervosité, il écoutait le Yougoslave, dans son albanais estropié, le remplir de fiel :… Comme si donc t'étions moins apte qu'Untel, hein ? t'es même ben plus adroit que lui, mais voilà... Plus tard, en 1960, les Soviétiques lui avaient tenu un langage analogue, et il lui avait paru que sa vie, désormais, ne pourrait plus se débarrasser des accents de cet albanais boiteux qui lui inspirait une véritable terreur. Un jour, de retour chez lui vers midi, il s'était même figé d'épouvante sur le seuil du salon: quelqu'un proférait de ces vocables distordus, vétustes. Il lui fallut un certain temps pour réaliser que c'était son propre fils. Il s'était rué sur lui, lui avait arraché son livre des mains et s'était mis à hurler comme un damné devant l'enfant qui ne comprenait rien et se contentait de murmurer: Mais c'est mon cours de littérature albanaise médiévale, papa...

Vous voyez ce que je veux dire? avait poursuivi Zhou Enlai, mais il ne voyait rien du tout: Je vous demande pardon, pourriez-vous me répéter votre idée? Excusez-moi si... Zhou sourit doucement: Ça ne fait rien, ça ne fait rien, fit-il avec aménité, je vous comprends... Je vous le répète donc: vous pouvez accomplir quelque action symbolique. De tels actes ont toujours revêtu et continuent de revêtir une grande importance dans un État. Un acte tout ce qu'il y a d'ordinaire à première vue, mais qui, dans une conjoncture donnée, prend un sens particulier: une alliance, un mariage symbolique, par exemple. Pour vous expliquer plus clairement ce que j'entends par là, je vais vous raconter un épisode de ma propre vie. Vous n'ignorez pas que ma femme est la belle-sœur de notre plus grand ennemi, Tchang Kaichek. Avez-vous jamais réfléchi au fait que, malgré toute cette tempête qu'a connue la Chine, moi, un de ses principaux dirigeants, je n'ai jamais rompu cette union? Vous imaginez que j'aurais eu du mal à trouver une autre femme, alors que la plupart des camarades de notre direction, Mao en tête, s'étaient eux-mêmes remariés et alors que mes rivaux dans la lutte pour le pouvoir risquaient de chercher à tirer parti de ce qu'ils qualifieraient de flétrissure? Mais vous pensez peut-être qu'ils n'ont pas tenté de le faire? Eh bien si, ils ont essayé, et même furieusement, mais à chaque tentative de ce genre, il y avait quelqu'un pour leur barrer la route: Mao en personne. Ne touchez pas au mariage de Zhou, disait-il, et la discussion était close. S'il le faisait, ce n'était pas par sympathie personnelle à mon égard, encore moins pour ma femme, non ! Il avait choisi de le faire parce que c'était conforme à notre intérêt... Zhou Enlai s'était arrêté pour aspirer l'air à pleins poumons... Mao ne faisait pas ce genre de chose comme ça, pour rien. Cette alliance était et reste gravée dans la conscience du peuple chinois. Elle n'est pas vaine, elle a un sens : derrière ma femme, il y avait Tchang Kai-chek, et, derrière lui, les États-Unis ! A chaque fois que Mao disait : ne touchez pas au mariage de Zhou, je comprenais qu'il se révélerait utile un jour... Apparemment, ce moment est proche, comme je vous l'ai laissé entendre tout à l'heure, mais je m'aperçois que je me suis beaucoup étendu sur moi-même... Je voulais simplement mettre en lumière la portée de certains actes symboliques. Maintenant, revenons à vous. Ne me regardez pas comme ça ! Je sais que vous êtes marié... Zhou Enlai avait ri... Il ne s'agit pas pour vous de contracter mariage avec une *ci-devant* ! Vous pouvez faire bien autre chose. Quelque chose d'apparemment tout simple, mais qui soit lourd de signification : par exemple, au cours de manœuvres, vous pouvez encercler avec vos troupes, ou mieux encore avec vos chars, un comité de Parti. Je ne dis pas le comité de Parti de Tirana, ce serait prématuré, mais un comité de Parti de district. Chez nous, en Chine, au cours de la Révolution culturelle, on a mis le feu à des centaines de comités de Parti, je crois que vous ne l'ignorez pas. Avec vos blindés, encerclez donc un comité de Parti de district. Comme je vous l'ai dit, la chose en soi paraît toute simple : elle l'est en effet, mais il y aura là un important symbole. Et le peuple est toujours sensible aux symboles ! Il se transmettra de bouche à oreille sous la forme de chuchotements, de rumeurs, de conjectures, il éveillera des idées, des espoirs. Nous autres, en Chine, nous avons amorcé bon nombre de grandes actions de cette manière, simplement : par un acte symbolique.

Pendant que Zhou parlait, le ministre songeait encore à la manière dont Yougoslaves, Soviétiques, Chinois, ce triangle infernal qui semblait ne devoir jamais le lâcher jusqu'à sa mort, s'étaient repassé cet entretien de main en main avec un si grand cynisme. A deux ou trois reprises, il se félicita que les Chinois ne lui demandassent pas davantage. Leur diable d'acte symbolique, il l'accomplirait, pourvu qu'ils s'en contentent ! Ah, cet entretien... Jamais il n'aurait pensé qu'une simple conversation pourrait coûter si cher. Mon Dieu, pourquoi n'en avait-il pas fait l'aveu à ce moment-là, sitôt après la rupture avec les Yougoslaves, quand on avait demandé aux membres du Parti de rapporter ce dont ils avaient parlé avec eux ? Moi aussi, camarades, un jour, comme ça, tout bêtement, mû par la jalousie, cette survivance du monde bourgeois, je leur ai confié une certaine frustration que j'éprouvais du fait de la nomination de X, à ma place, au poste Y... Voilà, c'est tout...

Vous êtes dans les nuages ? lui avait lancé Zhou. Cette pièce semble vous avoir fait forte impression. Il n'y a pas que Shakespeare pour vous tournebouler, hein ?... Et ils avaient reparlé de l'encerclement du comité de Parti, du Parti en général, de l'impérieuse nécessité de le transformer.

Bien plus tard, une fois rentré de Chine, lui était resté en tête ce qu'il ne savait trop comment qualifier : recommandation, suggestion ou injonction de Zhou Enlai. Dans sa mémoire, cela s'était même installé comme chez soi, en s'y mettant en boule, sous une forme qui n'avait pas de nom en albanais, quelque chose comme une *sugjonction* qui s'était insinuée et lovée en lui, lui faisant l'effet d'un serpent. Elle lui revenait à l'esprit chaque fois qu'on lui téléphonait du Comité central, et surtout quand on l'y convoquait. Que suis-je donc, grognait-il alors à part soi, un ministre ou un contrôleur des Postes, pour qu'ils me sonnent chaque fois que l'envie leur en passe par la tête ?

Malgré tout, il n'aurait osé entreprendre aucune action, fût-ce symbolique, comme le lui avait suggéré Zhou Enlai, si le Premier ministre chinois ne lui avait envoyé, quelque temps plus tard, ses salutations par l'entremise d'un membre d'une délégation gouvernementale. Les relations avec la

Chine n'étaient plus aussi chaleureuses que naguère. Un soir qu'ils participaient à un dîner officiel au Palais des Brigades, le Chinois qu'il avait à ses côtés, auquel il n'avait jusqu'alors prêté aucune attention, au point de ne l'avoir pas même regardé, se mit à lui parler dans un albanais estropié: Camarade Zhou Enlai envoie vous toutes ses salutations; camarade Zhou Enlai pense à vous toujours. Vous avez été théâtre, spectacle magnifique, n'est-ce pas? Ha-ha-ha! rigolait le Chinois d'un rire nasillard sans aucun rapport avec les paroles qu'il prononçait. Il s'exprimait de plus en plus ouvertement, tantôt sous forme de message, tantôt avec des mots recélant une certaine menace: Le moment que vous a dit le camarade Zhou Enlai approche. Le moment de l'épreuve, hi-hi-hi... Chacun doit faire quelque chose, pas mains liées, pas attendre alouettes tomber toutes rôties, hi-hi-hi... Heures difficiles approchent, hi-hi...

La main du ministre, avec sa fourchette emmanchée au bout, s'immobilisa net. Il avait l'appétit coupé. Autrement dit, rien n'avait été oublié de ce soir-là! Apparemment, l'heure des retournements approchait et on lui faisait savoir explicitement ce qu'on attendait de lui. Le ministre jeta un coup d'œil sur les visages des autres participants en s'efforçant d'imaginer auxquels de ses amis avait été également transmis ce soir-là un semblable appel. Un moment, il eut l'impression que toutes les tables étaient remplies de Chinois qui poussaient leurs hi-hi-hi! Il faut agir tant qu'il n'est pas trop tard, se dit-il, accomplir ne serait-ce qu'un acte symbolique, juste pour leur clore le bec. Une sorte de contrepartie, pour prix de leur silence à propos des Soviétiques et des Yougoslaves. Quelque chose de symbolique: le secrétaire du Parti traîné sur scène, l'encerclement par des chars d'un comité de Parti de district... Après quoi... si vraiment éclatait une tempête, comme l'avait dit Zhou Enlai... Mais, pour l'heure, c'était bien suffisant... Un acte symbolique... On était justement à la veille de manœuvres... Comment se porte le camarade Enver? demandait le Chinois. Pas trop bien, hein?

Le ministre avait la bouche remplie de fiel. Pourvu que

ce maudit dîner prenne fin au plus vite ! Mais son angoisse ne le lâcha pas de plusieurs semaines, jusqu'à ce froid après-midi où, après mille hésitations, il finit par donner l'ordre d'encercler le comité de Parti. Durant toute cette fin de journée, il s'était senti complètement déphasé, allant et venant sous sa tente de campagne, pointant parfois le nez dehors, le regard balayant la plaine comme s'il avait attendu l'arrivée de quelque messager. Et, de fait, le messager arriva à la tombée du soir. L'ordre n'avait pas été exécuté. Lui-même avait encaissé le choc, il était rentré sous sa tente afin que les autres ne vissent pas ses traits décomposés, il s'était refusé à entendre les motifs de cet acte de désobéissance, feignant de ne pas comprendre, et tout en criant : Aux arrêts ! Aux arrêts !, il se disait qu'il eût peut-être mieux valu clore cette affaire, la classer sur-le-champ, en cette minute, à cette seconde même, afin que personne n'en sût rien, qu'il fût oublié qu'un pareil ordre avait été donné, ce jour-là et les jours suivants, et jusqu'à la consommation des siècles. Mais il était trop tard. Désormais, il ne lui restait plus qu'à simuler une colère qu'il n'éprouvait pas réellement, car la peur ne laissait pas de place en lui au courroux. C'est ce qu'il fit. A chaque fois que quelqu'un ouvrait la bouche pour ne fournir ne fût-ce qu'une ébauche d'explication sur la manière dont les officiers avaient justifié l'inexécution de l'ordre, il les coupait en beuglant : Je ne veux pas le savoir ! Je ne veux pas le savoir !

Et, de fait, il ne voulait entendre aucune explication. Il souhaitait seulement que cette question basculât au plus tôt dans l'oubli. Maudite suggestion ! marmonnait-il à part soi. *Sugjonction...* Comment avait-il laissé un pareil poison se déverser dans ses oreilles ? Ce qu'il avait fait lui apparaissait tantôt comme funeste, tantôt comme prématuré. Une terreur glacée commença à envahir ses journées. C'est alors qu'il comprit que l'affaire ne pourrait se classer d'elle-même. Les officiers avaient bavardé un peu partout. S'ils n'étaient pas sanctionnés, ils pousseraient probablement l'audace jusqu'à parler davantage. D'une manière ou d'une autre, il fallait les faire taire. Un bon moyen de les intimider était de les radier du Parti, ce qui ne lui fut point difficile à organiser. Mais, après leur exclusion, les officiers, semblait-il, avaient écrit une lettre à Enver Hoxha. C'est ce qu'avait laissé entendre son coup de téléphone de ce soir-là. Le ministre n'avait pas fermé l'œil de la nuit. A l'évidence, il allait lui falloir s'expliquer devant le Comité central. Quelqu'un de son entourage le persuada que les propos tenus contre lui par les officiers pouvaient fort bien être interprétés comme relevant de l'agitation et de la propagande contre le pouvoir. Dans son rapport au Comité central, il n'omit rien et conclut en estimant que le comportement des officiers tombait sous le coup des lois de la République. Deux semaines plus tard, lorsqu'il fut demandé au Comité central de préciser quelles mesures devaient être prises à l'encontre des officiers, la réponse se limita à cette brève indication : S'ils ont enfreint les lois, que soient prises les mesures prévues dans ces cas-là... Ah oui ? s'était exclamé le ministre en se frottant les mains. Autrement dit, le Comité central a renoncé à s'occuper de vous ? Eh bien, mes agneaux, moi je sais quoi faire de vous !... Pour la première fois depuis de nombreuses nuits, il dormit sur ses deux oreilles. Puis il se demanda comment il allait procéder : s'abstiendrait-il de prendre des sanctions contre les officiers ou bien les ferait-il jeter en prison ? A vrai dire, il aurait ravalé son animosité à leur égard et ne leur aurait plus cherché noise s'il n'avait redouté qu'ils se missent de nouveau à parler. La prison était incontestablement plus sûre. Ce fut aussi l'avis de ses adjoints. L'un d'eux suggéra qu'il valait mieux que leur arrestation eût lieu après leur radiation de l'armée, de telle sorte que leur cas fût considéré comme une affaire purement politique.

Il s'était dit qu'après l'arrestation des officiers des blindés, il aurait la paix une fois pour toutes ; or, c'est le contraire qui se produisit. C'est précisément à ce moment-là qu'il commença à remarquer les longs silences du téléphone, l'espacement des visites. Parfois, il songeait que cette impression lui venait peut-être de ce qu'on discutait un peu partout du refroidissement des relations avec la Chine, et le mot *Chine* le faisait frissonner de la tête aux pieds. L'heure des retournements de situation avait sonné, mais on ne voyait toujours rien poindre à l'horizon. Peut-être tout va-t-il commencer avec les mesures de rétorsion économiques ? pensa-t-il.

Les silences du téléphone semblaient se prolonger chaque jour davantage. Que se passe-t-il donc ? se demandait-il. Je suis encore ministre, comme hier. Je n'ai été critiqué nulle part, par personne. Pourquoi devrais-je m'inquiéter ? Tout cela lui semblait absurde, grotesque même. Mais, au bout de quelque temps, les nuages de l'inquiétude s'accumulaient de nouveau en lui. De bouche à oreille va la rumeur publique, avait dit Zhou Enlai ; dans un État, elle est tout aussi puissante que la presse quotidienne. S'il avait fait procéder à cet encerclement à seule fin de provoquer une telle rumeur, cela signifiait qu'il croyait fermement en elle. Et s'il avait eu raison de croire tellement en elle, si elle se révélait si puissante, le silence du téléphone et l'espacement des visites étaient on ne peut plus compréhensibles. La rumeur s'est transmise de bouche à oreille : le ministre a ordonné l'encerclement d'un comité de Parti, les blindés ont refusé d'obéir à cet ordre et ont bel et bien été fourrés en prison pour insubordination, mais l'ordre du ministre était-il justifié ? Voilà : cela suffisait pour que les gens se missent à le fuir comme la peste. Inutile de faire paraître des articles critiques dans la presse, de le destituer de son poste, etc. La rumeur était bien plus puissante que tout cela. Satanée rumeur ! enrageait-il. Il avait convoqué le chef de la Sûreté militaire et lui avait demandé des renseignements à ce sujet. La réponse de l'autre l'avait laissé pantois : Nous n'avons aucune espèce d'indication sur une quelconque rumeur, camarade ministre. Il s'était mis à rire comme un bossu sous le nez du chef de la Sûreté, d'abord d'allégresse pour ce qu'il venait d'entendre, puis, l'instant d'après, de sa propre jobardise qui l'avait fait croire sincèrement à l'inexistence de cette rumeur. Probablement ne s'agissait-il pas, en fait, d'une rumeur au sens tangible du terme, devait-il conclure plus tard ; ce pouvait fort bien être quelque chose de plus subtil, à quoi l'on n'avait pas encore trouvé de nom, quelque chose de moins perceptible et, par là même, de plus pernicieux. Quelque chose qui soufflait, s'insinuait partout, comme l'air du temps.

Il se demandait de temps à autre quand elle avait commencé, et où. Quelles avaient été les premières bouches à la formuler ? Dans quels bureaux, quelles instances, quelles antichambres mystérieux ? Les hypothèses les plus déprimantes lui venaient à l'esprit.

Il avait passé les deux dernières semaines dans cet état. Entre-temps, les Chinois n'avaient entrepris aucune action. Tout semblait paralysé. J'ai fait ce que j'ai pu, ma parole, répétait-il en se donnant la réplique dans un dialogue imaginaire avec Zhou Enlai. J'ai tenté, comme vous me l'aviez conseillé, d'encercler un comité de Parti avec des blindés, mais ça n'a pas été possible. J'ai même failli y laisser ma tête. Chez nous, ce genre de chose ne se fait pas, croyez-moi. On ne peut déjà pas toucher au Parti, soyez-en persuadé, sous la forme symbolique que vous avez suggérée, pensez donc comme c'est faisable dans la réalité !... Il vous brûle, vous comprenez ? Il vous brûle comme un lance-flamme !... Demandez-moi de faire la chose la plus abominable qui soit, mais ça, non... Non, mon Dieu, ça, jamais !

Les actualités diffusées le jeudi à la télévision l'avaient quelque peu rassuré. Ça passera, se dit-il. Les téléphones resonneront, le timbre de l'entrée se refera entendre. C'était plus ou moins ce à quoi il réfléchissait quand le téléphone avait effectivement sonné. C'était ce petit fonctionnaire. Aucun hôte ne fut attendu par lui avec autant d'impatience. Il s'était efforcé de faire la sieste, sans trouver le sommeil. Dès qu'il s'était levé, sa femme lui avait demandé :

– Tu boiras un café ?

Il se dit qu'il le prendrait avec le visiteur attendu, mais il la pria malgré tout de lui en servir un. Si son visiteur se montrait, il en prendrait un second en sa compagnie... Ce doute qu'il venait de concevoir le laissa décontenancé. Comment était-il pensable qu'il ne vînt pas ? Pourquoi de telles stupidités lui passaient-elles par la tête ?

Pourtant, filiforme et insinuant comme il était, le doute ne l'avait pas lâché, jusqu'à cet instant où la silhouette de Simon Dersha lui était apparue pour disparaître bientôt derrière les grilles.

Il resta planté un long moment derrière une des fenêtres du salon. La masse noirâtre des arbres du jardin se détachait, d'une indifférence insoutenable. A deux ou trois reprises, il s'imagina en train de sonner, convoquant en toute hâte son garde du corps, son chauffeur, s'engouffrant dans sa voiture qui débouche du garage, fonce dans la rue pour rattraper l'homme qui décampe à son approche, il l'arrête, l'agrippe par la manche, puis, d'un ton larmoyant : Qu'est-ce qui t'a pris, dis, de t'en aller ainsi ? pourquoi me tourmentes-tu, toi aussi, comme si tous mes autres ennuis ne suffisaient pas ?

C'était ce qu'il méditait de faire tout en gardant les yeux rivés sur les endroits du jardin où les gouttes d'eau qui avaient subsisté de la pluie de l'après-midi reflétaient sur les frondaisons obscures des lueurs orphelines, cueillies on ne sait où. Ainsi s'écoulèrent plusieurs minutes avant qu'il ne tendît la main pour sonner ; et il accomplit alors à peu près tous les gestes qu'il avait imaginés, mais sans précipitation.

Au moment où la voiture débouchait du portail de la résidence, comme le chauffeur se tournait à demi pour s'enquérir de la direction à prendre, il lui dit :

– Roule au hasard.

Bientôt, le véhicule se retrouva dans une artère dont les trottoirs grouillaient de monde. Cette foule lui parut tout à la fois hostile et imprévisible. Qui sait ce qu'il y a dans toutes ces têtes qu'on a peine à distinguer les unes des autres ? se demanda-t-il. Quelles ondes de pensée émettent-elles, quelles rumeurs effrayantes ?

Tout en continuant à scruter ces têtes anonymes, il sentit un sourd frémissement monter de ses entrailles. Sans doute n'ont-elles à l'esprit que la Chine et son propre cas. Que va-t-il advenir ? Comment va-t-on le juger ?

Parmi cette foule devait à présent se trouver aussi son

invité, qu'il rêvait de repérer pour s'approcher de son oreille et lui souffler: Ô esprit, ô fantôme, pourquoi t'es-tu évanoui ?

A cette pensée, il poussa un profond soupir et se reprit à scruter les badauds dont certains lorgnaient sa voiture d'un regard torve qui lui parut empreint d'ironie. Et si les Chinois l'avaient trahi? songea-t-il subitement. S'ils l'avaient sacrifié à quelque arrangement provisoire ? Mais il gomma aussitôt cette idée pour revenir à la foule de passants dont le flot obscur accaparait toute son attention. Il eut l'impression que tous ces gens tenaient son sort entre leurs mains, qu'il eût suffi que leur rumeur cessât pour qu'il fût sauvé. Autrement, cette rumeur allait monter peu à peu jusqu'en haut lieu, et il faudrait alors considérer que tout serait consommé. Il était donc à la merci de leur silence, et, tout bien pesé, ils pouvaient bien faire ça pour lui. Au fond, qu'est-ce que j'ai fait de mal, mon Dieu ? Je n'ai voulu qu'organiser des manœuvres, un simulacre d'opération militaire... Une bouffée de haine pour cette populace impitoyable, mêlée à une sorte d'autocompassion et à cette sourde rancœur qu'engendre l'humiliation, lui envahit la poitrine. Il avait envie d'ouvrir la portière, de descendre de voiture et de se mettre à genoux devant eux en se martelant des deux poings le torse : Ne m'en veuillez pas, je n'ai rien voulu tenter pour de bon, je vous en donne ma parole, c'était un simple exercice, un pur simulacre ; au demeurant, les soldats eux-mêmes ne disent-ils pas qu'ils jouent à la guerre ?

Au même moment, Simon Dersha déambulait, noyé dans le flot de passants qui submergeait le trottoir. A la différence de ce qu'il éprouvait quelques instants auparavant alors qu'il n'avait pas encore quitté le quartier du ministre, il se sentait à présent plus tranquille. Malgré tout, chaque fois qu'il voyait déboucher dans la rue une limousine noire, il faisait machinalement un écart comme pour se dissimuler derrière d'autres badauds. Il avait l'impression que chaque véhicule de passage pouvait avoir à son bord le ministre, scrutant le trottoir pour le retrouver: Hé, Simon, où vas-tu si vite ? Tu es mon hôte, tu m'as toi-même téléphoné, monte donc, je te ramène avec moi !

A la maison, il trouva le petit monde familial comme il l'avait laissé. A sa mine, tous devinèrent d'emblée qu'il avait échoué.

– Alors, rien ? fit sa femme en rompant la première le silence. Comment se fait-il...

Il eut un haussement d'épaules comme pour dire : c'est comme ça ! Pourvu au moins qu'ils ne lui demandent pas d'explications...

– Mon Dieu, nous voilà dans de beaux draps ! murmura son frère en se prenant la tête entre les mains.

Simon lui jeta un regard oblique. Il avait envie de lui lancer : Toi, tu n'as vraiment rien à dire, c'est toi qui as semé ce doute dans mon esprit !

– Mais comment ça s'est passé ? fit sa femme en revenant à la charge. Il ne t'a pas écouté du tout ? Il ne reste aucun espoir ?

Simon secoua la tête : non, aucun.

– C'est inouï ! s'exclama sa femme en colère. Tout le monde fait intervenir ses amis, on n'entend parler que de ça, mais il n'y a que pour toi que cela ne marche pas !

– Je n'ai rien pu faire... Comme si ça dépendait de moi !

– Ça dépendait aussi de toi ! répliqua-t-elle. Mais tu n'as pas su t'y prendre, tu n'es qu'un empoté !

– Quoi ?

– Oui, un empoté ! Du reste, c'est ce que tu as toujours été.

– C'est toi qui dis ça ?

Simon avait blêmi.

– Mais cessez donc de vous disputer ! intervint le frère. Nous avons assez de nos soucis...

En fait, Simon n'avait aucune envie de jeter de l'huile sur le feu. Au bout de quelques instants, il avait même complètement oublié l'insulte. Au demeurant, remarqua-t-il, il valait mieux que les choses se fussent déroulées ainsi, la colère de sa femme l'ayant dispensé de fournir la moindre explication sur ce qui s'était passé.

– Fais-moi un café, lui dit-il pour lui montrer qu'il ne lui en voulait pas.

– Il ne t'a même pas proposé de café ? s'insurgea-t-elle, mais son beau-frère lui décocha un regard réprobateur et elle se leva pour aller mettre la cafetière sur le réchaud.

– Excuse-nous, fit Benjamin, nous t'avons mis à ton tour dans l'embarras, mais tu n'y peux rien.

– Non, je n'y peux vraiment rien, répéta Simon.

Pendant quelques minutes régna dans la pièce un silence à peine rompu par les menus bruits accompagnant la préparation du café.

– Qu'allons-nous faire maintenant ? lâcha entre deux soupirs la femme de Benjamin.

– Ce que nous allons faire? Nous allons réessayer, répondit son mari.

La conversation tendit peu à peu à ressembler à celle de la veille. Simon eut même l'impression que ce n'en était que la continuation, et que la démarche ratée auprès du ministre n'avait été qu'un rêve.

Ils évoquèrent de nouveau différents subterfuges auxquels les gens recouraient pour se soustraire à la rotation des cadres, le souci qu'avaient les mutés de ne pas prendre d'appartement dans les districts où ils étaient nommés, de façon à conserver leur logement à Tirana.

– Mais à quand donc remontent ces règlements? fit Benjamin. Des règles à la chinoise…

– Tu crois vraiment: à la chinoise? objecta sa femme.

– Pourquoi ? Tu en douterais ?

– Ce n'est pas mon sentiment. Les mutations ont toujours été pratique courante.

– La rotation est tout autre chose.

– Et tu ne te félicites pas que ce soient des règles à la chinoise? intervint l'épouse de Simon. Comme ça, au moins, elles pourront être abolies après leur départ.

– Je n'y crois guère.

– Pourquoi donc ? Qu'est-ce qui te fait ne pas y croire ?

– La mauvaise herbe ne s'arrache pas aussi facilement.

– C'est ce que tu penses ?

Tout en sirotant son café, Simon les observait tour à tour sans se mêler à la conversation. Leurs voix parvenaient à son oreille comme d'une certaine distance, avec un volume réduit de moitié. Ils évoquèrent à nouveau les simulacres de séparations entre époux, et dans la façon dont ils en parlaient, il n'y avait plus trace de désapprobation. Au fond, les gens y étaient contraints et forcés, si bien qu'on ne pouvait juger cette pratique contraire à la morale, comme le faisaient certains. Et puis, il arrivait que les mêmes se remarient, ce n'était pas la mer à boire. On voyait tant et tant de couples qui avaient divorcé pour se réépouser, allant jusqu'à répéter par trois fois ce manège ; le monde n'avait pas pour autant poussé des cris d'orfraie ! Pourquoi devrait-on en juger différemment dès qu'il s'agissait de gens mutés de leurs postes ? C'étaient des êtres humains comme les autres. Dans les cas où une belle-mère venait compliquer la situation, ça ne changeait rien à l'affaire. Sous un certain angle, ça valait même mieux, car le mari séparé de sa femme rentrait alors à la maison non plus comme un voleur, en cachette, mais au vu de tout le monde, pour rendre visite à sa mère.

Oui, tel était précisément leur cas, se dit Simon. Comme il le prévoyait, il n'eut pas longtemps à attendre avant qu'ils ne se missent à parler sans plus de détours de leur propre divorce. A dire vrai, ce n'était pas un irréparable malheur, comme Simon l'avait estimé de prime abord. Certes, il y aurait une certaine gêne dans leur entourage, mais c'était bien peu de chose, comparé à l'éventualité que sa mère vînt vivre sous leur toit. Brrr… voilà ce qu'il fallait à tout prix éviter ! Leur mère n'avait qu'à garder une chambre dans l'appartement qui serait désormais celui de sa bru ; avec la venue des enfants, etc., la morale serait sauve. Ainsi, en dehors du fait que Benjamin serait considéré comme séparé de sa femme, rien ne serait pratiquement changé.

Pour la première fois, Simon se sentit quelque peu soulagé. Néanmoins, il ne se hâta point de dire qu'il approuvait cette solution. Il lui sembla que plus il différerait son consentement, plus on se rappellerait que non seulement ce n'était pas lui qui avait émis cette idée, mais qu'il n'avait fait au contraire que s'y résigner de guerre lasse. Il continua de garder le silence, tandis que leurs regards se tournaient de plus en plus souvent vers lui. Finalement, n'y tenant plus, sa femme lui demanda :

– Et toi, Simon, qu'en dis-tu ?

Il fronça les sourcils, tourna son propre regard vers les fenêtres d'un air méditatif, et, sans s'adresser à personne en particulier, lâcha :

– Il faudra fatalement faire quelque chose... On avisera...

Il avait marmonné ces mots entre ses dents, mais cela suffit pour faire comprendre aux autres qu'il ne s'opposerait pas à leur suggestion.

CHAPITRE X

On observa subitement certains signes d'un réchauffement des relations avec la Chine, signes dont l'importance était gonflée tant par ceux qui, pour une raison ou une autre, souhaitaient une pareille évolution des choses, que par ceux qui, appelant de leurs vœux une issue contraire, brûlaient d'impatience de voir comment leurs pronostics ou leurs doutes seraient démentis. Or, à la satisfaction des premiers et au dépit des seconds, il se confirmait que ces signes n'étaient pas dénués de fondement. Ils comportaient une part de vérité, de plus en plus perceptible du côté de certains ministères – ceux de la Construction, des Télécommunications, des Affaires étrangères, à la direction de la Planification – et surtout à la direction générale de la Marine d'où provenaient les informations relatives aux mouvements des navires. On disait qu'après une longue attente dans les ports de Chine, les bâtiments de la compagnie sino-albanaise Chal avaient enfin fait route vers l'Albanie. D'après certains, ils avaient déjà passé le détroit de Gibraltar; selon d'autres, ils étaient encore loin, dans les parages du cap de Bonne Espérance; mais cette nuance ne changeait rien à l'affaire: l'essentiel restait que les navires avaient bien pris la mer avec les chargements prévus, et cela, il ne se trouvait plus personne pour le nier.

Gjergj, qui venait de rentrer, avait trouvé Silva occupée à laver la salade ; il la mit au courant en profitant des intervalles où le bruit du jet d'eau baissait d'intensité. Debout devant l'évier, elle s'esclaffait de temps à autre à la drôlerie des propos que son mari tenait dans son dos.

– Tu devrais te renseigner sur la situation actuelle de Victor Hila, lui dit-elle. Je crois t'avoir déjà raconté son histoire. C'est le meilleur indicateur de tendance qui puisse exister sur la politique chinoise à notre égard !

Gjergj éclata de rire.

– Et où en est-il ? demanda-t-il.

– J'ai l'impression que ça ne va pas très fort. Il y a quelques jours, il a cherché à me voir au bureau. Je crois qu'on l'a chassé de l'usine où il travaillait.

– Vraiment ? Alors voilà un signe assuré de rapprochement avec les Chinois ! riposta Gjergj en plaisantant.

– Oh non, je n'y crois pas...

– Moi non plus ; cela me paraît impensable.

Le téléphone sonna dans l'entrée. Gjergj alla décrocher, puis appela sa femme :

– Silva, c'est pour toi !

Elle s'essuya les mains en hâte et se précipita dans le vestibule. C'était Skënder Bermema. – Excuse-moi de te déranger à l'heure du repas, dit-il, mais j'ai absolument besoin de te parler... Silva sentit les battements de son cœur s'accélérer. – Quand tu voudras, dit-elle. – C'est à propos de l'affaire pour laquelle tu es venue me voir. – Oui, oui, je m'en doute... – L'ennui, reprit-il, c'est que cet après-midi même, je pars pour Pékin ; je n'ai malheureusement pas pu te téléphoner plus tôt. – Ah bon ? Comment cela se fait-il ? – J'ai été occupé toute la matinée. Tu me crois, au moins ?... Silva se sentit rougir et chercha à se justifier : – Ce n'est pas ce que j'ai voulu dire. Je me demandais seulement comment il est possible que tu t'envoles pour la Chine... – En effet, il y a de quoi s'étonner. Après tous ces reports successifs, on nous a avisés hier que notre délégation devait se tenir prête à partir sans délai. – Et vous décollez dès cet après-midi ? – Oui, à cinq heures et quart, sur le vol Londres-Shanghai de la Pakistan Airlines. Silva, écoute-moi : il est deux heures vingt, je dois partir pour l'aéroport à quatre heures au plus tard si je veux être là-bas à quatre heures et demie. Peux-tu passer chez moi sur le coup de trois heures et demie ?... Silva réfléchit un moment : – Trois heures et demie ? Oui. Ça ne pose aucun problème, ajouta-t-elle. – Eh bien, je t'attends. A tout à l'heure, donc.

Après avoir raccroché, Silva resta un moment songeuse, puis elle regagna à pas lents la cuisine.

– C'était Skënder Bermema, dit-elle à Gjergj qui se tenait comme à son habitude planté devant la fenêtre. Il avait quelque chose à me dire à propos d'Arian.

– Ah bon ?

Silva n'avait pas informé Gjergj qu'elle était allée quelques jours auparavant jusqu'à son studio pour obtenir des nouvelles de son frère.

– D'après ce que j'ai compris, il part donc pour la Chine ?

– Oui, dès cet après-midi.

– Voilà un nouveau signe...

– Je dois être chez lui à trois heures et demie, fit Silva.

Gjergj consulta sa montre.

– Tu as encore le temps. Nous pouvons déjeuner sur le pouce. Mais où est passée Brikena ?

– C'est vrai, où cette gamine est-elle encore fourrée ?

Silva disposa le couvert, mais sans retrouver tout à fait ses gestes habituels. Quelque chose venait par moments en rompre l'harmonie.

– Ainsi donc, les échanges de délégations ont repris, constata Gjergj sans détacher les yeux de la fenêtre.

Silva songeait à la gêne qu'elle éprouverait à se retrouver face à face avec l'épouse de Skënder Bermema. Depuis des années, quand elles se croisaient dans la rue, elles feignaient de ne pas se connaître.

– A moins que ce ne soient les ultimes soubresauts ?...

– De quoi veux-tu parler ? s'enquit Silva.

Gjergj la considéra avec tendresse.

– Tu n'as la tête qu'à cette affaire... Ne t'inquiète donc pas. J'ai l'intuition que tout va s'arranger.

– Tu crois ? dit-elle en levant les yeux sur lui, sans cesser de s'activer autour de la table.

Il confirma d'un vigoureux hochement de tête, doublé d'un clin d'œil entendu.

– Ce doit être Brikena, dit-elle soudain en allant ouvrir.

Du couloir se fit entendre, saccadée, hors d'haleine, la voix de Brikena qui paraissait s'évertuer à expliquer les motifs de son retard. Gjergj finit par se détourner de la fenêtre et vint se mettre à table.

Plus elle approchait de la rue où habitait Skënder Bermema, plus Silva trouvait inconvenante cette visite chez lui, quelques instants seulement avant son départ. Elle s'y était certes déjà rendue, mais en sachant sa femme absente, ce qui, en cet instant, était hautement improbable. N'eût été le souci qu'elle se faisait pour son frère, Silva aurait sans doute rebroussé chemin. Le moment le plus difficile serait celui où elle se retrouverait nez à nez avec cette femme. La situation eût été moins embarrassante si elles ne s'étaient jamais connues, mais le malheur était qu'elles s'étaient jadis fréquentées pour redevenir peu à peu étrangères l'une à l'autre. Pourvu au moins que ce soit lui qui vienne m'ouvrir la porte ! se dit Silva en montant l'escalier. Et si, dans ce cas, elle se débrouillait pour ne pas entrer, sous prétexte de ne pas le déranger dans ses préparatifs de départ ? Cela lui permettrait d'entendre ce qu'il avait à lui dire sur le pas de la porte, à la rigueur dans l'entrée.

Elle sonna, bien décidée à ne pas franchir le seuil. Il était trois heures et demie tapantes : ce serait donc sûrement lui, pensa-t-elle, qui viendrait lui ouvrir, d'autant qu'il devait vraisemblablement être aussi gêné qu'elle par une pareille situation.

Un bruit de pas se fit entendre derrière la porte, trop léger cependant pour qu'on pût l'attribuer à un homme. L'espace d'une seconde, Silva fut tentée de dévaler l'escalier quatre à quatre, mais trop tard : la porte s'était ouverte et l'épouse de Skënder Bermema lui apparut dans l'encadrement. Il aurait pu avoir le tact de venir m'ouvrir lui-même, songea-t-elle fugitivement. La lampe de l'entrée éclairait la maîtresse de maison par derrière, si bien que Silva ne put distinguer nettement l'expression de son visage.

– Comment allez-vous ? demanda-t-elle, décontenancée.

Elle n'était nullement préparée à ce face à face. Devait-elle se présenter, décliner son identité comme une personne étrangère à la maison ? Cela lui paraissait hors de propos.

– Comment allez-vous ? répéta-t-elle. Excusez-moi de vous déranger par un jour pareil, mais Skënder m'a téléphoné...

– Oui, je sais, répondit l'autre femme. Malheureusement, il a dû sortir.

Silva resta interdite.

– Mais entrez donc, reprit l'autre d'un ton affable. On l'a appelé d'urgence au ministère des Affaires étrangères, sans doute pour lui donner quelques dernières instructions. On en aura vu des vertes et des pas mûres avec le départ de cette délégation !

Elle accompagna ces mots d'un sourire si naturel qu'il fit fondre de moitié l'embarras où se trouvait Silva.

– Je vous prie encore une fois de m'excuser, dit celle-ci. Le jour est vraiment mal choisi.

– Aucune espèce d'importance, fit l'autre d'une voix placide tout en s'asseyant en face d'elle. Voilà, nous allons l'attendre ensemble. Les enfants sont partis faire du ski au mont Dajti et ne savent même pas que Skënder part aujourd'hui.

Silva observa à la dérobée le visage ovale de la jeune femme auquel ses cheveux blonds cendrés et ses yeux clairs conféraient un air qui pouvait être pris pour de la sérénité ou de l'indifférence, selon la propre disposition d'esprit de qui la regardait. Voilà, nous allons l'attendre ensemble..., se dit Silva, reprenant en écho les paroles que l'autre venait de prononcer. Elle lui fit l'effet de se tenir dans son fauteuil comme les gens qui assistent à un concert. Elle eut soudain le sentiment aigu d'avoir causé du tort à cette femme, et elle se sentit envahie par un besoin irrépressible de lui demander pardon. Mais, en même temps qu'elle éprouvait cet élan, Silva trouva le temps de se demander : Mais pourquoi devrais-je me laisser aller à un tel geste ? Je ne lui ai jamais rien fait de mal ! Et pourtant, et pourtant..., se reprit-elle comme pour justifier cette impulsion subite. Il n'y avait pas seulement le fait que Besnik Struga avait plaqué la nièce de cette femme pour les beaux yeux de sa sœur à elle ; il avait encore fallu que le nom de Skënder fût longtemps mêlé à celui d'Ana, ce qui avait sans doute profondément perturbé sa vie et qu'elle avait dû ressentir comme un outrage, sans compter peut-être de pénibles scènes familiales...

Silva continuait de l'observer d'un regard où brillait une lueur qui ne lui était pas coutumière.

– Skënder m'a également dit quelque chose à propos de votre frère, mais il vous expliquera lui-même.

– C'est grave ? demanda Silva.

– Pas du tout, j'ai plutôt l'impression du contraire, répondit l'autre.

Silva aurait voulu se jeter à son cou et lui redemander pardon, pardon pour tout. Mais peut-être avait-elle déjà tout pardonné, à présent qu'Ana n'était plus. C'était sans doute ce que traduisaient son regard, tout son visage, sous les mèches souples de cette chevelure qui évoquait quelque chose de musical. Ce regard placide semblait dire : que de passions déchaînées pour rien, que de soupçons, de dilemmes ! Puis vient le jour où il faut partir, laissant la scène vide...

Silva regarda sa montre.

– Il tarde à revenir.

L'autre dressa l'oreille. Du dehors parvint un crissement de pneus.

– J'ai l'impression que c'est lui.

Elle ne s'était pas trompée.

– Ah, je savais que je te trouverais là ! s'exclama Skënder Bermema dès qu'il aperçut Silva. Excuse-moi, je t'en prie, mais on m'a convoqué d'urgence. Comme toujours, les ultimes recommandations, des consignes de dernière minute. Ce voyage de notre délégation nous en fait voir de toutes les couleurs. Tu ne m'en veux pas, au moins ?

– Ce n'est rien, fit Silva. C'est moi, au contraire, qui devrais te présenter des excuses. Un jour pareil, c'était vraiment abuser de…

– Pas du tout ! c'est moi-même qui t'ai demandé de venir. Tu ne me déranges nullement. Le seul ennui – à son tour, il consulta sa montre –, le seul ennui, c'est qu'il nous faut nous mettre en route sans plus attendre… Mais, j'y pense, Silva : pourquoi ne nous accompagnerais-tu pas à l'aéroport ? Il y a assez de place dans la voiture et on aura là-bas tout le temps de causer. Autrement, je crains que nous ne nous mettions en retard. Qu'en penses-tu ?

– Je suis toute prête à venir avec vous, dit Silva, mais je suis bien embarrassée, vous allez être obligés de vous serrer à cause de moi…

– Absolument pas !

– Pas du tout, confirma sa femme. Et puis, nous pourrons ainsi rentrer toutes les deux ensemble.

Silva eut à nouveau envie de se jeter à son cou.

– Vous êtes vraiment trop gentils, murmura-t-elle.

– Eh bien, allons-y ! lança Skënder Bermema en empoignant sa valise et son sac de voyage.

– Tu es sûr de n'avoir rien oublié ? lui demanda sa femme lorsqu'ils furent installés dans la voiture. Tu as mis les notes de ton livre dans le sac ?

Il répondit par un hochement de tête affirmatif.

– Tu écris un nouveau livre ? s'enquit Silva.

– Hé ! fit-il comme il en avait l'habitude lorsqu'il ne voulait pas donner d'explications sur ce qu'il était en train d'écrire.

– Il n'a pas encore commencé, expliqua sa femme. D'après ce qu'il m'en a dit, je pense que ce doit être un roman en demi-teintes, plein de délicatesse, mais je ne comprends pas pourquoi il emporte ses notes avec lui. Où trouvera-t-il là-bas le temps d'y travailler?

– Vite ! s'écria-t-il. Nous sommes en retard. Si la délégation vient à annuler son départ à cause de moi, on n'ose imaginer comment les Chinois expliqueront cette défection !

– Quand on t'a convoqué tout à l'heure au ministère, j'ai cru que votre voyage avait été remis une fois de plus.

Il éclata de rire.

– Tu étais en droit de te le figurer. Je ne connais guère d'autre cas de mission officielle à avoir été différée autant de fois que la nôtre.

– On en voit assez bien la raison, observa Silva.

– Elle crève même les yeux, renchérit-il. Mais comme la tendance se trouve être en fin de compte à une relative amélioration des rapports entre nos deux pays – je pense que vous en avez eu des échos –, les Chinois nous ont avisés qu'ils attendaient notre venue. Même à ce stade, pourtant, tout n'a pas été simple. Il leur a fallu un nouveau délai pour trouver la façon adéquate de formuler l'invitation. Et sais-tu en quel honneur la délégation des écrivains albanais se rend finalement à Pékin ? Tu auras beau te creuser la cervelle pendant cent ans, tu ne trouveras pas... A l'occasion de la Journée des oiseaux !

Silva pouffa.

– Tu plaisantes !

– Absolument pas, dit-il en se tournant vers sa femme.

– Non, non, il ne raconte pas de blagues, confirma-t-elle. Moi aussi, j'ai bien ri en apprenant la chose, mais c'est la pure vérité.

Il se mit à exposer le fin mot de l'histoire, comment le fonctionnaire du ministère des Affaires étrangères chargé de s'occuper du voyage de la délégation, ayant pris connaissance du libellé de l'invitation que lui avait tendue l'attaché culturel chinois, n'avait pu s'empêcher lui aussi de s'exclamer : Vous voulez plaisanter ! Mais le Chinois avait répondu qu'au contraire, il n'y avait rien de plus sérieux, et quand le fonctionnaire albanais, aussi exaspéré que dérouté de ne pas comprendre la signification d'un tel motif, avait fait observer au Chinois que l'État albanais était un État respectable qui n'avait pas pour habitude d'envoyer des délégations à l'étranger pour des questions touchant les volatiles ou quelque catégorie de bestioles volantes que ce soit, le Chinois lui avait répondu sans se démonter que le Jour des oiseaux était à son avis une fête on ne peut plus sérieuse, puisqu'elle figurait également dans l'édition officielle du calendrier albanais. Le fonctionnaire avait été encore plus sidéré quand le Chinois lui avait mis sous le nez un spécimen du calendrier en question en lui faisant constater que tel jour d'avril ou de février était bel et bien consacré à la célébration des oiseaux – ce dont pas plus que moi, je pense, vous ne vous étiez jamais doutés, n'est-ce pas ?

– Ça, jamais ! reconnut Silva entre deux éclats de rire. C'est bien la première fois que j'en entends parler.

– N'empêche que le Chinois, lui, le savait ! insista Skënder Bermema.

Il poursuivit son récit en expliquant ce qui s'était ensuite passé entre l'attaché chinois et le fonctionnaire albanais du ministère, comment ce dernier, enfin revenu de son ahurissement, avait demandé pourquoi la délégation des écrivains devait être invitée précisément à cette occasion, ce à quoi l'autre avait répondu que cela tenait simplement au fait que l'Union des Écrivains chinois, dissoute depuis la Révolution culturelle, n'avait pas encore été reconstituée, d'où l'obligation de trouver une autre raison pour cette invitation, et on n'aurait pu à son avis en trouver de meilleure que cette Journée des oiseaux. N'était-ce pas une riche idée, avait-il ajouté en riant :... tout cela aérien, lié à ciel, à inspiration... tout ça très subtil, vous trouvez pas ?

Silva et l'épouse de Skënder Bermema repartirent à rire à gorge déployée.

– Il faut avoir eu affaire à eux pour le croire ! reprit-il. Il y a de quoi devenir fou. Vous allez trouver que j'exagère, mais depuis que j'ai appris cette histoire d'oiseaux, je ne peux plus regarder ces bestioles avec les mêmes yeux qu'avant. D'un côté, c'est vrai, j'ai envie d'en rire, mais, sans le vouloir, je me sens aussi une sorte d'affinité avec elles. J'éprouve une certaine... je ne sais comment dire... insouciance ou légèreté d'oiseau !

Les deux femmes rirent de plus belle.

– Qui donc vous accompagne ? demanda Silva.

Il fit la grimace.

– Un type que j'ai eu l'occasion de te montrer un jour, un certain C.V...

– Ouh ! s'exclama Silva. Comment se fait-il qu'on ne vous ait pas choisi quelqu'un d'autre ?

– Apparemment, il plaît aux Chinois. C'est la seconde fois qu'on l'invite.

– Il n'est pas difficile de comprendre pourquoi, intervint l'épouse de Skënder Bermema.

Ils arrivèrent bientôt à l'aéroport où semblait régner une animation plus intense que de coutume. Parmi la petite foule qui se pressait dans la salle d'attente et aux guichets de la douane, on remarquait de nombreux Chinois.

– On sent bien que quelque chose a changé dans nos relations avec la Chine, ne trouvez-vous pas ? fit observer Skënder Bermema comme ils se dirigeaient vers la cafétéria. Il faut entendre ce qu'en disent les radios étrangères ! Certaines prétendent même que Mao Zedong ignorait totalement que les choses s'étaient envenimées ces derniers temps et que, venant à l'apprendre, il a piqué une colère, a passé un savon à ses subordonnés, puis donné l'ordre à Zhou Enlai de veiller personnellement à ce que le matériel promis depuis longtemps à l'Albanie et resté à quai soit enfin embarqué et acheminé.

– Les légendes habituelles que l'on fait courir en pareils cas ! commenta son épouse.

– N'empêche qu'il y a quelque chose de changé, répéta-t-il en ponctuant ces mots d'un sourire qui semblait vouloir dire : et c'est bien regrettable !

Devant la cafétéria, ils faillirent se heurter à C.V...

– Ah, te voilà ! fit ce dernier. J'étais inquiet, je me disais que tu n'arriverais pas à temps.

– On s'en va, on s'en va, ne te fais pas de mauvais

sang ! répliqua Skënder Bermema sans lui accorder un regard.

Silva s'était rembrunie : Skënder ne paraissait pas trouver le temps de l'entretenir, fût-ce brièvement, comme promis, de l'affaire de son frère. Par moments, elle avait l'impression qu'il avait complètement oublié.

Dès que C.V... se fut détaché d'eux pour rejoindre un groupe de parents venus l'accompagner à l'aéroport, elle poussa un soupir de soulagement.

– Qu'est-ce que vous voudrez boire ? demanda Skënder Bermema. Nous serons plus tranquilles ici pour évoquer ton problème, fit-il en se tournant vers Silva. J'ai préféré ne pas t'en parler en voiture, à cause du chauffeur.

– Oui, oui, je comprends, murmura-t-elle d'une voix éteinte.

Le visage de Skënder prit soudain un air grave et Silva frissonna de la tête aux pieds.

– J'ai eu du mal à apprendre de quoi il retourne, dit-il en compulsant le billet d'avion qu'il avait posé sur la table. L'affaire est assez étrange, pour ne pas dire mystérieuse à certains égards. Ce qui est sûr, en tout cas, c'est que ton frère et quelques autres officiers des blindés ont été arrêtés pour avoir refusé d'exécuter un ordre.

– Je suis au courant, fit Silva, c'est tout ce qu'Arian a réussi à m'indiquer...

– Oui, mais écoute-moi, l'interrompit-il tout en continuant à feuilleter son billet d'avion. C'était un ordre tel que, comme la plupart des gens, j'aurais moi-même refusé d'y obtempérer...

– Vraiment ?

– Dès lors que nous nous serions tous comportés comme lui et que nous sommes tous en liberté, cela veut dire qu'il devrait l'être, lui aussi, même si on l'a mis au trou pour le moment.

– Pour le moment..., voulut dire Silva, mais il ne la laissa pas continuer.

– Ne m'en demande pas davantage, lui souffla-t-il. Je ne sais personnellement rien de plus, mais le peu que je viens de te dire est absolument exact. Pour l'heure, l'affaire reste enveloppée de mystère... Mais tu n'as pas à t'inquiéter...

Silva prenait progressivement conscience de ce qu'elle venait d'entendre. Ces nouvelles lui avaient d'abord paru plutôt banales, du fait qu'elle s'attendait à des renseignements plus précis. Mais elle se rendait compte à présent qu'il y avait là des éléments d'information importants. En somme, il est innocent, se répéta-t-elle à plusieurs reprises. Innocent !

– Tu m'as bien compris : tu n'as pas de souci à te faire, conclut-il en posant la main sur la sienne. Peut-être qu'à mon retour de Chine...

– Merci, Skënder, fit-elle d'une voix brisée par l'émotion. Jamais je n'oublierai ce que tu as fait pour moi.

– Et voici l'attaché culturel chinois ! lança-t-il en souriant de loin au diplomate qui se dirigeait vers eux en compagnie du responsable aux relations extérieures de l'Union des Écrivains. Comment allez-vous, camarade Hun ? La santé est bonne ? Permettez-moi de faire les présentations : ma femme, une amie à nous...

– Grand plaisir pour moi, dit le Chinois. Venu vous souhaiter bon voyage.

– Merci à vous, camarade Hun. Ainsi donc, les oiseaux s'envolent pour Pékin : cui-cui-cui-cui !...

– Ha-ha ! s'esclaffa le Chinois. Les oiseaux, jolies petites bêtes, n'est-ce pas, bon pour l'inspiration ? Où est passé l'autre camarade ?

Silva sentait le soulagement qu'elle venait d'éprouver à entendre les informations sur le sort de son frère se transformer peu à peu en vague d'euphorie. Elle avait envie de rire, de parler à voix haute. Autour d'eux, la salle bourdonnait d'un brouhaha continuel. Un si grand nombre de voyageurs pour Pékin..., remarqua-t-elle. Soudain, parmi cette foule de gens qui allaient et venaient, son regard s'arrêta sur un Chinois au pied plâtré. Le Chinois de Victor Hila ! Ce ne pouvait être que lui.

– Regardez ce Chinois, là-bas, murmura-t-elle à l'adresse de ses amis.

– Celui qui a le pied dans le plâtre ?

Elle hocha la tête.

– Ce pied est à l'origine d'une histoire proprement fantastique, à supposer qu'il s'agisse bien du Chinois auquel je pense. Mais je ne crois pas me tromper.

Entre les rires contenus de l'épouse de Skënder Bermema et les éclats tonitruants de ce dernier, Silva raconta l'incident qui avait opposé Victor Hila au Chinois Ping.

– Prodigieux ! répétait Skënder. Inouï ! La radiographie d'un pied de Chinois mêlée aux notes gouvernementales... Mais c'est formidable !... Ah, quel est donc ce pays vers lequel tu t'envoles, tel Nosferatu, à travers le ciel nocturne..., récita-t-il dans un soupir accablé.

Le visage de son épouse s'était assombri avant même que son rire à lui se fût éteint. Silva se remémora alors ce noir pressentiment qui l'avait assaillie parfois, elle aussi, quand Gjergj se trouvait en Chine. Puisse-t-il ne plus jamais refaire ce voyage ! se dit-elle.

La salle connut soudain un regain d'animation.

– L'avion vient d'arriver, annonça quelqu'un à côté d'eux.

Dehors, le soir tombait.

Par le haut-parleur, une voix féminine invita les voyageurs à destination de Shanghai à se tenir prêts pour l'embarquement.

Ils se levèrent et, une fois parvenus devant la porte vitrée, l'épouse de Skënder embrassa son mari en refoulant un sanglot ; Silva lui donna à son tour l'accolade, puis toutes deux restèrent collées à la baie, suivant des yeux la colonne de voyageurs qui se dirigeait vers le gros avion. Certains se retournaient pour adresser un dernier salut à leurs proches et, peut-être à cause des lourds sacs qu'ils portaient à chaque main, ils paraissaient avancer d'un pas mal assuré. Dans le jour déclinant, Silva discerna encore la silhouette de C.V..., puis elle repéra le Chinois Ping qui fermait la marche en traînant péniblement son pied plâtré. Ils vont faire le voyage ensemble, songea-t-elle tristement.

Les voyageurs avaient commencé à monter dans l'avion. Du haut de la passerelle, Skënder Bermema leur fit un dernier signe, sûrement à tout hasard, car à la distance où il se trouvait, il ne pouvait plus distinguer personne.

– Regardez ! s'exclama soudain l'épouse de Skënder Bermema. Regardez là-bas !

– Quoi donc ?

– Là, regardez qui est en train de gravir la passerelle !

– Je l'ai déjà remarqué, fit Silva en s'efforçant de sourire, tandis qu'une sorte de terreur se peignait sur le visage de sa compagne.

– Ce Chinois estropié me fait une impression bizarre, murmura-t-elle. J'ai le sentiment qu'il porte malheur...

Silva fut tentée de la contredire, mais n'y parvint pas.

– Pourquoi fallait-il qu'ils se retrouvent dans le même avion ! lâcha encore avec alarme l'épouse de l'écrivain.

Elles restèrent ainsi, le nez collé à la vitre froide, jusqu'à ce que le gros appareil eût quitté la piste et se fût perdu dans le ciel noir.

Quand elles remontèrent en voiture pour rentrer, la nuit était tombée. Elles restèrent un long moment silencieuses. Silva observait du coin de l'œil la mine affligée de sa compagne, sans rien trouver à lui dire. Elle-même se sentait lasse. Les propos que lui avait tenus Skënder Bermema lui revenaient confusément à l'esprit – on dirait qu'il y a quelque chose qui bouge dans l'armée... –, mêlés au ronflement des moteurs de l'avion et à la démarche claudicante du Chinois Ping, se dirigeant seul, un peu en retrait des autres voyageurs, vers la passerelle. Eh bien, après tout ce boucan, ces notes gouvernementales, ces échanges de radiogrammes, après avoir causé le malheur d'un homme, qu'est-ce que tu y as gagné, en fin de compte ? pensa-t-elle dans sa somnolence. Elle frémit à l'idée que Skënder Bermema n'en vînt à marcher sans le faire exprès sur le pied du Chinois au moment de prendre place dans l'avion, et de déclencher ainsi une nouvelle histoire... Tout en demi-teintes, plein de délicatesse..., se dit-elle en se répétant les mots de la femme de Skënder sur le roman en cours de son mari. Elle sentit que si elle avait été seule à l'arrière de la voiture, elle se fût assoupie.

– Passez me voir un de ces jours, lui proposa sa compagne lorsque le véhicule se fut arrêté et qu'elle s'apprêtait à en descendre. Nous nous tiendrons compagnie un petit moment.

– Très volontiers, répondit Silva. Ce sera avec le plus grand plaisir.

Elles se souhaitèrent une bonne nuit et Silva hâta le pas vers l'entrée de son immeuble. Ce n'est qu'alors qu'elle s'avisa que Gjergj avait dû s'inquiéter de son retard.

Les rumeurs sur l'amélioration des relations avec la Chine allaient bon train. La presse, elle, restait muette à ce sujet, si l'on fait exception de deux articles parus coup sur coup dans une revue littéraire sur la découverte du tombeau d'un vieil empereur dans les environs de Pékin. Aucun des gros cargos qui avaient pris la mer, disait-on, sur l'ordre exprès de Mao Zedong, n'avait encore atteint le port de Durrës, et rien ne permettait même de dire qu'ils avaient franchi le détroit de Gibraltar.

Cette affaire des bateaux était au centre de toutes les conversations et les informations colportées à ce propos étaient si contradictoires que cette longue traversée des mers et des océans finit par évoquer dans les esprits une flotte de vaisseaux fantômes errant parmi les brumes. Certains allaient jusqu'à prétendre que tout cela avait été prémédité par les Chinois pour entretenir en Albanie un climat d'incertitude et d'anxiété.

Enver Hoxha y avait fait allusion dans son discours de clôture devant le plenum du Comité central. Tout en parlant, il avait laissé lentement glisser son regard du côté de la salle où se trouvaient assis en rang d'oignons certains membres du gouvernement responsables des différents secteurs économiques.

Dans la salle régnait un silence si profond qu'à supposer une pareille chose imaginable, on eût pu entendre le crissement ténu des yeux des assistants pivotant vers le petit groupe auquel l'orateur semblait destiner ses propos.

Une imperceptible lueur de soulagement effleura la

physionomie de certains militaires. Tout va retomber sur eux, songea le ministre D… A cent, à mille lieues, le plus loin possible de nos têtes ! continuait-il à murmurer intérieurement pour conjurer le sort.

… En vue de modifier leur ligne générale, autrement dit de se rapprocher de l'impérialisme américain, les Chinois ont dû au préalable préparer le terrain et supprimer les obstacles à un pareil revirement. Un de ces obstacles était le Parti. Ils l'ont ainsi placé à la botte de l'armée et soumis à la terreur des gardes rouges, au point de pratiquement l'annihiler…

Enver Hoxha se tut quelques instants. Ses yeux semblaient chercher quelqu'un dans l'auditoire. Le ministre D… eut la sensation que les colonnes à droite de la salle s'étaient mises à pencher vers lui.

… Il y a aussi chez nous des gens, reprit Enver Hoxha, et pas n'importe lesquels, mais des individus hissés à de hautes fonctions, qui, à l'exemple des Chinois, ou peut-être même à leur instigation, c'est ce que le temps élucidera, ont souhaité…

Il marqua de nouveau une courte pause. Le groupe des militaires vers lequel s'était à présent porté son regard était pétrifié.

… Chercher à encercler un comité de Parti avec des blindés revient en somme à s'entraîner en vue d'un putsch militaire…

C'est la fin, gémit le ministre D… Jamais il ne se serait imaginé que tout pût se terminer aussi brusquement. Il sentit les colonnes, qui, jusqu'alors, n'avaient fait que paraître s'incliner vers lui, lui tomber l'une après l'autre sur la tête, inexorablement. Entre les coups qui pleuvaient ainsi sur lui, la voix d'Enver Hoxha lui parvenait, à la fois lointaine et retentissante :

… Je ne puis affirmer que cela ait été fait dans d'aussi mauvaises intentions, et j'aimerais ne pas avoir à croire une chose pareille, mais l'essentiel n'est pas là… Il fit une nouvelle pause avant de développer sa pensée :… L'essentiel, c'est qu'un pareil ordre n'a pas été exécuté, et que de tels ordres ne seront jamais exécutés en Albanie, quels que soient ceux qui les donnent. Et voilà justement ce qui est le plus magnifique, camarades, poursuivit-il. Ce n'est pas par décrets ni sur ordres, mais au contraire, si besoin est, en opposition à eux, que se met en branle ce profond mécanisme populaire qui, de lui-même, sans être commandé par qui que ce soit, défend notre glorieux Parti !

Mécanisme populaire ! répéta, comme assommé, le ministre D... Qui se mettait de lui-même en branle... Pouvait-on imaginer quelque chose de plus effrayant ?

Mais lui, pourrait-il au moins échapper à ses tentacules ? Tout espoir serait-il perdu ?... Je ne puis affirmer que cela ait été fait dans de mauvaises intentions, et j'aimerais ne pas avoir à croire une chose pareille..., se dit-il en répétant les mots de l'orateur. Il fut tenté de s'écrier : Oui, c'est bien ça, camarade Enver, c'est bien ça : sans mauvaises intentions !... Il s'efforça en vain de se redresser au milieu des décombres des colonnes, mais il avait l'esprit chaviré et ni son souffle ni sa voix ne lui obéissaient plus.

... Ces derniers temps, les Chinois manifestent des velléités de rapprochement, reprit Enver Hoxha, voire quelques regrets pour certaines de leurs attitudes. Pour notre part, nous ne chercherons pas à jeter de l'huile sur le feu. A la main de l'amitié qui nous sera tendue, nous répondrons en tendant la nôtre. Mais le temps montrera s'il s'agit là de témoignages de rapprochement sincères ou de simples chinoiseries... Pour ce qui nous concerne, nous restons préparés aux deux éventualités...

Le plenum se termina tard dans l'après-midi. Comme les membres du Comité central quittaient la salle par petits groupes, le ministre D... parvint à marmonner à l'un de ses adjoints, au visage pâle comme un linge :

– Qu'on élargisse sur le champ les officiers des blindés !

– N'est-ce pas un peu tard ? objecta l'autre dans un filet de voix.

– Qu'on les libère immédiatement ! grommela entre ses dents le ministre.

Sur le bord du trottoir où il s'était arrêté, Ekrem Fortuzi

suivait le défilé de voitures qui remontaient le boulevard central. Que signifie ce cortège ? se demanda-t-il, et il en déduisit aussitôt qu'une réunion de la plus haute importance avait dû se dérouler quelque part. Quelque plenum, songea-t-il, et il tapota sa serviette comme pour s'assurer qu'elle était toujours bien pleine.

Les véhicules s'espaçant, il traversa la chaussée. Ils peuvent bien tenir tous les plenums et même tous les congrès qu'il leur chante, se dit-il, du moment que cette sacoche est bien garnie – et il la caressa de la main comme on se flatte le ventre au sortir d'un bon repas.

Il était d'excellente humeur. Après être resté un mois et demi sans recevoir aucune commande de traductions du chinois, voici qu'on lui avait tout à coup fourni des textes de quatre côtés à la fois, et en insistant sur l'urgence des travaux à effectuer. Il se hâtait de rentrer chez lui pour annoncer l'heureuse nouvelle à sa femme.

– Ou-ouh ! fit-il, sitôt entré dans le vestibule, mais aux bruits d'eau qui lui parvinrent, il comprit que sa femme était dans la salle de bains. Chérie, j'ai une bonne nouvelle pour toi !

Elle ne l'avait pas entendu et, après s'être débarrassé de son chapeau et de son pardessus, il s'approcha de la porte du cabinet de toilette. Mais, avant de signaler à nouveau sa présence, il se pencha pour regarder par le trou de la serrure. Pas mal roulée, se dit-il, surtout vue sous cet angle... Il patienta un moment jusqu'à ce qu'à la faveur d'un mouvement lui apparût le triangle du pubis dont la toison, ainsi entrevue, lui parut encore plus sombre et touffue qu'elle ne l'était en réalité.

– Une bonne nouvelle ! lança-t-il derechef en tapotant sa sacoche au moment où sa femme sortait, une serviette de toilette enroulée autour de la tête.

– Des traductions ?

– Exactement.

– A la bonne heure ! Autrement dit, ils se rabibochent ?

– Ça m'en a tout l'air.

Tandis qu'elle s'épilait les sourcils devant son miroir,

il ne cessait d'aller et venir tout en récapitulant sa fructueuse tournée dans différents services.

– Tu en as là pour vingt mille leks, non? demanda-t-elle.

– Hum ! Je ne sais pas au juste. Je pense que…

– Ne me raconte pas d'histoires, Ekrem !

– Moi, chérie, moi, te raconter des histoires? Pour l'amour du Ciel !

– Je répète ma question : ça fera bien dans les vingt mille leks ?

– Est-ce que je sais? Peut-être…

– Mon manteau d'astrakhan est complètement râpé.

– Ah-ah !

– Il n'y a pas de *ah-ah* ou de *oh-oh* qui tiennent ! J'en ai assez de porter cette vieillerie complètement démodée.

– Comme tu voudras, ma chérie.

– Je ne veux pas ressembler à ces cabotines du Théâtre national quand elles jouent des rôles d'anciennes femmes de la haute… Je veux pouvoir m'acheter une nouvelle fourrure…

– A ta guise, mon trésor. Et toi, en compensation, tu me donneras cette petite toison, hi-hi, ce petit astrakhan : plus on s'en sert, lui, plus il est doux…

Elle lui sut gré d'avoir dit *plus on s'en sert*, de préférence à *plus on vieillit*. En fait, pour des raisons qu'il ne s'expliquait pas lui-même, ce verbe-là excitait Ekrem, tout comme le mettait en émoi la représentation de son sexe à elle, plus exactement l'image des lèvres de son sexe forcées par un autre, quelques années auparavant, lorsqu'il avait été convaincu qu'elle le trompait.

Il se pencha sur elle et lui murmura quelque chose à l'oreille, tout en humant le parfum de son cou.

– Bon, bon, lui dit-elle. Seulement, arrête de souffler ainsi comme un goret. Seigneur, quand donc réussiras-tu à te montrer un peu plus raffiné ?

Épanoui, il se mit à tournicoter avec plus d'insistance autour de sa chaise.

– Et au moment crucial, cesse de me chuchoter à l'oreille

des mots cochons en chinois en croyant me faire plaisir. Compris ?

– Que veux-tu, mon chou, le chinois me met dans tous mes états.

Elle eut une grimace de mépris.

– Seigneur, tu as vraiment le don de tout salir !

Il ouvrit sa sacoche pour en retirer les documents à traduire.

– Ôte-moi de la vue tous ces hiéroglyphes ! s'écria-t-elle. Et ne te déshabille pas, nous allons chez les Kryekurt. Nous ne leur avons pas encore présenté nos vœux pour les fiançailles de Mark.

– Comme tu voudras, mon amour.

Une demi-heure plus tard, portant un gros gâteau, ils poussaient le portillon des Kryekurt. Comme toujours quand elle se rendait chez eux, Hava Fortuzi lança un regard furtif vers l'escalier extérieur qui menait à l'étage de la villa; les plantes grimpantes entortillées autour de sa rampe semblaient sans vie en cette saison.

A l'intérieur, outre les visiteurs familiers des Kryekurt, Hava Preza et Musabelli, se trouvait un couple de personnes âgées venues elles aussi, à l'évidence, présenter leurs vœux. Les nouveaux arrivants eurent l'impression d'interrompre une fort agréable conversation.

– Excusez-nous de venir si tard, dit Hava Fortuzi, mais ce n'est pas notre faute. Comme toujours, Ekrem est submergé de travail, et moi, avec ma migraine... Eh bien, tous nos vœux à Mark ! Mais il n'est pas ici ?

– Merci, merci beaucoup ! répondit Émilie. Mark est dans la pièce à côté, avec sa fiancée. Je pense qu'il va bientôt se montrer.

– Laisse donc, inutile de les déranger, fit Hava Fortuzi en accompagnant ces mots d'un clin d'œil.

– Il lui donne des leçons de français.

– Ah, de français ! répéta l'autre. Hum ! De français... il me semble que je le parle aussi, ce français-là, ha-ha ! ajouta-t-elle en riant grassement. Tu te rappelles, Ekrem, les leçons de français que tu me donnais quand nous nous sommes fiancés ?

Le vieux couple décocha à Hava Fortuzi un regard choqué. Émilie pinça les lèvres.

– Et dire que maintenant, c'est le chinois que tu cherches à m'apprendre..., reprit-elle, mais subitement, le mécanisme facial qui avait mis en branle son rire initial s'inversa de telle manière qu'en moins de temps qu'il n'en faut pour le dire, il substitua à l'hilarité un accès de pleurs convulsifs.

– Hava, ma chérie, calme-toi ! chuchota Ekrem qui savait sa femme sujette à de pareilles défaillances.

Ce n'était pas la première fois qu'elle perdait ainsi tout contrôle d'elle-même. Les maîtres de maison et leurs hôtes étaient restés interdits. Seul Musabelli affichait son immuable sourire.

– Excusez-moi, je vous en prie ! fit Hava Fortuzi en tirant de son sac un mouchoir et un miroir de poche.

– Ce n'est rien, ma chère, ce n'est rien, dit Hava Preza. Ça peut arriver à tout le monde.

– Il est vraiment pénible de voir les années filer si vite.

– Cela est bien dur, en effet.

– Elle est hypersensible, expliquait Ekrem au vieux couple. Elle peut réagir de la même manière au pire et au meilleur. Elle a toujours été comme ça.

Son poudrier à la main, Hava Fortuzi s'efforçait de contenir les demi-cercles de rimmel que le flot de larmes avait répandus sur ses joues. Ayant finalement réussi à se refaire un visage présentable, elle recouvra ses esprits.

– Nous sommes vraiment très heureux des fiançailles de Mark, enchaîna-t-elle tout en refermant son sac. Ekrem et moi nous nous demandions souvent pourquoi il ne se décidait pas...

– De son vivant, sa pauvre grand-mère aussi se faisait bien du souci...

Ekrem Fortuzi tourna son regard vers le mur où était accrochée une grande photographie.

– Pauvre Nurihan, comme elle aurait été heureuse !

Ce fut maintenant au tour d'Émilie de fondre en larmes.

– Et vous, comment marche votre travail ? demanda Hava

Preza à Ekrem pour changer de sujet de conversation. Si j'ai bien compris ce qu'a dit Hava, vous voici très occupé.

– Bah, comment vous expliquer… J'ai eu, c'est vrai, une période creuse, mais me voici à présent très pris, en effet.

– Autrement dit, les relations avec les Chinois sont à nouveau au beau fixe, dit Hava Preza. Grand bien nous fasse, mon Dieu ! Peu avant que vous n'arriviez, nous en parlions justement. Et je pensais même à vous, fit-elle à l'intention d'Ekrem. A l'heure qu'il est, me disais-je, personne n'est mieux placé que lui pour prendre le pouls de la situation.

A peine la conversation eut-elle rebondi sur la Chine que le vieux couple parut se réveiller. Peu à peu, tout le monde voulut dire son mot, y compris Musabelli, et tous s'accordèrent sur un point : le retour à de meilleures relations avec les Chinois était pour eux une bonne chose, et il ne leur restait plus qu'à faire des vœux pour qu'aucun nuage ne vînt à nouveau les assombrir. Tout en causant, ils se tournaient de temps à autre vers le portrait de la vieille Nurihan comme pour solliciter son avis. En voilà une qui était née pour des discussions de ce genre ! Sans en souffler mot, tantôt l'un, tantôt l'autre songeaient à l'étonnement qui aurait été le sien si elle avait entendu leurs propos. La dernière fois, lors de la rupture avec les Soviétiques, tout avait été si différent : des jours durant, ils étaient restés à murmurer dans cette même pièce, formant le vœu que les événements se précipitent, que les deux gouvernements en vinssent au plus tôt à s'arracher les yeux, tremblant aussi d'effroi au moindre signe de réchauffement, puis poussant de grands soupirs de soulagement dès qu'ils apprenaient que ces signes avaient été trompeurs. A présent, c'était l'inverse qui se produisait : ils tremblaient au moindre signe de refroidissement et souhaitaient du fond du cœur que l'amitié avec les Chinois se perpétuât jusqu'à la fin des temps. Et comme s'ils avaient cherché à rallier la vieille Nurihan à leur position, mais aussi pour mieux se persuader eux-mêmes de son bien-fondé, ils récapitulaient entre eux tous les avantages qu'ils pouvaient tirer d'une telle amitié. Comme ils avaient été stupides d'avoir commencé par mal juger ces Chinois !

Cédant à une frénésie aveugle, ils les avaient accablés de leurs sarcasmes, ils en avaient raillé avec légèreté les usages, la mode vestimentaire, la langue, alors que c'étaient ces mêmes Chinois qui apportaient le salut ! Il ne s'agissait pas seulement de leur rapprochement avec les Américains, qui ne s'était produit que récemment et avait fini de leur ouvrir les yeux. Bien avant cela, ils avaient entendu d'autres informations étonnantes, à peine croyables. Ils les avaient d'abord rejetées, décrétant que c'étaient là des élucubrations absurdes, des rêves farfelus, de pures calomnies, puis, s'étant renseignés, ayant sondé les choses plus à fond et recueilli les témoignages de ceux qui venaient directement de là-bas, ils avaient fini par se persuader que les Chinois traitaient les anciens capitalistes de manière plus humaine : certains avaient été nommés à des postes de sous-directeurs d'usines et, suprême faveur, on leur allouait même un pourcentage sur les profits réalisés. Cela avait suscité une vague ininterrompue de soupirs parmi les *ci-devant* de Tirana, et il s'était même trouvé d'anciens propriétaires de fabriques pour se lancer dans le calcul de leurs gains futurs d'une main que l'âge et la maladie faisaient trembler. Mais ils eurent tôt fait de se rendre à l'évidence : si heureux que fussent les jours de l'amitié sino-albanaise, un tel état de choses avait fort peu de chances de s'instaurer en Albanie, du moins pas avant une ou deux générations. Au-delà, on ne pouvait se prononcer. Déçus, leur moral était retombé au plus bas, jusqu'au moment où de nouvelles rumeurs les avaient requinqués. Oubliez donc vos pourcentages et autres âneries de ce genre, leur disait-on : tout cela est fini et bien fini ; considérez plutôt les véritables avantages que nous pouvons tirer des Chinois. N'entendez-vous pas ce qui se passe là-bas ? Une tempête s'y est déchaînée, qui ébranle tout sur son passage. Dernièrement, ils s'en sont pris au Parti et s'acharnent contre lui. Ils le piétinent, le lacèrent. Un pays communiste qui met en pièces son propre parti ! Cela vous semble peu de chose ? C'est un miracle, et c'est même peu dire ! Voilà à quoi vous devez être attentifs chez les Chinois, et non pas au reste. Le Parti, c'est la clé de tout. Quand on touche au Parti, on s'attaque aux fondements. Après quoi, plus rien ne tient debout. C'est la désagrégation, le chaos. Il n'y a que les gens comme nous qu'on laisse en paix, oubliés dans leur petit coin. Et vous osez vous plaindre ? Chut ! Silence ! Bouche cousue ! Nous sommes installés aux premières loges et nous contemplons le spectacle. A Shanghai et à Pékin, les communistes s'empoignent et s'entr'égorgent. Voici que la lutte des classes, des clans ou des lignes – ou Dieu sait comment on appelle ça encore – a été transplantée à l'intérieur même du Parti. C'est maintenant entre eux qu'est la haine. Et qui sont les auteurs de ce miracle ? Les Chinois eux-mêmes ! Et vous auriez l'impudence de les critiquer ? Vous trouvez que c'est peu de chose, que les communistes s'entredéchirent ? Vous voudriez peut-être qu'ils se retournent contre nous ? Cessez donc de déblatérer contre les Chinois, baissez plutôt la tête et priez pour eux ! Ils sont notre bénédiction, l'instrument qu'a choisi pour nous venir en aide la divine Providence !

Tels avaient été les arguments qu'on avait fait valoir à l'époque et qu'ils reprenaient à présent en partie, à quelques retouches près. La vérité était bien celle-là, et le temps n'avait fait que confirmer leurs appréciations, au-delà même de toute attente. Mais, comme alors, l'enthousiasme était entrecoupé d'accès de doute : les Chinois allaient-ils vraiment persister dans cette voie ? N'était-ce pas qu'un printemps sans lendemain, une de ces simagrées dont ils avaient le secret ? Après avoir réglé leurs comptes entre eux, n'allaient-ils pas s'attaquer avec une rage centuplée aux ex-bourgeois : ah, vous vous êtes réjouis trop tôt, vous avez cru que nous vous avions oubliés ! Eh bien, maintenant, à nous de frapper, de matraquer, de décapiter tous ceux d'entre vous qui nous tomberont sous la main !

– Je ne suis pas près d'oublier le temps où fut lancé en Chine le fameux slogan *Que cent fleurs s'épanouissent, que cent écoles rivalisent entre elles*, déclara Hava Preza. Cela nous avait redonné à tous un mince espoir : enfin, nous disions-nous, voilà enfin qu'on se met à desserrer la vis quelque part. Or, que s'est-il en fait produit ? Ce n'était qu'un piège monstrueux. De pareilles chausse-trapes, en forme de prairies piquées de pâquerettes, je pense que l'histoire en a connu bien peu d'exemples. Abusés par ce slogan, les infortunés papillons prirent par milliers leur essor, mais au lieu de nectar, ils ne trouvèrent à boire que du poison.

– Ah ! soupira Musabelli.

– Tel était bien le but de l'opération : faire s'envoler les papillons pour mieux les exterminer ensuite, conclut Hava Preza.

– Ah ! gémit à nouveau Musabelli.

– Et la suite, vous vous en souvenez ? – La main de Hava Preza, qui tenait sa tasse de café, tremblait tellement que deux ou trois gouttes tombèrent sur sa robe sans qu'elle y prît garde. – Vous vous rappelez ce qui s'est produit ensuite ? Au lieu d'une prairie aux cent fleurs, c'est le désert de Gobi, comme disait la pauvre Nurihan, qui s'est ouvert devant nous.

– Elle se trompait rarement, dit Musabelli d'une voix sourde.

Depuis un moment, Ekrem Fortuzi, sans oser cependant l'interrompre, secouait la tête comme pour montrer qu'il ne souscrivait pas aux propos de Hava Preza.

– Permettez-moi quand même de vous contredire, finit-il par lâcher dès l'instant où l'autre eut approché sa tasse de ses lèvres. Que vous soyez sceptique, c'est bien naturel : nous avons souvent été trompés, et même cruellement, comme lors de la rupture avec les Soviétiques sur laquelle nous avions fondé tant d'espoirs ; mais, cette fois-ci, vous pouvez m'en croire, les choses sont différentes.

– Ekrem a raison, opina l'un des visiteurs. Cette fois-ci, ce n'est pas pareil. Qui aurait pu imaginer que les Chinois inviteraient chez eux le président américain ? C'est pourtant ce qui est arrivé.

– C'est vrai, c'est vrai, approuvèrent les autres.

– Peut-être bien, concéda Hava Preza. Puissiez-vous avoir raison ! Pensez-vous que je ne le souhaite pas, moi aussi ? Cent fois, mille fois par jour, je forme le vœu qu'il en soit bien ainsi !

– Croyez-moi, reprit Ekrem Fortuzi, à présent tout

enflammé. Il ne se trouve personne en Albanie, et peut-être même en Europe, qui ait approfondi autant que moi la pensée de Mao Zedong. J'ai pénétré tous ses secrets, tous ses sous-entendus, toutes les implications symboliques de ses formules, ce que l'on ne saurait faire qu'à partir du texte original. Pendant que vous vous moquiez de moi et de mon apprentissage du chinois, c'est à cela que je m'employais : je cherchais la clé de l'énigme.

– Pour ce qui est de l'étude du chinois, je vous donne pleinement raison, dit Hava Preza. Sur ce point, vous vous êtes assurément montré le plus avisé de tous.

– Merci bien, fit Ekrem. Mais où en étais-je ?

– A la pensée de Mao.

– A l'énigme.

– Ah, j'y suis ! Eh bien, après avoir pénétré de plus en plus à fond sa doctrine, je me suis persuadé d'une chose : on aura du mal à trouver dans ce siècle quelqu'un qui ait autant fait pour nous, bourgeois déchus, que Mao Zedong en personne. Ça vous paraît paradoxal, n'est-ce pas ?

– Avec les Chinois, plus rien ne paraît paradoxal, fit remarquer Musabelli.

– Mao est notre seule planche de salut, reprit Ekrem. C'est lui qui nous délivrera de cette maudite lutte des classes qui nous harcèle comme les Furies !

– Lutte des classes ! Brrr ! frémit Hava Fortuzi. Passer toute notre vie sous le signe de ces trois mots épouvantables...

– Et on les rencontre partout ! renchérit Musabelli. Sur les murs, dans les vitrines des magasins, et parfois jusque dans les chansons d'amour ! Pardonne-moi, Ekrem, mais s'il est quelque chose à quoi nous n'échapperons à mon avis jamais, ce sont bien ces mots-là !

– Avec l'aide des Chinois, je pense que si, répondit Ekrem.

– J'en doute fort.

– A moi aussi, cela paraît improbable, déclara Hava Preza.

– Croyez ce que je vous en dis, insista Ekrem. Dans la pensée de Mao, surtout depuis ces dernières années où nous l'avons vu se modérer sans cesse davantage, cette fameuse lutte des classes s'estompe parfois à tel point qu'elle en vient presque à s'effacer, qu'elle finit par se perdre comme dans le rêve flou d'un fumeur d'opium. Je vous assure : cette pensée sécrète désormais comme une sorte de drogue de l'oubli ; tout s'y concilie comme dans les pénéplaines du Purgatoire...

– La religion aussi parle de réconciliation, intervint Hava Preza. Cela fait même deux mille ans qu'elle en parle, et avec elle des centaines de philosophes et de poètes, de sorte qu'il n'y a rien de neuf chez votre Mao.

– Parler de réconciliation n'a rien d'inédit, je le reconnais, répondit Ekrem Fortuzi, mais l'entendre évoquer par un dirigeant communiste, je pense qu'il y a là une nouveauté... et quelle nouveauté ! Quand la religion ou certains philosophes prêchent l'harmonie générale, cela n'arrange pas nos affaires : au contraire même, plus ils en parlent et plus ça va mal pour nous. Mais quand c'est Mao Zedong qui en parle, ça change tout !

– Pour sûr, fit le vieux couple d'une même voix.

– Mao, le pasteur d'un milliard d'êtres humains, le grand timonier, le soleil rouge des peuples de la terre, le quatrième ou cinquième grand classique de la doctrine communiste, hé-hé !...

– C'est Ekrem qui a raison, concéda Musabelli.

– Absolument, il a raison, acquiescèrent les autres.

– Et puis, cette mise en question du Parti dont nous avons déjà parlé un jour... N'oubliez pas que c'est là l'essentiel, le fondement de tout. Or si les fondements se mettent à bouger, on peut alors s'attendre à ce que tout le reste suive.

– Justement, à ce propos... J'ai entendu parler de manœuvres qui ont également eu lieu par ici. Des blindés, je crois, qui ont encerclé un comité de Parti...

– De quoi ? de quoi ?

– Pour l'amour du Ciel, ne prêtez pas attention à ce genre de choses, ne vous occupez pas de ce qui se passe ici ! Des blindés, des comités de Parti..., non, pas de ça !

– Hava a raison. Parlons plutôt des Chinois.

– De Mao !

– Seigneur ! Devrons-nous vraiment notre salut à ce Mao Zedong ? Quel trésor avons-nous côtoyé si longtemps sans savoir en reconnaître le prix !

– On n'apprécie bien que ce qu'on est sur le point de perdre.

– Non, lui, pas question de le perdre !

– C'est exclu !

– Nos relations vont en s'améliorant.

– Tout s'arrange, tout finit par s'arranger.

– Quand j'ai entendu parler pour la première fois de refroidissement, j'ai cru que j'allais en faire une jaunisse ! Pourquoi, Seigneur, nous abandonnes-tu à nouveau ? Pour une fois que le destin nous souriait, tu nous tournes brusquement le dos – voilà ce que je me disais.

– Ekrem a montré qu'il avait plus de flair et voyait plus clair que nous tous.

– Cela ne vous a pas empêchés de vous moquer de moi !

– Oublie tout ça, à présent, et récite-nous plutôt quelque chose dans cette langue bénie.

– Au fait, où est passé Mark ? Il n'a même pas fait une apparition.

– Laissez donc Mark à ses occupations. Allez, Ekrem, vas-y, pour l'amour du Ciel, je me suis laissé dire que tu maniais le chinois avec maestria.

– Hé-hé !

– Allons, Ekrem, ne te fais pas prier !

– Fais-nous ce plaisir !

Ekrem répondit par un gloussement et tous comprirent qu'en insistant encore un peu, ils le décideraient enfin à leur parler chinois.

Leurs propos parvenaient étouffés dans la pièce voisine où Mark s'était retiré avec sa fiancée.

– *Il fait froid*, lut-elle dans la méthode de français ouverte devant eux, puis tous deux relevèrent la tête pour se regarder dans le blanc des yeux. Entre ses cils, ses prunelles claires, légèrement embuées, semblaient presque hagardes. *Il fait froid*, répéta-t-elle dans un filet de voix, sans cesser de le dévisager, comme si elle eût attendu quelque chose de lui. En fait, peu après qu'ils se furent connus, justement à la veille de leur premier rapport physique, il lui avait conté la seule aventure de sa vie, laquelle était précisément liée à ces quelques mots de français, quand, bien des années auparavant, sa cliente (de tous les mots qu'il avait cherchés pour qualifier la voisine d'antan à qui il enseignait le français, il n'avait retenu que celui de *cliente*), quand sa cliente et lui, donc, avaient délaissé le manuel de français pour accomplir cet acte bref qui s'était fixé à jamais, plus douloureusement que n'importe quel autre souvenir, dans sa mémoire.

A son vif étonnement, il avait remarqué que le récit de cette passade avait eu le pouvoir de troubler sa fiancée, à laquelle il avait commencé à apprendre le français. De temps à autre, elle lui demandait de la lui raconter de nouveau, curieuse d'apprendre le plus de détails possible sur cette voisine d'une seule fois, ainsi que sur toute cette époque. Que faisait-elle à présent? questionnait-elle d'une voix sourde en imaginant une de ces belles créatures un tantinet énigmatiques dont on dit qu'elles ne sont guère attachées à leur époux, à moins que ce ne soit là une simple supposition, de celles que l'on émet en général sur les femmes encore jeunes dont la vie sentimentale a été marquée par une rupture. Mark lui racontait le peu qu'il savait d'elle, en lui promettant de la lui montrer un jour, quand elle viendrait en visite dans cette maison même où elle avait grandi, à l'étage supérieur. Et lui? son mari? demanda-t-elle. Qu'a-t-il fait après ça? C'est pour cette raison qu'ils se sont quittés?... Mark haussa les épaules: Je ne saurais te dire, mais je ne pense pas. Que ce soit pour cette raison ou pour une autre... Tous deux étaient insaisissables, lointains, tu comprends, comme appartenant à un autre monde. Au fond, peut-être que tout était en réalité comme ça... – Qu'est-ce que tu veux dire par *tout était comme ça*?... Il chercha à lui donner une notion de cette période restée ineffaçable dans les esprits, remplie d'espoirs insensés, quand tous ne savaient où donner de la tête dans l'attente de... C'était beaucoup plus marqué qu'aujourd'hui, sans comparaison possible, lui expliqua-t-il, sauf qu'alors c'était tout le contraire, tu comprends ? A cette époque, eux autres (il désigna du menton la pièce contiguë d'où parvenaient leurs voix) rêvaient d'une rupture rapide, tandis qu'à présent, ils souhaitent à l'opposé que les choses restent en l'état... Pourtant, remarqua-t-elle, ces deux périodes semblent à certains égards avoir quelque chose de commun. Beaucoup de points communs, même...

Il faillit lui dire que c'était peut-être cette similitude entre les deux situations qui avait été à l'origine de leurs propres fiançailles, mais il renvoya ce commentaire à plus tard, quand ils seraient devenus plus intimes. En fait, lui-même en était convaincu : c'était cette parenté d'atmosphère qui, plus que toute autre chose, avait fait naître en lui le besoin de prendre femme.

– *Il fait froid*, répéta-t-elle d'une voix éteinte, avec cette même quête insistante dans les yeux. Parle-moi encore de ce temps-là.

– Qu'est-ce que je peux ajouter de plus ? Je t'ai déjà dit qu'on se sentait alors comme dans le brouillard...

– Peut-être te souviens-tu d'un épisode particulier, murmura-t-elle en se déshabillant à gestes si lents que ses membres paraissaient menacer de rester soudain figés en l'air. *Il fait froid*, tu ne trouves pas ?

– Tu penses sans doute que c'est le monde à l'envers... ?

– Qu'entends-tu par là ? fit-elle en retenant un instant sa respiration qui s'était accélérée.

Il était persuadé d'avoir seulement pensé ces mots, mais du moment qu'elle l'interrogeait, cela impliquait qu'il les avait ne fût-ce que partiellement prononcés.

– Ce sont ses paroles à elle, dit-il.

– Pourquoi ne me les as-tu pas rapportées jusqu'ici ? Qu'est-ce qu'elles veulent dire ?

Il fit effort pour les lui expliquer, mais plus il s'évertuait à l'éclairer, plus il avait de mal à rendre leur signification.

– Elles se rattachaient à l'ensemble de la situation,

vois-tu, à l'espoir dont elle me croyait habité, de voir les siens chassés du pouvoir après la rupture avec l'Union soviétique, à sa conviction à elle qu'il n'en irait pas ainsi et qu'elle était donc la seule à avoir... à avoir...

–... elle considérait ce qui s'était passé entre vous comme une sorte de déchéance ?

– Je crois qu'il y avait de ça... D'un tempérament très fier, fille d'un vétéran communiste qui était de surcroît vice-ministre, pour elle, c'était vraiment tomber très bas...

– Raconte-moi ce qu'elle te disait d'autre.

Il haussa les épaules. Comment aurait-il pu s'en souvenir ?

Elle avait approché ses yeux humides, quémandeurs, tout près de son visage. Il se dit qu'il avait peut-être eu tort de lui raconter cette histoire, mais il songea aussitôt qu'une ancienne aventure comme celle-là lui donnait au contraire plus d'importance à ses yeux à elle.

Au bout de quelques instants, lorsque leur respiration se fut apaisée, ils réentendirent le tic-tac de la vieille pendule, puis le brouhaha de conversation des visiteurs dans la pièce attenante.

– Les voilà qui se remettent à marmonner comme dans le temps ! dit-il.

– Comme dans le temps..., répéta-t-elle pour elle-même.

Il les imagina alignés sur le sofa, dans leur ordre immuable, comme des mannequins dans un musée de cire.

– Toute une vie les mêmes sempiternels chuchotements ! s'exclama-t-il. Comment n'en sont-ils pas fatigués ?

– Chut ! J'ai envie d'écouter ce qu'ils disent. Je n'ai jamais entendu ce que murmurent entre eux des *ci-devant*...

– Non ? sourit-il avec ironie. Tu vas en avoir l'occasion... Et viendra le moment où ça te ressortira par le nez !

– Tais-toi donc !

Elle tendit l'oreille, puis fit la grimace, contrariée de ne pouvoir saisir distinctement leurs propos.

– On ne les entend pas bien, lui dit Mark. Plaque ton oreille contre le mur.

Elle se leva du canapé, s'approcha de la cloison et resta

ainsi un moment la joue collée au mur. Puis, de la main, elle lui fit signe de s'approcher.

– Écoute ! murmura-t-elle avec une expression de stupéfaction mêlée d'effroi.

Il appliqua à son tour sa joue droite contre la cloison.

– Seigneur ! fit-il au bout d'un instant. Voilà qu'ils se parlent en chinois !... Cette fois, ils sont devenus bons à enfermer !

Silva avait achevé les préparatifs du déjeuner du lendemain et, fourbue, s'était assise sur le divan de la pièce de séjour, les jambes repliées sous elle, lorsqu'elle entendit sonner. Elle se leva non sans un certain agacement, pensant à quelque visiteur importun, mais, dès qu'elle eut constaté qu'il s'agissait de sa belle-sœur, son visage s'éclaira.

– Sonia ! Tu as si bien fait de venir... Entre donc !

Tandis que Sonia se débarrassait de son manteau, Silva, ayant remarqué d'emblée sa nouvelle coiffure, qui lui allait à merveille, eut envie de la taquiner en soulignant qu'elle se mettait en frais pour le retour de son mari, etc, mais, hormis cette couronne de cheveux, sa belle-sœur lui parut plutôt faire triste figure.

– Qu'est-ce qui ne va pas, Sonia ? Je ne sais pourquoi, mais tu m'a l'air contrariée.

Sonia se mordit la lèvre inférieure, sans la contredire, comme s'y attendait Silva.

– Tout de même ! s'exclama celle-ci. Toi et lui, vous ne savez pas ce que vous voulez ! Au lieu de vous réjouir de l'heureux dénouement de cette affaire, vous continuez à faire des têtes d'enterrement !

– Tu crois que je ne le lui ai pas dit ? répliqua Sonia. Mais c'est comme si je parlais à un mur...

– Pourquoi ? Qu'est-ce qu'il a ?

– Je l'ignore. Il passe toute la sainte journée à broyer du noir. Je ne le reconnais plus.

– Peut-être est-ce son exclusion du Parti qui le plonge dans cet état ? Mais je pense qu'on les réintégrera. Ce n'est pas ton avis ?

– C'est ce qu'on dit, en effet.

– Et, malgré ça, il ne s'en remet pas ?

Sonia secoua la tête en signe de dénégation.

– Il y a quelque chose de plus profond qui le tourmente, qui le ronge.

Silva sentit un flot de compassion envers son frère bannir en elle toute trace d'irritation.

– D'un certain point de vue, on peut le comprendre : tu fais correctement ton travail et patatras, comme si la foudre te tombait sur la tête, tu te retrouves exclu du Parti et sous les verrous. C'est évidemment injuste, révoltant, mais ce n'est pas une raison pour se laisser abattre...

Sonia soupira profondément.

– Je n'arrête pas de le lui dire, mais ça ne le met pas de meilleure humeur. Au demeurant, s'il n'y avait que ça... Ce n'est pas seulement son abattement qui m'inquiète ; il y a autre chose qui m'épouvante...

– Quoi donc ? s'écria Silva, sentant son sang se glacer dans ses veines.

– Je suis morte de peur, reprit l'autre. Un jour, dans un de ses brefs moments d'épanchement, il m'a dit une phrase terrible qui s'est gravée dans mon esprit.

– Une phrase terrible... ? répéta Silva.

– Oui. Nous étions assis tous deux comme ça ; nous avions parlé comme à l'ordinaire et, pour la énième fois, je lui avais plus ou moins remontré ce que tu viens de rappeler à l'instant, quand il m'a interrompue : Tu crois que je suis encore sous le coup de ce qui m'est arrivé ? Eh bien, je vais te dire : c'est tout à fait autre chose qui me tourmente. Et il a poursuivi : ce qui me mine, c'est que les deux parties – eux comme nous – sortent blanchies de cette affaire...

– Quoi ? s'exclama Silva. Mais qu'est-ce que ça veut dire ?

– Attends, fit Sonia, laisse-moi te rapporter la fin de sa phrase : Une des deux parties doit être déclarée coupable, a-t-il ajouté ; autrement, tout n'est que mensonge, c'est le monde à l'envers...

– Je n'y comprends plus rien. De quelle autre partie voulait-il parler ?

– Ceux qui ont décidé leur arrestation.

– Ah…, fit Silva en se sentant blêmir. Mais si l'on dit que c'est le ministre en personne qui a donné l'ordre de les coffrer…

– Justement, c'est à lui qu'il fait allusion, répondit Sonia, et c'est pour cela que j'ai peur.

Toutes deux restèrent un moment sans élever la voix.

– Tu as raison, reprit Silva. Il y a vraiment de quoi se faire des cheveux blancs…

– S'il continue à se répandre de gauche et de droite avec ce genre de déclarations à la bouche, il risque de retourner moisir en prison. Et cette fois…

– Si je tentais de le raisonner? suggéra Silva. Qu'en penses-tu?

– Je ne sais quel conseil te donner. Je crois que c'est inutile. Mais tu peux toujours essayer…

Silva se souvint de l'assiette d'Adrian demeurée presque intacte lors de la soirée d'anniversaire de Brikena, cette fête qui lui semblait à présent dater d'une autre époque, et, comme à ce moment-là, son cœur se serra.

Après y avoir apposé son paraphe, le ministre D… arrêta un moment son regard sur le bas du quatrième document. Qu'est-ce qui m'arrive? Sa signature lui parut différente. Il souleva le feuillet, l'approcha de ses yeux pour mieux l'examiner, mais son impression se confirma: sa griffe n'était plus la même, elle s'était rétrécie, ratatinée, surtout dans sa seconde moitié, terminée par une queue qui lui parut pitoyable.

Comment ça se fait? s'interrogea-t-il sans lâcher la feuille de papier. D'après ce qu'il croyait savoir, un visa ne variait pas: il n'était que de voir les expertises judiciaires, les dépôts de signatures dans les banques suisses… Mais n'était-ce pas sa vue qui le trompait?

Il tendit la main pour vérifier les autres documents qu'il venait de signer et tous ses paraphes lui firent le même effet: rétrécis, comme rabougris par le froid. Hier soir, se rappela-t-il, j'ai eu une crampe dans le bras, j'en ai encore les doigts tout engourdis : ce ne peut être que ça.

Il lâcha le feuillet et décida de ne plus y penser, mais, au bout d'un moment, son regard revint se poser au même endroit. Ne serait-ce pas la faute de son stylo ? Évidemment ! fit-il à part soi en secouant la tête comme pour se réprimander lui-même. C'était bien sûr la faute de son stylo. Dire qu'il avait failli croire que c'était encore cette maudite histoire qui avait tout changé en lui : sa voix, sa façon de respirer, les papilles de sa langue, et, pour finir, jusqu'à sa signature à présent !

Il sonna.

– Qu'est-ce que ces stylos à la pointe aussi fine qu'une aiguille à coudre ? lança-t-il à son secrétaire. Ils sont inutilisables, surtout pour signer. Trouve-m'en d'autres au bout plus large, tu vois ce que je veux dire, qui écrivent gros, le plus gros possible !

– Compris, fit le secrétaire en se retirant aussitôt pour revenir peu après, muni d'une poignée de stylos. Essayez donc ceux-ci, dit-il en les déposant avec soin sur le bureau. J'espère qu'ils feront l'affaire.

Le ministre fit courir un des stylos sur un bout de papier, puis un autre, signant plusieurs fois d'affilée, les yeux rivés sur son paraphe, cherchant à se persuader qu'il n'avait subi aucune altération.

– Que fais-tu encore ici ? dit-il brutalement à son secrétaire lorsqu'il le vit devant lui, suivant les gestes de sa main d'un regard placide. Ça va, ça va, tu peux t'en aller...

Dès que l'autre fut sorti, il se prit le front à pleines mains. Ce n'est pas la signature, pensa-t-il, il y a autre chose... Il connaissait parfaitement la raison de son anxiété, mais il s'évertuait à l'expulser de son esprit. A chaque nouveau lever du jour, il espérait bien être délivré de cette angoisse, mais elle ne le lâchait pas. Il avait eu beau tout essayer : sans désemparer, il avait convoqué ses subordonnés à des réunions, avait élevé la voix, décrété des sanctions, tapé du poing sur la table au risque de renverser le vase de fleurs qui s'y trouvait posé, il avait proféré des menaces, rien n'avait pu le soustraire à ce tourment. Chacun de ses gestes, chacun de ses mots semblait s'effriter, ses vociférations sonnaient faux, au dernier moment les sanctionnés semblaient avoir du mal à se retenir de sourire, et jusqu'au bruit de son poing sur la table sonnait étrangement, assourdi comme un coup assené sur du stuc ; il avait même été tenté de soulever le tapis rouge qui la recouvrait pour vérifier ce qu'il y avait dessous : du bon bois ou le diable sait quoi encore ?

Était-il ou n'était-il plus ministre ? Si sa situation s'était à ce point dégradée, autrement dit, si on avait commencé à se poser à son sujet de telles questions, on n'avait qu'à le destituer au plus vite et mettre ainsi un point final à toute cette histoire. C'est ce qu'il se disait parfois dans ses soliloques, mais sa pensée se figeait aussitôt : parmi ceux qui nourrissaient de telles idées, qui avait le pouvoir de le démettre ? En fait, ceux qui en avaient après lui n'étaient que ses propres subalternes, certains mêmes n'avaient aucun poids, de leur vie ils n'avaient destitué personne, pas même un simple employé du protocole ou un concierge. Alors, comment auraient-ils pu le dégommer, lui ? Si absurde que cela pût paraître, il n'en sentait pas moins qu'ils lui avaient jeté un mauvais sort.

Confusément lui revenaient en mémoire certains noms de collègues d'autres pays, non pas d'Amérique latine où un quarteron de colonels de mèche entre eux suffisait à terroriser le gouvernement, mais de pays plus sérieux où les ministres de la Guerre étaient néanmoins traités avec des égards, voire avec une certaine crainte. Tandis que lui, ô ironie du sort, non seulement ne faisait peur à personne, mais était lui-même effrayé par tout le monde, et, plus triste encore, non seulement redoutait certaines personnes en particulier, mais jusqu'à celles à qui rien ne le rattachait, comme ce petit fonctionnaire dont il ne se rappelait même plus le nom, ou, pire, ces cohortes d'inconnus qui, à cause de leur anonymat même, lui paraissaient d'autant plus terrifiants.

Que s'était-il donc passé ? Il avait suffi de ces manœuvres avec les blindés pour desserrer ce mystérieux écrou qui, en lâchant, allait flanquer par terre tout ce sur quoi reposait son existence. Quel engrenage secret était ainsi ébranlé, qu'il était bien incapable d'enrayer? Enver Hoxha n'avait-il pas parlé d'un formidable mécanisme populaire qui se mettait spontanément en marche? Ce qui semblait le harceler était-il bien réel ou n'y avait-il rien de tel qu'en lui-même? N'était-ce pas qu'en lui que l'écrou s'était desserré?

Les officiers des blindés avaient été relâchés, mais cela non plus ne lui avait apporté aucun soulagement. Au contraire, son anxiété ne faisait qu'empirer. Le premier jour suivant leur libération, il s'était attendu de leur part à de nouvelles lettres, il avait même calculé le temps nécessaire à la rédaction de chacune, ainsi que les jours qu'il leur faudrait pour parvenir à destination et y être examinées. Or, le nombre de jours prévu, compte tenu d'une certaine marge d'erreur qu'il avait également estimée, s'étaient déjà écoulés et il ne percevait toujours aucun signe de telles missives. Peut-être se sont-ils assagis? songea-t-il. Mais alors même qu'il s'attendait que cette pensée le rassurât quelque peu, il sentit son inquiétude grandir encore. Pourquoi donc n'écrivent-ils pas? se demanda-t-il soudain. Qu'est-ce qu'ils ont derrière la tête, s'ils s'obstinent à ne pas vouloir écrire?

Sur ces entrefaites, comme s'ils eussent deviné ce qui le rongeait, ses adjoints lui proposèrent d'effectuer une inspection déjà programmée depuis la saison précédente, mais qui avait été différée en raison des problèmes avec la Chine. L'idée lui parut salvatrice. Les premiers jours, presque heureux, calé sur le siège arrière de la voiture qui filait sur la grand'route, escorté par les véhicules de ses gardes du corps et de son état-major, il se demandait comment cette idée ne lui était pas venue plus tôt à l'esprit.

Comme s'il eût redouté de ralentir le rythme de sa tournée, il se déplaçait rapidement d'une formation ou d'un régiment à l'autre, tel jour se rendant dans une forteresse du littoral, le lendemain dans une brigade de blindés, le surlendemain sur quelque aérodrome militaire. En regardant par la vitre arrière les casernes, les hangars des avions, les pièces de D.C.A. s'éloigner à l'horizon, il se disait qu'il fallait être vraiment tombé sur la tête pour avoir simplement envisagé que les autres pussent nourrir quelque doute à son endroit. Une telle idée lui donnait maintenant envie de se taper sur les cuisses. Car comment jeter sur lui ne serait-ce que l'ombre d'un soupçon ? Sur lui qui avait sous ses ordres toute cette flopée de canons, de chars, d'avions, avec le dixième desquels un colonel latino-américain eût renversé Dieu sait combien de gouvernements ? Alors que lui-même ne les utilisait pas pour de bon, qu'il ne s'en était servi que pour des manœuvres, pour un simple simulacre, et c'était pour avoir joué à faire semblant qu'on lui en aurait voulu ?

Une rancœur tenace le prenait à la gorge, l'étranglait presque. Au lieu de le regarder de travers, on aurait dû lui être reconnaissant ! N'importe qui, à sa place, se serait senti offensé, gravement outragé, même, et, comme tout individu injustement accusé commet ensuite, pour faire enrager ses détracteurs, le forfait même qu'on lui a imputé à tort, lui aussi était à même de perpétrer ce... putsch ! Au lieu de le prendre par la douceur, d'écarter de pareilles idées de son esprit, on faisait le contraire : on l'y poussait presque !

Oui, voilà comment se présentaient les choses : on s'en prenait injustement à lui au lieu de le remercier de s'abstenir...

Il contemplait l'horizon dénudé par l'hiver tout en ruminant cette pensée, l'œil hébété. Quant à savoir si, l'envie le prenant, il eût été capable de passer aux actes, il n'avait pas eu besoin d'y réfléchir à deux fois.

Il en était à son quatrième jour d'inspection quand, se reposant cette même question, il sentit son assurance l'abandonner à nouveau. Son angoisse reprit lentement le dessus. Il se remémora les bribes de discours sur ce mécanisme populaire qui se mettait de lui-même en marche, de la même façon que les groupes électrogènes en cas de panne de secteur, et, tout comme quelques jours auparavant, il fut à nouveau sur le point de s'écrier : mais dans quels bureaux, dans quelles instances se trouvent donc ses manettes de commande ?

Sur les bas-côtés de la route, aux carrefours, à l'entrée

des villages, à proximité des gares, ses yeux s'arrêtaient sur les mots d'ordre: *Parti-peuple-unité... Il n'est aucune force au monde capable de briser l'unité entre le Parti et le peuple...* Nombre de ces slogans étaient calligraphiés sur les murs de certains édifices, d'autres sur des panneaux métalliques, mais une fraction d'entre eux s'inscrivaient à distance sur les versants des collines à l'aide de pierres savamment disposées, voire même se découpaient dans le gazon des pelouses. Il lui sembla que, dans un passé encore récent, on en voyait moins. Le doute s'emparait parfois de lui que des mains invisibles les eussent tracés la veille à son intention. De quels bureaux recevaient-elles leurs ordres, de quelle...

Ce mécanisme spontané le terrifiait de jour en jour davantage. Après s'être dilaté, déformé, avoir revêtu les apparences les plus diverses, il avait fini par se présenter dans son esprit comme un amas hétéroclite, remisé sur quelque terrain vague, de bretelles téléphoniques, d'instruments météorologiques, de souricières, de microphones secrets et de pièges à renards demeurés sur place depuis une précédente saison de chasse, à demi rongés par la rouille, à moins que cet aspect délabré n'eût été qu'un trompe-l'œil. Et tout cet attirail était commandé d'un endroit impossible à imaginer (il n'aurait pas été le moins du monde étonné de découvrir que les ordres venaient de sous la terre, du royaume des morts), et, pour cette raison même, il ne pouvait fonder sur lui aucun espoir de salut.

Qui s'en prend au Parti se dévore lui-même!... Il tourna vivement la tête de côté pour vérifier si ce mot d'ordre était bien réel ou si cela n'avait été qu'une vision. Mais la plaine était plongée dans le brouillard et aucune inscription ne se discernait plus. J'ai eu la berlue, songea-t-il. Au demeurant, ce slogan n'était pas formulé dans le style habituel. Il se retourna à nouveau, se frotta les yeux, mais la brume avait tout recouvert. Il n'eût pas été autrement surpris de découvrir qu'il avait eu des hallucinations. Il eut envie de s'écrier encore: Assez, cessez d'écrire sur les collines! Comment voulez-vous que je m'en prenne à ce que vous proclamez ? Vous voyez bien que je ne peux pas, que ce n'est absolument pas à ma portée !

En cet après-midi de son quatrième jour d'inspection, il sentit se reproduire, dans les phrases qu'il prononçait, la même légère altération de sa voix. Et il remarqua de nouveau comme un certain laisser-aller dans la tenue des soldats au garde-à-vous devant lui, dans leurs casques mal astiqués et jusque dans l'éclat éteint des tubes d'artillerie et des pièces de D.C.A. Sur le moment, il eut l'impression que, s'il avait donné l'ordre de tirer, ceux-ci n'eussent éjecté que quelques projectiles à blanc empanachés d'une grande flamme pâle, de ceux qu'on voit parfois exploser en rêve.

Si tout cela n'était qu'un cauchemar ? s'était-il alors demandé. Je ne puis plus commander cette armée. Et, dès ce jour-là, prétextant une indisposition, il avait interrompu sa tournée.

... Sur son bureau se trouvait à présent cette lettre couverte de dizaines de signatures que ses yeux passaient en revue l'une après l'autre, l'air de leur demander : et maintenant, que vais-je faire de vous ?

CHAPITRE XI

Si l'on excepte un petit nombre d'oiseaux isolés, extrêmement rares, au vrai, par rapport à l'immense frontière nord-ouest du pays, si l'on excepte aussi une certaine quantité d'autres volatiles qui, décollant de la jungle en compagnie de quelques millions d'insectes, franchissaient la frontière sud (rien ni personne ne parvenait à passer l'Himalaya, et la côte océane se bornait à refouler les oiseaux partis de l'intérieur), on peut dire que l'avion qui transportait Skënder Bermema et son confrère C.V. était une des peu nombreuses créatures ailées à pénétrer dans le ciel chinois par cette matinée d'hiver. L'idée que leur délégation d'écrivains avait été conviée à l'occasion de la Journée des oiseaux avait donné lieu depuis belle lurette à tous les prolongements qu'elle appelait en matière de plaisanteries, jeux de mots, métaphores et associations d'idées. Tous ces sous-produits avaient été épuisés dès avant leur départ d'Albanie (les ultimes reliefs en avaient été consommés pendant le trajet jusqu'à l'aéroport), et il n'en subsistait plus qu'un pâle sourire, à peine esquissé. C'est aujourd'hui, peut-être demain, que doit avoir lieu cette fameuse fête, mais, selon toute vraisemblance, il ne nous sera pas donné de voir le moindre oiseau, songea Skënder Bermema. Montant à sa rencontre comme une force implacable, l'espace intercontinental semblait vouloir disperser ses idées déjà alanguies par la fatigue et l'insomnie, ou du moins les délester de leur poids.

Tout en bas, c'est la Chine, se répétait-il de temps à autre comme pour bien se pénétrer de l'événement qui était en train de lui arriver : son entrée dans le ciel chinois. Mais, hormis la vision de trois ou quatre oiseaux isolés pénétrant dans ce même ciel par la frontière mongole, son esprit n'enfantait plus rien.

A côté de lui, C.V... somnolait, la tête renversée sur le dossier de son siège. Sa bouche entrouverte, et la respiration, plus visible qu'audible, qui s'en échappait, conféraient à cette tête un air misérable, mais de ceux qui n'éveillent aucun sentiment de compassion. Tu rêvais peut-être de voir un jour une terre sans écrivains, songea Skënder Bermema. Eh bien, tu en as une juste au-dessous de toi, la toute première dans l'histoire de l'humanité...

Avant même d'avoir chassé cette réflexion de son esprit, il céda à son tour à l'assoupissement. L'avion s'enfonçait dans les profondeurs du continent. En bas, la Chine était glacée par l'hiver sur plus de la moitié de son étendue. Hommes, bêtes et plantes avaient le plus grand mal à résister à un froid pareil. Dans les entrailles de la terre, de vastes et sombres cavités, de celles qui engendrent les séismes et qu'aucun œil humain n'a jamais explorées, n'hébergeaient que le silence. Muettement, une nouvelle métastase se propageait sur le flanc droit du Premier ministre de ce pays. Mais ce n'était là qu'un phénomène parmi des milliards d'autres, apparents ou invisibles, à se produire par cette même journée d'hiver.

L'agence de presse Hsinhua n'annonça la nouvelle de l'arrivée de la délégation d'écrivains albanais que quarante-huit heures plus tard. L'information était formulée de manière très concise et se terminait par ces mots : A l'aéroport de Pékin, nos hôtes albanais ont été accueillis par le préposé à cette fonction, Chung. Le lendemain tomba une autre brève dépêche sur le dîner offert à l'hôtel Pékin, toujours par le même préposé à cette fonction, Chung.

– Qu'est-ce qu'il fait donc, le *Chung préposé à cette fonction* ? interrogea Skënder Bermema en tournant et retournant entre ses doigts le communiqué de l'agence. Le responsable d'un établissement avicole ou Dieu sait quoi encore ? Je n'ai jamais vu formulation aussi vague.

C.V... haussa les épaules

– Du moment que l'Union des écrivains est dissoute, il faut bien quelqu'un pour nous accueillir et nous inviter à dîner.

–Tu trouves ça normal, toi ? demanda Skënder d'un air sombre.

C.V... lui lança un coup d'œil furtif et haussa à nouveau les épaules, prenant l'air de celui qui cherche à éviter une querelle.

– C'est leur affaire, marmonna-t-il.

Le lendemain, conformément à leur programme de visites, ils partirent pour la Chine du Sud-Est. Chacun à sa manière, les journaux de province donnaient de l'événement les versions les plus confuses. Ce voyage effectué à l'occasion de la Journée des oiseaux, ainsi que le présentait l'un d'eux, était motivé dans un autre par la campagne d'extermination des moineaux, et se trouvait rattaché dans un troisième à l'inauguration d'un grand incubateur. Mais si les informations dispensées par la presse de province étaient aussi imprécises, on imagine la nébulosité des commentaires qui accompagnaient le pèlerinage des deux écrivains. Ils se propageaient indistinctement dans les communes où leurs confrères chinois, pataugeant dans la boue des rizières, loin de songer à écrire quoi que ce fût, étaient terrifiés à la vue du moindre volatile dont les plumes pouvaient évoquer leur métier honni (loin de moi, canard, coq, démon, tentation maudite, va-t'en !). Convaincus que la gent écrivante avait été à jamais rayée de la surface du globe, à présent que, d'après certains bruits, deux de ses revenants rôdaient à travers la Chine, ils éprouvaient un trouble profond où se mêlaient l'émotion, l'épouvante, le repentir, l'égarement, des interrogations – pourquoi sont-ils venus ? – et la nausée que leur inspirait tout cela : leurs propres personnes et ce qui pouvait les leur rappeler. Leur trouble augmentait surtout la nuit, peut-être parce qu'ils sentaient alors la présence de leurs hôtes quelques part au-dessus de leurs têtes, dans le ciel. Angoissés, ils se retournaient sur leur litière, gémissaient dans leur sommeil, sanglotaient : pourquoi ont-ils fait cela ?...

Là-haut, cependant, dans l'avion qui les transportait, les deux hôtes albanais, voguant de province en province, n'étaient au courant de rien. Une fois seulement, tard dans la soirée, alors que leur appareil volait à basse altitude avant de se poser sur l'aéroport d'une ville dont ils ignoraient le nom, Skënder Bermema, jetant un regard distrait par le hublot, crut discerner dans la clarté lunaire pulvérisée sur les eaux dormantes de la plaine quelque chose de tragique. Il doit y avoir des écrivains dans les rizières, se dit-il en somnolant presque. Il ne parvenait pas à détacher ses yeux de cette boue lactescente, comme en quête de traces d'âmes humaines...

Donne-leur la paix, Seigneur, murmura-t-il, soudain surpris par ces mots sortis de sa mémoire depuis de si longues années. Et c'est avec encore plus de stupeur qu'il s'aperçut que sa main venait d'esquisser un geste qui lui était étranger, lent et gauche, comme alourdi par la glaise des cimetières, un signe en forme de croix...

A peine eut-il ouvert les yeux que Skënder Bermema eut l'impression de se retrouver un dimanche. Ce jour s'inscrivait sur les rideaux en soie de sa chambre d'hôtel, et, incapable de penser à rien d'autre, il se répéta : C'est dimanche..., avant de se rendormir aussitôt. La même impression se renouvela un peu plus tard, sauf que, cette fois, sa réflexion s'étira sensiblement : Une chance que ce soit aujourd'hui dimanche, se dit-il, et il enfonça sa tête plus profondément encore dans le creux de l'oreiller. Cela faisait maintenant trois semaines qu'ils se trouvaient en Chine, et c'était leur premier jour de repos.

Il se sentait exténué. A un moment donné de la nuit, il avait eu l'impression que cette fatigue accumulée lui était causée, Dieu sait pourquoi, par la chaîne de Byzance, cette formidable chaîne rongée par la rouille, restée immergée au fond du Bosphore depuis l'an 1449, époque où elle avait servi à protéger la ville contre la flotte turque. Elle était encore là, solitaire et moussue, sans un regard humain pour la contempler, et, l'espace d'un instant, cette idée lui parut si insoutenable qu'il perçut lui-même le gémissement qu'il émit en se retournant sous ses couvertures.

Il se réveilla et se rendormit à plusieurs reprises, dans un temps qui évoquait en lui un amas de laine, et cela non pas tant à cause de la tranquille blancheur diffusée par les rideaux que de cet enchevêtrement de secondes et de minutes qui, dans leur stagnation, infusaient tour à tour dans son esprit répit et accablement.

L'alternance de ces instants de repos et de veille s'accéléra, jusqu'à lui causer une sensation de profond malaise. Quelques fragments de rêves, se condensant pour se dissoudre aussitôt, s'évertuaient à peupler fugitivement la zone inconstante du sommeil.

Il se vit dans la salle de réunions du club de l'Union des Écrivains où, par une chaleur insupportable, quelqu'un proposait la suppression des droits d'auteur. Ce qui me préoccupe, ce n'est pas l'abolition de ces droits, ils peuvent bien aller au diable, non, ce qui me tracasse, c'est qu'avec cette suppression, la température va encore monter... Il se réveilla et sourit, mais se rendormit aussitôt, emportant dans son sommeil une moitié de son sourire. Après quelques rêves incohérents, il se retrouva dans la même salle que précédemment, où l'on reproposait l'abrogation de quelque chose d'autre. Il interrogeait ses voisins de droite, ceux de gauche : que se passe-t-il ? pourquoi sommes-nous réunis ? qu'est-ce qu'on va encore supprimer ? Mais personne ne le lui révélait. Il finit par l'apprendre : cette fois, il s'agissait de bannir les noms des auteurs de leurs œuvres. La tribune était occupée par C.V… : Camarades, exhortait-il les assistants, cessons, à l'exemple des écrivains chinois, de mettre nos noms sur les couvertures de nos œuvres. La gloire en revient avant tout aux masses, et nous… Pour sûr, murmura une voix, avec le sale nom que tu portes, tu as tout à gagner à l'ôter au plus vite ! Dans la salle devenue bruyante, on entendait des éclats de voix, émanant surtout des détenteurs de patronymes musulmans.

A son réveil, il ne se rappelait de ce décor mouvant que la salle du club. A dire vrai, il était absent de Tirana lorsqu'avaient été réellement avancées ces fameuses propositions, mais il en avait tellement entendu parler qu'il avait parfois l'impression d'avoir assisté à toutes les réunions. Elles avaient duré de longues journées, dans une touffeur que les pauses tapageuses autour des bouteilles d'orangeade et la chevelure de feu du secrétaire du Parti pour Tirana, dont les penchants pro-chinois étaient notoires, faisaient encore monter de plusieurs degrés. Je tiens à informer cette assemblée que j'ai renoncé aux honoraires de quatre mille leks nouveaux qui me revenaient pour mon dernier roman… Des bruits, des interjections dont on ne comprenait pas très bien s'il s'agissait de marques d'approbation, d'opposition ou simplement de ricanements, fusaient de toutes parts. C.V… était en transes. Il avait du mal à se réfréner, jamais on ne l'avait vu ainsi, transporté au septième ciel. Il avait demandé la parole pour la troisième fois consécutive. On discutait de la suppression des noms d'auteurs sur les œuvres littéraires. Le dramaturge Q… venait de se prononcer contre une pareille mesure. Je ne vois pas, déclara-t-il, ce qu'on pourra mettre à la place du nom de l'auteur, car un livre est bien l'œuvre de quelqu'un qui en assume la paternité, n'est-ce pas ? Inscrira-t-on le nom de sa ville natale, ou de son comité exécutif, ou encore de je ne sais quoi d'autre, peut-être bien d'une coopérative agricole du coin ? Au milieu des éclats de rire, lançant un regard qui se voulait une douche froide, C.V… s'agrippa à la tribune : Je n'approuve pas du tout la façon dont le camarade vient de présenter le problème. Pas plus que ces rires dans la salle.

Tout cela n'est que l'expression d'un intellectualisme malsain, de l'individualisme bourgeois dont, il me semble, nous ne nous sommes pas encore secoués, camarades. Certains trouvent scandaleux de supprimer les noms des auteurs, et poussent presque les hauts cris à cette idée. Mais je demanderai à ces camarades : pourquoi ne jugent-ils pas scandaleux que des milliers et des milliers de simples gens travaillent sur tous les fronts du socialisme sans demander que soient affichés leurs noms et sans rechercher une vaine gloriole ? Ces camarades ont-ils jamais réfléchi au fait que nos héroïques mineurs, nos valeureuses trayeuses ou nos coopérateurs n'ont jamais demandé que leurs noms figurent sur les wagons de charbon, sur les bidons de lait ou sur les sacs de blé qui renferment les biens qu'ils produisent ? Pourquoi trouvent-ils donc si terrible que leurs propres noms ne figurent plus sur leurs livres ?

Le secrétaire du Parti opinait du chef aux propos de C.V… A la séance assistait également le ministre de l'Éducation et de la Culture, calquant son hochement de tête sur le sien. Pourtant, lorsque, du fond de la salle, s'éleva une voix : que mettrons-nous à la place du nom de l'auteur, celui d'un champ de blé ou d'un canal d'irrigation ?, les rires fusèrent de nouveau. La tête massive du secrétaire dodelina d'un air menaçant, puis il s'adressa à C.V… en haussant le ton : Continuez, camarade, même si vos propos ne sont pas ici du goût de certains…

Skënder Bermema referma les yeux dans une ultime tentative pour dormir encore un peu. Il resta un moment ainsi, comme ballotté entre sommeil et veille, incapable de dire ce qui lui était le plus pénible, de la plongée dans l'un ou du retour à l'autre.

Lorsqu'il finit par se réveiller pour de bon, il se sentit la tête lourde. Sur les rideaux se déployait encore cette journée de dimanche, mais dépouillée d'une part de son éclat originel. Il sentit en lui comme un vide dont la présence était si tangible qu'elle lui donnait la sensation d'un corps étranger entre ses côtes. Qu'est-ce que j'ai ? se demanda-t-il à deux ou trois reprises en s'agitant dans son lit. Mais le vide ne voulait pas partir. Puis, pendant quelques minutes, il resta pratiquement immobile, les yeux perdus dans la blancheur crayeuse du plafond d'où irradiait en cercles concentriques une neurasthénie qui cherchait à faire concurrence au ciel. Et c'est tout à coup qu'il prit conscience que ce corps étranger, en lui, n'était rien d'autre que son projet mort-né de roman.

Il resta étendu, toujours immobile entre les draps blancs. Cela faisait plusieurs jours qu'il sentait les soubresauts de l'œuvre, ses gémissements, sa lente asphyxie. Et voici que, durant la nuit, vers l'aube de ce dimanche, son roman avait commencé à rendre l'âme.

Que faire pour le maintenir en vie, où aller, auprès de qui protester à grands cris ? Il sentait son roman se refroidir au-dedans de lui-même comme se refroidit un corps. Jamais je n'aurais dû accepter de faire ce voyage, se dit-il. Une telle pérégrination au sein de cette déshumanité avait tué son œuvre. Depuis des jours, il l'avait sentie le quitter, s'évaporer de lui-même, comme se déshydrate l'organisme en plein désert. Ç'avait été une œuvre trop fragile pour résister à une pareille odyssée.

En fait, il n'y avait là rien qui pût le surprendre. Il aurait dû s'y attendre. Toujours figé entre ses draps, il se remémora les propos de Gjergj Dibra sur la sécheresse des contacts humains en Chine. Il en avait rigolé, sans se douter qu'un jour lui-même aurait à en pâtir.

La mort des rapports humains, voilà ce qui était cause de tout. On était parvenu à les annihiler, eux qui sont à la racine de toutes choses. On les avait lentement desséchés, étouffés, jusqu'à les transformer en cactus hérissé d'épines. Que n'aurais-je donné pour une conversation normale, lui avait dit Gjergj Dibra, ne fût-ce qu'une conversation de brigands partageant leur butin, pourvu qu'elle fût authentique !

Il se frotta les tempes avec ses paumes. Le hasard ne pouvait suffire à expliquer ce qui s'était passé. Tout avait été orchestré selon un plan diabolique. Pour supprimer la littérature et les arts, il fallait commencer par atrophier le parler des hommes. Or, depuis trois mille ans, on s'employait à le cultiver sans cesse davantage. Sans lui, la vie ne serait que balbutiement d'attardés, mais voici que Mao Zedong était venu étrangler cette merveille.

Est-ce concevable ? se demanda-t-il. Une pareille aberration était-elle imaginable ? Son regard se perdit quelques instants dans la blancheur du plafond. Non, il ne pouvait en être ainsi ! Dans sa mémoire défilèrent lentement des titres de poèmes chinois qu'il avait lus naguère : *Entretien au clair de lune, Entretien avec mon ami Van sur le mont Tian Kun à l'automne finissant, Entretien avec Lu Fu le jour de la première neige*...

Transporté par cette évocation, il rejeta la couverture d'un mouvement brusque et se leva. Il examina dans le miroir mural son visage légèrement blafard, et s'il ne s'était agi de ses propres yeux, il leur eût trouvé un éclat glacé. Quand on dort avec un aveugle, on se réveille bigle... Où donc avait-il entendu ce proverbe ?

Il tourna la tête vers la cloison qui devait séparer sa chambre de celle de C.V... Bien que nous nous trouvions sous le toit du même hôtel, je suis toujours aussi éloigné de lui qu'auparavant, songea-t-il. Il était à cent lieues de lui, à des années-lumière de cette nébuleuse de galaxies chinoises. C'est ce que tu t'imagines, fit une voix en lui-même : n'empêche que ton roman est mort.

Il se mit à déambuler dans sa chambre comme un fou furieux. Non seulement ses yeux, mais ses gestes et jusqu'à la dernière parcelle de son individu exprimaient son exaspération. Il sentait que la mort de son roman avait totalement rompu son équilibre personnel. On parlait de carence en vitamines, d'insuffisance de globules rouges ou de globules blancs, mais on ne savait rien de l'horreur que représente l'ablation de l'œuvre que l'on a portée tant de temps dans son esprit et dans son corps.

Il était toujours en train d'arpenter sa chambre quand on frappa à la porte. C'était C.V...

– Tu dors encore ? demanda-t-il en glissant à demi sa tête

par l'entrebâillement. On descend prendre le petit déjeuner ?

Skënder Bermema le regarda comme il aurait dévisagé un assassin.

– Je n'ai envie de rien, répondit-il.

– Comme tu voudras, fit C.V... en refermant la porte.

Grrr, grogna Skënder. La pièce lui parut trop exiguë pour ses allées et venues. Ce voyage..., marmonna-t-il. Vous avez peut-être eu quelques frictions entre vous, mais je pense que vous allez oublier tout cela, leur avait dit le secrétaire de l'Union des Écrivains avant leur départ. J'espère que ce séjour vous rapprochera... Grrr, fit de nouveau Skënder Bermema. Ce maudit voyage !...

De jour en jour, la froideur de leurs relations ne faisait qu'empirer. Une cigarette offerte, un briquet tendu, quelque parole échangée en voiture semblaient radoucir un tant soit peu ce climat, mais, le soir venu, quand chacun regagnait sa chambre, cette impression d'extrême tension dans leurs rapports atteignait son comble.

Je n'aurais pas dû partir, se répétait-il. Ou, du moins, pas avec lui. Il s'était dit qu'il pourrait supporter sa présence. Cela faisait des années qu'il le méprisait, mais sans plus. C'est en Chine que ses sentiments avaient commencé à s'exacerber. Il avait pensé qu'en dépit de leurs divergences de vues, le fait d'être encerclés l'un et l'autre dans l'océan chinois contribuerait plutôt à les rapprocher. Or, c'était précisément le contraire qui s'était produit. Et c'était devenu manifeste juste après les premières tentatives de Skënder Bermema pour échanger avec lui quelque opinion sur les inepties auxquelles ils se heurtaient à chaque pas. Il connaissait le faible de C.V... pour les chinoiseries, mais jamais il n'aurait pensé que cette admiration fût si profonde, au point même de se refuser à la moindre plaisanterie sur cette bêtise crasse dont les Chinois eux-mêmes devaient à coup sûr avoir honte. Ç'avait été son dernier pas en direction de son compagnon de voyage. Byzantin ! avait-il maugréé en regagnant sa chambre dès neuf heures du soir, alors qu'il aurait été disposé à rester jusqu'à l'aube à bavarder avec quelqu'un, dans cet hôtel étranger à des milliers de kilomètres de chez lui. Lui qui, plus que jamais, aurait eu besoin d'un interlocuteur, ne pouvait lui pardonner de ne pas se laisser aller. Même avec un singe, se dit-il, on peut établir une certaine forme de communication ! Puis il se rasséréna en constatant que tout cela était dans la logique des choses. Dès lors que C.V... était si fasciné par les chinoiseries, il ne pouvait nécessairement qu'être porté à étouffer tout dialogue. Peut-être, au fond, cela vaut-il mieux, songea-t-il. Autrement, Dieu sait comment l'autre aurait interprété tout ce que Skënder aurait proféré devant lui, et il n'était pas à exclure qu'à leur retour en Albanie, il remît un rapport au comité du Parti. Du reste, un jour, apercevant par la porte entrouverte une liasse de feuillets sur sa table, Skënder Bermema lui avait demandé : Qu'est-ce que tu écris comme ça ? – Ce que tu écris toi-même, lui avait répondu l'autre d'un ton fielleux.

Ce que tu écris toi-même..., répéta Skënder, et il s'immobilisa devant sa table que jonchaient en effet quelques feuillets. S'il est bien une impossibilité, se dit-il, c'est que nous écrivions la même chose !

Comme un somnambule, il tendit une main, s'empara d'un des feuillets, en lut deux lignes, le laissa retomber, puis en saisit un autre. Depuis qu'il avait commencé à remplir ces pages, il ne les avait jamais relues. C'étaient des notes consignées au fil du voyage, une manière de journal, ou plutôt de nocturnal, si l'on voulait bien considérer que cette foule d'impressions, de réflexions, parfois d'esquisses d'ouvrages, avaient été jetées sur le papier durant la nuit.

Peut-être était-ce à cause de ces notes qu'il avait abandonné son roman ? Cette pensée éveilla en lui un sentiment d'immense lassitude. Il repoussa rageusement les feuillets et son regard se porta vers le coin de la pièce où était posée sa valise. Il s'en approcha à pas lents, précautionneusement, comme s'il eût appréhendé de rompre un silence mortuaire, et l'ouvrit. L'ébauche de son roman était là, tout au fond.

Seigneur, même l'écriture lui en parut contrefaite ! En

restant enfermée là-dedans, elle semblait s'être rabougrie, ternie.

Les doigts raides, il feuilleta le cahier. Il contenait toutes sortes d'études, des amorces ou des fragments de chapitres, des portraits de personnages, différentes versions de scènes. Parfois, la prose était émaillée de vers, de descriptions de rêves, de titres de chapitres ou d'épisodes susceptibles d'être insérés dans le roman : *Le monologue du sphynx*... Trois heures de l'après-midi, toujours cette même heure qu'il redoutait... Concours de beauté masculine en 1927 aux Cimes maudites...

Ces bribes s'entremêlaient à des morceaux lyriques, d'une forme si irisée qu'un simple souffle, eût-on dit, risquait de les ternir et de les rendre opaques. Les notations psychologiques étaient on ne peut plus fines, parfois parcourues d'une fêlure, mais telle qu'au lieu de les altérer, celle-ci semblait au contraire ajouter à leur richesse.

... Chute de neige sur Tirana, le 18 janvier 1967, au lendemain matin de l'inauguration de la statue équestre de Skanderbeg. Le prince qui se réveille sous la neige. Sa cape, son cheval, tout est blanc. Des habitants de la capitale attroupés autour de lui. Une voix : Cette neige est bon signe ; oui, ma foi, elle est de bon augure...

Il sauta quelques pages :...La plage de Durrës dans les années 30. Les modèles de costumes de bain. Le parasol de la courtisane Loulou. L'après-midi, l'heure du café du roi. Toute l'histoire du royaume est là : alliances, clans, rivalités, perversions sexuelles. Et le sable, le sable...

Quelques pages plus loin, il retomba sur des notations hivernales :...Dehors tombait la grêle. Les vitres crépitaient, les volets battaient contre les murs. Mais, si dure et cinglante qu'elle parût, comme en toute grêle, il y avait dans la chute de celle-ci quelque chose de féminin qui imprégnerait le reste de la journée. Les grêlons pleuvaient comme si là-haut dans le ciel des femmes ivres de fureur arrachaient les perles de leurs jolis cous pour les envoyer rageusement rouler au sol. Et le crépitement des vitres, si l'on voulait bien tendre l'oreille, ne servait lui-même qu'à couvrir des éclats de voix étouffés: Non, jamais je ne te reprendrai, n'y compte pas…

Rues et parcs blanchissaient peu à peu… On eût dit une vision de rêve, mais l'éphéméride donnait pourtant la date du 17 mars. Au-dessus de cette date, une main avait négligemment noté: Onze heures trente, réunion urgente chez le vice-ministre…

Il continua de feuilleter le cahier; son écriture lui sembla de moins en moins appliquée.

Ses yeux s'arrêtaient plus volontiers sur les vers, peut-être en raison de leur rareté… *Que de fois n'ai-je pas ignoré tes larmes… Je t'aimais sans le savoir…*

Un matin, ouvrant les paupières,
Le monde sans toi m'a paru désert.
J'ai mesuré ce que j'avais perdu,
Ce que j'avais gagné, je l'ai su.
Comme une émeraude brillait mon chagrin,
Ma joie rougeoyait comme un soleil éteint.
Chacun avec l'autre rivalisait d'attrait;
Entre les deux mon cœur balançait.

A qui avait-il dédié ces vers? Lui-même ne s'en souvenait plus. Jamais il n'avait parlé à personne de cette forme d'oubli, de crainte qu'on n'y vît la désinvolture affectée d'un don juan ou d'un collectionneur de bonnes fortunes, appréciations qu'il méprisait tout autant que les éloges émanant des médiocres. En vérité, dans la plupart des cas, il ne le savait plus. Même lorsqu'il avait paru évoquer un épisode bien réel de son existence, lié à un être tout aussi réel, inexplicablement, mystérieusement, cet épisode se contractait ou se dilatait, perdait de sa substance ou s'enrichissait de celle d'autres événements, et la même déformation affectait alors le personnage évoqué qui pouvait par exemple garder ses propres yeux tout en n'en versant pas moins les larmes d'un autre. Puis, au fil des ans, ces glissements se perpétuaient dans son esprit comme le sable subrepticement brassé au fond de la mer, et il lui arrivait de tomber en arrêt, surpris, devant certaines initiales en tête d'une page dont il avait été jusque-là convaincu qu'elle était dédiée à quelqu'un d'autre.

... Du bonheur à revendre. Viola...

Il sourit.

S'appelait-elle vraiment Viola, ou ce prénom s'était-il ancré dans sa mémoire du simple fait qu'elle étudiait le violon ? Il se souvenait avec précision de leur rencontre fortuite, par une nuit de mai, des longs moments où ils avaient dansé ensemble, puis de ses cheveux épars sur l'oreiller. En les contemplant (il avait toujours eu l'impression que regarder la chevelure d'une femme endormie, c'était un peu comme assister à une projection sur écran de ses rêves), il cherchait à comprendre pourquoi cette jeune fille jouait comme en se riant avec son propre bonheur, l'entraînant avec elle sans le moindre souci jusqu'au bord de l'enfer. Elle était belle, et il s'était dit qu'elle avait du bonheur à revendre, comme les abreuvoirs regorgent d'eau au printemps. A ce qu'il semblait, ce bonheur en trop se devait d'être déversé, lui aussi, pour éviter quelque débordement fatal...

Au fur et à mesure qu'il continuait de feuilleter son cahier, ses doigts se glaçaient de plus en plus, et non pas seulement ses doigts, mais son corps tout entier, parcouru de frissons comme s'il s'était trouvé dans une morgue.

... Par les fenêtres exposées au nord parvenait un air de musique ; à travers les vitres exposées au midi en filtrait un autre...

... L'intérieur de son studio plongé dans un silence doré ; sur le canapé, sa femme, toujours aussi belle mais un peu pâle après son récent avortement, feuilletait un magazine. Les murs de la pièce lui paraissaient avoir reculé pour accueillir ces trésors qui, paradoxalement, n'avaient pas été engendrés par quelque gain, mais par une perte... Il avait alors porté la main à son visage comme pour en effleurer la pâleur.

... Soirées chez les Strazimir : J'aimais bien les soirées dans cette demeure. J'y trouvais toujours quelque chose de plus que ce qu'embrassait la vue. Une douceur latente dont on éprouvait si sûrement la présence qu'elle paraissait raviver jusqu'à l'éclat des bagues. Parfois même, j'avais l'impression que c'étaient elles qui s'illuminaient les premières. Sans se préoccuper de ce qui retenait pour l'heure le regard des invités, elles scintillaient les unes à l'adresse des autres comme pour s'entendre à l'avance sur ce que leurs propriétaires tardaient encore à accomplir…

Assez ! fit-il comme en s'admonestant lui-même, et il repoussa le cahier. Il n'ignorait pas que la prochaine fois qu'il le rouvrirait, les boucles et les jambages, achevant de se décomposer au fond de ce cercueil, lui seraient sans doute devenus illisibles, mais, comme souvent en ces cas-là, le côté dur et froid de sa nature avait repris le dessus.

Point final ! s'exclama-t-il sans la moindre mansuétude, et sa main rabattit la couverture du cahier. Il avait l'impression que c'était l'existence de ces lignes qui, pour une bonne part, lui avait mis les nerfs à vif.

Les feuillets rédigés en Chine même étaient là, juste à côté. Pour rétablir un juste équilibre, il aurait dû s'en emparer à leur tour, les froisser, les maudire, les jeter, mais il ne put s'y résoudre. Au contraire, il s'installa sur une chaise, rapprocha l'abat-jour et s'employa à les relire.

… Hier, à la commune baptisée *L'Amitié sino-albanaise*, on nous a présenté le *trifshatars* – l'homme-triple-paysan –, appellation assez étonnante que j'ai finalement cru bon de traduire ainsi au bout de deux heures de réflexion délirante pendant lesquelles j'ai essayé tous les composés possibles pour rendre en albanais le sens approximatif de ces maudits idéogrammes. Peut-être aurait-il été plus à propos d'écrire tout simplement *trois-fois-paysan*, mais à condition de prendre le mot *fois* comme on l'entend dans l'expression *café torréfié trois fois*, ou *eau de vie distillée trois fois*. Mais même ce tour-là ne restitue pas pleinement l'essence particulière de cet individu que nous avons rencontré hier, échantillon d'une nouvelle race d'hommes, produit naturel de ce climat dominé par la pensée-maozedong, un type humain *sui generis* à cœfficient de rusticité exceptionnellement élevé (tout comme on parle d'un taux plus ou moins élevé de globules blancs ou de présence d'albumine dans le sang). Il était planté devant nous, en bordure de son champ de riz, image difficile à rendre en langage courant, tout comme il eût sans doute été impossible de le portraiturer avec la gamme connue des couleurs. Ainsi que s'employèrent à nous l'expliquer nos accompagnateurs chinois, c'était un paysan d'une espèce nouvelle, duquel, comme d'une argile cuite à souhait, s'étaient évaporés tous résidus d'individualisme, toutes réminiscences même lointaines de la mentalité citadine, toute trace éventuelle d'intellectualisme, etc. De ce point de vue, les idéogrammes servant à l'évoquer auraient pu à la rigueur être rendus en albanais par l'adverbe *fshatartrithellësisht* – tripaysannesquement – ou par le substantif *trianëshfshatar* – trigonopaysan, dans le sens de paysan tridimensionnel – ou par quelque autre combinaison similaire. Mais aucun de ces mots agglutinés n'épousant tout à fait l'expression chinoise, je me suis finalement décidé à ne conserver de tous ces équivalents que le préfixe *tri*, et de m'en tenir à ma première traduction, la plus simple : *trifshatars*.

Cet individu avait été élu pour représenter la commune au grand Congrès de la paysannerie qui doit se tenir sous peu à Pékin, très certainement en présence de Mao Zedong en personne.

– A n'en pas douter, dis-je, ce congrès marquera la consécration de ce nouveau paysan chinois.

– On ne saurait l'affirmer, me répondit l'un de nos accompagnateurs. La Chine est un grand pays et il n'y aurait rien d'étonnant à ce que les masses populaires engendrent des modèles encore plus avancés.

– Vous voulez parler d'un tétra-, voire d'un heptapaysan ? demandai-je. Et comment concevez-vous qu'ils puissent être ?

Je prononçai cette dernière phrase d'un ton qui signifiait : Quel besoin peut-on avoir de monstres pareils ? – question que je me posais, en effet. Mon accompagnateur, qui, semble-t-il, avait perçu le sous-entendu, me lorgna longuement du coin de l'œil. Cherchant un appui, je me tournai alors vers C.V…, mais ce fut pour constater qu'il me considérait du même regard inquisiteur que le Chinois…

La commission chargée d'engendrer Lei Feng – Synopsis de nouvelle :

La commission était grosse de sa créature depuis longtemps déjà. Si nul n'ignore que la grossesse d'une femme est d'environ neuf mois, on ne sait en revanche combien a duré celle de la Vierge Marie une fois qu'elle eut été fécondée par le Saint-Esprit pour donner le jour au Petit Jésus. Aussi le temps de gestation dévolu à la commission n'aurait-il guère prêté à conséquence si un coup de téléphone émanant du Bureau général n'eût exigé, une semaine auparavant, un accouchement sans délai.

Les membres de la commission étaient dans l'incertitude. Ces derniers temps, on murmurait même dans les rues de Pékin que ce n'était pas la seule commission constituée à cet effet, mais que d'autres, dans la capitale, étaient pareillement grosses de la pensée-maozedong. De fait, celui qui avait téléphoné du Bureau général – du *Zhongnanhai*, ainsi qu'on l'appelait – non seulement avait transmis l'ordre sur le ton le plus sec, mais n'avait pas déguisé la menace qui pesait sur eux en cas de retard : le refus pur et simple de leur créature – ajoutant pour terminer que leur commission ne devait pas se leurrer : elle n'était pas la seule de qui l'État attendait l'enfant qu'il réclamait.

Il était donc clair, à présent, qu'à Pékin et peut-être même dans d'autres villes de Chine, des dizaines, pour ne pas dire des centaines de commissions similaires étaient attelées à la même tâche. Seigneur ! nous voici tous transformés en une gigantesque maternité ! s'était exclamé le président de la commission en reposant l'écouteur. Et dans une semaine, chacune de ces commissions porterait sa progéniture au Bureau général, lequel, parmi tous ceux qui lui seraient proposés, ne retiendrait finalement qu'un seul et unique modèle.

Un seul, se répéta le président en épongeant la sueur froide qui lui inondait le front. Et après ? qu'allait-il arriver après... (pour ce qui était des bébés refusés, on savait à quoi s'en tenir: on s'en débarrasserait comme de tout enfant avorté)... mais nous, qu'adviendra-t-il de nous? se lamenta-t-il. En guise de châtiment, on les enverrait sans doute croupir dans des communes reculées, trimer dans des rizières sous un soleil torride, après les avoir obligés à faire leur autocritique durant des centaines d'heures d'affilée, à dénoncer les survivances bourgeoises dont ils ne s'étaient pas dépouillés, leurs traits d'individualisme, d'intellectualisme, leur mépris du peuple, etc., à moins qu'on ne les laissât tranquilles en se bornant à les mettre une nouvelle fois à l'épreuve dans le cadre de quelque autre mission?

Le président de la commission resta un moment dans la même attitude prostrée. Une seule pensée dominait son esprit: à savoir qu'aucune femme au monde n'avait jamais à ce point souffert de sa grossesse comme eux de la leur... Maudite grossesse! se répétait-il. Trois fois maudite! Mais cet abattement ne dura que quelques minutes. D'un mouvement brusque, comme s'il se fût réveillé en sursaut, il consulta sa montre, puis, avec la même promptitude, il composa un premier numéro sur le cadran du téléphone, avant de continuer ainsi à battre le rappel. A l'autre bout du fil, la voix des membres de la commission semblait sortir d'une gorge tranchée.

Tout au long de cette semaine, la commission siégea presque sans désemparer. Certaines séances se prolongeaient jusqu'à minuit, voire au-delà. L'ordre du *Zhongnanhai* était formel: le dossier devait être remis le samedi au plus tard. On murmurait que Mao Zedong s'intéressait personnellement à la question. Il était impatient de connaître les modèles créés par les multiples commissions pour choisir parmi eux celui qui tiendrait lieu d'exemple à tout le peuple chinois. Presse, centres d'édition, artistes, maîtres d'école, Université, télévision, radio, en un mot tout l'appareil de propagande serait mis en branle pour populariser ce prototype, cet *homo sinicus* auquel tous les Chinois, et même tous les maoïstes du monde, seraient tenus de se conformer.

A chaque nouvelle réunion, les membres de la commission arrivaient les yeux bouffis par la fatigue et l'insomnie. Le dossier de l'homme à créer, tel le ventre d'une femme enceinte, ne cessait de gonfler. On avait déjà tranché bien des points le concernant, mais d'autres attendaient encore une solution. On passait des heures entières à débattre de chacun d'eux. Il paraissait fort simple, par exemple, de déterminer sa taille, mais lorsqu'on aborda cette question, on se rendit compte qu'il en allait bien autrement. On estima d'abord que l'homme devait être plutôt grand, mais ce choix ne tarda pas à se heurter à l'opposition d'une partie de la commission qui jugeait que cette suggestion relevait de l'individualisme bourgeois, une trop haute taille pouvant en effet apparaître comme le signe du désir de se distinguer des autres. Du coup, le choix d'une petite taille, dont ces mêmes membres se faisaient les avocats, eut les faveurs de la majorité, en dépit de l'opposition, un peu molle, il est vrai, de l'autre groupe, habité par la crainte qu'une taille trop réduite n'en vînt à être considérée comme une tare de l'homme nouveau chinois. Ainsi la plupart des partisans de la haute taille finirent par y renoncer, non sans un baroud d'honneur destiné à faire adopter à tout le moins une stature moyenne. Mais on ne vit là qu'un mauvais compromis, de sorte qu'après récapitulation des qualités d'ores et déjà acquises par l'homme-modèle – simplicité, modestie, volonté de n'être qu'une petite vis de la pensée-maozedong, et surtout détermination de ne se distinguer de personne par quelque originalité que ce fût, autrement dit de n'être qu'un être banal, archibanal, le plus banal d'entre les banals –, la majorité de la commission se rallia pour finir à l'idée qu'une taille courte était mieux assortie à l'ensemble de ces traits, et vota en conséquence.

Cet élément ayant été consigné dans le dossier, le président de la commission s'épongea le front : ce n'était là que le premier des points demeurés en suspens, et si l'on songeait qu'il en restait encore un bon nombre à trancher, sans compter que, par ailleurs, le samedi, dernier délai pour la remise du dossier, approchait, il y avait de quoi perdre la tête.

Le mercredi et le jeudi, la commission travailla presque sans interruption. Outre l'âge, la profession et la situation familiale, toutes choses relativement faciles à déterminer (on préconisa un âge d'environ vingt-cinq ans, le métier des armes, une ascendance paysanne, cela s'entend, et l'état de célibataire, exempt de toute attache sentimentale ou familiale autre que l'amour maternel), il fallait encore fixer, et ce n'était pas la moindre difficulté, divers autres attributs dont devrait être doté l'homme-modèle, comme son comportement quotidien, sa formation idéologique, et, autant que faire se pouvait, sa propre jugeote. C'est précisément à ces dernières questions que la commission consacra le plus clair du temps qui lui restait. En dépit de la fatigue qui alourdissait les paupières, cette phase de la discussion devint plus animée. Alors même qu'on était convenu que notre héros – en tant qu'homme à qui la fierté, l'individualisme, le souci du confort matériel étaient étrangers – avait par exemple la faculté de s'occuper à ramasser les vieux tubes de pâte dentifrice pour les vendre ensuite au profit de l'État, un des membres de la commission émit la crainte que ce trait ne le rapprochât de quelque manière de ces personnages d'avares tout à fait négatifs, comme le Pliouchkine des *Ames mortes* de Gogol, etc. Bien entendu, ce doute fut aussitôt balayé, mais non sans laisser sur le visage déjà renfrogné des membres de la commission comme une ombre de colère. Notre homme ne cherchera même pas à savoir ce que sont ces torchons de papier que l'on appelle romans, répétaient-ils d'un air mauvais. De fait, si leur esprit restait tourmenté par le souvenir de ces fantômes, ils se consolaient à l'idée que les générations futures, elles, seraient assez heureuses pour ne rien connaître de leur existence. Ce n'était pas pour rien que le grand Mao s'employait à extirper toute forme de littérature de la surface du globe.

Notre héros sera quelqu'un de modeste ! clamaient-ils derechef. Modeste jusqu'à l'abnégation, jusqu'à se réduire à une ombre, et telle sera au demeurant son essence profonde : une ombre, un reflet, une petite vis de la pensée-maozedong. D'aucuns, en Europe, le considéreront peut-être comme le représentant d'une espèce dégradée, une sorte de sous-homme, mais Mao nous a appris à ne faire aucun cas de ce que pensent de nous les Européens ou les méchants Américains. Oui, une simple petite vis de la pensée du président Mao, telles seront la définition et la raison d'être de notre créature, renchérissaient les membres de la commission, et il serait même bon que l'intéressé recopiât plus d'une fois cette formule dans son journal.

La commission avait d'ores et déjà décidé, en effet, que le futur héros se devrait de consigner par écrit non seulement ses pensées, mais aussi ses actes. On avait longuement discuté sur le point de savoir si ces informations revêtiraient la forme de lettres, d'articles ou de rapports présentés dans des réunions d'éducation politique, voire celle de témoignages ou de dénonciations auprès du comité de Parti ou du ministère public, jusqu'à ce qu'en dernière analyse, on eût opté pour la forme du carnet de bord, jugée la plus appropriée. Pendant que se poursuivaient les travaux de la commission, deux de ses membres, qui avaient été chargés d'élaborer un modèle de ce carnet, y notaient un à un, comme autant de menus faits ou de réflexions pouvant être attribués au héros, tous les points sur lesquels on s'était déjà mis d'accord.

La réunion du jeudi se prolongea jusqu'à trois heures du matin. Le président ayant proposé une pause avant de passer au dernier point de l'ordre du jour, les membres de la commission s'apprêtèrent à faire un petit somme, affalés sur leur siège, mais, à leur grand étonnement, le président spécifia qu'ils pouvaient rentrer chez eux pour goûter quelques instants de vrai sommeil. C'est ce qui ne leur avait été concédé de toute la semaine écoulée, et la plupart n'osèrent en croire leurs oreilles, jusqu'à ce que le président eût répété ce qu'il venait de dire. L'ultime point à traiter concernait la mort du héros, et il les autorisait donc à aller préalablement s'abandonner aux bras de Morphée, comme s'il eût été nécessaire de s'immerger aux confins de la mort avant de tenir conseil sur elle.

Que le héros dût mourir un jour, le fait avait été acquis d'emblée, car c'était le seul moyen de conférer tout leur poids à ses paroles et à ses actes, et cela permettrait en outre de le soustraire aux regards curieux de ses contemporains, surtout à ceux des journalistes étrangers qui n'allaient pas manquer de se démener pour décrocher une interview de l'homme-modèle de la Chine nouvelle.

Toute la journée du vendredi, dernier jour avant l'expiration du délai accordé, la commission s'attacha donc à définir quelle serait la mort idoine pour l'homme-modèle. Pas un de ses membres ne s'était imaginé que ce serait là une des phases les plus laborieuses de leur mission. Tous, au contraire, s'étaient figuré qu'ils en viendraient à bout sans difficulté aucune, et chacun s'était même dit : vivement qu'on en arrive à la mort, notre tâche sera alors pratiquement terminée.

Or, il en alla tout autrement. La matinée du vendredi passa, puis la mi-journée, puis s'écoula à son tour l'après-midi, et le crépuscule tombait déjà, qu'ils n'avaient pour ainsi dire fait aucun progrès. En fait, plus les heures filaient, plus ils avaient l'impression de s'y perdre. Mon Dieu, murmurait le président, nous voici en plein dans le pétrin !

Telle apparaissait bien la situation. Avis et suggestions fusaient de toutes parts, tous avaient le sentiment d'avancer, mais, en définitive, on ne faisait que revenir au point de départ. Un voile opaque les enveloppait, qu'ils étaient impuissants à déchirer. A peine en étaient-ils à discuter du choix entre une mort naturelle causée par la maladie et une mort accidentelle, que la polémique repartait de plus belle sur le choix de la maladie la plus appropriée au héros, autrement dit, non pas une de ces affections extravagantes et spectaculaires dont les intellectuels bourgeois aimaient à gratifier les créatures de leurs romans : infarctus du myocarde, hémorragie cérébrale (ah, la sournoise glorification du travail intellectuel !), diabète ou leucémie, mais un mal tout ce qu'il y a d'ordinaire, aussi simple que le reste du personnage, qui fût comme tous ses autres traits la risée de l'intelligentsia : un bon mal au ventre, ou de ces maladies qui ont quelque rapport avec la campagne, que l'on contracte au contact des bêtes de somme. Mais, au moment où la discussion battait son plein, un des membres de la commission fit remarquer qu'on avait perdu un temps précieux à parler médecine alors qu'on n'avait point encore décidé si la mort serait précisément causée par une maladie ou par un accident. Du coup, le débat repartit de zéro, ou plutôt du point à partir duquel il avait dévié, à savoir l'alternative entre hasard et nécessité, autrement dit, entre accident fatal et maladie mortelle – tout cela à grand renfort de citations de Mao, lesquelles se contredisaient néanmoins souvent l'une l'autre, tant et si bien qu'il fallait de longues palabres pour en donner une interprétation correcte, jusqu'au moment où on en arrivait à ne plus savoir de quoi on était en train de parler, et la discussion obliquait alors sur le genre d'accident à retenir, dans l'hypothèse, bien sûr, où ils finiraient par s'accorder sur le principe d'une mort accidentelle du héros. Mais cette question se révélait tout aussi épineuse que la précédente, elle ouvrait pareillement la voie à l'expression d'opinions divergentes, justes ou erronées. Outre l'hésitation entre un accident banal ou hors du commun – hésitation plus justifiée encore qu'en cas de maladie, car on sait qu'il peut y avoir des accidents plus spectaculaires, qui frappent davantage les imaginations qu'un trouble organique –, se posaient toute une série d'autres problèmes très complexes. Ainsi, par exemple, si l'on décidait que le héros passerait sous un train, ferait une chute de cheval, périrait dans un incendie ou se noierait dans une rivière, il convenait, dans chacun de ces cas, d'examiner par le menu tous les prolongements symboliques de la forme de décès envisagée, car ils pouvaient aller, si l'on n'y prenait garde, jusqu'à interférer avec la ligne générale du Parti, avec la lutte entre les deux lignes au sein de la direction, voire, plus gravement encore, alimenter des supputations qui vous donnaient la chair de poule rien que d'y penser, comme la question de la succession de Mao Zedong.

Des heures durant, la commission resta plongée dans toutes ces considérations. On écarta l'hypothèse de la mort sous les sabots d'un cheval, car elle risquait d'étayer le point de vue de ceux qui considéraient la paysannerie comme un frein dans la marche en avant de la révolution, l'image du héros piétiné par un cheval pouvant apparaître comme une illustration explicite de cette thèse réactionnaire. Passant d'un extrême à l'autre, on était sur le point de le faire mourir sous les roues d'un train, si quelqu'un ne s'était levé pour faire observer que cette mort différait assurément de la précédente, mais qu'elle ne s'accordait nullement avec l'idée de Mao Zedong selon laquelle c'est la campagne qui doit encercler la ville. Or, dans cette confrontation du héros et du train, autrement dit de la campagne et de la ville, c'est la ville qui l'emporte, expliqua-t-il : voilà ce dont nous devons nous inquiéter. Ces propos ramenèrent la discussion à l'étape antérieure. A présent, la chute de cheval ne paraissait plus une si mauvaise solution, ce qui incita deux ou trois voix à suggérer de panacher les deux formes de décès : le héros mourait alors qu'il s'efforçait de sauver un cheval à deux doigts de se faire écraser par un train. On jugea d'abord que c'était une fameuse trouvaille, mais, au bout d'un moment, l'ayant analysée à fond, cette solution parut rien moins que satisfaisante. Il se trouva même un des membres de la commission pour soutenir qu'elle était encore pire que les deux autres, car elle en cumulait tous les aspects négatifs. Ils finirent par s'emberlificoter à tel point dans ce méli-mélo d'homme-train-cheval, qu'ils décidèrent de laisser tomber cet écheveau inextricable et de se mettre en quête d'autres formes de trépas. Le feu et l'eau leur apparurent d'emblée comme les moyens les plus simples, mais, là encore, plus on approfondissait la question, plus la réponse devenait problématique. Le feu, c'est facile à dire, remarqua l'un des participants, mais ce mot recouvre en fait toute une série de points d'interrogation : qu'est-ce qui est consumé par ce feu ? et puis, le feu, la flamme ne sont-ils pas des symboles du mouvement révolutionnaire ? Pour ma part, je pencherais plutôt pour l'eau...

Mais l'idée de l'eau souleva des obstacles imprévus, à commencer par la sympathie notoire de Mao pour les fleuves, clairement exprimée dans nombre de ses pensées, et confirmée par sa fameuse remontée à la nage du Yang-Tsé, à la suite de laquelle des millions de Chinois s'étaient jetés qui dans la mer, qui dans les rivières, qui dans les canaux, qui dans les mares, qui dans les citernes, si bien qu'il aurait été de la dernière indécence de faire mourir le Chinois modèle en le noyant dans un fleuve. D'une certaine façon, cela revenait à dire que le président Mao, par son exemple, avait lui-même poussé cet homme vers son destin, l'avait en somme attiré dans l'eau pour qu'il y pérît. Non, mille fois non !

Il était trois heures et demie du matin et l'on discourait encore sur ce dernier point. Tous sentaient leurs cerveaux épuiser rapidement leurs dernières réserves de lucidité. Encore un peu, et il ne resterait plus dans leur crâne qu'une mélasse. Mon Dieu, qu'on en finisse au plus vite avant que nous ne perdions tous la boule ! gémissait de temps à autre le président. A quatre heures et demie, ils en étaient encore à parler de fleuves, de mares, de trains qui poursuivaient des chevaux pour leur rouler dessus, mais, à présent, leurs propos, non seulement par ce qu'ils exprimaient, mais aussi par leur débit, tenaient plutôt du délire. L'aube blanchissait déjà quand un des membres de la commission s'écria soudain, comme émergeant du sommeil : Il n'est donc pas encore mort ? Mais étranglez-le, pour l'amour du Ciel, ou bien assommez-le, comme vous voudrez, afin que nous sortions tous avec lui de cette agonie !

Cette explosion eut le don de rappeler à lui le président de la commission. Il s'ébroua, rassembla ses dernières ressources et déclara : Je suis d'avis que nous disions tout simplement qu'il est mort accidentellement en voulant sauver un camarade. Je n'en puis plus, vous me comprenez, tout cela est au-dessus de mes forces...

Les autres hochèrent la tête en signe d'assentiment et, en les passant en revue, le président fut presque étonné que leurs cous fragiles fussent encore capables de soutenir ces têtes que le manque de sommeil avait rendues cent fois plus pesantes.

Le secrétaire de séance avait consigné dans le procès-verbal la forme de décès ainsi adoptée et le président s'employait à refermer le dossier quand une voix s'écria : Et le nom ? Nous avons oublié de lui donner un nom !

Le baptême ne dura pas plus d'une minute. Ils l'affublèrent du premier nom qui leur passa par la tête : Lei Feng, et le dossier fut clos.

Le jour se levait quand ils sortirent à la queue-leu-leu, silencieux comme des ombres, du bureau du président. Celui-ci ne bougea pas. Il resta un long moment comme rivé à la table sur laquelle reposait le dossier. Puis il se leva et s'approcha de la fenêtre, d'où il regarda s'éloigner ses collaborateurs au long du chemin désert. Vous vous dandinez comme des bonnes femmes qui relèvent de couches, marmonna-t-il, c'est tout juste si vous tenez encore debout ! Il est vrai que ce n'était pas rien que de venir à bout de cette affaire...

Et de nouveau, dans son esprit brouillé, se précisa ce qu'ils venaient d'accomplir : ensemble, ils avaient accouché d'un homme mort.

Le matin le trouva toujours là, seul devant son dossier. Il chargea le premier courrier venu de le porter au *Zhongnanhai*, puis il retourna se poster près de la fenêtre tandis que le messager dévalait l'escalier. Ses yeux scrutèrent le chemin, attendant de voir l'homme s'éloigner, le dossier sous le bras. A deux ou trois reprises, une envie folle le prit de se précipiter à ses trousses en criant aux passants : Arrêtez-le ! Ramenez ce monstre tant qu'il n'est pas trop tard ! Supprimez-le comme on supprime les bâtards ! Étouffez cet antihomme, ce sous-homme, ce déshomme qui vient de naître !... Puis il rattraperait lui-même le courrier, il lui arracherait le dossier des mains et le déchirerait en mille morceaux, là, sous le nez des passants. Tandis qu'il imaginait la scène, il crispait ses mains tremblantes, les ongles enfoncés dans les paumes, comme s'il continuait à voir, sortant de ce dossier, s'épandre et joncher le sol les os et la moelle de cet homme qu'ils avaient fait naître et mourir dans de telles douleurs.

Monstre ! hoquetait-il tout en cherchant encore des yeux la silhouette du courrier qu'il n'arrivait plus à distinguer. Monstre enfermé dans ce dossier, propagateur de peste, plus rien ne t'empêche à présent de contaminer la Chine entière !

… Hier, rencontre avec Guo Moruo. Il m'a produit une impression lamentable. Il ne faisait que ressasser : Savez-vous ce que je représente, sur le plan de l'intelligence, par rapport à Mao Zedong ? Un nourrisson de trois mois… Puis il nous dit qu'il était contrarié par le fait que les ennemis du régime ne disaient pas assez de mal de lui. Cela le tourmentait au point qu'il en avait de longues insomnies.

– Je suis encore un intellectuel, répétait-il de temps à autre. Je vais aller me vautrer dans la boue, puis j'irai me purifier dans le fleuve.

J'ai pensé au *trifshatars*…

L'heure de la droite – Synopsis :

– Écoute-moi. Cette fois, tu peux être sûr que je ne me trompe pas : l'heure de la droite a sonné !

– Eh bien moi, je ne te crois pas. Et ne me regarde pas avec ces yeux-là. Je ne te crois pas, un point c'est tout. Et même, si tu veux savoir jusqu'au bout ce que j'en pense, je vais te le dire sans mâcher mes mots : je ne veux plus entendre parler de ça, j'en ai jusque-là, tu comprends, je ne veux plus savoir quelle heure va sonner, si c'est celle de la droite, de la gauche, de la demi-gauche ou du quart de droite. Je ne veux plus ! C'est tout. Je souhaite vivre normalement le peu de jours qui me restent, je ne peux plus supporter d'entendre ces histoires-là, j'en suis fatigué, recru, saturé !

– Si tu veux te boucher les oreilles, c'est ton affaire. Peut-être après tout n'aspires-tu plus à aucun engagement ? On dirait que tu t'es accoutumé au poison.

– Arrête, Lin Hen, ça suffit ! dit l'autre en se prenant la tête entre les mains.

Tous deux étaient assis dans un vieil estaminet où l'on servait du thé dans des gobelets en fer-blanc où il avait tôt fait de refroidir.

– Ne prends pas trop mal mes paroles, Lin Hen, mais ce n'est pas non plus ma faute. J'ai les nerfs en capilotade.

– Tu crois que mes nerfs à moi sont dans un meilleur état ?

– Je ne dis pas, mais... Malgré tout, fit-il tandis que sa main s'employait à déboutonner sa chemise, tu n'as pas sur le corps des marques comme celles-ci. Tu vois ces cicatrices ? s'écria-t-il en hurlant presque. Je les ai depuis l'époque où *cent fleurs se sont épanouies*, quand j'ai cru comme un idiot que l'heure de la droite avait sonné. Et cette autre trace-là, sous le sein, tu la vois ? C'est un souvenir de l'heure qui a suivi, celle de la gauche, quand, pour effacer le souvenir de l'heure de la droite, j'ai voulu me porter encore plus à gauche qu'il ne fallait, et, au cours d'un meeting, je me suis planté l'insigne à l'effigie de Mao dans la poitrine.

Il but deux ou trois gorgées de thé puis, ralentissant soudain le débit de ses paroles, il poursuivit d'un air songeur :

– J'ai été gravement infecté, et Dieu sait comment j'ai fini par m'en tirer. Car l'infection n'était rien, comparée aux souffrances que j'ai dû endurer à l'hôpital. Ma plaie est devenue la cause d'une empoignade générale. Le personnel s'est réparti en deux groupes antagonistes : ceux qui soutenaient que ma blessure était une plaie normale, qu'il convenait de soigner comme toutes les plaies, et leurs adversaires, qui hurlaient que l'insigne du président Mao ne pouvait créer un foyer d'infection et que je l'avais provoqué moi-même pour le discréditer. Il va sans dire qu'après l'échange d'arguments, dont une partie se passait juste au-dessus de mon lit où l'on déroulait et réenroulait mon bandage au gré des prescriptions de chaque camp, après donc ces polémiques, on en est venu aux échanges de coups, et l'hôpital a été le théâtre d'une formidable bagarre. J'avais une fièvre carabinée, je restais de longs moments à délirer, mais, même quand je revenais à moi, le cauchemar continuait, encore plus horrible que ceux que suscitait ma fièvre.

Chacun des deux camps prenait alternativement le dessus. Bien entendu, quand c'était la droite qui l'emportait, les médecins aux pieds nus étaient battus comme plâtre, leur pharmacopée populaire valsait par les fenêtres, était brûlée, piétinée, mais pour peu de temps, car à l'instant où l'on s'y attendait le moins, le sort de la bataille tournait, la gauche reprenait la situation en main, et alors, misère de moi, j'en frémis encore rien que d'y penser : la première chose que trouvaient à faire ses partisans, c'était de m'arracher mes bandages, de lire dans un meeting improvisé la liste des médicaments qu'avaient employés les praticiens afin d'y débusquer des sous-entendus et des messages hostiles au président Mao, etc., etc., jusqu'à ce que la semaine suivante, le triomphe des médecins aux pieds nus ayant subitement pris fin, les médecins de droite, que leurs adversaires, après les avoir convenablement rossés, avaient chargé de nettoyer les cabinets, eussent revêtu de nouveau leurs blouses blanches. Et ce petit jeu continua, cependant que mon état à moi ne cessait d'empirer. Un enfer, que dis-je, c'était même pire… Seigneur, je me souviendrai encore de ce cauchemar jusque dans ma tombe ! C'est pour cela que quand j'entends aujourd'hui les mots *droite* et *gauche*, mes cheveux se dressent sur ma tête. Tu comprends, Lin Hen, j'ai vu l'enfer de mes propres yeux, c'est pour ça que je ne veux plus, que je ne veux pas…

L'autre considérait son ami d'un regard ému qui conservait néanmoins quelque chose de dur et de froid.

– Je comprends fort bien tout ce que tu viens de me raconter… N'empêche que l'heure de la droite a sonné, Vun Fu. Je dirai même que tous les faits que tu m'as rapportés en ont été autant de signes précurseurs.

– Seigneur, comment croire encore à quelque chose ? fit l'autre en reboutonnant sa chemise à gestes lents, comme pour laisser entrevoir une dernière fois les marques violacées laissées sur son corps.

– On va ouvrir des magasins privés, murmura l'autre, on va rouvrir les églises…

Automne à Pékin

Dans le ciel s'est levée une bande d'oies sauvages.
Les derniers ors de l'automne se sont éteints à jamais.
L'hiver approche avec le froid et le gel dans ses bagages,
Sa funèbre grisaille et un plénum pour l'animer...

Les *datsibaos* à Pékin par jour de pluie. Le long mur couvert de dizaines de milliers d'affiches flottant à demi au vent. Tristesse kilométrique. Des lambeaux de feuilles de papier détrempés par la pluie, recélant des milliers, des millions d'effroyables injures. Authentique anti-automne !

ET POURTANT... Il me faut écrire ces mots en majuscules, et pas qu'une fois, mais trois, trois cents fois de suite : Et pourtant. Et pourtant. Et pourtant...

Et pourtant, oui, c'est un grand peuple, et je ferais montre de petitesse d'esprit si j'omettais dans ces notes de le rendre à ses vraies dimensions. Quoiqu'ils représentent un quart de l'humanité, les Chinois ont à coup sûr enduré la moitié des souffrances qu'ait connues le monde. Et si quelque jour était écrite une *Histoire de la faim* sur cette terre, les Chinois en seraient les protagonistes principaux. Misère immense, faim immense, immense archaïsme d'un vieux monde... Immense aussi devait être la force capable d'en renverser le cours.

Les Chinois l'ont eue. Il faut être insane ou rétrograde pour ne point l'admettre. Ils ont abattu ce vieux monde dont seule la poussière des décombres flotte encore sur la Chine. D'un côté explosent les délires de la Révolution culturelle, de l'autre ressuscitent d'anciens fantômes. En quelles vieilles archives a-t-on puisé le modèle des relations récemment instaurées avec nous ? Cette lutte de clans pour le pouvoir, ces fonctionnaires et accompagnateurs glacials qui nous séparent comme par un mur de ce peuple, de quelles chancelleries impériales est-on allé les tirer ?

Et pourtant. Et pourtant. Et pourtant... Étrange : je sens que j'aurai le mal de ce pays.

CHAPITRE XII

Skënder Bermema repoussa les feuillets puis se frotta le front de la paume de la main. Ses tempes étaient douloureuses. Pourtant, ses yeux ne parvenaient pas à se détacher du dernier manuscrit – *Séance de spiritisme dans la ville de N...* – sur lequel il hésitait : le lire ou non ?

Comme il l'avait écrit d'une seule traite, en l'espace de trois nuits, d'après un événement qui lui avait été rapporté dans un triste hôtel de Tchang Ha, la curiosité le poussait à vérifier ce qu'il en avait tiré, comme s'il s'agissait du manuscrit d'un autre.

De toute façon, sans même attendre sa décision, ses yeux avaient déjà commencé à lire :

Séance de spiritisme dans la ville de N...
Synopsis de récit

1

Le petit bateau jeta l'ancre dans le port fluvial de N... en se bornant à y décharger quelques caisses portant, inscrit en lettres noires, le mot *Insecticide*. C'était par un froid après-midi finissant de septembre et au moment où le bateau se replongeait dans la brume, les caisses, accompagnées des deux individus qui semblaient en avoir la garde, se trouvaient sur un camion *Xin Fu* roulant à vive allure vers le centre-ville. Plus tard, lorsque beaucoup de gens feindraient de se remémorer vaguement ce lointain après-midi, ils éprouveraient le plus grand mal à évoquer quelque détail précis. En fait, hormis le responsable du petit port et ses deux employés, nul n'avait assisté au déchargement des caisses, pas plus qu'à leur prompt chargement sur le camion. Aucune paire d'yeux humains, pas même ceux des hommes du port, n'avait davantage été en mesure de remarquer ce fait étrange que le camion *Xin Fu*, au lieu de se garer devant quelque commune agricole, la section sanitaire de la ville ou bien le bureau des fournitures hôtelières, s'était engouffré dans la cour arrière de la Direction de la Sécurité publique.

De toute évidence, on les attendait. A peine eurent-ils vu la portière du camion s'ouvrir que le chef Tchan et ses adjoints se précipitèrent vers le véhicule, et à voir la manière dont ils s'inclinèrent, n'importe qui se serait convaincu de la très haute importance de ceux à qui avait été confiée la garde de ces caisses.

– Nous serions allés vous accueillir là-bas, au port… mais les instructions… télégraphiques…

– Je sais, fit froidement l'un des nouveaux arrivants en coupant d'un geste de la main le discours de l'autre. Est-ce que tous ceux qui doivent être ici sont présents ?

– Assurément.

– Alors réunissons-nous, lança-t-il en se dirigeant le premier vers l'entrée du bâtiment. J'ai quelques mots à vous dire.

Dans le bureau du chef, assis tout autour de la table, les fonctionnaires locaux, le regard embrumé par le respect, l'incertitude, la terreur, considéraient les visages sévères des envoyés de la capitale.

– Comme vous l'imaginez, nous sommes dépêchés ici par le *Zhongnanhai*, le Bureau général, c'est-à-dire directement par le président Mao.

A entendre prononcer le mot *Zhongnanhai*, la terreur qui

jusque-là était encore éparse sur leur épiderme se mit à pénétrer profond dans leur chair, la pétrifiant en bloc.

– Comme vous le savez peut-être, enchaîna l'autre envoyé, le *Zhongnanhai*, malgré son appellation toute simple, occupe une place à part : en dehors du Parti, en dehors de l'État, en dehors de l'Armée et en dehors de vous-mêmes. En dehors veut dire ici : au-dessus. Il est au-dessus de tous et de chacun, car il est l'instrument du président Mao, le prolongement de sa main et de son cerveau.

Il s'arrêta quelques instants en plissant de plus en plus les paupières, ne tenant apparemment pas à ce que les autres perturbent le cours de sa pensée en venant à croiser son regard.

– Plus d'une fois, poursuivit-il d'une voix lente et grave, nos ennemis ont essayé de s'infiltrer dans notre Bureau pour y développer des courants hostiles. Ils ont cherché à entraîner des gens à nous dans des complots avec l'étranger, ils ont tâché de nous noyauter, ils nous ont calomniés, ils ont demandé que le *Zhongnanhai* soit jeté en pâture au diable, mais le Président nous a défendus. Il nous a défendus parce que nous sommes le sang de son sang, la chair de sa chair.

Brusquement, il tapa du poing sur la table et tous frémirent d'épouvante.

– Le président Mao, notre grand timonier, désire désormais disposer d'informations exactes, directes, inaltérées par qui que ce soit, provenant de la totalité de notre grande Chine. C'est pourquoi, à compter d'aujourd'hui, il va répandre et semer ces…

D'un mouvement raide, comme si son bras se fût subitement décollé, il désigna les caisses qu'il avait fait poser par terre, juste à leurs pieds.

– Ces microphones que nous avons apportés aujourd'hui dans ces caisses sont ses oreilles… Vous me suivez ? reprit-il après un silence. Tant que ces oreilles entendront bien, la Chine n'aura rien à redouter. Si elles viennent à se boucher, la Chine sera perdue. Tel est le message que nous vous délivrons aujourd'hui.

Encore abasourdis par ce qui venait de leur être dit, ils avaient le sentiment d'être dans l'incapacité d'en entendre davantage. Depuis qu'ils avaient été avertis que de mystérieux envoyés de la capitale apporteraient avec eux quelques caisses contenant du matériel secret, ils avaient bien imaginé qu'elles renfermeraient quelque chose d'insolite. Y ayant lu l'inscription *Insecticide*, leur supposition s'en était trouvée raffermie. Ils brûlaient d'impatience d'apprendre ce qu'elles recélaient, ils avaient songé à toutes sortes d'armes spéciales, à des explosifs, des pistolets de type nouveau, des gaz lacrymogènes ou des matraques électriques pour disperser les manifestants, mais en aucun cas à des microphones.

Qietingqi, qietingqi, marmonnaient-ils dans leur for intérieur comme pour se persuader qu'il s'agissait bien de cela, qu'ils ne rêvaient point. Ils comprenaient maintenant pourquoi, en même temps qu'eux, on avait convoqué des ingénieurs électriciens. Il y avait encore quelques instants, ils les avaient considérés avec mépris, voire avec une certaine jalousie : pourquoi ces têtes d'œuf viennent-elles fouiner ici chez nous ? A présent leurs regards se faisaient plus amènes.

C'étaient des micros que contenaient les caisses. Les oreilles du président Mao. Par milliers, dizaines de milliers, centaines de milliers. Dieu sait combien il pouvait y en avoir d'installés dans l'ensemble de la Chine… Les prodromes encore imprécis de l'extase gagnaient lentement leur âme.

Le mode d'installation et la description de ces appareils furent exposés par l'autre envoyé de la capitale. Il s'exprimait d'une voix étouffée, à peine audible. On devinait qu'à tant baigner dans l'univers des microphones, sa voix avait fini par se faire entendre comme à travers eux.

Tandis qu'il parlait, les deux ingénieurs invités griffonnaient des notes. L'envoyé commença par présenter les différents types de microphones qui se trouvaient dans les caisses : ceux à fixation permanente, ceux à fixation provisoire, sans oublier les minimicros qui pouvaient être placés subrepticement dans les vêtements des suspects. Il passa ensuite au mode de fixation de chacun de ces types, évoquant les diverses manières de les poser, de les brancher et de les débrancher (pour ces deux opérations, il usa des verbes *semer et récolter*), l'écoute à distance, la récupération et l'audition des bandes, tout en fournissant une foule d'autres détails.

Tandis que les ingénieurs continuaient à prendre fébrilement des notes, les autres, y compris le chef Tchang, écoutaient bouche bée. Nul n'avait remarqué qu'au dehors, la nuit était tombée depuis longtemps, une sale nuit, pluvieuse et venteuse.

2

La même nuit, dans la rue L'Orient rouge, sous les rares lanternes que les rafales faisaient se balancer lugubrement, Van Mey, citoyen de la ville de N..., clopinait en direction de la maison d'un de ses amis. Ce n'était pas seulement le mauvais temps, la pluie, ces lampes au-dessus de sa tête, rendues encore plus blafardes et cafardeuses par la brume, qui suscitaient ce frisson au fond de son âme. Non, c'était quelque chose d'autre, de plus profond. Tout au long du chemin depuis son domicile, il tournait et retournait la même réflexion dans sa tête : il lui semblait proprement incroyable que, par cette nuit de fin septembre, dans la ville de N..., en République populaire et socialiste de Chine, alors qu'autour de lui la Révolution culturelle battait son plein, lui, citoyen Van Mey, chimiste au laboratoire de l'Usine n°4, membre des syndicats, loué pour son zèle dans l'étude des citations du président Mao et ses interventions lors des réunions organisées dans le cadre de la dénonciation de Liu Shaoshi, du libéralisme de Den Xiao-ping, de l'idéalisme de Confucius, des quatre mysticismes, des sept démons de la campagne, etc., fût sorti de chez lui pour aller participer à une séance de spiritisme...

Et par une nuit pareille, Seigneur! se répétait-il. Comme si elle avait été faite sur commande pour la circonstance!

Une huitaine auparavant, lorsque deux de ses vieux

camarades – ceux en compagnie desquels, des années durant, il avait ronchonné à voix basse contre cette vie aride, dépouillée de quoi que ce fût qui vînt réchauffer l'âme, sans un restaurant, sans un vieux rite, sans un flirt délicat avec quelque femme séduisante, contre ce quotidien que l'on pouvait plutôt considérer comme l'ivraie de l'existence, alors que le bon grain en était goûté ailleurs, cette vie où tout était insipide, comme le riz sans garniture ni assaisonnement de la cantine, où la peur elle-même était laide, l'angoisse sèche et calculée, totalement étrangères l'une et l'autre à la bonne vieille frayeur qu'inspirent esprits et fantômes –, une ou deux semaines auparavant, donc, quand ses deux camarades lui avaient déclaré qu'ils s'étaient débrouillés pour organiser une séance de spiritisme, il en était resté baba: était-ce possible? ne se moquaient-ils pas de lui? Une séance de spiritisme!... Pouvait-on trouver encore pareille relique sur le sol chinois? Même lorsqu'ils lui avaient juré leurs grands dieux que non seulement c'était vrai, mais que le médium qu'ils avaient dégotté n'attendait plus que de connaître le soir où ils souhaitaient se réunir, il n'avait pu encore se résoudre à les croire. Mais est-ce quelqu'un de sûr, avait-il demandé, ne serait-ce pas un provocateur qui nous conduira à notre perte? Nenni, l'avaient-ils tranquillisé, on peut s'y fier comme à nous-mêmes, ne te fais pas de bile.

Et voici qu'il se rendait à présent à l'endroit convenu pour lancer le plus grand défi qui soit à cette vie saturée de réunions, de slogans, de citations, de formules creuses, de haine et de stérilité. Il était prêt à en céder tout le contenu pour un brin de terreur authentiquement baroque.

Parvenu devant la porte, il frappa. Quand il entra, il était saucé. Ses deux amis et le médium l'attendaient. Ce dernier arborait un teint de plâtre, une peau flasque, des cheveux comme collés au crâne, de grosses poches sous les yeux. Il n'a pas l'air d'un provocateur, se dit-il; il respire vraiment la vieille Chine.

Le logement était exigu, peu garni: une table en bois, comme partout, quelques verres, une bouteille Thermos, sans oublier le recueil des citations de Mao sur une étagère. Les yeux du médium ne se posaient nulle part: on aurait dit que son regard était tourné en dedans, vers l'intérieur de son crâne. Tous étaient économes de paroles. Le maître de céans versa le thé contenu dans la bouteille Thermos dans les verres. Il sourit d'un air coupable au médium:

– Eh bien, Tchaï Chang, nous avons songé à organiser cette soirée... et nous vous serons éternellement reconnaissants d'avoir rendu possible cette chose si rare à notre époque...

Le médium écoutait, le visage impassible. Peut-être lui-même nourrissait-il ses propres doutes à leur sujet: ne seraient-ce pas des provocateurs l'attirant dans un piège?

– J'ai trouvé les bougies dont vous avez souligné le caractère indispensable, reprit le maître de maison. Je ne sais s'il vous faut autre chose...

Le médium tourna la tête vers les fenêtres dépourvues de rideaux.

– Ah, je comprends, on risquerait de nous voir... Et il faut pouvoir justifier de quelque manière l'extinction de la lumière électrique et la flamme des chandelles. J'y ai également pensé: nous allons ôter les plombs, de sorte que, même si quelque curieux venait à frapper... Mais je n'y crois guère: il est tard, et à plus forte raison par une nuit pareille...

– Il n'y a aucun danger, fit l'autre ami de Van Mey. Même si quelque curieux cherchait à jeter un coup d'œil, il ne verrait que quatre personnes qui, à la suite d'une panne d'électricité, devisent à la clarté de deux bougies.

– Les vitres ruissellent, ajouta le maître de maison; de l'extérieur, on ne voit pour ainsi dire rien de ce qui se passe dans cette pièce. Que faut-il faire à présent, Tchaï Chang? dit-il en s'adressant au médium. Nous sommes à vos ordres. Dites-nous seulement ce que nous devons faire.

Le médium désigna d'un geste la lampe nue qui pendait:

– Ôtez les plombs, comme vous l'avez dit.

Sa voix était normale, moins mystérieuse que Van Mey ne s'y serait attendu.

Le maître de maison tira du buffet deux bougies, les alluma et passa dans le couloir. Quelques secondes plus tard, l'appartement sombra dans l'obscurité, jusqu'au moment où les yeux, s'accoutumant à la lueur des chandelles, y retrouvèrent un peu de la clarté perdue.

Ils se dévisagèrent et Van Mey eut la sensation que le frémissement de la flamme des bougies se communiquait à tout son être.

– Vous allez vous concentrer, vous concentrer très fort en pensant à celui dont vous convoquez l'esprit ce soir, dit le médium en les enveloppant tous trois du regard. Ce n'est qu'avec votre aide que je pourrai le faire revenir.

– Comment ça? laissa échapper le maître de maison. A dire vrai, nous n'avons pas réfléchi à quelqu'un de particulier...

– Vous n'avez pas choisi votre mort?

Ils s'entre-regardèrent.

– Eh bien, c'est-à-dire que... Nous pouvons aussi bien le désigner maintenant. Excusez-nous, Tchaï Chang, mais nous étions si troublés que nous n'avons pas pensé aux détails... Y a-t-il quelque empêchement à ce que nous en décidions à l'instant? Est-ce permis?

– Oui, c'est tout à fait possible, fit le médium.

– Alors, rien de plus facile, dit le maître de maison. Il y a plusieurs morts dont nous souhaiterions entendre la voix, mais, parmi eux, il en est un, sans nul doute, que nous aimerions appeler avant tout autre, c'est Qan Shen, notre cher Qan Shen, qui nous a causé une si grande douleur et qui a laissé un si grand vide en disparaissant. Qu'en dis-tu, Van Mey?

Van Mey avait esquissé un signe d'acquiescement avant même que l'autre eût terminé sa phrase. Qui d'autre auraient-ils pu appeler, si ce n'est Qan Shen avec qui ils avaient partagé tant de parlotes à voix basse jusqu'à sa mort subite, l'année précédente? Jusque dans le souffle de Van Mey se perçut un profond chagrin.

– D'autant plus que sa mort... dans des circonstances si suspectes...

Pourrons-nous l'interroger là-dessus? se demanda Van Mey. Seigneur! Ça vous donnait froid dans le dos.

– Et il va venir, on pourra communiquer avec lui?

– Je pense que oui, fit le médium. Ça dépendra de vous. De moi aussi, bien sûr.

– Pardonnez-nous notre ignorance, Tchaï Chang, mais je voulais encore vous demander s'il est vrai, comme je l'ai entendu dire, que dans certains cas, on peut non seulement entendre la voix du défunt, mais même l'entr'apercevoir confusément, s'enquit le maître de maison. Excusez-moi si je dis là quelque bêtise…

– Oui, il est possible de l'apercevoir, répondit le médium, mais généralement pas lors de la première séance, et, cela s'entend, pas entièrement. On peut voir apparaître l'ombre de sa main ou de son visage, ou bien d'une autre partie de son corps, un peu comme sur une radiographie: une image floue…

– Bien sûr, fit le maître de maison d'une voix tremblante, bien sûr… C'est déjà beaucoup… Et maintenant, qu'allons-nous faire?

– On va commencer, dit le médium.

Ce qui se passa ensuite, Van Mey devait échouer plus tard à se le remémorer comme un tout. En fait, la scène était bien en totalité dans sa mémoire, mais en fragments qui ne s'imbriquaient plus du tout dans le temps et dans l'espace. Peut-être est-ce l'effet de la lueur vacillante des bougies, de la pluie ruisselant au-dehors, ou du silence où s'abîmait leur pensée tendue vers le mort – Qan Shen, c'est nous, tes amis chagrinés, qui t'appelons; du fond de notre tristesse, nous ne pouvons t'oublier –, peut-être est-ce tout cela qui rogna les contours de ces fragments au point que sa mémoire ne puisse plus ultérieurement les jointoyer.

Van Mey avait le regard rivé sur le médium dont les traits se départaient sous leurs yeux de la vie qui l'animait, au point de se mettre à ressembler à un masque. Mais tandis que son visage se figeait, sa poitrine, elle, haletait de plus en plus fort. Il y avait dans ce souffle comme un ahan, une plainte continue, et, par intervalles, un râle étouffé. Depuis un long moment, il était entré en transes, et au bruit rauque de sa respiration, on devinait qu'il bandait toutes ses énergies pour convoquer l'esprit. Apparemment, ce n'était pas le plus facile. Dieu sait quels abîmes cet appel devait franchir, sans compter que la nuit et le vent l'empêchaient peut-être de parvenir à son destinataire.

... Qan Shen, nous t'attendons, implorait silencieusement Van Mey. Accepte, accepte donc de descendre parmi nous qui sommes si malheureux... Et ses deux camarades lui adressaient certainement la même supplique.

Finalement, après un long, très long moment, la respiration du médium se modifia quelque peu. Il s'y fit comme un silence dans lequel on sentait une présence.

– Tu es là, n'est-ce pas, Qan Shen? murmura le médium. Parlez-lui, maintenant.

Mais ils avaient les lèvres collées. Ni à ce moment-là ni par la suite ils ne furent à même de se rendre compte s'ils étaient parvenus à lui parler ou bien s'ils avaient seulement pensé ces mots: Qan Shen, excuse-nous de t'avoir dérangé par une nuit pareille...

– Ne m'interrogez pas, lança brusquement le médium en retransmettant les paroles du mort. Ne m'interrogez pas sur ce jour-là! Il vaut mieux que vous ne sachiez pas... Il est toujours trop tard...

Ce furent les seuls mots qu'ils entendirent. Ils eurent beau s'adresser à nouveau au mort, il ne leur répondit plus.

– Il est vite reparti, fit le médium quand il eut repris ses esprits. Peut-être restera-t-il plus longtemps la prochaine fois?

Les yeux ronds, ils contemplaient le visage plâtreux du médium, sur lequel le masque se dissolvait peu à peu pour laisser réapparaître sa peau. Mais, maintenant que le masque en avait été détaché, sa texture semblait différente.

Il était près de minuit lorsqu'ils sortirent et partirent chacun dans sa direction, cependant que le vent sifflait et que la pluie tombait toujours en faisant osciller au-dessus de leurs têtes les lueurs blafardes des falots de la rue.

3

Quatre jours plus tard, dans le bureau du chef Tchan se tint une nouvelle réunion, cette fois élargie à tous ceux qui allaient diriger l'opération d'installation des microphones dans la ville de N... Y assistaient les deux représentants du *Zhongnanhai*.

Après un bref compte rendu sur la formation des premières équipes techniques destinées à se mettre au travail, le chef Tchan céda la parole à l'homme du *Zhongnanhai* qui allait traiter des règles de la surveillance.

Jetant un regard dédaigneux sur les participants, l'envoyé de Pékin ouvrit son intervention par une interrogation:

– Tout au long de ces journées durant lesquelles vous vous êtes penchés sur ce problème, sans doute vous êtes-vous souvent demandé: où seront placés ces microphones? qui sera épié, suivant quels critères? La réponse du *Zhongnanhai* à cette question est claire et nette: les *qietingqi* seront placés partout. Vu? Maintenant, passons à la suite. Il en est sûrement, parmi vous, pour penser: peut-être le mot *partout* que je viens de prononcer ne comprend-il pas le Parti, autrement dit ses fonctionnaires. La réponse du *Zhongnanhai* est tout aussi nette sur ce point: si quelque soupçon se fait jour, les micros seront placés partout et auprès de qui que ce soit, du bureau du premier secrétaire du comité de Parti jusqu'à l'individu le plus humble. Je ne m'étendrai pas davantage sur ces critères. Avant d'en terminer, je voudrais insister sur trois recommandations: primo, le *Zhongnanhai* ne connaît aucune restriction; secundo, rien ne doit échapper aux oreilles du président Mao; tertio, enfin, vous répondez du secret de l'opération sur vos têtes.

Paupières baissées, les participants notaient ses propos sur des calepins. En dépit de leur sévérité, l'extase dont ils avaient éprouvé un avant-goût lors de la réunion précédente les envahissait tous à présent. Sous peu, ils allaient accomplir ce travail magique: ils entendraient ce que les gens croyaient hors de portée de toute oreille: explosions de colère contre l'État, potins, épanchements, cris dans le sommeil, turpitudes, râles d'amour. Chez certains, cette perspective suscitait d'avance un ralentissement de la respiration, un dessèchement du palais, un alanguissement du corps. D'autres imaginaient déjà certaines gens qu'ils détestaient ou enviaient, des femmes qu'ils n'avaient pu séduire, qu'on disait frigides ou au contraire d'une sensualité débordante. D'autres encore rêvaient découvertes de complots, décorations, carrières fulgurantes.

La séance levée, le chef Tchan, resté seul dans son bureau, demeura un bon moment les yeux rivés sur le cendrier. L'espèce d'envoûtement qu'à l'instar de tous les autres il avait lui aussi éprouvé, ne lui procurait aucune joie. Une crainte diffuse avait étouffé dans l'œuf son premier mouvement d'exaltation. Non pas la simple peur des responsabilités, des aléas, de la jalousie des officiels et de leur vengeance possible, non, plutôt une frayeur d'une autre nature, beaucoup plus floue, qui lui faisait d'avance froid dans le dos... Il allait écouter les abîmes, sonder leurs secrets, s'immerger dans les ténèbres humaines. Seigneur, mais cela revenait en somme à descendre aux enfers, là où personne n'est allé! Et justement parce qu'il pénétrait dans une région interdite, il eut le sentiment qu'il risquait d'en être châtié.

4

Les premiers micros furent placés dès la fin de la semaine. On commença par ceux dont certaines conditions favorables rendaient l'installation plus facile: dans quelques chambres de l'hôtel central de la ville, dans un certain nombre de bureaux, dans la villa réservée à l'hébergement des délégations étrangères, dans deux ou trois appartements dont les occupants étaient absents pour raisons de service.

Il était normal que ce travail débutât ainsi, dans des conditions fort aisées, sans précipitation ni alarme, jusqu'à ce que l'on acquît l'expérience nécessaire. Pourtant, les techniciens savaient qu'il n'en irait pas indéfiniment ainsi, qu'ils n'auraient pas toujours à décrocher en toute tranquillité le lustre d'un plafond ou le revêtement d'un canapé pour y introduire l'appareil, cependant qu'un camarade faisait le guet à la porte. Ils n'ignoraient pas qu'à bref délai, ils seraient bien obligés de travailler dans d'autres circonstances, peut-être même parfois en présence des futures victimes, qui les croiraient occupés à réparer un commutateur ou un robinet détraqués, alors qu'ils seraient en train d'y fourrer un micro.

De fait, la semaine suivante, le contingent de micros à installer (comme en toute chose, on opérait ici conformément à un plan) avait quadruplé. Déguisés en plombiers, en peintres en bâtiment ou en ramoneurs (rien de plus facile que de boucher les cheminées de l'extérieur pour inciter l'individu espionné à faire venir quelqu'un pour les nettoyer), les techniciens se lancèrent dans l'installation en masse des micros-espions. A deux reprises, ils frôlèrent le scandale, les poseurs de micros ayant failli être pris la main dans le sac, et Dieu sait ce qui se serait alors passé s'ils ne s'étaient souvenus qu'en pareils cas, ils devaient feindre d'être des malfaiteurs ordinaires, afin qu'on les conduisît dans les locaux de la police où l'on imagine bien qu'ils se rendaient avec empressement.

Simultanément à la pose des micros permanents se poursuivit l'installation d'appareils d'écoute à distance, et on procéda même à une série d'essais. Mais la mise en place de quatre minimicros, à la fin de la semaine, fut considérée comme un succès tout particulier. C'étaient aussi les micros les plus onéreux et, comme ces appareils n'existaient qu'à un petit nombre d'exemplaires, on avait recommandé aux équipes d'en prendre un soin jaloux. Mais de tous les micros, c'étaient précisément ceux qui posaient le plus de problèmes, et les techniciens s'étaient mis à trembler d'avance rien qu'à en entendre parler. Les difficultés étaient grandes, tant pour les placer que pour les ôter. La première et la principale résidait en ceci que, conçus pour suivre le suspect dans ses moindres déplacements, il fallait nécessairement les glisser dans ses vêtements. (C'est pour ça que l'État a dépensé des sommes colossales pour les miniaturiser, avait fait remarquer l'un des deux envoyés du *Zhongnanhai*.) Cependant, avait-il poursuivi, c'est bien beau de vouloir placer des micros dans les vêtements de quelqu'un, encore faut-il surmonter pour commencer un gros obstacle: à la différence d'un buffet de cuisine, d'une cuvette de W.-C. ou d'un lit matrimonial que l'on peut trafiquer à sa guise en l'absence de l'intéressé, la personne visée porte ses effets sur elle, de sorte qu'il semble qu'on en soit réduit à le lui fourrer dans une de ses poches. Mais, si distraite et étourdie qu'elle soit, comment ne s'en apercevrait-elle pas? Et à supposer qu'on y parvienne, comment penser qu'elle ne finira pas par mettre la main dans sa poche et trouver au fond notre zigomar? Et même dans le cas où il n'en irait pas ainsi, s'agissant d'un de ces individus qui glissent rarement les mains dans leurs poches et les y enfoncent encore moins, comment parviendras-tu à récupérer le micro que tu lui as collé? (Car les appareils doivent être recueillis une fois leur tâche accomplie, et cela pour deux raisons, avaient précisé les envoyés: primo, parce qu'en aucune circonstance l'État chinois n'entendait enfreindre le sacro-saint principe d'économie en considérant les micros semés çà et là comme des objets perdus; secundo, parce que, comme tous appareils ultra-secrets, ils ne devaient à aucun prix tomber aux mains de personnes étrangères.) Sur ce point, donc, aucune ambiguïté: de là où on s'est donné tant de mal à fourrer le *qietingqi*, il faut l'en retirer avec autant de peine... Eh bien non, vouloir le glisser dans une poche serait tout simplement absurde, avait enchaîné l'envoyé de la capitale avant de passer à l'examen d'autres méthodes. Restait la pose des appareils à l'intérieur de la doublure des vêtements, mais, pour ce faire, il fallait d'une certaine manière la découdre, puis la recoudre, ou bien encore y ouvrir une légère fente, quasi imperceptible, juste assez large pour y introduire le micro. Mais, du coup, le vêtement où serait glissé l'appareil ne devait pas être porté à ce moment-là. Il était donc nécessaire de pénétrer en son absence dans la maison du suspect pour y effectuer l'opération, tout comme dans le cas du robinet ou du commutateur trafiqués.

Si le suspect possédait un autre costume, le problème pouvait être considéré comme résolu, mais dans le cas contraire (le plus fréquent), quand il n'en avait qu'un, comment allait-on procéder? Il y avait bien une solution, consistant à placer le micro dans la tenue de l'autre saison, suspendue pour l'heure dans l'armoire. Mais cette possibilité faisait surgir un autre grave problème: la surveillance de la victime en hiver devait être programmée dès l'été, et vice-versa, ce qui ôtait au travail de renseignement toute régularité, et on finissait par en perdre le fil. C'était vraiment la quadrature du cercle. L'envoyé de la capitale avait longuement souri: que restait-il à faire? Il ne demeurait qu'une issue: profiter du moment où le vêtement était provisoirement ôté dans quelque lieu public (lors des séances de gymnastique matinales, aux vestiaires jouxtant les salles ou les bureaux chauffés, durant le cross-country de masse au printemps, à l'occasion des rencontres amicales sportives, etc.). Le suspect devait être suivi pas à pas pendant des jours, voire des mois, jusqu'à ce que se présentât l'occasion de lui glisser son *qietingqi*. Pour ce qui est de le lui reprendre, sans attendre qu'il retournât aux bains publics ou au prochain cross-country de printemps, on agissait plus simplement: on le guettait, un soir qu'il rentrait chez lui, on feignait une attaque par des malfaiteurs, et on le dépouillait un petit instant de la veste, du blouson ou du pantalon où avait été introduit le minimicro.

Mais, même dans ce cas, quand on trouvait donc moyen de disposer brièvement du vêtement ôté par la personne visée, voire, dans l'idéal, quand ce vêtement se trouvait déposé au vestiaire et était un blouson molletonné (offrant par conséquent les meilleures possibilités de dissimuler l'appareil), il ne fallait pas croire pour autant que tous tracas étaient dissipés. Absolument pas! avait péremptoirement souligné l'homme du *Zhongnanhai*. Sans parler d'éventualités banales comme la sortie inopinée du suspect de la salle de réunion, du bureau ou de l'atelier (ces cas-là pouvaient de quelque manière être évités), il fallait un sang-froid à toute épreuve et une adresse non pareille pour mener l'opération à bien, notamment pour se souvenir exactement de l'endroit où la doublure avait été fendue, de sorte qu'au moment d'en retirer le micro (pour *la cueillette du fruit*: telle était l'expression consacrée de l'homme du *Zhongnanhai*), il ne fût pas besoin de la déchirer par tous les bouts et de réduire le blouson en lambeaux pour trouver l'appareil glissé sous le molleton, mais de l'ouvrir juste là où il fallait. Tous ces soins et précautions devaient être décuplés, pour ne pas dire centuplés, lorsqu'il s'agissait d'appareils rarissimes, baptisés micros autonomes. A la différence des autres, ceux-ci contenaient eux-mêmes leur propre bobine d'enregistrement, d'où leur appellation; mais ils étaient si coûteux que l'État hésitait encore à en poursuivre la fabrication. Ses plus chauds partisans arguaient du fait que c'étaient les seuls appareils capables d'assurer la surveillance de la victime quand elle venait à effectuer des déplacements imprévus et lointains, sortant ainsi du rayon d'action du centre d'écoute. Dans ces cas-là, inutile de préciser que ce type d'appareil fonctionnait jour et nuit, depuis le moment de sa pose jusqu'à l'épuisement de la pile qui l'alimentait. On conçoit aussi que la *cueillette* des micros autonomes était un impératif absolu, non seulement en raison de leur prix, mais parce que ce n'était qu'après récupération qu'on pouvait inventorier leurs trésors accumulés.

Le chef Tchan était désormais au courant de ces données, entre autres éléments de même nature, et c'est pourquoi, lorsque les techniciens vinrent lui annoncer, tout joyeux, qu'ils avaient finalement réussi à placer cinq minimicros et deux *qietingqi* autonomes dans les blousons de ceux qu'ils suspectaient, il s'était frotté les mains de satisfaction.

– Seulement, leur rappela-t-il, n'oubliez pas que vous n'avez accompli que la moitié du travail. L'autre moitié, peut-être la plus ardue, reste à faire!

Les techniciens comprirent qu'il faisait allusion à la *cueillette* des appareils.

5

En dépit des instructions strictes et réitérées en vue de préserver le secret, le bruit commença à courir, sous la forme d'un murmure d'abord craintif, puis de plus en plus distinct, qui finit par se muer en rumeur générale, encore qu'étouffée: dans la ville de N…, on installait des micros d'écoute. En vain le chef Tchan s'efforça-t-il de trouver la faille à travers laquelle avait filtré le secret; c'est tout aussi inutilement que ses adjoints se livrèrent à des investigations, eurent recours à des menaces, voire même à des arrestations pour découvrir quelque piste. Il apparut bien vite que ces efforts seraient infructueux. Ce qui terrifiait par-dessus tout le chef Tchan, c'était la présence des représentants du *Zhongnanhai*, encore en ville. Ils n'allaient pas manquer d'être au courant et ils feraient un foin de tous les diables. Il nourrissait encore un faible espoir qu'ils s'éloigneraient sans avoir rien flairé: en fin de compte, de qui pourraient-ils l'apprendre, si ce n'était de lui? C'est ainsi qu'il se rassurait. Mais le jour arriva où l'un d'eux, le plus revêche, lui dit abruptement: on parle beaucoup en ville des micros, comment expliques-tu ça? Le chef Tchan resta pétrifié. Il blêmit, se mit à balbutier et n'en crut pas ses yeux lorsqu'il vit l'autre sourire.

– Rien de plus naturel, dit-il. C'est ce qui se produit dans la plupart des cas.

Le chef Tchan ne voyait toujours pas très bien ce que l'autre entendait par là.

– Mais n'est-ce pas nocif? Cela ne sabote-t-il pas…

Voilà que je mets moi-même les pieds dans le plat! Quel besoin ai-je de lui rappeler ça?… Pourtant, quelque chose en lui-même l'incitait à prendre ainsi les devants.

– Oh non! lui répondit à son vif étonnement l'homme du *Zhongnanhai*. A côté de ses inconvénients, la rumeur a aussi ses bons côtés. Son plus grand avantage est qu'elle tend à tout transformer en légende. Les gens inventent tant de choses inexactes, déformées, irréelles, fantastiques à propos de ces micros, que vient le jour où cette rumeur, qui paraît au début aiguiser la vigilance des gens, est précisément ce qui les endort peu à peu. C'est alors que sonne pour de bon l'heure des *qietingqi* !

Soulagé, le chef Tchan avait allumé une cigarette. Il ne tenait pas en place, dans l'attente des premiers résultats de la nouvelle technique. Ses propres informations continuaient néanmoins de lui parvenir à travers le vieux réseau, le canal primitif, celui de l'oreille humaine. Ses espions, probablement parmi les premiers à apprendre l'arrivée des microphones, se sentaient sûrement offensés. Voici qu'avec l'introduction des appareils modernes, on allait les mettre au rancart comme des vieilleries. Le chef Tchan avait des renseignements selon lesquels c'était déjà ce qui se murmurait parmi eux. Leur mécontentement avait atteint un degré tel qu'il s'était vu contraint d'organiser une réunion avec ses indicateurs d'élite. Plus glorieux les uns que les autres, c'était la fine fleur de leur corporation: leurs missions de surveillance, devenues fameuses, étaient entrées dans l'Histoire. Ainsi celle de Hun Hu, qui était resté trois jours et trois nuits figé comme un cadavre à la morgue pour épier sa victime désormais décédée, mais à la mort de laquelle il ne croyait pas encore, dans l'espoir de pouvoir lui arracher encore un mot, fût-ce quelques paroles adressées à soi-même à la toute dernière extrémité. Il y avait là Xin Fung le sourd, décoré par le président Mao en personne pour avoir, après cent heures de guet ininterrompu à proximité de la découpeuse géante d'une fabrique (dont le vacarme vous assourdissait à cent pas), complètement perdu l'ouïe. D'autres encore avaient consenti toutes sortes de sacrifices pour l'accomplissement de leur mission, abandonnant femme et enfants, renonçant définitivement au mariage, etc., jusqu'au fameux Chan Vung, orgueil de la confrérie épieuse de N..., qui s'était crevé volontairement les yeux pour aiguiser par compensation son sens auditif.

Le chef Tchan n'ignorait rien de cela et c'est pour cette raison qu'il leur parla avec une considération et une chaleur particulières, évoquant cette glorieuse et tri-millénaire tradition du guet, qui, pour la première fois en Chine, avait été mise au service du peuple, affirmant qu'aucune technique, si perfectionnée fût-elle, n'était en mesure de se substituer à l'oreille, car le facteur humain l'emportait toujours sur les autres, et il fallait être un technocrate ou un révisionniste pour penser le contraire. Puis, en venant à la possibilité d'utiliser des appareils d'écoute, il indiqua que c'étaient là des moyens spéciaux destinés à des cas d'espèce, principalement aux étrangers, si bien qu'ils n'avaient rien à voir avec la grande surveillance intérieure. De même que dans l'agriculture où, de pair avec la technologie moderne, on continue d'utiliser les bêtes de somme, de même qu'en médecine où, aux côtés des praticiens diplômés, continuent de servir les médecins aux pieds-nus, dans la surveillance aussi, parallèlement aux microphones continuerait d'œuvrer, en y conservant même le rôle essentiel, l'oreille humaine. Entraîné par l'éloquence, il repartit à tresser des couronnes à l'oreille, la hissant toujours plus haut par rapport au microphone qui n'en était en fin de compte qu'une pâle imitation; il souligna ensuite que l'oreille éduquée aux citations de Mao Zedong était irremplaçable, et conclut son discours en leur laissant entendre qu'eux-mêmes, de la sorte, l'étaient aussi.

Réconfortés, les épieurs s'égaillèrent dans la nature pour livrer les jours suivants une moisson de renseignements sans précédent par son ampleur et sa qualité. Tandis qu'il feuilletait le très volumineux dossier posé devant lui, le chef Tchan se dit que les raisons d'un pareil afflux pouvaient être au nombre de deux: ou bien les espions avaient travaillé avec un zèle exceptionnel, justement pour montrer de quoi étaient encore capables de vieux loups du renseignement et réfuter les dires de ceux qui les considéraient comme de pauvres ringards sur la touche; ou bien les gens eux-mêmes, confrontés dans leur existence quotidienne au changement qu'allaient y provoquer les micros en annihilant la rumeur publique, se hâtaient de profiter du peu de temps qui leur restait pour murmurer, murmurer encore à satiété.

Ou c'est l'un, ou c'est l'autre, songea le chef Tchan en

frottant ses yeux fatigués par la lecture. En fait, il y avait les plus grandes chances que les deux causes se fussent conjuguées.

Non sans un sourire narquois, il nota le soin particulier qu'avaient mis les épieurs à rapporter la rancœur et le mécontentement des gens à l'encontre des *qietingqi*, comme s'ils eussent eux-mêmes caressé quelque dernier espoir que cette insatisfaction pût contribuer à balayer ces appareils de la scène.

Le chef Tchan resta un long moment à étudier les commentaires qui avaient été recueillis à ce sujet: invention du diable blanc, qui va changer en mal le monde...; une énième dimension de notre univers, mais en quoi cette dimension mauvaise peut-elle être de quelque utilité pour l'humanité?...; la mise au jour de ce qui se murmure équivaut à celle de l'enfer; dévoiler les messes basses, c'est comme lever le rideau sur l'enfer...; l'humanité risque d'en perdre la raison...; alors que l'avion a sa préfiguration dans le tapis volant des légendes, la télé dans le miroir magique capable de réfléchir n'importe quel lieu du globe, où trouve-t-on la toute première préfiguration des micros-espions? Ils sont en germe dans la voix des fantômes et des vampires, dans l'occultisme, la magie noire, les séances de spiritisme et toutes sortes d'autres rebuts du vieux monde...

Ouais, fit le chef Tchan en relevant les yeux du dossier.

6

En sortant de l'usine, il entendit quelqu'un le héler depuis le trottoir:

– Van Mey!

Il tourna la tête et se réjouit de les apercevoir tous deux. Depuis cette fameuse nuit, ils ne s'étaient plus rencontrés.

– Comment vas-tu, Van? Cela fait un sacré bout de temps qu'on ne s'est revus.

– Et vous deux, comment ça va?

– Bien, bien. Nous avons pensé venir te dire un petit bonjour, comme tu…

– Vous avez bien fait, très bien fait. Moi-même, j'ai été très occupé toutes ces fins de journées…

Pourquoi, à l'issue de cette soirée, au lieu de se revoir au plus tôt, dès le lendemain même, pour échanger leurs impressions, tous trois avaient-ils évité de se rencontrer? Qu'est-ce que l'esprit convoqué cette nuit-là avait suscité entre eux trois?

– Tu t'es payé un nouveau blouson?

– Eh oui! répondit Van Mey. L'ancien que j'avais était en loques. J'ai ramassé toutes mes économies de l'été et…

– Tu as bien fait. L'hiver est là avant l'heure.

Ils firent un bout de chemin en silence, mais chacun savait que tous trois avaient la même chose en tête.

– Je n'arrive pas à chasser cette nuit-là de mon esprit, lâcha finalement l'un d'eux.

– Moi non plus, fit Van Mey, plutôt soulagé que le sujet eût été finalement abordé.

– Qu'en penses-tu: on se réunira encore?

Van Mey considéra les deux autres.

– Quel est votre sentiment là-dessus? Et le médium…?

– La dernière fois, le médium a dit qu'à sa seconde apparition, l'esprit peut rester plus longtemps.

– Je ne pensais pas à cela. Je voulais savoir si vous pouviez remettre la main sur le médium.

– Bien sûr! répondirent-ils presque d'une même voix. Sinon, nous ne t'en parlerions même pas.

– Moi, je suis prêt, dit Van Mey en sentant un premier frisson lui parcourir le corps.

– Qu'est-ce qu'on dit des micros-espions? s'enquit l'un d'eux pour changer de sujet de conversation.

– Que n'en dit-on pas! s'exclama Van Mey.

Ils se firent part des commentaires qu'ils avaient entendus à propos de ces appareils.

– On peut parier que le climat va se dégrader, constata l'un d'eux. Les *qietingqi* n'annoncent rien de bon.

– Sûr, répondit distraitement Van Mey.

Il se représentait déjà la petite flamme des bougies, leur angoisse avant la venue de l'esprit, lors de la prochaine séance.

7

Le chef Tchan s'était imaginé tout à fait autrement la journée fatidique où les micros reproduiraient les toutes premières voix: un beau matin, à ses espions en chair et en os viendrait soudain s'adjoindre l'armée des instruments sans âme; un beau matin, de but en blanc, tout basculerait. Or rien de tel ne s'était produit. Près de deux semaines s'étaient écoulées depuis la pose des premiers appareils et ce fameux matin n'était toujours pas arrivé. Au contraire, la première audition directe à travers les microphones installés à demeure avait été fastidieuse et lassante, sans résultat réel. Il ne s'agissait pas des *qietingqi* de la villa où résidaient d'ordinaire les délégations étrangères, laquelle, étant inoccupée, n'émettait aucun signal, mais des chambres de l'hôtel central d'où parvenaient des ronflements plutôt que des conversations, et quand d'aventure il s'agissait de quelque entretien, il était banal, dépourvu d'intérêt. Pour ce qui était des administrations, aux ronflements se substituaient des discussions sans fin, et les deux ou trois fois où le chef Tchan y prêta l'oreille, ce fut pour se dire: je ne suis pas assez fou pour aller, après mes propres réunions, participer aussi aux leurs!

Déçu par l'écoute directe, il avait attendu la première *cueillette* des micros temporaires, ceux qui avaient été placés dans des demeures privées, les chambres à coucher, et surtout les vêtements des gens (ces derniers étaient au nombre de sept, soit à peu près l'objectif fixé par le plan bimestriel). Tchan était convaincu que l'audition de ces bobines constituait la base de leur travail.

Tous étaient dans l'attente de leur récolte. Un petit éclat fébrile que chacun cherchait à dissimuler se discernait dans leur regard.

Un matin, à peine franchi le portail de son administration, il eut la sensation qu'ils étaient arrivés. Il n'aurait su dire où il le pressentit d'emblée: dès la guérite de l'officier de garde, dans l'escalier où il croisa deux ou trois de ses subordonnés, ou au silence particulier régnant dans les couloirs. Toujours est-il que lorsque son adjoint fit irruption dans son bureau, il savait déjà ce qu'il lui annoncerait:

– Camarade Tchan, la première bobine…

– Oui? Eh bien, apportez-la immédiatement.

– Je l'ai avec moi.

Il avait donné l'ordre que nul ne l'écoutât avant lui. Il était un peu ému. Il ferma la porte à clé, alluma une cigarette, puis demanda à son adjoint de commencer.

Au bout d'une heure d'écoute, la déception du chef Tchan fut encore plus profonde que celle que lui avaient causée les installations permanentes. Bien que son adjoint s'efforçât de saisir quelque chose en ramenant plusieurs fois la bobine en arrière, elle était dans sa majeure partie occupée par des silences sur fond de rumeur citadine, ponctués de lointains coups de klaxon de camions, de claquements de portières, avec, de-ci de-là, de rares phrases dépourvues du moindre intérêt. Mais quoi de plus normal? se tranquillisa Tchan. Et, de fait, jamais il n'aurait dû demander à entendre cette bobine à l'état brut avant même ses adjoints. Cet interminable enregistrement ressemblait à une masse de boue et de cailloux dont on ne tirerait, en la passant au crible, qu'une poignée de précieux minerai.

– La qualité du son est excellente, vous ne trouvez pas? fit son collaborateur.

Fatigué, le chef Tchan acquiesça d'un hochement de tête. Qu'attendre de plus d'un instrument sans âme? songea-t-il. Il se souvint de son discours sur l'ouïe humaine. S'il avait l'occasion de réunir à nouveau ses indicateurs humiliés, il leur parlerait avec encore plus de chaleur et de déférence. Ces appareils morts ont décidément tout à envier à vos oreilles… – voilà ce qu'il leur dirait!

Mais la déception du chef Tchan fut de courte durée. Trois jours plus tard, son adjoint recevait le premier matériau sérieux, sélectionné sur des minimicros tout juste récupérés.

Le chef Tchan cligna les paupières, croyant ainsi pouvoir mieux se concentrer. L'enregistrement recélait des expressions de mécontentement déclaré contre l'État et la Révolution culturelle, des lamentations sur la pénurie sans précédent et sur le chaos qui régnaient partout. Certains se plaignaient de l'interdiction de la pratique des vieux rites, d'autres, au contraire, s'élevaient contre tout ce qui venait saper l'autorité du Parti. Et puis ces phrases douteuses, pleines de fiel et d'ironie, du premier secrétaire du Parti de N... contre la direction centrale, enregistrées chez lui, un soir où il recevait des amis. Hé-hé, se dit Tchan. Ses rapports avec le premier secrétaire s'étaient refroidis depuis le jour où ce dernier l'avait convoqué pour lui réclamer un rapport sur l'installation des *qietingqi*. Tchan avait refusé de fournir la moindre explication et l'autre était alors sorti de ses gonds. Après un échange à bout portant de deux pensées de Mao, il avait jugé plus expédient, au lieu de poursuivre à coups de citations, terrain où le secrétaire aurait sans doute eu l'avantage, de lui lancer ouvertement à la figure: Je n'ai de comptes à rendre à personne, si ce n'est au *Zhongnanhai*. Au seul énoncé de ce nom si terrifiant, le secrétaire s'était mis à bafouiller, à tel point que Tchan l'avait presque pris en pitié. Sur ce genre de choses, je ne rends pas même de comptes à mon ministre, avait-il enchaîné pour le calmer. Et voici qu'à présent, à l'issue de ce dîner avec des amis, le secrétaire se payait sa tête: Ce Tchan, ce n'est pas que ce soit un méchant bougre, mais c'est vraiment un sombre crétin, ha-ha-ha!... Ris, ris donc, marmonna Tchan sans qu'un muscle de son visage tressaillît. Son adjoint stoppa la bobine et leva les yeux sur lui pour lui demander s'il souhaitait continuer d'écouter: Plus peut-être par curiosité que pour l'importance de la chose en soi... il s'agit en effet d'un épisode tout à fait privé... intime, si l'on peut dire... et même très... encore que, peut-être, on puisse y déceler quelque chose de... en somme, la manière dont ces époux, jusque dans leurs rapports physiques... ont tendance à vouloir imiter l'Occident... comment dire... en se livrant dans leurs ébats à certains excès qui... bref, en s'engageant dans la voie capitaliste de...

Les derniers mots emportèrent la décision de Tchan, qui fit signe de remettre l'appareil en marche. Ils écoutèrent en silence, comme ils l'avaient fait jusque-là, et cette fois-ci non plus, aucun muscle du visage du chef ne bougea.

Par le haut-parleur de l'appareil parvint le halètement de l'homme, puis, plus étouffé, celui de la femme. Elle l'implorait presque en sanglotant, s'opposant à quelque chose qu'elle semblait en même temps désirer, voire désirait réellement: Non, pas comme ça... Oh non, je t'en supplie, pas comme ça... J'ai honte, tu ne trouves pas ça honteux?... Ah...

– Voici enfin quelque chose de particulièrement important, souligna l'adjoint lorsque les râles du couple eurent cessé.

Dès les premières paroles, le chef Tchan comprit sur-le-champ ce qui avait poussé son adjoint à garder ce morceau pour la fin.

Son front se barra de rides profondes. Voilà ce qui s'appelle de la véritable écoute! songea-t-il. C'était en effet ce qu'il avait attendu au long de toutes ces journées. Il s'agissait de propos hostiles à Jiang Qing. On l'insultait. Oooh... Sur son front perlèrent les premières gouttes de sueur froide. Ce n'était pas la première fois qu'il entendait des injures proférées à son encontre. Non, ce n'était assurément pas la première fois, mais alors, qu'est-ce qui le faisait frémir ainsi?... Sorcière des arts, l'impératrice Vu à l'âme noire est un ange, comparée à elle... Il faut croire que ce vieux ramollo a perdu la boule pour supporter un pareil serpent... Tout cela, le chef Tchan l'avait déjà entendu, ou plutôt déjà lu dans les rapports de ses espions, mais ces mêmes mots, écoutés comme ça, directement, prononcés par des voix vivantes et accompagnés de rires fielleux, c'était sans commune mesure...

Ce n'est que lorsque son adjoint eut quitté le bureau et qu'il se retrouva seul que Tchan sentit son trouble s'atténuer quelque peu. Il alluma une cigarette, bien qu'il en eût laissé une à peine entamée dans le cendrier. A l'évidence, c'était tout à fait autre chose que le travail des indicateurs. Ce n'était pas seulement distinct, c'était radicalement différent. Les indicateurs lui livraient un matériau écrit ou oral qu'ils reproduisaient en se fiant à leur mémoire. La véracité de ce matériau dépendait non seulement de l'acuité de leur ouïe, mais également de toute leur formation, de leurs aptitudes, de leur niveau de culture, de leur état d'esprit du moment. Mais, si fiables et dévoués qu'ils fussent, les épieurs laissaient toujours planer l'ombre d'un doute sur l'exactitude de leurs rapports; ceux-ci pouvaient receler des exagérations ou des atténuations, des propos totalement ou partiellement déformés, voire même inventés de toutes pièces, en fonction du degré d'ambition de l'indicateur, des insuccès récents qu'il pouvait avoir rencontrés, ou bien de ses propres relations avec le suspect, si d'aventure il le connaissait. Comparés aux délateurs et aux provocateurs qu'ils considéraient avec un certain mépris, les épieurs s'estimaient eux-mêmes d'une pureté de cristal. Nous autres ne sommes pas des fabulateurs, se plaisaient-ils à expliquer, nous n'avons nul besoin de tromper notre monde ni de nous couvrir de cent masques. Nous faisons un travail propre; nous collons notre oreille au plafond ou au mur et disons ce que nous avons perçu: nous avons entendu ceci, ou nous avons entendu cela, ou bien nous n'avons rien entendu du tout. Alors que les délateurs et les provocateurs, pouah! Quel sale boulot: simulations, règlements de comptes personnels, calomnies!... Pourtant, en dépit de ces professions de foi, les épieurs non plus n'étaient pas tout à fait exempts d'appréciations subjectives. Tandis que ces instruments morts, comme il les avait injustement qualifiés quelques jours auparavant, étaient l'honnêteté même: ils rapportaient tout tel quel, avec l'authenticité de l'original, sans aucune déperdition, directement de l'enfer. Ce n'est que maintenant que le chef Tchan pouvait vraiment se targuer d'entendre.

Il entendait. Il se sentait envahi par cette certitude aveuglante qui lui embrasait les poumons et l'enivrait au point de faire battre ses tempes. Il entendait vraiment. D'en bas, du chaos, le sombre tumulte humain montait jusqu'à lui.

J'entends! s'écria-t-il subitement comme pour prendre réellement conscience que ce qui tenait tout à la fois du fléau et du prodige, de la lumière et des ténèbres, de l'extase et de l'horreur, venait bel et bien de s'accomplir. A présent, qu'est-ce que les démons antiques avaient de plus que lui? quelle force, quel pouvoir mystérieux?

8

Van Mey rencontra ses deux amis en fin de semaine. Comme à l'ordinaire, ils se communiquèrent les dernières nouvelles, qui étaient à désespérer. On ne pouvait s'attendre qu'à une aggravation de la situation. A Pékin, disait-on, les divers clans s'étaient empoignés farouchement dans la lutte pour le pouvoir. L'hiver apporterait de nouvelles vagues de terreur. A ce qu'il semblait, Mao était patraque.

– Hier, une délégation albanaise est venue visiter notre usine, raconta Van Mey. On m'a désigné pour faire avec elle le tour des ateliers.

– Vrai? Comment étaient-ils, ces Albanais? Qu'est-ce qu'ils disaient?

– Je ne sais trop quoi vous répondre, fit Van Mey. On les a conduits dans les ateliers vers lesquels on aiguille généralement les étrangers. Ils regardaient, souriaient, mais on avait du mal à deviner ce qu'ils pensaient.

– Comment ce qu'ils voient ici peut-il leur plaire? Ils ne comprennent pas toute l'horreur dans laquelle nous vivons...

– Ce qu'ils voient n'est qu'un décor en carton-pâte, souligna Van Mey.

– Malgré tout, il n'est pas très difficile de comprendre ce qu'il y a derrière.

– Ils s'en rendent peut-être compte, mais ils feignent de ne pas le remarquer, répondit Van Mey. En Albanie, dit-on, les gens vont au concert écouter du Beethoven, les femmes se mettent du rouge aux lèvres et portent des bijoux. Il n'est donc pas possible qu'ils n'aient pas remarqué à quel point notre vie ici est aride, desséchée.

– Ils font sûrement semblant de ne pas s'en apercevoir, et ceci pour deux raisons. L'une est de pure politique, l'autre est qu'ils se disent: ce sont des Chinois, et tout cela est assez bon pour eux.

– Ah oui? Eh bien moi, jc pense que peu à peu, leur propre existence finira par se dessécher comme la nôtre. Ils se rendront compte alors de l'horreur que cela représente, mais à quoi bon? Il sera trop tard.

– Tout le temps que je les accompagnais, j'avais une envie folle de leur dire: Aveugles, vous ne comprenez donc pas ce qui se passe ici? Comment se peut-il, comment est-il pensable que vous ne le voyiez pas?

– Ç'aurait été pure folie!

– Pourtant, si j'en avais eu l'occasion, avec le peu de français que je sais, je leur aurais murmuré ne fût-ce que deux mots, un bref message: ne croyez rien, tout va au plus mal... Mais c'était impossible, impossible! Je suis tout juste resté une trentaine de secondes en tête à tête avec l'un d'eux, mais à peine avais-je ouvert la bouche que l'autre accompagnateur a rappliqué. Je pense néanmoins qu'à mon regard, l'étranger a dû deviner quelque chose.

– Tu es sûr?

– J'en suis presque certain.

Ils continuèrent de cheminer sur la chaussée détrempée en bordure de laquelle les roues des camions avaient creusé de profondes ornières. Il faisait froid.

– C'est sans doute la semaine prochaine que nous nous réunirons pour ce que vous savez. Le médium nous préviendra lui-même, de sorte que dès jeudi ou vendredi...

– Sans faute, souffla Van Mey. Sans faute!

9

Chaque matin, à peine débarqué à son bureau, avant même de jeter un coup d'œil sur la presse, les rapports urgents, ou son emploi du temps de la journée, comme il en avait l'habitude jusqu'alors, le chef Tchan se hâtait d'écouter les bandes récupérées dans la nuit.

Cette besogne terminée, son visage restait généralement morose et son humeur exécrable durant une bonne partie de la matinée.

Ses adjoints n'avaient pas été sans le remarquer et en avaient à plusieurs reprises parlé entre eux, se demandant ce qu'ils pouvaient faire pour l'inciter à modifier cette habitude et à écouter les bobines en fin plutôt qu'en début de journée, mais tous leurs efforts s'étaient révélés vains. Et dire que ça ne fait que commencer! soupiraient-ils entre eux. Ils s'inquiétaient encore davantage à l'idée de ce qui risquait d'advenir par la suite, quand, avec le froid de l'hiver, s'exacerberait le mécontentement des gens, et qu'à l'instar des silos à grain, les bandes des *qietingqi* déborderaient de paroles pleines de fiel.

Mais, d'ores et déjà, en plein cœur de l'automne, elles en regorgeaient. On avait même bien du mal à imaginer ce qu'elles auraient pu contenir de plus, et de plus sinistre. Tout le monde et toutes choses étaient couverts de boue. Rien ni personne n'était épargné. En matière d'injures proférées, les membres du Parti n'étaient pas en reste par rapport aux *ci-devant*. Les partisans de Zhou Enlai insultaient à qui mieux mieux ceux de Lin Biao et de Jiang Qing, ces derniers faisaient de même à l'adresse de Deng Xiaoping, et tous s'ébrouaient en chœur contre Mao. Impossible, impossible..., murmurait le chef Tchan en faisant revenir la bobine en arrière. Mais c'étaient bien les mots prononcés, il n'avait pas entendu des voix. Un véritable pot-pourri de démons.

Maintes fois il se retrouvait la tête entre les mains, prostré. Il lui arrivait de contracter si fort les mâchoires qu'il ne les sentait même plus. Qu'était-ce que ce charivari? se demandait-il. Il faut que l'eau commence par se troubler pour pouvoir ensuite se décanter, avait dit Mao. Serait-ce là la raison?... Oh non! – et il balayait aussitôt l'hypothèse maudite. Il était impensable que le président Mao eût donné une instruction erronée. Toute l'affaire s'expliquait par le fait que les Chinois, ces derniers temps, étaient devenus méchants, d'une méchanceté noire.

Lui aussi sentait de jour en jour son attitude se durcir. Par le truchement des deux envoyés qui venaient de quitter N..., il avait envoyé un rapport au *Zhongnanhai* et en préparait déjà un autre. Il attendait les instructions de la capitale pour frapper. Il frapperait inexorablement, afin que les citoyens de N... en gardent le souvenir cuisant pendant des générations.

Plus tard, une fois la journée de travail terminée, il glissa son rapport dans une enveloppe qu'il cacheta. Jointes à ce pli, il envoyait deux bobines enregistrées à la villa des délégations étrangères, avec la note suivante: Ne disposant pas de personnes sachant l'albanais, nous vous envoyons, pour que vous les décryptiez, les matériaux concernant la délégation albanaise qui a quitté aujourd'hui N...

Fourbu, le chef Tchan ferma son bureau et sortit. Une auto l'attendait au-dehors.

– A la maison, dit-il au chauffeur.

Dans la rue des Communes populaires, la voiture fut contrainte de s'arrêter. Une foule avait bloqué le carrefour.

– Qu'est-ce qui se passe encore? s'enquit Tchan d'un ton méprisant.

Le chauffeur descendit pour voir ce qu'il en était. Il eut tôt fait de revenir.

– Un bulldozer a écrabouillé un piéton, dit-il en remettant son moteur en marche. Un certain Van Mey.

– Van Mey? fit Tchan.

Il eut l'impression d'avoir déjà entendu ce nom. Pourtant, dès que la voiture eut laissé derrière elle le brouhaha de la foule, il l'oublia aussitôt.

10

L'hiver s'écoula ainsi, chargé de travail et de soucis pour le chef Tchan: un de ses plus lourds hivers. Loin de là, à Pékin, la lutte pour le pouvoir continuait, à ce qu'on disait, mais nul n'aurait pu indiquer avec précision lequel des deux clans avait l'avantage sur l'autre. La houle emportait chacun à tour de rôle, et seul le *Zhongnanhai* restait immuable, inexpugnable, bref, au-dessus de la mêlée. Le chef Tchan sentait que c'était à lui que sa propre étoile était liée désormais.

Il avait eu à faire face à pas mal de tracas durant cet hiver. A quelques reprises, il s'était senti au bord de l'abîme, mais le sort l'avait finalement préservé. S'ajoutant à tout le reste, les micros étaient venus lui compliquer notablement l'existence. Ils étaient devenus le principal facteur de tension dans ses rapports avec les autres cadres de N..., sécrétant entre les autres et lui des soupçons, des rivalités, des intrigues suivies de retournements d'alliances. Parfois, il lui semblait qu'il ne pourrait jamais se dégager de tout cet imbroglio.

Entre-temps, l'épopée des poseurs de micros, la *Qietingqiana*, comme on l'avait intitulée, se poursuivait au gré des succès, des échecs, des bonnes ou mauvaises surprises qu'elle ne pouvait manquer de comporter. A présent, pourtant, ce travail ne lui faisait plus le même effet qu'au début. Il s'était progressivement immunisé, comme à un poison dont il eût pris chaque jour une faible dose.

Ainsi que l'avaient prévu les représentants du *Zhongnanhai*, la rumeur publique les entourant avait décliné, ce qui prouvait qu'en dehors de lui, les gens – autrement dit l'autre camp – s'y étaient eux aussi habitués.

Le temps passait plus vite qu'il ne semblait et quand, lors de la première réunion élargie consacrée à l'échange d'expériences touchant les *qietingqi*, l'un de ses subordonnés ouvrit son intervention par les mots: Il y a juste un an que, conformément aux instructions directes du président Mao, ont été installés dans notre ville des appareils d'écoute..., le chef Tchan, stupéfait, faillit s'écrier: est-ce donc possible?

De fait, le temps s'était écoulé avec une rapidité surprenante.

A cette réunion assistaient également deux représentants du *Zhongnanhai*, non pas ceux de la fois précédente, mais d'autres qui ne cessaient de prendre interminablement des notes à propos de tout. Les intervenants traitaient des questions les plus diverses relatives aux micros-espions, troquant leur expérience, tirant des conclusions générales et certains enseignements des succès jusqu'alors remportés et des insuffisances relevées.

Cette consultation dura deux jours; après sa clôture et le départ des deux envoyés du *Zhongnanhai*, le chef Tchan comprit que tout allait continuer comme avant. Parmi les nombreuses interventions, il en était une, celle d'un jeune technicien, qui avait attiré son attention. Il l'avait intitulée: *A propos de certaines modifications dans les propos des gens, provoquées par les* qietingqi. Depuis quelque temps déjà, lui-même avait relevé ce phénomène, mais, en voyant ce constat écrit noir sur blanc, il lui fit l'effet d'une révélation. En fait, l'intervenant n'avait fait qu'effleurer le problème, sans l'approfondir. S'il l'avait signalé, c'était surtout pour en arriver à la conclusion que la tâche des épieurs et des préposés au décryptage des bandes devenait de plus en plus ardue, car il leur fallait non seulement écouter, mais, dans la plupart des cas, décoder les propos des suspects, qui, couchés sur le papier comme ils l'étaient, n'avaient souvent aucune signification.

Le chef Tchan y avait réfléchi durant de longs jours. Au cours des semaines suivantes, il observa avec une attention accrue ce nouveau phénomène. Telle était donc la riposte des gens dans leur duel avec lui: ils altéraient la langue de sorte qu'il ne la comprît pas. Ce n'était pas un hasard si les épieurs eux-mêmes se plaignaient, ces derniers temps, de n'entendre goutte aux conversations: Nos oreilles sont en parfait état, nous venons de passer un examen médical, et pourtant, bien des propos nous restent incompréhensibles. Qu'est-ce que ce nouveau genre de chinois qu'on nous sert à présent?

Le chef Tchan arpentait son étroit bureau empesté par l'odeur du tabac noir. Tout cela était bien plus sérieux qu'il n'avait paru de prime abord. Pour lui tenir tête, les gens étaient petit à petit en train de créer une langue nouvelle. Une antilangue, si l'on pouvait s'exprimer ainsi. Une partie du contenu des bandes devenait de moins en moins intelligible. Que se passerait-il si les choses se prolongeaient encore quelque temps de la sorte?

Qu'adviendrait-il? se répéta le chef Tchan.... Peut-être rien, se répondit-il au bout d'un instant. En fait, si l'on considérait la question avec sang-froid, plutôt que d'une altération de la langue *d'en bas* (en son for intérieur, il désignait le parler interdit par *langue d'en bas*, ou encore *langue qui se parle en bas*), on assistait à une propension de cette dernière à ressembler à la langue *d'en haut*.

Qu'est-ce que je radote? grommela-t-il à part soi. Comment est-ce que j'ose nourrir de pareilles pensées?... Pourtant, bon gré, mal gré, cette idée continuait à faire son chemin en lui-même. Comparée à la langue *d'en bas*, qui avait été jusqu'ici transparente et précise, n'était-ce pas celle *d'en haut* qui avait été recouverte comme d'un masque, truffée de formules et de slogans? Par conséquent, la seule langue authentique avait été celle d'en bas, conservée comme le sont les aliments pour ne pas s'avarier: en bas, à l'ombre et au frais. Quant à la langue *d'en haut*, il y avait belle lurette qu'elle s'était transformée (il eut du mal à ne pas dire: *avariée*!). Ce qui se produisait à présent, c'était tout bonnement que la langue d'en haut pénétrait lentement en bas, pour s'identifier avec sa consœur. Bref, on assistait à ce qui s'appelle l'unification d'une langue. Laquelle avait été provoquée par l'usage des micros-espions.

Je déraisonne, se dit le chef Tchan. A continuer encore quelque temps comme ça, je vais devenir fou ou finir en prison... Son agitation ne faisait que croître tandis qu'il continuait d'arpenter la pièce. Je n'écouterai plus ces maudites bandes, décréta-t-il. Je resterai ainsi un ou deux mois tranquille...

Mais il savait fort bien qu'il ne pouvait demeurer un seul jour sans les entendre. Il avait été intoxiqué par elles comme par le tabac auquel il avait déjà tenté en vain de renoncer à diverses reprises.

Ainsi s'écoula pareillement cet hiver-là, le second après l'arrivée des *qietingqi*, et lui succéda peu à peu le printemps. Le chef Tchan ne perdit pas la raison, ni ne finit davantage en prison. Submergé de travail, il ne remarqua même pas la venue de la belle saison au cours de laquelle ni lui ni ses adjoints ne prirent de congés. Un matin, contre les vitres de son bureau, une rafale envoya battre des feuilles mortes, lesquelles furent suivies d'une averse nourrie. Il leva la tête de sa table de travail et contempla un moment les vitres ruisselantes: l'automne était arrivé.

Juste durant la première semaine de gel parvint du *Zhongnanhai* un ordre urgent: dans la situation nouvelle découlant du refroidissement des relations sino-albanaises, il prescrivait de recueillir toutes affaires cessantes des indications sur les provocations imputées aux ressortissants albanais en Chine, étudiants, fonctionnaires de l'ambassade ou membres de délégations.

11

Une heure plus tard, le chef Tchan convoqua ses adjoints dans son bureau pour leur communiquer l'ordre qu'il venait de recevoir.

– Nous autres, ici, à N..., nous n'avons ni étudiants, ni ambassades étrangères, dit-il d'un ton las. De ce fait, notre tâche est plus aisée. Quant à la seule délégation d'Albanais à avoir jamais mis les pieds chez nous, pour autant que je m'en souvienne, nous avons, à cause de notre méconnaissance de leur langue, envoyé à Pékin les bandes contenant l'enregistrement de leurs propos afin de les y faire décrypter, n'est-ce pas?

– Exact, confirma son adjoint.

– Pour ce qui est de leurs contacts avec les gens d'ici, je crois bien que nous avons des rapports à ce sujet. Y a-t-il là-dedans quelque chose qui s'apparente à ce que demande cette..., questionna le chef en désignant du doigt la circulaire. Quelque phrase provocatrice, que sais-je encore...?

– Non, répondit son adjoint, mais d'une voix mal assurée.

Le chef eut l'impression que ses traits reflétaient la même incertitude.

– Qu'est-ce que tu as à dire? interrogea le chef Tchan. Je crois comprendre qu'il s'est passé des choses qu'on ne m'a pas rapportées...

– Non, non, fit l'adjoint, tout perturbé. Il ne s'agit pas des rapports. Eux ne renferment rien. Je pensais à autre chose...

Le chef avait les yeux rivés sur l'autre dont le trouble ne cessait de croître.

– A quoi penses-tu exactement?

L'adjoint perdit tout à fait contenance.

– Vous vous souvenez peut-être qu'il y a deux ans, on avait perdu un micro, balbutia-t-il. Un micro spécial, de ceux qu'on appelle autonomes...

– Quel rapport cela a-t-il avec notre problème? le coupa le chef.

– Il y a un rapport..., répondit l'adjoint. Peut-être vous souvenez-vous aussi que l'homme sur les vêtements duquel avait été placé ce micro fut tué par accident. Van Mey, tel était son nom...

– Van Mey..., répéta le chef comme en se parlant à lui-même.

De fait, il se remémorait ce nom. C'était le seul cas de micro perdu, et il avait été question de lui... Oui, oui, il s'en souvenait à présent. Ils s'étaient fait un sang d'encre, à l'époque, à propos de ce *qietingqi*. Les ordres relatifs à leur préservation étaient formels, surtout pour les appareils spéciaux, et ils avaient eu le plus grand mal à étouffer l'affaire.

– Et après? Quel rapport avec ceci? demanda-t-il en pointant de nouveau le doigt sur le feuillet.

Son adjoint avala sa salive.

– La seule personne à avoir accompagné la délégation

albanaise et échangé quelques mots avec ses membres était Van Mey, dit-il. Si ce micro n'avait pas été perdu, nous disposerions aujourd'hui des propos échangés entre les Albanais et lui.

– Vraiment? fit Tchan.

– Bien que plus de deux ans se fussent écoulés depuis lors, il sc souvenait à présent fort bien de l'agitation qui s'était alors emparée d'eux. Seules les circonstances de cette perte ne lui revenaient pas en mémoire. En avait-on dressé un procès-verbal? s'enquit-il.

– Bien sûr, fit son adjoint. Voulez-vous que je vous l'apporte?

Le chef acquiesça d'un hochement de tête.

L'adjoint se leva et revint au bout d'un instant en brandissant le procès-verbal. Il en entama la lecture et le chef Tchan se souvint alors très nettement du jour où il avait été informé que l'un des appareils autonomes était porté manquant, l'individu qui l'avait sur lui étant mort deux semaines auparavant. Tous les efforts pour retrouver le micro-espion dans le blouson de la victime s'étaient soldés par un échec, pour la bonne raison que ledit blouson avait disparu. Après l'avoir recherché au domicile de la victime, et avoir appris que le défunt n'avait ni famille ni proches dans la ville de N..., on s'était rendu au crématorium, dans l'espoir de trouver ce vêtement au dépôt. Malheureusement, la direction de l'établissement leur avait fait savoir que deux semaines auparavant, autrement dit, au moment précis du décès de Van Mey, le crématorium ne fonctionnait pas, faute de combustible. On avait été obligé d'inhumer le corps au vieux cimetière de la ville. Il n'a qu'à aller au diable avec son micro! s'était alors exclamé le chef Tchan. Il n'a qu'à l'emporter avec lui dans l'autre monde! Dressez-moi un procès-verbal de cette perte, et apportez-le moi à signer... C'est ainsi que l'affaire avait été classée.

– C'est ma faute, confessa-t-il à voix basse. Mais je ne pouvais alors imaginer qu'un jour viendrait où la dégradation des relations avec les Albanais en arriverait à ce point, et que le micro de ce...

– Naturellement, fit l'un de ses seconds, comment auriez-vous pu y penser, chef?

– Ce qui est fait est fait, renchérit un autre. Ce n'est même plus la peine d'en parler.

– Non! s'écria brusquement le chef Tchan. Ce n'est pas vrai! – Entre ses paupières mi-closes, ses yeux brillaient d'un éclat farouche. – Ce micro, je finirai par le retrouver, fût-ce sous terre! Je le sortirai de sa tombe, vous m'entendez?

Et, sur l'heure, il donna l'ordre incroyable.

12

Le soir même, devant le vieux cimetière depuis longtemps désaffecté où n'étaient enterrés à N... que les cadavres que le crématorium refusait d'accueillir à la suite de pannes, deux camions s'arrêtèrent. De l'un descendit le chef Tchan accompagné de ses deux adjoints, de l'autre quelques terrassiers des services municipaux. Le gardien du cimetière, le visage noir de terreur, les attendait à l'entrée, une lanterne à la main.

– Conduis-nous! lui lança froidement le chef Tchan.

Éclairant l'allée avec sa lanterne, le gardien prit la tête du petit groupe; les autres lui emboîtèrent le pas en silence tout en allumant par intervalles leurs lampes de poche.

– C'est ici, fit le gardien en indiquant un monticule de terre qui devait être la tombe recherchée.

Les faisceaux des lampes de poche dessinèrent des ellipses autour de la sépulture, puis s'éteignirent, ne laissant plus subsister que l'éclat falot et jaunâtre de la lanterne.

– Éclairez l'endroit avec les phares des camions, ordonna le chef Tchan en reculant de deux pas. Au travail!

La suite des opérations se déroula presque sans un mot. Du camion dont les phares, avec une violence soudaine, balayèrent le terrain d'une lumière blanche tirant sur le mauve, les ouvriers sortirent un grand morceau de bâche qu'ils déployèrent à côté de la tombe.

Le chef Tchan suivait des yeux le travail des pelles et des pioches tandis que le gardien du cimetière se penchait de temps à autre pour décréter, semblait-il, à partir de quel moment la terre extraite devait commencer à être rejetée non plus en bordure de la fosse, mais sur le carré de bâche déployé. On avait décidé de passer au crible toute la terre dans laquelle on pensait retrouver, au milieu des ossements et de ce qu'il subsistait des vêtements, le micro égaré.

Tout en ne renonçant pas à l'espoir de remettre la main sur l'appareil, le chef Tchan sentait ses tempes prises dans un étau, comme lorsqu'on est en proie à une obsession. On apprendrait au *Zhongnanhai* ce dont il était capable ! Peut-être le président Mao en personne finirait-il par en être informé. Le chef Tchan relevait la tête de temps à autre : pourvu qu'il ne se mît pas à pleuvoir ! Les pelletées de terre commencèrent à rouler sur la bâche. Chacune d'elles pouvait recéler le micro perdu. Le gardien du cimetière n'avait plus souvenir de l'enterrement de Van Mey, mais il avait indiqué que les accidentés pour lesquels un passage par l'hôpital était superflu (Van Mey avait été presque coupé en deux par le bulldozer) étaient le plus souvent inhumés avec les vêtements qu'ils portaient.

– Attention, l'entendit-on s'écrier, vous êtes arrivés au squelette.

Le tas de terre humide sur la bâche ne cessait de monter. Pour plus de sûreté, on en passait au crible la plus grande quantité possible. Dieu sait combien de temps l'opération aurait duré si le chef Tchan n'y avait mis fin :

– Ça suffit comme ça ! Nous n'allons pas retourner tout le cimetière.

Les premières gouttes de pluie se mirent à tomber et ils se hâtèrent de soulever la bâche pour éviter qu'elle ne s'alourdisse davantage. Pourtant, même ainsi, elle était aussi pesante que si on l'eût remplie de plomb. A six, ils parvinrent avec peine à la hisser sur le camion.

– Encore heureux que nous ayons échappé à la flotte ! fit le chef quand les véhicules eurent redémarré.

Lorsqu'ils arrivèrent devant le bâtiment de la direction,

il tombait une pluie battante. Les fenêtres de l'étage où se trouvait le laboratoire étaient tout illuminées. Les laborantins attendaient en silence, leurs gants en caoutchouc remontés jusqu'au coude, ce qui donnait à leurs mains un aspect macabre. Comme au cimetière, il fallut six hommes pour monter le lourd chargement jusqu'à l'étage. Une fois sur place, on s'employa aussitôt à effriter la terre, en quête du micro perdu.

Debout, bras croisés sur la poitrine, le chef Tchan ne lâchait pas des yeux les mains des chercheurs qui s'activaient fébrilement. Éclats de pierre et ossements étaient mis de côté pour faire l'objet d'un nouvel examen minutieux si l'on venait à ne rien trouver dans la terre. Le chef Tchan contempla le crâne qui avait l'air de contracter les mâchoires, et c'est dans un état de semi-délire qu'il marmonna à part soi : Tu as beau serrer les dents, je retrouverai ta voix !

De temps à autre, il se sentait frissonner à cause de quelque frayeur inexplicable, ou bien peut-être simplement parce que l'humidité nocturne, là-bas, au cimetière, l'avait pénétré jusqu'à la moelle des os.

Il n'était pas encore minuit quand l'un des chercheurs mit la main sur un bouton du blouson, ce qui remonta le moral de tous. Vingt minutes plus tard, le micro fut enfin retrouvé. Ce n'est qu'à ce moment-là qu'ils s'avisèrent que le plancher du laboratoire, les tables, tout ce qui les entourait, étaient, aussi bien qu'eux-mêmes, entièrement couverts de boue.

13

Fut-ce cette même nuit, ou bien la mémoire des gens déplaça-t-elle la date de sorte à faire coïncider les deux événements, plus horrifiants et inoubliables l'un que l'autre ? Même s'il n'en fut pas ainsi, si la seconde séance de spiritisme eut donc lieu quelques jours avant ou après, on ne peut guère s'étonner que les gens l'aient avancée ou retardée de façon à la superposer à cette autre nuit où fut retrouvé le micro égaré.

Quoi qu'il en soit, c'était donc la nuit où les deux amis

de Van Mey, accompagnés du médium, souhaitant commémorer la mort de Van, s'étaient réunis pour une nouvelle séance de spiritisme, après celle qu'ils avaient projetée avec Van Mey lui-même pour convoquer l'esprit de Qan Shen, ce à quoi ils n'avaient pu alors parvenir, mais qu'ils étaient enfin sur le point d'entreprendre à présent, à cette différence près qu'en lieu et place de Qan Shen, c'est l'esprit de leur autre camarade qu'ils allaient appeler.

Il y avait déjà un bon moment qu'ils avaient pris place autour de la table sur laquelle les flammes des bougies tremblotaient plus lugubrement que jamais. Le visage du médium semblait encore plus blafard que la fois précédente. Il était depuis longtemps entré en transes, mais à sa respiration pénible et à ses râles répétés, on devinait que quelque chose l'empêchait d'établir le contact avec le mort...

D'après les témoignages ultérieurs, ce devait être précisément l'heure où, au laboratoire de la direction de la Sécurité publique, la bande extraite du *qietingqi* de Van Mey avait été placée sur l'appareil spécial pour être écoutée. Le chef Tchan et ses seconds, pâles comme la cire, écoutaient la voix venant de l'au-delà. C'était une voix traînante, comme celle émise par un disque tournant à mauvaise vitesse, une vraie voix d'outre-tombe.

– A ce qu'il semble, la bande a pris l'humidité, murmura le chef Tchan en se penchant davantage vers l'appareil.

– Après tout ce temps passé sous terre, c'est compréhensible, soupira son adjoint.

La voix était à peine audible, mêlée à des bruits sourds qui semblaient se réverbérer. Le chef Tchan faisait tourner la bobine tantôt en avant, tantôt en arrière, pour sauter les blancs. Soudain, tous tressaillirent : au milieu de ces bruits s'éleva un cri, mais comme étouffé, ce qui le fit paraître doublement sinistre.

– Le moment de l'accident, commenta Tchan.

Ce devait être ça, en effet, car aussitôt après, on entendit un brouhaha qui avait toutes chances d'être celui de la foule promptement agglutinée autour du mort. Plus loin, il doit encore y avoir autre chose, se dit le chef Tchan : le trajet du cadavre du crématorium au cimetière, et peut-être même l'inhumation... Il fit tourner la bobine en avant et crut bientôt entendre le bruit des pelletées de terre tombant sur le corps du défunt. Après quoi s'instaura peu à peu un silence de plus en plus profond. Mon Dieu, songea-t-il, voilà ce qu'on appelle un silence sépulcral...

Figé, il écouta ce vide jusqu'au bout. Il était sûrement le premier homme sur cette planète à détenir une parcelle du silence de la mort. C'est maintenant qu'il pouvait prétendre être descendu au royaume des ombres.

Le claquement d'une des touches de l'appareil le tira de son hébétude. Il ramena la bande en arrière pour chercher à nouveau la voix de Van Mey et finit par la trouver, traînante comme une matière visqueuse, avariée par l'humidité du sol, une vraie voix de tombeau. Il devait être minuit passé ; d'après les témoignages recueillis plus tard, ce devait être le moment précis où, dans la pièce glacée à quelques centaines de pas de là, le médium, qui s'efforçait en vain d'appeler sur ses deux amis la voix du mort, murmurait entre ses râles : Je ne peux pas, il ne veut pas venir, quelque chose l'en empêche...

Skënder Bermema resta un moment les yeux fixés à mi-hauteur de la page, à l'endroit de ces dernières lignes, comme s'il eût souhaité les voir continuer d'elles-mêmes. En fait, la fin lui paraissait rédigée un peu négligemment et ne pas tirer parti de toutes les potentialités qu'offrait le sujet.

Il lui fallut un certain temps pour se remémorer l'événement tel qu'il s'était effectivement produit dans une ville de Chine centrale. Après l'audition de la bande, le chef Tchan n'avait eu aucun mal à découvrir la tenue des séances de spiritisme, et l'identité de ceux qui y participaient. On ignorait les conditions de l'arrestation de ces derniers, mais elle n'avait sans doute point tardé. On ne pouvait préciser en toute certitude si le chef Tchan leur avait passé illico et sans ménagements les menottes, ou bien s'il avait attendu le moment de les prendre en flagrant délit au cours d'une séance. Dans cette dernière hypothèse, on avait tout lieu de croire qu'il avait bel et bien prononcé ces paroles macabres qu'on lui attribuait après le défoncement de la porte et la capture des conjurés autour des bougies, alors que ceux-ci escomptaient vainement entrer en communication avec le mort : Vous attendiez sa voix ? aurait-il dit d'un ton railleur. Puis il aurait éclaté de rire : Ha-ha-ha, je crois qu'il vous a posé un lapin, messieurs ! Sa voix et son âme, c'est moi qui les ai, tenez : ici, là-dedans !... Et il leur aurait alors montré le petit appareil.

C'était l'ambassadeur d'Albanie à Pékin, une vieille connaissance de Skënder Bermema, qui lui avait, le premier, parlé du terrible *Zhongnanhai*, et Skënder, à peine eut-il entendu raconter cette histoire de micros, s'était persuadé aussitôt que le fameux Bureau général ne pouvait qu'être mêlé à cette affaire. Le même jour, il avait demandé à un fonctionnaire de l'ambassade qui connaissait le chinois comment on appelait ces micros-espions ultrasecrets. *Qietingqi*, avait-il répondu, mais, si tu souhaites retranscrire le mot à l'occidentale, ça se prononce comme ça – et il avait griffonné sur un bout de papier : *tchietintchi*. Tu as l'intention d'écrire quelque chose là-dessus ? l'avait interrogé l'ambassadeur lorsque Skënder Bermema lui avait parlé de la séance de spiritisme. En fait, avait-il poursuivi, la vie chinoise, bien qu'on y dénonce beaucoup le vieux monde, n'a pas cessé d'être hantée par ses fantômes...

Réévoquant ces souvenirs, Skënder Bermema s'assit sur son lit et resta un long moment immobile, le regard noyé dans la blancheur des rideaux. Divers événements secondaires, dénués d'importance, flottaient vaguement dans son esprit. Grâce à l'éclairage laiteux qui leur venait du dehors, les rideaux semblaient les aider à se diluer puis à se dissoudre aussitôt sans former le moindre grumeau... Un déjeuner en compagnie de quelques amis dans les environs de Tirana, après les répétitions d'une de ses pièces, et les grognements d'un homme ivre à une table voisine : A l'avènement du troisième millénaire, l'Albanie redeviendra chrétienne comme elle le fut jadis, et toi, si tu veux survivre, tu devras changer ton prénom de Skënder en celui d'Alexandre... Son hospitalisation, un an auparavant, et la seringue dans la main de l'infirmière, et ce doute subit dans son esprit, analogue à celui qu'il avait ressenti naguère devant la porte de l'Hôtel Helmhaus[1], à Zurich, encore qu'il sût fort bien que ce n'était là que pure coïncidence et que le nom de l'hôtel voulait dire *Maison du casque*, et non pas *Maison du poison...* Puis des femmes qu'il avait aimées, un air de musique, un balcon donnant sur la mer, et des manuscrits, des manuscrits... Un cendrier sur une autre table de café, rempli de mégots dont un seul était marqué de rouge à lèvres, comme pour bien rendre la disproportion entre l'ennui de l'homme et celui de la femme inconnue qui avaient tous deux fumé ces cigarettes...

Il lui sembla avoir somnolé un moment et c'est ainsi, entre somnolence et état de veille, qu'il s'imagina Ana couchée dans sa tombe. Ou plutôt non, pas elle, mais le collier en or qu'il lui avait offert un jour et qu'il avait soudain entr'aperçu à son cou au moment où l'on rabattait sur elle le couvercle du cercueil.

Il bougea la tête sur l'oreiller pour chasser cette pensée de son esprit. Mais sur l'autre moitié de l'oreiller, restée la plus fraîche, semblaient derechef l'attendre la question de Lin Biao – *Où nous dirigeons-nous* ? – ainsi que son complot visant à supprimer Mao, qui ressemblait si étrangement à celui de Mao visant à se débarrasser de lui...

Mais il avait assez ruminé ces choses-là. Il se mit à penser aux skis des enfants dans le couloir de leur appartement, puis à la manière dont sa femme se coiffait devant son miroir, et à la lettre d'une lectrice un peu timbrée... Dieu sait pourquoi un poème composé il y avait bien longtemps flottait aussi dans sa mémoire :

Comme une Juive troquant sa vieille religion pour une nouvelle
Tomba soudain la pluie changée en grêle.

1. *Helm* : poison en albanais *(NdT).*

Chaque fois que l'hiver aux vitres frappera,
Tu seras de retour, même si tu n'es pas là.

Fusses-tu transformée en musique, en deuil, en croix,
Je te reconnaîtrai et volerai vers toi.

Et comme d'une coquille la perle on extrait,
A la musique, à la croix, à la mort je t'enlèverai...

Alexandre Bermema, fit-il en se répétant le prénom que lui avait prescrit l'inconnu du café. Et de nouveau, comme un égrènement de perles qu'il ne parvenait pas à contenir, défilèrent dans son esprit l'avènement du troisième millénaire, le carillon des cloches, les larmes d'Ana, et la place Vendôme, à Paris, par un après-midi glacé qui faisait redoubler ses frissons à la vue du prix des brillants exposés dans les vitrines...

Il passa ainsi toute la fin de la matinée, tantôt allongé, tantôt allant et venant dans sa chambre. Chaque fois qu'il repensait à son roman mort, il portait inconsciemment sa main au-dessous de ses côtes, car il lui semblait que c'était en cet endroit précis qu'avait eu lieu l'ablation.

A midi, C.V... vint frapper à sa porte pour l'avertir que c'était l'heure du déjeuner. Ils descendirent ensemble dans la salle à manger qu'ils trouvèrent presque déserte, et n'échangèrent pratiquement pas un mot de tout le repas.

De retour dans sa chambre, Skënder Bermema eut le sentiment que ce dimanche ne finirait jamais. Ne sachant trop quoi faire, il sonna, et quand le Chinois de service dans le couloir passa la tête par la porte entrebâillée, il lui commanda une bière.

A trois heures de l'après-midi, on frappa à nouveau, mais, cette fois-ci, ce n'était pas C.V... Avant même d'avoir pu identifier son visiteur, Skënder Bermema distingua le carton démesurément long qu'il brandissait à bout de bras et sur lequel apparaissait une série d'idéogrammes rouges: c'était à l'évidence un carton d'invitation. Il n'aurait su dire si ses yeux s'étaient d'abord arrêtés par hasard sur cette invitation ou si c'était dû au messager lui-même qui, à force de s'y exercer, avait ainsi appris à s'escamoter de la manière la plus naturelle derrière son carton.

Il tendit la main tout en demandant au messager, d'une simple mimique, de quoi il s'agissait.

– D'un concert, répondit l'homme en souriant.

Skënder Bermema tourna et retourna le long bristol entre ses doigts. Quel est donc ce concert ? se demanda-t-il à deux ou trois reprises. Puis, parmi les idéogrammes, il distingua les chiffres 19, 30 et en conclut qu'ils indiquaient l'heure du début de cette soirée.

Un concert…, songea-t-il. Au fond, cela tombait plutôt bien, au milieu de cet océan d'ennui. Bien qu'il ne fût pas encore quatre heures, ravi d'avoir de quoi s'occuper un peu, il ouvrit l'armoire de sa chambre et entreprit de choisir la chemise qu'il mettrait pour la circonstance.

CHAPITRE XIII

Une heure plus tard – le temps pour Skënder Bermema de se raser de frais et d'arrêter enfin le choix de la chemise et de la cravate qu'il revêtirait pour l'occasion, tandis que C.V..., avec qui il ne s'était nullement concerté, en faisait autant dans la chambre voisine –, les onze cents cartes d'invitation au concert officiel avaient toutes été distribuées dans Pékin, et la plupart des invités, debout devant le miroir ou l'armoire de leur chambre, avaient commencé à se mettre en tenue de soirée.

Un certain nombre d'entre eux – d'entre elles, plutôt – se prélassaient encore dans leur baignoire, le corps aux contours un peu flous sous les jeux de l'eau tiède, tandis que de derrière la porte leur parvenait, à peine audible, la voix de leurs époux qui, suspendus au téléphone, appelaient leurs collègues des ambassades pour savoir ce que c'était que ce concert improvisé pour lequel on distribuait des invitations trois heures à peine avant les premiers accords. Était-ce là un simple trait de la manière chinoise, ou bien cela cachait-il quelque chose ? En vérité, on avait tout lieu de se poser la question... Cette précipitation, cet empressement à donner un concert peut-être initialement prévu pour une date plus tardive... Impatience, hâte soudaine, mais pour quelle raison ? Depuis quelque temps déjà le bruit courait que Mao était malade... A moins que ce ne fût Zhou Enlai ? Allez donc savoir ! De toute façon, il ne fallait sous aucun prétexte manquer cette représentation. A un concert aussi étrange, on pourrait lire comme à livre ouvert : l'ordre d'entrée des dirigeants chinois, leur répartition dans les loges, la présence ou non de Jiang Qing...

Skënder Bermema finissait de nouer sa cravate devant le miroir, tout en louchant sur la coupure qu'il s'était faite à la joue droite en se rasant. En ce même instant, chacun des onze cents invités accomplissait nécessairement un geste en rapport avec le concert : passait ou ôtait un vêtement, ajustait un col de chemise ou bien se peignait. Les ambassadeurs ne cessaient leurs va-et-vient entre le miroir et le téléphone qui sonnait de plus en plus fréquemment, cependant que leurs épouses sortaient enfin du bain dont l'eau, en se vidant, garderait pour elle-même, dans un ultime gargouillis tenant à la fois du cri de plaisir et du sanglot, cent petits mystères qu'elle n'aurait jamais pu dévoiler, quand bien même elle l'eût voulu. Ainsi, encore dans leur chaude nudité, elles s'employaient à choisir les bijoux dont elles se pareraient, tandis que leurs époux, dans le couloir, toujours suspendus au téléphone, continuaient le jeu des hypothèses entamé une heure auparavant : Crois-tu que cela ait quelque rapport avec Mao ? Ou peut-être avec Zhou Enlai ?... Ce n'est pas impossible, maintenant qu'on le sait malade, lui aussi...

Contrairement à son habitude, Zhou Enlai s'était planté devant un miroir, les yeux rivés sur son propre visage. Son teint bistre prenait un reflet verdâtre, froid comme la glace. Il essayait d'imaginer l'impression que ses traits produiraient lorsqu'il paraîtrait dans sa loge. Ceux qui rêvaient depuis des années de prendre sa place, les Wang Hongwen, les Zhang Chunqiao ou les Hua Guofeng, lâcheraient sans doute un soupir de soulagement. Toute chose finissait par arriver à son dénouement. Zhou Enlai eut un sourire amer.

Quoi qu'il pût faire, désormais, il n'était plus en mesure de leur enlever cette joie. Dès qu'il apparaîtrait en public, tous n'auraient qu'une seule et même pensée : il assistait là à son dernier concert. Et c'était bien la vérité.

Il voulut se détacher du miroir, mais quelque chose le retenait devant lui. D'un geste lent de la main, il effleura son visage comme s'il eût palpé quelque masque.

Chaque fois qu'il devait se montrer à un meeting, une assemblée officielle, une réunion du Bureau politique ou une réception gouvernementale, il jetait un bref et dernier coup d'œil – juste une seconde – à son miroir avant de quitter sa résidence, comme s'il avait voulu vérifier qu'il n'avait pas oublié de revêtir le masque de rigueur. Cette idée de masque lui avait d'abord été suggérée par les descriptions que les journalistes et les agences de presse étrangères avaient données de son visage, à moins que ce ne fût par les rumeurs que l'on faisait courir sur les hauts dirigeants et que le *Zhongnanhai* avait recueillies à travers tout le pays – lui-même n'aurait su le dire. Mais aucune importance. Désormais, il était à ce point familiarisé avec cette image de lui que si, au moment de sortir, Den Yingchao, son épouse, lui avait lancé : Zhou, as-tu bien pris ton masque ?, tout comme on demande à quelqu'un s'il n'a point oublié son sac ou ses gants, il n'en eût été aucunement surpris.

On glosait là-dessus depuis belle lurette, mais il n'en faisait pas un drame, au contraire, car il disposait en fait de trois masques qu'il revêtait à tour de rôle au gré des circonstances : le masque du dirigeant, le masque de celui qui obéit, et le masque de glace. Il réservait habituellement les deux premiers aux réunions du Bureau politique ou du gouvernement, voire à des comités plus restreints. Le troisième, il l'arborait de préférence dans ses apparitions publiques.

Six coups retentirent dans son dos à la pendule murale. C'était la première fois qu'il quittait sa résidence sans se munir de l'un quelconque de ses trois masques. Aucun d'eux n'était plus de saison. Il en portait maintenant un quatrième, souverain et funèbre : le masque de la mort.

Sur la commode que surmontait le miroir était disposée

l'enveloppe contenant son testament, qu'il comptait adresser à Mao le soir même. Ses yeux glissèrent sur ce pli plus qu'ils ne le regardèrent. Combien eussent brûlé d'en connaître le contenu ! A commencer par ceux qui attendaient de prendre sa place. Mais il ne s'y trouvait rien d'écrit de ce que l'on supposait. Le document ne contenait que quelques considérations d'ordre général, qu'il concluait en exprimant le vœu que ses cendres fussent dispersées dans le ciel de Chine.

Une poignée de poussière, pensa-t-il, voilà comment tout finira. Alors qu'eux tous voudraient trouver là des noms de successeurs, des accusations ou des règlements de comptes. Mais tout cela était désormais relégué loin derrière lui. Il n'avait plus commerce avec le monde. Il ne lui restait plus qu'à se rendre à ce concert, en attendant que tombe le rideau. Puis ce serait le néant.

Juste à côté du testament se trouvait le carton d'invitation. Peut-être ai-je déjà cessé d'exister, songea-t-il. Peut-être est-ce seulement mon ombre qui se rend là-bas...

De fait, on pouvait considérer qu'il n'existait déjà plus. Ce concert était leur affaire; lui-même n'y allait qu'en simple visiteur. Ou de presque visiteur, à demi vivant et à demi mort. C'était à la fois son dernier et son premier concert. Le dernier de sa vie, le premier de son après-mort.

Voilà, se dit-il : j'y serai et n'y serai pas... Il n'y serait guère plus présent, ce soir, qu'aux soirées à venir où n'apparaîtrait que son fantôme. Tiens, c'est là qu'il se tenait, diraient plus tard les gens en regardant sa loge vide (vide, vraiment ?)... Quant à lui, il savourerait dès ce soir ce détachement. Délivré enfin des passions et des rivalités de la lutte pour le pouvoir, il assisterait à ce concert comme d'une loge de l'au-delà.

Derrière lui, l'horloge sonna de nouveau. C'était tantôt le fantôme, tantôt l'homme réel qu'il sentait tour à tour prendre le dessus en lui-même. Allons-y, se répéta-t-il. Partons faire une dernière promenade dans Pékin avant le début de cette soirée... Mais cette idée s'effaça instantanément de son esprit. Il s'imaginait avoir le loisir de faire n'importe quoi. Il avait l'impression qu'il lui suffisait de désirer se trouver dans sa loge au concert pour qu'il y parût aussitôt sans avoir besoin d'aucune voiture, d'aucun itinéraire à parcourir, d'aucune escorte…

C'est bien naturel, pensa-t-il : une ombre n'a nul besoin de s'embarrasser de tout cela. Pourtant, de cette manière ou d'une autre, il faut bien que je m'y rende, se dit-il en réfléchissant qu'au tout dernier moment, quelqu'un d'autre pourrait avoir occupé sa loge. *La loge est occupée…* Mais où donc avait-il déjà entendu ces mots ?

Juan Maria Krams saisit à nouveau son carton d'invitation pour s'assurer qu'il ne s'était pas trompé sur l'heure du concert, et, croyant qu'il avait encore du temps devant lui, se carra dans un fauteuil près de la fenêtre. Mais il n'y resta pas longtemps. Tout à coup, il s'avisa qu'à part les chiffres 19. 30, il n'en avait repéré aucun autre sur l'invitation. Il la reprit et constata qu'il en était bien ainsi. Sur le carton n'était pas porté le numéro de la place, et, à ce qu'il pouvait en juger grâce au peu de chinois qu'il comprenait, on n'y avait même pas précisé non plus si c'était une place de loge ou de parterre qui lui était réservée. Comment un pareil oubli était-il possible pour un concert officiel ?

Juan Maria sortit de sa chambre et dévala l'escalier de la villa. Comme d'habitude, un de ses accompagnateurs se tenait dans le salon du rez-de-chaussée. Juan Maria lui tendit son carton en lui faisant remarquer que le numéro de la place n'y était pas spécifié. A son grand étonnement, son accompagnateur demeura impassible.

– Ne vous inquiétez pas, camarade Juan, fit-il avec un sourire. Le numéro des places, c'est moi qui l'ai.

– Ah, autrement dit…

– Oui, oui, tout est en règle, camarade Juan.

Krams remonta l'escalier, mais d'un pas moins vif qu'il ne l'avait descendu. Tout cela était plutôt bizarre. Sans se départir de son sourire, son accompagnateur ne s'en était pas moins abstenu de lui montrer le numéro des places. A l'évidence, cela s'inscrivait dans les mesures de sécurité liées à la présence des hauts dirigeants, ce qui n'empêchait pas Krams de s'en sentir quelque peu offensé. Était-ce bien envers lui, le *filleul européen* du président Mao, comme l'appelaient ses amis et ses ennemis sur un mode mi-sérieux, mi-plaisant, qu'on montrait une telle défiance ? Il avait appris à pardonner aux Chinois les petites surprises de ce genre, mais, cette fois, il lui semblait qu'ils poussaient le bouchon un peu loin. Après tout, peut-être la mesure ne vaut-elle pas que pour moi, se dit-il l'instant d'après pour se consoler. Il est bien possible que le même traitement s'applique à tout le monde... D'autant que, dans la situation tendue que connaissait présentement le pays – situation qui ne laissait présager que disparitions et bouleversements –, de telles précautions pouvaient se révéler nécessaires.

Mais oui, c'est bien ça, se dit-il au bout d'un moment. Il ne fallait pas se montrer aussi mesquin. D'autres sujets d'inquiétude s'attachaient à ce concert, bien plus graves que l'attribution d'une place de loge ou de parterre. Pour lui, c'était surtout l'occasion de deviner laquelle des deux lignes avait le plus de chances de l'emporter sur l'autre, quel était leur rapport de forces, laquelle, pour l'heure, jouissait un tant soit peu de la faveur de Mao. C'est de l'issue de cet affrontement que dépendrait son attitude à lui, Krams, ainsi que celle de tout son groupe envers la Chine. Tout comme de cette attitude dépendrait leur existence future.

Les invités chinois s'apprêtaient de même à gagner la salle de concert. Au nombre d'environ sept cents, c'étaient tous des personnalités officielles – hauts fonctionnaires pour la plupart, ministres, membres du Comité central, gouverneurs de régions militaires, maréchaux, représentants des différentes nationalités, vétérans de la Longue Marche, membres du *Zhongnanhai*, le mystérieux Bureau général, etc.

Portant à nouveau ses yeux sur le numéro 7 qui indiquait la loge où il prendrait place, le membre du Bureau politique à la tête toujours enturbannée d'une serviette laissa échapper un soupir. Il avait hâte de savoir dans quelle loge serait installé *Double-fût*, comme on surnommait son rival, l'homme qui se targuait de vivre sur deux tonneaux de pois chiches. L'idée qu'il n'était pas le seul à se poser cette question, mais que des dizaines d'autres allaient écarquiller les yeux pour en connaître la réponse au moment où les dirigeants suprêmes prendaient place dans leurs loges, atténua quelque peu son angoisse.

En réalité, ce n'était là qu'une broutille parmi toutes les questions susceptibles de retenir l'attention des invités. Les Chinois allaient éprouver bien d'autres anxiétés, ils sentiraient s'accélérer leur rythme cardiaque, le sang affluer à leurs tempes et y battre comme un marteau pour de bien plus graves mystères. Ils chercheraient à percer ceux-ci dès leur entrée dans la salle. C'étaient pour eux des questions de vie ou de mort, car la grande majorité d'entre eux étaient liés les uns aux autres à l'intérieur de clans secrets ou déclarés, et tous, autant qu'ils étaient, savaient parfaitement que dans ces alignements de têtes qui émergeaient des sièges tendus de velours rouge grouillaient par dizaines des idées de complots, de coups d'État, de putsches ou de massacres. Projets qui étaient tous conçus selon des variantes obéissant aux différentes éventualités possibles : la mort de Mao, la mort de Zhou Enlai, ou les deux réunies, la prise du pouvoir par Deng Xiaoping, ou par Jiang Qing et sa bande, ou encore trois morts d'un coup, des violences limitées à une seule nuit, ou le sang coulant à flot durant des années, etc. Dans leurs prévisions, tous ces cerveaux avaient également pris en compte d'autres facteurs afférant à la situation extérieure ou intérieure, ou découlant de phénomènes naturels, dans la mesure où ils pouvaient servir de détonateurs à telle ou telle entreprise déterminée, comme l'eussent fait, par exemple, des provocations émanant de l'U.R.S.S. ou des États-Unis, un renversement de la situation au Viet-nam, la réduction de la moitié de la population indienne par suite d'une famine, une vague de sécheresse en Chine septentrionale, des inondations, des tremblements de terre, des épidémies de choléra, de variole, une invasion de rats ou de sauterelles, etc.

Pour chacune de ces variantes, tout ce petit monde allait s'efforcer de découvrir des éléments de réponse à l'occasion de ce concert en lisant les symboles contenus dans les mouvements et les couleurs des différentes scènes du ballet, dans la manière dont les chevaliers-fantômes étendraient les mains, dans le rouge foncé du manteau de la première danseuse, dans le blanc de celui de la seconde, dans les ondoiements de la queue du dragon à l'avant-scène, dans les gesticulations du petit singe évoluant entre eux, dans les têtes de chevaux errant à travers le désert semé de mystère et d'effroi, jusqu'à leur ensanglantement final où on les verrait disparaître en coulisse. Tout cela, cependant, ne se laissait pas déchiffrer aisément. On risquait fort, au contraire, de verser dans l'erreur.

Les fenêtres des villas réservées aux hôtes de premier plan dans la partie ouest du grand parc résidentiel étaient éclairées à tous les étages. Deux rois, quatre cheiks, un imam malade, deux régents en exil, une reine veuve, auxquels s'ajoutaient les accompagnateurs, les gardes du corps, les concubines, tous ces gens s'apprêtaient aussi pour le concert. De forts effluves de parfum se répandaient jusqu'à l'extérieur des bâtiments où les automobiles, dont le moteur tournait déjà, attendaient les invités.

Dans la dernière villa, la plus modeste de toutes, située légèrement à l'écart, Pol Pot, le maître du Cambodge, était penché sur un épais traité des symboles qu'il feuilletait avec impatience. Tout au long de ces dernières journées, il avait esquissé dans le secret de son cerveau un nouveau massacre, d'une ampleur encore inédite non seulement dans son propre pays, mais dans l'ensemble de l'Asie, si ce n'était dans l'histoire de l'humanité entière. Il ne s'était encore ouvert à personne de la dimension de ce projet et, ce soir, à l'occasion du concert, il essaierait de deviner si les temps étaient mûrs pour un tel carnage. Dès qu'il avait reçu l'invitation, il s'était plongé dans ce vieil ouvrage pour tenter d'y comprendre quelque chose, mais il était difficile, en un laps de temps si court, de s'y retrouver parmi tous ces symboles. Il avait l'intuition que la réponse à la question qu'il se posait devait se trouver dans les mouvements et les couleurs de la deuxième danseuse, en relation avec la figure du vieux serpent, mais il n'en était pas tout à fait sûr. Il craignait de se tromper dans l'interprétation du message, erreur qui pouvait lui coûter cher, quelques jours plus tard, quand il solliciterait l'aval des Chinois pour l'exécution de son projet.

Tout cela n'est pas simple..., se répétait-il, les doigts tremblant de nervosité. Il avait mal aux yeux et se sentait si fatigué qu'il en vint même à s'apitoyer sur son propre sort. Au lieu d'attendre tranquillement l'heure du concert pour goûter comme tout le monde une aussi belle soirée, il lui fallait jusqu'à la dernière minute travailler, travailler sans le moindre répit.

Dans les coulisses du théâtre où devait avoir lieu le concert, c'était le va-et-vient général précédant les représentations. Tous se mouvaient d'un pas rapide, on voyait apparaître puis disparaître du côté des cabines de maquillage les danseurs et les danseuses costumés en magiciens, en princesses, en eunuques, ou encore en prêtres qui devaient immoler des victimes humaines, sans oublier ceux qui, emmaillotés dans de longues bandes de soie, ne figureraient qu'un segment du serpent ou de la queue du dragon. Les vieilles gloires de la troupe, les metteurs en scène et les divers responsables techniques apparaissaient et disparaissaient de même avec des mines renfrognées. Une partie de leur inquiétude passait de leurs visages dans ceux de leurs collaborateurs et même des danseurs, en dépit de l'épaisse couche de maquillage dont étaient enduits ces derniers, qui, semblait-il, aurait dû les rendre imperméables à toute autre passion que celle qu'y avait imprimée la main du maquilleur.

En fait, cette alarme n'était pas injustifiée. Comme tout concert officiel, celui-ci était un événement marquant, car on y attendait en principe tous les hauts dirigeants du

Parti et de l'État, ainsi que les représentants du corps diplomatique. En outre – et c'était peut-être là l'essentiel –, tout au long des répétitions, on avait vu débarquer pour y assister de mystérieux fonctionnaires que l'on n'avait pas l'habitude de rencontrer dans les milieux artistiques. On les disait envoyés sur ordre de Jiang Qing, et l'on était allé jusqu'à murmurer que celle-ci pourrait venir assister en personne à la générale. Puis d'autres rumeurs avaient prétendu qu'il s'agissait de membres des services du *Zhongnanhai*, nouvelle qui n'avait fait qu'attiser l'émoi de la troupe. Au bout du compte, nul n'avait pu établir l'identité de ces gens qui suivaient les répétitions. Ce qu'on savait de sûr, c'est que certaines scènes particulières, l'éclairage de la rampe à différents moments du spectacle, ainsi que les mouvements des principaux danseurs et les couleurs de leurs costumes, tout cela avait été modifié à plusieurs reprises jusqu'à la veille au soir, à l'heure de la générale. Danseurs, costumiers et, en fait, la majeure partie de la troupe étaient bien avertis de certaines choses, les ayant eux-mêmes pressenties depuis belle lurette ou sachant ce qui se murmurait sur l'importance des symboles attachés au théâtre, surtout à l'occasion d'un concert officiel. Toutefois, ce n'étaient encore là que des notions confuses. Quant aux organisateurs du spectacle, s'ils étaient sans doute mieux informés, il y avait fort à parier qu'eux-mêmes ne savaient rien que de très brumeux. Que n'avait-on pas chuchoté, ces dernières années, à propos de tous ces mystères ! Le bruit avait même couru que certains groupes antiparti, comme celui du *Village des trois*, avaient réussi, par le biais de tels spectacles, à se transmettre des signaux et des messages relatifs à certaines éventualités sinistres, comme le renversement de Mao ou la clémence qu'avait sollicitée de ses juges Peng Dehuai, le ministre déchu. Néanmoins, même après la découverte du complot et les nombreuses arrestations dont elle fut suivie parmi les responsables et artistes de la troupe, nul ne sut jamais exactement de quelle manière ces messages avaient été transmis.

Et voici qu'on racontait maintenant qu'à la fin de la

première scène, puis quelque part vers le milieu de la troisième, ainsi qu'à la sortie de la cigogne jaune, peu avant l'entracte, dans les mouvements de la deuxième danseuse, au moment de l'ouverture, et plus encore dans la couleur lilas de son costume, se cachait quelque chose de très, très important, qui se rattachait (plus bas ! encore plus bas ! colle ta bouche contre mon oreille !)..., qui se rattachait peut-être à la mort imminente de Mao et à la question de sa succession. Rien qu'à en entendre parler, on en avait froid dans le dos. En outre, l'affaire risquait de connaître des rebondissements jusque sur le plan mondial, de s'inscrire dans une conjoncture plus vaste liée au terrorisme en général, à de possibles massacres en diverses régions du globe, et Dieu sait quels impensables messages allaient encore être transmis ce soir-là – bref, rien d'un concert, mais une calamité !

Appuyée contre une colonne, tout près de l'étroit passage débouchant sur la scène, la deuxième danseuse promenait un regard perdu sur l'agitation incessante qui l'entourait. A cause de son épais maquillage, tout sur son visage semblait pris comme dans du plâtre. Seule l'expression chagrine de ses yeux, que son masque épais faisait ressortir davantage, offrait encore un signe de vie.

Elle est rongée d'inquiétude, se dit l'un des maquilleurs en la reluquant au passage. Peut-être a-t-elle appris la signification du symbole qu'on lui fait porter ?... En vérité, lui-même ne savait rien de précis à ce sujet. Tout en l'observant à la dérobée, il se demanda : lequel de ses attributs servira de signal au massacre de l'intelligentsia dont parlent certains, à supposer qu'il ne s'agisse pas là d'une invention délirante ?

– Tu te fais du souci ? l'interrogea une des plus anciennes danseuses de la troupe. Tu as tort. Tu n'as rien à te reprocher... Il y a quelques années, on m'a accusée moi aussi d'avoir conduit deux ministres au suicide ; en fait, je n'y étais absolument pour rien... Je sais bien que, dans ton cas, il s'agit d'événements sans commune mesure, on parle de massacres de grande envergure, mais ce n'est pas une raison pour te ronger les sangs : rien de cela ne dépend de toi, pas vrai ?

– Je ne comprends rien à ce que tu me racontes, répondit la jeune fille ; c'est la deuxième fois qu'on me tient de ces propos remplis de mystère, et je n'y pige toujours rien.

– Je m'étais imaginé que tu t'en faisais à propos de...

– Pas du tout ! Je pensais à tout autre chose. Sais-tu à quoi ? – Ses yeux s'écarquillèrent encore davantage –. Je te le confie à toi, Lin Min, mais promets-moi de n'en souffler mot à personne.

– Tu peux y compter !

La jeune fille la regarda encore un instant, retenue par une dernière hésitation, puis elle lâcha :

– Je ne veux même pas savoir de quoi tu voulais parler, Lin Min. Du reste, ces choses-là m'échappent complètement. Je ne rêve que d'une chose : c'est le moment qui suivra la fin de la représentation, quand les spectateurs étrangers monteront sur scène pour nous féliciter et, et... et si jamais j'ai la chance que l'un d'eux vienne m'embrasser... Tu comprends, Lin Min ?... Au dernier concert donné en octobre, il y avait un blond qui sentait si bon... Jamais je ne pourrai l'oublier.

Pendant que la jeune ballerine parlait, l'autre la regardait d'un air dont on ne savait s'il voulait dire : Quelle chance tu as ! ou : Comme tu es à plaindre !

Là-dessus, son aînée s'éloigna et la jeune danseuse se retrouva seule. A pas légers, elle s'approcha du lourd rideau de velours, en écarta un pan et découvrit la salle qui semblait elle aussi écrasée sous le même velours pourpre qui tapissait les fauteuils et les loges. Les invités ne sont pas encore arrivés, murmura-t-elle, comme prise de vertige. De ce grand vide montait vers elle un lourd silence oppressant. Elle laissa retomber le rideau en soupirant.

Hua Guofeng trouva que les coups de la pendule murale qui s'était mise à sonner n'émettaient pas le même tintement que d'habitude. Sans trop savoir pourquoi, il s'immobilisa un instant, peigne et ciseaux en main, dans l'attente du septième coup. Il ne me reste qu'une dizaine de minutes, se dit-il. Ayant approché de nouveau le peigne et les ciseaux de sa tête, il se rendit compte que ses mains tremblaient. Son retard le rendait nerveux. Il aurait dû commencer à se préparer plus tôt. Encore que ce ne fût pas sa faute… L'idée que sa ressemblance avec Mao pouvait être poussée au-delà même de l'œuvre de la nature avait subitement jailli en lui cet après-midi-là. A l'exaltation où le plongeait cette découverte se mêlait l'étonnement de ne pas y avoir songé plus tôt. Sa ressemblance avec le président n'était pas passée inaperçue, elle avait nourri plus d'une conversation et avait même donné lieu à des plaisanteries risquées parmi son cercle d'amis, mais qu'elle pût être renforcée, rehaussée, cultivée comme ces fruits dont on parvient à améliorer l'espèce, cela n'était jamais venu à l'esprit de personne. En lui-même, cette idée avait apparemment progressé par des voies détournées, mystérieuses, de celles qu'empruntent d'ailleurs la plupart des idées. S'interrogeant depuis longtemps déjà sur les successeurs possibles de Mao, il avait parfois songé aux ombres des *Kagemusha*, ces doubles que les chefs de guerre, dans le Japon du Moyen Age, déléguaient en leur lieu et place aux combats ou dans les fêtes. Pour peu que je lui eusse ressemblé davantage, j'aurais pu être le *Kagemusha* de Mao, s'était-il dit à diverses reprises. Plus tard, quand Mao eut de plus en plus de mal à présider les cérémonies ou à recevoir les personnalités étrangères, et surtout quand le Bureau politique eut délibéré pour la première fois sur le point de savoir si le président ne devait pas s'abstenir désormais de paraître en public, l'idée du *Kagemusha* lui était devenue étonnamment familière. Mais, comme tout ce qui appartient au domaine des idées, elle avait paisiblement dormi au fond de lui-même. Et ce n'est qu'en ce tout dernier après-midi, au cours de la réunion du Bureau politique – oh, jamais cet instant ne s'effacerait de sa mémoire –, que tout s'était figé autour de lui et que l'idée qui, jusqu'alors, tenait plutôt du monde des rêves, avait émergé de cette froideur de glace pour faire irruption, à la folle vitesse d'une onde cosmique, dans le monde réel. La conversation roulait sur tout autre chose mais, comme dans toutes les réunions de ces derniers temps, on sentait que chacun ne pensait qu'à la succession. On connaissait plus ou moins les données du problème que les uns et les autres agitaient dans leurs cerveaux : Zhou atteint d'un cancer... Jiang Qing qui, de toute façon, en sa qualité d'épouse... le groupe de ses fidèles... le clan de Deng Xiaoping... On murmurait que le testament de Zhou devait incessamment arriver chez Mao... Tous cédaient à une sorte de délire. Et c'est alors qu'une voix intérieure lui cria : Pourquoi pas toi ? Pourquoi te tiens-tu à l'écart comme un humble pécheur ? En quoi ceux-là sont-ils plus proches de lui que toi-même ? Toi, au moins, tu possèdes un atout indéniable : ton visage, ton apparence physique, car, pour ce qui est de l'âme, personne ne peut la voir... Et, là-dessus, un flot de pensées chaotiques déferlèrent en lui à qui mieux mieux – la psychose collective, la nostalgie du chef disparu, le désir de voir son visage ressuscité en haut de la tribune...

Ce soir même ! hurla la voix aux tréfonds de son être. Dès ce soir, tu apparaîtras sous ses traits. Et sous ce signe tu vaincras.

Une fois rentré chez lui, il se mit à tourner en rond dans les chambres et les salons, jusqu'à ce qu'il comprît ce qu'il cherchait : un miroir. Il s'immobilisa un long moment face à la glace, comme enchaîné à elle. Faire venir du théâtre un coiffeur ou un maquilleur, non, jamais de la vie, nul ne devait être au courant. Depuis quelques jours, ils étaient tous plongés dans le plus grand émoi, sur le qui-vive. Il ferait cela lui-même.

A pas légers, comme s'il eût craint d'être entendu, il se dirigea vers un placard situé tout près de là, fouilla un moment dans ses tiroirs et s'en revint armé d'un peigne et d'une paire de ciseaux. Pourquoi tes mains tremblent-elles ? se dit-il. D'autres que toi se sont servis du poignard ou du poison...

Cette pensée le rasséréna quelque peu. Mais, lorsque la première touffe de cheveux tomba au pied du miroir, il fut presque étonné de ne pas la voir maculée de sang. Il était cinq heures et demie quand il avait commencé son ouvrage ; à sept heures, il n'avait pas encore terminé. Tandis qu'il maniait à tour de rôle le peigne et les ciseaux, sa pensée volait sans désemparer vers les loges encore vides de la salle de concert, vers l'enveloppe contenant le testament de Zhou Enlai, sans compter une foule d'autres choses plus anodines. Ses mains continuaient de trembler. Tantôt il avait l'impression que la ressemblance s'accentuait, tantôt qu'elle se dissipait tout à fait. A un moment donné, il se tourna brusquement vers le portrait de Mao accroché au mur, et il lui sembla que celui-ci le regardait d'un air narquois. Des ciseaux qu'il tenait à la main fusèrent alors des éclairs menaçants.

A sept heures et quart, il entendit frapper légèrement à la porte. Ce devait être un de ses gardes du corps. C'est l'heure, songea-t-il, et du même pas léger qu'il était allé les prendre, il s'en fut ranger le peigne et les ciseaux au fond du tiroir d'où il les avait sortis, les recouvrit d'une serviette, puis se dirigea vers la porte. Sur le point de l'ouvrir, il s'avisa de retourner devant le miroir au pied duquel étaient restées quelques touffes de cheveux. Il les recueillit avec soin dans son mouchoir, puis nettoya rapidement l'endroit, et ce n'est qu'après avoir bien vérifié qu'il ne laissait aucune trace derrière lui qu'il se dirigea de nouveau vers la porte et l'ouvrit.

La voiture qui amenait Skënder Bermema et C.V. s'arrêta devant le théâtre. En mettant pied à terre, ils aperçurent des groupes d'invités chinois et étrangers qui se dirigeaient vers l'entrée tout illuminée. Puis les véhicules qui les avaient conduits jusque-là glissaient lentement à l'arrière-plan avec ce singulier aspect de coquilles vides qu'ont les limousines débarrassées de leurs passagers officiels.

En pénétrant dans la salle, Skënder Bermema fut ébloui par l'éclat rouge vif du velours. Le parterre avait déjà commencé à se remplir, mais les loges, à quelques rares exceptions près, restaient encore inoccupées.

Tous deux suivirent leur accompagnateur, qui finit par repérer les places qu'on leur avait assignées. Trouvant le silence dans la salle plus profond qu'il ne s'y serait attendu,

Skënder Bermema tourna la tête de droite et de gauche pour vérifier que le parterre était complet. Il l'était bel et bien, et seuls quelques rares invités arrivés après eux se faufilaient encore entre les rangées pour gagner leurs sièges. Les loges elles-mêmes avaient commencé à se remplir. Skënder Bermema remarqua que les gens assis à ses côtés regardaient eux aussi en direction des loges, mais sans tourner ostensiblement la tête. Il était sept heures vingt-sept. Comme tout le monde, il continua de suivre des yeux l'arrivée des hauts dignitaires. Il aperçut l'ambassadeur albanais et faillit lui adresser un signe de la main, mais l'autre, à coup sûr, ne l'eût pas remarqué. Puis il repéra le membre du Bureau politique à la tête enturbannée : il occupait la même loge que *Double-Fût*, qu'il reconnut pour l'avoir vu au journal télévisé, mais l'heure n'était plus à en rire.

A sept heures vingt-huit, Jiang Qing et Wang Hongwen prirent place dans leurs loges. Il n'en restait plus que deux de vacantes. On avait d'emblée l'impression que le pouvoir d'État était tout entier incarné par les présents et que ces loges inoccupées ne comptaient pour rien ; mais il ne s'écoula pas plus de quelques secondes pour que, sous l'effet d'on ne sait quelle mystérieuse influence, on eût le sentiment exactement contraire : c'était précisément l'évocation des absents qui faisait froid dans le dos à chacun. Ils pouvaient faire leur entrée d'un moment à l'autre, avec leurs visages blêmes et leur sourire narquois : Vous vous êtes réjouis trop tôt de ne pas nous voir, ha-ha !

Aucun murmure ne s'éleva ; au contraire, le silence se creusa, et ce n'est que l'ombre d'un murmure, autrement dit un murmure parfaitement constitué, mais muet, qui parcourut la salle lorsque Hua Guofeng apparut dans l'une des deux loges restées vides. Qu'est-ce que c'est que ça ? Qu'est-ce que c'est que ça ? s'écrièrent en chœur des centaines de gens, mais sans émettre aucun son, au contraire, chacun refoulant au plus profond de soi toute parole qui eût pu éventuellement s'élever dans la salle. Skënder Bermema observa le profil de leur accompagnateur : son visage blafard avait viré au violacé, comme baigné d'une lumière sulfureuse, et il arborait une expression de terreur et de joie mêlées, celle d'un homme qui implore grâce. La tête de Hua Guofeng ! s'exclama Skënder Bermema, mais sans émettre lui non plus aucun son. Que lui est-il donc arrivé ?... Mais il ne s'attendait à recevoir de réponse de personne en ce lieu peuplé seulement d'esprits. Sa tête... sa tête... Que lui est-il arrivé ? continuait-il de murmurer à part soi. Le mécanisme particulier de son cerveau, ce mécanisme qui, rien qu'à se mettre en mouvement – parfois même contre sa volonté –, engendrait les associations d'idées les plus inattendues, lui fournit sur-le-champ quelques variantes de ce qui avait pu se produire ou de ce qui pouvait arriver. Le visage de Hua Guofeng ressemblait comme deux gouttes d'eau à celui de Mao. Il avait détaché la peau du visage de Mao pour la plaquer sur le sien propre... Bien d'autres que Skënder devaient ruminer au même instant les mêmes horribles pensées, car la salle entière paraissait sous l'effet d'un électrochoc.

Il était exactement sept heures trente lorsque les lumières commencèrent à baisser. Et c'est à ce moment précis, à la lisière entre la lumière descendante et l'ombre montante, que dans la seule loge restée vide apparut Zhou Enlai.

Les loges sont donc au complet, songea Skënder Bermema.

La silhouette de Zhou Enlai oscillait entre figure fantomatique et apparence humaine. Le rideau se leva lentement. Dieu ! s'exclama Skënder Bermema, et il s'étonna d'avoir prononcé ce mot tombé depuis si longtemps en désuétude.

Le concert durait déjà depuis plus d'une heure et il était devenu évident qu'il n'y aurait pas d'entr'acte. Figées, des centaines de têtes suivaient le spectacle qui se déroulait sur scène. Bien que tout dégageât une impression de froideur et de rigidité, on sentait d'instinct comme un frisson passer de la scène à la salle, et vice-versa. Au moment où la deuxième danseuse, faisant froufrouter sa jupe de soie couleur lilas, vint presque effleurer la cigogne jaune, le public retint son souffle. Bah, en quoi tout cela me concerne-t-il ? se dit Skënder Bermema avec une pointe d'ironie envers lui-même. Mais il avait beau la repousser, il ne pouvait se soustraire à l'angoisse générale.

La deuxième danseuse tournoyait de plus en plus lentement à proximité de la cigogne. Comme hypnotisée, la salle était suspendue à ses évolutions. Soudain, à la suite d'une fausse manœuvre, sembla-t-il, le faisceau rouge d'un projecteur vint balayer fugitivement les loges, et on eut l'impression que de leurs parois tendues de velours suintait du sang. Au passage du pinceau lumineux, Skënder Bermema crut distinguer deux yeux comme révulsés par l'extase. Quel était donc ce visage qu'il lui avait semblé reconnaître ? Il l'avait déjà aperçu quelque part, dans un livre ou bien quelque journal parlant peut-être du Cambodge. Il se redit : rien de cela ne me concerne... mais plus il s'évertuait à se rassurer, plus son trouble augmentait, cependant que la musique lancinante continuait d'inonder la salle. Il se sentait au bord du malaise. A deux ou trois reprises, il eut envie de se dresser et de hurler : Assez ! Mettez fin à cette fête ! J'ai un roman qui se meurt, moi !

Ses yeux s'arrêtèrent un moment sur le profil de C.V... où se lisait l'attention exaspérante avec laquelle il suivait le spectacle. Skënder Bermema approcha sa tête de la sienne et, d'une voix sourde, si étouffée que lui-même n'entendit pas ses propres paroles, il lui murmura à l'oreille : Mon roman rend l'âme...

L'autre ne broncha pas, mais Skënder Bermema eut l'impression qu'à un endroit précis de ce profil, entre la tempe et la pommette, s'ébaucha comme un rictus. J'ai décidément trouvé à qui me confier ! gémit-il, furieux. Ce reflet onctueux qu'il avait surpris sur le visage de son confrère était-il causé par ce qu'il venait de lui murmurer ou, plus simplement, par sa fascination pour le spectacle ?

Au son du gong, qui provoqua un tressaillement dans la salle, le visage de la deuxième danseuse se trouva subitement éclairé, mais à la vue de cette figure couverte de poudre, Skënder Bermema fut comme saisi d'épouvante. Sa lividité exprimait à la fois la détresse, l'accusation, un courroux glacé qui n'était pas de ce monde. Pourvu que ce cauchemar prenne fin ! murmura-t-il à part soi. Mon Dieu, faites que ce cauchemar finisse au plus vite !

Quelques minutes avant la fin de la représentation, un vague mouvement dans la salle – peut-être un simple spectateur qui avait tourné la tête – poussa Skënder Bermema à lever les yeux vers les loges, et ce qu'il vit le stupéfia : certaines d'entre elles se vidaient déjà. Apparemment, il fut l'un des tout premiers à le remarquer, car ce n'est qu'au bout de plusieurs secondes que la salle entière enregistra ce fait probablement sans précédent : une partie de la direction politique – en fait, les plus hautes personnalités de l'État – quittait la représentation avant même la tombée du rideau.

Que se passe-t-il ? que se passe-t-il ?... A vrai dire, nul ne prononçait ces mots, mais on les entendait fuser de toutes parts, bien plus puissants que s'ils avaient été diffusés par haut-parleurs. Le spectacle leur avait-il déplu ? La combinaison des symboles avait-elle suggéré quelque anticipation prématurée ? Skënder Bermema imagina même un moment qu'au dehors, c'était déjà le carnage...

Enfin le rideau tomba et les lumières revinrent à elles comme au sortir d'un long évanouissement. En se levant de leurs sièges pour partir, les spectateurs contemplaient maintenant sans crainte les loges vides. Jiang Qing, Wang Hongwen et Zhou Enlai s'étaient éclipsés. Ceux des dirigeants qui avaient choisi de rester étaient les plus nombreux, mais ils paraissaient désormais incolores et sans relief par rapport à cette absence chargée de menaces.

– Que se passe-t-il ? demanda Skënder Bermema à l'ambassadeur lorsqu'il le retrouva enfin à la sortie.

Le regard du diplomate se fit plus énigmatique qu'il ne s'y serait attendu. L'éclair qu'il crut y voir passer n'émanait pas tant de ses yeux que des verres de ses lunettes.

– Je ne sais trop quoi te dire, répondit-il. Peut-être que Mao... Tu n'ignores pas qu'il est alité depuis longtemps...

– Je vois. Mais je t'avoue que, pour ma part, j'avais imaginé tout autre chose.

L'ambassadeur sourit.

– Il se peut que tu aies pensé juste.

– Et comment peux-tu savoir à quoi j'ai pensé ?

– Oh, c'est facile à deviner, fit le diplomate sans se départir de son sourire.

Ils se dirent bonsoir, et chacun partit à la recherche de sa voiture. C'est alors seulement que Skënder Bermema se ressouvint de l'existence de C.V..., qui lui adressait des signes de loin.

Ils firent le trajet jusqu'à leur hôtel sans échanger un traître mot. Les accompagnateurs chinois arboraient eux aussi une mine renfrognée.

En mettant pied à terre, Skënder Bermema sentit presque physiquement la douleur qui le tenaillait sous les côtes, là où il se figurait avoir subi l'ablation de son roman... Et, de nouveau, il lui sembla qu'en avançant d'un pas, il allait perdre l'équilibre.

– Bonne nuit, dirent les accompagnateurs, une fois dans le hall.

– Bonne nuit, leur répondit Skënder Bermema – tout en ajoutant pour lui-même : Salut, les Chinois !

A peine dans sa chambre, il se sentit capable de n'importe quoi, sauf dormir. Il déambula de long en large, puis, au terme d'un de ses va-et-vient, resta comme rivé à la fenêtre. Derrière les vitres froides se découpaient une portion de la rue ornée de quelques idéogrammes lumineux qui avaient l'air suspendus dans les ténèbres. Voici la langue des Chinois, songea-t-il sans pouvoir en détacher les yeux ; avec ces idéogrammes, on pouvait naguère composer des œuvres magnifiques, mais ils servent maintenant à formuler des injures, des appels à la haine, des mots creux, toutes choses du goût de C.V... Il loucha vers la cloison séparant sa chambre de la sienne. C'est ainsi que l'autre considérait les caractères et les vocables d'une langue : chargés de venin comme des scorpions. Bacilles du haut mal que vous êtes ! s'écria-t-il au fond de lui-même. C'est vous tous ensemble qui m'avez assassiné mon roman !... Skënder Bermema sentait la rage bouillonner en lui. Il faut que j'aie une discussion avec ce type, se dit-il ; que je vide une bonne fois mon sac !

Sur mon visage s'était dessiné un sourire grimaçant : une discussion, répéta-t-il. Hé-hé !

Il sentait ses tempes serrées comme dans un étau. Je vais te faire voir de quel bois je me chauffe ! ajouta-t-il non sans éprouver déjà une certaine répugnance. Tu veux polémiquer un brin, on *discute* ? Il n'avait pas encore clairement conscience de la manière dont il allait procéder. On *discute* ? murmura-t-il, comme hébété. Discute... dis-cute... Ha-ha ! Ce mot sonnait étrangement quand on le décomposait en syllabes. Il ressemblait plutôt à un terme de boxe : *upper-cut*...

Quand il déboucha dans le couloir, son rictus ne s'était pas encore effacé de son visage. Il lança un coup d'œil à droite et à gauche, puis se dirigea vers la porte de la chambre de C.V. et frappa. Au bout d'un certain silence, il entendit, venant de l'intérieur, la voix de l'autre : Qui est-ce ?

C'est moi, fit Skënder Bermema à voix basse, ouvre !... En réalité, ces paroles, il ne les prononça pas, se bornant à les proférer mentalement. Et de la même façon, tout le temps que dura cet intervalle de silence, planté devant la porte qui les séparait, il imagina la scène qui pourrait suivre...

Il se vit pousser la porte, qui doucement s'ouvrit toute seule. Bien qu'il s'évertuât à se contrôler, c'était au-dessus de ses forces. En pyjama et pantoufles, C.V... lui parut comme recroquevillé sur lui-même. Peut-être à cause de son irruption soudaine, peut-être à cause du rictus de plus en plus menaçant qu'arborait Bermema, C.V... fit deux ou trois pas en arrière : Qu'est-ce que tu as ? semblait dire son regard. Tu ne serais pas devenu fou ?

C.V... s'était enfin figé au milieu de sa chambre, dans l'attente de ce qu'allait lui dire l'intrus, quand Skënder, plutôt que de proférer le moindre propos, à tout le moins quelque insulte ou malédiction, en silence, comme dans un film muet, leva son poing et le lui assena en pleine figure.

C.V... chancela et prit appui sur le montant du lit pour ne pas tomber.

– Qu'est-ce qui te prend ? Tu es cinglé ! s'écria-t-il sans parvenir encore à croire à ce qui lui arrivait. Bermema, quant à lui, avait encore plus de mal à y croire, ce qui ne l'empêcha nullement de lever le poing une seconde fois.

C.V... parvint à esquiver ce nouveau coup. Il esquissa deux ou trois gestes de défense, mais, voyant que l'autre, déchaîné, n'avait aucunement l'intention de lui ficher la paix, il tenta à son tour de riposter. Malheureusement, sans doute parce qu'il n'avait jamais eu l'occasion d'accomplir des mouvements de ce genre, à moins que ce ne fût encore l'effet de la surprise, les gesticulations de ses bras eurent quelque chose d'efféminé.

– Ordure ! gronda Skënder Bermema. Vermine de vécés publics !

Il réussit à l'atteindre de nouveau, mais d'un coup qui dérapa à l'angle de la mâchoire. Ce coup, s'ajoutant à l'allusion injurieuse (ce n'était pas la première fois que ses adversaires se servaient de ses initiales pour les inverser et l'appeler *Vécés* !), acheva de faire sortir C.V... de ses gonds.

– Salaud ! vociféra-t-il. Sauvage ! – et, d'une violente détente du pied, il l'atteignit au bas-ventre.

Bermema laissa échapper un *oh* ! de douleur. Sa souffrance était atroce et si C.V..., au lieu de pantoufles, avait porté des chaussures, sans doute l'eût-il envoyé rouler à terre. Son regard devint plus pâle, ses pensées tournèrent un instant à vide, pour s'accélérer de nouveau selon un rythme endiablé. En l'espace de quelques secondes, ce coup porté à ses parties génitales en vint à prendre des proportions démesurées, son esprit enfiévré le rattachant confusément à la jalousie que C.V... avait toujours nourrie pour sa vie sentimentale, aux articles critiques dénonçant les intrigues amoureuses de ses livres, voire aux femmes qu'il avait connues, et jusqu'au souvenir d'Ana Krasniqi, à son ventre marmoréen désormais converti en ténèbres...

– Ah ! c'est comme ça ? lança Skënder Bermema dans un cri étouffé en se précipitant à nouveau sur lui. C'est comme ça ? répéta-t-il tout en cherchant à l'acculer dans un coin.

La fureur avait obscurci son regard. Dans un angle de la pièce, entre la fenêtre et le radiateur, il parvint cette fois à lui décocher plusieurs coups d'affilée :

– Tiens, voici les deux vérités... Et encaisse maintenant les quatre erreurs... Et les trois démons de la ville...

Il s'entendait lui dire : Alors, ma colombe, mon petit pinson, nous voici face à face au milieu des idéogrammes, mais qu'est-ce qu'ils attendent pour venir à ton secours ?

En fait, l'un comme l'autre étaient silencieux, on n'entendait que leur souffle rauque à tous deux. Derrière les vitres se distinguaient en effet quelques idéogrammes qui, à cause de leur propre sarabande, leur paraissaient atteints de la danse de Saint-Guy. – Voilà ce que tu mérites : être rossé en plein cœur de la Chine et voir ton milliard de Chinois dans l'incapacité de te venir en aide, ha-ha-ha !

... Skënder Bermema se tenait toujours dans le couloir, le front appuyé contre la porte de l'autre. Si grande était la violence de la scène qu'il venait d'imaginer qu'il avait mal aux poings à force de les tenir serrés. Mais non, il ne devait pas se couvrir de honte ici, en pleine Chine. Il ne devait pas tomber si bas.

– Qui est-ce ? fit pour la seconde fois la voix de C.V... de l'intérieur de la chambre.

C'est la honte..., faillit répondre Skënder Bermema. Oui, vraiment, quelle dégradation ce serait ! songea-t-il de nouveau. On raconterait qu'ils s'étaient volé dans les plumes en plein cœur de la Chine, comme deux jeunes coqs... oui, c'était bien le cas de le dire... venus ici à l'occasion de la Journée des oiseaux...

Il s'éloigna de la porte et se mit à déambuler dans le couloir, aussi désert que précédemment. Il jeta un coup d'œil dans les deux sens : pas âme qui vive. Personne n'a dû nous entendre, en déduisit-il. Il avait imaginé la scène avec une intensité telle qu'il n'eût pas été autrement étonné de voir quelqu'un rappliquer, attiré par leur tapage. Il hésita un moment devant la porte de sa chambre, sans pouvoir décider s'il allait ou non y rentrer. Tout au bout du couloir, dans une cage vitrée, devait se trouver l'employé de service à l'étage. Rien n'échappait à son attention. Il avait certainement remarqué ses va-et-vient suspects. A pas légers, Skënder Bermema s'approcha de la cage vitrée. L'employé y était effectivement assis. Skënder porta les doigts à son visage comme pour vérifier qu'il affichait bien le sourire de circonstance. Mais, au même moment, il aperçut son reflet dans la vitre de la cabine : ce qui se dessinait sur ses traits pouvait à la rigueur tenir lieu de sourire, surtout si l'on considérait que l'occupant de la cage vitrée n'était après tout qu'un Chinois qu'il ne connaissait ni d'Ève ni d'Adam. Celui-ci dévisagea le client de l'hôtel avec des yeux ahuris. A l'évidence, il ne s'est rendu compte de rien, constata Skënder Bermema.

Il fit au Chinois un salut de la tête. Curieusement, à la différence des autres fois, le Chinois ne lui rendit pas son sourire.

– *Ho*, dit Skënder Bermema, usant du seul mot de chinois qu'il connaissait. Ça va ?

– *Ho*, répondit l'autre, toujours sans sourire.

Que le diable l'emporte ! maugréa en lui-même Skënder. Il a dû remarquer quelque chose.

– Tranquille, hein ? dit-il à voix haute.

Le Chinois approcha son visage de la vitre pour articuler un mot – il avait probablement demandé : Quoi ?

Skënder Bermema usa des bribes de diverses langues pour s'entendre un tant soit peu avec lui, mais en pure perte. Puis il se souvint que les employés de service, même s'ils pratiquaient plus ou moins quelque langue étrangère, étaient tenus de feindre de n'en connaître aucune. Il adressa un signe de la main au Chinois pour lui souhaiter bonne nuit, et, tournant les talons, avait déjà commencé à s'éloigner, lorsqu'il entendit derrière son dos :

– *Comrade* !

Frappé de stupeur, Skënder Bermema revint sur ses pas. Le Chinois était sorti devant la porte de sa cage vitrée et paraissait manifestement vouloir dire quelque chose. Il a remarqué mes allées et venues dans le couloir, songea Bermema ; ce sacripant va sûrement concocter un rapport truffé de calomnies. Il fit encore deux pas en direction du Chinois et se ravisa : mais, s'il tient à me parler, peut-être ne fera-t-il pas de rapport et va-t-il se borner à m'infliger quelque remontrance amicale ?

– Hein ? fit Skënder Bermema lorsqu'il se fut approché encore un peu. *Do you speak English* ?

Le Chinois hocha affirmativement la tête, non sans prendre un air coupable. Ah ! sourit Skënder Bermema. Pourvu maintenant que le Ciel me garde la tête froide et que je n'aille pas me ruer sur celui-ci comme sur l'autre !

– Tu ne peux pas dormir ? s'enquit le Chinois. Moi non plus.

Skënder Bermema resta bouche bée. Un Chinois qui lui disait : Tu ne peux pas dormir ?, c'était proprement incroyable ! Dès lors qu'ils en venaient à parler sommeil, le style de conversation à la chinoise aurait dû lui imposer de dire : *L'eau dort ; l'ennemi, lui, ne dort pas*, ou : *Les impérialistes et les révisionnistes ne dorment que d'un œil*, ou encore : *Les révolutionnaires ne doivent pas s'endormir sur leurs lauriers*, ou quelque autre formule du même tonneau, mais en aucune manière de lui parler du simple sommeil humain.

– Et pourquoi ne peux-tu pas dormir ? lui demanda Skënder Bermema – tout en estimant sa question absurde : un employé de garde ne devait évidemment pas céder au sommeil.

– *The Chairman is dying*, répondit le Chinois.

Skënder Bermema approcha sa tête plus près de l'autre. La vapeur de son souffle sur la vitre de la cabine installa un écran brumeux entre le Chinois et lui.

– Mao en train de mourir ? répéta-t-il, sans en croire ses oreilles qu'un Chinois eût osé prononcer une pareille phrase.

Le Chinois hocha la tête. Ses yeux rougis semblaient implorer pitié.

– *I am sorry*, lâcha Skënder Bermema sans trop savoir quelle contenance prendre.

Derrière l'écran de buée, une expression de douleur insoutenable irradiait du visage du Chinois.

Skënder marmonna quelques paroles de consolation, mais lorsqu'il voulut s'éloigner à nouveau, ses jambes refusèrent de lui obéir. Les yeux en amandes du Chinois le regardaient d'un air absent. Mais ces yeux bridés semblent avoir aussi été conçus pour exprimer la douleur ! s'exclama-t-il. Comment ne s'en était-il pas aperçu plus tôt ?

Il aurait voulu de grand cœur lui adresser quelques mots de réconfort, un témoignage sincère de compassion... L'idée de regagner sa chambre en laissant ce Chinois macérer dans son bocal de chagrin lui parut barbare.

Qu'est-ce qui m'arrive ? se demanda-t-il. Qu'était-ce que cet apitoiement auquel il cédait au moment même où il s'y attendait le moins ? Ça l'avait pris à l'improviste. Pourtant, il le sentait, tout son être en était envahi. Peut-être n'était-ce là qu'un élan occasionnel, comme naissent souvent les regrets, d'un simple mot, d'un soupir (en son for intérieur, il avait traduit le mot *dying* par : *il rend l'âme*), à moins encore qu'un tout autre montage ne se fût échafaudé instantanément dans son esprit : cette rondeur placide du visage rejetant à la dernière extrémité la haine de l'autre ; ses propos de vieux bonhomme un peu gâteux : je ne suis qu'un moine errant au parapluie troué... ; les enfants qu'il avait perdus, son ancienne femme morte elle aussi, et le poème qu'il lui avait dédié : nous nous retrouverons peut-être parmi les étoiles... ; enfin, son comportement d'ermite au cerveau dérangé, sa réclusion au fond de cette grotte, etc. – et l'essentiel, qu'on le veuille ou non : il était le créateur de la Chine nouvelle...

Pourtant, en regard de tout cela, combien longue était la liste de ses méfaits ! s'objectait Skënder Bermema à lui-même. C'est vrai, il avait édifié la Chine nouvelle, mais, par la suite, dans le délire de son esprit déréglé, il avait engendré un abominable chaos, sans précédent dans les annales de l'humanité, il avait fauché sans pitié l'intelligentsia, il avait le Cambodge sur la conscience... – non, impossible d'éprouver pour lui le moindre regret ! La pitié, c'est sur d'autres qu'elle devait rejaillir !

Il n'empêche : l'accablement d'un milliard d'hommes suffisait pour que leur chagrin vous imprégnât à votre tour comme l'humidité océane vous pénètre jusqu'à la moelle des os par un soir de fin septembre…

C'est ainsi, se dit-il en s'efforçant de remettre un peu d'ordre dans ses pensées. Leur tristesse se communiquait à vous et, malgré tout, oui, malgré tout, vous ne pouviez vous en défaire. Étrange, songea-t-il. Ou peut-être n'y avait-il là rien de bien curieux. Mystérieuses étaient seulement les voies par lesquelles s'opère la contagion de la pitié, tout comme celle du repentir ou du remords.

Mais tout cela était de peu d'importance au regard de ce à quoi il allait assister : la plus vaste douleur à avoir sans doute jamais été éprouvée sur terre.

Derrière sa cage, le Chinois sanglotait. Apparemment, la consternation qui se peignait sur le visage de l'étranger l'avait ému. Bermema frappa du doigt contre la vitre pour lui souhaiter bonne nuit, mais le Chinois se leva et sortit devant sa cabine.

– Mes sincères condoléances, lui dit Skënder Bermema en lui tendant la main.

Le Chinois tendit vers lui ses deux mains à la fois, cependant que le haut de son corps se projetait en avant de manière un peu guindée, comme chez ceux qui ne savent pas donner franchement l'accolade. L'employé de garde de l'hôtel avait dû voir faire ce même geste des dizaines de fois, songea fugitivement Skënder.

Il embrassa le Chinois et sentit ses larmes sur sa joue.

– Paix à son âme ! murmura-t-il, sentant sur le moment que cette formule d'antan était la plus appropriée, la mieux à même de se maintenir au-dessus de la vérité et du mensonge, comme de toutes les autres passions humaines.

A pas lents, il regagna sa chambre. Avant de se coucher, il s'approcha une nouvelle fois de la fenêtre et contempla les idéogrammes allumés çà et là dans la nuit. *The Chairman is dying*, se répéta-t-il. Parmi ces signes, il s'en trouvait sûrement bon nombre qui correspondaient au mot *président*, mais probablement aucun au mot *mort*. Demain, pensa-t-il, ou après-demain, ou au plus tard d'ici une semaine, l'idéogramme oublié se sera taillé une place.

Il porta la main à son visage, là où devait encore subsister la trace des larmes du Chinois. Étrange, remarqua-t-il à nouveau : il avait embrassé un Chinois au moment même où l'on se serait attendu à l'attitude contraire ; il ne l'avait pas fait à l'époque où c'eût été naturel, et il avait gardé ce geste pour maintenant, à l'heure de la séparation. Étrange, en vérité. Un présage, peut-être. Mais de quoi ?

Il allait et venait dans sa chambre comme si, avant de se coucher, il avait voulu vider son cerveau de son trop-plein de pensées. L'heure de la séparation d'avec le mal, oui, à coup sûr. Une sorte d'ivresse l'entraînait de plus en plus fort dans ses spirales.

Sans nul doute un présage. Un adieu au mal. Cette angoisse que l'histoire avait réservée à l'Albanie au terme du millénaire touchait à sa fin.

Il avait envie de hurler.

Que carillonnent les cloches à toute volée ! s'écria-t-il à voix haute. Le signal céleste a été donné, la séparation s'accomplit.

Il se retrouva devant son miroir à examiner ses joues à l'endroit où le dernier baiser de l'Asie devait avoir laissé sa marque.

Lointains, protégés par leur inintelligibilité, les idéogrammes dominaient le ciel comme les mots d'un rêve aux dimensions infinies. Au moment de se coucher, il s'efforça d'en détourner son regard, mais, avant qu'il ne sombrât dans le sommeil, ils envahirent son esprit de leur constellation fourmillante au milieu de laquelle une main invisible se préparait à allumer un pâle lumignon, l'idéogramme de la mort.

CHAPITRE XIV

Mao Zedong était toujours à la dernière extrémité. Depuis des heures, ses proches et ses collaborateurs immédiats se tenaient dans sa chambre à le regarder rendre l'âme. Beaucoup d'autres attendaient dans des pièces voisines. Certains portaient encore la tenue qu'ils avaient revêtue pour le concert en cette soirée fatale où on était venu leur annoncer que le Président agonisait. Par intervalles, quand le moribond recouvrait ses esprits et les considérait l'un après l'autre, l'air de leur dire : alors, comme ça, on est allé au concert ?, l'envie leur venait de s'éclipser aussitôt pour se dépouiller de ces habits de fête et revenir en tenue de deuil, mais quelque chose les rivait sur place : la certitude, chez chacun, que s'il s'absentait ne fût-ce que quelques instants, il trouverait à son retour portes closes...

Tour à tour, Mao émergeait du coma pour y retomber de nouveau. Mais, même lorsqu'il revenait à lui, c'était le plus souvent pour poursuivre un délire éveillé. C'est ainsi qu'il vit le globe terrestre, si ratatiné que c'en était une pitié, filer à travers les espaces infinis, parmi la poussière cosmique, en portant son cercueil arrimé avec les cordes dont on se servirait pour le descendre dans la fosse (Seigneur, était-ce entre le quarante-deuxième et le quarante-troisième parallèles ou à quelque autre latitude indéterminée ?)

Les visages de ceux qui l'entouraient s'entremêlaient à d'autres visions confuses. A l'heure qu'il est, se dit-il dans un moment de lucidité, Zhou Enlai est sûrement mort ; sinon, il ne se serait pas aussi facilement détaché de mon cercueil. Le mot *cercueil* se mua aussitôt en *pouvoir* avant de redevenir *cercueil*, et ainsi de suite, tour à tour, dans un douloureux tourbillon. Quant aux autres, ils ne décrochaient pas un instant de cette boîte, c'était à qui en agripperait les poignées de bronze, et s'il avait été en mesure de leur adresser la parole, il leur aurait lancé : Eh, attention ! A vous bousculer ainsi, vous allez finir par me faire mal !

Telle était son impression, si manifeste était leur haine réciproque. Seul le Premier ministre manquait à l'appel. Son testament, ce vœu d'être répandu à l'état de cendres au-dessus de la Chine... C'est précisément alors qu'il prenait connaissance de ses dernières volontés que l'ultime crise l'avait frappé, lui. Dieu sait combien de jours s'étaient écoulés depuis lors. Cela fait sûrement longtemps que Zhou Enlai est mort et enterré, songea-t-il. Autrement, lui aussi serait ici à se cramponner à ces poignées de bronze. Eh, doucement ! voulut-il gémir. Vous ne pouvez pas me laisser un peu en paix, pour cette dernière heure qu'il me reste à vivre ?

Ses yeux à demi éteints passaient en revue leurs visages figés tandis que son esprit échafaudait machinalement, avant de les détruire aussitôt, divers scénarios pour après sa mort. Cette incertitude était on ne peut plus pénible ; les visions tournoyaient dans sa tête comme un ballet d'ombres : Hua Guofeng, dos au mur pour être fusillé. Jiang Qing devenue impératrice. Sa couronne sertie des dents en or extraites de la mâchoire de Deng Xiaoping. Yao Wenyan marié à Jiang Qing au lendemain de sa victoire, assassiné dans son sommeil par cette dernière, puis tous deux – son cadavre à lui, son corps à elle – chassés de l'antre du pouvoir par Deng Xiaoping. Deng à la tête du pays, le règne du Boiteux, comme à l'époque de Tamerlan, dit Timur-le-Boiteux : Deng-lang, peut-être est-ce ainsi qu'on le surnommerait ? Jiang Qing moisissant en prison, les cheveux pendant de désespoir. Un avion solitaire vole à vide à travers ciel en quête de vivants ou de morts à transporter en Mongolie, mais nul ne veut monter à son bord. Hua Guofeng a entrouvert sa tombe pour venir lui souffler avec un sourire démoniaque : Hé-hé, je ne suis pas assez stupide pour monter dans cet appareil ! – Dis, toi, qu'as-tu fait de ton peigne et de tes ciseaux ? lui demande alors Mao. On m'a dit que, ces derniers temps, tu avais comme un penchant pour le métier de coiffeur... Hua Guofeng perd contenance : Qui t'a dit ça ? fait-il d'une voix éteinte. – Jiang Qing. C'est la dernière dénonciation émanant d'elle que j'aie été en état de lire, juste après ce concert auquel vous vous êtes tous rués tête baissée...

Autour du cercueil, les autres observaient un silence de pierre.

Jamais je n'aurais dû les laisser aussi divisés..., songea Mao. Il laissa échapper un gémissement et s'efforça de se tourner sur l'autre flanc. L'infirmière accourut à son aide. Ses paupières rabattues ne l'empêchaient pas de voir Zhou Enlai se promener dans un pré, traînant derrière lui un crabe attaché à une patte par un lacet. Pourquoi ne t'occupes-tu plus des affaires du pouvoir, que t'est-il donc arrivé ? lui demanda Mao. L'autre sourit tout en montrant son crabe : A présent, tu le sais bien, j'ai celui-ci pour m'occuper. C'est mon cancer, je cherche à l'apprivoiser... – Tu le tiens en laisse comme un chien de race ! lui dit Mao. Il est vrai que tu as toujours été attiré par les façons des Anglais... Zhou Enlai ne répondit pas... Ne serais-tu pas mort ? lui cria Mao en le voyant s'éloigner. Il y a longtemps que je ne lis plus les journaux ni n'écoute la radio... Mais l'autre était déjà trop loin pour l'entendre.

A sa place, sur le mur de la chambre, apparut Lin Biao. Il était attaché à un fauteuil d'avion et les mots *No smoking* clignotaient sans arrêt au-dessus de sa tête. Vers où volent-ils ? Ne serait-ce pas vers le Royaume du Singe bleu ?… C'est toi qui as monté le coup, et tu ne sais même pas ce qui s'est passé à bord de cet avion ! s'exclama le maréchal. – Peut-être est-ce toi qui l'ignores, répliqua Mao, alors qu'en tant que victime, tu étais aux premières loges. – Tous les comptes rendus ont été falsifiés, sur la terre comme au ciel ! riposta l'autre… Sur la terre comme au ciel ? songea Mao en cherchant à dissimuler son étonnement. Qu'est-il devenu au juste ? eut-il envie de demander. En vérité, le doute l'avait bien effleuré que quelque chose de non programmé avait pu se produire… Néanmoins, il s'abstint de poser la question.

Il revint Lin Biao, mais de loin, cette fois, affublé d'un imperméable, dans une steppe couverte d'herbe sauvage, assistant sous la pluie au ramassage des débris d'un avion carbonisé… Si tu t'emmitoufles dans ton imperméable, c'est que ton corps n'est plus qu'une plaie, faillit-il lui dire. L'autre, de ses doigts jaunis, resserra encore plus étroitement les pans de son vêtement.

Quel idiot ! Croit-il vraiment être monté vivant à bord de cet appareil ? pensa Mao.

L'autre eut un sourire glacé : Je sais tout, monseigneur. Seulement, je cherche l'autre, celui qui a brûlé à ma place. La raison ? Je voudrais retrouver sa canine supérieure gauche… Quand tu as jeté ton dévolu sur ce malheureux, tu as simplement oublié que cette dent-là, chez moi, elle est en or… Tous les grands criminels finissent par se faire pincer à cause de minuscules négligences. Ha-ha-ha !

Il eut à nouveau un sourire sardonique en ayant soin de bien exhiber la couronne en or de sa dent. C'est cette petite quenotte qui t'a trahi, ha-ha !

… Toutes les ombres prennent plaisir à se vanter, riposta Mao. Tu me crois assez léger pour avoir mis quelqu'un d'autre à ta place ? C'est bien toi, malheureux, qui étais dans cet avion ! Regarde, examines-en bien les débris, et tu te reconnaîtras !

L'autre, tout en feignant l'indifférence, ne parvint pas à dissimuler complètement sa stupéfaction :

– Mais non ! Tu as toi-même reconnu m'avoir fait tuer dans une voiture…

– Eh oui… Mais après, durant la nuit…

– Quoi ? Que s'est-il produit durant la nuit ?

… Ainsi donc, tu n'en sais pas aussi long que tu voudrais le faire croire ! songea Mao. Quant à la manière dont l'avion fut abattu, ni toi ni personne ne le saurez jamais.

Seules savent la vérité l'herbe folle
et la terre dépeuplée des Mongols…

Comment pourrait-il faire parvenir ce distique sur terre ? Mao gémit ; son infirmière l'aida de nouveau à se tourner sur l'autre flanc.

Selon toute vraisemblance, il mourra ce soir, se dit l'observateur du pôle Nord en faisant le geste accoutumé pour se débarrasser de son casque d'écoute.

Satellites et télétypes ne savaient plus où donner de la tête… Il se souvint d'une nuit glaciale où il avait dormi pour la première fois chez son grand-père maternel. Les chiens aboyaient, mais ce n'étaient pas leurs aboiements qui le faisaient frissonner. Maintenant encore, au bout de tant d'années, il ne pouvait oublier que l'un deux hurlait à la mort, et ces mots de son grand-père : Quelqu'un va mourir cette nuit au village…

Quelqu'un mourra cette nuit sur notre planète, songeat-il en tressaillant. La liste des noms qui s'aligneraient sous la nécrologie était sûrement déjà prête. Les corbeaux n'attendaient sans doute qu'un signal pour prendre leur envol.

Il remit son casque en le déplaçant légèrement jusqu'à ce que les écouteurs fussent bien appliqués contre ses tympans. Mao Zedong était toujours dans le coma. Les borborygmes de la radio n'étaient rien d'autre que les siens. La main de l'observateur avait beau tourner machinalement les boutons de l'appareil pour obtenir un son meilleur, elle ne parvenait pas à éliminer ces râles…

Ramassé sur lui-même, avec ces plis qu'imprime sur le visage une audition difficile, Ekrem Fortuzi tournait de temps à autre le bouton des longueurs d'ondes sur son poste de radio. Il nourrissait encore un espoir ténu : qu'au moins une des stations diffuse quelque chose de plus optimiste sur l'état de santé de Mao Zedong. Mais toutes, comme si elles s'étaient entendues entre elles, ne parlaient que de sa lente extinction.

– Ekrem, lui lança sa femme depuis leur lit conjugal. C'est la troisième fois que je t'appelle. Tu viens, oui ou non ?

– Voilà, voilà, j'arrive…

– Je ne t'appellerai plus. Surtout, ne te hasarde pas à me réveiller !

– J'arrive, chérie.

Il se leva, lança un dernier regard sur l'appareil, puis vers son lit, et, d'un mouvement brusque, se baissa et éteignit le poste.

– Ça n'est pas trop tôt, dit-elle en lui faisant place à côté d'elle. Tu m'as rendue folle, avec tes Chinois !

– Tu t'es pomponnée avec la poudre de riz qui me plaît tant…, susurra-t-il.

– Je ne te demande qu'une chose, c'est de ne pas me parler chinois à ce moment-là, souffla-t-elle. Je t'en prie, parle-moi plutôt italien…

– Parce que ça te rappelle Luigi, hein ?

– Mais non, qu'est-ce que tu vas chercher !

– Je le sais bien, que ça te le rappelle !

– Je te dis que non… Simplement, je ne peux plus entendre baragouiner le chinois.

– Avoue que ça te le rappelle, et j'exaucerai ton désir !

–…

– Allons, avoue-le.

– Eh bien oui, ça me rappelle quelque chose. Mais il y a si longtemps…

– Bon, je te parlerai italien. Seulement, tu ne dois pas oublier que sans le chinois, pas d'italien ! Tu vois ce que je veux dire ?

– Comment ça ?

– Je te l'ai déjà expliqué : plus de chinois, plus d'espoir non plus pour l'italien… Mais assez philosophé comme ça.

Ou plutôt, nous allons disserter avec ce philosophe si profond… si touffu… *Amore mio*…

Leurs râles s'éteignirent peu à peu, jusqu'à ce qu'au bout d'un moment, d'une voix éclaircie, exempte de tout essoufflement, elle lui dît :

– Tu as encore parlé chinois !

– Tu crois ? Je ne m'en suis pas aperçu.

– Tu es incorrigible !

Il ne répondit pas. Il n'avait plus besoin de la prendre par la douceur. Elle aussi le savait, au demeurant : elle n'insista pas, se tourna de l'autre côté et tâcha de dormir.

Immobile sur l'autre moitié du lit, il attendit que son épouse se fût assoupie, puis se leva. Sans faire de bruit, il s'approcha de la radio, l'alluma et colla sa tête contre le haut-parleur pour mieux écouter. Il resta là un bon bout de temps, et peut-être y serait-il demeuré jusqu'à l'aube, dans un état proche de la léthargie, si, à un moment donné, sa femme ne l'avait entendu sangloter.

– Ekrem, lui lança-t-elle, effrayée, qu'est-ce que tu as ?

Il aurait bien voulu lui répondre, mais ses sanglots broyaient menu ses propos et les rejetaient comme s'ils avaient été de sable. Sa femme le contemplait avec des yeux exorbités. Elle s'apprêtait à rejeter la couverture pour aller à lui, quand il parvint enfin à balbutier :

– Mao est mort.

Elle le regarda fixement, les lèvres pincées, puis murmura :

– Imbécile !

Mais il ne l'entendit pas, larmoyant de plus belle, exhalant parfois plaintivement entre deux sanglots :

– Mon Mao, mon petit Mao, tu n'es plus de ce monde… tu n'es plus…

Elle se dit : Il a perdu la boule… il est devenu complètement cinglé !

Il continuait à parler tout seul, le plus souvent en chinois, revenant surtout à l'albanais pour former des diminutifs affectueux qu'il ne parvenait pas à trouver en chinois :

– Mon maolet, mon maonot, mon maominet… Dire que

je faisais l'amour comme un porc pendant que tu rendais l'âme !

Il faut que je le conduise chez un psychiatre. Dès demain !

Elle avait envie de l'insulter, de lui rire au nez, mais, à le voir si désemparé, elle sentit soudain la pitié et l'inquiétude supplanter en elle le désir de le traiter plus bas que terre. Ce devait sûrement être la seule et unique personne sur tout le continent européen à le pleurer ainsi, pensa-t-elle. Elle quitta le lit, jeta un gilet de laine sur ses épaules et s'approcha de lui.

– Ekrem, chuchota-t-elle, qu'est-ce qui ne va pas ? Viens te coucher, tu vas attraper la crève.

Sa colère ne s'était pas dissipée assez complètement pour que sa voix se fût adoucie. Elle fit néanmoins effort sur elle-même. Mais lui continuait de pleurer comme une fontaine. Elle eut même l'impression que sa propre intervention n'avait fait qu'accroître son chagrin.

– Mais il devait bien mourir un jour ! s'employa-t-elle à le consoler. Il était très âgé, tous le jugeaient décrépit. Qu'espérais-tu ? Tout le monde savait qu'il était à l'article de la mort. Viens te coucher, mon chéri.

– Non, laisse-moi. Je ne peux pas !

Il déraille, pensa-t-elle encore. Mon Dieu, que va-t-il devenir ?

– Je ne peux pas, tu comprends..., reprit-il. Ça me fait comme un grand creux, ici... J'avais pénétré très profondément ses textes, j'étais le seul à pouvoir saisir toutes les nuances de sa pensée. J'ai même confronté l'original de ses œuvres avec les traductions anglaise et française, lesquelles s'en éloignaient beaucoup... J'étais tombé amoureux de lui, nous nous entendions si bien... Il était si bon... Un véritable baume, sans ces horribles épines... de la lutte de classes !

– D'accord, lui dit-elle. Tu m'as déjà seriné tout cela, mais viens te coucher, tu vas prendre froid et m'attraper une bronchite, comme l'hiver dernier, tu m'entends ?

– J'avais beau vous le répéter, vous vous moquiez de moi. C'était notre étoile, notre seule étoile...

Il ne manquait plus que ça ! soupira-t-elle.

–... et voici qu'elle s'est éteinte, qu'elle a disparu, enchaîna-t-il d'une voix larmoyante. Désormais, nous sommes tous foutus, et vous ne vous en apercevez même pas.

– Peut-être que c'est tout le contraire, finit-elle par objecter dans l'espoir que ses explications le rassureraient. Peut-être va-t-on justement trouver maintenant quelque bonne raison de nous rapprocher à nouveau des Chinois. Ça se passe toujours comme ça : on attend une mort pour remettre d'aplomb quelque chose qui ne marchait plus. C'est ce qui peut se produire dans le cas présent. On dira que c'était lui et son obstination qui étaient à l'origine de nos désaccords...

– Lui ? Mais il était si doux, doux comme du velours... Et son visage ? Son visage aussi, si lisse...

– Quoi qu'il en soit, je suis convaincue que tout se passera comme je te le dis. On rejettera sur lui la responsabilité du refroidissement entre nos deux pays, et nous nous rabibocherons. Tout ira alors pour le mieux.

– Tu le penses vraiment ? Moi, je n'y crois pas une seconde.

– Bien sûr que si ! Cela ne peut qu'arranger les choses.

– Et si les choses tournent plus mal encore ? Philosophe, poète, il était d'un naturel si apaisant, un peu comme les vapeurs d'opium. Comment en trouver un autre comme lui ?

– Les autres se montreront plus libéraux, tu peux en être certain. Ils en ont plein les bottes de cette Longue Marche, ou le diable sait comment on l'appelle...

– *Zhang Jeng*, dit-il.

– Eh bien oui, ils en ont leur dose, de cette *Zhang Jeng* ! Ce qu'ils recherchent, c'est la tranquillité, le confort, les femmes... Ne nous a-t-on pas raconté qu'à l'hôtel Pékin, il y a un salon où les dirigeants chinois passent leurs soirées en compagnie de danseuses ?

– Si seulement les choses pouvaient prendre ce tour-là ! gémit-il.

– Nous en saurons davantage demain. Nous sortirons,

nous rendrons visite à quelques amis et finirons bien par apprendre ce qui se passe. Maintenant, viens te coucher.

– Heureusement que tu es là pour me remonter le moral, dit-il en se redressant.

Il passa une nuit agitée. Par deux fois il voulut se lever pour allumer de nouveau la radio, mais elle l'en empêcha. La troisième fois, elle lui remontra d'un ton sévère :

– Je ne vois pas ce que tu escomptes encore apprendre ! Ce qui devait arriver est arrivé...

Il se taisait, l'air penaud.

– Vraiment, je suis curieuse de savoir ce que tu espères encore, insista-t-elle, mais cette fois d'une voix radoucie.

– Ce que j'attends ? Mais qu'on démente la nouvelle de sa mort. Voilà ce que j'attends !

Elle ricana.

– Tu es vraiment tombé sur la tête !

– Pourquoi ça t'étonne ? Ce ne serait pas la première fois. N'a-t-on pas déjà annoncé à plusieurs reprises la fausse nouvelle de sa disparition ? Tu ne t'en souviens pas ? – A l'approche des sanglots, sa voix mollit. – On a annoncé sa mort avant l'heure comme si on ne pouvait attendre qu'elle vînt d'elle-même !

– Bon, ça suffit maintenant ! s'exclama-t-elle. Laisse-nous dormir un peu.

... Le jour se leva dans la grisaille, comme à contrecœur. Contrairement à leurs habitudes, c'est elle qui prépara le café et vint le lui porter au lit.

– Tu crois qu'on va l'embaumer ? demanda-t-il.

Elle lui lança un regard oblique.

– Veux-tu bien ne plus penser à ça ! Nous allons sortir, voir des gens ; nous apprendrons bien quelques détails.

– Chez qui ?

– Chez qui tu voudras. On pourrait aller voir les Kryekurt. C'est chez eux qu'on récolte les informations les plus sûres.

– Tu as raison. Habillons-nous, et allons-y.

– Est-ce que tu as tous tes esprits ? protesta-t-elle. Qu'irions-nous faire de si bon matin ? Il faut tout de même rester un peu sur ses gardes. Les gens pourraient avoir des soupçons. Qu'est-ce que cette façon de débarquer chez les gens dès le lever du jour ?

– Tu as raison. On pourrait attirer l'attention.

Ce n'est pas avant dix heures qu'ils quittèrent leur domicile pour se rendre chez les Kryekurt, mais quand ils y parvinrent, ils se rendirent compte que leur crainte d'arriver trop tôt n'était pas fondée. En dehors des habitués comme Hava Preza et Musabelli, ils tombèrent sur un visiteur qu'on voyait rarement, Lucas Alarupi, ancien propriétaire d'une petite savonnerie, laquelle, ayant maintenant triplé sa capacité de production, fabriquait, outre de la lessive en poudre pour machines à laver, des shampooings et de la pâte dentifrice. Il y avait aussi Marc et sa fiancée. Pour Marc, c'était jour de repos, le concert de la soirée ayant été annulé.

– Annulé ? répéta Ekrem Fortuzi comme pour s'assurer qu'il avait bien entendu.

– Oui, répondit Hava Preza en hochant énergiquement la tête. Pas la peine de se demander pourquoi.

– C'est plutôt bon signe, remarqua Hava Fortuzi.

– En venant, tout à l'heure, j'ai aperçu une longue file de véhicules officiels qui se dirigeaient vers l'ambassade de Chine, sûrement pour la présentation des condoléances...

– Je te l'avais bien dit, murmura la femme d'Ekrem à l'oreille de son mari. Le concert est annulé, les officiels vont signer le registre des condoléances à l'ambassade... Tout va pour le mieux !

Ekrem esquissa un mouvement du menton, tout en ne quittant pas des yeux le visage d'ivoire, poli comme à la toile émeri, de Lucas Alarupi. Il avait beaucoup entendu parler de cet homme et il brûlait à présent d'apprendre pourquoi il était sorti faire des visites par un jour pareil. Ce devait être une mine de renseignements.

– Vous venez souvent chez les Kryekurt ? chuchota Ekrem en se penchant vers lui comme font ceux qui, en marge d'une conversation générale, désirent créer une certaine intimité avec l'interlocuteur de leur choix. Il y a longtemps que je souhaitais vous connaître.

– Je sors rarement, répondit l'autre. Nous sommes surchargés de travail, surtout en ce moment, à la veille de la clôture de l'exercice trimestriel. Et puis, en plus de la production, il y a les réunions au siège du comité de Parti, et il nous faut suivre également l'émulation socialiste, les activités culturelles, sans oublier le soin à apporter à bien d'autres questions qui peuvent paraître secondaires, mais qui n'en réclament pas moins une grande attention. S'occuper d'une usine revient à embrasser de très nombreux problèmes, surtout aujourd'hui, après les décisions du dernier plenum du Comité central.

– Des réunions au comité de Parti, les décisions du plénum... Mais vous... Excusez-moi, vous...

La femme d'Ekrem, ne trouvant pas ses mots, promenait son regard sur l'assistance comme pour dire : Vous entendez ce que dégoise ce cinglé ? Elle ouvrit de nouveau la bouche et elle lui aurait sûrement balancé : Qu'est-ce que cette émulation socialiste et ces comités de Parti dont tu nous rebats les oreilles, tu n'es qu'un *ci-devant* comme nous tous, cesse donc de te gargariser avec le comité de Parti, on ne te laisse même plus approcher de la porte de ton ancienne fabrique, pense donc comme on va s'en remettre à toi pour résoudre les problèmes ! – elle aurait proféré ces mots et en aurait peut-être ajouté d'autres encore plus blessants et plus amers si Hava Preza ne lui avait adressé un clin d'œil. Ekrem, de son côté, lui avait légèrement pincé le coude.

– Alors ? fit Hava Preza pour combler le silence qui s'était installé. Vous avez donc du pain sur la planche, beaucoup de soucis ?

– Certes, poursuivit Lucas Alarupi d'une voix monocorde. Comme je l'ai dit, la réalisation du plan n'est qu'un de nos problèmes, sans doute le principal, mais les autres ne sont pas négligeables. Les rencontres avec les innovateurs, l'échange des expériences-pilotes, etc., tout cela paraît simple, mais ce sont autant de questions qu'il convient de suivre de très près.

– Je comprends qu'il soit fêlé, mais vous autres, comment

pouvez-vous supporter son radotage? murmura Hava Fortuzi à l'oreille de son mari.

– Chut! fit celui-ci.

– Mais, que je sache, il est dans le même bain que nous, si ce n'est pire: désœuvré, déclassé... Alors, qu'est-ce que cette émulation et ces comités viennent faire ici?

– Je sais, je sais, répondit Ekrem, mais il croit et veut faire croire qu'il est de nouveau là-bas...

– Il croit et veut faire croire...?

– Je t'expliquerai ça plus tard, quand nous serons partis.

De fait, il lui était difficile d'expliquer ici à sa femme, dans le creux de l'oreille, ce que l'on racontait sur le compte de Lucas Alarupi, ancien propriétaire de fabrique qui, après avoir été éloigné durant de longues années de son entreprise, s'était remis à vivre en esprit avec elle depuis qu'il avait appris le miracle qui s'était produit en Chine dans ce secteur.

– Car c'est un miracle inouï, murmura encore Ekrem, que les anciens patrons aient été nommés sous-directeurs de leurs propres usines, et qu'ils soient même en passe de toucher une part des profits.

– Je te l'ai toujours dit: c'est la chose la plus fantastique qui ait été accomplie en Chine, approuva sa femme.

– Eh bien, depuis cette époque, le malheureux a été à ce point envoûté par l'annonce de cette mesure qu'il en est resté désaxé. Un beau matin, il s'est réveillé un autre homme...

– Maintenant, je comprends!

– A présent, non seulement il rôde comme une ombre autour de son ancienne fabrique, mais elle est devenue toute sa vie.

– Le pauvre!

– Comme tu as pu t'en rendre compte, il suit dans les moindres détails l'activité de cet établissement et est informé de tout ce qui s'y passe. Sa serviette est bourrée de coupures de journaux qui en parlent, avec des notes sur la courbe de réalisation du plan. Chez lui, tu trouverais tout un fourniment de tableaux d'honneur, d'attestations d'assiduité, de journaux muraux... Quand les affaires de l'entreprise ne marchent pas bien, il en est malade. Il perd le sommeil dès que des critiques émanent du comité de Parti. Bref, il ne vit que pour elle !

– Pauvre homme, il est bien à plaindre.

– Naturellement, il n'oublie jamais de calculer le pourcentage des profits censé lui revenir.

– Ah-ah, voilà le hic !

– Bien sûr ! Qu'est-ce que tu croyais ?

Hava Fortuzi avait du mal à se retenir de rire.

– N'empêche qu'il est complètement gâteux !

– Peut-être ne l'est-il pas tout à fait. Je dirais plutôt que c'est un produit étonnant de notre époque. Le seul peut-être dans toute...

– Dans toute l'Europe ? l'interrompit-elle.

– Si l'on peut dire... Pourquoi me regardes-tu comme ça ?

Comment ne te regarderais-je pas ? songea-t-elle. Ne s'était-elle pas dit, quelques heures plus tôt, que son mari était peut-être la seule et unique personne sur le vieux continent à pleurer Mao Zedong ? Et voici qu'à présent il lui était donné de rencontrer un autre oiseau rare, à peine moins extravagant. Quels temps nous vivons ! murmura-t-elle en son for intérieur. Elle avait toujours considéré qu'avec la fuite de ses belles années à elle, le monde irait à sa perte, mais elle ne s'attendait pas que tout se précipitât de la sorte.

– Un hybride, en somme, poursuivit Ekrem à son oreille, un genre d'hermaphrodite capitalisto-communiste.

– De toutes les façons, un maboul, conclut-elle. J'aimerais lui administrer une bonne douche froide pour le faire revenir à lui.

– Pourquoi donc ? Il est peut-être très heureux dans son rêve.

– Dans son rêve... Tu as dit le mot juste ! Mais nous, qu'est-ce que nous sommes pour devoir souffrir tout éveillés, et même sans anesthésie aucune ?

– Ce n'est pas sa faute, fit Ekrem. Au demeurant, dans son cas, ce n'est peut-être pas du tout un rêve. Peut-être s'agit-il d'un signe prémonitoire envoyé par l'avenir, par la Providence ?

– Tu parles ! Il est trop tard pour se laisser aller ici à de telles envolées de l'imagination.

Ses yeux croisèrent ceux de Hava Preza, qui la considérait depuis un bon moment avec un air de reproche. Elle n'avait pas tort : mari et femme exagéraient vraiment avec leurs messes basses.

Sans rien remarquer, Lucas Alarupi continuait à pérorer de sa voix monocorde :

– Voici deux semaines, nous avons rencontré les ouvriers d'élite pour procéder avec eux à un échange d'expériences qui a donné d'excellents résultats, alors que dans le cadre de l'émulation socialiste, nous sommes en revanche assez mal partis. Nous allons être en butte aux critiques du comité de Parti, mais, que voulez-vous, on n'y peut rien, il nous restera à nous mobiliser...

Ceux qui l'écoutaient dodelinaient de la tête. Un pareil langage était proprement incroyable dans cette pièce. Eh bien, si je m'attendais à ça ! songeait Hava Fortuzi.

– Et maintenant, qu'en dites-vous ? lança Ekrem Fortuzi pour couper court au discours de l'ancien propriétaire. Est-ce que la mort de Mao va entraîner quelque changement ?

L'autre haussa les épaules.

– Difficile à dire, répondit-il. Tout dépend de cette lutte entre les deux clans dont parlent toutes les radios. Il s'agit de voir lequel l'emportera.

– Moi, ce n'est pas ce qui m'intéresse, objecta Ekrem. Je veux parler de nous autres, ici même.

– Eh bien, justement..., insista Lucas Alarupi.

– On ne peut rien prévoir, intervint Hava Preza. Certains prétendent que Mao faisait tout son possible pour éviter la dégradation de nos rapports ; d'autres, au contraire, qu'il les envenimait.

– Mao, envenimer nos rapports ? Jamais je ne croirai une chose pareille ! protesta Ekrem Fortuzi.

– L'avenir le dira.

On était en train d'échafauder des hypothèses à ce propos quand on entendit une voiture s'arrêter dans la cour.

– C'est l'autre, celui du dessus, fit Émilie en levant la main vers le plafond.

– Ils sont inquiets. Il m'a paru faire grise mine, déclara Hava Preza qui avait penché la tête du côté de la fenêtre.

– Espérons qu'il n'arrivera rien de mal.

On entendit des pas redescendre l'escalier, puis, de nouveau, le bruit du moteur de l'auto qui redémarrait.

Marc et sa fiancée écoutaient, comme hébétés, la discussion qui avait repris. Les prunelles gris clair de la jeune fille tendaient de plus en plus à s'assombrir.

– *Il fait froid*, murmura-t-elle à Marc sans cesser de le regarder dans le blanc des yeux.

Lui aussi était impatient de passer dans l'autre pièce, là où ces conciliabules, mêlés à de vieilles réminiscences, lui parviendraient comme d'une époque révolue, immuable toile de fond de leurs apartés amoureux.

– Encore un instant, lui souffla-t-il d'une voix à peine audible. Encore un peu…

Émilie servit les cafés, qu'ils se mirent à siroter avec lenteur, dans une espèce de solennité, tout en continuant à évoquer la mort de Mao. De temps à autre, leurs yeux se tournaient vers le mur d'où les contemplait le portrait de la vieille Nurihan.

– *Il fait froid*, murmura de nouveau la fiancée de Marc.

Sans dire mot, le regard dirigé vers quelque point indéterminé, tous deux se levèrent. Quand ils furent dans l'autre pièce, elle resta un long moment silencieuse, puis, se blottissant contre lui, les épaules frissonnant vraiment de froid, mais aussi d'un sentiment de vide, doublé d'une sensation qui lui était pour ainsi dire étrangère, elle soupira :

– Seigneur, est-ce que ce sera toujours comme ça ?

Dans ce soupir, il n'y avait ni désespoir, ni joie, ni attente de quoi que ce soit de meilleur ou de pire. Il contenait tous ces sentiments mêlés, mais aucun à part. C'était plutôt une interrogation, le désir de savoir s'ils feraient toujours l'amour ainsi, au milieu de ces chuchotements à propos d'un pays étranger (dans l'autre pièce, les conciliabules avaient toujours quelque chose à voir avec ce qui se passait à l'étranger), entrecoupés par les murmures d'une autre femme qui disait *Il fait froid* dans un autre hiver que celui-ci.

– Peut-être, répondit-il d'une voix encore plus sourde, car ni l'un ni l'autre n'étaient en mesure de décider si cet état de choses leur plaisait ou s'ils rêvaient pour eux deux d'un autre monde possible.

Silva arriva en retard à son bureau, mais, à peine entrée, elle demanda à son chef la permission de s'absenter avant la fin de la matinée de travail pour pouvoir accompagner Gjergj à l'aéroport.

– Il part encore ? demanda-t-il. Et pour où ?

– Rien de plus facile à deviner, dit Silva. Pour la Chine.

– On voit bien ce qui peut motiver cette urgence. La mort de Mao, j'imagine.

– Je pense que c'est ça.

Les yeux écarquillés, Linda ne perdait pas une bouchée de leur dialogue.

– Tu passes ta vie dans les aéroports, fit-elle lorsque le chef fut sorti.

– Sais-tu qui j'y ai aperçu la dernière fois ? J'avais oublié de te le dire... J'y ai vu le Chinois de Victor Hila, avec son pied dans le plâtre !

– Vraiment ?

Linda se sentit rougir, sans trop savoir quoi faire pour le dissimuler. Quant à Silva, elle était tout aussi troublée à l'idée que l'autre pouvait lui demander ce qu'elle était allée faire, cette fois-là, à l'aéroport.

Par chance, le chef fut promptement de retour et elles ne purent poursuivre leur conversation.

A onze heures, après avoir salué l'un et l'autre, Silva quitta le ministère. Il tombait une pluie froide. Gjergj n'était pas encore rentré du ministère des Affaires étrangères. Après avoir erré un moment dans l'appartement, Silva s'assit sur le canapé de la pièce de séjour, mains jointes sur ses genoux. Elle songea à sa mère, qui lui disait de ne pas tenir ses mains comme ça, que ça portait malheur, et elle les retira aussitôt. Ce voyage la contrariait. Pendant deux, peut-être trois semaines, l'appartement sans Gjergj serait muet, et leur vie à elles deux, mère et fille, si morne... Puis elle se dit qu'elle était injuste, car cette séparation serait bien plus pénible pour lui que pour elles.

On sonna à la porte, elle se hâta d'aller ouvrir.

– Alors, comment ça s'est passé ? fit-elle en découvrant Gjergj sur le seuil.

Il la regarda d'un air étonné, comme s'il lui disait : en voilà une question ! Elle remarqua la serviette à sa main et comprit que son ultime et secret espoir que ce voyage fût annulé à la dernière minute avait été vain.

– Partons, dit-il, je suis un peu en retard.

En chemin, ils n'échangèrent que peu de mots. Silva contemplait la chaussée mouillée bordée de tas de feuilles pourries tout en songeant : Quel sale temps pour mourir...

A l'aéroport, la salle d'attente était bondée de Chinois aux yeux baignés de larmes. De loin, elle reconnut la femme de Skënder Bermema qui lui adressait des signes de la main.

– Mais vous, comment se fait-il que vous soyez ici ? lui demanda-t-elle quand elles se retrouvèrent.

– J'attends Skënder. Il rentre aujourd'hui. Et vous ?

– Moi, c'est le contraire, répondit Silva en tournant la tête pour vérifier si Gjergj sortait des bureaux de la douane. Gjergj, lui, part aujourd'hui.

– Vraiment ? Il va probablement prendre l'avion à bord duquel doit arriver Skënder.

– Sans doute. Franchement, ce voyage ne me plaît guère !

L'épouse de Skënder Bermema ne savait quoi dire. Elles restèrent un moment à se regarder l'une l'autre, avec un sourire qui s'éteignit paisiblement sur leur visage tout en y laissant un voile de bonté.

Gjergj réapparut au bout de quelques instants et tous trois échangèrent deux ou trois mots sur cette coïncidence qui avait pour théâtre l'aéroport, avec l'arrivée de l'un et le départ de l'autre, etc., mais, bien que la conversation eût pris un ton plutôt enjoué, Silva ne parvenait pas à dissimuler tout à fait son inquiétude.

– Tu as tort de cultiver cette sorte de sombres pressentiments, fit Gjergj en regardant Silva d'un air taquin. Je comprends que cela tient au fait que ce voyage est lié à une mort, mais tu ne dois pas oublier que le cercueil ne sera pas à bord de notre avion.

– Il n'aurait plus manqué que ça ! s'exclama Silva.

– L'appareil a du retard, dit la femme de Skënder Bermema en consultant sa montre. Il aurait dû être là depuis un bon moment.

Son visage avait perdu tout son éclat, comme si elle s'était subitement avisée que, tandis qu'eux parlaient d'angoisse à la légère, c'était elle, en l'occurrence, qui avait maintenant le droit de se montrer inquiète.

– Il fait un temps exécrable, fit remarquer Gjergj. C'est normal que l'avion ait du retard. On prend quelque chose ?

Ils s'installèrent à une table et commandèrent des cafés. Par le haut-parleur, l'hôtesse annonça que l'appareil, retardé en raison du mauvais temps, atterrirait d'ici dix minutes. La salle se ranima. Un certain nombre des gens attablés se levèrent et s'approchèrent des baies pour regarder l'avion se poser.

Au bout d'une dizaine de minutes, l'appareil, volant lourdement, émergea des nuages. Le temps séparant son premier contact avec la piste de son immobilisation sur l'aire de stationnement faisant face au bâtiment de l'aéroport parut à tous interminable.

Les voyageurs se mirent à descendre. La plupart étaient des Chinois ; au fur et à mesure qu'ils s'approchaient, on distinguait leurs yeux rougis par les pleurs. Ils avaient dû apprendre la mort de Mao durant le vol.

– Tiens, voici Skënder ! s'exclama sa femme en tendant le bras dans sa direction, bien qu'il fût encore loin.

– Ah oui ! dit Silva. Il est avec l'autre…

Skënder Bermema embrassa plusieurs fois sa femme. Les baisers les plus tendres sont ceux des maris qui reviennent de Chine…, songea fugitivement Silva. Dans le joyeux tourbillon qui s'était créé à l'entrée de la salle d'attente, elle remarqua une ecchymose sur la joue de C.V..., et son regard parvint même à capter l'air préoccupé de ses proches, qui venaient sûrement de l'interroger, à entendre les explications qu'il donnait à ce sujet. Elle fut tentée de leur demander : Qu'est-il donc arrivé à votre ami ? Mais, une seconde plus tard, elle n'y pensait déjà plus.

Silva rentra vers trois heures. Brikena avait mis le repas sur le feu et attendait.

– Papa est parti ? s'enquit-elle.

– Oui.

La jeune fille ne cachait pas son dépit de n'avoir pas été emmenée à l'aéroport. Elle ajouta au bout d'un moment :

– Oncle Arian a téléphoné.

– Ah oui ? Qu'est-ce qu'il voulait ?

Pour toute réponse, Brikena haussa les épaules.

– Il avait l'air dans son assiette ?

– Oui, c'est l'impression qu'il m'a faite. Il a demandé papa. Peut-être pour lui souhaiter bon voyage...

– Sûrement, fit Silva, soulagée.

Elles déjeunèrent presque en silence. L'appartement semblait frappé de mutisme. Tandis que Brikena faisait la vaisselle, Silva déambula dans les chambres sans trop savoir à quoi s'occuper. D'ordinaire, chaque fois que Gjergj partait pour une mission de relativement longue durée, Brikena et elle se lançaient dans quelques travaux ménagers qui paraissaient ne pouvoir être entrepris qu'en son absence, comme laver les rideaux ou carder la laine des matelas. Cette fois-ci, pourtant, Silva sentait que non seulement elle n'avait aucune envie de s'atteler à ce genre de tâches, mais qu'elle n'éprouvait même pas celle d'ouvrir la grosse malle où elle gardait des objets de famille transmis de génération en génération, comme Brikena et elle aimaient également à le faire quand Gjergj n'était pas là – cette malle sur laquelle elles restaient penchées des heures à se repasser de main en main les broderies, la blanche robe qui, rehaussée d'un diadème, avait paré trois générations de jeunes mariées chez les Krasniqi, et une foule d'autres objets qui avaient pour elle valeur de souvenirs.

Silva sortit sur le balcon, longea l'alignement de pinces multicolores en plastique fixées sur les cordons qui attendaient les draps à étendre, et jeta un coup d'œil sur le citronnier. Lui non plus n'avait guère le pouvoir de l'apaiser. Elle se souvint que la date prescrite pour l'asperger d'insecticide était passée depuis longtemps et eut du mal à refouler un soupir : à combien de détails fastidieux ne fallait-il pas penser…

Sitôt rentrée à l'intérieur, elle aperçut Brikena, tapie contre un coin de la bibliothèque de la salle de séjour, là où étaient rangés les albums de photos. Comme, en un jour pareil, il lui avait semblé qu'il fallait à tout prix fouiller quelque part pour dénicher un objet inhabituel, et sa mère n'ayant fait allusion ni à la laine des matelas ni à l'ouverture de la grosse malle, elle était allée chercher les albums de photos. Silva s'assit doucement à côté d'elle et se mit à observer les doigts de sa fille, qui lui parurent plus effilés, peut-être à cause de la précaution avec laquelle elle tournait les pages. Elle repassa mentalement en revue les travaux auxquels elles auraient pu s'atteler toutes deux : s'occuper des rideaux, des matelas, des broderies, mais une voix au fond d'elle-même lui disait de laisser cet après-midi comme il était : vide. Peut-être trouverait-il de lui-même de quoi se remplir.

CHAPITRE XV

Depuis le départ de Gjergj, Silva attendait chaque soir avec impatience l'heure du journal télévisé pour apprendre quelque chose de neuf sur ce qui se passait en Chine. Mais les informations étaient embrouillées. On commençait généralement par émettre des hypothèses sur ce qu'on allait faire de la dépouille de Mao. Selon certains, le corps serait embaumé, d'autres étaient d'un avis contraire et les commentateurs s'évertuaient à trouver un lien entre le sort qui serait réservé à son cadavre et la poursuite ou l'abandon de la ligne maoïste en Chine. Mais on n'avait aucune peine à deviner que tout ce blabla autour de la dépouille n'était qu'une manière de préambule avant de passer aux autres événements d'actualité survenus en Chine, et dès que le présentateur prononçait les mots *situation confuse, état d'insécurité*, Silva se tournait vers Brikena :

– A-t-on téléphoné du ministère des Affaires étrangères ?

– Non, maman, répondait la jeune fille.

Jamais l'absence de Gjergj ne lui avait paru aussi longue. La logique lui dictait de ne pas s'inquiéter. En sa qualité de ressortissant étranger, il n'était en rien mêlé aux affaires des Chinois, mais dans son imagination se profilaient, tels que les lui avait décrits Gjergj, les murs calcinés de l'ambassade de Grande-Bretagne à Pékin, qui se trouvait juste en face de celle d'Albanie, et elle sentait à nouveau l'inquiétude la ronger.

Après avoir évoqué toutes les hypothèses possibles sur le devenir de la Chine, les commentateurs en revenaient, comme pour conclure sur une note d'éternité, à la question de l'embaumement du corps.

C'était d'ailleurs plus ou moins sur ce type de sujet que roulaient les conversations. Les gens commençaient par évoquer l'embaumement, ils émettaient quelque réflexion à ce propos, faisaient naturellement référence aux momies égyptiennes, mentionnaient même deux ou trois noms de pharaons, Ramsès II, Toutankhamon, ou Dieu sait de quels satanés noms les affublait le manuel d'histoire, à cause desquels celui qui parlait avait d'ailleurs été recalé à son examen ; de fil en aiguille, ils ne se privaient pas de citer des blagues de lycée ou diverses anecdotes relatives à leurs examens, avant d'en revenir finalement au sort de la dépouille. Il se trouvait alors toujours quelque admirateur des anciens Égyptiens, et plus généralement de tout ce qui était antique, pour affirmer qu'ils avaient été des virtuoses en maints domaines, et que c'était en vain que les gens d'aujourd'hui cherchaient à les égaler dans certains savoir-faire comme, par exemple, celui de l'embaumement.

– Tous ces commentaires à propos d'un cadavre..., fit observer un soir Arian Krasniqi, le frère de Silva. Ils feraient mieux de dire ce qu'on fera de son âme !

Depuis que Gjergj était parti, il venait plus souvent chez sa sœur, et Silva était heureuse de le voir se mêler comme autrefois à la conversation.

– Tu as raison, répondit-elle. En ce genre d'occasions, même si l'on doit parler du corps, l'essentiel reste l'âme.

– Mais qu'est-ce que vous racontez ? intervint Brikena. Et si l'âme n'existe pas ?

Silva et Sonia éclatèrent de rire.

– Bien sûr, nous voulions parler de ses idées...

Sonia caressa sa nièce, qui avait rougi après son intervention.

– Ma fine mouche ! lui murmura-t-elle à l'oreille.

– Skënder Bermema, qui est rentré de Chine il y a une quinzaine de jours, nous a lu avant-hier un poème sur l'embaumement de Mao, reprit Silva. Attendez, je crois l'avoir ici… – Elle se leva et fouilla un moment dans son sac. – Tiens, le voici. Vous voulez que je vous le récite ?

– Oui, oui ! s'exclama Arian.

Silva déplia la feuille de papier, et, bien qu'elle eût déjà entendu réciter ces vers, elle fronça les sourcils en les redécouvrant, comme si elle avait été choquée par leur teneur.

– *Les vieux embaumeurs,* c'est le titre…

Les vieux embaumeurs de la province de Koung Lin
se sont mis en route et à l'heure qu'il est marchent encore.
Dans le froid cinglant vers Pékin ils cheminent,
car on dit là-bas que le Président est mort.

Parmi les embaumeurs ils n'ont pas leurs pareils,
ce sont bien les meilleurs de leur temps.
L'un sait vider les corps, le second la cervelle ;
à la préparation des sels le dernier s'entend.

Ils vont au long des routes d'un cœur content,
sachant que la dépouille mortelle
de l'illustre défunt chargé d'ans
a été confiée là-bas à leur seul zèle.

Tous trois s'étaient sentis si morfondus
de n'être jamais plus convoqués à Pékin.
Le temps des immortels est pourtant révolu !
soupiraient-ils avec chagrin.

Lin Biao était mort, Zhou Enlai de même,
calcinés les os du premier sous un ciel étranger,
dispersées au vent les cendres du deuxième,
et aux trois petits vieux nul n'avait alors songé.

Il semble que nous mourrons sans plus embaumer personne,
gémissaient-ils à l'heure où la nuit devient pleine ;
Un jour, pourtant, ils ont vu venir à eux un homme :
c'était le messager de la capitale lointaine.

Ainsi sont-ils partis, rendus fous par la bonne nouvelle.
Été comme hiver, leur route se prolonge au fil des ans.
L'un sait vider les corps, le second la cervelle ;
à la préparation des sels le dernier s'entend.

Silva leva les yeux du feuillet et les dévisagea tour à tour.

– Étrange poème, vous ne trouvez pas ?

– Plus qu'étrange ! s'exclama Arian. Si je ne m'abuse, il est dit à la fin que les embaumeurs sont devenus fous.

– Oui, c'est bien ça, confirma Silva en jetant un nouveau coup d'œil sur le texte. Le mot employé est bien *fous*. Voici les vers : *Ainsi sont-ils partis, rendus fous par la bonne nouvelle...*

Sonia s'apprêtait à ajouter quelque chose quand on entendit la sonnerie du téléphone ; on eût dit que son tintement était plus strident que d'habitude. Silva et Brikena se levèrent ensemble.

– Arian, c'est pour toi, fit Silva depuis le vestibule.

– Qui est-ce ? demanda-t-il, mais elle haussa les épaules tout en lui tendant le récepteur.

Tandis qu'il parlait, le silence s'abattit sur la pièce et en regardant au-dehors, elles s'aperçurent soudain que le soir était tombé. On aurait pu croire que la sonnerie du téléphone avait fait d'un seul coup basculer le monde dans la nuit.

La communication d'Arian se prolongea plus longtemps qu'elles ne s'y seraient attendues. Lorsqu'il revint, il avait les traits figés.

– Qu'est-ce que c'était ? s'enquit Sonia.

– Rien, une convocation.

– Où ça ?

Il promena son regard de l'une à l'autre, et peut-être leur

aurait-il dit de quoi il retournait s'il n'avait été frappé par l'intensité de l'attente qui se lisait dans leurs yeux.

– Quelque part, se borna-t-il à répondre et il repassa dans l'entrée chercher son manteau.

– Comment ça? fit Sonia en regardant Silva. C'est si urgent?

Silva se leva pour le raccompagner. Ses yeux étaient implorants:

– Arian, pourquoi tu... En fin de compte...

Il la regarda fixement:

– Je ne vous comprends pas, lui dit-il. Vous êtes tous devenus bizarres. Je ne suis tout de même pas un bambin pour qu'on prenne autant soin de moi!

– Ce n'est pas ça... Mais tu pourrais...

– Tu veux savoir où je me rends? Eh bien, je m'en vais te le dire: chez mon ex-ministre.

– Chez ton ancien ministre? répéta Silva sans chercher à dissimuler l'effort que faisait son cerveau pour saisir la véritable signification de ces mots.

Qu'est-ce que cela pouvait bien vouloir dire: mon ex-ministre? Il l'était encore, ministre... S'il avait été destitué, on l'aurait su... Au demeurant, il était absurde d'envisager une pareille éventualité. Un ministre destitué ne convoque jamais personne... Il s'agissait probablement de tout autre chose... Mais comment n'y avait-elle pas pensé tout de suite? C'était Arian qui, n'étant plus sous ses ordres, pouvait effectivement l'appeler son ex-ministre... Enfin, tout cela n'était pas très important... Ce qui l'était, en revanche, c'était le fait qu'on l'eût convoqué.

– C'est sûrement pour une bonne nouvelle, dit-elle sans le lâcher des yeux. – L'espace d'un éclair, elle se représenta sa réintégration dans l'armée, dans les rangs du Parti, la soirée qu'ils organiseraient pour fêter l'événement... – Mais toi, pourquoi n'as-tu pas l'air content?

Il eut un sourire ironique.

– Arian, tu me caches quelque chose! Cet appel si urgent, à une heure pareille...

Il n'eut aucune peine à passer du sourire au rire sonore.

– Mais non, je le jure, je ne te cache rien du tout ! Crois-moi, je ne parviens même pas à imaginer pourquoi on me fait venir. J'en sais aussi long que toi, à cette seule différence près que je n'éprouve aucune espèce d'enthousiasme…

Silva avait envie de pousser son interrogatoire : comment avait-on su qu'il se trouvait chez elle, qui donc avait parlé au téléphone, etc. – mais le manteau qu'il avait à présent endossé lui parut pousser ce grand corps à prendre le large. Elle ne réussit à lui poser aucune de ses questions. Ce n'est qu'en lui ouvrant la porte qu'elle eut juste le temps de lui recommander :

– De toute façon, n'oublie pas qu'il est encore ministre…

Il dévalait l'escalier lorsqu'elle lui cria encore d'en haut :

– Reviens dès que tu en auras terminé. Tu m'entends, Arian, nous t'attendons !

Curieusement, la question *pourquoi me convoque-t-on ?*, en l'occurrence la plus légitime de toutes les questions, ne parvenait pas à s'imposer à l'esprit d'Arian Krasniqi alors qu'il se dirigeait à grands pas vers la place des ministères. Fait encore plus curieux, en lieu et place de cette question lui revenaient de temps à autre en mémoire certains vers du poème de Skënder Bermema sur les embaumeurs devenus fous. Plus il s'évertuait à en détacher sa pensée, plus certains de ces vers, à peine modifiés, venaient scander leurs syllabes dans son cerveau :

… de n'être jamais plus convoqué par le ministre…

Fichtre ! s'exclama-t-il. De fait, il ne s'attendait pas le moins du monde à cette convocation. C'était pour lui une corvée, rien de plus. Quant à ce poème sur les embaumeurs devenus fous, il était tout bonnement insane, de même que celui qui l'avait composé et que sa sœur qui prenait un si vif plaisir à le réciter. Tout comme moi, qui n'arrive pas à me le sortir de la tête, ajouta-t-il au bout d'un moment. Mais, l'instant d'après, il se reprocha de se montrer injuste: envers eux et envers le poème aussi bien qu'envers lui-même. Quelque chose dans la cadence de ce texte vous obligeait à vous le remémorer tout en marchant, dans la mesure même où il y était question d'un voyage à pied, et même d'une très longue marche... Mais sans doute n'était-ce pas là l'essentiel. L'essentiel résidait probablement dans les mystères qui y étaient sous-jacents et qui se rapportaient à cette situation confuse, truffée de faits inexplicables, qu'il avait lui-même vécue ces derniers mois, sur la toile de fond d'autres événements encore plus chargés de mystère qui se déroulaient en Chine. A présent, il ferait pourtant mieux de laisser tout cela de côté et de réfléchir sérieusement à la raison pour laquelle on l'avait convoqué. Il était en train de se concentrer sans hâte sur cette question lorsqu'il s'aperçut qu'il était parvenu devant les portes du ministère. L'édifice massif, de style baroque, était presque entièrement plongé dans l'obscurité. Quelques fenêtres seulement, donnant sur la cour intérieure, étaient éclairées.

Il suivit un officier le long d'un interminable couloir où l'on sentait que les radiateurs s'étaient depuis longtemps refroidis. La première vision qui le frappa en pénétrant dans le bureau du ministre fut celle de son visage. Il avait maigri, mais d'une manière bizarre, qui ne ressemblait nullement à un amaigrissement causé par quelque maladie. C'était une sorte de déperdition qui s'observait surtout autour du cou, ou plus exactement à la gorge, à hauteur du nœud de cravate, qui, tout en étant plus lâche, n'en laissait pas moins deviner l'étreinte de l'angoisse.

– Tiens-tiens, qui vois-je paraître devant moi? lança le ministre d'un ton mi-jovial tout en se dressant derrière sa table de travail. Voici le rebelle, le contrevenant à la discipline militaire, ha-ha! Mais je plaisante: approche et donne-moi la main!

J'aurais mieux fait de ne pas le convoquer, se dit le ministre lorsque l'ex-officier des blindés eut refermé derrière lui la porte sur laquelle ses yeux demeurèrent rivés un long moment. Il aurait mille fois mieux fait de ne pas le faire venir. Il avait espéré tirer quelque chose de cette rencontre. Il avait voulu voir une fois de ses yeux et écouter de ses oreilles l'un de ces hommes qui étaient devenus sa malédiction. Même s'il ne devait en sortir rien d'important, il s'était fait fort de lui extorquer l'aveu qu'au moment où ils avaient refusé d'exécuter son ordre, les officiers des blindés n'avaient pas expliqué – ou tout au moins n'avaient pas expliqué clairement – les raisons de leur insubordination.

Or, l'autre ne lui avait même pas procuré ce soulagement. Il avait soutenu mordicus le contraire, à savoir que les officiers des blindés avaient certes bafoué son ordre, mais en expliquant clairement les motivations de leur refus.

Son vaste bureau ministériel semblait encore rempli des phrases qui venaient d'y retentir, surtout des siennes propres, car l'autre avait fort peu parlé. Prononcées à voix haute ou à voix basse, d'un ton solennel ou familier, badin ou réfléchi, elles semblaient encore voleter autour de lui, et il s'efforçait de les rattraper par la pensée, tourmenté à présent à l'idée que non seulement il n'avait rien tiré de profitable de cette rencontre, mais que, tout au contraire, lui-même s'était trahi...

Tiens-tiens, qui vois-je paraître devant moi ? Voici le rebelle, le contrevenant à la discipline militaire, ha-ha ! Mais je plaisante : approche et donne-moi la main ! Ce sont les officiers comme vous qu'affectionne le Parti, et c'est comme ça que je vous veux, moi aussi, bien que, je l'avoue, vous me contrariiez parfois. Mais c'est justement pour cela que je vous aime : non seulement pour qu'au besoin vous me contrariiez, mais aussi pour que vous me critiquiez, et même sévèrement, si je viens à commettre quelque erreur comme cette histoire des blindés... C'est vous, camarades, qui aviez raison, et c'est moi – encore qu'involontairement – qui étais dans mon tort. Mais nous autres communistes sommes faits d'une pâte particulière, n'est-ce pas ? Nous avons le courage de reconnaître nos erreurs. Voilà comment nous sommes ! Il arrive que la routine, les règlements, l'art militaire nous entraînent, nous oublions qu'au-dessus de tout il y a le Parti, que le plus grand art consiste à savoir être un bon communiste, pas vrai ? C'est pour cela que nous sommes des camarades : pour nous entraider, pour nous corriger, pour nous empêcher l'un l'autre de nous enfoncer plus profondément dans l'erreur. Vous, par exemple, vous avez fort bien fait de ne pas avoir exécuté un ordre injustifié, mais, disons les choses comme elles sont, vous auriez pu vous montrer plus clairs... comment dirais-je ?... un peu plus confiants. Quand vous avez refusé – ce qui était juste, tout à fait juste – d'exécuter l'ordre, vous auriez pu donner ne fût-ce qu'une petite explication, vous ne croyez pas ? Je ne veux pas dire que vous auriez dû nous tenir une conférence sur l'importance du Parti qui, comme chacun sait, prime tout, sur le matérialisme dialectique ou je ne sais quoi d'autre, mais vous auriez pu me fournir une petite, une toute petite explication sur les raisons de votre refus...

A ce point, l'autre l'avait interrompu : Nous avons expliqué les raisons de notre refus, et on ne peut plus clairement.

Remémorée, reprise un bon moment après qu'elle fut sortie de la bouche de celui qui l'avait proférée, la phrase parut avoir une résonance encore plus grave, plus glacée. Le ministre eut la sensation que quelque chose se rigidifiait dans ses entrailles. En fait, c'était bien pour cela qu'il avait convoqué cet officier des blindés : pour lui faire avouer qu'ils avaient certes perçu son ordre comme une disposition portant atteinte au Parti en l'assujettissant au contrôle de l'armée, ce qui, néfaste sous tout régime, l'était à plus forte raison en régime socialiste, mais qu'ils n'avaient point formulé explicitement ce jugement. Or, le degré de culpabilité du ministre, dans son entêtement à les sanctionner, dépendait justement de la question de savoir s'il connaissait ou non le motif de leur désobéissance. Dans l'affirmative, sa responsabilité, à l'évidence, était directement engagée, car l'ordre d'encercler le comité de Parti quittait alors la sphère des décisions fortuites (nous n'y avons pas songé, si nous l'avions envisagé sous ce jour, jamais nous n'aurions donné un ordre pareil) pour se ranger dans celle des actes prémédités. Alors que s'il l'avait ignoré, sa faute s'en trouvait allégée, et la colère du ministre pouvait paraître justifiée, car il n'est pas de militaire au monde qui ne se mette en pétard à voir discuter un de ses ordres, à plus forte raison quand ce militaire a rang de ministre.

Voilà ce qu'il avait souhaité établir: que les officiers reconnaissaient n'avoir fourni aucune explication de leur geste. Et ils ne lui accordaient même pas cela!

L'ex-officier restait planté devant lui, les traits figés. A nouveau, le ministre avait fait une tentative désespérée: Est-ce que, par hasard, tout en ayant eux-mêmes une claire vision de la question (le respect pour le Parti et la démocratie socialiste étaient des notions qui n'avaient nul besoin de longues explications), est-ce que, croyant donc qu'il suffisait d'un mot à peine pour rappeler ces notions aux autres, à plus forte raison s'agissant de leurs chefs en qui ils avaient toute confiance, voire une confiance excessive, car on oublie que les chefs aussi, et moi personnellement, ministre, nous pouvons avoir nos faiblesses, nous emporter, nous montrer arrogants, brutaux, ne pas étudier à fond les documents du Parti, les classiques du marxisme – euh..., où en étais-je? ah oui! – est-ce que les officiers des blindés, donc, et lui-même en particulier, Arian Krasniqi, estimant que tout cela va de soi, a fusionné organiquement, comme on dit, avec le cœur et l'esprit de chacun, n'auraient pas jugé superflu de fournir une explication précise, mais se seraient contentés de deux-trois mots, par exemple: *On n'encercle pas un comité de Parti*, rien de plus?

Avant même qu'il n'eût terminé sa phrase, l'officier des blindés s'était mis à secouer la tête en signe de dénégation. Non, rien de tout cela ne s'était produit. Ils avaient expliqué brièvement mais tout à fait clairement les raisons de leur désobéissance. Si le camarade ministre le désirait, il était même en mesure de lui apporter des précisions. A peine avait-il reçu l'ordre qu'il avait demandé: Encercler le comité de Parti? Mais pourquoi?... L'ordre avait alors été réitéré: Qu'il soit encerclé!... Lui-même et deux autres officiers avec lesquels il était entré immédiatement en contact par radio avaient posé la question suivante : Y a-t-il quelque commando ennemi ou quelque menace d'un raid de commando ?... La réponse avait été tranchante : Ça ne vous regarde pas ! Exécutez l'ordre !... Les officiers des blindés avaient renouvelé leur question et avaient reçu cette réponse : Il n'y a pas de commando ennemi. Exécutez l'ordre !... C'est à ce moment qu'ils avaient répliqué : Cet ordre est inacceptable. Un comité de Parti ne peut être encerclé par des blindés, comme ne peut l'être nulle part aucune institution légale, sans qu'il y ait tentative d'instauration d'une dictature... Il s'en était suivi quelques échanges de sèches reparties, les officiers des chars faisant à nouveau valoir que dès lors qu'il n'y avait pas de commando ennemi, l'encerclement du comité de Parti ne se justifiait pas. Les types des transmissions avaient alors lâché quelque juron et lui-même, Arian Krasniqi, avait fini par répondre : Nous ne sommes pas ici à Shanghai !

Le ministre avait failli lui crier : *Chut* ! mais sa salive faisait des grumeaux dans sa bouche... Tout cela est fort juste, avait-il repris, conforme à l'esprit de parti, et je suis convaincu que c'est là ce que vous avez dit, mais la question est de savoir si les autres vous ont clairement entendu. Peut-être bien que non, en raison des mauvaises conditions d'écoute, du vent. Pour autant que je m'en souvienne, il faisait très mauvais, il y avait des éclairs...

L'officier s'était borné à répéter : Nous avons expliqué clairement les raisons de notre refus d'obéir.

Ah... Voilà un point que j'ignorais. Dans ce cas, les choses changent. Vous n'étiez évidemment pas coupables. Mais peut-être les services de transmissions sont-ils à l'origine de toute cette affaire, ou bien les gens de mon état-major qui m'ont rapporté les faits en les tronquant. A moins qu'eux non plus ne soient pas fautifs : on ne peut contester qu'il ait fait mauvais, un très sale temps, et qu'il y ait eu beaucoup d'éclairs...

Il avait senti que tout ce qu'il pouvait dire était vain. Ses phrases perdaient en poids et en assurance. Il ne souhaitait plus qu'une chose : le voir partir. Il lui aurait bien lancé :

Assez ! l'entretien est clos..., s'il n'avait redouté de le braquer encore davantage. J'aurais mieux fait de ne pas le faire venir, songea-t-il sans cesser pour autant de lui réaffirmer : Eh bien voilà, j'avais envie de te connaître ; j'aime les gens qui me tiennent tête...

Il avait fini par ne plus savoir ce qu'il disait et quand l'officier eut tourné les talons et fut parti, il avait exhalé un profond soupir.

Il se sentait fourbu, cette rencontre l'avait exténué. De surcroît, il n'en avait tiré aucun profit. Au contraire, il était à parier que l'autre avait deviné son angoisse. S'il en était ainsi, il s'était mis de son propre chef dans de beaux draps ! A présent, il ne manquait plus qu'on apprenne les affres dans lesquelles il se débattait.

... Le lendemain lui fit l'effet d'un jour noir, tandis que son regard s'immobilisait de longues minutes sur les nombreux feuillets remplis de pattes de mouche où il consignait son autocritique.

Il allait avoir à affronter le plenum du Comité central ; il ne faisait aucun doute qu'on attendait de lui une autocritique vigoureuse. Jour après jour, il gribouillait, raturait, réécrivait, sans jamais être satisfait du résultat. *Plus à fond* ! Ces trois mots avec lesquels il avait tourmenté tant de gens au cours de réunions sans nombre, c'était maintenant à lui-même d'en être terrorisé. Il avait remarqué qu'après chaque exhortation à aller *plus à fond*, l'auteur d'une autocritique se ratatinait comme s'il se fût réellement enfoncé dans le sol. Lui-même allait à coup sûr devoir entendre ces mêmes mots qui exhalaient des relents de vase.

Il s'efforça de chasser cette expression de son esprit, mais en pure perte. Ses yeux se portèrent sur les nombreux téléphones qui encombraient son bureau et sur les boutons rouges, verts, au-dessous desquels étaient inscrits les mots *Alarme n° 1, Alarme n° 2, État-major général, État-major de la Marine, de l'Aviation*... L'idée qu'avec la moitié de ce dispositif, n'importe quel colonel d'Amérique latine... cette idée qui lui revenait de manière obsédante dans ses pires moments d'abattement... comme ces cachets qui ne font plus d'effet,...oui, cette idée-là ne parvenait plus à l'apaiser. Assez de vaines consolations ! s'écria-t-il. Il était évident que ce mérite, le mérite de se tenir si sage alors qu'il disposait du contrôle des forces armées, nul ne voulait le lui reconnaître.

Machinalement, sa main compulsait les pages de son autocritique. Laisse ces boutons tranquilles, se dit-il, c'est de ces feuilles de papier que dépend désormais ton sort.

La liasse de pages manuscrites était déjà épaisse, mais il sentait qu'il lui faudrait encore en écrire d'autres. Sa main chercha fébrilement le passage où il évoquait vaguement l'affaire des chars.

Dès lors qu'Enver Hoxha l'avait mentionnée expressément, il se devrait de l'exposer en détail au plenum. Pendant quelques minutes, il relut son texte en diagonale, qui lui parut inconsistant. Il y traitait essentiellement de l'épilogue de l'affaire, de sa colère contre les officiers des blindés (colère injustifiée, fruit de sa présomption, de sa coupure d'avec les masses..., c'est ainsi qu'il l'avait présentée), mais il n'avait encore rien dit des débuts de l'histoire, du processus mental qui l'avait conduit à donner un ordre pareil, ni de ses motivations profondes. Il imaginait déjà une voix s'élevant du milieu de la salle : Les causes, analyse les causes *plus à fond* !

... Non, jamais je n'irai jusque-là ! s'exclama-t-il. Jamais le maudit dîner avec Zhou Enlai ne serait porté à la connaissance de ce plenum, ni du prochain, ni du centième, ni du millième qui lui succéderait ! Il l'emporterait avec lui dans sa tombe. On aurait beau lui crier et lui recrier à satiété *Plus à fond* !, jamais il ne redescendrait dans ces oubliettes. Zhou Enlai n'était plus de ce monde, il n'avait donc aucun souci à se faire pour cet entretien qu'il avait eu avec lui. N'empêche que, d'une manière ou d'une autre, il lui fallait se justifier.

Il devait absolument trouver quelque chose à dire. Présenter simplement son action comme le fait d'un technocrate, le résultat d'un aveuglement politique provoqué par des insuffisances dans l'étude du marxisme-léninisme, etc., ce n'était pas facile à faire gober. Pour se rendre plus crédible, il lui fallait consentir un plus gros sacrifice. Peut-être la meilleure chose à faire serait-elle d'avouer un bout de vérité, mais un petit, un tout petit bout seulement ? On n'avait pas tort de penser qu'un mensonge qui recèle une parcelle de vérité devient plus plausible. Il pourrait indiquer par exemple que l'idée de l'encerclement d'un comité de Parti avait sans doute été nourrie par les événements de la Révolution culturelle chinoise, par une interprétation erronée de la lutte contre le bureaucratisme au sein du Parti, par les mots d'ordre anarchistes de Mao. Et, indéniablement, par ses propres lacunes dans la connaissance des classiques du marxisme-léninisme, etc. Il devait le leur concéder ; cela revenait certes à s'exposer, mais il fallait absolument risquer quelque chose ; autrement, tout s'effondrerait. On pouvait penser de lui tout ce qu'on voulait, le traiter de sinophile, de triple buse, voire prendre à son encontre des mesures dans le cadre du Parti, il était prêt à tout supporter pourvu que la vérité vraie ne se fît jamais jour.

Du côté de Zhou Enlai, tout au moins, il était tranquille. Zhou était tout ce qu'il y a de mort, et, au surplus, sa tombe n'existait pas ! Parfois, quand il se le remémorait, une bouffée de colère l'envahissait : Si toute ton ambition était de retomber en poussière sur cette terre, pourquoi m'avoir fourré dans un guêpier pareil ? ! marmonnait-il – mais la pensée que Zhou n'était plus de ce monde le rassurait. Ce trépas lui semblait être intervenu pour barrer définitivement la route au malheur.

A bien y regarder, la situation n'était pas aussi désespérée qu'elle lui avait paru de prime abord. Il allait certes avoir à affronter le plenum du Comité central, mais cette session devait notamment être consacrée à la situation économique. Or, ces derniers temps, ce n'était un mystère pour personne que l'économie était en difficulté. D'autres allaient devoir rendre compte de cet état de choses. Il y en avait donc d'autres dans le même sac... Or, quelles que fussent les circonstances, ces vieux compagnons d'angoisse, se retrouvant dans le pétrin, ne manqueraient pas de s'entraider comme autrefois. Ils le feraient sans rien se demander l'un à l'autre, mais instinctivement, chacun de son côté, comme des chouettes dans les ténèbres où ils étaient plongés et où leurs ululements étouffés se distinguaient à peine.

Il espérait surtout que les difficultés économiques détourneraient l'attention de son cas. Oui, oui, il ne pouvait en être autrement : quand l'économie cafouille, on oublie tout le reste. Elle vous ramène à la raison. Elle vous prend par l'oreille et vous dit : Viens donc voir un peu par ici, laisse tomber ces encerclements de comité de Parti, ces symboles et tout le saint-frusquin, et regarde-moi ces statistiques...

Il se sentit un peu rasséréné. Au reste, abstraction faite du témoignage de cet officier des blindés, le fait qu'ils eussent motivé leur désobéissance ne pouvait directement l'atteindre. Les services de transmissions étaient concernés bien avant lui, la faute pouvait leur être imputée ; il y avait en outre ses propres adjoints, et on pouvait invoquer de surcroît le mauvais temps, le vent, les éclairs... Ah, on n'était pas près d'avoir sa peau !

Un petit claquement sec se fit entendre contre une vitre et il tourna la tête en direction de la fenêtre. Probablement une feuille morte projetée par quelque rafale. Il dressa l'oreille. Dehors, le vent sifflait. Son esprit hésita entre diverses pistes avant d'en revenir à des pensées rassurantes. Il y avait également la mort de Mao, les troubles qui avaient éclaté à Pékin... Il regarda sa montre : c'était l'heure du journal télévisé. Chaque jour provenaient de là-bas des nouvelles alarmantes. Tout cela ne pouvait que détourner l'attention de lui.

Il se leva, fourra dans sa poche les feuillets de son autocritique et quitta son bureau. A l'extérieur soufflait un vent sec qui semblait avoir dépeuplé les rues. Sa voiture parcourut le grand boulevard à vive allure et lui fit l'impression d'arriver devant la grille de sa villa plus vite qu'à l'ordinaire. Il mettait pied à terre quand une noire colonne de poussière s'éleva devant lui et c'est tout juste si, saisi d'épouvante, il ne poussa pas un cri.

Arian Krasniqi se couvrit le bas du visage avec son foulard pour se protéger de la poussière. Il se repentait de s'être arrêté, après avoir quitté le bureau du ministre, dans un petit bar pour prendre un café au zinc, au lieu de rentrer directement. Il n'avait pas prévu que se lèverait entre-temps un vent aussi désagréable. Il se sentait morose, la tête vide.

En franchissant la porte de l'immeuble de sa sœur, il respira, soulagé.

– Alors ? demanda Silva en lui ouvrant. Comment cela s'est-il passé ?

Il grimaça un sourire contenu.

– Sonia est encore ici ?

– Bien sûr, nous t'attendions avec impatience. Quoi de nouveau ?

– Rien, fit-il en se débarrassant de son manteau.

De la pièce de séjour parvenait la voix du présentateur des informations télévisées.

– Ne te fais pas de souci pour moi, ajouta-t-il en esquissant un nouveau sourire.

Silva se sentit délivrée d'un poids. Il avait l'air serein.

– Tu as appris la nouvelle ? A Pékin, c'est le grand chambardement, dit-elle.

– Vraiment ?

– On a arrêté la femme de Mao en compagnie de quelques autres comparses. L'information vient juste de tomber.

– Étrange..., marmonna-t-il sans pouvoir détacher son regard de l'écran sur lequel s'inscrivaient à présent des images sans aucun rapport avec la Chine.

Tout comme Silva une minute auparavant, Sonia contempla son visage placide et poussa un profond soupir.

– Incroyable, tu ne trouves pas ? fit Silva.

– Quoi ? L'arrestation de Jiang Qing ?

– Que veux-tu que ce soit ? On en reste abasourdi.

– Moi, je n'en suis pas surpris, déclara Arian.

– Comment ça ?

Silva ne réussit pas à croiser l'axe de son regard.

Elle fut tentée de lui demander : Pourquoi est-ce que plus rien ne te surprend ?... L'indifférence dont il faisait montre l'effrayait maintenant davantage que l'agitation qui l'avait précédée.

– Je suis inquiète pour Gjergj, déclara Silva. Quelle poisse de se trouver là-bas juste en ce moment !

– Papa aurait dû être de retour depuis avant-hier, observa Brikena, qui s'était faufilée dans la pièce sans se faire remarquer.

– Justement, ces événements ont paralysé le trafic aérien.

Silva s'approcha du poste et changea de chaîne. La télévision italienne diffusait la même nouvelle : l'arrestation de la veuve de Mao. Sur l'écran défilaient des séquences de la Révolution culturelle : meetings, foules vociférantes, gens courant en tous sens. Les commentateurs émettaient diverses hypothèses sur l'évolution des événements. Silva se sentit peu à peu gagnée par l'angoisse.

– Ne partez pas, supplia-t-elle quand son frère et sa femme firent mine de se lever. Je vous en prie, restez encore un peu…

Ils se consultèrent du regard. Silva ne dissimulait plus son tourment.

– Tu as tort de te faire du mauvais sang, lui dit Arian, le regard toujours braqué sur l'écran qui diffusait des images d'archives de l'ambassade de Grande-Bretagne en flammes.

– D'après papa, notre ambassade n'est qu'à deux pas de celle-ci, fit Brikena.

Arian voulut dire quelque chose pour détourner leur attention du petit écran, mais nul ne pouvait le quitter des yeux.

– Diable…, lâcha-t-il d'une voix sourde.

– Que dis-tu ? lui demanda Silva.

– Rien… Je voulais dire : quelle histoire ! – et il pointa le doigt sur l'écran.

A présent, le voici sorti d'affaire, mais lui aussi, à cause d'eux, a failli en prendre pour son grade, songea Silva. Son allusion à Shanghai n'avait-elle pas compliqué les choses pour lui ? L'idée que le malheur rôdait autour de ses proches ne la quittait plus.

Plus les minutes passaient, plus il lui semblait contraire à toute logique que le sort de son frère fût lié de quelque manière aux nouveaux événements. Ce qu'elle ne parvenait pas à cerner avec précision, c'était si cette absence de lien influerait désormais en bien ou en mal sur son cas.

– Restez donc, fit-elle d'une voix implorante.

Elle ne dissimulait plus qu'elle n'avait nulle envie de passer cette soirée seule avec sa fille.

Ils ôtèrent leurs manteaux et se rassirent. La conversation eut beau s'égailler sur d'autres sujets, elle finissait tôt ou tard par revenir aux événements qui venaient d'être annoncés. A plusieurs reprises, ils se surprirent à enfourcher les hypothèses émises peu auparavant par les commentateurs.

Le téléphone sonna. C'était Skënder Bermema. – Gjergj est-il rentré ? demanda-t-il. – Non, répondit Silva. – Quand revient-il ? – Je ne sais pas. Pourquoi me demandes-tu ça ? – Comment ? – Rien... Je voulais dire : qu'est-ce qui t'a fait penser tout à coup à lui ? – Ah, je devine à quoi tu fais allusion. – J'imagine que tu as regardé le journal ? – Bien sûr. – Tu vois bien que tu n'as pas téléphoné par hasard...

On entendit son rire à l'autre bout du fil.

– Tu viens prendre un café ? lui dit Silva.

– Quand ? Maintenant ?

– Oui, justement.

Il y eut un moment de silence.

– D'accord, j'arrive.

Silva réapparut, le visage épanoui. Il était manifeste qu'elle souhaitait rassembler autour d'elle le plus de gens possible.

– C'était Skënder Bermema. Arian, je crois que je vous ai déjà présentés l'un à l'autre...

– En effet, dit son frère, mais il ne se souvient probablement pas de moi.

Silva ne put manquer de déceler une nuance de déplaisir dans sa voix.

Quand, vingt minutes plus tard, Skënder Bermema fit son entrée, Silva remarqua chez son frère le même air contrarié, doublé d'une sorte d'agacement. S'il savait combien Skënder s'est penché sur son cas alors qu'il était sous les verrous, pensa-t-elle, il ne ferait pas cette tête-là, mais elle l'excusa aussitôt : aucun frère ne se fût senti à l'aise en présence de l'homme dont une prétendue liaison avec sa sœur avait tant défrayé la chronique…

– Tu étais inquiète parce que je t'ai demandé si Gjergj était de retour ? fit gaiement le nouvel arrivant à l'adresse de Silva. J'ai aussitôt deviné à quoi tu faisais allusion. Ha-ha ! Je ne cache pas que c'est bien la nouvelle que nous venons d'apprendre qui m'y a poussé, mais pas pour la raison que tu peux supposer. C'était simplement par curiosité de le voir. Sais-tu la première pensée qui m'est venue à l'esprit en apprenant que Jiang Qing avait été arrêtée ? Tout comme pour la mort de Lin Biao, Gjergj va rapporter au moins douze versions des faits !

Tous se mirent à rire, y compris Arian.

– Ses versions t'ont-elles été utiles ? questionna Silva.

– Et comment ! Je peux même te le prouver.

Il empoigna la serviette qu'il avait posée sur le canapé et en sortit une grande enveloppe.

– J'ai ici quelque chose qui a trait à ce qu'il m'a raconté. Je te le laisse, afin que tu le lui remettes quand il reviendra. Tu peux le lire, si tu veux et si tu en trouves le temps.

– Sans faute ! lui dit-elle.

Quelqu'un reprit en s'esclaffant la formule : *Douze versions de l'arrestation de Jiang Qing* ! – mais Skënder Bermema parut s'être brusquement départi de la vivacité dont il avait fait montre en entrant. Ne ferais-tu pas mieux de t'occuper des différentes versions de ta propre mort ? songeait-il.

Trois jours auparavant, il avait reçu une lettre anonyme émaillée de menaces. C'était la seconde en un mois.

– Qu'as-tu envie de boire ? demanda Silva.

– Ce que tu voudras.

On disserta un moment sur les mystères de la Chine, puis on évoqua le sort de Jiang Qing, les répercussions éventuelles des événements sur les relations sino-albanaises. Silva déclara qu'elle ne parvenait pas à croire que la veuve de Mao fût derrière les barreaux, tandis que Skënder Bermema répliquait que ce qu'il n'arrivait à croire, lui, ce n'était point que Jiang Qing fût emprisonnée, mais qu'elle fût encore en vie. Silva avait ouvert de grands yeux :

– Tu as toujours tendance à pousser les choses à l'extrême ! s'exclama-t-elle.

– Le temps que Gjergj soit de retour, répéta Sonia, et il satisfera notre curiosité.

– Rien de plus difficile que d'assouvir ma curiosité sur la Chine, fit Skënder Bermema en consultant sa montre. Il ne faut pas manquer les dernières informations. Il y a sûrement du nouveau...

Silva pressa tour à tour les touches de l'appareil, mais aucune des chaînes qu'elle put capter ne diffusait de bulletin.

Arian Krasniqi se réveilla en sursaut, comme si quelqu'un l'avait houspillé. Il resta quelques instants sans savoir où il se trouvait, puis il entendit le souffle de sa femme à ses côtés et se ressaisit. Minuit devait avoir sonné depuis pas mal de temps. Il eut l'impression que quelque chose d'inidentifiable l'avait tourmenté durant son sommeil, une sorte de fardeau qu'il avait senti à un moment donné peser si lourdement sur lui qu'il avait allongé les mains sur la couverture pour le repousser, mais c'est précisément sur ses mains que ce fardeau appuyait. Il les sentait tout ankylosées. Il eut même l'impression de devoir faire effort pour les détacher l'une de l'autre, pour rompre cette abominable étreinte, analogue à aucune autre : des mains enchaînées par des menottes.

Ce n'était pas la première fois qu'il éprouvait ce genre de sensation tout en dormant. Touchant à sa fin, le sifflement d'un train se faisait encore entendre decrescendo dans le lointain. Ce devait être ce sifflement qui, dans son sommeil, lui avait donné la sensation de porter des menottes aux poignets. La première nuit de son arrestation, c'est ainsi, les mains enchaînées, qu'il avait entendu le hurlement strident d'un convoi.

Il se retourna dans son lit, mais le sommeil, au lieu de le reprendre, l'abandonna définitivement. Lui revinrent pêle-mêle à l'esprit son dîner chez sa sœur, des bribes de conversation sur l'arrestation de Jiang Qing... Sonia avait demandé sans ambages si cet événement pouvait venir compliquer à nouveau la situation de son mari. Si la question ne s'était adressée à Skënder Bermema, il lui aurait crié : Assez !... Il ne voulait plus entendre parler de la Chine... Si ma vie doit dépendre des événements qui se produisent là-bas, alors il vaut mieux que le diable m'emporte !

En fait, à certaines heures, surtout la nuit, il lui semblait bel et bien que son existence était désormais assujettie aux courroies et engrenages d'une mécanique qui, en l'occurrence, ne pouvait pas même être qualifiée d'étatique, dans la mesure où elle débordait les frontières d'un seul pays. Une terrifiante machine interétatique, ni plus ni moins ! Emporté par elle, il vous était impossible de prévoir d'où viendraient vos malheurs. Ces chaînes, par exemple, pouvaient vous échoir d'aussi loin que les forges des Normands, voire de plus loin encore, de la Horde d'or... Tu vas coucher avec moi, putain ! Sinon, tu n'obtiendras aucun rôle, pas même celui d'une figurante... Ces mots proférés dans les coulisses de quelque théâtre de Shanghai, si reculés qu'ils fussent dans le temps et dans l'espace, devaient finir un jour par influer sur son propre sort. N'était-ce pas ainsi, par une sorte de revanche longtemps différée sur d'anciens outrages, que certains analystes avaient partiellement expliqué la rage de Jiang Qing durant la Révolution culturelle, notamment à Shanghai même ?...

... Vous vous croyez ici à Shanghai ?... Les yeux du magistrat instructeur, fatigués, restaient rivés sur lui. Que venaient faire ces mots-là dans les propos qu'il avait tenus au téléphone durant les fameuses manœuvres ? Qu'est-ce que Shanghai avait à voir dans ses pensées ? Hein ?

Arian se retourna de nouveau dans son lit et sentit derechef le poids des menottes, si nettement qu'il se reprit à agiter les mains comme pour s'en dégager.

Le télégramme annonçant le retour de Gjergj parvint à Silva dès le lendemain, peu avant la sortie des bureaux. Elle en fut toute décontenancée : le câble n'indiquait ni le vol ni l'heure d'arrivée. Elle téléphona au ministère des Affaires étrangères pour obtenir quelque précision, mais ceux qui auraient pu la renseigner étaient absents. Les services de l'aéroport ne furent guère plus explicites : ce jour-là, lui dit-on, on n'attendait aucun avion en provenance directe de Chine, de sorte que le voyageur pouvait aussi bien arriver par le vol de Belgrade que par celui de Berlin-Est.

Sans plus tarder, craignant que Gjergj n'atterrît justement pendant qu'elle donnait ces fastidieux coups de téléphone, et ayant obtenu la permission de son supérieur, elle dévala l'escalier du ministère, puis, dans le même élan, malgré la pluie battante, courut jusqu'à la station de taxis, devant la Banque d'État. Elle eut la chance d'en trouver un de libre.

– A l'aéroport, lança-t-elle au chauffeur. Vite, je vous en prie !

En chemin, elle déplia de nouveau le télégramme pour vérifier s'il ne contenait pas quelque précision qui lui eût échappé. Mais elle n'y trouva rien de tel. Gjergj n'aura pas su lui-même quand ni par quel vol il arriverait, se dit-elle.

Le bâtiment de l'aéroport lui parut à demi désert. Les salles d'attente étaient à peine chauffées. La pluie ruisselant sur les vitres accentuait encore cette atmosphère d'abandon.

L'appareil yougoslave avait atterri depuis un bon moment, alors que l'arrivée de l'autre, en provenance de Berlin-Est, était, lui dit-on, problématique... Pourquoi, problématique ? A cause du mauvais temps ? avait demandé Silva. Peut-être bien, lui avait répondu une femme du bureau de renseignements.

Elle s'assit dans un coin de la salle d'attente et commanda un café. La pluie tombait inexorablement. Elle entoura ses genoux de ses deux bras et resta un moment dans cette position, songeuse, le regard rivé sur le vitrage. Elle avait froid ; en même temps que ses pensées perdaient peu à peu de leur acuité, s'atténuaient son impatience et son alarme. Était-ce l'effet de l'écoulement monotone de l'eau contre la baie ou bien de la somnolence à laquelle elle avait succombé ? Elle se fit la remarque que, si le paysage lui paraissait si trouble derrière les vitres, elle-même devait sembler de l'extérieur tout aussi lointaine, inaccessible et floue. C'était d'ailleurs bien ce dont elle avait l'air par cette journée morose, seule dans cet aéroport glacé, ses yeux scrutant les strates de nuages d'où elle s'attendait à voir émerger un avion à bord duquel était censé arriver un homme, son mari, qui venait de très loin, par une route que nul ne connaissait, en provenance d'un pays baignant dans les complots et le mystère.

Elle ne se rendit elle-même pas compte du temps qu'elle était restée ainsi ; elle s'aperçut qu'elle avait eu un moment d'absence au fait qu'elle n'avait pas remarqué le garçon quand il avait posé devant elle sa tasse de café à présent refroidi.

Elle rentra chez elle très abattue. Le vol de l'appareil allemand avait été annulé et on ignorait s'il arriverait le lendemain ou le surlendemain.

Elle erra un moment dans la cuisine, mais ne se sentit d'humeur à rien entreprendre. Comme elle venait de s'asseoir sur le canapé, elle se remémora soudain l'enveloppe que lui avait laissée Skënder Bermema et se leva pour la chercher. Elle l'avait posée sur la table de nuit de Gjergj, dans leur chambre à coucher, pour lui en faire la surprise à son retour.

Dès qu'elle eut parcouru les premières lignes, elle comprit que ces notes avaient été comme écrites exprès pour cette sombre journée.

... Pékin. Jour d'hiver. Certaines compagnies internationales ont suspendu leurs vols en raison de la mort de Mao. Je devrai attendre une semaine, peut-être deux, que le trafic aérien reprenne. On imagine mon ennui. A l'hôtel. Seul. Cerné par le deuil.

J'ai rouvert les notes de mon roman avec un espoir mitigé… le roman est ressuscité !… Alleluia !… Mais non, espoir mort-né.

Notes rédigées sous l'empire de l'ennui… Je ne sais où j'ai lu ça… Je crois qu'elles sont d'un moine japonais du haut Moyen Age.

Toute la journée, malgré moi, j'ai repensé à la mort de Lin Biao. Probablement à cause de la nouvelle rumeur courant sur les circonstances de sa disparition. J'emploie ici le mot *rumeur*, mais j'ai l'impression que ce doit être la version authentique de la fin du maréchal.

J'ai tourné et retourné dans ma tête ce que m'a raconté Gj. D… sur cet événement. Il n'est pas inintéressant de confronter ce qui s'est dit alors et ce qui se dit aujourd'hui. D'après les derniers éléments en notre possession, il est généralement admis, en Chine comme à l'étranger, que Lin Biao avait réellement fomenté un complot visant à assassiner Mao. A certains égards, la riposte de celui-ci était donc justifiée. Ce qu'on ignore, c'est si le plan du maréchal destiné à supprimer Mao fut ou non identique à celui de Mao visant à supprimer le maréchal.

Si Mao était au courant du complot, peut-être a-t-il appris également la façon dont le maréchal avait projeté de le liquider. Ayant ainsi un scénario tout prêt, Mao l'aurait utilisé contre l'autre. L'a-t-il fait pour ne pas se creuser la cervelle, pour éprouver une satisfaction non pareille (l'ivresse teintée d'ironie que procure à quelqu'un l'entière maîtrise de sa victime), par sadisme ou par superstition (tombe dans le piège que tu as toi-même tendu ; consomme ta perte de tes propres mains !) ? A cela non plus, nul ne saurait répondre.

Je brûlais d'impatience de rentrer pour pouvoir te raconter tout cela, m'avait dit Gj. D… à son retour de Chine. J'éprouve moi-même à présent le même désir. J'ai remarqué que lorsqu'on se trouve à l'étranger, surtout seul, on prend plaisir à imaginer de tels dialogues.

… Connais-tu la vraie vérité sur la mort de Lin Biao ? Elle a été finalement découverte. Elle ressemble et ne ressemble pas aux versions que tu nous as rapportées.

Aujourd'hui, tout le monde sait que Lin Biao n'a été tué ni par balle, ni à l'arme blanche, ni par le poison. Il a été abattu au moyen d'une roquette.

Une roquette ? Mais c'est la première hypothèse que tous se sont accordés à exclure dès le départ !

Exact. N'empêche, il a été justement liquidé de la manière qui paraissait la moins vraisemblable...

Ainsi imaginais-je le début de la conversation que j'aurais avec Gj. D... au café Riviera...

... Il n'a été tué ni dans le ciel chinois, ni dans le désert de Mongolie, ni à sa résidence, ni dans le hangar de l'aérodrome désaffecté. Il a été tué à l'occasion d'un dîner, ou plus exactement à l'issue de ce dîner...

Dès que je me reprenais à penser aux circonstances du meurtre, la fascination qu'exerçait sur moi ce dîner donné par Mao était si puissante que j'avais tôt fait de m'éloigner en esprit du café Riviera. Cette vieille fresque déjà rongée par les ans, avec ses figures pâlies, par endroits presque effacées, précisément peut-être à cause du recul du temps, excitait bien davantage ma curiosité.

Tout, donc, devait se dérouler à l'occasion d'un dîner, comme si on n'avait pas trouvé meilleur moyen que celui jadis mis en scène par Shakespeare (tous deux avaient été des partisans acharnés de son interdiction, ce qui conduit notamment à penser qu'ils avaient depuis longtemps couvé dans leur esprit l'idée d'un banquet de trahison).

Ainsi, l'un comme l'autre avaient prévu un dîner dans leur plan. En d'autres termes, l'histoire de Mao et de son maréchal n'était qu'une réédition de la vieille histoire écossaise. A cette seule différence près que, dans celle-ci, Macbeth n'a pu perpétrer le crime, Duncan s'étant montré le plus prompt.

La vérité sur la mort de Lin Biao. Synopsis.

A

Lin Biao a été liquidé d'une manière qui tout à la fois concorde et ne concorde pas avec les hypothèses émises à ce sujet. On peut dire en bref qu'il a été tué de toutes ces façons prises ensemble, mais d'aucune en particulier.

A sa suppression ont concouru une foule d'éléments : le ciel, la terre, la trahison de ses enfants, les mots *Laissez-le partir*, le lancement d'une roquette, la carbonisation des corps, l'avion, la chute en plein désert, les mots *Sois le bienvenu à dîner*, les mots *Et maintenant je t'attends chez moi*, et cette arrière-pensée : *Nous nous reverrons peut-être dans un monde où les cartons d'invitation portent d'autres emblèmes...*

Il était dix heures du soir lorsque Mao, avec sa femme et Zhou Enlai, raccompagnèrent leurs hôtes jusqu'à la porte de la résidence : Bonsoir, à bientôt. – Nous serons très heureux de vous avoir chez nous un de ces soirs. – Nous viendrons sans faute, oui, sans faute...

La voiture blindée noire du maréchal glissa sur la chaussée obscure. Le petit groupe de ceux qui les avaient raccompagnés resta planté là un moment, le regard tourné dans la direction où s'étaient éloignés leurs hôtes. Ils demeurèrent presque silencieux jusqu'à ce qu'eût retenti dans le lointain une explosion.

Mao poussa un profond soupir : Vous vous occuperez vous-mêmes des détails, dit-il à Zhou Enlai et à sa femme, puis il s'engouffra le premier à l'intérieur de la villa.

Il savait qu'il dormirait d'un sommeil de plomb. De même que l'angoisse de l'autre avait irradié tous ces jours-ci son propre cerveau, de même son sommeil de nouveau-mort lui apporterait quelque chose, oui, ne manquerait pas de lui communiquer quelque chose de son abyssale surdité.

B

Sur la grand-route, au virage proche du kilomètre 19, les militaires qui venaient de lancer la roquette sortirent de leur poste de guet.

Après l'aveuglante déflagration, tout avait l'air plus obscur et silencieux que ce n'était le cas en réalité. Les jambes encore engourdies (cela faisait deux bonnes heures qu'ils se tenaient à l'affût), ils s'approchèrent des débris du véhicule. Ils ne l'avaient vu que l'espace d'un instant, comme une vision, plutôt ses phares que lui-même, au moment où il avait ralenti à l'entrée du virage. Il leur avait paru noir et massif, mais ses débris ne laissaient à présent rien deviner de sa forme. On aurait aussi bien du mal à identifier les cadavres dans cet amas de ferraille.

Ils ignoraient qui ils avaient frappé. Ils ne savaient pas davantage ce qu'il leur incombait maintenant de faire. Vous tirerez sur la voiture, puis vous attendrez : tel était l'ordre qu'ils avaient reçu.

Au bout d'un quart d'heure, ils aperçurent au loin les phares d'une autre voiture qui se dirigeait vers eux. Quand elle se fut arrêtée et qu'ils en virent descendre Zhou Enlai et le chef de la garde personnelle de Mao, ils restèrent médusés. Le mort devait être important pour que le Premier ministre en personne s'intéressât à lui.

A la lueur d'une torche électrique, les nouveaux arrivants s'approchèrent des débris. Sans doute cherchaient-ils à entrevoir les corps carbonisés. Le visage du Premier ministre leur parut livide.

Quelqu'un, dans le dos des soldats, s'écria : *Vite ! Vite !* Mais, encore engourdis comme ils étaient, les soldats ne parvinrent pas à comprendre le sens de cette exhortation. De fait, maintenant que le travail était accompli, toute hâte semblait inutile. A moins qu'on n'eût fait allusion à la réparation de quelque dégât qu'avait pu subir la chaussée ? Ou bien encore ce pouvait être un *Vite* ! totalement dénué de fondement. Certains officiers n'avaient-ils pas pris le pli, à la simple vue de soldats, de leur crier sans le moindre motif : *Vite, vite* ! ?

C

Il avait donc été atteint par une roquette. Seulement, pas en plein ciel, ni à bord d'un avion, comme on pouvait incliner à le penser, mais au sol, à bord d'une automobile, ce qui était plus difficilement concevable.

On s'était efforcé de gommer radicalement ce véhicule de la rumeur publique. Après quoi, on avait cherché à en bannir également la roquette, mais, dans l'impossibilité de la rayer totalement des esprits, pour l'en éloigner au maximum, on l'avait qualifiée de simple proposition de traître.

Et puis il y avait également eu trahison d'un des enfants du maréchal. De sa fille – plus exactement de sa fille et de son futur gendre. Mais bien malgré eux.

Apparemment, les micros-espions avaient fait leur œuvre. Une conversation enregistrée entre la jeune fille et son fiancé avait incité Zhou Enlai à les interroger en personne à tour de rôle après les avoir isolés l'un de l'autre.

La journée avait été longue, interminable. Le maréchal n'était au courant de rien. Il devait rentrer ce jour-là de vacances.

Zhou Enlai n'avait eu aucun mal à mettre au jour la vérité. La jeune fille et le futur gendre avaient été convoqués d'urgence le matin même. Une voiture officielle noire les attendait au-dehors: Le camarade Zhou Enlai vous demande... Effrayés, les deux jeunes gens y étaient montés. En cours de route, ils s'étaient probablement demandé à plusieurs reprises pourquoi on les avait convoqués. Peut-être chuchotèrent-ils: ne serait-ce pas pour *ça*? Et s'ils veillèrent à ne pas prononcer ces mots, sans doute se les dirent-ils du regard. Or les battements de leurs cils, leurs gestes, tout leur comportement, à l'instar de leurs voix, ont été enregistrés à l'intérieur de la limousine noire.

Le véhicule pénètre dans la Cité interdite. On les laisse mijoter une heure, peut-être deux, dans une pièce, avant de les séparer. La raison en est évidente: si ce n'est explicitement, du moins vont-ils se conseiller du regard: fais gaffe! Puis on les isole l'un de l'autre et Zhou Enlai entreprend de les interroger. La routine: il a avoué, pourquoi t'entêtes-tu à nier? Etc., etc.

Il y a belle lurette que Mao a conçu des soupçons. Il lui faut seulement une dernière confirmation avant de faire tomber le couperet.

Entre-temps, Lin Biao fait route vers Pékin. Plus le

train approche de la capitale, plus il sent l'angoisse l'étreindre. Que s'est-il donc passé durant son absence ? Sa femme ne peut cacher qu'elle partage le même souci. Dans la famille, il n'y a qu'elle et leur fils à être au courant du complot. Mais il soupçonne son fils de s'en être ouvert à sa sœur. Le maréchal a toujours été ému par l'intimité entre les deux jeunes gens, mais, pour une fois, il l'eût souhaitée moins étroite. Il se console malgré tout : les filles sont plus attachées à leurs parents que les garçons. En l'occurrence, d'elle moins que de tout autre il ne peut s'attendre à mal.

Une fois chez lui, il trouve l'invitation à dîner de Mao. Invitation habituelle pour le retour de vacances de l'un ou de l'autre. Soulagé, le maréchal respire. Tout est comme avant. Dans sa joie, il en oublie une nouvelle fois de demander où est sa fille. On lui a bien dit quelque chose à ce sujet, tout à l'heure : qu'elle tardera, qu'elle est en tel endroit, en compagnie de son fiancé, mais, tout à cette invitation, il n'y a pas prêté cas.

D

Il y avait donc eu invitation. Seulement, pas à se rendre jusqu'à Pékin. Simplement à dîner.

Les mots *Où nous dirigeons-nous* ? furent bien prononcés, mais pas dans la voiture du maréchal, ni par lui. Ils le furent dans une fourgonnette, puis à bord d'un avion, par quelque personnage anonyme. Mais plus tard.

Cependant que le véhicule blindé roulait vers la résidence de Mao, l'intérieur du bâtiment était silencieux. Le soir tombait. Bien que l'automne n'en fût encore qu'à ses débuts, ses ors semblaient fatigués. Peut-être était-ce justement cela qui le faisait paraître plus beau.

Le maréchal ne pouvait détacher son regard du paysage qui défilait devant lui. Cette partie des environs de la capitale était particulièrement attachante en cette saison. Probablement était-ce la raison pour laquelle Mao ne l'avait point invité comme à l'accoutumée chez lui, à Pékin, mais ici.

De loin lui apparurent les lampadaires allumés à l'entrée. Comme le soir n'était pas encore tout à fait tombé, la clarté qu'ils répandaient paraissait froide.

E

C'est une dizaine d'heures plus tard, à l'aube, que l'avion entre en scène.

D'où sortait cet avion ? Mystification, produit de l'imagination ?

C'est ce qu'on commença par penser dès qu'on eut appris la vérité, autrement dit la version actuelle de la mort du maréchal. Dès lors qu'il avait été frappé au sol, à bord de son véhicule, au kilomètre 19 de la route conduisant à la résidence de Mao, il en découlait automatiquement que toute l'histoire de sa fuite en avion – ou de celle de son cadavre –, de même que sa hâte d'arriver, les coups de feu, la suggestion de l'abattre à la roquette, les mots *Laissez-le partir*, les corps carbonisés en Mongolie, etc., n'étaient que des trompe-l'œil destinés à maquiller la vérité.

Voilà ce qu'on commença par dire, mais il fallut bien vite rejeter cette conclusion, et il suffit pour cela de la petite voix de la raison : Mais l'avion est bien tombé en Mongolie ! Ici, à l'intérieur de la Chine, on peut travestir les choses à notre guise, mais quand elles se passent de l'autre côté de la frontière, on n'a plus prise sur elles…

L'avion avait donc bel et bien été incendié. Un avion abattu en territoire mongol. Avec des cadavres de Chinois à son bord. Simple coïncidence, mise à profit pour soutenir que c'était l'appareil grâce auquel Lin Biao avait tenté de s'enfuir ? Peu vraisemblable, pour la simple raison que les experts, même frais émoulus dans le métier, auraient eu tôt fait de découvrir que les cadavres carbonisés n'étaient aucunement ceux de Lin Biao et de sa femme.

Par conséquent, l'affaire de l'avion n'était nullement fortuite. L'appareil avait quelque chose à voir avec le maréchal, il en était même indissociable, que ce soit concrètement ou comme fiction. Cet avion était-il indispensable en tant que seul moyen de prouver la tentative de fuite de Lin Biao en Union soviétique ? Une preuve hors de prix. Il était plus plausible que toute cette histoire de voyage en avion s'inscrivait dans un plan antérieur, lequel, après avoir été abandonné, pour ne pas être gaspillé (n'était-on pas toujours en pleine campagne d'économies, de réexploitation des moindres déchets, etc. ?), fut jugé pour le moins utilisable comme paravent.

A ce premier scénario ont pu être également empruntés le tir à la roquette, l'invitation, les mots de Mao : *Laissez-le partir*. Mais tout cela a subi des modifications : d'invitation urgente à Pékin, l'invitation s'est muée en invitation à dîner, cependant que la roquette, au lieu de frapper l'avion, atteindrait la voiture blindée. Quant aux mots *Laissez-le partir*, ils semblent avoir été véritablement prononcés, mais en d'autres circonstances : Permettez-moi de le supprimer dès la fin du dîner, dans le vestibule même, avait proposé un des chefs de la garde personnelle de Mao – mais Mao avait répondu : Laissez-le partir ! S'il avait prononcé ces mots, c'est qu'il n'ignorait pas qu'au kilomètre 19 l'attendait cette bonne grosse roquette.

Ainsi donc, le tir à la roquette et les mots *Laissez-le partir* étaient associés aussi bien dans la rumeur qui s'était répandue que dans la réalité des choses. La différence entre la simple hypothèse et la réalité consistait seulement dans leur interversion dans le temps. Dans l'hypothèse, le tir à la roquette venait en premier lieu, ce n'est qu'après qu'avaient été prononcés les mots *Laissez-le partir*. Dans la réalité des faits, les mots *Laissez-le partir* avaient été proférés vingt minutes au moins avant que le véhicule ne fût atteint par la roquette.

Par conséquent, l'avion, même s'il n'était que le substitut d'une voiture blindée, conservait son identité propre, autonome. Coquille vide, hallucination ? Il était encore trop tôt pour le dire.

D'après les commentaires qu'avaient émis jusque-là un bon milliard de Chinois, il transportait Lin Biao vivant, pâle de terreur, en train de prendre la fuite.

Pour un cercle étroit de proches de Mao, il ne contenait que son cadavre.

C'est Zhou qui s'est occupé des détails de cette affaire, avait déclaré Mao, le lendemain matin, en prenant son thé, alors que l'avion se trouvait encore dans le ciel chinois. Il va arriver d'un moment à l'autre pour nous dire ce qui s'est produit, mais je pense qu'il n'y a aucune raison de s'alarmer. D'après ce que je crois savoir, à l'heure qu'il est, *il* doit être mort.

Les autres n'osent plus poser de questions, d'autant qu'il le leur a dit crûment : lui-même n'est pas au courant des détails. Ils sirotent leur thé à petites gorgées, et chacun imagine à sa manière ce qui s'est produit. Les visions sont différentes, sauf un point sur lequel elles coïncident : le cadavre ensanglanté dans un fauteuil ; le corps qui glisse de temps à autre ; quelqu'un qui s'évertue à boucler sa ceinture de sécurité pour le maintenir en place.

Est-ce bien là le tableau de la réalité à bord de l'avion ?

Silence. Tandis qu'ils continuent à siroter leur thé, l'imagination de chacun gravit les marches de l'échelle en aluminium, franchit la porte de l'appareil, et, à ce moment précis, recule…

F

Dans la Première Rumeur sur la mort de Lin Biao, il avait toujours été fait mention d'un mouvement de recul. Saisissement du maréchal, juste avant de pénétrer dans l'avion, puis recul.

La raison n'en avait jamais été explicitée. On avait avancé que le maréchal était si angoissé qu'il avait à peine eu la force de se hisser jusqu'à la porte de l'appareil, et qu'au dernier moment, ceux qui s'y trouvaient avaient même dû presque le tirer à l'intérieur. Par la suite, quand s'était fait jour l'hypothèse que les assassins avaient déjà pris place à bord de l'avion, ces mains tendues avaient été précisément évoquées comme un fait attestant qu'à l'apparition de visages étrangers, Lin Biao avait eu *in extremis* un mouvement de recul, mais trop tard. La porte de l'avion s'était refermée sur lui.

Après quoi, lorsque, en même temps que d'autres hypothèses, s'était effondrée celle de la présence des assassins à bord de l'avion avant même l'arrivée du maréchal, ce recul de la victime avait paru une idée absurde. Pourtant, en dépit de son absurdité, elle continuait à être évoquée par tous. D'aucuns faisaient une allusion fugace à ce geste comme à quelque vague indice, d'autres l'attribuaient à un mystérieux pressentiment.

L'incongruité de ce mouvement de recul sautait aux yeux. On devinait bien, en effet, que ce geste n'avait pas été le fait de la victime, mais celui des gens préoccupés par son sort. Ils avaient prêté au maréchal leur propre mouvement de recul. Pensant qu'il était vivant à bord de l'appareil, ils avaient reculé en prenant conscience de la réalité des faits. Puis ils s'étaient repris à considérer le cadavre et, de nouveau, ils avaient apparemment reculé... Et c'est à lui qu'ils avaient attribué tous leurs mouvements... Ils avaient en somme greffé leurs propres yeux sur le front du mort, ils l'avaient fait regarder sa propre image et reculer à sa vue.

Comme dans tout cauchemar, ici aussi se mêlent interversions temporelles (Lin Biao encore en vie, qui aperçoit depuis la porte de l'avion son propre cadavre) et interversions spatiales (sa vision confondue avec celle de son escorte, l'enchaînement aberrant des faits et gestes, la communication entre incommunicables, etc.).

Donc, Lin Biao s'approche à pas rapides de l'appareil à bord duquel il doit s'enfuir (conformément à ses projets à lui, aux projets d'autres que lui, ou bien dans le rêve de quelqu'un ?). A bord de l'avion, il découvre sur un siège son propre cadavre ensanglanté. Il recule, terrorisé ; l'espoir que ce n'est là qu'une simple hallucination lui fait tourner à nouveau la tête. Et, derechef, il aperçoit son cadavre, mais cette fois sous une autre forme...

G

Pour comprendre ce qui s'est réellement produit, il convient de revenir en arrière, sur la grand'route, au kilomètre 19, aussitôt après que le véhicule eut été atteint par la roquette.

Une voix continuait de s'écrier : *Vite ! Vite !*, et il ne fallut pas bien longtemps aux soldats pour comprendre que ce *Vite* ! n'était pas une parole en l'air. Il n'était nullement question de réparer la route, pas plus que la borne kilométrique qui s'était fendue et avait noirci à tel point que le chiffre 19 ne se distinguait plus qu'à peine. Il ne s'agissait pas davantage d'enlever les débris. Seuls les corps carbonisés étaient en cause. D'un même mouvement, quelqu'un pointa le doigt sur eux, puis vers la fourgonnette qui s'était approchée comme furtivement.

– Vite, vite, dégagez les corps.

Zhou Enlai et le chef de la garde se tenaient à présent à l'écart, suivant des yeux les opérations.

Les soldats s'avancèrent vers le tas noirâtre qui exhalait encore une odeur de cendres et de caoutchouc brûlé. Deux phares éclairaient la scène. Des restes du véhicule étaient enchevêtrés à des éclats de roquette, aux bras et jambes des cadavres. Certains avaient une apparence noirâtre, mais d'autres, peut-être les morceaux de roquette, avaient conservé leur éclat métallique. A première vue, ces débris pouvaient aussi bien passer pour ceux d'une voiture incendiée que pour les restes d'un avion abattu...

Les soldats avaient commencé à dégager les corps pour les transporter à bord de la fourgonnette. Leur odeur, mêlée à celle du caoutchouc brûlé, était écœurante.

– A présent, entassez-vous à votre tour dans la camionnette.

A l'intérieur, l'odeur n'en est que plus insoutenable.

– Où nous dirigeons-nous ? demande l'un des soldats.

Nul ne lui répond. A leurs pieds gisent les masses noirâtres des corps carbonisés. Qui furent ces malheureux au destin si funeste ?

Longuement, très longuement roule la fourgonnette, jusqu'à ce qu'elle arrive sur la piste déserte d'un aérodrome. Le jour point à peine. Au loin, on distingue vaguement la forme d'un avion.

– Vite, vite ! lance à nouveau une voix.

On traîne les corps sur la piste (ils laissent partout des traces noirâtres), puis on les fourre dans l'avion. Pas dans la soute à bagages, mais dans la cabine où on les installe directement sur les sièges.

– A présent, à votre tour de monter.

Les soldats se hissent l'un après l'autre à bord. La porte se referme.

– Où nous dirigeons-nous ? demande l'un d'eux lorsque l'appareil, ayant pris de l'altitude, crève le plafond de nuages.

Comme précédemment, nul ne lui répond.

Ayant passé une nuit blanche, ils cèdent de temps à autre à la somnolence. Leurs mains, leurs visages portent des traces noirâtres qu'y a laissées l'acheminement des cadavres, mais ils sont si harassés que tout leur est indifférent.

– Où sommes-nous ?

En bas, on distingue une surface plane qui fait songer au désert de Mongolie.

... L'appareil fut retrouvé peu après sa chute, vers la mi-journée. Les sentinelles soviétiques qui montaient la garde à la frontière examinèrent avec curiosité les débris, ainsi que les corps calcinés. Mais aucun œil, fût-il le plus exercé, n'aurait pu déceler une certaine différence entre les cadavres : contrairement aux autres, certains avaient été carbonisés deux fois. Bicarbomacabre...

H

Abracadabra... La similitude entre les restes du véhicule détruit la veille et ceux de l'avion abattu fut sans doute le premier indice du dédoublement futur.

Cet avion paraissait avoir été engendré durant la nuit, quand tous étaient allés se coucher. On aurait dit que dans leur sommeil de plomb, Mao, Zhou et la voiture brûlée elle-même l'avaient ensemble conçu en rêve.

On eût dit qu'après le départ de la petite troupe qui s'était égaillée dans le silence de la nuit, sur la route, à proximité du kilomètre 19, l'amas noirâtre de ferraille, à l'instar du mort qui se lève de sa tombe dans les légendes balkaniques, s'était recomposé de manière à évoquer l'image d'un avion.

D'ici deux cents, trois cents, voire mille ans, peut-être est-ce ainsi que les faits seraient racontés, pour autant que quelque chose en ait été légué dans les mémoires.

A l'issue du ténébreux cauchemar, les débris s'étaient en somme réveillés, toujours aussi noirs et silencieux, sauf qu'ils se trouvaient à présent à des milliers de kilomètres de là.

C'était bel et bien le mécanisme du rêve qui avait fonctionné, avec ses enchaînements logiques discontinus, ses transpositions dans le temps et l'espace.

Bien plus tard, simplifiée par le temps, la triste histoire du maréchal serait donc narrée comme suit : il avait été convié par le souverain à un dîner où on l'avait mis à mort. La nuit, son cadavre s'était relevé pour s'en aller loin, très loin, jusqu'au désert des Mongols.

I

Et les balles dans la carcasse calcinée ? Et les coups de feu tirés dans l'avion ?

Bah ! Dans cette histoire, impossible de connaître à fond la vérité. Il aurait fallu se trouver dans la tête de chacun des deux protagonistes – Mao et le maréchal –, voire dans leurs deux cerveaux à la fois, pour expliquer (et encore !...) ce qui s'était effectivement passé.

*

* *

Le dernier hiver de Macbeth. Synopsis d'une nouvelle version du drame.

Il n'est pas vrai que j'aie tué Duncan pour lui ravir son trône. Le meurtre que j'ai perpétré est typiquement de ceux que la loi absout comme ayant été commis en situation de légitime défense.

Malheureusement, les gens ont une connaissance tout à fait fausse de cette histoire. Je ne cèle pas que la version de ceux qui pensent que Duncan a été tué par ses propres gardes (s'il en est encore pour le penser) se trompent lourdement, mais ceux qui s'imaginent que j'ai tué le roi par appétit de pouvoir errent encore plus grossièrement.

Quinze ans se sont écoulés depuis lors. La rumeur sur sa mort, gonflant année après année, a fini par prendre cet hiver les proportions d'une épidémie.

C'est moi qui suis responsable de cette confusion. Sans doute aurais-je mieux fait, dès le début, d'expliquer exactement comment tout s'était passé, plutôt que de nourrir l'illusion que je pouvais cacher ne fût-ce que la moitié de la vérité. Bref, il eût sans doute mieux valu pour moi déclarer d'emblée que Duncan avait creusé lui-même sa propre tombe (ce qui n'est point rare chez les tyrans) et que je n'avais fait que l'y pousser.

En fait, étant informé d'entrée de jeu de tous les dessous de cette abomination, j'étais persuadé de n'altérer d'aucune façon la vérité en déclarant que Duncan avait été tué par lui-même, autrement dit par ses propres gens.

Mais, apparemment, cette intime conviction n'a pas suffi à me disculper. De sorte qu'on ne peut en rejeter la faute sur les jaseurs des rues et auberges, encore moins sur ce comédien sans talent, Billy Hampston, lequel, se fondant sur ces rumeurs, et pour son malheur, a écrit une pièce dont ma police secrète a saisi le manuscrit.

La faute n'en incombait donc ni aux déblatéreurs des rues, encore moins à cet infortuné Billy Hampston, mais à quelqu'un d'autre, et celui-ci, si étonnant que la chose puisse paraître, n'était autre, comme je l'ai dit, que le roi Duncan lui-même.

Voici donc comment les choses se sont déroulées :

Depuis longtemps, il me regardait avec soupçon. Ce

soupçon avait germé dans sa tête comme un effet de cette manie dont souffrent ordinairement les souverains, qui les conduit à douter de tout un chacun à la suite d'une banale calomnie ou de quelque désinformation diabolique, voire, plus simplement, parce qu'il prenait lui-même plaisir à alimenter ce soupçon afin de justifier d'abord sa haine, puis ses agissements à mon encontre. Il n'est pas rare que les gens, se cachant la vraie raison de l'aversion qu'ils vouent à autrui, cherchent à justifier ce sentiment par diverses causes auxquelles ils ont souvent eux-mêmes du mal à croire, le véritable motif en étant si honteux qu'ils s'évertuent à le dissimuler à leur propre conscience.

Depuis quelque temps déjà, j'avais remarqué à quel point Duncan était jaloux de moi. En fait, c'est ma femme qui s'en était aperçue la première. Ce sentiment, elle l'avait décelé non pas chez lui, mais d'abord chez son épouse. Je lis quelque chose de mauvais dans son regard, n'arrêtait-elle pas de me dire, surtout quand nous rentrions de quelque réception à la cour. Je la contredisais : Je n'ai pas du tout cette impression ; la reine se montre si cordiale avec nous deux... Mais elle insista tant et si bien qu'elle finit par me convaincre partiellement. Cependant, mon estime pour Duncan ne s'en trouva nullement entamée. La belle affaire, me dis-je, si la reine est comme ça. En fin de compte, ce qui importe, c'est ce qu'il pense lui-même.

Mais ma femme, ma si belle et intelligente lady, m'écoutait, toute chagrine : Il n'est pas de jalousie qui ne passe de l'épouse au mari, disait-elle. Tôt ou tard, c'est ce qui arrivera.

C'est bel et bien ce qui advint. Dans le regard de Duncan apparut puis ne cessa de s'élargir une enclave glacée. Peu à peu, d'autres se mirent à leur tour à s'en rendre compte. Pour ma femme et moi, ce fut le début de journées d'angoisse. En proie à ces affres, je tentai de me gagner à prix d'or quelque membre de son proche entourage afin de n'être pas pris au dépourvu.

Lorsqu'il me fit savoir qu'il viendrait séjourner trois jours dans mon château, où il serait mon hôte, la plupart de ceux qui avaient décelé un certain froid entre nous pensèrent que cette visite en marquerait la fin. Il va sans dire que mes ennemis en furent ulcérés et que mes amis, au contraire, s'en réjouirent.

– Pourquoi faites-vous cette sombre mine ? nous disaient ceux-ci. N'êtes-vous pas heureux de voir prendre fin cette pénible situation ?

Comme si ces mots nous faisaient reprendre nos esprits, un sourire éclairait alors nos traits, mais notre cœur n'en demeurait pas moins dans les ténèbres. Et cela, pour la bonne raison que nous savions, nous, ce que tout un chacun ignorait : Duncan ne venait pas pour mettre un terme à notre brouille, mais, au contraire, pour parachever ma destruction.

Son projet (que j'appris par mon indicateur) était aussi démoniaque qu'élémentaire : la troisième nuit de son séjour, devant la porte de sa chambre à coucher serait provoqué quelque incident dont le vacarme le réveillerait. Après quoi, avec sa suite, il quitterait mon château en toute hâte, et l'on imagine qu'avant le lever du jour, partout la rumeur se répandrait que Macbeth avait tenté d'assassiner dans son sommeil le roi son hôte.

Ma femme et moi passâmes dans les transes les jours et les nuits qui précédèrent sa venue. A des dizaines de reprises, nous nous répétions : qu'est-ce que ce malheur qui vient nous frapper ? Puis se succédaient tour à tour d'autres questions : si Duncan avait décidé de creuser ma tombe, pourquoi avait-il choisi ce moyen ? – et ainsi de suite jusqu'à la toute dernière : et maintenant, que devions-nous faire ?

Nous n'eûmes aucun mal à percer la raison de cette manœuvre si perfide : je jouissais d'un fort ascendant sur les seigneurs des provinces, surtout frontalières, de sorte qu'une attaque directe, sans préparation, eût été fort risquée pour lui, d'autant plus que, ces derniers temps, il avait perdu de son assurance. Aussi lui semblait-il plus judicieux (malheureusement, c'était vrai) de me salir avant de me frapper. Ce n'était pas la première fois qu'il procédait ainsi. Avec le comte Cawdor, puis avec celui de Glamis, il avait agi de même. Seules les modalités différaient.

Mais alors que tout cela n'était pour nous qu'une perspective éprouvante, l'autre question – que devions-nous faire ? – était encore plus terrible : elle exigeait une réponse que les heures et même les minutes qui passaient rendaient de plus en plus pressante. Que devions-nous faire face à cette calamité qui approchait ? Baisser la tête et nous résigner à notre sort ? Espérer que le tyran viendrait peut-être à se raviser ? Nous enfuir ?

Les heures s'écoulaient et nous passions tour à tour d'un état d'agitation fébrile à une apathie totale. Sur la terrasse donnant au nord sur la grand'route, j'avais maintes fois surpris ma femme en train de scruter l'horizon d'un air hagard. J'étais sûr que, tout comme moi, elle attendait qu'apparût le messager royal venant annoncer l'annulation de la visite.

Tel ne fut pas le cas. Au contraire, quatre jours avant l'arrivée du souverain débarqua une partie de l'escouade de ses gardes du corps. Peut-être étaient-ce ceux qu'on avait chargés de fomenter l'incident ?

Ma femme fut la première à les apercevoir et elle m'appela :

– Viens voir !

De la terrasse, nous les regardâmes s'approcher. Il faisait froid. Le visage de ma femme était pâle comme un linge. Lentement, non pas comme des réflexions, mais comme des dépouilles de réflexions, me revinrent une dernière fois à l'esprit mes hésitations : devions-nous baisser la tête devant le destin, nous enfuir ou espérer en sa clémence ?

Non, nous ne devions rien faire de tout cela. J'allais choisir un tout autre parti, me comporter moi-même comme son esprit maléfique avait conçu d'agir. Il avait imaginé de monter une pièce de théâtre dans mon château ? Il ne lui restait donc qu'à mourir comme dans une pièce.

Les hôtes n'avaient pas encore franchi la première barrière que je parvins à confier ma décision à ma femme.

Elle ne répondit pas, se bornant à blêmir un peu plus. Un tremblement convulsif se mit à secouer cruellement ses épaules. Je suis mauvaise, répétait-elle inlassablement, je ne suis qu'une pécheresse…

– Nul d'entre nous n'a l'âme d'un assassin, lui dis-je. Mais si c'est ce qui te tourmente, c'est moi qui y ai pensé le premier.

– Ce n'est pas vrai, répondit-elle d'une voix éteinte, j'y ai pensé avant toi !

Je la contredis. Je lui déclarai que, même si je ne lui avais pas révélé sur l'instant, il y avait des jours que je ruminais cette idée, ce qui était absolument vrai.

Mais, au lieu de se sentir consolée, elle sourit tristement :

– Tu y songes depuis des jours, alors que j'ai cette même idée en tête depuis des semaines, depuis le moment où…

Je m'empressai aussitôt de l'interrompre pour lui avouer qu'en réalité, l'idée du meurtre du tyran m'était aussi venue à l'esprit alors, et même auparavant.

Elle ne s'apaisa pas pour autant, et nous rivalisâmes tous deux, comme dans un marathon macabre, pour remonter de plus en plus dans le temps, nous dépasser l'un l'autre – c'était à qui décrocherait la couronne de meurtrier.

Dès le banquet de la duchesse K… Dès la réception des ambassadeurs des pays nordiques… Dès la première neige…

Nous nous propulsions en arrière comme des aveugles, sans remarquer qu'approchait le terme que nous ne pouvions dépasser : ce jour où j'avais été informé du projet de Duncan de me détruire. Nous en arrivâmes ainsi à proximité de ce jour, de cette date-butoir en deçà de laquelle aucun de nous deux ne pouvait plus se justifier en invoquant la légitime défense ; au contraire, en reculant plus loin que ce jour-là, nous confirmons que nous avions été hantés notre vie durant par l'idée de le supprimer. Nous étions donc en train de reculer aveuglément, quand elle parut en prendre conscience et s'exclama :

– Assez ! Si nous continuons ainsi, nous allons devenir fous.

Je posai ma tête sur son épaule et murmurai :

– Tu as raison. Tu as tout à fait raison… Nul d'entre nous n'est un assassin… c'est lui qui a fomenté cette horreur… C'est dans son esprit qu'est née cette fièvre qu'il nous a inoculée à distance… Et maintenant, assez parlé de tout cela ! Autrement, comme tu l'as dit, nous finirons vraiment par perdre la raison. Occupons-nous plutôt des préparatifs de *l'incident*…

Jusqu'au moment des faits, et même après, nous continuâmes à en parler entre nous comme de *l'incident*. C'était apparemment pour persuader notre propre conscience que nous n'avions fait que perpétrer un acte qui avait pris corps en dehors de nous. En somme, nous étions de simples acteurs qui jouions une pièce écrite par un autre, à cette différence près avec le théâtre que la scène serait ici baignée de vrai sang, que les plaies, les gémissements, la mort seraient également réels.

Cette analogie s'enracina si bien dans mon esprit que je me mis le plus sérieusement du monde à soupçonner qu'une partie des gens composant l'escorte – précisément ceux qui avaient été désignés pour provoquer l'incident – n'étaient aucunement des gardes, mais des comédiens engagés pour ce travail. J'aurais mis ma main au feu qu'ils avaient même répété la scène avant de rappliquer chez nous, et que Duncan en personne avait peut-être participé à cette répétition.

Les préparatifs de la réception du souverain allégèrent mon angoisse à tel point que lorsqu'il arriva, j'étais parfaitement maître de moi.

Comme toujours, son visage arborait cette expression humble et contrite qui, plus que son armée, ses geôles, son argent, sa police secrète, l'avait aidé à semer le désarroi parmi ses ennemis, à diviser, faire hésiter ou défaillir les comploteurs à l'instant fatidique. S'attaquer à un tyran aussi rusé était l'entreprise la plus ardue qui se pût concevoir.

– Y a-t-il des fantômes dans ce château ? demanda-t-il dans un rire en montant vers la grand-salle de réception.

Par bonheur, ma femme, qui était en train de converser avec la reine, n'entendit point la question, et quand, après que l'hilarité générale se fut dissipée, elle s'enquit : Quoi ? Qu'est-ce qu'a dit le roi ?…, et qu'une voix lui eut répondu : Le roi a demandé s'il y avait des fantômes dans ce château…, on comprend que, ces mots lui parvenant de manière aussi indirecte, leur effet s'en trouva atténué. Je n'eus moi-même aucun mal à m'ébaudir avec les autres, ce qui ne m'empêcha pas de m'interroger sur la nature du propos : phrase préparée à l'avance, pratique courante en pareilles circonstances chez les gouvernants qui prennent plaisir à impressionner ainsi les foules, brusque jaillissement d'une intuition confuse, ou mystérieux message, de ceux que le Ciel envoie aux hommes mais que ceux-ci ne savent le plus souvent déchiffrer ?

– Qu'était-ce que ces paroles où il était question de fantômes ? demanda ma femme, tard dans la nuit, quand nous fûmes couchés.

– Des sornettes.

– Ça m'a fait penser à...

– Dors à présent.

C'est ce que je lui dis, mais, pour ce qui me concernait, je ne pensais même pas pouvoir m'endormir. Je tournais et retournais dans ma tête les détails de mon plan. J'hésitais encore sur deux ou trois points. Le principal était le choix du moment de l'acte : devrais-je m'en tenir au scénario de Duncan, autrement dit attendre la troisième nuit, ou bien, pour parer à tout imprévu, prendre moi-même l'initiative sans lui laisser le temps de modifier un tant soit peu son plan, ce qui eût été fatal pour moi ?

Après avoir vagué en tous sens, mon esprit en revint à son propre canevas. Certains de ses éléments me demeuraient encore obscurs, par exemple la question des faux régicides : étaient-ils d'ores et déjà au courant du rôle qui leur avait été attribué ou bien seraient-ils poussés à la provocation au tout dernier moment, contraints par la force, la ruse ou sous l'empire de la boisson ? Ensuite – et c'était essentiel – qu'adviendrait-il d'eux après ? Seraient-ils sacrifiés et massacrés devant la porte même, ou bien les épargnerait-on pour les citer ultérieurement devant le tribunal afin qu'ils témoignent contre moi ?

A coup sûr, avant d'en décider, Duncan avait longuement hésité sur le sort qu'il leur réserverait, comme je le faisais à présent moi-même. Je n'arrivais pas à trancher. Les ferais-je supprimer sur place, autrement dit devant la chambre de mon hôte, comme preuve irréfutable de leur culpabilité, ou bien les ménagerais-je pour les contraindre à déposer devant la cour?

Que n'aurais-je pas donné pour savoir ce que Duncan lui-même avait décidé de faire! Je me sentais prisonnier de son propre plan, et si je l'avais eu en main, je ne l'aurais pas changé d'un iota. De même que les idées les plus délirantes et les plus ineptes se mettent à affluer dès que vous êtes en proie à quelque gros souci, je m'interrogeai sur l'opportunité de me lever en pleine nuit et d'aller cogner à sa porte pour lui dire: Majesté, passez-moi finalement votre plan, et vous verrez si je ne suis pas capable de l'appliquer point par point... à cette seule différence près, cependant, que c'est vous qui serez frappé...

L'aube se leva, puis le second jour s'écoula à son tour. Le soir approchait. J'étais tiraillé par mes hésitations. La première et principale demeurait celle qui m'avait tourmenté dès le début: passerais-je à l'acte dès ce soir-là ou bien attendrais-je la troisième nuit? J'aurais parié que Duncan devait lui aussi être tenté de modifier son plan. Les autres dilemmes n'étaient pas moins obsédants: qu'entendait-il faire ensuite des provocateurs? Et moi, que ferais-je d'eux? Mais ce n'était pas tout: il me fallait également réfléchir au sort que je réserverais à mes propres gens, ceux qui m'épauleraient: les récompenser, comme je le leur avais promis (hum...), les garder en réserve pour quelque procès, les supprimer sur-le-champ?

S'agissant des siens, Duncan avait probablement opté pour cette dernière solution (les meurtriers finissent toujours par parler). Il était donc inutile de me décarcasser pour me montrer original. Au demeurant, l'eussé-je voulu que je n'aurais pu l'être. J'étais totalement pris dans ses rêts. Parfois, je sentais même son cerveau me commander, comme il l'avait fait toute ma vie.

Au cours du dîner (on en était toujours à la deuxième soirée), il me convia à lui rendre visite à mon tour dans son château, deux mois plus tard. Cette invitation me décontenança. Qu'était-ce donc ? Un recul, pour Dieu sait quelle raison, par rapport à son plan initial, après s'être persuadé qu'il lui serait plus facile de m'égorger comme un agneau sous son toit ? Ou plus simplement un banal stratagème destiné à écarter mes soupçons ?

Pour mon esprit, c'en fut vraiment trop. En dépit de tous mes efforts, je ne parvenais plus à refouler le flot d'hypothèses qu'avait suscitées cette invitation. Moi, la nuit, au château de Duncan, dans le rôle de l'hôte. Duncan dans mon propre rôle. Que ferait-il des meurtriers ? Les conserverait-il pour le procès ou les supprimerait-il séance tenante ?

– Et si jamais il avait renoncé à son forfait ? me dit ma femme lorsque nous nous fûmes couchés.

– N'y crois pas un seul instant.

Elle soupira.

– Alors... Si tu as l'intention d'agir, agis dès ce soir. Quelque chose me dit que, demain, il sera trop tard.

Ainsi fut fait. Sur le coup de deux heures du matin, conformément au plan que nous avions tous deux – lui et moi – préparé. A cette variante près qu'au tout dernier moment, quand je vis son corps baignant dans le sang (jamais je n'aurais cru que le corps d'un vieillard pût contenir autant de sang), pris de vertige, sans trop savoir moi-même pourquoi, je dis à l'un de mes hommes d'évacuer le cadavre hors du château.

– Et où dois-je le porter ? me demanda-t-il.

Je me souvins alors d'un canal d'irrigation bien alimenté en eau et tapissé de tourbe, à quelque deux milles du château...

Au petit matin, l'idée que le cadavre avait quitté ces murs et qu'au surplus, le courant, ayant délayé le sang, devait l'avoir récuré et blanchi, me rasséréna quelque peu.

Puis se produisit ce à propos de quoi l'on se mit à bavasser dans les tavernes et que cette andouille de Billy Hampston a collé dans sa pièce. Dans la matinée, bien que le cadavre ne fût plus là, la nouvelle du meurtre se répandait comme une traînée de poudre. (Il était fort curieux que l'absence de cadavre n'eût éveillé chez personne l'espoir que le roi fût encore vivant, rampant dans quelque recoin.)

Épouvantés, les gens tournaient autour des draps ensanglantés. A observer l'horreur où les plongeait cette vue, je me dis qu'un cadavre absent était encore plus terrifiant que le spectacle d'un corps massacré...

La découverte du corps dans le canal en fin d'après-midi ne changea rien au cours des choses. Alors que j'avais fondé tant d'espoirs sur ce transfert du cadavre ! Quinze ans se sont écoulés depuis ce jour, mais chacune de ses heures, pour ne pas dire chacune de ses minutes, occupent encore la place qui leur revient dans ma mémoire : l'arrivée du chariot transportant le corps du roi dégoulinant d'eau et de boue, les hurlements de ses gardes mis à la torture, les chandeliers qui, dans l'obscurité, projetaient des ombres sur les murs.

Je me tenais à l'écart, anxieux, me mordant les doigts. Comme j'ai bien fait d'expédier le cadavre loin d'ici ! me disais-je. J'aurais même dû le balancer plus loin encore. A cent, mille, deux mille milles... Mais où trouver un lieu si éloigné ? L'Écosse, maudite soit-elle, n'a pas de désert.

Ma lady et moi espérions encore que le transfert nocturne du corps allait contribuer à dissimuler la vérité. Mais sans en souffler mot.

Plus tard, ma lady et moi avons si souvent évoqué ensemble ces événements durant les après-midi de froidure, près de la cheminée qui parvenait de moins en moins à réchauffer nos membres... A présent qu'elle n'est plus, je me ressasse tout seul les mêmes commentaires, sans guère me soucier de n'être pas entendu des domestiques.

Depuis que ma femme m'a quitté, la solitude me ronge, mais cette dernière année en particulier, elle m'est devenue insoutenable. Ma belle lady, si intelligente, elle qui, sans rien qui puisse le justifier, apparaît dans la pièce de cet aventurier de Billy Hampston comme l'instigatrice principale du meurtre. Oh mon Dieu, quelles menteries peut sécréter la plume d'un vulgaire théâtreux !

Pourtant, je regrette à présent d'avoir, dans ma rage, déchiré de mes mains cette pièce criminelle. J'eusse aimé la relire encore une fois, surtout pour l'étrangeté de certains passages… Du moins n'aurais-je point dû en faire exécuter l'auteur. Si je m'étais contenté de le garder sous les verrous, j'aurais pu descendre une nuit dans sa geôle et lui dire : Et maintenant, si tu récrivais ta saleté de pièce ?

Certains passages de son texte étaient effectivement fort étranges, mais je n'en ai plus qu'un vague souvenir. D'abord parce qu'il s'est écoulé bien des années depuis que le manuscrit en fut saisi ; ensuite parce que je le lus alors presque d'une traite, les yeux aveuglés de fureur. D'où cette mémoire floue que j'en ai gardée.

Je me rappelle une scène dans laquelle le spectre de Duncan m'apparaissait. Il est exact que lors de deux ou trois banquets officiels, j'eus de telles hallucinations, mais je ne m'en ouvris à personne, pas même à ma femme. Comment se faisait-il que ce charlatan de Billy Hampston eût été au courant de ce que je m'étais pour ainsi dire caché à moi-même ?

– Tu ne dois pas le juger en si mauvaise part, me disait parfois ma femme, toujours aussi noble et généreuse, alors qu'elle aurait dû haïr à mort cet homme qui avait injustement noirci son image. Tu ne dois pas dire du mal de lui ; au fond, dans sa pièce, du début à la fin, il a exprimé pour toi une certaine compassion.

– Tu crois ?

– J'en suis certaine. C'est même principalement ce qui m'a fait te recommander de ne point déchirer le manuscrit, et à plus forte raison de ne pas faire décapiter son auteur. Mais cette lecture t'avait mis dans une telle fureur qu'il fut impossible de te faire entendre raison.

– C'est vrai.

Ainsi devisions-nous au long des interminables après-midi d'automne. Il nous arrivait de plus en plus souvent d'évoquer (elle plus que moi) des fragments de cette tragédie anéantie. Une des scènes qui, chaque fois que nous la citions, nous laissait frappés de stupeur, était celle des sorcières. Billy Hampston devait avoir les nerfs détraqués pour nourrir de pareilles visions. Dans aucun drame représenté dans l'enceinte d'un théâtre nous n'avions vu scène plus terrifiante. Comment avait-il pu concevoir un semblable cauchemar, que signifiait-il ? Je les faisais apparaître l'une après l'autre dans ma mémoire, mais demeurais incapable de dire si leurs prédictions sinistres ajoutaient ou retranchaient un tant soit peu au poids qui accablait ma conscience.

Un jour, nous étions justement en train d'en parler quand je me frappai soudain le front :

– Mais attends donc ! m'écriai-je. Mon Dieu, nous nous creusons la cervelle alors que tout est si simple... Ces sorcières déguenillées... John Tendler, mon espion dans l'entourage de Duncan, ne m'avait-il pas envoyé à deux ou trois reprises un messager déguisé en mendiante ?

– Vraiment ? Tu ne m'en as jamais parlé...

– Ce n'était qu'un détail sans importance... Au demeurant, les nouvelles qu'il m'apportait me plongeaient dans un trouble si profond que plus rien d'autre ne comptait...

Tout en m'écoutant, elle me scrutait de son regard perçant comme si elle était certaine que j'avais encore quelque chose à ajouter.

– Le messager de John Tendler..., poursuivis-je. Déguisé en mendiante couverte de haillons... Je me souviens même fort bien de l'endroit où nous nous sommes rencontrés... C'était un champ abandonné, au-delà du vieux presbytère... C'est là que j'ai entendu parler pour la première fois du mauvais coup que Duncan mijotait contre moi... Tout cela est clair comme de l'eau de roche... Ce que je n'arrive pas du tout à comprendre, c'est comment ce Billy Hampston a pu être au courant... J'en avais pourtant gardé jalousement le secret... Toi-même en es témoin, n'est-ce pas ?

– Peut-être John Tendler ou son agent ont-ils craché le morceau...

– Tu crois ?

– Forcément. Ce ne peut être que l'un d'eux.

– Possible. Il faut dire qu'après que le silence est tombé sur cette affaire, je ne l'ai plus suivie de très près. Au bout du compte, c'était un secret qui concernait essentiellement Duncan, du moins tant qu'il était en vie... Alors que maintenant... Si John Tendler était encore de ce monde, il me serait tout à fait indifférent d'apprendre qu'il se répand en bavardages de droite et de gauche. D'ailleurs, à bien considérer les choses, j'aurais même intérêt, aujourd'hui, à ce qu'il déballe ce qu'il sait. Mais, que veux-tu, il n'est plus parmi nous !

– Peut-être que son messager, lui, est encore en vie…

– L'intermédiaire ? Celui qui se déguisait en mendiante ? Qui pourrait dire de qui il s'agissait ?… John Tendler était le seul à le savoir… Si horrible était la manière dont ses traits étaient dissimulés que s'il m'apparaissait aujourd'hui, je ne pourrais moi-même le reconnaître.

– C'est donc ça…

Par la suite, je remarquai que chaque fois que nous en revenions à évoquer les sorcières, un voile de tristesse recouvrait son regard. Un jour, d'une voix douce, presque tendre, elle me demanda :

– Michael, es-tu sûr que l'homme que tu rencontras dans cette lande était vraiment l'agent de liaison de John Tendler ?

– Que veux-tu dire ?

Elle me caressa la main avant de poursuivre :

– Tout cela a-t-il bien eu lieu on n'aurait-ce pas été une simple vision ?

Sur le coup, comme elle devait me le raconter plus tard, je devins livide et c'est à peine si, d'une voix sèche, je parvins à répondre entre mes dents :

– Ce fut tout ce qu'il y a de plus réel. Et si toi, majesté, n'y crois pas, viens, je t'emmène avec moi visiter ce champ.

– Non, non, je te crois.

– Mettons-nous en route sans perdre un instant !

– Michael, je t'en supplie !

– Tu m'accompagneras, m'entends-tu ? Et avec toi viendront tous ceux qui nourrissent encore des doutes ! Que tous se préparent, gardes, courtisans et prêtres !

– Ne hurle pas ainsi. Les domestiques nous entendent…

– Qu'ils nous entendent ! Que tout le monde sache que Macbeth ne jouit même plus de la confiance de sa femme !

Elle se mit à pleurer en silence.

Aujourd'hui encore, au bout de tant d'années, j'ai le cœur meurtri au souvenir de ses sanglots. Je ne sais pourquoi, mais depuis sa mort, de tous les sujets que nous avons évoqués ensemble, c'est celui des sorcières qui me revient le plus souvent à l'esprit.

Un jour (c'était une journée froide et lugubre comme celle-ci) j'ai enfourché mon cheval et me suis dirigé vers cette lande. Arrivé à proximité, j'ai prié mes gardes de ne pas m'escorter plus avant. La lande où j'avais rencontré le messager déguenillé de John Tendler semblait encore plus à l'abandon qu'autrefois. Sur les broussailles et les cailloux tombait sans arrêt un morne crachin. Je restai longuement à contempler l'endroit où m'était apparue la femme en haillons. Un vague sentiment d'attente m'empêchait d'en détacher mon regard. A un moment donné, j'eus même l'impression d'entendre ses pas dans mon dos et je me retournai brusquement. Mais ce n'était apparemment que le craquement d'une brindille qu'avait fait chuter un oiseau.

Ainsi figé sous la pluie fine, je me remémorai les mots de ma défunte lady : N'aurait-ce pas été une simple vision ? – et, pour la première fois, je me pris à me demander si j'avais vraiment rencontré, dans ce champ en friche, l'envoyé de John Tendler, ou si tout cela n'avait pas été le fruit de mon imagination.

Seigneur Tout-Puissant, m'écriai-je, délivre-moi de ces doutes absurdes !... Là étaient les deux arbustes collés l'un à l'autre, et puis le troisième, un peu à l'écart. Là également l'éclat de roche fiché obliquement dans le sol, et, sur la droite, ce tronc desséché. Je me souvenais fort bien de tout.

J'évoquais tous ces repères pour me rassurer, mais une voix me disait intérieurement : tu es déjà venu ici, c'est vrai, et pas une seule fois, mais plusieurs d'affilée, mais ce n'est pas là l'essentiel. Toute la question est de savoir si l'envoyé de John Tendler t'a vraiment donné rendez-vous dans ce lieu perdu, et, dans l'affirmative, s'il t'a réellement adressé ces mots, ou bien si...

Si John Tendler avait été encore de ce monde, j'aurais immédiatement couru le trouver pour réentendre de sa bouche toutes les preuves de la perfidie de Duncan. Hélas, j'en étais réduit à tout remâcher dans mon esprit accablé.

Au retour, j'essayai de me rappeler mes entretiens avec John Tendler, ou plutôt le seul que nous ayons eu, du fait que, pour raisons de sécurité, j'évitai ensuite d'avoir des contacts directs avec lui : Duncan ne vous aime pas, c'est évident… Le motif ? Oh, on l'imagine aisément. Comme chez tout tyran, le premier mobile est la jalousie. Le soupçon ne vient qu'ensuite, pour justifier le crime. Ce que vous devez faire à présent ? Ouvrir l'œil, monseigneur. Pour l'heure, c'est le seul conseil que je puisse vous donner. Je vous avertirai de quoi que ce soit qui risque de se produire. Un homme à moi viendra à vous, déguisé en vieille mendiante, qui marmonnera des vers ou quelques propos délirants…

Peu avant la visite de Duncan, John Tendler réussit à me faire parvenir un billet ainsi conçu : Monseigneur, méfiez-vous de votre hôte. De toute façon, un nouvel avertissement suivra celui-ci.

Pendant de longs jours, j'attendis avec angoisse l'arrivée du messager dépenaillé. Je brûlais d'apprendre ce que Duncan avait l'intention de faire durant son séjour chez moi. Les hypothèses les plus terrifiantes hantaient mon esprit. Comme pour me mettre à bout de nerfs, l'envoyé ne se manifestait toujours pas. Ma femme était aussi anxieuse que moi, si ce n'est davantage. Pour ne pas aggraver son tourment, je ne lui révélai pas que j'avais décidé de me rendre moi-même à l'ancien presbytère où se rassemblait le dimanche une vraie cour des miracles… Parmi ces traîne-misère, certains tenaient des propos on ne peut plus délirants… Le moins qu'on puisse dire est que je ne me sentais pas à l'aise… Malgré tout, je crois m'être adressé à l'une des mendiantes qui se trouvaient là… Je m'évertuai à bien retenir chacune de ses paroles, mais ses propos étaient sans queue ni tête… un vrai délire, comme m'en avait averti John Tendler… Au surplus, je sentais que l'émotion et l'insomnie m'avaient fait perdre une partie de ma lucidité… Je parvins à l'attirer un peu à l'écart et à lui souffler par deux fois : A présent que nous sommes seuls, parle clair !… – mais elle se mit à divaguer de plus belle… Apparemment, telle était l'instruction qu'elle avait reçue... Elle parlait d'un noir chaudron qui bouillait... On avait bien du mal à comprendre ce qu'elle voulait dire, mais je crus néanmoins en saisir la substance : quelque méchant coup était en préparation, un piège, un assassinat durant le sommeil, quelque sinistre traîtrise... Dans l'espoir qu'elle pourrait alors s'expliquer plus clairement, je lui donnai rendez-vous pour deux jours plus tard, dans le terrain vague derrière le presbytère... C'est là que je l'attendis en effet, par une journée toute semblable à celle-ci, pendant de longues heures, l'esprit tourneboulé...

... Il suffit ! m'exclamai-je à la stupéfaction de mes gardes, et je lançai mon cheval au galop. Je ne veux plus penser à tout cela. Au diable les ombres du passé !... L'âge me rapprochait du royaume des ombres et je n'avais nulle raison d'en éprouver de la crainte. Sous peu, c'est moi qui effraierais les autres, non plus en tant que roi, mais comme fantôme. Étrangement, cette perspective m'apaisa. Je n'avais aucune raison de me torturer les méninges sur les détails de ce qui était advenu quinze ans auparavant. L'essentiel était que Duncan avait voulu ma mort et que j'étais parvenu à le circonvenir. Là était le fond de l'histoire. Tout le reste n'était que péripéties.

Ragaillardi, je m'installai sur la terrasse et, comme à l'accoutumée, entrepris de feuilleter le rapport sur les principaux événements du jour, puis celui de la police secrète sur les rumeurs courant parmi la populace. Cette dernière lecture m'avait toujours intéressé, mais plus particulièrement ces dernières années, depuis qu'avaient resurgi et essaimé les bruits sur l'assassinat de D... Ce rapport était en fait ce qui satisfaisait le plus ma curiosité quotidienne. L'ayant remarqué, le chef de la police ne cessait de l'étoffer, y fourrant des dialogues entiers captés çà et là par ses indicateurs, des lettres interceptées, des aveux de prisonniers, des dénonciations anonymes, etc.

L'étrange était que certaines de ces rumeurs coïncidaient avec ce qu'avait écrit Billy Hampston dans sa pièce. C'est ainsi par exemple qu'outre le spectre de Duncan, toujours présent dans les ragots, depuis ceux qu'alimentait la duchesse d'York jusqu'aux divagations de cet ivrogne de Cheaver, de la Taverne du Pont, on citait aussi de temps à autre les taches de sang que ma défunte épouse voyait prétendument apparaître sur ses mains. Je me souviens qu'il en était également question dans la pièce de Hampston, je me rappelle même les répliques : MOI : *Portez le cadavre dans le canal de Berverhill* ! ELLE : *Les eaux de ce canal nettoient-elles le sang* ?... Tandis que dans une scène postérieure (je me souviens que c'était l'une des plus lugubres, et qu'en en terminant la lecture, ma lady bien-aimée, bien qu'elle s'efforçât de se maîtriser, était devenue d'une pâleur de cire), dans une autre scène, donc, mon épouse apparaissait comme cherchant à se laver les mains, croyant y voir encore ces maudites taches.

Toutes les rumeurs concordaient plus ou moins sur ce point : au cours d'un repas, d'une danse, occupée à faire de la dentelle, ma femme voyait subitement ses mains se couvrir de taches de sang qu'aucun savon ne parvenait à effacer.

Pouah !... Jusqu'où peut descendre l'imagination malsaine des hommes. La réalité, c'est qu'un an avant sa mort, elle fut atteinte aux mains d'une maladie de peau dont son médecin s'évertua en vain à la guérir en recourant à tous les remèdes possibles. Je sentais mon cœur saigner à voir ses belles mains enduites de baumes et bandées. Au cours d'une réception, cette mégère de duchesse d'York, dardant les yeux sur ses avant-bras, trouva le moyen de lui demander : Comment vont vos mains, Majesté ? J'ai entendu dire que vous souffriez d'un mal...

Je me souviens que ma lady resta interdite. Cette même nuit, à moins que ce ne fût une autre, désirant la consoler du tourment qu'elle en éprouvait, je me mis à embrasser ses bandages et ébauchai le geste de les écarter un tant soit peu afin de voir sa peau. Mais elle me repoussa brusquement et, d'une voix sourde, différente de sa voix habituelle, que je ne lui avais jamais entendue, elle me dit : Toi aussi, tu penses peut-être qu'il s'agit du sang de Duncan !

Ma pauvre lady... C'est à partir de là, semble-t-il, que des bruits coururent sur ces prétendues taches de sang du défunt roi... Peut être s'était-elle ouverte de ses tourments à quelque amie en qui elle avait confiance, devenant ainsi elle-même la source de son propre malheur?

Que de fois, sans pouvoir répondre, je me suis demandé si ces rumeurs avaient commencé à courir dès ce moment-là et si Billy Hampston, se montrant plus habile que ma police secrète, était parvenu à les recueillir et à les insérer dans sa pièce, ou bine si ce n'était pas sa pièce qui, s'émiettant elle-même, s'était ainsi répandue en mille rumeurs. Les savants prétendent que c'est de cette façon, à partir de particules, que se font puis se défont pour se recréer à nouveau les corps célestes, en un cycle sans fin.

Convaincu qu'il traînait encore sûrement quelque part une copie de ce drame maudit, je fis tout mon possible, mais en vain, pour mettre la main dessus. Mes espions ne manquèrent pas de passer au peigne fin le moindre recoin, de fouiller tous les tiroirs secrets, d'inspecter les caves, les presbytères les plus reculés, sans succès. Que ne découvrirent-ils pas au cours de ces recherches: les manuscrits les plus extravagants, des descriptions d'orgies ignobles, des lettres infâmes témoignant de liaisons et de vices abjects, entre autres aberrations que l'on répugne à évoquer. Parmi tous ces morceaux ainsi mis au jour, certains étaient franchement ridicules, d'autres à mourir d'ennui, mais aucun ne ressemblait de près ou de loin à la pièce de Billy Hampston.

Pourtant, le soupçon qu'elle est tapie quelque part, attendant un moment plus propice pour réapparaître, ne me quitte pas. Si ce n'est elle, ce sera un de ses avatars, ou bien quelque surgeon de cette satanée rumeur qui ne veut pas s'éteindre. Si tel est le cas, il faudrait être fou pour ne pas reconnaître qu'il est au-dessus de mes forces d'y faire obstacle. Si la rumeur des hommes tient absolument à faire de moi un personnage de tragédie, aucun force (encore moins la mienne) ne sera jamais en mesure de s'y opposer. La seule chose qu'il me reste à faire est de prier que, du jour où cette pièce sera sur le point d'être montée, sur les affiches qui en annonceront la représentation, en lieu et place du nom de l'auteur, quel qu'il soit, figure celui du roi Duncan, qui est bien celui qui l'a conçue.

CHAPITRE XVI

L'afflux soudain des étudiants rentrés de Chine modifia la physionomie de la capitale. Les premiers à débarquer furent ceux en sciences humaines, suivis de ceux en sciences naturelles, pour finir par les candidats aux diverses agrégations, et tous se mirent à remplir cafés, trottoirs et restaurants de Tirana d'une bonne humeur qui paraissait presque insolite. Le fait que les étudiants eussent été renvoyés à la demande expresse du gouvernement chinois, lequel avait invoqué dans sa note, comme motif majeur de cette expulsion, leur comportement prétendument incorrect envers les jeunes filles chinoises, auréolait les nouveaux arrivants d'une certaine gloire qui leur conférait un petit air de séduction – un brin de Don Juan, une pincée de Don Quichotte –, héros d'une flopée d'aventures mystérieuses, le plus souvent rocambolesques.

Leurs histoires qui, même sans les inévitables exagérations et rajouts suscités par la distance, étaient déjà en soi assez saugrenues, circulaient à présent de bouche à oreille. Chaque jour émergeaient parmi eux de nouveaux héros, et chacun semblait être à l'origine de la fameuse note. Il en était qui, d'un clin d'œil ou de quelque autre geste esquissé à l'adresse d'une jeune Chinoise, avaient provoqué la convocation de l'ambassadeur albanais au ministère des Affaires étrangères, d'autres dont les noms, disait-on, figuraient en regard de certains faits fâcheux dans les plaintes de Zhou Enlai à la délégation gouvernementale albanaise au cours de son séjour à Pékin, sans parler de l'état intéressant de telle ou telle fille du crû dont certains étaient parfaitement informés mais qui ne devait être heureusement connu des autorités de Pékin que quatre ou cinq mois plus tard, quand les relations avec la Chine se seraient à coup sûr totalement dégradées…

Les gens écoutaient ces récits avec le sourire. Surtout ceux qui, dans les années soixante, avaient fait leurs études en Union soviétique ou dans les autres pays appartenant alors au camp socialiste, et qui avaient dû les suspendre à la suite de la rupture des relations entre l'Albanie et ces différents États. Hé, en ce temps-là, ça ne se passait pas comme aujourd'hui ! disaient-ils d'un air songeur. Certes, même cette période n'avait pas manqué d'épisodes comiques, comme dans le cas de cet étudiant albanais à Sofia qui, à l'insu de tous, avait plaqué ses cours et réussi à se faire élire vice-président d'une coopérative dans quelque bourgade bulgare, alors que sa famille le croyait à l'université et que l'ambassadeur le faisait rechercher partout ; mais ces exemples étaient plutôt rares. Dans l'ensemble, les histoires remontant à cette époque étaient couvertes d'un voile de tristesse, aussi morne et terne que la patine d'un vieil étain. Non sans une certaine fierté, les anciens étudiants des années soixante se mettaient à raconter des bribes de leurs propres souvenirs, et ceux qui venaient de rentrer de Chine y prêtaient l'oreille en attendant avec impatience le moment où leur récit prendrait un tour drolatique. Vous ne voyez donc pas, s'efforçaient de leur expliquer les premiers, qu'il n'y a dans ces histoires rien qui puisse faire rire comme dans les vôtres ? Sincèrement, au moment de nous séparer des belles Russes, nous n'avions guère envie de rigoler. Les *Chinois*, eux, ne parvenaient pas à comprendre comment leurs aînés avaient pu être attristés en de pareilles circonstances, et ils avaient du mal à se retenir d'étaler le burlesque de leurs propres tribulations. Au cours de ces journées, les étudiants rentrés au pays à chacune de ces deux époques évoquèrent tant et tant d'histoires qu'une poignée de vieux m'as-tu-vu qui avaient fait leurs études en Europe centrale un demi-siècle auparavant se mirent à déballer leurs propres réminiscences, des romances insipides et vieillottes avec la fille de la propriétaire de la pension qui les hébergeait, une *fräulein* toute proprette, sans grandes ressources, avec une partition de musique sur un piano loué.

Les nouveaux arrivants se tenaient les côtes. Au fond, ils étaient ravis d'avoir dû interrompre de but en blanc des études d'un ennui mortel. Gagnés par l'euphorie générale, un certain nombre d'entre eux se fiancèrent dans les quinze premiers jours suivant leur retour, avec des filles qu'ils avaient connues naguère mais que leur séjour chinois avait rendues plus belles à leurs yeux et d'autant plus désirables à leur goût. D'autres prirent pour petites amies des filles rencontrées dès leur retour au pays et qui, fascinées par ces joyeux chevaliers des nouveaux temps, rompirent pour eux leurs liaisons du moment.

Ces jeux semaient des touches humoristiques dans le tableau de la détérioration des relations sino-albanaises après la mort de Mao et l'arrestation de sa veuve. Cette fois, les Albanais renoncent à une amitié ancienne sur le mode souriant..., avait écrit un correspondant de presse étranger en se référant au mot de Marx. Un peu plus loin, après avoir cité le proverbe *Rira bien qui rira le dernier*, il concluait son article par cette question : Mais qui donc, dans cette histoire, rira le dernier ?

Silva rouvrit les yeux l'espace de quelques secondes, mais la quiétude que déversa dans son cœur la vue de la tête de son mari sur l'oreiller la replongea dans le sommeil. Le jour était déjà levé depuis longtemps, mais elle se réveilla et se rendormit ainsi à plusieurs reprises, comme si elle avait souhaité éprouver plusieurs fois d'affilée la joie de ce retour.

Je vais rester encore un peu au lit, se dit-elle lorsqu'elle fut tout à fait sortie du sommeil. Elle s'évertuait à se remémorer un rêve : des serpents gelés qui émergeaient de la neige... Mais non, ce n'était pas quelque vision de cauchemar. Cela faisait partie de ce que Gjergj était parvenu à lui raconter dans les pauses entre ses caresses. Ces serpents gelés avaient pointé à la surface peu avant le grand tremblement de terre. A présent, dans toute la Chine, on murmurait que ce séisme avait été le signe annonciateur de la mort de Mao. Simultanément, Jiang Qing avait été arrêtée en pleine nuit...

Elle examina la tempe de Gjergj sur laquelle elle crut discerner comme un signe de fatigue. Enfant, elle s'imaginait que les idées des gens se concentraient juste en ce point. Elle y déposa un baiser, très doucement, pour ne pas le réveiller, puis se leva.

Leur fille était partie pour l'école. Silva prépara du thé pour deux, mais, constatant que Gjergj dormait encore, elle décida de lui laisser un billet : le thé est sur le réchaud. A tout à l'heure, pour le déjeuner. Baisers.

Quand elle sortit, il était déjà onze heures. Son chef lui avait dit qu'elle pourrait arriver ce jour-là quand il lui plairait ; néanmoins, elle pressa le pas. A cause des problèmes créés par les Chinois, tous les services avaient dû prévoir des heures supplémentaires.

Il soufflait un vent glacial. Au passage, son regard erra sur les vitrines des magasins. C'est là que se jouera la dernière scène du drame, avait déclaré une de ses connaissances, un soir après dîner. Elle songea aux cheveux de Gjergj sur l'oreiller, à la joie qu'elle éprouverait de le retrouver à la maison, pour déjeuner, et elle se sentit emportée de nouveau par un flot d'allégresse.

Au bureau, les visages de Linda et du chef lui parurent plus graves que d'habitudes. A cet air combien sévère, elle eût préféré leurs taquineries de la dernière fois, pour le retour de Gjergj.

Elle eut tôt fait d'en apprendre la raison : d'un moment à l'autre devait se tenir une réunion restreinte chez le ministre, et, comme chaque fois en pareilles circonstances, c'est Linda qui avait fait les frais de la nervosité du chef.

Celui-ci revint au bout d'une demi-heure, la mine sombre. La conférence avait été brève, et c'est justement dans ce genre de réunions en petit comité qu'étaient émises les critiques les plus acerbes. Cette fois, pourtant, le teint de son visage avait pris une tonalité d'une autre nature.

– Écoutez-moi un peu, dit-il après s'être rassis à sa place. Vous vous en doutez, la situation économique est grave, mais elle l'est bien plus que vous ne pouvez l'imaginer.

D'une voix faible, empreinte de lassitude, il répéta ce que le ministre avait déclaré. Une fois recueillies toutes les données, il apparaissait que les dommages subis du fait de la défection des Chinois étaient bien plus lourds que prévu. C'était une rupture froidement préméditée, obéissant à un calcul précis, à côté de quoi un malentendu passager faisait l'effet d'un accroc dénué d'importance. Or, c'était bien ainsi qu'en avaient jugé par erreur bon nombre de responsables et d'économistes : ils avaient pris ça pour une perturbation momentanée. La réalité, c'est que des pans entiers de l'activité du pays se paralysaient mutuellement, à un rythme d'une régularité qui ne laissait pas de surprendre, pourvu qu'on voulût bien l'examiner de près. Comme sous l'effet d'une réaction en chaîne, le blocage contaminait un secteur après l'autre, allant jusqu'à atteindre des institutions qui, à première vue, semblaient n'avoir aucun rapport avec les Chinois, comme par exemple la Banque d'État. Et cette situation se compliquait d'autres difficultés imprévues. Les Chinois ayant ainsi déclaré que le grand barrage du Nord risquait de se rompre en cas de tremblement de terre, une certaine inquiétude s'était fait jour en Yougoslavie dans la mesure où la digue n'était guère éloignée de la frontière. Ce n'était vraisemblablement pas un hasard si venaient encore s'ajouter à cela des sabotages dans l'extraction pétrolière. D'après un rapport envoyé au Bureau politique, les puits étaient dans un tel état qu'on les eût dit victimes d'un bombardement. Des dizaines d'entre eux étaient à l'abandon, des machines et des tuyaux laissés çà et là pêle-mêle, rongés par la rouille, ou s'enlisant au milieu de la plaine dans la gadoue.

– Des équipes vont être envoyées partout où ont travaillé et où peuvent encore se trouver des Chinois, poursuivit le chef. Le ministre lui-même doit partir d'un moment à l'autre. – Puis, se tournant vers Silva : Je sais que tu es fort peu restée avec ton mari depuis son retour, mais, que veux-tu, on n'y peut rien : d'après les instructions reçues, nous devons nous rendre tous les deux au Combinat métallurgique.

Silva haussa les épaules comme pour dire à son tour : qu'est-ce qu'on y peut ?

– Quand ? demanda-t-elle à mi-voix.

– Dès demain. Au mieux nous pouvons retarder notre départ jusqu'à après-demain. Quant à toi, Linda, tu t'occuperas ici des affaires courantes.

Toutes deux échangèrent un pâle sourire. Silva réfléchissait déjà à tout ce qu'elle devrait faire dans l'après-midi de façon que Gjergj et Brikena aient le moins possible à pâtir de son absence ; elle devrait aller à la teinturerie chercher un complet appartenant à son mari, passer chez la couturière pour un manteau à elle ainsi que pour une robe de Brikena, oui, mais il lui faudrait au préalable retirer quatre cents leks nouveaux de la Caisse d'Épargne afin de régler à la couturière ce qu'elle lui devait encore sur ses travaux de ces derniers mois. La pensée qu'elle dépensait peut-être un peu trop pour sa garde-robe l'effleura, mais se trouva vite effacée par une autre : il lui fallait préparer quelque plat que Gjergj et Brikena pourraient garder un jour ou deux. Mais elle réfléchit aussitôt que le mieux, pour tous deux, serait d'aller au restaurant. Certes, ça revenait plus cher, mais c'était la seule solution dès lors que Gjergj ne montrait aucune disposition pour la cuisine et que Brikena était trop absorbée par ses cours. Elle-même avait encore une foule d'autres broutilles à régler, mais, consciente que penser aux tâches à accomplir la fatiguait finalement davantage que les exécuter, elle s'efforça de les chasser de son esprit. Ah, elle devait également rappeler à

Gjergj les textes que lui avait laissés Skënder Bermema : il pourrait difficilement trouver moment plus indiqué pour les lire.

Le second café qu'elle prit à la cantine des ouvriers ne dissipa pas la sensation de creux qu'elle éprouvait à l'estomac. Un vide qui semblait avoir été engendré par ce jour grisâtre que les fumées du haut-fourneau tendaient à fondre avec l'atmosphère du complexe métallurgique. De l'un à l'autre, comme à travers des vases communicants, se répandait partout la même angoisse. Peu après le premier allumage, le haut-fourneau, disait-on, avait très vite accumulé les scories. D'autre bruits couraient, encore plus graves, sans qu'on sût qui les avait répandus ni pourquoi. Certains évoquaient le risque qu'il ne vînt à se refroidir et que son contenu ne se figeât. Dans une pareille éventualité, l'installation mise sur pied à si grand'peine pourrait être considérée comme perdue. Il ne resterait plus qu'à la faire sauter. Car chercher à en faire fondre le contenu revenait à vouloir redonner vie à un cadavre. Le feu du haut-fourneau est son âme, avait dit un métallo ; s'il s'éteint, il ne reste plus qu'à le pleurer comme un mort.

– Les Chinois, fit le chef, en désignant du menton l'esplanade qui s'étendait derrière les fenêtres – et il avait ajouté du ton dont on prononce quelque formule magique : Il paraît qu'ils se préparent à lever le camp.

Silva suivit leur groupe du regard tandis qu'ils traversaient à petits pas la cour couverte de mâchefer. Curieusement, elle leur trouva un air différent de celui qu'ils affichaient d'habitude. Lointains, certes, mais avec cette sorte de voussure particulière des gens qui réussissent, en partant, à emporter avec eux quelque secret.

De fait, le bruit courait qu'ils connaissaient fort bien le procédé à mettre en œuvre pour débloquer le haut-fourneau, mais qu'ils se refusaient à le révéler. Pourtant, à son vif étonnement, Silva n'en éprouvait aucune irritation. Peut-être était-ce dû à leur départ, dont elle ne pouvait s'empêcher, au fond d'elle-même, de leur être reconnaissante. On eût dit que la perspective de leur présence indéfinie sur ce sol avait été condamnée par le destin. Pourvu qu'ils s'en aillent, se dit-elle, et tout finira bien par s'arranger...

En sortant de la cantine, Silva aperçut Victor Hila.

– Victor ! le héla-t-elle avant de lui donner l'accolade. J'ai plus d'une fois demandé de tes nouvelles. Comment ça va ?

– Plutôt bien, fit-il.

Il avait les yeux rougis de fatigue.

– Un jour, à l'aéroport, j'ai vu ton fameux Chinois. Il prenait l'avion.

– Ah, se borna-t-il à répondre d'une voix indifférente, et Silva comprit aussitôt que pas plus qu'elle-même – bien qu'elle eût parlé la première du Chinois, Victor n'avait envie de se gausser à nouveau de cette histoire de pied écrasé.

– Où travailles-tu ici ? s'enquit-elle.

– Au déblocage du haut-fourneau. Je fais partie d'une équipe mixte.

– Est-il exact qu'il risque de se refroidir ?

Victor sourit.

– C'est la question que tout le monde se pose, dit-il. En fait, tout le monde confond blocage par les scories avec refroidissement. Mais ce n'est pas grave. L'important, c'est que le haut-fourneau, lui, est vraiment mal en point.

Silva scruta ses yeux enfoncés dans leurs orbites.

– Enfin, nous le débloquerons à tout prix, même si...

Quoi ? aurait-elle voulu lui demander. Même si quoi ?... Mais il lui avait tendu la main :

– Je dois y aller, Silva. A bientôt.

– A bientôt, Victor.

En pressant le pas pour rejoindre ses camarades, elle se rendit compte que le sentiment de vide qui s'était emparé d'elle ces jours derniers avait soudain redoublé d'acuité à la suite de sa rencontre avec Victor Hila. Pourquoi donc ? se demanda-t-elle, mais il lui sembla aussitôt en avoir saisi la cause : c'était que ni lui ni elle n'avait ri en évoquant le pied écrabouillé du Chinois. Cette retenue avait une origine plus profonde. Quelque chose s'était véritablement détraqué dans le cours des événements.

Lorsque, tard dans l'après-midi, Silva rentra à l'hôtel en compagnie de ses collègues, elle éprouvait toujours la même sensation de creux à l'estomac. Une fois dans sa chambre, elle resta un long moment assise sur un coin du lit, mains jointes sous les genoux. Ses pensées se mouvaient avec lenteur, comme engourdies. Voilà, elle devait être à peu près dans ce goût-là, la chambre d'hôtel de Gjergj en Chine. Pfff ! soupira-t-elle. A présent, tout ce qui avait quelque rapport avec ce pays la déprimait. Qu'est-ce que je viens faire ici ? se dit-elle. Qu'est-ce que j'ai à voir avec ces gens-là ?... Et comme si elle s'était trouvée à l'autre bout du monde, elle ressentit soudain une déchirante nostalgie pour son chez-soi, pour la rue qu'elle empruntait chaque jour, et même pour son bureau.

Le premier matin où elle entra dans le bureau après le départ de Silva et du chef, Linda eut une sorte de frisson. Avant de s'installer à sa place, elle alla poser la main sur le radiateur, mais, curieusement, celui-ci lui parut chaud. La sensation de froid qu'elle éprouvait ne cessa pas, même plus avant dans la matinée ; au contraire, elle s'accentuait à mesure que le temps passait. Elle sentait sous ses côtes comme un remue-ménage incessant, des sortes de turbulences, et quand, dès le premier tintement de la sonnerie du téléphone, quelque chose se mit en boule dans sa poitrine, elle se rendit compte qu'elle était dans tous ses états. Ce fut bien ce que traduisit aussi le timbre de sa voix, frémissant, à demi éteint : Allô, le camarade chef est absent ; oui, oui, en mission, il sera de retour d'ici quelques jours...

C'est avec une certaine impatience qu'elle dit au revoir à son interlocuteur, et, après avoir reposé le combiné, elle vérifia une nouvelle fois qu'elle avait bien raccroché. . Elle songea qu'elle faisait ce geste chaque fois qu'elle-même attendait un coup de fil. Tu déraille s ! se dit-elle. Elle était vraiment naïve et se comportait en petite fille quand elle espérait qu'*il* lui téléphonerait. Au demeurant, même s'*il* l'appelait effectivement, qu'est-ce qu'il en sortirait ?

Depuis que Silva l'avait présentée à Besnik Struga, elle ne l'avait plus jamais rencontré ni n'avait eu l'occasion de lui adresser la parole, hormis quelques brefs instants au téléphone quand il demandait à parler à Silva. Elle ne se dissimulait pourtant pas qu'il lui plaisait, et même beaucoup. C'est sans étonnement qu'elle se surprenait à penser à lui, et c'était d'ailleurs une évocation légère, fugace, aisément effaçable, qu'elle pouvait tout aussi facilement chasser que solliciter. Elle s'était dit que cette histoire en resterait là, avec la tonalité d'une aquarelle et le vague ravissement que suscite la pensée d'un bonheur possible. Ils vivaient dans la même ville, un jour sûrement ils se rencontreraient à nouveau... Sa pensée n'allait pas plus loin, elle vaguait agréablement d'avant en arrière, sans s'ancrer nulle part, toujours libre.

Elle s'était donc dit que les choses continueraient ainsi, mais voici qu'un beau matin, en ouvrant la porte de ce bureau vide, et même avant, dès la veille, en songeant que le lendemain elle serait seule, elle sentit qu'un changement était intervenu. Le lendemain, le téléphone sonnera, s'était-elle dit ce soir-là, et, bizarrement, elle n'était pas parvenue à se dérider à l'idée qu'elle pourrait plaisanter avec les connaissances qui demanderaient à parler à son chef (Le camarade Defrim ? Je suis la camarade Déprime..., etc.). Le téléphone sonnerait, pensa-t-elle, et peut-être serait-ce *lui* qui demanderait Silva. Et après ? fut-elle d'abord tentée de se dire en guise d'ultime autodéfense, mais elle eut tôt fait de sentir que c'était en pure perte. Elle resta désorientée, jusqu'au moment précis où, au beau milieu de tout ce vide, elle eut l'impression d'entendre le téléphone sonner. En même temps que retentissait cette sonnerie imaginaire, elle sentit l'éventualité d'une rencontre avec lui surgir de l'involucre qui l'avait enveloppée jusqu'alors, pour se muer rapidement en réalité possible. Si elle lui avait plu, comme son intuition féminine lui avait permis de le deviner, et si, après avoir appris l'absence de Silva, il prolongeait la conversation avec elle pour lui demander entre autres choses, sans avoir l'air d'y toucher, comment elle passait ses après-midi...

Elle avait toujours aussi froid et, au bout d'un moment, elle se rendit compte qu'il ne s'agissait pas vraiment d'une question de température, mais d'un frisson intérieur provoqué par tout ce vide qui lui parut subitement lié non pas tant au départ du chef et de Silva qu'à son éventuel silence téléphonique à *lui*.

Linda quitta sa chaise, s'approcha de la fenêtre et se mit à observer la place des ministères. Un fragment de mélodie sans début ni fin, plutôt un *la-la-la* improvisé, accompagnait mélancoliquement ses pensées.

A peine avait-elle poussé la porte du bureau, elle avait senti que cette première période de langueur contenue à la pensée de Besnik Struga avait véritablement pris fin pour faire place à un tout autre état d'âme. Il était encore tôt pour le qualifier de souffrance. C'était un sentiment encore malléable, presque cartilagineux, comme les membres d'un nouveau-né, mais il ne tarderait pas à se solidifier.

Quelqu'un frappa à la porte. Sans même se retourner, Linda devina que c'était Simon Dersha.

– Toujours le téléphone qui ne marche pas ? fit-elle.

Il la considéra quelques secondes sans répondre. Ces derniers jours, il était encore venu au bureau vêtu de son complet bleu marine, et Linda, en toute autre circonstance, lui eût volontiers décoché quelque taquinerie. Peut-être surpris de ne pas la voir rire, il continua de la regarder fixement, et elle-même crut soudain déceler sur ses traits l'expression d'un profond malaise. Comment se faisait-il qu'elle ne l'eût pas remarqué jusqu'alors ?

– Qu'est-ce que tu as, Simon ? dit-elle d'un ton coupable.

Comme s'il n'avait attendu que cette question, il hocha la tête d'un air abattu :

– Je ne vais pas bien du tout, répondit-il d'une voix étouffée.

Linda se détacha de la fenêtre.

– Qu'est-ce qu'il y a ? De quoi s'agit-il ? – elle était même sur le point d'ajouter : Dis-moi si je peux faire quelque chose pour toi…, mais lui, comme s'il avait voulu prévenir sa question, esquissa un geste de dénégation de la tête, le répéta même par deux fois, puis sortit en refermant la porte derrière lui.

Étrange..., se dit Linda, et elle éprouva aussitôt une sorte de honte pour être allée jusqu'à qualifier de souffrance, tout au moins dans son esprit, son propre état d'âme, qui lui paraissait maintenant relever du caprice. Débarrassée tout à coup de sa langueur, elle regagna prestement sa place, dans la crainte d'y succomber à nouveau, et se mit au travail au moment même où Simon Dersha, répétant à part soi : Je suis dans de sales draps, dans de très mauvais draps..., s'était assis lui aussi à sa table, dans le bureau voisin, devant une liasse de feuillets remplis de son écriture penchée.

Depuis une semaine, il s'employait à rédiger son autocritique, chose que non seulement personne ne lui avait demandée, mais à la destination de laquelle il n'avait pas même réfléchi : où et devant qui la lire ? La présenter comme une déposition, ou bien l'expédier par la poste ? C'était un point sur lequel il ne s'était pas du tout creusé la cervelle. Il lui avait semblé que l'important pour lui était de faire son autocritique ; quant à savoir devant qui il la lirait, devant le ministre, à son bureau, dans la salle de réunion des syndicats, à une tribune dressée pour quelque fête, ou dans l'enceinte d'un tribunal, cela ne présentait pour lui aucune importance.

C'était aussi la raison pour laquelle le style de ce qu'il avait écrit changeait d'une partie à l'autre, tantôt solennel, émaillé de parenthèses sur des problèmes généraux, idéologiques et sociaux, tantôt revêtant la forme d'une analyse psychologique ou bien encore celle d'une alternance de questions et de réponses, comme dans un interrogatoire d'instruction. Il avait aussi parsemé son texte de citations, surtout au début de cette espèce de profession de foi où il évoquait ses origines et sa situation sociales, citant par deux fois dans la même page des extraits de *L'Origine de la famille, de la propriété privée et de l'État*, d'Engels. Plus loin, dans le passage où il évoquait son entrée en relations avec le vice-ministre responsable de ses malheurs (à chaque relecture de ce passage, il se demandait : mais à quels malheurs est-il fait allusion ? – sans pouvoir fournir la moindre réponse), l'autocritique se développait sous la forme d'un récit décrivant par le menu les divers coups de fil échangés avec lui, leurs conversations, et surtout l'invitation à ce dîner fatidique. Mais même cette partie-là n'était pas exempte de parenthèses renfermant diverses considérations générales, par exemple l'appréciation qu'il portait sur le principe même des dîners et banquets, qu'il rattachait aux traditions et à la philosophie du peuple, etc., etc...

La soirée chez le ministre D... était elle aussi décrite dans les moindres détails, depuis le rendez-vous pris avec le vice-ministre qui devait l'y conduire, le retard de cinq minutes de ce dernier, le chemin menant à la villa, jusqu'au dîner lui-même avec évocation des convives, des conversations qui s'y étaient déroulées, dont il convenait de souligner qu'il s'était attendu qu'elles fussent plus intéressantes et substantielles, puis, au beau milieu de la soirée, l'appel téléphonique du chef du Parti, et le trouble qu'il lui sembla déceler sur les traits du ministre après que celui-ci eut reposé le combiné.

Et vous autres, rien ? Toi-même, tu n'as pas éprouvé le moindre petit trouble ?

Comment dirais-je... Au début, oui. Lui, sûrement. A l'autre bout du fil, il y avait Enver Hoxha. Ce n'était pas une plaisanterie ! Cela aurait dû nous exalter tous...

Cela aurait dû vous exalter, c'est bien ce que tu viens de dire, n'est-ce pas ? Et pourquoi *aurait dû* ? Cela ne vous a pas vraiment remplis d'exaltation ?

C'est justement ce que je m'apprêtais à expliquer. Comme je l'ai déjà déclaré, le ministre, en dépit de tous ses efforts pour dissimuler son trouble, tomba manifestement, après cette conversation, dans un état de profond abattement. Il était naturel que son trouble se communiquât aussi de quelque manière à nous autres. Tout se fana subitement, si je puis dire, et dès lors, tout le monde, à commencer assurément par le maître de maison, souhaita que ce dîner prît fin au plus vite.

Ah, vous souhaitiez que le dîner prît fin au plus vite juste après ce coup de téléphone qui aurait redonné vie et couleurs à n'importe quelle autre soirée ! Mais vous autres... Fouille, fouille dans ta conscience, Simon Dersha, pour extraire de sous la gangue la véritable raison de votre émoi. Alors ? A moins que la propagande étrangère, les calomnies que nos ennemis profèrent à l'encontre de notre dirigeant n'aient également trouvé place dans vos esprits ? Tandis que vous banquetiez, lui sacrifiait son sommeil, travaillant pour le peuple. Et au lieu de vous réjouir d'entendre sa voix, vous en avez été terrifiés. Vous vous êtes sûrement dit : il va nous faire coffrer, il va nous liquider. N'est-ce pas la vérité ?

Je ne sais quoi vous répondre. Oui, assurément, je ne suis qu'un misérable.

Avez-vous parlé de cela entre vous ?

Non.

Ni lorsque vous avez entendu les premières rumeurs concernant le ministre D... ?

A ce moment-là non plus. J'ai essayé de contacter le vice-ministre, mais je n'ai jamais pu le joindre au téléphone...

... Bien que tout y fût minutieusement rapporté, cette partie de l'autocritique était plus réduite que celle où était abordée sa seconde visite au ministre, ou plutôt son intention de se rendre chez lui pour l'affaire de la mutation de son frère. De même que la partie précédente, ce chapitre recélait quelques considérations sur la rotation des cadres en général, étayées sur des citations de décisions de deux plenums ; il débouchait sur l'exposé d'une conception erronée de cette même rotation, conception assez répandue, au demeurant, à laquelle son frère, sa belle-sœur et lui-même avaient précisément semblé souscrire. Avant de passer à la description détaillée de son itinéraire jusqu'aux grilles de la villa ministérielle (il n'oubliait d'évoquer ni le temps frisquet, ni le caractère désert du quartier), quelques lignes étaient encore consacrées à sa psychologie petite-bourgeoise, ainsi qu'à ses conceptions bourgeoises-révisionnistes du bonheur personnel, à des survivances du passé surnageant dans sa conscience par suite d'une certaine coupure d'avec la réalité socialiste.

Malgré tout, à peine parvenu devant l'entrée de la résidence du ministre, j'ai senti ma conscience me ronger et un profond remords pour ce que j'étais en train d'accomplir.

Était-ce bien du remords ou plus simplement de la peur?

Eh bien, comment dirais-je, c'étaient les deux à la fois. Oui, sans doute l'un et l'autre.

Mais lequel de ces deux sentiments avait le dessus : le remords ou la peur?

Peut-être bien cette dernière.

Ne s'agissait-il pas plutôt uniquement de celle-ci?

De fait, c'était bien ça...

... Je me sens mal, se répéta pour la troisième fois Simon Dersha en poursuivant sa lecture. Je ne vais pas bien du tout... Il avait l'impression d'être coincé entre ces feuillets comme dans les crocs d'un piège dont il ne parvenait plus à s'échapper. Il ne l'effleurait même pas que ce piège, il se l'était lui-même tendu, et qu'il lui suffisait de ramasser ces feuillets, de les froisser en boule, puis de les jeter à la corbeille ou de les brûler pour s'en libérer. Il sentait même que s'il y avait un acte qu'il était bien incapable d'accomplir, c'était précisément celui-là. Depuis des jours, ces feuillets étaient devenus le véritable miroir de son existence. Ils étaient sa propre image, sa carte, son relevé, assortis de tous les renseignements nécessaires, formules, taux, résultats de laboratoire, dont dépendait l'établissement de la vérité sur son compte.

De quelle nature étaient les propos que vous avez entendus proférer sur le ministre D... ?

Délicate... Je dirais même : extrêmement délicate.

Êtes-vous sûr de les avoir réellement entendus, ou bien ne serait-ce pas plutôt le produit de votre conscience entachée?

Comment vous répondre? Peut-être les deux à la fois...

Ah, les deux à la fois?... Naturellement, c'est vous et

votre frère, toute votre famille typiquement petite-bourgeoise, qui vous êtes employés à les échafauder. Passe encore pour eux, mais vous, fonctionnaire d'une administration centrale, comment avez-vous pu alimenter d'ignobles ragots comme ceux-là ? Mais revenons-en précisément à ces rumeurs : vous disiez qu'elles étaient d'un caractère délicat, voire très délicat. A quoi faisaient-elles allusion ?

Eh bien, comment dirais-je... A une affaire embrouillée, nébuleuse, concernant des chars d'assaut qui devaient encercler un comité, un comité...

Un comité de Parti ?

Oui, justement !

Et à propos des Chinois, a-t-on dit quelque chose ?

Se rapportant au ministre ? Non, jamais.

Creuse ta mémoire, creuse plus profond...

Quoi ?

Malgré les reproches qu'elle s'adressa à elle-même, il ne fallut pas plus de quelques minutes après que Simon Dersha eut quitté le bureau pour que le vide de la pièce et surtout la vue du téléphone replongent Linda dans son état de trouble antérieur. Elle aurait peut-être même recouvré totalement la même disposition d'esprit que deux heures auparavant si la sortie des bureaux n'avait été si proche, ne lui laissant pas le temps de s'immerger dans ce que, sans la moindre vergogne, elle était allée jusqu'à qualifier de souffrance.

A quatorze heures trente, non sans un certain soulagement, mais songeant aussi avec une ombre de mélancolie qu'une de ces journées sur lesquelles planait comme une dangereuse douceur venait encore de s'écouler, elle ferma la porte du bureau à clé et descendit lentement le large escalier.

Durant tout l'après-midi et la soirée, elle occupa son esprit à une multitude de choses insignifiantes, tant et si bien que ses pensées de la matinée ne lui revinrent en mémoire que très diluées, et elle se dit par instant que tout cela n'avait été qu'un moment de faiblesse dû aux longues heures de solitude qu'elle avait passées au bureau. Mais le lendemain matin, en ouvrant la porte de ce même bureau, il lui fallut bien constater qu'il n'en était rien. Elle fut prise de la même agitation, de la même attente fébrile que la veille. Est-ce possible, se répétait-elle, se peut-il que tout commence ainsi, sans préavis, sans même que l'autre soit à portée de vue? D'autres questions traversaient son esprit comme des éclairs engourdis: était-ce de l'amour, et, dans l'affirmative, lequel: le second de sa vie, à moins que ce ne fût peut-être le tout premier? Puis elle se redemandait comment il se pouvait que tout débutât de la sorte, sans aucune impulsion, comme en plein vide.

Voilà du moins ce qu'elle se disait, mais plus elle y réfléchissait, plus elle se persuadait que rien de cela n'avait surgi de façon aussi inopinée, au contraire, que pendant très longtemps, lentement, imperceptiblement, tel un ruisselet coulant sous la neige, son esprit avait constamment été orienté vers *lui*. Dans sa mémoire s'était gravé non seulement ce que Silva lui avait dit de lui, mais, plus généralement, tout ce qui se rattachait par quelque aspect aux *événements récents*, qui, du fait même qu'on les qualifiait ainsi, faisaient référence aux *événements d'autrefois*; de ce fait, tout ce qui avait trait aux Chinois, et par suite aux Soviétiques, venait s'inscrire dans sa conscience avec tel fragment de sa silhouette à lui, telle bribe de ses propos, tel détail de ses gestes ou de ses traits. Auparavant déjà, elle avait rêvé de rencontrer cet homme dont le mystère se partageait entre Moscou et Ana Krasniqi, l'une comme l'autre à présent reléguées dans le passé, mais, après qu'elle eut fait sa connaissance, son désir de le revoir n'avait cessé de grandir. Chaque fois qu'elle entendait à la télévision des nouvelles relatives à des conférences internationales ou qu'elle feuilletait des publications faisant référence à la Conférence de Moscou, il se représentait à son esprit, accédant à ses yeux au rang de mythe. Elle avait alors l'impression que l'individu qu'elle avait rencontré n'était qu'une de ses facettes, superficielle, quotidienne, tandis que sa véritable personnalité restait inaccessible. Pour elle, il se confondait à tel point avec son époque qu'elle en avait subi la fascination sans même s'en rendre compte, sans parvenir à distinguer la frontière qui la séparait de son temps. Et c'est maintenant seulement qu'elle comprenait qu'elle s'était mise à l'aimer d'un sentiment bien peu naturel, non dénué d'une certaine froideur.

Elle s'était renseignée sur cette ex-fiancée avec qui il avait jadis rompu pour des raisons qu'on n'avait jamais bien réussi à élucider (comme, du reste, beaucoup de choses le concernant). Elle avait entendu dire qu'un mois auparavant, au cours d'un dîner de fiançailles, alors qu'on évoquait la rupture avec les Chinois, elle avait été au bord de la crise de nerfs, se bouchant les oreilles et, les yeux en larmes, s'écriant : Assez ! Je ne veux plus entendre parler de cela ! Assez, assez, je vous en supplie... La personne qui lui avait narré cet incident le lui avait présenté comme une simple anecdote, mais Linda avait deviné sur-le-champ l'origine de cet éclat. L'évocation des Chinois avait sans nul doute rappelé à la jeune femme la rupture avec les Soviétiques, l'époque où le bonheur qu'elle avait dû connaître avec lui s'était enfui.

Apaisée à la suite de cette relative mise au clair qui s'était opérée en elle, Linda attendait de voir le cours que prendraient les événements. Elle avait la certitude qu'un de ces jours, il finirait bien par téléphoner. D'ores et déjà, elle imaginait diverses variantes de leur conversation : Allô, c'est toi, Silva ? – Non, c'est sa camarade de bureau ; je m'appelle Linda. – Ah, mais si je ne m'abuse, nous nous sommes déjà rencontrés, n'est-ce pas ? – Oui, oui... – Comment allez-vous ? Silva n'est pas là ? – Malheureusement, non... (Linda fit la grimace ; ce *malheureusement* n'avait rien à faire ici ! Elle pouvait néanmoins continuer)... Elle est partie en mission. – Ah ? (Pause, le moment le plus délicat de tout l'entretien. En fait, une pause décisive, coupant le monde en deux). ELLE : Est-ce que je peux vous être utile en quoi que ce soit ? LUI : Comment dire... bien que... je voulais lui parler... je ne sais si vous pouvez m'aider à... ELLE : Je suis toute prête à vous... LUI : Alors, je pourrais vous voir ?

Oh non ! fit Linda en secouant la tête comme pour chasser de sa mémoire la fin de cet entretien. C'est bien trop banal ! Un tissu de banalités ! Elle pensait que ni lui ni elle ne pouvaient s'exprimer de la sorte. Non seulement ils ne le pouvaient pas, mais ils ne le devaient pas ! Quel dialogue indigent avec, au beau milieu, ce *Je suis toute prête* ! sans dignité aucune... Non, mille fois non !

Aussitôt, comme si elle avait fait revenir en arrière la bobine d'un magnétophone, elle reprit leur entretien imaginaire : Silva est en mission. – Ah ? (Pause. Fragile, troublée, chancelante... Le souffle de chacun d'eux se laisse percevoir dans l'écouteur.) Et vous, que faites-vous toute seule au bureau ? – Moi ? Je travaille un peu... Je m'ennuie (Voilà qui est beaucoup mieux, se dit-elle). – Et comment passez-vous vos après-midi ? – Comment ? – Je vous demande à quoi vous passez vos après-midi. – J'avais compris, mais je ne saurais vous dire...

Faisant faire un brusque bond en avant à son imagination, Linda transporta la scène quelques heures plus tard, dans le courant de l'après-midi, au café Flora où tous deux se retrouvèrent attablés face à face : A dire vrai, je souhaitais tellement faire votre connaissance... Je vous ai toujours trouvé si intéressant... (Brrr ! En aucune manière ! se corrigea-t-elle. C'est bien trop direct.) Peut-être ferait-elle mieux de commencer par placer la conversation sur Silva : Silva m'a parlé de vous ; nous travaillons depuis longtemps dans le même bureau, Silva et moi... (Et après ? La suite ? Elle se vit dans le rôle de ces jeunes filles effarouchées qui supplient l'amie qui les a accompagnées jusqu'au lieu de leur rendez-vous galant de ne pas les quitter)... Chaque fois qu'il est question de la rupture avec les Chinois, Silva et moi parlons de vous... (Cela non plus n'était pas si mal. Cela l'amenait même à esquisser quelques commentaires sur la situation actuelle, comme c'est souvent le cas dans la littérature contemporaine où auteurs et personnages s'expriment sur fond d'époque.)

Comme le téléphone n'avait pas sonné de toute la matinée, Linda fut soudain prise d'un doute : et s'il était détraqué ? Elle se leva, s'empara de l'écouteur et entendit la tonalité normale. Elle ne savait plus si elle devait s'en réjouir ou s'en désoler.

Quatre jours pleins s'écoulèrent de la sorte. L'équipe pouvait rentrer d'un moment à l'autre ; Linda commença à éprouver une tranquille nostalgie pour ce trouble qui l'avait habitée durant une centaine d'heures et qui était apparemment destiné à demeurer un épisode strictement limité à elle-même. Le cinquième jour, peu avant deux heures, alors qu'elle avait renoncé à tout espoir, le téléphone sonna. Son tintement lui fit l'effet d'un bruit solitaire dans la pièce qui avait commencé à se refroidir. S'étant préalablement persuadée, par pure superstition, que si elle laissait le téléphone sonner trois fois, n'importe quel appel se métamorphoserait en son appel à *lui*, elle attendit la fin de la troisième sonnerie et souleva alors le récepteur avec la quasi-certitude que c'était bien *lui*. D'un geste placide, sans joie particulière, elle approcha l'écouteur de son oreille, et, fait plus étonnant encore, aussi bien son sérieux que l'absence de toute trace de contentement sur son visage persistèrent alors même qu'il lui était donné d'entendre réellement *sa* voix. Simplement, le récepteur tripla de poids dans sa main et tout le reste devint aussi pesant et monocorde qu'une vieille rengaine par un jour gris.

Ils échangèrent bien quelques mots comme *Silva, Je me souviens de vous, après-midi*, mais aucune des phrases que Linda avait imaginées ne fut prononcée.

Placidement, comme elle l'avait soulevé, elle reposa l'écouteur sur son socle, puis demeura un long moment immobile près de la table à la surface nue, mais d'une vacuité particulière, comme celle que l'on constate à la veille des grands réaménagements.

L'ascenseur de l'hôtel était en panne et Silva, déjà en retard, dut dévaler l'escalier quatre à quatre. Ses camarades d'équipe qui attendaient devant le minibus arboraient un visage sombre.

– Bonjour, leur lança Silva. Il y a du nouveau ?

– Les Chinois sont partis, répondit Illyrian.

A ce moment-là seulement, Silva remarqua que la plupart d'entre eux tiraient sur leur cigarette dans un silence singulier, analogue à celui qui s'installe lors des visites de condoléances.

– Quand ça ? demanda-t-elle au bout d'un moment.

– Peut-être durant la nuit, peut-être un peu avant l'aube, répondit le chef en montant à bord du véhicule. Nous n'allons pas tarder à le savoir.

Par la vitre du minibus, Silva contempla la plaine gelée survolée en rase-mottes par quelques oiseaux aux ailes noirâtres. Elle chercha du regard les fumées des hauts-fourneaux à l'horizon et, les ayant aperçues, en fut quelque peu rassurée. Un beau matin, on ne les verra plus, songea-t-elle. Comme quand on approche un petit miroir des lèvres des morts après qu'ils ont rendu le dernier soupir.

Les va-et-vient dans les allées du combinat ne ressemblaient pas à ceux des jours précédents, ou peut-être avait-on cette impression du fait que nul n'ignorait ce qui venait de se produire. Les Chinois s'étaient retirés sans préavis, comme des ombres. A présent, à tous les postes où ils avaient travaillé s'affairaient à leur place des techniciens albanais. On avait le sentiment d'une surdité et d'un mutisme généralisés. Dans les yeux des gens se lisait en permanence la même question : et maintenant, comment va-t-on faire ? Dans le local de la direction, face à une grande bibliothèque en chêne où avaient été rangés les centaines de volumes renfermant les plans du combinat, se tenaient comme devant un sphynx un groupe d'ingénieurs. Les coups de sifflet stridents d'une locomotive proche rendaient mieux que toute exclamation humaine l'extrême difficulté à s'y retrouver dans ces myriades d'idéogrammes.

Un vice-ministre venait d'arriver de Tirana. Quant au ministre de l'Industrie lourde, on le disait souffrant ; autrement, il n'aurait pas manqué de se trouver déjà sur place. Mais certaines rumeurs évoquaient aussi sa destitution.

Le halètement du haut-fourneau s'entendait de partout, ou peut-être n'était-ce qu'une impression, tout le monde étant à présent au courant du mal dont il souffrait. Chaque fois qu'elle entendait les mots *le haut-fourneau va se refroidir*, Silva se remémorait ces serpents gelés fichés dans la neige dont Gjergj lui avait parlé.

De retour à l'hôtel, sa chambre lui parut doublement désolée. Elle eut envie d'écrire à Gjergj et tira même son bloc et son stylo de sa serviette, mais, au lieu d'un début de lettre, elle ne trouva à écrire que ces mots : *Jour d'hiver*. Dieu sait pourquoi les serpents gelés lui revinrent alors en mémoire, et elle se rendit compte qu'elle était en train de se laisser enfermer dans le même piège que Gjergj et Skënder Bermema dans leur chambre de Pékin. Cela n'empêcha pas sa main, échappant à tout contrôle de sa volonté, de griffonner sous les mots *Jour d'hiver : Il n'est pas vrai que j'aie tué Duncan pour lui ravir le trône...* Elle rit toute seule, puis biffa sur-le-champ les mots qu'elle venait d'aligner ; elle resta ainsi un bon moment, stylo levé, sans pouvoir décider si, après les mots *Cher Gjergj*, elle enchaînerait sur *Je m'ennuie de toi* ou sur *Quel dommage que nous n'ayons pas eu la possibilité de rester un peu plus de temps ensemble...*

Quarante-huit heures après le départ des Chinois du combinat métallurgique se perpétuait la même situation, qu'on pouvait qualifier tout à la fois de nerveuse et de figée, en dépit de l'apparente incompatibilité entre ces deux termes.

Peu à peu, de façon probablement injustifiée, l'inquiétude pour le haut-fourneau avait détourné l'attention des autres unités du combinat. Bien que nul n'ignorât qu'elles aussi connaissaient des difficultés, toutes les discussions tournaient en ville autour du drame du haut-fourneau. Partout on se posait la question : comment se débarrasser des scories ? le haut-fourneau risque-t-il de se refroidir ?

De Tirana avait rappliqué un groupe de reporters, suivis d'une horde de jeunes poètes qui déambulaient, les yeux rougis par l'insomnie, dans les buvettes et les ateliers, en se soumettant mutuellement leurs vers et leurs articles. Une partie des thèmes qu'ils abordaient se rapportaient à la citadelle médiévale de la ville, comparée au haut-fourneau, *nouvelle citadelle de l'acier*, encore plus inexpugnable que la première. D'autres composaient des poèmes intitulés par exemple *Le feu ne se refroidira jamais*, *Nous jetterons nos cœurs dans le haut-fourneau*, ou plus sobrement *Ô Feu*, où les flammes du haut-fourneau revêtaient une signification symbolique, tout comme recélaient une valeur allégorique, mais en sens opposé, des pièces de vers comme *Reculez, scories* !, où, par scories, on entendait non seulement les révisionnismes de tout acabit, mais l'ensemble des influences pernicieuses au socialisme, et l'art décadent.

Cependant, la consultation directe de l'original chinois de certaines parties des plans du combinat s'étant révélée indispensable, on fit venir de Tirana, pour les besoins de la traduction, un groupe d'étudiants récemment rentrés de Chine. A peine leur bande turbulente descendue du train, ils se déclarèrent assurés de pouvoir s'acquitter avec succès de la tâche qui leur était assignée, car ils avaient vécu dans ce pays, ils avaient mangé des plats à base d'oreilles de requins et de tripes de cobras, entre autres abominations de la gastronomie locale, ils connaissaient à merveille tous les stratagèmes des Chinois et les pièges de leur idiome. Certains se donnaient même des sobriquets tels que *Les trois fléaux des campagnes* ou *Trouble-toi avant de te purifier*...

Dès les premières heures passées dans le bureau où avaient été regroupés les plans, les étudiants durent se rendre à l'évidence : ils n'étaient nullement de taille à mener à bien cette tâche. L'un d'eux, paraît-il, déclara à un de ses copains surnommé *Les sept démons de la ville* : Tu y piges quelque chose, toi, à ces hiéroglyphes ? *Les sept démons* avait proféré un juron on ne peut plus cru dans les deux langues, mettant un point final à leur glorieuse réputation de traducteurs. On pensa réexpédier sur le champ les étudiants qu'on avait fait venir, mais bon nombre d'entre eux s'étaient déjà mêlés aux jeunes poètes, ils allaient et venaient de conserve, prenaient ensemble un verre à la buvette, il s'en trouva même deux pour se fiancer avec des laborantines ; c'est alors que, pour éviter leur renvoi, quelqu'un eut l'idée de les adjoindre à la troupe théâtrale formée par les ouvriers et de leur faire jouer des rôles négatifs de Chinois dans les sketches du spectacle que la petite compagnie d'amateurs des métallos venait de monter.

A peine sortie de cette représentation avec les camarades de son équipe, riant aux larmes à l'issue du dernier sketch, Silva s'entendit appeler par son nom. Elle se retourna avec étonnement, mais, ayant dévisagé ceux qui l'avaient hélée, elle ne les reconnut pas. C'étaient deux jeunes gens, ou deux hommes jeunes, on n'aurait su dire, car leurs faciès étaient aussi noirs que ceux des fondeurs avant la relève.

– Tu ne me remets pas? fit l'un d'eux en se détachant de son camarade. Il est vrai qu'avec ce visage d'Othello...

– Ben! s'écria Silva, surprise de rencontrer là le frère de Besnik Struga. Non, vraiment, je ne t'avais pas reconnu! Depuis quand es-tu ici?

– Cela fait plusieurs semaines. Je te présente mon camarade Max Bermema, on travaille ensemble.

L'autre avait le visage encore plus charbonneux.

– Vous êtes un parent de Skënder Bermema? s'enquit Silva.

– Je suis son cousin.

Elle eut envie de leur demander pourquoi ils arboraient un pareil grimage, mais Ben alla au-devant de sa question:

– Max et moi travaillons tous les deux au haut-fourneau, c'est la raison pour laquelle tu nous vois avec cette binette de représentant du tiers monde!

Tous trois s'esclaffèrent, mais Silva se sentait gênée qu'ils l'eussent rencontrée au sortir d'un spectacle aussi bouffon.

– C'est avec vous que travaille un ingénieur du nom de Victor Hila? demanda-t-elle.

– Oui, nous faisons partie de la même équipe.

– Et que comptes-tu faire avec le haut-fourneau?

– Nous avons avancé une proposition. Espérons qu'elle sera retenue.

– Pour le débloquer?

– Oui. Par explosion. Il y a plusieurs nuits que nous travaillons à faire les calculs nécessaires.

Silva les dévisagea l'un après l'autre.

– Ce n'est pas dangereux ?

Ils sourirent, mais les taches couvrant la quasi-totalité de leurs traits rendaient leur sourire si fragmentaire, si insolite, qu'elle dut à nouveau se tourner vers eux comme pour dissiper l'épouvante qu'ils lui avaient d'abord inspirée. Mais trop tard : leurs têtes s'étaient déjà noyées dans les ténèbres.

Après qu'ils se furent éloignés, Silva, ayant rejoint ses camarades, garda un moment gravé dans son esprit ce sourire à demi éteint.

CHAPITRE XVII

Sous la douche, Silva acheva de se persuader qu'elle ne raconterait pas à Gjergj les nouvelles qu'elle avait rapportées dans l'ordre où elle les avait récapitulées durant son retour.

Elle était rentrée soudainement par le dernier train, pour sa plus grande joie et celle de leur fille. En manipulant la poignée de la douche, elle n'ignorait pas qu'au même moment, dans leur chambre où il l'attendait, Gjergj imaginait l'eau déposant sa mousse sur sa peau. Elle nettoya la buée qui avait voilé le miroir et la jubilation de tout son corps ne fit que ressortir davantage.

Cette fois, c'était elle qui revenait de loin, et même pleine d'histoires de Chinois, comme si elle rentrait d'une Chine miniature.

C'est ce qu'elle lui dit quand elle eut pénétré dans leur chambre et se pencha sur lui.

– Tu t'es ennuyé de moi ? Vraiment ? Vraiment beaucoup ?

Elle lui susurra à l'oreille une kyrielle de mots doux et crus à la fois, jusqu'à ce que murmures et rires se fussent tour à tour éteints pour faire place à un halètement proche de la suffocation, conformément à ce grand paradoxe de la nature qui rend le paroxysme du plaisir humain par les bruits de la souffrance.

Après seulement, Silva parvint à lui faire part de l'autre moitié des nouvelles qu'elle avait rapportées.

– Et ici ? demanda-t-elle au bout de quelques instants. Quoi de neuf ?

Il lui parla de ce qui s'était passé durant son absence, notamment des destitutions de fonctionnaires de haut rang. On s'attendait à de nouvelles révocations, et même à des sanctions. Bien que le dernier plenum du Comité central remontât à peu de temps, on en prévoyait un autre, qui s'annonçait à l'évidence plus rigoureux. Elle voulut s'enquérir du sort du ministre responsable de son propre département, mais c'est à ce moment précis qu'il prononça le mot *complot*, et elle s'exclama aussitôt : Comment ? Que dis-tu ?

– Oui, un complot, répéta-t-il. On parle de la découverte d'un complot, mais, pour l'heure, tout cela demeure encore confidentiel.

Dieu sait pourquoi, Silva songea alors à son frère, mais elle s'abstint de poser des questions à son sujet. Si quelque chose de nouveau s'était produit, Gjergj lui en aurait parlé de lui-même.

– Actuellement, on tient des réunions partout, précisa-t-il d'une voix ensommeillée. Puis, au bout d'un moment, presque endormi, il ajouta : Comme tu as bien fait de rentrer !

C'étaient encore des mots à elle qu'il lui avait empruntés pour cette soirée de retour.

Les réunions se poursuivaient jusqu'à une heure avancée de la nuit, surtout dans les administrations centrales. Ceux qui devaient rédiger leur autocritique veillaient plus tard encore, au-delà de minuit, parfois même jusqu'à l'aube. Entre-temps, savants chenus et académiciens dormaient ; s'étaient endormis à leur tour les écrivains, même ceux qui étaient pourtant exercés dans les genres longs ; dormaient les assistants qui avaient eu à préparer leurs cours pour le lendemain ; dormaient les traducteurs de grec ancien, les rédacteurs de dictionnaires, les graphomanes, les auteurs de lettres anonymes, les plaignants et demandeurs de divorce ; dormaient enfin même ceux qui composaient des lettres d'amour et qui restaient d'ordinaire au moins deux heures sans pouvoir fermer l'œil après avoir couché la dernière phrase de leur billet ; bref, dormaient tous ceux que leur travail, leurs sentiments ou les circonstances rattachaient par quelque côté à la plume et au papier, hormis les auteurs d'autocritiques.

D'aucuns, parmi eux, subissaient pour la première fois cette épreuve et souffraient sans doute horriblement, mais même les vétérans de l'autocritique ne souffraient pas moins. Les premiers devaient surmonter l'extrême bouleversement qu'entraîne chez qui que ce soit le premier examen critique de soi. Les seconds y étaient accoutumés, mais, à la différence des novices dans cette pratique qui, en même temps que le traumatisme, éprouvaient un certain soulagement, eux ne ressentaient pas l'ombre d'un apaisement. Ils connaissaient au contraire d'expérience le profond abattement qui vous frappe quand, au terme d'une autocritique par laquelle vous êtes convaincu d'avoir ému au plus haut point vos auditeurs, vous commencez par lire dans leurs yeux une absence totale de compréhension, généralement suivie de cette question : C'est tout, camarade X... ? Tu ne penses pas que tu as un tantinet survolé les choses ? Va plus au fond, plus au fond... Tandis que les débutants, eux, ignoraient encore tout cela. Cédant à une sorte de liquéfaction intérieure et l'estimant originale (comme c'était la toute première fois qu'ils se critiquaient eux-mêmes, ils escomptaient à ce que l'attendrissement qu'ils éprouvaient à se livrer à cet autosacrifice se trouverait partagé par autrui), ils se représentaient déjà les marques de bienveillante sympathie, de commisération et de pitié qu'ils ne manqueraient pas de susciter et qui, selon eux, suffiraient à leur valoir clémence et absolution. Tant et si bien que par anticipation, ils contenaient mal leur émotion, et même, dans certains cas plus rares, fondaient en larmes sur les feuillets de leur autocritique comme un amant infortuné sur ses lettres d'amour.

Les fenêtres éclairées longtemps après minuit répandaient alentour un halo jaunâtre de culpabilité. Certains, sans que personne le leur eût demandé, sans même avoir été critiqués une seule fois pour quoi que ce fût, se réveillaient en sursaut et, hagards, les yeux encore mal dessillés, à gestes gauches, cherchaient du papier et un crayon pour rédiger leur autocritique.

Au cours des réunions, dans les propos de ceux qui se confessaient, y compris de gens que rien, ni la situation, ni l'activité, ni la nature de la faute n'apparentaient, on commença à remarquer une grande similitude. Parfois, elle était si frappante qu'on en vint à raconter que certains plumitifs s'offraient, contre modeste gratification, à rédiger des autocritiques sur commande. Nul ne put en avoir confirmation, ce qui n'empêcha pas humoristes et chansonniers de se gausser de cette nouvelle profession en faisant pouffer de rire le public au spectacle d'une prétendue querelle entre deux lexicographes sur l'appellation qui leur était le plus adéquate : *autocritiquiers* ou *autocritiqueurs*, l'une par analogie pécuniaire avec *boutiquier*, l'autre avec *chroniqueur*, beaucoup de ces histoires ayant à voir avec le style de la chronique.

Dans un pareil contexte, ceux qui étaient encore attablés à rédiger eux-mêmes leur confession ne pouvaient que se sentir d'autant plus isolés.

Au fil des jours se consommait ce qu'ils s'étaient précisément efforcés d'éviter à tout prix : leur rupture d'avec la masse des gens normaux, leur rapprochement d'avec le monde des coupables. Bien que, souvent, ils ne se connussent pas les uns les autres, leurs noms se mirent de plus en plus fréquemment à être cités côte à côte dans les procès-verbaux. Ainsi commença à s'ébaucher peu à peu un univers à part au sein duquel ils se mouvaient et se croisaient comme des ombres (et c'est précisément dans ce monde brumeux, crépusculaire, que la mémoire leur revenait à grand'peine : telle soirée officielle où un Chinois leur avait rappelé un entretien qu'ils avaient eu en Chine à l'hôtel Pékin ; telle autre soirée chez un ministre albanais dont le nom n'était pas cité; telle ou telle discussion sur l'abandon des anciens gisements pétrolifères ou sur l'encerclement d'un comité de Parti, etc., etc.).

L'incertitude de ce ténébreux univers qu'ils étaient les rares habitants à peupler faisait que leurs autocritiques, même si elles étaient consignées le plus normalement du monde sur le papier, flottaient confusément dans leurs consciences, mêlées à un fatras d'autres idées, de réponses à d'éventuelles questions, d'aveux d'agissements qu'ils avaient résolu de ne jamais révéler, d'hypothèses parmi les plus effrayantes, de soupçons, de fureurs, d'angoisses ou d'espérances. Mais alors qu'ils nourrissaient encore quelque espoir de pouvoir cacher quelque chose, au cours de ces réunions ne manquait pas d'affleurer une partie de ce qu'ils cherchaient à étouffer. Sans compter que les délégués, dans leurs rapports au Comité central, ajoutaient parfois leurs propres appréciations à ce qui était dit lors de ces réunions des différentes instances de l'appareil, parfois aussi leurs supputations sur ce que le critiqué était censé avoir dissimulé, hypothèses qui dans certains cas tombaient juste, dans d'autres non.

Notes d'un délégué aux réunions de diverses instances du Parti au sein de l'Armée, devant servir à compléter la documentation du Comité central. La question de ce que l'on a appelé Tentative avortée de faire encercler le comité de Parti de la ville de X... par le détachement N... des blindés. *Poursuite de l'examen du problème analysé à plusieurs reprises sans qu'on ait abouti à des conclusions claires.*

N. B. Les notes ne figurent pas ici dans un ordre définitif. Pour tous éclaircissements complémentaires, voir les procès-verbaux des réunions.

Extraits de l'autocritique de l'officier des transmissions S..., de l'état-major: Je suis coupable, je suis absolument coupable, quand bien même l'on peut dire de moi que je ne suis qu'un simple vecteur du commandement. C'est ce que stipule le règlement des forces armées, mais, à mon avis, ce règlement doit, lui aussi, être révisé. Dans notre armée, nul ne peut se contenter d'être un robot. C'est en cela qu'elle se distingue fondamentalement des armées des États bourgeois et révisionnistes. En réceptionnant un ordre qui portait atteinte au Parti, je devais, tout simple militaire que je suis, sentir ma conscience se rebeller, je devais empêcher la transmission de cet ordre, le renvoyer à sa source, dire à celui qui l'avait émis : cet ordre, je ne le transmets pas pour telle ou telle raison. Cela, camarades, je ne l'ai point fait. Pareil à un robot inconscient, ainsi que je viens de le souligner, sans penser que je contribuais ainsi involontairement à porter un coup au Parti, j'ai transmis l'ordre aux blindés. Mon manque de maturité idéologique, mon étude superficielle du marxisme-léninisme, etc., et...

Second préposé aux transmissions : Je n'ai rien à ajouter. Je suis coupable. Nous sommes tous les deux coupables.

Question : Vous prétendez que vous n'avez pas eu conscience de commettre un acte répréhensible. Mais l'ordre en soi vous a-t-il semblé erroné ?

Le préposé S... : Erroné ? Comment dire... Un peu bizarre, oui, mais erroné, non. Il venait d'en haut, et j'ai pensé qu'il ne pouvait être erroné, puisque c'est de là qu'on nous l'envoyait. Mais, dans le Parti, il n'y a en somme ni haut ni bas... et dans l'armée non plus, c'est ce qui fait sa différence avec les armées bourgeoises-révisionnistes...

C'est bon, ça suffit... Autre question : le trajet, de l'état-major qui dirigeait les manœuvres jusqu'aux blindés, était long, n'est-ce pas ? Près d'une heure en side-car.

Le préposé S... : Oui, près d'une heure, en raison du mauvais temps.

Précisément, durant tout ce temps-là, vous ne vous êtes rien dit l'un à l'autre ?

Rien. Il faisait très mauvais, la route aussi était à peine praticable. Même si on avait voulu discuter entre nous, on ne se serait pas entendu.

Mais le mauvais temps ne t'empêchait tout de même pas de réfléchir ! A quoi pensais-tu, en chemin ?

A rien. Je conduisais la moto en faisait attention à la route. Il y avait de la boue et on pouvait déraper à tout moment.

Et toi, l'autre? Emmitouflé dans ton imperméable à l'intérieur du side-car, tu avais tout le temps de réfléchir, non?

C'est exact, pour autant que je m'en souvienne, j'ai pensé à un tas de choses, mais elles n'avaient rien à voir avec l'ordre que nous devions transmettre. Vrai, j'ai honte de le dire... Je ne sais pas si...

Parle! Tu ne dois rien cacher au Parti.

C'est juste... Eh bien, je ne pensais pas du tout à cet ordre, mais à une fille avec qui j'ai l'intention de me fiancer... A certains soupçons que son attitude avait éveillés en moi, ces derniers temps. Bref, j'avais peur qu'elle me trompe...

Ah, voilà un beau militaire de l'Armée populaire! un beau communiste! Il est obnubilé par son bonheur personnel, il se ronge à l'idée d'être trompé par sa fiancée, et entre-temps, peu lui importe si, même involontairement, il trahit le Parti! Et après?

Après, nous avons transmis l'ordre. Si je me rappelle bien, il a été communiqué à un officier prénommé Arian. C'est bien ça: si je ne m'abuse, il s'appelle Arian Krasniqi. Il a écouté l'ordre, m'a demandé de le répéter, puis il s'est rembruni; il s'apprêtait à dire quelque chose, mais il s'est ravisé. Il s'est borné à grommeler: Bon, vous pouvez retourner d'où vous venez, nous nous entendrons avec le commandement par radio... C'est tout.

Et après?

Après? Nous sommes rentrés sous la pluie.

Puisque vous vous rappelez si bien et pour la énième fois qu'il pleuvait et ventait, comment se fait-il que vous n'ayez pas songé qu'il n'était pas indispensable de transmettre cet ordre verbalement, mais que vous pouviez le faire par radio?

Je n'y ai pas pensé. Mais, même si j'y avais pensé, je me serais sûrement dit que c'était l'ordre du commandement.

Et tu as fait tout le chemin du retour sans penser à rien?

Je vous l'ai dit, la route était très mauvaise.

Et toi, l'autre, tu rêvassais encore à ta fiancée, à ta crainte qu'elle ne te plante des cornes?

Oui.

Extraits de l'autocritique du radio Dh.: Je n'ai rien à dire pour ma défense. C'est une faute, une très grosse faute de ma part. On ne peut en concevoir de plus énorme. Il n'y a qu'une chose que je voudrais signaler: vous ne pouvez pas imaginer ce qui se passe dans des situations pareilles. Un vrai capharnaüm, mes frères! On croit devenir cinglé. Votre tête résonne, tous exigent d'être mis au plus vite en liaison avec tel ou tel. Tous trépignent, alors que vous êtes seul à répondre et que vos oreilles sifflent comme si vous étiez en enfer. Sans compter qu'il y avait trois jours et trois nuits qu'on n'avait pas fermé l'œil. Et comme si tout ça ne suffisait pas, il faisait un temps de chien, avec beaucoup d'éclairs. Vous ne pouvez pas vous figurer l'effet que produisent les éclairs quand on travaille comme radio. A chaque instant, on a l'impression qu'on va perdre la boule. Et là-dessus vous parvient la voix d'un gus qui vous dit qu'il n'exécutera pas un ordre dont vous n'êtes même pas informé! C'est comme ça que les choses se sont passées ce jour-là. Un officier des blindés a dit qu'il refusait d'obtempérer à un ordre, tout en s'étendant en explications sur son refus. Mais moi, est-ce que j'étais en mesure de transmettre à l'état-major le détail de ses justifications? Bien sûr, c'est une faute, une très grosse faute de ma part, mais, sur le moment, je ne m'en suis pas rendu compte. Je me suis appliqué à en transmettre brièvement la substance à l'état-major, mais c'est là qu'on m'a interrompu en disant: Pas besoin d'explications; que l'ordre donné soit exécuté! J'ai retransmis de même, mais l'officier que j'avais en communication a persisté à tenir tête à l'état-major. Alors je me suis énervé à mon tour. Il a haussé le ton, moi aussi... Oui, j'ai commis une faute, une très grosse faute, surtout quand je me suis mis à déblatérer dans le micro. Je le reconnais, camarades: j'ai lancé des injures à tort et à travers. *Baise le shanghai de ta mère* ! que je lui ai dit. Je suis coupable, mais, à cet instant précis, j'étais sorti de mes gonds. A moi qui sentais déjà ma tête se fendre en deux, voilà que cet officier des blindés venait me parler de Shanghai ! C'est le bouquet, que je me suis dit : dans tout ce bazar, il ne manquait plus que les Chinois ! Et c'est comme ça que l'injure m'est venue aux lèvres : Baise le shanghai de ta mère... Je suis fautif, gravement fautif...

Dans son autocritique, l'officier d'état-major a reconnu que c'était lui qui avait donné aux estafettes l'ordre verbal à porter à la formation de blindés, et que c'était encore lui qui, par radio, avait reçu le refus d'obtempérer de l'officier des blindés. Dans un cas comme dans l'autre, il avait rendu compte au chef d'état-major qui, dans le premier cas, lui avait répondu que l'ordre émanait directement du ministre, et, dans le second, autrement dit pour ce qui était du refus d'obéissance, de lui en faire rapport à lui – donc au ministre.

(Note marginale du délégué : est-on sûr de ce que veut dire ce *à lui* ?!)

Quand on lui a demandé si la motivation du refus d'obéissance était claire, ou plutôt s'il avait réussi à expliquer au ministre pourquoi les blindés avaient refusé d'exécuter l'ordre (on n'encercle pas un comité de Parti, on n'est pas à Shanghai, etc.), M... a répondu qu'il n'en était pas certain : d'abord parce que la communication-radio qu'il avait lui-même captée était entrecoupée en raison du mauvais temps (il y avait beaucoup d'éclairs ce jour-là), ensuite – point crucial – parce que le ministre ne lui avait pas laissé la possibilité de s'expliquer clairement.

Pourquoi ?

Parce qu'il criait à tue-tête. Dès que j'ai ouvert la bouche pour dire que les blindés avaient refusé d'obtempérer, il s'est mis à hurler, il ne voulait entendre aucune explication.

Pourquoi ?

Ça se comprend : il se sentait profondément outragé, un pareil exemple ne s'était jamais présenté. Sa dignité...

Si bien que vous n'êtes pas parvenu à lui expliquer les motifs du refus d'obéissance ?

Non. Pourtant, bien qu'il fût hors de lui, j'ai réussi à lui dire quelque chose, mais je ne suis pas certain que mes propos aient été enregistrés par lui. Outre le fait qu'il était ivre de rage, la conversation avait lieu en plein air, devant sa tente, et il faisait extrêmement mauvais : il soufflait un vent de tous les diables.

Ce vent était-il si violent qu'il vous empêchait de vous entendre ?

Non, bien sûr, pas à ce point, mais il n'en rendait pas moins la conversation difficile. D'autant que, comme je l'ai indiqué, mon interlocuteur avait perdu tout son sang-froid.

Comment expliquez-vous cette nervosité ?

Je ne saurais dire... Il est ministre, membre du gouvernement... Qui plus est, il ne participe pas à cette réunion... Mais nous sommes ici à une réunion de Parti où tous sont égaux, et puisque vous me posez la question, je vous avouerai franchement ce que j'en pense : pour moi, c'était une manifestation d'amour-propre malsain.

Dernière question sur laquelle nous voudrions votre avis personnel à vous, M... : alors que vous disposiez de transmissions-radio, pourquoi l'ordre d'encercler le comité de Parti a-t-il été porté pour être transmis verbalement ?

M... n'a pas répondu directement à cette question. Il s'est borné à préciser qu'il existait des ordres qu'il était préférable, en raison de leur nature, de transmettre verbalement plutôt que par radio.

A l'ultime question – savoir si, tout au long de cette affaire, il avait ou non été fait mention des commandos –, M... n'a pas non plus répondu nettement. Il affirme qu'au cours de sa conversation avec les radios, il eut l'impression qu'il y était fait allusion, mais que, ni sur le moment, ni *a fortiori* aujourd'hui, il n'a été ni ne se sent en mesure de préciser à quel propos. Ici, M... évoque derechef le mauvais temps, les éclairs, etc.

Extraits des explications fournies par le chef de la formation Z. des commandos qui, au cours des manœuvres, jouaient le rôle des troupes ennemies : Si vous voulez que je vous dise vraiment ce que j'en pense, eh bien, pour moi, toute cette histoire n'est pas claire. Conformément au plan de manœuvres – plan approuvé en détail par l'état-major –, le lâcher de parachutistes sur la zone 04VS avait déjà été décidé antérieurement ; or, tard dans la soirée du mardi, autrement dit le 11, j'ai reçu l'ordre exprès de lancer mes commandos sans attendre, non seulement avant le moment convenu, mais sur une autre zone, précisément la zone 71T (où se trouve le comité de Parti – *note du délégué*). Bien que je me sois évertué à plus d'une reprise à comprendre la raison d'une telle précipitation, je ne suis parvenu à rien élucider. La vérité est que les liaisons-radio étaient difficiles, à cause du mauvais temps et surtout des éclairs (c'est bien ce même soir que les blindés reçurent l'ordre d'encercler le comité de Parti – *note du délégué*). Dans ces conditions, je me suis vu contraint d'exécuter l'ordre et de procéder au parachutage de mes hommes. Il va sans dire qu'il n'a pas été couronné de succès. Outre les intempéries, le terrain ne se prêtait pas du tout à une opération de ce genre et n'avait d'ailleurs pas été reconnu par nos éclaireurs. Une partie de mes hommes se sont perdus, les transmissions se sont emberlificotées et, comme vous le savez sans doute, trois soldats ont péri noyés. On ne pouvait s'attendre à rien d'autre à aller et venir ainsi à l'aveuglette dans la nuit noire.

Après coup, on n'a pas cherché à éclaircir pourquoi de tels faits s'étaient produits ? Il n'en a pas été question dans les comptes rendus de votre unité ?

Non. On s'est borné à dire que l'ordre avait été erroné. Sur ce, l'incident a été considéré comme clos. Plus tard, le bruit a couru que c'était un groupe d'officiers des blindés qui était à l'origine de toute cette affaire.

Qu'est-ce que ça voulait dire ? Pouvez-vous vous expliquer davantage ?

Pour moi non plus, ça n'est pas très clair. Par la suite, ces officiers ont été arrêtés, ce qui a conduit à penser que l'incident avait été créé intentionnellement par eux. Mais ce n'était là qu'une hypothèse, car, comme vous ne l'ignorez pas, les officiers ont bientôt été libérés – et puis plus personne ne s'est soucié de cette affaire...

Extraits de l'autocritique du responsable des personnels des formations motorisées: Pour ce qui est des enquêtes menées sur le curriculum des officiers des blindés, l'ordre est venu d'en haut. Je tiens à déclarer d'emblée que, bien que cet ordre ait été émis par une instance supérieure, une large part des responsabilités dans cette affaire retombe sur moi, et que je suis impardonnable, car je me suis montré veule, et, par ma veulerie, j'ai favorisé une mystification. J'avais flairé dès le début (quel préposé aux personnels n'aurait pas eu aussitôt la puce à l'oreille ?) que la demande de passer au peigne fin le curriculum des officiers des chars ne s'inspirait pas d'un soupçon réel, mais purement et simplement d'un sentiment de rage et de dépit. J'ai compris que l'on cherchait quelque prétexte, non point pour aider réellement à découvrir les racines d'une faute – l'origine de classe, etc. –, mais pour justifier la condamnation des officiers des blindés. Bref, bien que la demande d'examiner leur curriculum à la loupe ait été assortie d'un tas de périphrases prétendument révolutionnaires (on avait même pris soin d'y insérer deux citations de classiques du marxisme), l'intention vindicative était manifeste. Je reconnais ne pas en avoir douté un seul instant. Pourtant, tout en ayant conscience de participer indirectement à une action blâmable du point de vue de la morale communiste, poussé par la servilité, par des mobiles carriéristes, par les influences du monde bourgeois-révisionniste, au lieu d'exprimer sans crainte, en bon communiste, mon opinion sur cette affaire en m'opposant à mes chefs, loin donc d'adopter une telle attitude, non seulement j'ai fermé les yeux sur cette mystification, mais j'ai même contribué en connaissance de cause à la rendre plus plausible. J'ai donc accepté de fouiller le curriculum de ces officiers, et, même si je n'y ai rien trouvé de conséquent, le seul fait d'avoir procédé à ces recherches à des fins de vengeance personnelle est condamnable… D'autant que… d'autant plus que je me suis laissé aller à empiéter sur certains aspects de la vie privée, d'une nature telle que j'ai honte de les évoquer ici…

Considérez néanmoins que vous pouvez en parler.

En ce qui concerne l'officier Arian Krasniqi, par exemple, j'ai cherché à lui imputer à charge les rumeurs répandues naguère sur l'une de ses sœurs, touchant ses relations avec l'écrivain Skënder Bermema… J'entendais démontrer par là que tout le milieu où gravitait cet officier était moralement *libéral*, dans l'acception évidemment négative que nous donnons de ce terme. En outre, j'ai exploité le fait que Skënder Bermema s'est intéressé au sort d'Arian Krasniqi lorsque celui-ci s'est trouvé en état d'arrestation. J'ai tenté de faire peser sur lui de lourds soupçons, et même, et même… Excusez-moi, mais je suis très impressionné…

Continuez.

… J'ai même poussé si loin cette recherche d'éléments compromettants que je suis entré en possession d'un texte en prose inédit de cet écrivain, intitulé *Pour oublier une femme*, qui, à ce qu'on dit, aurait été dédié à l'une des sœurs d'Arian Krasniqi. C'est ainsi qu'à défaut d'autres éléments, j'ai cherché à exploiter ce texte dans le cadre de cette sordide affaire.

De quelle manière ?

J'ai remis ce texte à un critique en vue, je peux même vous dire son nom : il s'agit de C.V… Je le lui ai donc passé pour qu'il y débusque quelque erreur idéologique, ce qu'il a fait avec un zèle qui m'a, je dois le dire, laissé stupéfait.

Et pourquoi avez-vous donc choisi justement le critique C.V… ?

Parce qu'il a un frère qui travaille chez nous, et que ce frère a présenté une demande de mutation à Tirana… Mais je tiens à préciser ici que C.V… a accepté de se charger de cette dénonciation sans rien demander en échange. C'est pour ça que j'ai dit que son zèle m'a laissé stupéfait…

Rien d'autre ?

D'autre ?… Non, rien… Non, camarade, sauf que je ne

mérite pas d'être membre du Parti. Je souhaite que vous m'infligiez la sanction la plus sévère. Si l'organisation, en m'accordant une dernière chance de revenir à la vie, me fait le grand honneur de me garder à titre de membre-candidat, je m'engage sur l'honneur à faire l'impossible pour mériter de regagner les rangs du Parti comme un homme entièrement régénéré. C'est tout ce que j'avais à dire.

Vous êtes convaincu que la condamnation des officiers avait pour seul mobile une vengeance personnelle?

Oui, uniquement. Cette mesure ne s'inspirait d'aucun respect des principes, rien que du désir d'assouvir une vengeance.

Extraits de l'autocritique du chef de la Sûreté militaire: Je me reconnais coupable, car, tout en m'étant rendu compte, comme le responsable des personnels, que la mise sous surveillance des officiers des blindés n'était pas demandée en raison de réels soupçons pesant sur eux, mais seulement pour se venger d'eux, ainsi que l'a dit le précédent intervenant, j'ai accepté de tremper dans cette sale affaire. Pourquoi? Par servilité, cette maudite survivance du monde bourgeois! J'ai compris que tel était le désir de mes supérieurs, et je suis passé aux actes pour leur complaire.

Rien de plus facile pour moi que d'aller pêcher quelques phrases des tankistes furieux contre l'état-major, pour présenter ensuite ces prises de position comme une manifestation de rébellion envers le commandement de l'armée, voire envers le pouvoir en général.

C'est tout?

C'est le fond de l'affaire. Le reste est accessoire. Je suis prêt à assumer toute sanction qui sera prise à mon encontre.

Dans la mesure où vous avez vous-même organisé la surveillance des officiers comme s'ils avaient été réellement suspects de trahison, sans doute avez-vous été le seul à pouvoir percer leurs intentions profondes, et par conséquent à jauger leur innocence?

Oui, en effet.

Ni le mauvais temps ni les éclairs dont il a si souvent

été fait mention ces jours-ci ne vous ont empêché de bien entendre leurs propos, n'est-ce pas ?

Non...

Eh bien, justement, qu'avez-vous déduit de ce qu'ils disaient ?

Qu'ils n'avaient absolument rien à se reprocher.

C'est tout ?

Oui. Qu'aurais-je pu comprendre d'autre ? La pureté de leurs intentions se voyait comme le nez au milieu de la figure. Leurs mobiles étaient transparents comme le cristal. Et dire que j'ai accepté de les couvrir de boue ! Il y a des mois que cela m'empêche de trouver le sommeil !

C'est tout ?

Je ne vois pas ce que vous attendez d'autre de moi.

Notes du délégué : Ni le responsable des personnels ni celui de la Sûreté ne sont sincères. Tous deux cachent quelque chose. Je pense que le responsable des personnels altère la vérité lorsqu'il prétend avoir eu l'impression que ses supérieurs, en lui demandant de fouiller dans le curriculum des officiers des blindés, étaient inspirés par un désir de *vengeance*. Je pense que lui-même a fort bien compris qu'il y avait à cela d'autres mobiles, et que s'ils cherchaient à faire condamner ces officiers des blindés, c'est qu'ils y étaient poussés avant tout par la *peur*. Quant au chef de la Sûreté, il ment encore plus lourdement, car mieux encore que le responsable des personnels, il était au courant des craintes qu'avait suscitées l'attitude des officiers des blindés. Les officiers surveillés par ses soins avaient très probablement répété à plusieurs reprises des phrases comme : On ne peut pas encercler un comité de Parti... Nous le leur avons expliqué, mais ils se sont obstinés... Ici, nous ne sommes pas en Chine... Pour plus ample informé, nous nous adresserons au Comité central...

Si les deux hommes qui viennent de procéder à leur autocritique n'ont pas mentionné la *peur*, c'est parce que cette explication ferait d'eux des complices conscients de l'acte incriminé.

Pour ce qui est du parachutage anticipé, il était manifestement lié au souci de justifier l'encerclement du comité de Parti par les blindés, de sorte que l'on pût dire après coup: nous n'avons pas donné l'ordre d'encercler le comité de Parti, mais de le défendre. Il semble néanmoins que l'on ait préféré renoncer à ce système de défense, qui eût paru trop grossier. Au surplus, le bruit fait par le chef des troupes aéroportées sur ce lâcher de commandos précipité et surtout sur l'échec de l'opération a dissuadé de l'invoquer pour justifier l'encerclement du comité de Parti, car c'eût été risquer de voir dévoiler toute la manœuvre. Une enquête même sommaire sur ce point aurait permis de découvrir que l'ordre du parachutage avait été donné au moins *une heure après* le refus des officiers des blindés d'encercler le comité de Parti.

Note complémentaire du délégué: A toutes fins utiles, nous joignons au présent procès-verbal copie du texte intitulé *Pour oublier une femme*, de Skënder Bermema; ladite copie est conforme au manuscrit déposé dans le coffre du responsable des personnels des formations motorisées.

Pour oublier une femme

Et maintenant, que vais-je faire ? me dis-je en regardant tour à tour les volets clos, gondolés par la pluie, puis le tapis, la porte par où elle était sortie quelques instants auparavant, le cendrier en porcelaine avec, imprimés sur le côté, les mots HÔTEL DU TOURISME.

Je déambulai dans la pièce jusqu'à ce que mes pas me conduisent près de la porte. Je m'immobilisai à l'endroit précis où elle m'avait embrassé en sortant, dans un geste qui, sans marquer la séparation, ne comportait non plus aucune promesse. Un tel geste sur le pas de la porte, au terme d'un après-midi orageux, se conçoit généralement sur fond d'attendrissement, de repentir pour les mots durs échangés, avec des lèvres qui tendent à se rapprocher pour aboutir au pardon total. Or, rien de tel ne s'était produit. J'avais gardé mes mains dans les poches, je les y avais même enfoncées encore plus profondément. Raide comme un piquet, je sentis ses lèvres effleurer mon cou, puis un coin de ma bouche, puis une de ses mains passer rapidement dans mes cheveux. C'est tout juste si je fus tenté de l'enlacer, suivant le rituel millénaire des fins de querelles, mais un plâtre mortuaire, détaché de Dieu sait quelle statue, m'empêcha de me mouvoir.

Je ne me repentais de rien. Je me sentais seulement fatigué.

Dans le cendrier, des dizaines de mégots de cigarettes, comme fauchés l'un après l'autre au cours de quelque jeu de massacre (les siens, les tués d'un des deux camps – du camp qui, en guise de signe de ralliement, arborait une coiffe écarlate –, se distinguaient à la trace laissée par son rouge à lèvres), restituaient on ne peut mieux les séquences qui venaient de se dérouler : l'explosion de colère, l'explication difficile, les griefs réciproques, ses larmes intarissables. S'il avait existé quelque part un musée de la tristesse, j'y aurais porté ce cendrier.

Fourbu, la bouche amère, je n'aspirais qu'à me reposer, dormir à tout prix. Je jetai un regard méfiant vers le lit, la couverture, l'oreiller : espérais-je vraiment pouvoir trouver le sommeil ? J'eus envie de rire, tant cela me paraissait impossible.

Du dehors parvenait le bruit apaisant de la pluie. Il me fallait impérativement oublier cette femme, l'extirper de mon être. Mais, avant tout, je devais en arracher cette soirée : c'était ce qu'il y avait de plus urgent.

Il me fallait extirper de moi cette femme parce que les joies qu'elle me dispensait étaient toujours moindres que le mal qu'elle me faisait.

Je me surpris à arpenter chaque mètre carré de cette chambre que nous avions tous deux foulé au cours de ces heures insensées. Et, de nouveau, le cendrier rempli de mégots me figea sur place. Je m'en emparai, le retournai, remplis le creux de ma main de cette poignée de bouts de cigarettes comme si j'avais brandi devant moi quelque objet inouï. Ils étaient à présent refroidis, calcinés, eux qui, quelques instants auparavant, avaient connu l'intimité de nos propos, de nos halètements, de nos regrets, de nos sanglots.

Je m'approchai de la fenêtre, poussai le volet et jetai cette poignée dehors, dans la nuit. Ainsi sont dispersées les cendres de ceux qui en ont exprimé le désir, songeai-je. Il me faut absolument oublier cette femme. Employer tous les mécanismes de mon cerveau à la déprécier. La frapper de partout, de sorte qu'une fois venue l'heure de l'oubli, il me soit plus facile de la détruire.

J'éprouvai encore un ultime regret à cette perspective, mais j'étais convaincu qu'il n'y avait pas d'autre issue. Dans un moment, je m'allongerais (j'avais remarqué que dans cette position affluaient en moi les pensées les plus destructrices) et je m'y mettrais... Entendrait-elle de loin le bruit des bulldozers, dans son lit, là où, tout comme moi, elle était probablement allongée ?

Subitement me vint une idée : et si je couchais tout cela sur le papier ? Peut-être qu'ainsi décrite, cette soirée serait plus facilement extirpée de mon être ? Je lui ferais prendre corps pour la liquider d'autant plus aisément.

Oui, c'était bien ce que j'allais faire.

Ainsi qu'il m'arrivait toujours, assez étrangement, dans des circonstances analogues, l'idée d'écrire m'apaisa. Tout comme le pilote sort son avion d'une zone d'orage, cette idée, bien plus rapidement que je ne l'aurais pensé, me tira de mon agitation délirante pour me transporter dans une zone plus tranquille, au-dessus des turbulences.

Et je m'assoupis plus promptement que je ne l'aurais cru...

... Je reconnus de loin le pôle Sud (on distinguait sa forme légèrement aplatie, comme je l'avais appris à l'école primaire en cours de géographie). On entendait, étouffés, des coups frappés par des outils. M'étant approché, je m'aperçus que ce bruit était provoqué par trois hommes de petite taille attelés à rafistoler l'axe de la Terre. Ma présence ne les gênait nullement, ils poursuivaient leur besogne comme si de rien n'était. On les aurait bien dit absorbés par quelque réparation.

Je ne sais trop si je les interrogeai sur ce qu'ils faisaient ou si la chose me parut d'emblée évidente : ils apportaient des modifications au mécanisme de la rotation terrestre. Pour en corriger la vitesse, à ce qu'il semblait. Cette intervention allait entraîner un changement de la durée des jours, laquelle ne serait plus de vingt-quatre, mais de trente-huit heures. Les nuits, elles, en comporteraient vingt-deux. D'après maintes études et enquêtes, cela ne présenterait que des avantages. J'avais d'ailleurs l'impression d'avoir déjà lu quelque chose à ce propos dans un journal ou quelque revue.

J'eus envie de leur demander : Quand donc commence ce nouveau calendrier ?, mais, je ne sais pourquoi, je leur posai une tout autre question : Du moment que vous vous occupez de ce genre de choses, vous êtes probablement en mesure de détacher de la planète des fragments de temps ?

Bien sûr, me répondirent-ils. Ils étaient donc même capables de cela, et l'on devinait que ce serait pour eux un jeu d'enfants.

Seigneur, comme ce qui m'avait paru impossible – extirper de moi toute cette tristesse – était donc simple !

Je m'efforçai de leur expliquer que je souhaitais détacher de moi une journée, ou plus exactement une soirée particulièrement douloureuse.

Ils se mirent à rire de bon cœur.

Une soirée ? Mais nous ne travaillons qu'en gros ! En demi-siècles, en décennies, tout au moins en années. Les jours sont de la gnognotte ! Malgré tout (ils contemplèrent leurs instruments), peut-être qu'avec les plus fins nous parviendrons à saisir même les jours…

– Où est ce jour-là ? demanda l'un d'eux.

– Comment ?

– Le jour que vous voulez détacher, si je vous ai bien compris. Vous souhaitez l'enlever et renouer ensuite les fils, n'est-ce pas ?

– Oui, c'est bien ça.

– Alors, où se situe-t-il ?

Mon Dieu, je ne me souvenais plus de rien ! J'étais inondé de sueur et, dans ma tête, tout finit par s'embrouiller.

– Si ce n'est l'année, peut-être vous rappelez-vous au moins l'époque ?

Mais je ne me rappelais rien. Je savais seulement qu'elle était triste, triste à mourir…

– Qu'est-ce qui s'est produit ce jour-là ? Peut-être vous en souvenez-vous ? Quel empire a été renversé ? Y a-t-il eu un tremblement de terre ?

Ne m'entendant toujours pas répondre, ils se consultèrent du regard. Puis leurs yeux las se tournèrent vaguement de côté, là où, dans un tourbillon lointain, semblaient tournoyer au ralenti les empires renversés, les socles basculés des tremblements de terre, les squelettes des siècles. Ils gravitaient dans l'ombre, sillonnés d'éclairs froids.

Je ne me souvenais plus de rien. Je n'avais gardé que cette amertume dans la bouche que rien ne pouvait atténuer ni effacer.

Puis j'eus soudain l'impression de discerner quelque chose qui faisait penser à une robe flottant tristement au vent.

– Une femme, leur dis-je, une femme était là ce jour-là, une femme…

Ils rirent, mais d'un rire glacé. Puis ils jetèrent un nouveau regard sur leurs instruments :

– En ce cas, impossible. Ces instruments ne se prêtent pas à ce genre de travail.

– Je vous en supplie, délivrez-moi de cette soirée avec cette femme ! me mis-je à hurler.

–… Je me réveillai.

Avant toute autre chose, c'est le bruit de la pluie qui me rappela où je me trouvais.

L'hôtel. Au-dehors, les feuillages tombés et les petits cadavres des cigarettes massacrées parmi lesquelles un camp se distinguait de l'autre par sa coiffe rouge…

Elle était là, tout près, à quelques mètres ; elle devait

sûrement être inquiète, car, d'une manière ou d'une autre, elle avait dû deviner que je m'efforçais de l'enterrer.

Les réunions succédaient aux réunions. Ce qui avait été écrit ou pensé durant la nuit était maintenant dit là, parfois modifié à tel point que le locuteur lui-même, en se rasseyant, s'étonnait : Seigneur, mais j'avais pensé dire tout autre chose !

A une réunion au ministère de la Défense, où l'on devait entendre l'autocritique du ministre D..., avaient également été conviés les officiers des blindés, dont l'affaire défrayait désormais la chronique.

– J'imagine que tu vas prendre la parole, dit à Arian Krasniqi un officier portant les insignes du génie, assis à côté de lui, qui l'avait apparemment reconnu et dans les yeux de qui se lisait l'admiration. Ma foi, s'il y a quelqu'un qui doit prendre la parole, c'est bien toi, et ne te prive pas de faire trembler ces gredins. Ah, si j'étais à ta place !

Arian lui répondit par un sourire figé : et que ferais-tu si tu étais à ma place ? tu brandirais le drapeau, tu chercherais à gagner du galon ?

D'autres aussi lui avaient indirectement donné le même conseil. Ils ne dissimulaient pas une certaine déception à le voir si réservé, et devaient sûrement se dire : Ah, dommage, c'est une chiffe molle, il n'est pas à la hauteur de la situation !

Eux-mêmes se trouvaient dans un état d'euphorie permanente. Ils n'attendaient apparemment que de prendre la place des futurs évincés et cachaient mal leur joie lorsque, parmi ces derniers, ils repéraient quelque ennemi personnel avec lequel ils avaient de vieux comptes à régler : rivalité personnelle, revanche à prendre pour un préjudice subi, voire, assez souvent, histoire de femme.

En dépit de leurs efforts pour la masquer par des phrases toutes faites ou des slogans, leur rancœur ressortait si clairement qu'au cours d'une réunion, un *critiqué*, abasourdi par les attaques de son adversaire et obnubilé par le vrai motif de la hargne de l'autre, au lieu de répondre à ses questions, lui avait lancé d'un ton éperdu : Je ne suis pas du tout fautif, dans cette histoire, c'est elle-même, Margarita, qui m'a dit qu'elle m'aimait !

Qu'est-ce que cette Margarita ? s'était mis à hurler l'autre. Nous discutons ici de choses importantes, qui ont trait aux principes, et toi, tu viens effeuiller ta marguerite !...

Mais ce n'est pas du tout ma faute si elle a refusé de se fiancer avec toi ! avait persisté le premier. Elle-même...

Le président de séance était alors intervenu en déclarant qu'ou bien l'intervenant avait perdu ses esprits, ou bien il s'agissait d'une forme de simulation à quoi recouraient parfois les *critiqués* pour se dérober à leurs responsabilités.

En d'autres réunions, il arrivait que l'on posât des questions encore plus embarrassantes, pour ne pas dire sans réponse possible, comme par exemple : Pourquoi as-tu foulé aux pieds le sang des martyrs ?

Tout cela affligeait Arian. A deux ou trois reprises, il avait éprouvé l'envie de jouer au héros, mais il avait bien vite balayé cette tentation... Je ne te vois pas de bonne humeur, lui avait dit un jour quelqu'un ; on dirait que tu en as gros sur le cœur... – Tu t'imagines que ce qui est en train de se passer me procure quelque satisfaction ? avait-il répliqué. – De quoi veux-tu parler : de la mise au jour de cette saloperie ? – De ça et du reste. – Tout dépend de la manière dont on prend les choses, avait répondu l'autre.

C'est précisément ce jour-là qu'Arian apprit que le nom de sa sœur Ana avait été cité lors d'une de ces réunions. Il aurait enduré plus facilement n'importe quelle accusation plutôt que de voir évoquer la défunte en mauvaise part. La rage qui s'empara de lui lui obscurcit presque la vue, pour laisser place ensuite à une profonde amertume. Qu'étaient-ce donc que ces gens que rien n'arrêtait ? Ils avaient déterré ce nom, l'avaient tiré du néant pour en émailler les pages sordides de leurs confessions.

Rien qu'à y repenser, Arian éprouvait un sentiment de dégoût. Ils devaient sans doute se trouver dans cette salle, peut-être venaient-ils de faire leur autocritique, peut-être allaient-ils reprendre la parole. Pour peu qu'il voulût bien s'y intéresser, il eût pu sans grand mal obtenir leurs noms, mais il s'y était refusé. Il savait qu'après une telle confrontation, il lui aurait été difficile de se montrer équitable jusqu'au bout. Or, dans une réunion comme celle-ci, où se jouaient des destins, où des têtes risquaient de tomber, il lui fallait absolument le rester.

Le silence dans la salle se fit de plus en plus profond au fur à mesure que se déroulait l'autocritique du ministre D... ; à la fin, celui-ci apparut soudain littéralement défiguré, comme si, en même temps que sa voix qui n'avait fait que s'étrécir au fil de sa lecture, il était également venu à bout de ce qu'il lui restait d'yeux.

– Quelqu'un a une question à poser? demanda le militaire qui dirigeait les débats.

Beaucoup de mains se levèrent. Le ministre répondit d'une voix lasse. Au bout d'un quart d'heure, lorsqu'on entendit les mots *affaire des blindés*, Arian sentit la main de son voisin lui emprisonner le coude.

Le ministre était alors en train de répondre: Bien sûr, c'est une erreur grave..., une erreur dont, plus on en approfondit l'analyse, plus...

– Les officiers des blindés sont-ils présents dans cette salle? s'enquit le président de séance. Nombreux sont ici les gens qui souhaiteraient entendre l'un d'eux.

Il se fit un mouvement de têtes, accompagné d'un murmure.

– Lève-toi, murmura son voisin. Qu'attends-tu encore?

– Arian Krasniqi est-il présent? demanda le président de séance.

Quelqu'un répondit oui à la place d'Arian.

– Lève-toi, frérot, et fais-les trembler! souffla la voix de son voisin, la bouche collée à son oreille.

Arian était comme hébété. Plus tard, évoquant cet instant précis, il ne pourrait se rappeler comment il avait parcouru le bout de chemin qui le séparait de la tribune. Il en viendrait presque à croire qu'il avait glissé jusque là dans un état de quasi-inconscience.

– Eh bien, Krasniqi, dites-nous quelque chose sur cette affaire des blindés, fit le président de séance. Vous étiez là quand l'ordre est arrivé, n'est-ce pas ?

Arian acquiesça d'un hochement de tête, et brusquement, avec plus de clarté qu'il ne se l'était jamais remémoré jusqu'alors, ce fameux après-midi où sa vie avait bien failli se casser en deux lui revint à l'esprit ; les chars alignés dans la plaine avec leurs tourelles d'acier luisant sous l'averse, les gueules des canons qui lui faisaient l'effet de regards d'aveugles, toute cette scène reprit vie dans son esprit avec une telle netteté qu'il n'aurait pas été étonné de sentir sur ses épaules les gouttes de la pluie qui tombait ce jour-là. Sans concentrer son regard sur aucun point précis, comme s'il eût redouté de perdre cette vision à laquelle se rattachait la vérité, et, avec cette vérité, son honneur, il se mit à parler.

Quatre jours après le retour de Silva, l'équipe du ministère rentra au grand complet à Tirana.

Pendant plus d'une demi-heure, le chef et Arian, qui avait accompagné sa sœur, bavardèrent avec Silva et Linda, échangeant les dernières nouvelles. Le halo des lampes qu'on avait allumées à cause de la grisaille du jour, la conversation à pleine voix entre ceux qui se trouvaient réunis dans ce bureau, y créaient comme une atmosphère de bonne humeur.

Les nouveaux arrivants racontèrent d'autres anecdotes concernant les Chinois. Silva leur demanda ce qu'il en était du haut-fourneau et ils répondirent que d'ici deux ou trois jours, on procéderait à son déblocage par explosion : il n'y avait pas d'autre issue.

– C'est un de tes proches qui en est chargé, n'est-ce pas ? demanda le chef.

Silva eut l'impression qu'à cette évocation, même voilée, du frère cadet de Besnik Struga, Linda avait détourné de nouveau les yeux comme elle l'avait déjà fait la première fois qu'avait été mentionné ce projet d'explosion auquel était attaché son nom. Elle avait même cru remarquer que son amie avait alors légèrement rougi. Dans l'ensemble, au demeurant, en pénétrant ce matin-là dans son bureau après une semaine d'absence, Silva y avait trouvé quelque chose de changé. Les tables, l'armoire à dossiers, les rideaux, le téléphone, tout était à sa place ; pourtant, même s'il n'était pas visible à l'œil nu, ce changement n'en était pas moins perceptible. L'espace d'une seconde, il sembla à Silva qu'il gisait dans les yeux de la jeune femme : ils avaient embelli, tout en paraissant fuir son propre regard.

– Et ici ? demanda le chef. Quoi de neuf ? On nous a parlé de quelque chose, mais plutôt vaguement...

Toutes deux firent part de ce qui se racontait sur les radiations du Parti et les destitutions de ministres. Chaque fois qu'un nom était cité, le chef faisait *tss-tss*, puis murmurait : Ça, par exemple, ça se pose là !

– Saison de plenums..., murmura-t-il à un moment donné comme en se parlant à lui-même. Ça vous en bouche un coin, hein ?

A peine douze heures s'étaient-elles écoulées, après la clôture des travaux du plenum du Comité central, que l'on apprit les noms de ceux qui en avaient été exclus. Pour la première fois, à côté du mot *saboteurs*, figuraient ceux de *putsch* et de *putschistes*. Les sanctionnés, disait-on, se trouvaient assignés à résidence. D'après certaines rumeurs, trois ou quatre d'entre eux avaient même été arrêtés dès l'issue de la dernière séance, au vestiaire où une main inconnue avait déjà arraché épaulettes et galons de leurs capotes.

Désormais, tout le monde faisait le lien entre ces événements et la dégradation des relations avec les Chinois, et d'aucuns allaient même jusqu'à murmurer que, bien qu'il fût depuis longtemps réduit en cendres au sens propre du terme, quelque part, sur quelque bande mystérieuse, c'était la voix enregistrée de Zhou Enlai qui avait dispensé des instructions aux conspirateurs. Cependant, la plupart des gens pensaient que le complot était un acte perpétré de l'intérieur, et que lesdites consignes de Zhou Enlai n'avaient pu être que de nature essentiellement idéologique, ce qui semblait plus vraisemblable. Les Chinois souhaitaient certes une modification de la ligne, avait-on déclaré en haut lieu au cours d'une réunion importante, mais ils n'avaient nul intérêt à renverser le régime en Albanie.

Un de ces matins-là, de la fenêtre de son bureau, Silva aperçut de nouveau une foule de Chinois déferler sur la place des ministères, et, tout comme quelques mois auparavant, de la même voix, peut-être accompagnée du même mouvement du cou, elle dit : Regardez, là-bas, des Chinois...

Le lendemain, comme si ce regroupement de Chinois sur la place avait été un signe annonciateur, l'ensemble de la presse publia la déclaration du gouvernement de Pékin sur la cessation des aides accordées à l'Albanie et le retrait de ses spécialistes.

Sur le coup de neuf heures, de brèves réunions furent organisées partout afin de faire connaître à tout un chacun la teneur de la déclaration chinoise et de la réponse albanaise, et deux ou trois heures plus tard, tous, au ministère, redescendirent prendre quelque chose à la buvette. On avait du mal à croire que la note chinoise avait été diffusée le matin même. Elle faisait l'effet d'être déjà un peu défraîchie, de dater d'un certain temps, comme si on l'avait expédiée plusieurs mois auparavant, voire comme si elle avait existé de toute éternité.

Silva avait du mal à se retenir de rire en se rappelant les propos de Skënder Bermema qu'elle avait croisé par hasard devant le Théâtre national, d'où ils avaient fait quelques pas ensemble jusqu'à l'orée de la rue des Barricades. Il avait notamment eu le temps de lui raconter que, d'après certains bruits, la note du gouvernement chinois était accompagnée de toutes sortes de documents saugrenus, y compris la radiographie d'un pied qui pouvait fort bien être celui dont Silva lui avait parlé naguère : Peut-être n'est-ce là qu'une légende, de celles qui fleurissent en pareilles situations, avait-il ajouté ; pourtant, si jamais on publie un jour un livre blanc sur les relations sino-albanaises de ces dernières années, on pourra difficilement trouver meilleur symbole que ce pied de Chinois pour en orner la couverture !

Silva avait eu bien de la peine à étouffer son rire, quand celui-ci se noua brusquement dans sa gorge. Sur le trottoir d'en face, elle venait d'apercevoir Linda et Besnik Struga. Elle écarquilla les yeux pour se persuader que ce n'était pas une hallucination. Non, c'étaient bien eux, et ils avaient même l'allure de deux êtres qui ne se sont pas rencontrés par hasard : lui, les mains profondément enfoncées dans les poches, elle, animée d'un léger sautillement, comme si ses talons et ses genoux avaient été équipés de menus ressorts. Le sourire qui éclairait son visage était lui aussi primesautier, adressé à personne en particulier, mais comme projeté pour se pulvériser dans l'espace. Plutôt qu'un sourire, c'en était la partie visible, la couronne, alors que ses racines étaient profondément, très profondément enfouies en elle… Voilà donc pourquoi elle avait ce regard fuyant, songea Silva.

Un certain relent d'amertume flotta encore en elle quelques instants après qu'ils eurent disparu sans la voir. Mais elle comprit bien vite qu'il n'y avait là aucune aigreur envers l'un ou l'autre, et même, au fil des secondes, tout cela lui parut de plus en plus dans l'ordre des choses. Ils s'étaient probablement vus durant ces journées où elle avait été absente, et il était naturel, voire tout à fait compréhensible que Linda ne lui en eût rien dit. Il lui aurait fallu bien de la méchanceté pour se refuser à le comprendre, d'autant plus que l'un comme l'autre lui confierait un jour la vérité si vraiment… Non, ce sentiment d'amertume ne lui était aucunement inspiré par eux. Sa tristesse avait pour origine le souvenir d'Ana, rien d'autre que le fait qu'elle était absente, qu'elle ne pouvait plus déambuler comme eux dans la rue de sa démarche légère, et que quelque chose d'elle-même… Mais cela se pouvait-il ? Était-il concevable que Linda, sans l'avoir jamais connue, comme par l'effet d'une impulsion venue d'un autre monde, eût mimé quelque chose d'elle ?… Peut-être au demeurant était-ce la raison pour laquelle Besnik…

Silva pressa le pas, croyant pouvoir ainsi mieux refouler son émotion.

– Maman, lui chuchota Brikena dès qu'elle fut rentrée chez elle, tante Hasiyé est là.

– Ah oui?

En ôtant son manteau, elle lut une certaine panique dans le regard de sa fille, mais fit mine de ne point l'avoir remarquée. Elle avait tant de fois répété à Brikena qu'elle ne devait pas perdre la boussole quand quelque visiteur débarquait alors qu'elle se trouvait seule à la maison: ce n'est pas la mer à boire que de préparer du café à son hôte et de lui faire un brin de causette, lui avait-elle remontré la dernière fois. Mais, une fois de plus, Brikena avait dû s'affoler.

– Qu'est-ce que tu as à faire ces yeux-là? demanda-t-elle à sa fille. Qu'y a-t-il d'étonnant à ce que tante Hasiyé soit venue nous voir?

– Mais, maman, elle s'est remise à parler comme ça... comme l'autre fois...

– Tu sais bien qu'elle n'a plus toutes ses facultés, l'interrompit Silva avec un certain agacement. Les gens comme elle ont la mémoire qui flanche.

– Mais elle divague, déraille, délire... je ne sais comment dire..., se justifia Brikena. Elle m'a demandé par trois fois comment je m'appelais, et je t'avoue que j'ai eu peur.

– Bon, bon, ça suffit maintenant, ronchonna Silva en se dirigeant vers la pièce de séjour. Comment te portes-tu, tante Hasiyé? fit-elle d'un ton guilleret en allant vers elle. Comment va tout le monde, chez vous? Brikena, prépare un café pour tante Hasiyé et pour moi également, je t'en prie.

Dès les premiers mots de la vieille femme, Silva comprit que son gâtisme n'avait fait qu'empirer. Elle mélangeait les vivants et les morts, les années, les époques, et le reste à l'avenant. En surveillant le café, Brikena se retournait de temps à autre vers Silva comme pour lui dire: je n'avais pas raison?

– Comment va Ana? demanda tante Hasiyé. Il y a longtemps que je ne l'ai vue.

Silva se mordit légèrement la lèvre inférieure.

– Mais Ana n'est plus de ce monde, tante Hasiyé, répondit-elle d'une voix douce à la vieille dame qui ne comprit pas ou oublia sur-le-champ les mots qu'elle venait d'entendre.

– De nos jours, on voit de moins en moins ses proches, reprit-elle. Dans le temps, ça n'était pas pareil : ils apparaissaient eux-même devant vous. A présent, terminé ! Heureusement que je les vois encore en rêve…

Silva sourit mélancoliquement.

–… Et puis aujourd'hui, on a des tas de choses à faire, on se mêle beaucoup de politique, poursuivit la vieille dame. Du temps que j'étais jeune fille, on s'en occupait aussi, mais pas autant que maintenant. A l'époque, je m'en souviens, les Chinois étaient ici, mais vous ne pouvez pas vous rappeler… Ils avaient un méchant sultan, – Dieu sait comme il était méchant ! – avec un nom de chat : Miaou Zédong, qu'on l'appelait. Il a eu beau faire, il a heureusement fini par se casser le cou !

Brikena porta la main à sa bouche pour ne pas pouffer de rire.

–… Vous n'avez pas connu les Chinois, vous autres, c'est pour ça que vous rigolez. Ils avaient les yeux comme ça : ce n'étaient pas des yeux, mais des plis. Moi-même, c'est tout juste si je me souviens d'eux. Il y a un bon bout de temps qu'ils sont partis : peut-être cent ans, peut-être plus. Je me rappelle, le jour de leur départ, qu'un voisin à nous – il s'appelait Lucas – s'est pendu avec la courroie de sa valise. Puis sont venus les Allemands : ceux-là, je me les remets bien. Mais ils en avaient après les Moscovites. Je me souviens aussi des Italiens, qui se parfumaient comme des femmes…

Silva et Brikena éclatèrent de rire. La jeune fille servit le café.

– J'écoute la radio ; mais je ne comprends rien aux politiciens d'aujourd'hui, poursuivit tante Hasiyé. Qui étaient ceux que notre radio insultait hier : des Turcs ?

– Non, tante Hasiyé, il était question des Chinois.

– Des Chinois ? Non, non, les Chinois, c'était de mon

temps. Il y a plus d'un siècle qu'ils ont levé le camp. Personne ne se souvient d'eux. Maintenant, nous sommes à couteaux tirés avec les Turcs. Les Chinois, vous ne savez pas ce que c'est, vous : vous ne les avez vus qu'en rêve !

Tante Hasiyé continua ainsi à radoter un long moment. Mais les rires de Silva se faisaient de plus en plus mesurés. L'idée effleurait son esprit que si le mélange des temps auquel se livrait tante Hasiyé était franchement comique, peut-être que, considérée d'un point d'observation plus éloigné, leur évocation chronologique serait tout aussi dérisoire. Il y avait dans le parler de tante Hasiyé cette dimension artistique que créent non seulement le chamboulement des époques, mais l'abolition des frontières entre réalité, rêve et imagination. C'est ainsi que, pour la seconde fois, elle s'enquit d'Ana, s'obstinant à prétendre farouchement l'avoir rencontrée le mois précédent en ville, un filet rempli d'oranges à la main. Silva estima inutile de se lancer dans des explications. Au fond, elle-même ne s'était-elle pas ressouvenue, ce même jour, de sa sœur ? Et, au bout du compte, en quoi les dires de la vieille dame sur sa rencontre avec Ana en ville différaient-ils de la description qu'aurait pu faire Silva de ses propres impressions datant d'une heure à peine, lorsque, apercevant Besnik Struga et Linda, elle avait eu le sentiment que la morte avait prêté, pour ce jour, sa démarche aérienne à cette dernière ?

Le téléphone avait sonné, Brikena s'était précipitée dans le vestibule. C'était Sonia qui demandait Silva. Elle les invitait tous trois, s'ils n'avaient pas d'autre engagement, à venir ce même soir chez eux. Silva lui répondit que ça dépendait de Gjergj, qu'elle lui en parlerait dès son retour et la rappellerait de toute façon.

Gjergj arriva au moment où tante Hasiyé s'apprêtait à partir. A la grande joie de Brikena, qui épiait non sans impatience toute nouvelle excentricité de sa part, c'est à peine si la vieille le reconnut.

Une heure plus tard, quand tous trois sortirent pour se rendre chez Arian, le soir était tombé. Deux voitures de pompiers dévalaient en hurlant la rue des Pins.

– Le cerveau humain est vraiment étrange, remarqua Gjergj. Nous avons ri de ce que racontait tante Hasiyé, mais sais-tu que dans son radotage, il y avait quelque chose d'exact qui s'est précisément produit aujourd'hui ?

Silva tressaillit et faillit s'écrier : Quelle télépathie !, mais Gjergj enchaîna :

– Elle a parlé d'un certain Lucas qui, selon elle, se serait pendu il y a un siècle. Eh bien, cet homme s'est bel et bien pendu aujourd'hui. On en parlait alors que je prenais un café à la buvette du ministère.

– Qui était-ce ?

Gjergj haussa les épaules :

– Franchement, je n'ai pas bien compris. Un *ci-devant*, je crois.

Pour la troisième fois, Hava Fortuzi fit observer à son mari que ça ne portait pas bonheur de rentrer directement chez soi après un enterrement.

– Et où veux-tu que nous allions ? Tu sais bien que je n'ai envie de me rendre nulle part.

– Je sais, mon chéri, mais il faut malgré tout que nous allions chez quelqu'un. Cela vaudra mieux pour toi aussi. Tiens, chez les Kryekurt, par exemple. Qu'en penses-tu ?

– Bon, bougonna-t-il. Je savais bien que c'était là que nous échouerions. Comme d'habitude.

– Tout ce qui ne sort pas des habitudes est sans dommage.

– Ça dépend, ma chérie… Oh, cette mort m'a vraiment anéanti !

– N'y pense plus.

– Mais je ne peux pas, je ne peux pas ! gémit-il. Ce n'est pas seulement le sort de ce malheureux Lucas, tu sais bien que rien ne me liait particulièrement à lui, mais il y a dans sa mort quelque chose qui m'est proche, familier…

– Allons, tire maintenant un trait sur tout ça.

– Dès que j'ai entendu parler des circonstances de sa mort, ça m'a fait un choc. Je me suis enquis de la manière dont il avait procédé et quand on m'a eu précisé qu'il s'était servi de la courroie de sa valise, j'ai failli m'écrier : Mais c'est justement ce que j'avais pensé faire, moi aussi !

– Ekrem ! Je trouve que tu passes les bornes !

– Cette communion entre nous est tout ce qu'il y a de naturel. Nous étions tous deux liés à... Hier, en lisant la déclaration chinoise, j'ai senti comme un grand creux ici... Le genre de creux qu'il a probablement ressenti, lui aussi. Désormais, tout est terminé. Il ne reste plus rien. C'est la fin...

– Ekrem ! Suffit !

– C'est la fin. Le dernier espoir... l'ultime petit espoir...

– Tu es fou. On va t'entendre !

– Ce rêve ténu...

Elle aperçut comme un havre l'entrée de la cour des Kryekurt et hâta le pas. Pourvu qu'on ne parle pas de la mort de ce malheureux ! songea-t-elle avant de s'étonner d'avoir pu former un tel vœu. Dans la salle de séjour des Kryekurt, la conversation roulait en effet précisément sur le suicide de Lucas Alarupi. Outre Marc et sa fiancée, qui se taisaient, il y avait là Musabelli, deux autres connaissances de la famille que les Fortuzi n'avaient pas rencontrées depuis longtemps, ainsi que le médecin qui avait coupé la courroie du malheureux. Tous venaient de rentrer de l'enterrement et Hava Fortuzi fut surprise de constater qu'ils avaient nettoyé leurs chaussures avec un tel soin qu'ils en avaient ôté toute trace de la boue du cimetière. Elle eut soudain l'impression que toute leur existence, voire la vie de l'humanité entière, n'était qu'une succession de retours d'enterrement. Pourvu au moins que le médecin ne se mette pas à entrer dans les détails ! se dit-elle en considérant tantôt le visage de ce dernier, avec ses cheveux presque ras – coupe dont il avait gardé l'habitude après sa sortie de prison –, tantôt le profil tendu de son époux. Mais, comme si la crainte de Hava l'y avait au contraire incité (cet homme lui avait toujours semblé porter malheur), le docteur se mit à raconter l'événement par le menu. Elle écouta d'un air absent la description de la zone où Lucas Alarupi s'était pendu, un espace désert à proximité de la gare désaffectée, recouvert de poussière et de mâche-fer comme la plupart des endroits de ce genre, sur lequel gisaient, éparses, de nombreuses feuilles de papier que le malheureux avait regardées une dernière fois avant de se donner la mort. Tout était là : diagrammes de production, photos des travailleurs d'élite, tableaux des taux de réalisation du plan, et jusqu'aux télégrammes adressés au Conseil central des Syndicats, faisant part de l'accomplissement avant terme des plans annuels. Hava Fortuzi ne quittait pas des yeux le visage de son mari. Les lèvres entrouvertes, celui-ci buvait chaque parole du médecin et elle était certaine qu'il se représentait mentalement, gisant sous ses pieds pendants, les feuillets de ses propres traductions de rapports économiques, de chroniques, et celles des poèmes de Mao Zedong.

Tandis que le praticien déclarait avoir redouté depuis bien longtemps que toutes les chimères de l'infortuné Lucas ne finissent par tourner mal pour lui, Hava Fortuzi, le sang figé dans les veines, se disait que son Ekrem n'avait pas tissé moins de rêves fous (invitation personnelle de Mao, séjour à deux au Mont Kun-lin, longs entretiens en chinois ancien – hé-hé, Guo Moruo, il y aurait en ce monde quelqu'un qui connaîtrait encore plus d'idéogrammes que toi ! etc., etc.).

A ce qu'il semblait, ce maudit médecin n'avait nulle intention de mettre un terme à son radotage, et Hava faillit l'interrompre à deux ou trois reprises. Comme l'occasion ne s'en présentait pas, elle finit par lui couper la parole sans la moindre vergogne :

– Cela vous paraîtra peut-être banal et rebattu, mais j'ai de nouveau entendu parler d'un rapprochement avec l'Union soviétique.

– Je n'y crois pas une seconde, fit le médecin.

– Moi non plus, décida au bout d'un moment Musabelli.

– Alors, un rapprochement avec l'Occident ? – enchaîna aussitôt Hava, terrifiée à l'idée que le médecin pourrait reprendre ses commentaires sur la mort de Lucas. Si elle ne s'en était tant fait pour son mari, elle n'eût jamais proféré une pareille phrase, si ressassée entre eux qu'elle donnait littéralement la nausée.

– Encore moins, dit le médecin.

– Encore moins, répéta Musabelli.

Ekrem Fortuzi laissa échapper un soupir. C'était peut-être

son teint maladif, ou ce qu'ils savaient ou venaient d'apprendre de la similitude entre sa tocade et celle du défunt, qui conféra à son soupir ce poids particulier qui accompagne l'infortune. Ils attendirent un moment en silence ce qu'il allait déclarer. Peut-être n'avait-il d'ailleurs nulle envie de prendre la parole, mais, devinant leur attente, il dit faiblement :

– Si paradoxal que cela puisse paraître, entre l'Occident et la Chine, j'aurais choisi la Chine, et cela, non parce que je n'aime pas l'Occident, mais, au contraire, parce que je l'aime ardemment et souhaite en disposer sous une forme aussi sûre que possible.

Il les considéra tour à tour et s'aperçut qu'ils ne l'avaient point compris.

– Comment vous dire..., reprit-il. Un Occident revêtu d'oripeaux socialistes serait à mes yeux mieux protégé, plus assuré que sous la forme dépouillée, authentique qu'il a en Europe. Vous voyez ce que j'entends par là ? – il baissa le ton : C'est un Occident semblable qu'il nous faut à nous autres, avec des travestissements, des masques... Sinon, nous ne cesserons d'être en péril... Au demeurant, peut-être que l'Occident en soi ne nous plairait plus : nous avons pris de la bouteille, nous nous sommes transformés, nous ne sommes plus faits pour la véritable Europe... Oui, voilà où nous en sommes : notre seule chance... En fait, toute la question est là : notre seule chance, c'étaient les Chinois. C'est pour cette raison que j'ai pleuré, je le reconnais, et je n'en ai nullement honte... Ce que je trouve honteux, c'est de ne pas pleurer... Par conséquent... Mais de quoi est-ce que je parlais ?... Ah oui, j'ai pleuré, oui, j'ai pleuré à chaudes larmes, hier, en entendant la déclaration chinoise à la radio...

Tandis qu'ils s'entreregardaient, Ekrem se leva et quitta la pièce. Sa femme se leva à son tour dans le silence qui s'était établi. Elle revint au bout d'une minute, une expression de soulagement sur ses traits.

– Il est dans le cabinet de toilette, dit-elle à la cantonade. Je vous avouerai que, depuis hier, je me fais du mauvais sang pour lui. Ses nerfs semblent sur le point de lâcher. Ce maudit chinois lui a fait perdre la raison. On parle du boycott du pétrole, du chrome et de je ne sais quels autres minerais, mais tout cela n'est rien à côté de ce qui est arrivé à Ekrem. Tout ce chinois qu'il a appris et qui s'en va à vau-l'eau ! Qu'est-ce que le pétrole, comparé à cela ? qu'est-ce que le chrome ? On trouvera bien un autre marché sur lequel les écouler, mais cette montagne de chinois, que va-t-on en faire ? Il a toutes les raisons du monde de se morfondre, le malheureux. Hier soir, j'en ai eu le cœur déchiré, reprit-elle en baissant la voix. Je vous ai déjà raconté qu'à la mort de Mao, il a pleuré comme sans doute personne d'autre ne l'a fait, et je croyais que nous en avions fini avec ça. Or, dans la soirée d'hier, ne voilà-t-il pas qu'à un moment donné, je l'entends qui sanglote à nouveau ! Mon Mao, jérémiait-il, avant même que ton corps ne soit tout à fait refroidi, tous t'ont abandonné, nul ne t'aime plus ; il n'y a que moi, un ancien bourgeois d'Albanie, qui pense encore à toi avec tendresse. Les autres peuvent bien te laisser tomber, te maudire, moi, je continuerai à te traduire tout comme avant... C'est ainsi qu'il sanglotait, penché sur des textes chinois. *Toi mort, le Verbe est mort...* Tels furent ses propres mots. Mon Dieu, j'ai peur qu'il ne lui arrive quelque chose, si ce n'est déjà fait ! Ce suicide d'Alarupi l'a anéanti.

Musabelli s'apprêtait à prendre la parole quand Ekrem revint dans la pièce. Malgré leur envie de dire quelque chose qui dissipât l'impression qu'ils venaient de parler de lui, la conversation ne parvint pas à s'engager. Peut-être est-ce lui qui, observant tantôt l'un, tantôt l'autre – de l'air de leur dire : Alors, vous avez parlé de moi, vous m'avez trouvé complètement sinoque ? –, creusa encore davantage le silence.

C'est dans cette plage de mutisme que la fiancée de Marc murmura quelque chose à l'oreille de ce dernier, qui contemplait d'un regard immobile, entre ses genoux, les dessins du vieux tapis.

Il fait froid, murmura-t-elle encore plus doucement. Le bleu pâle de ses prunelles avait imperceptiblement changé de nuance. Sans attendre que la conversation reprît, tous deux se levèrent pour gagner l'autre pièce, sous les yeux voilés d'envieuse morosité de Hava Fortuzi.

– Relève ton col, dit Silva à Brikena dont les yeux se fermaient.

Il faisait très humide. Il était près de minuit quand ils traversèrent le centre ville. Devant eux, un petit groupe de balayeurs marchaient tout en devisant à voix haute.

– Ils parlent des Chinois, remarqua Silva.

– Et que peuvent bien raconter des balayeurs à propos des Chinois ? demanda Brikena d'une voix ensommeillée.

Sur le trottoir d'en face, un homme qui, à sa mise, avait tout l'air d'un étranger, s'était arrêté et écoutait le joyeux brouhaha qui s'élevait du petit groupe : Non, non, s'écriait l'un des cantonniers. Aussi vrai que je m'appelle Rem, on ne m'y reprendra plus. Vous pouvez dire ce que vous voulez de Mao Zedong, je n'ouvrirai pas la bouche. Non-non, je vous jure que je préfère me mordre la langue plutôt que de prononcer son nom. Rem a déjà écopé une fois pour un truc de ce genre, il a pris quinze jours de taule à propos de Khrouchtchev, et quand ça ? quand tous le couvraient d'injures ! Non-non, Rem ne se laissera plus prendre. Quinze jours à l'ombre, tu m'entends, et alors que tout le monde lui crachait dessus, moi je moisissais derrière les barreaux. Et pourquoi, me diras-tu ? Parce que je l'avais fait deux heures avant les autres... Les autres balayeurs se mirent à rire aux éclats. Ça n'est pas parce que tu as injurié Khrouchtchev, riposta l'un d'eux, mais parce que tu as voulu pisser contre l'arbre de l'amitié albano-soviétique qu'il avait planté dans le parc qui fait face à l'hôtel Dajti. C'est pour ça qu'on t'a conduit au poste. – Et après ? répliqua celui qui s'appelait Rem. Quelle différence entre un arbre et celui qui l'a planté ? C'est du pareil au même. Je t'en prie, ne me parle plus de ça. Ça m'échauffe la bile ! – Comment peux-tu te mettre en colère aujourd'hui, Rem, pour ton dernier jour avant la retraite ? Trente ans passés à nettoyer les rues sur lesquelles marche l'homme nouveau : c'est bien ce qu'a dit le président des syndicats, pas vrai ? Je t'avouerai que j'en ai eu les larmes aux yeux. – Eh oui, j'en ai vu de toutes les couleurs..., conclut celui qui s'appelait Rem.

– C'est drôle ! s'exclama Brikena. Jamais je n'avais

entendu de discussions de balayeurs. Ne marche pas si vite, maman, j'ai envie de les entendre encore...

Mais ils avaient laissé le groupe de cantonniers derrière eux et leurs voix ne leur parvenaient déjà plus aussi distinctement : Allons, Rem, empoigne encore une fois ton balai ! Tu en as balayé, des choses, dans ton existence ! Balaye pour la dernière fois la rue. Balaye de la surface de la terre...

– Qu'est-ce qu'ils disent ? s'enquit Brikena. Tu entends, papa ? Je crois les avoir entendus lancer : Balaye de la surface de la terre tout ce qui a trait aux Chinois !

– Pas étonnant ! répondit Gjergj en ralentissant l'allure. – Il observa un moment le petit groupe qui s'était immobilisé. Sur le trottoir d'en face, l'homme seul, qui maintenant se révélait sans conteste être un étranger, s'était de nouveau arrêté, lui aussi, pour écouter. Les balayeurs, eux, s'étaient subitement tus.

– A l'évidence, celui qui va prendre sa retraite balaye la rue pour la dernière fois, murmura Silva.

De fait, on aperçut à distance la silhouette de l'un d'eux qui se détacha du groupe et fit aller et venir son long balai sur l'échine de la rue. Le nuage de poussière qui enveloppa soudain l'homme rendit son image inaccessible, comme appartenant à l'au-delà.

Minuit était depuis longtemps passé et les signaux en provenance d'Europe se raréfiaient de plus en plus. L'observateur du Pôle contempla son carnet : les notes y étaient encore plus espacées. On lui en avait fait la remarque, depuis son centre, mais il sentait qu'il n'y pouvait rien. C'était plus fort que lui, il prenait de moins en moins de notes.

On disait qu'il s'agissait d'une sorte de maladie professionnelle propre à ce type d'observateurs. Passé les premiers mois de service, une vague indifférence envahissait peu à peu tout leur être. Elle suscitait d'étonnantes modifications dans leur perception de l'univers, redimensionnait les espaces, les distances, le temps, les événements. Bien des choses qui avaient naguère paru considérables et fermement établies revêtaient à présent l'aspect de jeux éphémères, et d'autres surgissaient brusquement des ténèbres et du néant pour se détacher avec force sur l'horizon. Si l'expression *anus mundi*, utilisée par les nazis pour désigner les camps de concentration, paraissait autrefois aussi forte que percutante, elle lui semblait désormais des plus naturelles, tout comme il l'était d'entendre parler d'un *vagin des peuples*, situé entre les vallées du Cachemire et du Pakistan, ou quelque part dans ce coin-là du monde. Lorsqu'il entendait parler des réserves mondiales de pétrole, de charbon ou de sel gemme, il s'étonnait presque que personne ne rendît compte nulle part des réserves planétaires de méchanceté, de bonté, de crimes. Il était convaincu qu'il en existait ainsi des gisements, à l'instar des autres minerais ou des ressources énergétiques. L'histoire est écrite de manière absolument erronée, méditait-il alors : quelques batailles, quelques traités, mais l'essentiel fait toujours défaut. Où trouve-t-on évoqué par exemple que douze mille jeunes filles d'Europe sont tombées amoureuses, entre cinq heures et six heures moins le quart de l'après-midi du 20 septembre 1976, dans quelles annales, quels actes diplomatiques, quelles cartes historiques ou géostratégiques ? et le chagrin causé par leur calvitie à onze générations de chauves depuis la fin du Moyen Age jusqu'au début des temps modernes ? C'était cela, entre bien d'autres choses encore, qui constituait la véritable substance de l'histoire du monde, et non pas ces couinements de rats rentrant de quelque soirée grotesque, ce fastidieux passe-temps de lilliputiens !

Il se rendait bien compte que s'il continuait à raisonner ainsi, il finirait par négliger son travail et risquerait un beau jour d'être licencié, mais il y avait beau temps qu'il ne redoutait plus cette éventualité. Il se rabattrait sur quelque autre emploi plus tranquille, ou peut-être bien se mettrait-il à écrire ses mémoires : *La Solitude de l'écouteur du globe terrestre*... Ses souvenirs seraient sans doute assez délirants, à l'exemple du crépitement des signaux, mais peut-être également semés de passages plus sereins, étales, précisant l'état de la glace, la température de l'eau, sans doute aussi les indications du baromètre...

Il était vraiment hors de question pour lui de consigner toutes les futilités de la politique quotidienne. La crise monétaire internationale, disait-on, allait s'aggraver. On prévoyait que le futur pape serait un Polonais – tiens-tiens, ça, c'était plutôt un scoop. Il regarda l'heure : d'ici quelques instants, il réveillerait son collègue. Il prendrait encore deux ou trois notes, vieux chroniqueur de la planète, moine de couvent médiéval, à la flamme vacillante de la chandelle, puis il irait se coucher. Le temps d'un large bâillement, il éprouva une agréable surdité qui lui escamota la moitié d'une phrase sur la Chine. Mon Dieu, que de choses n'avait-il pas griffonnées à son sujet, ces derniers temps !

Hep, attention ! se reprit-il. Ce qui se disait était tout de même un peu différent, apparenté au style de ses propres réflexions. Il pencha la tête tout en soulevant légèrement l'épaule droite pour mieux appliquer l'écouteur contre son oreille... *En Albanie, on pense que la Chine doit être balayée de la surface du globe...* Fichtre ! fit-il à part soi. Qui était l'individu qui avait prononcé une telle phrase ? Qu'il le pensât, lui, là où il se trouvait, sur le toit du monde, rien de plus normal, mais en bas, dans cette pagaille dérisoire, quel était donc l'esprit clairvoyant qui raisonnait ainsi ? Il se concentra pour entendre le plus fidèlement possible l'information transmise. *Des passants, la nuit, dans les rues de Tirana, expriment l'opinion que la Chine de Mao Zedong doit être balayée de la surface du globe... C'est la première fois qu'est formulée de manière aussi radicale et absurde une idée tellement...* Eh, mon poulet ! fit-il en s'adressant en son for intérieur à l'émetteur inconnu. Pour toi, il en est peut-être bien ainsi, mais, pour moi, cela sonne très juste ! Et il éprouva soudain l'envie de se retrouver quelque part dans un endroit tranquille en compagnie de ce passant anonyme de minuit, devant un verre de whisky, à discuter placidement des États dont l'existence leur semblait superflue en ce bas monde, voire des siècles inutiles et de la manière d'en débarrasser la planète, de les déboulonner et de les laisser choir dans l'abîme. Voilà, comme ça..., parvint-il encore à se dire, sentant qu'il était sur le point de perdre le fil de ses pensées. Grand condor austère, la tristesse de onze générations de chauves planait lugubrement au-dessus du globe terrestre… Je puis bien perdre la raison, conclut-il, mais cela non plus n'a guère d'importance…

Des écouteurs du casque qu'il laissait pendre au bout de ses doigts s'échappait le grésillement des voix, misérables et ténues. Vous aurez beau radoter tant que vous voudrez, je ne vous écouterai plus ! Il y avait un bon moment qu'il ne détachait plus ses yeux de la date figurant sur le calendrier accroché au mur. Entourée de bleu, elle indiquait qu'une des deux aurores de l'année n'allait plus tarder à se lever. Il n'avait jamais vu le jour se lever après six mois de nuit polaire. Lui-même était arrivé durant cette nuit et, pour la première fois, il allait voir le jour. Il ne faut pas que je rate ça ! songea-t-il.

Il laissa tomber son casque à terre, endossa son épais anorak et se dirigea vers la porte. Il se rappela qu'il devait réveiller son remplaçant, mais chassa aussitôt cet insignifiant détail de son esprit.

A présent, le jour se levait effectivement. Il était d'une blancheur inouïe, comme traversée d'un grand cri, mais qui se dissolvait en permanence sur ses marges pour vous laisser passer. Il avança sur la glace, dans une sorte d'ébriété, sans se retourner. Une seule fois, il chercha des yeux la petite baraque, et, à la voir si ratatinée, toute noire, semblable à une bicoque de sorcière, avec ces bredouillis d'idiots à l'intérieur, il eut envie d'éclater de rire.

Je ne suis pas fou, se dit-il. Simplement, j'ai dans la tête la clarté de mille matins fondus ensemble. Ou, pour être plus exact, la clarté de cent-quatre-vingt-deux aurores…

Il marchait en direction des glaces immaculées, loin de cette cabane bourdonnante. S'il était revenu sur ses pas, ce n'aurait été que pour entendre déblatérer sur les deux Allemagnes, l'Empire romain ou le XVIIe siècle. Ça n'en valait pas la peine. C'étaient là des choses de si peu d'importance qu'elles ne méritaient pas qu'on tournât la tête pour elles.

CHAPITRE XVIII

Les difficultés se faisaient partout sentir. Un brusque refroidissement de la température, puis deux secousses sismiques successives en Albanie centrale, semblèrent survenir exprès pour compléter le tableau. Les premières touches bleutées de mars, les guinguettes bordant le lac artificiel à la périphérie de Tirana, tout cela qui pouvait évoquer de près ou de loin les vacances, les plaisirs de la plage, constituaient autant de visions choquantes, déplacées, comme un sourire incongru dans une ambiance pesamment austère.

Des montagnes de minerai de chrome que les Chinois avaient sciemment omis de charger encombraient une bonne partie des docks. Comme si le marasme qui avait frappé les exploitations pétrolières ne suffisait pas, la brusque chute des cours sur le marché mondial avait causé au pays des pertes sensibles en devises. Mais le chrome et le pétrole n'étaient pas les seuls secteurs touchés. C'est toute la structure du commerce extérieur qui était ébranlée. Les représentants des offices d'exportation partaient en hâte pour l'étranger, en quête de nouveaux débouchés, mais les réponses des firmes européennes tardaient beaucoup à venir. Comme tombés en léthargie, les télex se faisaient rarement entendre.

On put néanmoins noter que les envoyés des firmes européennes qui débarquaient ces jours-là à l'aéroport de Tirana arboraient tous cheveux longs et barbes extravagantes (certains en étaient réellement pourvus, mais le bruit courait que la plupart s'étaient affublés de perruques ou de barbes postiches, ce que venaient confirmer deux ou trois témoignages des agents commerciaux qui les avaient rencontrés sous un tout autre aspect deux mois auparavant, intervalle de temps insuffisant pour une aussi forte pousse de leurs pilosités, comme cela fut d'ailleurs prouvé par un bref rapport rédigé et expédié à cette fin par l'Institut central d'Hygiène et indiquant qu'un cheveu humain, même dans les cas extrêmes, ne saurait croître de plus d'un centimètre et demi par mois).

Des scènes grotesques s'étaient déjà produites, par le passé, entre voyageurs étrangers et fonctionnaires albanais depuis que l'aéroport de Tirana avait été équipé d'une boutique de coiffeur où l'on conduisait les nouveaux arrivants dont cheveux ou barbes *portaient atteinte à l'honneur national du pays d'accueil.* Pourtant, en dépit de la mauvaise humeur et parfois des éclats qui s'ensuivaient (J'ai perdu ma Silvana ! s'était écrié l'un d'eux en se mirant dans la glace après qu'on lui eut coupé sa tignasse, et il avait fondu en larmes devant l'officiel albanais qui l'attendait), dans la plupart des cas, les incidents avaient été évités ou s'étaient résorbés.

Cette fois, il en allait tout autrement. Comme par un fait exprès, de part et d'autre, on se montrait bien décidé à n'en faire qu'à sa tête. Les agents commerciaux refusaient d'aller s'asseoir docilement, comme ils le faisaient auparavant, dans le fauteuil du coiffeur, et les fonctionnaires albanais, pour leur part, n'étaient disposés à aucune concession. Les premiers élevèrent alors de vives protestations et menacèrent ceux qui étaient venus les accueillir de repartir illico, par l'avion même qui les avait amenés, suspendant ainsi tout accord.

Ce que firent au demeurant un certain nombre d'entre eux.

Mais on les vit rappliquer quinze jours plus tard, accoutrés avec encore plus d'excentricité, les cheveux encore plus longs (certains étaient allés jusqu'à se donner des airs *punk*, ce qui ne s'était jamais vu auparavant). On assista plus ou moins aux mêmes scènes grotesques et l'on entendit prononcer à peu près les mêmes propos furibards tandis que les deux parties allaient et venaient rageusement de la salle de transit à la boutique du coiffeur, et vice versa, tant et si bien que les nouveaux venus, comme ils en avaient exprimé la menace, finirent par tourner le dos à leurs homologues autochtones et, sans même leur tendre la main, se dirigèrent vers l'avion qui, entre-temps, avait remis ses moteurs en marche. C'est à cet instant précis, sur la passerelle, que l'un d'eux, disait-on, avait même proféré les mots fatidiques: *Alors, toujours les mêmes* !, qui expliquaient l'enchaînement des événements.

C'est en effet cette expression *Toujours les mêmes* !, avec tous ses sous-entendus (vous vous montrez toujours aussi cabochards, vous ne voulez pas vous assagir, vous tournez le dos à l'ouverture, etc.), qui, répercutée en haut lieu, suscita la riposte qui en redescendit: ne céder sur aucun point.

Vous êtes décidément cinglés ! s'était exclamé le lendemain le représentant d'une autre firme, mais l'officiel albanais lui avait répliqué du tac au tac: C'est vous qui êtes fous ! (autrement dit, ainsi qu'il avait explicité peu après sa pensée: c'est vous, envoyés du monde capitaliste, qui êtes fous d'espérer encore que nous puissions changer de ligne et nous ouvrir, etc.), cependant que le coiffeur, apparu entre-temps sur le seuil de sa boutique, brandissait à distance ses ciseaux dans un geste de menace.

Toujours les mêmes... *Sempre gli stessi*... Ce comportement des visiteurs se révélait donc un stratagème destiné à tâter le pouls du pays et à jauger l'ampleur des difficultés qu'il traversait. De bouche à oreille, l'affaire s'ébruita dans tout Tirana. Un jeune prosateur qui passait la moitié de son congé de créativité à farfouiller dans les archives trouva même, dans une chronique médiévale, une affaire analogue, selon lui, à celle dont l'aéroport venait d'être le théâtre. Il s'agissait d'un événement remontant au XVe siècle, époque où les châtelains d'une forteresse albanaise, encerclés depuis fort longtemps par les Turcs et désireux de bien montrer à ces derniers qu'ils ne se souciaient guère de leur siège (alors qu'en fait, leurs réserves de vivres étaient presque épuisées et qu'ils avaient commencé à souffrir de la faim), gavèrent de blé un mulet et le jetèrent par-dessus les remparts. Ayant éventré la bête pour voir de quoi on l'avait nourrie, les Turcs découvrirent le blé encore non digéré, et, pensant que les assiégés en possédaient de si grosses quantités qu'ils pouvaient en repaître jusqu'à leurs mules, ils perdirent tout espoir de les réduire par la faim et levèrent le siège.

Ce récit suscita une vague de polémiques dans les milieux littéraires, l'analogie étant jugée fort contestable. On avança que l'Albanie d'aujourd'hui ne se trouvait nullement dans la situation de cette vieille forteresse où la famine sévissait bel et bien, et que, si elle renvoyait les agents commerciaux à cheveux longs, cet acte n'était en rien comparable avec le lancement du haut des remparts d'un mulet gavé de blé. Mais, entre-temps, la revue littéraire qui avait publié ce texte était parvenue à l'étranger dans les services spéciaux qui s'occupaient de l'Albanie, et, bien que personne n'eût su dire comment ledit récit y avait été interprété, une semaine plus tard, tout se répéta, l'on vit redébarquer à l'aéroport de Tirana les mêmes agents commerciaux affichant un petit air de revenants, mais de revenants à tête de mule !

Tout comme les fois précédentes, on les exhorta à passer chez le coiffeur, et, ayant refusé, ils tournèrent les talons, comme rejouant la même pantomime, pour se diriger vers l'avion qui les attendait sur la piste.

Puis plusieurs jours s'écoulèrent durant lesquels l'aéroport cessa pratiquement d'être fréquenté. Très rares étaient désormais les appareils à atterrir ou décoller, et les employés attendaient en vain que des représentants barbus et chevelus en descendissent.

Par une de ces journées pluvieuses, un vieux douanier qui souffrait depuis quelque temps d'hypertension, contemplant un nuage noirâtre qui rasait la piste, eut une étrange impression. Dieu sait pourquoi, peut-être parce que ce nuage se traînait plus ou moins à hauteur du fuselage d'un appareil (par quatre fois il avait vu apparaître au haut d'une passerelle, juste à ce niveau, le Premier ministre chinois en personne), peut-être aussi parce qu'il avait entendu parler de la dissémination de ses cendres depuis un avion après sa mort, voire encore, plus simplement, parce qu'il était en butte, ces derniers temps, à d'incessants vertiges, il lui parut que cette nuée noirâtre qui errait sans but sur l'étendue déserte de l'aéroport n'était autre que l'âme tourmentée de Zhou Enlai.

C'était un océan sans bornes, une galaxie de complots, de manœuvres en sous-main, de putsch sanglants, avec des noms de victimes monosyllabiques dont les têtes tantôt plongeaient dans l'abîme, tantôt en remontaient au rythme d'une lente danse macabre. Certains étaient encore rouges du souffle brûlant de l'époque; d'autres, refroidis, ternis par la poussière de l'oubli, revenaient sur le devant de la scène comme au sortir d'une séance de spiritisme, sans trop savoir eux-mêmes ce qu'ils cherchaient: vengeance, victimes ou nouvel oubli.

Enver Hoxha tournait un à un les feuillets du journal politique qu'il tenait depuis des années. Il contenait des milliers de pages concernant la Chine et il se l'était fait apporter, quelques heures auparavant, dans la maison du littoral où il était venu passer le week-end. Il repoussa quelque peu le petit globe terrestre posé sur sa table de travail afin d'y faire de la place pour ces feuillets. Par la fenêtre, il pouvait apercevoir la côte déserte avec son sable durci par l'hiver. Son regard s'attardait tantôt sur une page, tantôt sur une autre, voire sur les dates et intitulés des jours indiqués en tête des feuillets: Mardi 6 octobre 1964 – Mauvais signes… Jeudi 10 novembre 1966 – Les explications de Kan Cheng…

Il avait personnellement connu un certain nombre des gens évoqués dans ces pages. D'autres que les remous de l'époque avaient depuis longtemps balayés y figuraient par leurs propos, agissements ou réflexions parvenus jusqu'à lui par voie de radiogrammes ou de rapports. Il faut porter toute cette histoire à la connaissance du monde, se dit-il.

Ses doigts continuaient de tourner les feuillets: Mercredi 17 février 1971 – Chen Po-tah condamné pour trahison... Lundi 15 novembre 1971 – Réflexions sur la Chine... Durrës, samedi 28 juillet 1972 – Le «complot» de Lin Biao...

Son regard s'immobilisa sur ce dernier feuillet. Il avait consigné sur plusieurs pages les différentes versions de la mort du maréchal et les doutes qu'il avait déjà conçus à l'époque... L'avion s'est écrasé. Il a pris feu. On n'a rien su de plus. D'après un journal canadien, Kissinger aurait confié au Premier ministre d'Ottawa qu'aux termes de l'expertise, des traces de balles auraient été découvertes dans la carcasse de l'appareil... Pourquoi aurait-on tiré à l'intérieur de l'avion? Qui aurait tiré, et pourquoi?!...

Il hocha la tête. Une constellation d'infamies, voilà l'appellation que tout cela méritait.

Il chercha son stylo parmi les feuillets épars, puis souligna les mots *Réflexions sur la Chine*, à la date du 15 novembre: c'est le titre qu'il donnerait à son ouvrage. Il était bon que le monde eût connaissance de ce témoignage. Cela ne pourra que lui être utile, se dit-il. Il souligna d'un second trait les mots RÉFLEXIONS SUR LA CHINE tout en concluant qu'on eût difficilement trouvé un autre pays et un autre peuple qui eussent connu la Chine d'aussi près que son propre pays et son propre peuple.

Au coin de la table, le petit globe projetait son ombre sur les papiers. Certains jours, il n'avait pas été sans nourrir de sombres pensées à son endroit. Si terribles qu'on aurait pu croire, les nuits où elles sourdaient, que leur poids mauvais allait faire vaciller ce même globe qui, à l'instar d'un toxicomane, menaçait de trébucher et de perdre l'équilibre au cours de sa trajectoire. Mais rien de tel ne s'était produit...

Zhou Enlai... Tcheng... Tchang... Ils continuaient d'apparaître et de réapparaître successivement, comme appelés par l'écho prolongé, à faire frémir, du gong qui scandait le temps.

Il détacha son regard des feuillets posés devant lui et contempla de nouveau le littoral désert. La sonnerie d'un téléphone retentit dans les profondeurs de la villa. Lorsque, au bout de quelques instants, on vint frapper à la porte pour lui annoncer que le haut-fourneau du combinat métallurgique avait été débloqué grâce à une explosion, il avait encore dans l'oreille le lointain tintement du téléphone. Le messager qui avait apporté la nouvelle restait planté sur le pas de la porte, hésitant.

– Rien d'autre ?

Par son regard, l'homme parut devancer la réponse qu'il allait donner :

– L'explosion a fait un mort... Un autre est devenu aveugle, sans parler des blessés.

Enver Hoxha resta un long moment immobile. L'explosion avait fait un mort et plusieurs blessés. Ses yeux effleurèrent les pages du journal comme si l'événement y avait été inscrit entre les lignes. L'espace d'un éclair, défilèrent dans sa mémoire des visions de blessés de guerre, de vieux camarades dont certains n'avaient pas survécu à leurs blessures. Ils avaient trouvé la mort dès l'avènement de cette époque qu'il avait baptisée l'*ère du Parti*, alors que ceux qui, quelque quarante ans plus tard, venaient d'être fauchés sur le site de ce haut-fourneau étaient à coup sûr des jeunes, de la génération de leurs fils. Leurs plaies aussi devaient être différentes : non plus des plaies provoquées par des projectiles, mais directement par le métal fondu, matière première de la mort... Cela revenait pourtant au même...

Oui, assurément, c'était bien du pareil au même, se dit-il, puisqu'en reprenant le flambeau, ils chargeaient aussi leurs tendres épaules de tout le poids des sacrifices.

Il contempla de nouveau le bord de mer comme pour y disséminer la part mauvaise de la nouvelle qu'on venait de lui apporter. Le millénaire approchait de sa fin et son pays allait devoir solder ses comptes avec un monde qu'il n'avait jamais aimé. Lui-même avait tout mis en œuvre pour que l'Albanie inaugurât ce troisième millénaire avec le visage qu'il lui avait modelé. Mais il devait encore s'assurer que ce visage demeurerait éternel, qu'il ne risquerait d'être altéré par personne.

Son regard s'arrêta de nouveau sur les feuillets posés devant lui, mais, cette fois, il s'y attarda si longuement que certains noms chinois qui y figuraient finirent par s'embrumer et s'entremêler à certains noms albanais qui lui étaient venus à l'esprit.

Comme à l'époque de la rupture avec les Soviétiques, on allait revoir de ces individus, par dizaines, considérer le divorce d'avec la Chine comme un adieu au communisme – à l'Est, comme on disait ailleurs. On s'attendrait à la réouverture des églises, à une libéralisation de la vie quotidienne, tout ce qu'on affublait là-bas du terme d'*ouverture*.

Ils se frotteraient les mains trop tôt, tout comme autrefois... Et, comme autrefois, c'est alors qu'il les frapperait sans merci.

Il chercha son stylo pour jeter ces réflexions sur le papier. Il médita quelques instants sur leur formulation pour leur donner tout le poids d'un testament. Puis, après les avoir couchées noir sur blanc, il esquissa un sourire.

Vingt-quatre heures avant le déblocage du haut-fourneau, vers deux heures du matin, sur le bureau du fonctionnaire de permanence au siège du Comité central arriva un télégramme annonçant le jaillissement d'une nappe de pétrole dans la zone où se poursuivaient depuis plusieurs mois des forages. Avant même que l'heureuse nouvelle ne se fût répandue par téléphone dans les administrations de la capitale, elle y fut apportée par les voyageurs du train du petit matin, qui, des fenêtres de leurs wagons, avaient pu voir dès l'aube la flamme du puits s'élever dans le ciel, alors que leur convoi traversait la plaine. A plusieurs reprises, le mécanicien avait actionné longuement sa sirène, et les voyageurs étaient restés collés aux vitres froides pour contempler, médusés, la colonne de feu flamboyant à l'horizon.

Ce sont précisément ces coups de sirène que l'ex-ministre D..., menottes aux poignets dans sa cellule de la prison préventive de Tirana, entendit comme une série de hurlements. Seigneur ! soupira-t-il en se forçant à pleurer. Où prenait donc source ce mal qui avait fini par le précipiter dans l'abîme ? Le juge d'instruction avait fait allusion devant lui à son *émoi* lors du fameux appel téléphonique, durant cette soirée maudite, cet émoi dont il ne s'était ouvert à personne et que nul – il en était convaincu – n'avait sur l'instant soupçonné. A ce qu'il semblait, c'est là que tout avait commencé... Mon Dieu, mais comment n'y avait-il pas pensé plus tôt ? A présent, cela crevait les yeux... C'était à coup sûr ce visiteur égaré, ce petit fonctionnaire dont il ne se rappelait même pas le nom, c'était lui qui avait tout rapporté... N'était-il pas revenu ensuite rôder le long du mur d'enceinte de sa villa comme une ombre ?... Ah, Judas ! gémit-il. Pourquoi ne t'en es-tu pas pris à un autre, pourquoi as-tu jeté ton dévolu sur moi ?

Un autre coup de sirène, plus traînant que les précédents, se noya dans le lointain.

Ce même matin, vers six heures et quart, sur un terrain vague des faubourgs nord-ouest de Tirana, non loin de la voie ferrée, là où, une semaine auparavant, on avait trouvé pendu à un vieux poteau télégraphique l'ancien propriétaire Lucas Alarupi (des coupures de journaux, des pages de statistiques et toutes sortes d'autres papiers jonchaient le sol dans un rayon de plusieurs dizaines de mètres), à cet endroit précis, donc, des ouvriers des services municipaux déchargèrent d'une camionnette plusieurs caisses sur lesquelles, au-dessous de grands caractères chinois, étaient inscrits les mots : *Pièces d'artifice*.

Ils avaient reçu l'ordre de détruire ces pétards et ces fusées en attirant le moins possible l'attention et avaient choisi ce lieu plutôt retiré sans penser qu'il était longé par la voie ferrée. Dans la lumière montante du petit matin, ils s'aperçurent que le lieu était en effet de ces zones désaffectées qu'on ne rencontre guère qu'à proximité des grandes villes. C'était une superficie visqueuse que la glaise, les ordures accumulées, les bidons percés, une rosée poisseuse analogue à celle que la nuit dépose sur le caoutchouc des cirés faisaient ressembler, plus qu'à de la vraie terre, à une sorte de carton goudronné parcouru de sombres reflets humides, un paysage lunaire, mais pas de notre bonne vieille lune, plutôt de celle qu'on prenait à présent en photo à partir des vols cosmiques.

– Allez, au boulot ! fit l'un d'eux, apparemment leur chef d'équipe, en ouvrant la première caisse à l'aide d'un pied-de-biche. Maintenant, faites gaffe à ce que tout ça ne vous pète pas dans les mirettes !

Il sortit de la caisse une des fusées et en approcha avec précaution son briquet allumé.

– Zut, elle a pris l'humidité ! grommela-t-il. Passe-m'en une autre.

La fusée se mit soudain à frétiller, bondit sous les cris des ouvriers pour retomber quelques mètres plus loin, lâcha une flammèche suivie de quelques étincelles, puis elle se mit à tourner sur elle-même en émettant un sifflement étouffé, rebondit comme un lutin et finit par exploser en jetant sur le terrain vague une lumière lugubre.

– Il paraît que quand on les lance assez haut, elles dessinent toutes sortes de figures : des dragons, des serpents..., dit l'un des ouvriers.

– C'est justement pour ça qu'on a décidé de les détruire, dit un autre.

– Allons, assez philosophé ! s'écria le chef d'équipe. Au boulot, on est déjà en retard ! Seulement, faites gaffe à ne pas vous brûler !

D'abord avec précaution, puis avec une désinvolture de plus en plus affichée, les employés des services municipaux se mirent à allumer pétards et fusées conformément aux directives de deux spécialistes du génie qui se penchaient tantôt vers l'un, tantôt vers l'autre. Sur le terrain vague jusqu'alors plongé dans le clair-obscur commencèrent à se répandre des illuminations sauvages et biscornues.

A ce moment précis, le train acheminant les voyageurs qui avaient assisté de loin au jaillissement du pétrole s'apprêtait à entrer à faible allure dans la gare centrale. Les ouvriers se tournèrent vers les wagons aux fenêtres desquels s'agglutinaient les têtes.

– Qu'est-ce que vous faites là ? demanda gaiement une jeune voyageuse dont la chevelure blonde flottant au vent prenait des reflets argentés.

– On est en train de détruire les pièces d'artifice chinoises, répondit un des jeunes ouvriers oubliant la recommandation qui leur avait été faite de ne pas ébruiter la nature de leur travail.

– Comment ?

Le wagon s'éloignait et la jeune fille ne parvint pas à entendre la réponse qu'il lui avait répétée. D'un autre wagon, on leur adressa des signes de la main. Et de l'avant-dernier, une voix s'écria :

– Vous avez entendu ? Le pétrole a jailli !

Après que le train se fut éloigné, les ouvriers restèrent un bon moment à commenter la bonne nouvelle. J'ai cru qu'ils parlaient du haut-fourneau du combinat, fit l'un d'eux, j'ai un frère qui travaille là-bas... Sobres étaient leurs paroles au regard de leurs pensées, fort denses du fait qu'elles se rattachaient tout à la fois à cette bonne nouvelle, aux pétards et fusées qu'ils étaient occupés à détruire, peut-être autrement à l'idée que ces heureux événements, autres motifs d'allégresse, eussent mérité d'être fêtés autrement qu'avec des pièces d'artifice d'une telle perfidie.

Entre-temps, le train était arrivé à Tirana en même temps que la nouvelle du jaillissement du pétrole dont la colonne de feu, comme subdivisée en dizaines de milliers de flammèches, dansait à présent en se tortillant dans les yeux des gens.

Les premières heures de la journée s'écoulèrent dans un climat d'attente. Les rumeurs qu'on eût dit acheminées par le même train, touchant le déblocage du haut-fourneau et la découverte d'un nouveau gisement de pétrole, se mêlaient aux derniers bruits relatifs au complot. D'après ces dires il avait été éventé par Enver Hoxha en personne. On racontait qu'il avait surpris les putschistes en train de comploter tête contre tête à l'intérieur d'une villa, à moins que ce ne fût dans la cave d'une villa, et qu'à sa vue, ils s'étaient tous jetés à genoux en implorant pitié. D'autres prétendaient qu'il avait suffi d'un coup de téléphone de lui, dans la nuit, pour qu'ils se constituent aussitôt prisonniers et passent aux aveux.

Si caricaturales que parussent ces informations, un fait était corroboré par des sources de plus en plus dignes de foi, quasi-officielles : le complot avait bel et bien été démasqué par Enver Hoxha. On affirmait même qu'au cours d'une réunion du Bureau politique, il avait demandé au ministre de l'Intérieur : Pourquoi, jusqu'ici, les complots ont-ils toujours été découverts par le Parti, et jamais par la Sécurité d'État ? – et qu'à cette question, le visage du ministre était devenu livide.

Aux premières heures de l'après-midi, bien que le point exact de la situation n'eût pas encore été établi, il n'était plus question que de cela. Au bar de l'hôtel Dajti, les diplomates étrangers, qui avaient eux aussi eu vent de quelque chose, se communiquèrent les dernières nouvelles, mais elles étaient plutôt approximatives et guère cohérentes. C'est sous une forme encore plus approximative et moins cohérente qu'elles furent retransmises par les antennes des ambassades, puis, plus vélocement encore que dans la conception des peuples antiques pour qui l'univers faisait cohabiter hommes et divinités, portées dans les espaces célestes, là où, dans leur effrayante solitude, les satellites-espions, dont certains portaient d'ailleurs des noms de dieux grecs, se les repassèrent les uns aux autres.

Il se passe quelque chose ? quelque chose de mystérieux ? Les experts des centres de renseignement ôtaient et remettaient leurs casques d'écoute, partageant l'exaspération de leurs correspondants qui jugeaient injustifié un pareil tintamarre à l'échelle nationale pour des faits aussi triviaux que la découverte d'un gisement de pétrole ou la remise en état d'un haut-fourneau. Mais regardez-y de plus près : il ne s'agirait pas encore d'un complot ? Ne confondez-vous pas déblocage et démantèlement d'une conjuration ? le mot *décomplotage* existe-t-il en albanais ?... Non, non, il n'y a aucune espèce de confusion... Il s'agit en fait d'une question qui se rapporte à la propriété... De quelle propriété parles-tu, qu'est-ce que tu nous chantes là ? Ça fait bien longtemps que la propriété privée a été jetée là-bas aux orties... Non, pas la propriété privée, monsieur, mais la collective... Ah, la propriété collective... parce que vous croyez encore à ce genre de chimères !... Les oreilles bourdonnantes de signaux, les experts dispersèrent de nouvelles instructions en vue d'autres coups de sonde, et les satellites échangèrent leurs étranges gazouillis, cris d'on ne sait quel volatile préhistorique resté juché sur la tangente du temps et qui s'évertuait à la franchir, cherchant à regagner ce monde.

Leur chef convoqué chez le vice-ministre, toutes deux, qui avaient toujours attendu jusque-là avec impatience cette occasion de bavarder un peu ensemble, restèrent silencieuses à leur table respective. C'était en vérité insoutenable, mais Silva sentait que plus elle s'évertuait à chercher quelque sujet de conversation afin de ne pas laisser se créer ce maudit vide, plus elle perdait contenance, et, ne trouvant rien à dire, s'énervait d'abord contre elle-même, puis contre Linda... Bon, moi, je ne puis lui parler comme avant, depuis cet après-midi où je les ai vus ensemble, mais elle, qu'est-ce qu'elle a ?... Qu'avait-elle en effet ? Pourquoi elle au moins ne restait-elle pas fidèle à son comportement habituel ? Ç'aurait été un moindre mal...

Tout en s'efforçant en pure perte de s'emporter contre Linda dès que, du coin de l'œil, elle saisissait une portion de son profil (il était tout entier dans l'attente, comme celui d'un élève avant l'examen), Silva sentait qu'elle ne pourrait jamais lui en vouloir pour un semblable motif. Dans le modelé de ce profil, il y avait quelque chose qui suscitait un attendrissement particulier, rarissime, de ceux qu'éveille non pas la peine, mais le bonheur. Silva résolut alors d'assumer elle-même la responsabilité des nouveaux rapports qui s'étaient établis entre elles deux. C'était elle qui, ayant su avant l'heure ce que l'autre croyait encore être son secret, avait dû émettre des ondes froides que Linda, à l'affût comme elle l'était, avait immédiatement captées. Au demeurant, même s'il n'en était pas ainsi, le fait qu'elle ne pût se comporter comme auparavant prouvait assez qu'elle ne souhaitait pas jouer double-jeu avec son amie. Pauvre petite, ce n'est pas sa faute, se dit Silva. Qu'elle ne lui eût pas fait part de sa liaison (si c'en était vraiment une) pouvait se comprendre. Toute femme, à sa place, en eût été gênée.

Si seulement elle pouvait savoir comme je n'en éprouve aucune peine ! songea Silva. Au contraire, pour Besnik, ce serait une solution idéale. A plus d'une reprise elle s'était dit qu'elle ferait peut-être bien de lui en parler la première, très simplement, sans détours ; mais elle n'avait pas osé.

Quand il lui arrivait de s'empêtrer dans de pareils dilemmes elle s'en tirait généralement par une pirouette comme : J'aurais cent fois mieux fait de ne pas les apercevoir cet après-midi-là... C'était précisément ce qu'elle était en train de penser, cependant que ses yeux se dirigeaient de temps à autre vers la porte dans l'espoir de quelque visite salvatrice. Mais le silence fut rompu par le téléphone, qui sonna avec une force insolite, au point qu'il faillit lui arracher un cri. Quand elle eut soulevé le combiné et entendu la voix de Besnik Struga, c'est tout juste si elle ne s'exclama pas : Tout de même ! quelle coïncidence !... Si Linda ne s'était trouvée à côté, elle lui aurait sûrement déclaré : C'est étrange, Besnik, j'étais précisément en train de penser à toi... Mais sa voix qui, au début, lui avait paru altérée par l'appareil, l'était bien en réalité.

– Écoute, lui dit-il, les Bermema viennent d'être frappés dans leur famille par un grand malheur. Un jeune ingénieur – peut-être as-tu eu l'occasion de le rencontrer, il s'appelait Max – est mort ce matin au combinat métallurgique.

– Quoi ? fit Silva dans un petit cri étranglé. Comment une chose pareille…

– Ce n'est pas tout, reprit la voix au téléphone. Victor Hila…

– Quoi ? s'écria Silva. Lui aussi…

– Il est vivant, mais il a perdu la vue.

– Mais c'est affreux ! gémit-elle.

Les mots lui semblaient d'une sécheresse inexorable, tout comme cette mutilation aux relents très anciens, datant d'un autre âge lui paraissait impossible à accepter.

– Écoute-moi, poursuivit-il. Pour les raisons que tu sais, je me sens un peu gêné d'aller chez les Bermema, mais je m'y rendrai quand même. C'était le plus proche ami de Ben…

– Oui. Je les ai rencontrés tous deux là-bas quand ils s'apprêtaient à… Mais comment va Ben ?

– Il a quelques brûlures, mais bénignes. On a relevé plusieurs blessés. Écoute : je vais te dire pourquoi je t'ai appelée. Est-ce que tu comptes venir ? Même si cela t'est difficile, à toi aussi, à cause de Skënder Bermema…

– C'est vrai, mais je viendrai ! l'interrompit Silva. Je viendrai sans faute. Si…

– Quant à Victor, il est pour le moment hospitalisé là-bas. Nous reparlerons de lui plus tard.

– Je comprends.

– Je t'appelle donc chez toi vers quatre heures afin que nous y allions ensemble. Je pense que l'on apportera la dépouille vers midi et que l'enterrement aura lieu tard dans l'après-midi.

En raccrochant, Silva se sentit anéantie.

– Il est arrivé quelque chose ? lui demanda Linda qui la dévisageait avec un regard effrayé.

Silva acquiesça d'un hochement de tête.

– Quelqu'un que nous connaissions… Il est mort ce matin au combinat métallurgique.

– C'est affreux, murmura Linda.

– Ce n'est pas tout… – Silva marqua la même pause que Besnik au téléphone. – Victor Hila, tu te souviens sûrement de lui… il a perdu la vue.

Linda devint pâle comme un linge.

– Quelle horreur ! balbutia-t-elle d'une voix éteinte.

– Toutes ces parties de rigolade à propos du pied du Chinois..., fit Silva comme en se parlant à elle-même. Qui aurait pensé que cette histoire finirait ainsi !

– Ah oui, je m'en souviens ! s'écria Linda. Il disait, comme s'il en avait eu le pressentiment : vous riez, mais je voudrais vous y voir...

– De fait, c'est de cette mésaventure, qui avait apparemment tout d'une bouffonnerie, que lui est venu son malheur, conclut Silva. S'il n'avait pas quitté son usine, il serait encore de ce monde...

Linda ne fut nullement choquée que Silva eût involontairement identifié la perte de la vue à celle de la vie.

Elle poussa un profond soupir.

– C'est avec Besnik Struga que je viens de parler, ajouta Silva au bout d'un moment. Son frère est parmi les blessés.

Elle avait prononcé ces mots sans regarder Linda, pour lui épargner de rougir.

Elle se transporta en esprit jusqu'à la demeure endeuillée des Bermema. Le scrupule qui la traversa sur l'opportunité d'une telle visite, après les remous qu'avaient connus leurs relations, eut tôt fait de se dissiper. En des circonstances aussi douloureuses, de tels épisodes perdaient toute leur acuité. Au surplus, maintenant qu'Ana n'était plus de ce monde, la tension créée de son fait entre les trois familles Bermema, Struga et Krasniqi, s'était d'elle-même atténuée. Et elle s'atténuerait peut-être encore davantage si venait à entrer en scène... Silva tourna la tête vers la table de Linda et remarqua que la jeune femme ne la quittait pas des yeux.

– Silva, dit celle-ci d'une voix qui semblait être faite de morceaux de cristal, j'avais quelque chose à te dire...

Silva imagina combien il lui était difficile de parler. Sa voix semblait sur le point de se briser d'un instant à l'autre.

– Je sais, Linda, se hâta-t-elle de dire comme pour prévenir son embarras. – Les yeux de Linda, avec leur fin voile gris que la lumière du jour embellissait encore, demeurèrent immobiles sous son regard. – Je vous ai vus un jour dans la rue ensemble, ajouta Silva.

Avant même qu'elle eût fini sa phrase, elle vit la rougeur monter et déferler à nouveau sur le visage de son amie.

– Tant de fois j'ai voulu... mais tu comprends... j'étais si gênée, si gênée...

– Je comprends. De toute façon, tout cela est dans l'ordre des choses et tu n'as aucune raison de te sentir embarrassée devant moi. Il n'y a rien de plus naturel, et tant qu'il y aura des hommes et des...

Silva eut l'impression que ses paroles allaient sous peu se muer en une succession de titres de romans ou de films... Pour changer de sujet, elle se remit à évoquer la mort de Max Bermema et l'infirmité de Victor. Tout en parlant, elle se dit que Linda n'était peut-être guère intéressée par ses propos et que, comme la plupart de ceux qui, n'ayant qu'une idée en tête, brûlent qu'on y revienne, elle aussi, à présent qu'on avait quitté le chapitre de Besnik, n'aurait peut-être souhaité qu'entendre reparler de lui. Or, à son étonnement, Silva remarqua que Linda écoutait sans en perdre une bouchée tout ce qu'elle lui disait sur les Bermema. Son intérêt était d'une telle intensité que Silva, sans trop comprendre elle-même pourquoi, plutôt mue par une vague intuition qu'influencée par un indice quelconque, eut le sentiment que la jeune femme avait envie d'aller là-bas.

– Tu veux venir? lui demanda-t-elle.

Linda haussa les épaules.

– J'aimerais beaucoup, si toutefois...

– Si tu en as envie, tu peux, l'interrompit Silva. Ce n'est pas un décès ordinaire, mais de ces événements qu'on peut hélas ranger parmi les calamités, et généralement, en pareils cas, familiers et inconnus viennent aussi bien présenter leurs condoléances.

Linda buvait toujours ses paroles.

– Tu peux venir..., reprit Silva tout en réfléchissant que Linda ne devait vraiment s'y rendre que si elle n'envisageait pas sa liaison avec Besnik comme une simple passade.

Elle eut d'ailleurs soudain l'impression que ce serait là précisément l'épreuve : irait-elle ou non à ces obsèques ?

– J'aimerais sincèrement y aller, fit Linda, si B'snik (elle avalait son prénom comme si elle eût presque voulu le dérober à l'attention de Silva)... s'il ne le prend pas... comment dire...

– Je ne crois pas..., dit-elle sans se rappeler où elle avait arrêté le fil de sa pensée.

– Quoi donc ? demanda Linda.

– Je ne pense pas que Besnik jugerait mal ta présence là-bas. Au contraire. C'est compréhensible : son frère cadet a été blessé...

– C'est vrai, tu m'en as parlé.

Sur ces entrefaites, le chef entra et elles coupèrent court à leur conversation.

Au désespoir de Linda, elles ne purent rester seules un instant jusqu'à l'heure de sortie des bureaux. Elle brûlait de reprendre leur conversation interrompue pour se mettre d'accord avec Silva sur leur visite chez les Bermema. En quittant le bâtiment du ministère, Linda s'aperçut avec contrariété qu'elles ne pourraient encore rester seules, car un petit groupe de camarades de bureau qui empruntaient le même itinéraire se joignirent malencontreusement à elles. Pour comble, une voix demanda alors : Dites donc, est-ce que vous avez vu Simon Dersha ? Il y a des jours que je ne l'ai aperçu... – Moi non plus, répondit quelqu'un d'autre, cependant que Linda pensait : c'est vrai, il a disparu sans qu'on s'en rende compte..., mais pour l'oublier aussitôt, car Silva venait de se glisser à son côté.

Vainquant sa timidité, elle murmura :

– Alors... pour cet après-midi, qu'est-ce qu'on fait ?

– Je pense que tu peux venir, confirma Silva – puis, quelques pas plus loin, tournant la tête vers elle : Il n'y a là rien d'anormal. Au demeurant, nous serons tous là...

Linda salua le petit groupe d'un air morne et prit le chemin de chez elle. Nous serons tous là..., se répéta-t-elle. Que voulait dire cette formule vague, qui étaient ces *nous tous* ? Silva n'aurait-elle pas pu lui fixer rendez-vous pour qu'elles s'y rendissent ensemble ?

Linda se sentait blessée. A leurs yeux, elle était encore une intruse. Ils protégeaient jalousement leur petit milieu. Nous serons tous là... Tandis qu'elle devrait y aller par ses propres moyens. Même Besnik ne lui avait rien dit. Il s'était entretenu au téléphone avec Silva comme si elle, Linda, n'avait jamais mis les pieds dans ce bureau. Pour sûr qu'elle était encore une étrangère...

Elle marchait d'un pas vif. Mais, au fur et à mesure qu'elle avançait, cette amertume subite qui l'avait envahie après qu'elle eut quitté Silva se dissipa. Je réagis comme un gosse, se dit-elle. C'était stupide que de vouloir juger les choses ainsi. Comment Besnik aurait-il pu imaginer qu'elle brûlait d'envie d'aller à cet enterrement ? Cela ne l'effleurait même pas. Au contraire, il devait prendre ça pour une corvée à laquelle rien ne lui imposait de se plier...

Linda poussa un profond soupir. Comment aurait-il pu comprendre, comment *eux tous* auraient-ils pu comprendre qu'elle désirait se rendre là-bas non pour être agréable à quelqu'un, encore moins par intérêt mesquin (pouah ! comme le seul fait d'y penser était laid !), mais tout simplement parce qu'elle continuait d'être fascinée par leur monde, qu'elle n'aspirait qu'à se rapprocher de tout ce qui les concernait : mode de vie et *tutti quanti*, que ce fût joie ou douleur. Non, jamais ils ne pourraient comprendre une chose pareille ! *Nous tous*... Pourtant, avec son intuition féminine, Silva avait dû le pressentir puisqu'elle l'avait engagée à y aller...

Arrivée chez elle, Linda était en train d'aider sa mère à mettre le couvert quand le téléphone sonna. C'était Silva.

– Écoute, lui dit-elle d'un ton pressé, nous ne sommes pas parvenues à nous entendre à cause de la présence des autres. Nous pourrions nous rendre là-bas ensemble, mais je ne t'ai pas précisé que Besnik devait me téléphoner vers quatre heures. Tu pourrais te joindre à nous, si tu veux...

– Oh non, l'interrompit Linda, pas avec lui...

– Pourquoi donc? Enfin, comme tu voudras, tu as peut-être raison… De toute façon, je pense que tu peux aussi bien venir toute seule. Je suis sûre qu'il y aura tellement de monde que personne ne te remarquera… Tu connais l'adresse?

– Non, fit Linda d'une voix flûtée.

Silva la lui donna, et Linda, tout en se répétant le nom de la rue et le numéro de l'immeuble, prit place à table pour déjeuner, l'esprit ailleurs.

Tandis qu'elle se dirigeait vers le domicile des Bermema, Linda se tranquillisa en se disant qu'il ne dépendrait que d'elle, après avoir observé sur place la situation de décider si elle entrerait ou non.

Elle aperçut de loin la foule qui s'était massée devant la maison du mort. L'affluence était plus grande qu'elle n'aurait pensé ; le trottoir bordant l'entrée de l'immeuble et même celui d'en face étaient noirs de monde. Parmi les véhicules garés le long de la chaussée, elle remarqua une ambulance. Plus elle approchait de cette foule, plus elle ralentissait le pas. Parvenue devant l'entrée, elle constata qu'elle pouvait monter l'escalier sans être remarquée : il était parcouru dans les deux sens par deux courants ininterrompus de visiteurs et elle se mit à gravir les marches sans regarder personne, se rassurant à l'idée qu'elle pourrait redescendre à tout moment si elle le jugeait opportun, sans même mettre les pieds dans l'appartement du deuil.

Sur le palier du second étage, les portes des deux logements en vis-à-vis étaient grandes ouvertes et Linda, sans repérer encore où habitaient les Bermema, pénétra dans le vestibule de l'un d'eux. Par bonheur, ce couloir était lui aussi rempli de monde. Elle ne réussit pas à comprendre dans quelle pièce on recevait les hommes, dans laquelle les femmes; elle remarqua que, contrairement à la coutume, tous étaient mélangés.

Elle poussa un profond soupir et chercha un coin où elle pourrait se caser sans se faire remarquer. Elle sentait son courage l'abandonner. Mais elle pouvait aussi bien rester debout dans le couloir. Les gens ne cessaient de s'engouffrer dans les pièces et d'en ressortir et l'essentiel était que nul ne semblait prêter attention à qui que ce fût. Silva l'avait souligné : en pareilles circonstances, quand le décès était particulièrement atroce, tout, jusqu'aux usages, changeait.

Parmi cette cohue, Linda n'avait repéré jusque-là aucun visage connu. A un moment donné, elle eut l'impression que le mari de Silva se tenait derrière elle, mais elle n'aurait pu le jurer. Peut-être les autres sont-ils dans les chambres ? Mais la dépouille, où repose-t-elle ?

Il y avait plus d'un quart d'heure qu'elle était là à ruminer les mêmes réflexions, et peut-être serait-elle restée ainsi plantée jusqu'au bout, si elle n'avait vu entrer Silva. Elle ébaucha un mouvement vers elle.

– Ah, tu es là ? fit celle-ci à voix basse.

– Vous venez seulement d'arriver ?

– Non, il y a un moment que nous sommes ici. Tu es passée dans la pièce où la famille reçoit ?

Elle aussi avait un air un peu hagard.

– Non, répondit Linda.

– Moi non plus. Viens, nous allons y entrer ensemble. Ne pense pas que ça me soit facile…

Linda la regarda avec gratitude. Comme elles se dirigeaient vers la porte, elle se cramponna à son coude. Elle avait envie de lui demander où était Besnik, mais au lieu de lui poser cette question, elle se borna à lui dire : Quelle chance de t'avoir rencontrée !

La pièce où elles pénétrèrent était vaste, lourdement meublée, avec de nombreuses chaises alignées sur son pourtour. Elles prirent place sur un côté ; Linda n'avait pas lâché le bras de Silva. Entre les murs de cette pièce régnait un demi-silence seulement rompu par quelques échanges à voix basse dont aucun ne franchissait la ligne médiane, de sorte qu'ils échappaient aux gens assis de l'autre côté.

– C'est lui ? s'enquit doucement Linda en désignant du regard une grande photo affichée parmi d'autres sur le mur qui leur faisait face.

Silva confirma en hochant la tête.

Linda contempla distraitement une grande horloge de bronze surmontée d'une statuette de Skanderbeg, au bas de laquelle étaient gravés les mots : *L'heure de l'Albanie a sonné*. Elle se rappelait avoir étudié à l'école cette maxime vieille de près de six siècles que son ambiguïté permettait d'utiliser pour les victoires aussi bien que pour les deuils nationaux.

Un nouveau flot de visiteurs fit son entrée ; Silva et Linda, en même temps que plusieurs autres, se levèrent pour libérer quelques chaises. Une partie de ceux qui avaient quitté la pièce se tinrent dans le vestibule, d'autres se dirigèrent vers l'appartement d'en face.

– Restons ici, dit Silva.

Linda avait envie de s'enquérir auprès d'elle de Besnik, mais elle n'osa pas. Elle avait le sentiment que son amie avait oublié leur conversation de la matinée.

Dans le vestibule, le va-et-vient se poursuivait comme auparavant. Un homme dont Linda crut remettre le visage affligé s'approcha de Silva pour la saluer.

– Une amie, fit Silva en tournant la tête vers Linda pour la lui présenter. Skënder Bermema, je pense que tu le connais…

– Ah, c'est vous ! dit Linda en lui tendant la main.

Le voile qui recouvrait ses traits était si sombre que son affabilité resta de surface. Il demeura un moment à contempler Silva sans prononcer un mot. Il avait le regard trouble, comme après un accès de colère tout juste apaisé.

– J'ai été sincèrement consternée, murmura Silva. Je l'ai rencontré voici quelques jours au combinat, alors qu'il se préparait à déclencher cette explosion. Juste avant que ce malheur…

Visiblement, il serrait les mâchoires.

– Qui l'aurait cru ? répondit-il à voix basse. Nous pensions que cette peste s'en irait d'elle-même. Qui aurait imaginé qu'elle nous enlèverait aussi Max ?

– Un véritable fléau…, reprit Silva.

– Cette fourberie qui était la leur, dont nous nous moquions souvent jusqu'à nous tordre de rire, s'est révélée plus funeste que nous ne le pensions.

Nous avons ri, nous nous sommes moqués..., songea Silva. La mutilation de Victor Hila lui revint fugitivement à l'esprit. Elle ne pouvait se faire à l'idée que son visage serait désormais privé de regard. Tout avait commencé comme en se riant, autrement dit par les yeux. Et c'étaient eux, d'où commençait par jaillir le rire, qui venaient précisément de s'éteindre.

– Ah, voici Ben, dit Silva en faisant quelques pas à la rencontre d'un grand garçon au visage partiellement couvert de pansements collés avec du sparadrap.

Ce doit être le frère de Besnik, pensa Linda. Elle aurait voulu elle aussi s'approcher, mêler sa voix aux leurs, si possible même embrasser le garçon mais la timidité la paralysa sur place. Elle était bel et bien étrangère à ce milieu et ne devait pas demander davantage. Les pansements sur le visage du jeune homme portaient encore des traces de larmes séchées et Linda eut à nouveau envie de déposer un tendre baiser sur cette tête blessée. Mon beau-frère..., se dit-elle. Était-ce Dieu possible ?

– C'était le frère de Besnik, fit Silva en se retournant vers elle.

– J'avais deviné, répondit Linda.

A deux ou trois reprises, elle faillit encore s'enquérir de ce qu'était devenu Besnik, mais elle recula. Un brusque besoin de le voir l'avait envahie. Ce n'était pas un simple désir, mais quelque chose de plus fort, imprégné de cet ingrédient particulier dont, à la différence de quelque passion passagère, est faite la tendresse, qui ne peut naître que lentement, comme se bonifie le vin en vieillissant.

Un surcroît d'animation de tous côtés semblait indiquer que le moment du départ pour le cimetière approchait.

– C'est la mère du mort, dit Silva à Linda en lui désignant une femme en grand deuil qui venait d'apparaître dans le vestibule. Son mari a été ministre au lendemain de la Libération.

Linda avait de nouveau saisi Silva par le bras et s'efforçait de ne laisser échapper aucune de ses paroles.

– Celui-là, là-bas, en costume gris foncé, est l'actuel mari de la première fiancée de Besnik.

– Je vois, fit Linda

Elle l'examina avec insistance, jusqu'à ce qu'il eût remarqué, semble-t-il, l'attention dont il faisait l'objet.

– Et elle ? demanda-t-elle l'instant d'après.

– Je ne la vois pas, mais elle doit être dans les parages... – Silva survola les têtes –, oui, elle doit probablement être ici.

L'affluence dans le vestibule et sur le palier entre les deux appartements se faisait de plus en plus dense. Une voix prononça les mots *heure de l'enterrement*, et Linda aperçut de nouveau le frère de Besnik qui passa à côté d'elle, avec ses pansements semés de traînées noirâtres sur le visage. Linda sentit la main de Silva lui étreindre les doigts.

– Tiens, c'est elle... Zana, chuchota-t-elle faiblement.

Linda se sentit tressaillir.

– Où ça ?

Elle se tenait près de la porte, dans une robe noire, en compagnie d'une autre femme qui ne cessait de pleurer.

– L'autre, celle qui sanglote, est la sœur du mort. Elle s'appelle Diana – poursuivit Silva, mais Linda avait du mal à l'écouter. Ses yeux ne parvenaient pas à se détacher de la première femme... C'était bien ainsi qu'elle se l'était plus ou moins imaginée, sauf que... Ce gros peigne en argent fixé à droite de sa chevelure semblait communiquer son poids et sa froideur non seulement aux cheveux qu'il parait, mais également à son regard. Mais – telle fut du moins l'impression de Linda – c'était une froideur redoutable, de celles qui plaisent aux hommes. Elle sentit comme un étau se refermer sur sa poitrine. Oui, elle se l'était à peu de choses près représentée ainsi, mais sans ce peigne... Besnik lui avait très brièvement expliqué leur rupture : un malentendu... Peut-être n'était-ce après tout qu'un malentendu, avait-il rectifié au bout d'un moment... Elle s'était sentie très triste. En cas de malentendu subsiste toujours une certaine menace, car ceux qui rompent de la sorte peuvent s'aimer encore, même après leur rupture. Linda eût été morte d'inquiétude si, entre elle et la première fiancée de Besnik, ne s'était dressée, comme un mur de cristal, Ana. C'est Ana qui avait dû affronter et neutraliser son pouvoir. Et voilà qu'apercevant Zana pour la première fois, avec ce peigne en argent dans lequel semblait se concentrer tout le mystère de sa séduction, Linda, réévoquant l'image salvatrice d'Ana, avait envie de s'écrier: Qui était donc cette morte qui n'a laissé après elle que paix et lumière ? Quel était donc ce miracle ?

Sur le palier, l'agitation était à son comble. On sortait le cercueil. Linda en aperçut la forme oblongue tendue de tissu rouge, hissée au-dessus des têtes, puis son regard capta le profil de Besnik, et, plus loin, celui du mari de Silva. A présent, ceux qui allaient porter la bière sur leurs épaules étaient réunis : Skënder Bermema, toujours aussi morose, le frère de Besnik, les joues noircies par les larmes, et d'autres, d'autres, d'autres encore – tous étaient là, longue et lourde procession de plomb qui lui fit soudain l'effet d'une génération entière marchant pesamment aux accents d'un cantique.

Le soir n'était pas encore tout à fait tombé quand l'inhumation de Max prit fin, de sorte que ceux qui avaient certains de leurs proches enterrés non loin de là, dans le même cimetière, en profitèrent pour aller se recueillir sur leurs tombes.

C'est ce que firent Silva et Linda devant la dalle sous laquelle reposait Ana, puis elles s'en écartèrent quelque peu lorsqu'elles virent approcher Besnik, suivi de Skënder Bermema. Au bout d'un moment, Besnik, qui ne les avait pas remarquées, s'en fut seul vers le centre du cimetière où se trouvaient les tombes de son père et de sa tante. Comme elles attendaient qu'il se fût éloigné (c'était Linda qui avait prié Silva de ne pas bouger), les yeux de Linda tombèrent sur le nom d'une autre Ana, gravé sur un somptueux tombeau de marbre. Elle s'en approcha de deux pas et déchiffra : *Ana Vuksani, 21 ans, arrachée aux siens par un mal incurable*. Encore une Ana..., fut-elle tentée de dire, mais le silence autour d'elle l'en dissuada.

Toutes deux s'en revinrent devant la tombe de la première Ana, non loin de l'allée où Skënder Bermema s'était arrêté pour griller une cigarette. Silva s'employa à arranger les fleurs, puis, après qu'elle-même et Linda se furent recueillies quelques instants en silence, elle souffla à son amie : Partons, maintenant. Skënder, qui les attendait à l'orée de l'allée, à moins qu'il ne se fût trouvé là par hasard, se joignit à elles, et tous trois descendirent ensemble jusqu'à l'endroit où s'était garé l'autocar.

Quand, avant d'entrer en ville, l'autocar longea une sorte de décharge au sol marécageux, nombre de passagers, pris d'une curiosité subite, s'approchèrent des vitres pour mieux contempler le spectacle. Le crépuscule de mars ne s'était pas encore épaissi mais on n'en distinguait pas moins avec netteté, sillonnant le terrain vague, des éclairs violents, glacés, jaillissant sous les pieds d'une poignée d'hommes qui n'avaient rien de gamins mais qui couraient à qui mieux mieux à leur poursuite.

– Qu'est-ce que c'est que ça ? s'enquit Linda qui avait tourné la tête la première, mais ni Silva ni Skënder Bermema ne lui répondirent.

Nombreux furent les autres passagers à poser la même question et le chauffeur lui-même, qui avait arrêté son véhicule, passa la tête par la portière pour se renseigner sur ce qui se passait.

Un piéton lui fournit l'explication d'une voix gouailleuse et le conducteur, après avoir remonté sa glace, se tourna vers les passagers et leur dit du même ton :

– On détruit les pétards chinois !

Certains voyageurs émirent quelques commentaires au milieu des rires, mais le chauffeur avait entre-temps appuyé sur l'accélérateur et le vrombissement du moteur étouffa leurs propos.

Sur le terrain vague se poursuivait en effet la destruction des pièces d'artifice. Les ouvriers des services municipaux avaient pensé pouvoir venir à bout de ce travail avant la mi-journée, mais au moment où ils s'apprêtaient à repartir, on les avait avertis de la découverte de nouveaux stocks dans un entrepôt. Ils avaient dû attendre plus de deux heures l'arrivée des nouvelles caisses dont ils s'étaient employés à faire s'embraser le contenu durant l'après-midi.

Ces pièces étaient identiques à celles du matin, sauf que deux des caisses avaient sérieusement pris l'humidité et que les fusées eurent bien du mal à prendre feu. Dès qu'elles se mirent à éclater, les ouvriers cédèrent à nouveau à leur ivresse de la matinée, intermédiaire entre la jubilation et la rancœur. Ils ouvraient les caisses les unes après les autres et les vidaient avec fébrilité. Le terrain fut à nouveau parcouru en tous sens de leurs froides, mauvaises, qui ressortaient davantage au fur et à mesure que tombait le crépuscule.

Ces fusées, envoyées jadis pour monter au firmament sous les vivats populaires, pour des occasions de fêtes et de réjouissances, se traînaient à présent, à demi consumées, avec des sifflements de serpents malades, pour aller s'éteindre et rendre l'âme un peu plus loin, joie brisée, avortée.

Leur destruction continua jusqu'à une heure avancée de la nuit. Un âcre relent d'ordures calcinées et de carton brûlé se répandait alentour. Parfois, après s'être faufilée à ras de terre, une des fusées, décrivant une courbe, cherchait rageusement à s'arracher du sol, mais tel ou tel des ouvriers, mû par la griserie qui s'était emparée d'eux tous, courait alors la rattraper et l'écrasait sous son talon en grondant à voix forte : serpent, ignoble serpent !

Lorsque le crépuscule fut tombé, les électriciens qui travaillaient à cette heure à quelques kilomètres de là, en rase campagne, remarquèrent au loin un flamboiement multicolore sur leur droite. C'est pour y démonter certaines pièces qu'ils étaient perchés au sommet de l'antenne qui, jusqu'à ces derniers temps, servait à la retransmission des nouvelles de l'agence chinoise *Hsin-hua* pour l'Europe.

– Qu'est-ce que c'est que ces éclairs ? interrogea l'un d'eux. On devrait peut-être redescendre...

– Ça n'a pas l'air d'éclairs, lui répondit un autre qui se trouvait plus bas. Le ciel est sombre, mais on n'entend de tonnerre nulle part.

Ils se tournèrent à plusieurs reprises dans la direction de

ces flamboiements, puis, absorbés par leur travail, finirent par n'y plus prêter attention. En dépit de leur expérience professionnelle, ils ne savaient trop ce que représentaient les éléments de l'antenne qu'on leur avait demandé de démonter. Quand on les avait chargés de cette tâche, ils avaient d'abord pensé qu'il leur faudrait démantibuler l'antenne entière, avec tout son échafaudage métallique. C'est d'ailleurs ce dont ils s'étaient vantés auprès de leurs camarades : Nous allons arracher cette ferraille qui remplit le monde de chinois ! Arrachez-là, et jusqu'aux racines ! leur avaient répondu ceux-ci. Or, lorsqu'ils étaient arrivés sur place et qu'on leur avait précisé les instructions, ils comprirent qu'il ne s'agissait pas de toute l'antenne, encore moins de son armature en fer, mais d'une partie de ses éléments. A présent, pour ne pas commettre de bévue, à la lumière de la lampe accrochée à une des poutrelles, ils jetaient de temps à autre un coup d'œil sur le croquis où était indiquée la partie à démonter.

Ce machin-là a dû être le cœur de l'antenne, se dit le plus vieux d'entre eux, arrivé récemment des provinces du Nord. Il était natif des Cimes maudites et, bien qu'ayant quitté cette région depuis longtemps, avait conservé la mentalité particulière de ses habitants. A ses yeux, la partie à démonter n'était rien d'autre qu'un bout de fer qui savait le chinois. Cette idée s'était si aisément ancrée dans son esprit qu'il n'eût pas été le moins du monde étonné de voir, sous les boulons qu'il faisait tourner avec sa clé, émerger et gigoter à la surface du métal des crochets et des pattes d'idéogrammes.

– Attention, s'écria le monteur qui travaillait à l'autre bout. Il me reste encore deux boulons. Et toi ?

– A moi aussi, répondit l'autre. Hé, vous, là en bas, faites gaffe !

Dix minutes plus tard, le gros bloc de ferraille s'effondra avec fracas. Ils descendirent aussitôt et, une torche électrique à la main, éclairèrent l'endroit pour repérer où il était tombé. C'est alors qu'ils remarquèrent à quel point le sol était détrempé, presque boueux au pied de l'antenne. Dans cette gadoue, la ferraille qui venait de tomber, à demi-enfoncée, se distinguait à peine.

Il était tard et, après avoir ramassé leurs outils, ils s'apprêtèrent à repartir. Ils ne disaient mot, signe que chacun d'eux avait à quoi penser à part soi. Bien qu'ils eussent passé leur vie entière à démonter et remonter de telles pièces, peut-être avaient-ils encore à l'esprit cette partie de l'antenne qu'ils venaient d'arracher, telle qu'ils avaient pu la contempler à la lueur de leur torche électrique. Peut-être se disaient-ils que ce bout de ferraille moribond qui savait le chinois allait demeurer là à croupir dans la boue, entouré de ses idéogrammes noyés, dévoré par la rouille comme une épave, un résidu de conscience rongée. Puis, au printemps, quand croîtrait l'herbe nouvelle, sans doute pousserait-elle également sur lui, et à chaque nouveau printemps elle le recouvrirait davantage, tout comme il serait recouvert peu à peu dans l'esprit des gens à mesure que s'estomperait dans leur mémoire le souvenir de l'amitié avec les Chinois.

En arrivant chez elle, Silva se sentit fourbue. Gjergj n'était pas encore rentré. Veriana était venue, Brikena et elle babillaient dans la chambre de celle-ci. En embrassant sa nièce, Silva repensa à Linda. Qui sait, peut-être s'aimaient-ils ?

Gjergj rappliqua dix minutes plus tard. Lui aussi se sentait las.

– Tu as envie d'un café ? lui demanda-t-elle.

– Volontiers.

Tous deux s'assirent dans la pièce de séjour et, bien que la nuit fût près de tomber, aucun d'eux n'alluma.

Dans le vestibule se fit entendre le joyeux va-et-vient des jeunes filles, puis Brikena apparut sur le pas de la porte.

– Maman, tu sais, le citronnier a fait un fruit. Tu n'as pas idée comme il est beau !

– Ah oui ?

– Viens voir, il est tout petit.

– Bon, je verrai ça plus tard.

– Tu ne peux pas venir tout de suite ? fit Brikena, déçue de ne pas voir sa mère se réjouir autant qu'elle s'y serait attendue.

Silva, qui ne souhaitait pas la contrarier, se leva et

emboîta le pas aux deux adolescentes. Sur le balcon régnait ce laisser-aller qu'on voit souvent en hiver : une chaise-longue qui avait grand besoin d'être réparée, abandonnée depuis l'été dernier, quelques bidons en plastique, des boîtes d'encaustique remisées là depuis la dernière fois qu'on avait ciré les parquets.

– Le voici ! s'exclamèrent les jeunes filles en se penchant pour montrer le fruit chétif qui se distinguait à peine entre les rameaux de l'arbuste. Regarde où il s'est niché !

– Tiens, c'est vrai ! fit Silva.

– Comme il est petit, le pauvre ! murmura Veriana.

Silva faisait effort pour sourire. Elle se souvint du jour où on avait livré ce citronnier, ah oui, c'était justement l'anniversaire de Brikena, puis de cette nuit éclairée d'une lune glaciale, et de ce frisson au plus profond d'elle-même à la pensée que Gjergj se trouvait sur Dieu sait quelle trajectoire céleste, faisant route vers la Chine. Que d'événements s'étaient produits depuis lors !

Que d'événements ! se répéta-t-elle. Se pouvait-il que tout cela se fût produit dans le laps de temps nécessaire à ce citronnier pour produire un fruit ?

Elle contempla le petit arbuste avec attendrissement. Le monde entier vibrait de meetings, de complots, de fanfares, d'événements angoissants, tandis que lui, dans son coin de balcon, indifférent à tout le reste, se consacrait à ce pour quoi il avait poussé sur cette terre : la production de son fruit. En regard du tumulte planétaire, il semblait si frêle, si seul au monde qu'il ne pouvait qu'inspirer la pitié.

Silva sourit pensivement. Peut-être que, s'il avait possédé une conscience, lui aussi aurait jugé le monde ainsi : pitoyable.

En refermant la porte du balcon, elle se remémora, Dieu sait pourquoi, les mots de la vieille Hasiyé : Les Chinois ? Il n'y a jamais eu de Chinois ici. A moins que vous ne les ayez vus en rêve...

Tirana, 1978-1988.

DU MÊME AUTEUR

Le Général de l'armée morte, roman, Albin Michel, 1970.
Le Grand Hiver, roman, Fayard, 1978.
Le Crépuscule des dieux de la steppe, roman, Fayard, 1981.
Le Pont aux trois arches, roman, Fayard, 1981.
Avril brisé, roman Fayard, 1984.
La Niche de la honte, roman, Fayard, 1984.
Les Tambours de la pluie, roman, Fayard, 1985.
Chronique de la ville de pierre, roman, Fayard, 1985.
Invitation à un concert officiel et autres récits, nouvelles, Fayard, 1985.
Qui a ramené Doruntine?, roman, Fayard, 1986.
L'Année noire, suivi de *Le Cortège de la noce s'est figé dans la glace*, récits, Fayard, 1986.
Eschyle ou l'éternel perdant, Fayard, 1988.
Le Dossier H, roman, Fayard, 1989.
Poèmes (1958-1988), Fayard, 1989.
Le Concert, roman, Fayard, 1989.
Le Palais des rêves, roman, Fayard, 1990.
Printemps albanais, Fayard, 1991.
Invitation à l'atelier de l'écrivain, suivi de *Le Poids de la Croix*, Fayard, 1991.
Le Monstre, roman, Fayard, 1991.
La Pyramide, 1992.

SUR LA PROSE ALBANAISE

Anthologie de la prose albanaise, présentée par Alexandre Zotos, Fayard, 1984.
Migjeni: *Chroniques d'une ville du Nord*, précédées de *L'Irruption de Migjeni dans la littérature albanaise*, par Ismail Kadaré, Fayard, 1990.
Anne-Marie Mitchell, *Ismail Kadaré, le rhapsode albanais*, Le Temps parallèle, 1990.
Eric Faye, *Ismail Kadaré, Prométhée porte-feu*, José Corti, 1991.
Ismail Kadaré, Entretiens avec Eric Faye, José Corti, 1991.

Le Livre de Poche Biblio

Extrait du catalogue

Sherwood ANDERSON
Pauvre Blanc

Guillaume APOLLINAIRE
L'Hérésiarque et Cie

Miguel Angel ASTURIAS
Le Pape vert

Djuna BARNES
La Passion

Adolfo BIOY CASARES
Journal de la guerre au cochon

Karen BLIXEN
Sept contes gothiques

Mikhail BOULGAKOV
La Garde blanche
Le Maître et Marguerite
J'ai tué
Les Œufs fatidiques

Ivan BOUNINE
Les Allées sombres

André BRETON
Anthologie de l'humour noir
Arcane 17

Erskine CALDWELL
Les Braves Gens du Tennessee

Italo CALVINO
Le Vicomte pourfendu

Elias CANETTI
Histoire d'une jeunesse (1905-1921) - *La langue sauvée*
Histoire d'une vie (1921-1931) - *Le flambeau dans l'oreille*
Histoire d'une vie (1931-1937) - *Jeux de regard*
Les Voix de Marrakech
Le Témoin auriculaire

Raymond CARVER
Les Vitamines du bonheur
Parlez-moi d'amour
Tais-toi, je t'en prie

Camillo José CELA
Le Joli Crime du carabinier

Blaise CENDRARS
Rhum

Varlam CHALAMOV
La Nuit
Quai de l'enfer

Jacques CHARDONNE
Les Destinées sentimentales
L'Amour c'est beaucoup plus que l'amour

Jerome CHARYN
Frog

Bruce CHATWIN
Le Chant des pistes

Hugo CLAUS
Honte

Jean COCTEAU
La Difficulté d'être

Carlo COCCIOLI
Le Ciel et la Terre

Joseph CONRAD
et Ford MADOX FORD
L'Aventure

René CREVEL
La Mort difficile
Mon corps et moi

Alfred DÖBLIN
Le Tigre bleu
L'Empoisonnement

Iouri DOMBROVSKI
La Faculté de l'inutile

Lawrence DURRELL
Cefalù
Vénus et la mer
L'Ile de Prospero

Friedrich DÜRRENMATT
La Panne
La Visite de la vieille dame
La Mission

J.G. FARRELL
Le Siège de Krishnapur

Paula FOX
Pauvre Georges !

Jean GIONO
Mort d'un personnage
Le Serpent d'étoiles
Triomphe de la vie
Les Vraies Richesses

Vassili GROSSMAN
Tout passe

Lars GUSTAFSSON
La Mort d'un apiculteur

Knut HAMSUN
La Faim
Esclaves de l'amour
Mystères
Victoria

Hermann HESSE
Rosshalde
L'Enfance d'un magicien
Le Dernier Été de Klingsor
Peter Camenzind
Le poète chinois
Souvenirs d'un Européen
Le Voyage d'Orient

Bohumil HRABAL
Moi qui ai servi le roi d'Angleterre
Les Palabreurs

Yasushi INOUÉ
Le Fusil de chasse
Le Faussaire

Henry JAMES
Roderick Hudson
La Coupe d'or
Le Tour d'écrou

Ernst JÜNGER
Orages d'acier
Jardins et routes
(Journal I, 1939-1940)
Premier journal parisien
(Journal II, 1941-1943)
Second journal parisien
(Journal III, 1943-1945)
La Cabane dans la vigne
(Journal IV, 1945-1948)
Héliopolis
Abeilles de verre

Ismaïl KADARÉ
Avril brisé
Qui a ramené Doruntine?
Le Général de l'armée morte
Invitation à un concert officiel
La Niche de la honte
L'Année noire

Franz KAFKA
Journal

Yasunari KAWABATA
Les Belles Endormies
Pays de neige
La Danseuse d'Izu
Le Lac
Kyôto
Le Grondement de la montagne
Le Maître ou le tournoi de go
Chronique d'Asakusa

Abé KÔBÔ
La Femme des sables
Le Plan déchiqueté

Andrzeij KUSNIEWICZ
L'État d'apesanteur

Pär LAGERKVIST
Barabbas

LAO SHE
Le Pousse-pousse
Un fils tombé du ciel

D.H. LAWRENCE
Le Serpent à plumes

Primo LEVI
Lilith
Le Fabricant de miroirs

Sinclair LEWIS
Babbitt

LUXUN
Histoire d'AQ : Véridique biographie

Carson McCULLERS
Le cœur est un chasseur solitaire
Reflets dans un œil d'or
La Ballade du café triste
L'Horloge sans aiguilles
Frankie Addams
Le Cœur hypothéqué

Naguib MAHFOUZ
Impasse des deux palais
Le Palais du désir
Le Jardin du passé

Thomas MANN
Le Docteur Faustus
Les Buddenbrook

Katherine MANSFIELD
La Journée de Mr. Reginald Peacock

Henry MILLER
Un diable au paradis
Le Colosse de Maroussi
Max et les phagocytes

Paul MORAND
La Route des Indes
Bains de mer

Vladimir NABOKOV
Ada ou l'ardeur

Anaïs NIN
Journal 1 - *1931-1934*
Journal 2 - *1934-1939*
Journal 3 - *1939-1944*
Journal 4 - *1944-1947*

Joyce Carol OATES
Le Pays des merveilles

Edna O'BRIEN
Un cœur fanatique
Une rose dans le cœur

PA KIN
Famille

Mervyn PEAKE
Titus d'Enfer

Robert PENN WARREN
Les Fous du roi

Leo PERUTZ
La Neige de saint Pierre
La Troisième Balle
La Nuit sous le pont de pierre
Turlupin
Le Maître du jugement dernier
Où roules-tu, petite pomme ?

Luigi PIRANDELLO
La Dernière Séquence
Feu Mathias Pascal

Ezra POUND
Les Cantos

Augusto ROA BASTOS
Moi, le Suprême

Joseph ROTH
Le Poids de la grâce

Raymond ROUSSEL
Impressions d'Afrique

Salman RUSHDIE
Les Enfants de minuit

Arthur SCHNITZLER
Vienne au crépuscule
Une jeunesse viennoise
Le Lieutenant Gustel
Thérèse
Les Dernières Cartes
Mademoiselle Else

Leonardo SCIASCIA
Œil de chèvre
La Sorcière et le Capitaine
Monsieur le Député
Petites Chroniques
Le Chevalier et la Mort

Isaac Bashevis SINGER
Shosha
Le Domaine

André SINIAVSKI
Bonne nuit !

Milos TSERNIANSKI
Migrations

Alexandre VIALATTE
La Dame du Job
La Maison du joueur de flûte

Franz WERFEL
Le Passé ressuscité

Thornton WILDER
Le Pont du roi Saint-Louis
Mr. North

Virginia WOOLF
Orlando
Les Vagues
Mrs. Dalloway
La Promenade au phare
La Chambre de Jacob
Années
Entre les actes
Flush
Instants de vie

Le Livre de Poche
Références

La collection « Le Livre de Poche Références *» couvre le domaine des sciences humaines et répond aux besoins nouveaux de l'Université. Elle accueille des auteurs prestigieux, universitaires de renom et chercheurs de haut niveau et publie des textes essentiels, bilans et synthèses audacieuses, études historiques, présentation de grandes théories. Inédit ou reprise d'un classique, chaque volume est une référence.*

Fernand Braudel

La Méditerranée et le monde méditerranéen à l'époque de Philippe II :

La Part du milieu, t. 1

Destins collectifs et mouvements d'ensemble, t. 2

Les Événements, la Politique et les Hommes, t. 3

En 1923, à l'occasion d'un travail universitaire sur la politique étrangère de Philippe II, Fernand Braudel sent s'éveiller en lui la « vocation méditerranéenne » dont procédera une part importante de son œuvre. D'un double travail d'élargissement et d'approfondissement surgira ce récit vivant, coloré, attentif aux réalités humaines, qui vaut par la richesse et la sûreté de son information et par la rigueur de sa méthode.

L'ouvrage, qui reproduit la dernière édition modifiée par l'auteur, restitue un découpage en trois plans : l'histoire des rapports de l'homme et du milieu, celle lentement rythmée des économies, des sociétés et des Etats, enfin l'histoire « événementielle ».

Jean Delumeau

L'Aveu et le Pardon

Les difficultés de la confession, du XIIIe au XVIIIe siècle

Entre le « connais-toi toi-même » de Socrate et celui de Freud, il y a eu la confession. Cette pratique sans équivalent dans l'histoire allait susciter, notamment à l'Age classique, des débats théologiques passionnés entre rigoristes et partisans de la bienveillance. Nos conceptions morales et psychologiques ont été en grande partie formées par elle. C'est pourquoi l'intelligence de la modernité occidentale passe par son histoire.

Jean Favier

Les Grandes Découvertes

D'Alexandre à Magellan

Les Grandes Découvertes, c'est l'épopée des navigateurs européens accomplissant à l'aube des Temps Modernes le périple du globe. Mais c'est aussi l'histoire d'une construction intellectuelle plus que millénaire qui, dès l'Antiquité, allait simultanément emprunter les voies de l'esprit scientifique et de l'imagination. Le rythme de ce livre restitue à cette aventure ses dimensions véritables. De la colonisation grecque au tour du monde de Magellan, il fait revivre les plus grands pionniers et élabore l'inventaire des connaissances qui ont permis leurs exploits.

Carl Gustav Jung

Problèmes de l'âme moderne

Riches d'aperçus et de prolongements, les travaux de Jung réunis dans ce volume abordent la question de l'âme et de l'esprit, mais aussi celle du devenir de la personnalité et des problématiques de l'existence dans le monde moderne.

Enfin, Jung met en évidence dans le parapsychisme de Paracelse, dans la doctrine du refoulement de la sexualité de Freud, dans l'objectivisme grotesque de l'*Ulysse* de Joyce, et dans la multiplicité de Picasso, la transformation d'un fait de conscience qui, renouvelant la liaison de l'homme et du monde, modifie l'essence même de la vie.

Carl Gustav Jung

Les Racines de la conscience

Le livre I traite des archétypes de l'inconscient collectif, les livres II et III de l'archétype de la mère et de l'anima.

Le livre IV est consacré aux visions de Zosime de Panopolis, alchimiste et gnostique du IIIe siècle. Cette étude achemine Jung vers un travail révolutionnaire aux profonds retentissements : l'analyse de la messe, mystère toujours vivant, dont s'inspirent des millions de croyants.

Le livre VI est consacré à l'arbre philosophique.

Jung termine cet ouvrage, qui ouvre de vastes horizons à la méditation, par des « réflexions théoriques sur la nature du psychisme ». La conscience, n'est pas une création *ex nihilo.* Elle est ancrée dans la genèse de l'espèce, le devenir de l'être et de l'individu et dans le cosmos de l'inconscient.

Carl Gustav Jung

L'Ame et la Vie

Un relevé des investigations touchant à l'âme. Les rapports entre conscience et inconscient, le rêve, les liens qui unissent homme et femme, médecin et malade, jeunesse et vieillesse, individu et communauté, les connexions entre connaissance et création, les problèmes de la conscience de soi.

HISTOIRE DE FRANCE, t. 1

Karl Ferdinand Werner

Les Origines

Avant l'an mil

Des origines à l'an mil, c'est l'histoire d'un pays qui n'est pas encore la France, mais dont les caractères durables se dessinent lentement. Une civilisation originale – et riche de sa diversité – s'élabore dans la fusion, toujours incomplète, des apports procurés par chaque vague d'envahisseurs, des Celtes aux Normands en passant par les Romains, les Goths et les Francs. Des institutions se précisent, qui marqueront les structures sociales et politiques de la France. L'ancienne Gaule, devenue la Francie occidentale, trouve sa place dans un équilibre européen remodelé après l'éclatement des vastes constructions politiques de Charlemagne.

HISTOIRE DE FRANCE, t. 2

Jean Favier

Le Temps des principautés

De l'an mil à 1515

De l'an mil aux débuts de la Renaissance, c'est l'histoire de cinq siècles aux couleurs bien diverses. C'est le temps des dynamismes que manifestent les défrichements, le réveil des villes, l'élargissement des horizons politiques, la floraison des ordres monastiques, la naissance des universités et l'ampleur nouvelle des grandes cathédrales. C'est aussi le temps des épreuves et des maturations, des crises et des épidémies, des guerres et des luttes civiles. La France passe de l'anarchie féodale à l'absolutisme monarchique, à travers la construction politique des grandes principautés. Et l'on va, dans ce même temps, des chansons de geste aux premières œuvres de l'humanisme en passant par l'aristotélisme de Thomas d'Aquin et l'universalisme encyclopédique du *Roman de la Rose*.

HISTOIRE DE FRANCE, t. 3

Jean Meyer

La France moderne

De 1515 à 1789

La douceur des aubes du Val de Loire et le fracas des guerres d'Italie ouvrent les espoirs « antiquisants » d'une Renaissance jusque-là médiévale. Mais le XVIe siècle s'enfonce dans les massacres des interminables guerres de religion. Un court répit et une longue gestation dans le sang, la faim et les larmes marquent le début de la Monarchie absolue, que souligne la gloire apaisée de Versailles. Toute gloire, cependant, est éphémère... Au XVIIIe siècle, la douceur de vivre se mue en une ironie critique, celle des « philosophes ». Quand la prospérité commerciale et maritime de la France décline en fin de siècle, un roi malchanceux – en dépit du dernier rayon de gloire, qui est américain – périt au lendemain des journées révolutionnaires.

HISTOIRE DE FRANCE, t. 4

Jean Tulard

Les Révolutions

De 1789 à 1851

Vieux pays soumis à des institutions et à des modes de pensée ancestraux, la France tente de reconstruire la société sur des principes nouveaux. Ce mouvement de fond dépasse largement les limites de la Révolution et de l'Empire : au-delà du fracas des émeutes et des batailles, du combat d'idées et des luttes parlementaires, c'est l'accession au pouvoir des « notables » – ou de la bourgeoisie – qui fait l'unité des quelque soixante années qui s'écoulent de 1789 à l'échec de la IIe République.

L'organisation administrative, économique et sociale s'en trouve bouleversée. Sur le plan politique, la déstabilisation de 1789 a été si forte que l'équilibre paraît impossible à trouver. De là les révolutions et les coups d'Etat qui jalonnent l'histoire de cette fin du XVIIIe et de ce début du XIXe siècle.

HISTOIRE DE LA PENSÉE, t. 1

Lucien Jerphagnon

Antiquité et Moyen Age

D'Homère à la guerre de Cent ans : l'immense aventure de l'esprit que raconte, tour à tour féroce et chaleureux, hilare et navré, érudit et familier, Lucien Jerphagnon.

HISTOIRE DE LA PENSÉE, t. 2

Jean-Louis Dumas

Renaissance et siècle des Lumières

De Pascal à Schopenhauer, trois siècles de l'histoire de la pensée occidentale, de la Renaissance aux Lumières, de Thélème à l'Encyclopédie. Une approche claire et raisonnée des systèmes philosophiques, des penseurs, des méthodes et des visions du monde ou de sa représentation.

HISTOIRE DE LA PENSÉE, t. 3

Jean-Louis Dumas

Temps modernes

Marxisme, positivisme, phénoménologie, existentialisme, structuralisme, Ecole de Francfort, nouvelle philosophie, psychanalyse, Cercle de Vienne, sociologie, messianisme russe, évolutionnisme, etc.

L'histoire de la pensée occidentale aux XIXe et XXe siècles.

La Pochothèque

Une série du Livre de Poche
au format 12,5 × 19

« Les Classiques modernes »

Lawrence Durrell : *Le Quatuor d'Alexandrie*
Justine, Balthazar, Mountolive, Clea. 1053 pages - 140 F

Jean Giono : *Romans et essais* (1928-1941)
Édition établie par Henri Godard 1312 pages - 140 F
Colline, Un de Baumugnes, Regain, Présentation de Pan, Le Serpent d'étoiles, Jean le Bleu, Que ma joie demeure, Les Vraies Richesses, Triomphe de la vie.

Jean Giraudoux : *Théâtre complet*
Édition établie, présentée et annotée par Guy Teissier
Préface de Jean-Pierre Giraudoux 1277 pages - 140 F
Siegfried, Amphitryon 38, Judith, Intermezzo, Tessa, La guerre de Troie n'aura pas lieu, Supplément au voyage de Cook, Electre, L'Impromptu de Paris, Cantique des cantiques, Ondine, Sodome et Gomorrhe, L'Apollon de Bellac, La Folle de Chaillot, Pour Lucrèce.

P.D. James : *Les Enquêtes d'Adam Dalgliesh*
(tome 1) 1152 pages - 140 F
A visage couvert, Une folie meurtrière, Sans les mains, Meurtres en blouse blanche, Meurtre dans un fauteuil.
(tome 2) 1120 pages - 140 F
Mort d'un expert, Un certain goût pour la mort, Par action et par omission.

P.D. James : *Romans*
La Proie pour l'ombre, La Meurtrière, L'Ile des morts

Naguib Mahfouz : *Trilogie* 1200 pages - 140 F
Impasse des Deux-Palais, Le Palais du désir, Le Jardin du passé.

François Mauriac : *Œuvres romanesques*
Édition établie par Jean Touzot 1216 pages - 140 F
Tante Zulnie, Le Baiser au lépreux, Genitrix, Le Désert de l'amour, Thérèse Desqueyroux, Thérèse à l'hôtel, Destins, Le Nœud de vipères, Le Mystère Frontenac, Les Anges noirs, Le Rang, Conte de Noël, La Pharisienne, Le Sagouin.

Boris Vian : *Romans, nouvelles, œuvres diverses*
Édition établie, annotée et préfacée par Gilbert Pestureau 1340 pages - 140 F

Les quatre romans essentiels signés Vian, *L'Écume des jours, L'Automne à Pékin, L'Herbe rouge, L'Arrache-cœur,* deux « Vernon Sullivan » : *J'irai cracher sur vos tombes, Et on tuera tous les affreux,* un ensemble de nouvelles, un choix de poèmes et de chansons, des écrits sur le jazz.

Virginia Woolf : *Romans et nouvelles* 1200 pages - 140 F

La chambre de Jacob, Mrs. Dalloway, Voyage au Phare, Orlando, Les Vagues, Entre les actes... En tout, vingt-cinq romans et nouvelles.

Stefan Zweig : *Romans et nouvelles*
Édition établie par Brigitte Vergne-Cain et Gérard Rudent 1220 pages - 140 F

La Peur, Amok, Vingt-Quatre Heures de la vie d'une femme, La Pitié dangereuse, La Confusion des sentiments, etc. Au total, une vingtaine de romans et de nouvelles.

Composition réalisée par INFOPRINT

IMPRIMÉ EN FRANCE PAR BRODARD ET TAUPIN
Usine de La Flèche (Sarthe).
LIBRAIRIE GÉNÉRALE FRANÇAISE - 6, rue Pierre-Sarrazin - 75006 Paris.

ISBN : 2 - 253 - 06285 - 5 30/9589/0